Die Verlage Aufbau und Suhrkamp widmen
diese gemeinsame Ausgabe Helene Brecht-Weigel.

Bertolt Brecht
Werke

Große kommentierte
Berliner und Frankfurter Ausgabe
Herausgegeben von
Werner Hecht
Jan Knopf
Werner Mittenzwei
Klaus-Detlef Müller
Band 26

Bertolt Brecht
Journale 1

Aufbau-Verlag Berlin und Weimar
Suhrkamp Verlag Frankfurt am Main

Bearbeitet von Marianne Conrad und Werner Hecht
unter Mitarbeit von Herta Ramthun †

Bertolt Brecht, Werke, Band 26
Suhrkamp Verlag. Erste Auflage 1994
Copyrightangaben zu den einzelnen Texten am Schluß des Bandes.

Journale 1
1913-1941

Tagebücher 1913-1922
Journale 1938-1941
Autobiographische Notizen 1919-1941

Tagebuch N° 10
Vom 15. Mai 1913 – [25. Dezember 1913]

Donnerstag, 15.
Heut begann die Schule wieder. Im Latein habe ich eine 3 bekommen. Im Deutschen aber lieferte ich die beste Arbeit mit 1. – Ich freute mich sehr. Abends mit Gehweyer spazierengegangen. Habe wieder Herzbeschwerden!

Freitag, 16.
Nachmittags daheim. Ewiges Einerlei! Wenn man nur hoffen könnte dabei! Wenn ich nur gesund werde. Die Gesundheit schätzt man erst, wenn sie verloren! Vielleicht kommt sie wieder! – Alle verlassen mich, Enderlin, Bingen, Albrecht und sogar Gehweyer. Das ist betrüblich! Alle diese »Freunde« gehen.

Samstag, 17.
Nachmittags mit Hartmann spazieren. Wir stellten uns Themitas für Vorträge. Er stellte endlich: »Sämtliche Übel der modernen Welt«. Ich hatte versprochen, es zu behandeln. Ich tat es, indem ich, wie Hartmann sagte, »um den heißen Brei meisterhaft zu tanzen begann und mich genial durchschlängelte«. Er ist doch ein lieber Kerl, der Hartmann! – Ich hab ihn gern.

Aussprüche: »Das ist *sehr* bedenklich!«, »Paß auf meine Hinteraugen auf!«, »Ich kenn dich wie mein' Hosensack!«, »Wart nur, dich krieg ich schon!«, »*Du* hast uns verdorben!«, »Der ist's! Wir schließen Allianz!«, »Du bist ein großer Satyriker!«, »Halt Er das Maul!« – Ich sagte ihm: »Überhaupt, ich bin *ganz* unschuldig! Ich habe weder Kusinen noch andere belastende Momente!« Er sah mich verblüfft an. »Ja du gemeiner Betrücher!« –

Sonntag, 18.
Vormittags im Kunst-Verein mit G. Mein Herz ist sehr rebellisch. Ich mag nicht immer mit Klagen die andern belästigen! – Nachmittags zu Gehweyer, wo wir Chopin spielten und uns vergnügten. Abends heim. Die folgende Nacht war miserabel. Bis 11 Uhr hatte ich starkes Herzklopfen. Dann schlief ich ein, bis 12 Uhr, da ich erwachte. So stark, daß ich zu Mama ging. Es war schrecklich. Endlich schlief ich ein. Am andern Morgen

Montag, 19.
schleppte ich mich in die Schule. Nachmittags kehrte ich am Kreuz wieder um. Herzklopfen! –

Sommer

Ich lieg im Gras im kühlen Schatten
Einer uralten, schönen Linde
Und all die Gräser auf den sonnenhellen Matten
Neigen sich leise im Winde.

Und wie ich liege in frohem Lauschen
Da hör ich die Blätter so sonderlich rauschen
Wie wenn sie erzählten:
Von alten Kriegen und ruhmreichen Siegen
Von tapferen Helden.

Von fröhlichem Reigen unter ihren Zweigen
Zum Fiedeln der jubelnden Geigen.

Doch unter ihres Laubes Hort
Ward gesprochen auch manches Männerwort
Wenn im grünen Rasen
Die Führer des Volkes beisammensaßen.

Und schaudernd die raunenden Blätter wehen
Wenn sie weiter sprechen:
Von finstern Verbrechen
Die unter ihren Zweigen waren geschehen.
Da ward in düsterer Nacht
Als die Blätter der Linde rauschten schwer im nächtlichen Winde
Einst eine düstere Mordtat vollbracht.

Und einer der Mörder, ist seltsam beklommen
Später einmal wieder gekommen
Wie in täppischem Suchen
Scheu mit wildem Fluchen
Als such er den Platz zurück – – –

Und hat sich dann finster und bleich
Im Baum ein Plätzchen gesucht
Mit morschem Strick. – – – – –
Und noch im Sterben grauenvoll geflucht!

So erzählten die Blätter und rauschten bang – –
Dann sangen sie weiter den alten Sang
Von Waffengetöse und Schilderklang
Von wilden, erregten Heereswogen
Die vorüber des Weges zogen. –

Einmal, an einem sonnigen Sommertag
Als auf den Äckern dort drüben
Golden ein spielendes Sonnennetz lag
Sah man im Osten die Flammen stieben:
Das Dorf über der Heide
Brannte. – Und Getöse und Donnern schwer
Klang vom Winde getragen über die Felder her.
Dunkelrot wälzte sich drüben ein Meer
Zuckender Flammen
Ab und zu krachten zusammen
Ein paar Balken und zwischen ihnen rangen
Männer in schwerer Schlacht.
Lange die Waffen und Flammen sangen
Lange bis in die Nacht.
Da zog das siegreiche Heer vorbei
Fackeln leuchteten rot
Trommeln rasselten die Melodei –
Hint'her pfiff fröhlich der Tod!

So erzählte der Baum von Kampf und Not
Inmitten der blühenden Sommersheid
Inmitten der Pracht das trübe Leid
Und in den Getreidefeldern der Tod. –

Lang lag ich im Gras in süßer Ruh
An jenem Sommertag unter dem Baum
Und hörte wie in schönem Traum
Den redenden Blättern zu.

Dienstag, 20.
Vormittags in der Schule. Nachmittags bei Reitters, dann bei Hartmann gegen Kölbig zwei Schachpartien verloren. Abends herumgegangen. – Nachfolgend ein Versuch, ein Sonett zu formen.

Die Gewaltigen

Sie schreiten mit hartem Eisengesichte
Mit Augen hart wie Stein
Und einer Stirne marmorfein
Durch die Geschichte

Sie gehen durch graue Nebeldichte
In den lohen Augen den Purpurschein
Von vergossenem Blut – doch gewissensrein
Schreiten sie zum Gerichte.

Ihr Spruch ist hart – –
Mit den Fackeln loh
Brennen die Wunde sie rein – –

Sie kämpfen ehrlich auf Männerart
Und vernichten sie auch manch' Menschen roh –
Sie läutern der Menschheit Sein.

Heute ist's mir besser. –

Mittwoch, 21.
Vormittags ganz gut. Jetzt, mittags, Rückfall. – Stechen im Rücken. Nachmittags kamen Hartmann und Kölbig. Wir spielten Schach. Gegen Kölbig verlor ich 2 : 8, ein unerklärlicher Fall, da ich viel besser spiele als er. Hartmann remisierte. Ich stehe also immer noch 8 : 7. – – Uns sehr gut unterhalten! Morgen ist frei. Ich bin froh an dem Ruhetag.

Heimat

Sinenischna ging ins Land der Weißen.
Ach, sein Heimatsdorf war ihm zu klein
Ging, im Land der klugen, feinen Weißen
Klug und fein zu sein.

Sinenischna kam nicht wieder
Als des Abends Feuer lohte
Und die düsteren Zypressen
Taucht ins Glutenmeer, das rote.
Sinenischna kam nicht wieder
Als der Herbst die Blätter zauste
Und der Sturmwind seine Lieder
Auf der öden Heide brauste.
Hatte Sinenischna seine Heimat schon vergessen?
Oder ward er geil verraten
In dem Land der bleichen Leute
Oder lebt er ohne Schaden
Dort in Sang und Freude? – – –

Niemand wußt es. – – Und die Jahre gingen.
Dreimal rauscht der Sommer in den Wäldern
Dreimal ernteten mit hellem Singen
Froh die Weiber auf den Feldern.

Sinenischna kam nicht wieder. –

Einmal kam ins Dorf ein Bettler mit der Kunde
Sinenischna lebe weit im Norden
Und er sei zum treuen Hunde
Eines Weißen dort geworden. – – – –

Da verhöhnte laut mit ödem Spotte
Ihn die wilde, zügellose Rotte
Seiner Freunde …
Nur die alte Mutter weinte
Betete zum guten Gotte. –

Als zum dritten Mal vom Berg hernieder
Jäh ins Tal der Herbststurm brauste
Heulend über weite Heide sauste
Als die Wasser des Bityrne
Nächtlich schwer und mächtig rauschten
Und im Dorf mit blasser Stirne
Angstvoll, bang die Weiber lauschten

Da kam Sinenischna wieder.

Doch er kam nicht stolz, wie er gegangen
Nein, mit Zittern und mit Bangen.
Oben auf der Bergeshalde legt er nieder sich
Und im nahen Buchenwalde rauschen die Blätter so feierlich.
Sie geben ihm wohl den Segen – – – –
Lange ist er dort oben gelegen.
Der Sturm rauscht durch die Bäume schwer
Er erzählte von vergangenen glücklichen Stunden – – – –
Und zwei Tage darauf ward's im Dorfe vernommen:
Sinenischna war wieder gekommen.
Weiber hatten ihn liegend gefunden – –
Auf dem Dorf ruht sein Blick so groß und leer – –
Er lag im blühenden Blumenrot – – – –
Sinenischna war tot. –

Das die Probe einer Ballade. Ich beherrsche den Stil noch nicht!

Donnerstag, 22.
Fronleichmann. Daheim. Nachmittags bei Reitters, dann bei Herrn Eberl. War ganz unterhaltend. – In der Nacht hatte ich zuerst entsetzlich Herzklopfen, dann wurde der Schlag ganz leis und schnell. Papa wachte lange am Bett. Ich hatte Angst. Eine schreckliche Angst. Die Nacht war endlos! –

Freitag, 23.
Infolgedessen daheim geblieben. Vormittags kam der Arzt. Ein ganz junger, da Müller verreist war. Er untersuchte genau: nervöses Leiden! Ich soll nur wieder in die Schule. Das mache absolut nichts! Hm! Ich war sehr erbaut davon. Nachmittags in

der Stadt Otto Ernsts »Vom Strande des Lebens« geholt. Sehr nett! Der deutsche Dickens! Nachmittags bei Oskar, der Urlaub hat, Schach gespielt. Ist ein guter Freund.

Samstag, 24.
Vormittags wieder in der Schule. War ganz unterhaltend. Nachmittags bei Oskar, dann Liliencrons Gedichte gekauft. Sehr schöne Balladen! Abends beim neuchen Gartenpalais gespielt. Großvater gefällt es auch! Wird ganz nett!

Sonntag, 25.
Vormittags 10 Uhr. Ich soll ins Bad! Ich glaube nicht, daß es viel nutzen wird. Ich gedenke einen ganzen Zyklus »Leben« zu schreiben ... – Im Bad bekam ich Nasenbluten und Angst. Dann heim. Nachmittags ein wenig mit Eltern und Reitterles spaziert. Sprach mit Richard. Ist ganz kluger, kleiner Knirps! Abends Schach gespielt mit Papa. –

Montag, 26.
Vormittags in der Schule. Nichts Neues! Ein bißchen fad dort.

Arbeiter

Sie kommen im langsamen, müden Gang
Daher – –
Feierabend! Der Tag war so lang
Und die Arbeit so schwer.

Stumpf und mühsam sie schleichen – –
In dem müden Gesicht
In dem kummerreichen, bleichen
Stehen die Augen – ein totes Licht –
Als wären sie Augen von Leichen.

Sie gehen still, da wird nicht gelärmt
Sie sind zu müd, zu müd
Ab und zu lacht einer schrill
Aber in dem Lachen ist kein Fried!

Sie schreiten, als ob sie Lasten
Von schweren Ketten
Zu tragen hätten –
Als müßten sie weiter eilen
Weiter hasten
Ohne Verweilen.

Sie kommen aus grauen Steinkolossen
Drinn' sie arbeiten ein Leben verdrossen
Als seien sie Maschinen
Die fremden Herren dienen
Die nie zur Ruhe kommen
Immer weiter sich plagen, jahrein, jahraus – –
Ob sie nicht leiden?
Ob sie nie klagend fragen:
»Wann ist der Jammer wohl aus?«
Sie, die niemals froh den blauen Himmel schauen
Ob sie nie jäh überfällt ein Grauen
Daß sie elend vergehen
Ohne die Sonne zu sehen?

Ob sie nicht in den vielen Jahren
Einmal im Zorne wild auffahren
Und ihre Sklavenfesseln mit Rütteln
Unter wildem Fluchen
Jäh suchen abzuschütteln? – – –

Aber zu Hause! Da sitzen ja Weib und Kind
Die brauchen den Vater so sehr – – –
Wenn sie *die* im Geiste sehen
Mag ihnen ihr Fluchen vergehen.
Dann kommen zur Vernunft sie schwer – – –
Und Rache und Freiheit vergessen sind!

So schaffen sie den ganzen Tag
Sie schaffen jahrein, jahraus
Und sehen nie den Wald, den Hag –
Da kommen sie nie hinaus.

Müde des Abends sie wankend sich schleppen
Nach den grauen, öden Haufen
Von rohen Steinen
Die durch des Regens trübes Weinen
So seltsam verwaschen scheinen

Das ist ihre Heimat.
In einem elenden Bretterverschlag
Ruhen sie vom Tag
Auf den Gesichtern so seltsam satt
Wohl noch ein Weinen lag.

Montag nachmittags mit Gehweyer auf dem Jakoberwall. War ganz unterhaltsam. Das Herz ist sehr gut! – Zu gut fast.

Übers Jahr!

Übers Jahr, übers Jahr
Wenn die Maisonne scheint
Dann sind wir in Liebe
Schon lange vereint!

Überm Jahr, überm Jahr
Als die Maisonne schien
Da lagen sie beide
Im Friedhof darinn'. –

Der Kardinal

Im hohen, weiten Kapitelsaal
Lag still im Sterben der Kardinal.

Er liegt allein.
Er will noch einmal in diesem Leben
Einsam sein.
Durch die hohen Fenster spielen die seltsam verwehten
Sonnenstrahlen in goldenem Weben
So fein.

Unruhig zuckt auf der Decke die gelbe Hand – –
Und in dem marmorblassen
Schmalen Gesichte, dem feinen
Zuckt's – – wie im Weinen – – –
Ihre Eminenz sollen ein Leben verlassen
Das sie nie gekannt. –

Draußen hört der Kranke die Mönche beten.
Wie sie flehen! Gott solle seiner Heiligkeit
Gebenedeiet Leben
Noch einmal, noch eine kurze Zeit
Hinzugeben.

Doch drinnen lächelt der Kardinal – ganz leis – – –
Und sieht auf der Sonne Goldgestrahl
Doch in den Feueraugen im bleichen Gesicht
Brannte solch lohendes, hohes Licht
Als wenn er betete heiß. – – –

Im hohen, weiten Kapitelsaal
Lag tot, doch lächelnd der Kardinal.

Dienstag, 27.
Nachmittags mit Gehweyer, bei diesem »Reclams Universum« angesehen. Dann etwas müd heim. – Das Herz ist gut. – Nichts zu kritteln. Zu Dramen habe ich die Kraft noch nicht. Die Pläne sind vollständig reif da – die Ausarbeitung ist viel, viel schwerer. *»Die Kindsmörderin«*. Tragödie in einem Akt. Die Anne Schirer wird Mutter eines Kindes. Der Vater, ein roher, wüster Mensch, verläßt sie. – Die Angst. Nur der Großvater, (blind) hält zu ihr. Die Familie besteht aus 1. der Mutter, (eine abgearbeitete, hart gewordene Frau, die ihr zuerst sagt, sie solle sich nur gleich fortmachen, wenn ..., dann aber erwacht die Mutterliebe – als es zu spät ist.) 2. dem Bruder, (ein leichtsinniger, herrischer Rohling, gemein und eigennützig. Er ist verlobt, aber »nimmt's nicht so genau«.) – 3. der jüngeren, leichtsinnigen, etwas einfältigen Schwester, die vergnügungssüchtig ist. 4. dem alten Großvater, dem einzigen Schützer der Anne. – – – Sie mordet ihr Kind aus Angst. – – –

Mittwoch, 28.
Nachmittags Schach gespielt bei Hartmann, auch mit Kölbig. War sehr nett. Abends müd heim. Nicht viel Neues.

Donnerstag, 29.
Nachmittags kam Hartmann. Drei Schach verloren. Dann spazierengegangen. Wir redeten zuerst über Schach, dann über Reden. Zuletzt kamen wir vis à vis dem Consum an, où wir uns auf das Geländer setzten. Da kam Pfarrer Jäger vorbei. »Na, Brecht, wie geht's dir?« Usw. – Dann erzählte ich Hartmann, den ich immer lieber bekomme, von meinem ersten Drama: »Simson!« Sehr lustig.

Freitag, 30.
Nachmittags lange den Kanalarbeiten zugeschaut. War ganz interessant. Endlich pfiff ich Hartmann, mit dem ich dann die Satiren Presbers las. Unterhaltsam. Spät abends heim. Enderlin sehe ich nicht mehr. Neulich sagte er: »Aber kannst du in die Militärschwimmschule, du bist nicht mehr in der Wehrkraft!« Das kränkte mich sehr.

Samstag, 31. +
Vormittags in der Schule, nachmittags bei Reitters. Habe jetzt gerade niemanden, an dem ich mich anschließen könnte. – Vielleicht wird übers Jahr besser! Ich hoffe das sehr. – Im Drama komme ich gar nicht vorwärts! Das stockt. Abends bin ich oft recht müd. – Vielleicht weil's so heiß ist. Ein blauer, sonniger Himmel Tag um Tag. Und ich kann nicht fort. Morgen wollen Gehweyer und Hofmann an den Ammersee radeln. Daß ich nicht mit kann, wie ärgerlich! Na ja.

Besiegt zu werden, das ist keine Schmach
Doch Schand ist's, sich besiegt zu geben.

Der alte Ritter

Hab manchen Kampf und manche Schlacht
Gekämpft, bei fremder Fahn
Und manchen Wicht zur Strecke gebracht
Der blieb auf grünem Plan.

Hab manchen Tag und manches Jahr
Auf meinem Schimmel geritten;
Wir haben wo immer ein Raufen war
Stets wacker zusammen gestritten.

Wir sind durch Länder nah und fern
Fröhlich miteinander gezogen
Und haben manch stolzen Bürgersherrn
Ehrlich ums Seine betrogen.

Vorbei! Vorbei die schöne Zeit
Die kommt uns nun niemals wieder –
Der Harnisch wurde längst zu weit
Und schlottert um dürre Glieder.

Es hat die Trompete im Kriege geheult
Zum Sengen und zum Morden –
Vorbei – der Panzer ist längst zerbeult
Das Schwert arg schartig geworden.

Der Helm geht in die Brüche schier –
Er hielt gar manchen Strauß –
Und aus dem alten verbognen Visier
Schaut ein zerhauen Gesicht heraus.

Der Klepper mager – es ist ein Leid –
Tut's lahme Bein sich lecken – – –
Es ist bei Gott die höchste Zeit
Bevor wir elend verrecken

Bevor wir mitten in grüner Heid
Gar jämmerlich verderben – –

Da ist's, mein Rößlein, höchste Zeit
Daß ehrenvoll wir sterben!

Auf, auf, mein Roß
Uns treibt die Not
Wir warten des Kaufherrn Wagentroß
Und sterben kämpfend den Heldentod.

DER BINGEN
Eine Biographiesatire

Der Kern des Mr. Bingen ist eigentlich die Wehrkraftmedaille, die er sich durch seine unerhörte Zackigkeit erworben hat. Zu diesem innersten Halt liefert Bingen selbst nur das geringfügige Um-Herum, das Gerippe, den Behälter.

Ist es daher verwunderlich, wenn der Gute diese Medaille über alles schätzt, sie selbst im Bett und beim Baden trägt? – Gewiß nicht! – Wer möchte es auch dem Dichter verargen, wenn er seinen Lorbeerkranz sogar auf der Straße aufbehält?

Bingens äußere Erscheinung ist sehr vornehm fein. Das Gesicht ist wenig bedeutend, schön sind nur die goldenen Plomben in den Zähnen. Auch die Krawatte ist sehr schön und kurz und hebt sich vorteilhaft vom Grau des weißen Hemdes ab. Der blaue Anzug ist ein früherer Sonntagshabitus, den wahrscheinlich der Stiefbruder seines Urgroßvaters von dessen kleinem Jungen geerbt hat. Die blaue Hose verengert sich nach unten in zwei Trichter, in denen die schön nach außen geschwungenen Beine stecken. Die Beine aber scheinen wahrscheinlich nur deshalb krumm, weil die Hosen es sind. Wegen der drangvoll fürchterlichen Enge der Hosen ist der arme Junge gezwungen, seine Hände viel in den Taschen zu haben. Er tut das auch mit großer Selbstüberwindung, Unerschrockenheit und Ausdauer.

Soviel über das Äußere!

Ein Inneres ist nicht da und also darüber nichts zu sagen. Der Angeklagte ist wegen seiner rücksichtslosen, vor nichts zurückschreckenden Witze weit und breit gefürchtet. Manche glauben auch, es sei krankhaft. Auch noch vielen anderen Lastern ist Bingen ergeben. Zum Beispiel spielt er Deutschball und radelt. Beim Radeln hat er eine besondere Vorliebe für Bäume und dergleichen. Er ist auch sehr gebildet, er hat »Das Neue Universum« studiert und die »Marquise von O.« gelesen.

Wir schließen mit dem Urteil eines berühmten, erfahrenen Professoren, der schon viele 100 Schüler unter der Hand gehabt hat, und sagt: Bingen sei dummschlau, frech, naiv unverschämt und geistig minderwertig. Amen.

Juni

Sommer wird's! – Und auf den Feldern
Reift das Getreide in goldener Saat;
Und in den grünen, schattigen Wäldern
Singen die Vögel. Im Goldsonnenbad
Ruhen die Dörfer in grünen Auen –
Ihre Kirchtürme ragen hoh
In den weiten Himmel, den blauen
Weit in der Luft, der sommerlich lauen
Jauchzet die Lerche froh.
Und durch die Luft, duftvollgesogen
Raunt es und jubelt's – im Rauschen der Bäume
Und in der Vögelein Liederträume:
Heißa, der Sommer ist eingezogen.

Sonntag, 1.

»Der Geyer«
Satirische Biographie

Der Geyer besteht aus einer geraden Haltung und einem braunen Anzug. In dem sich der Quadratform annähernden, rundlichen Kopf befinden sich – Jesses, nein – finden sich (nur net so faul sein, »finden« heißt's, denn man muß suchen!) zwei überaus ausdruckslose Augen, die mit einer Brille gewaffnet sind. Die Nase ist energisch, der Mund nichtssagend uninteressant, die Haare ungekämmt und noch dazu braun!

Die Fortsetzung des Kopfes bildet ein am Halse hängender Körper, der gerade und klein ist.

Die ganze Erscheinung ist wohlanständig, gesetzt und gutbürgerlich, das Gesicht brav. Trotzdem will er Doktor werden, darauf bereitet er sich jetzt schon vor. Wenn einer krumm geht, sagt er: Gerade Haltung! Aufrecht gehen! Sieh au e bissel auf deine Gesundheit!

– Der Geyer hat Anlage zum Doktor: er hat ein ehrliches Heuchlergesicht, eine tiefe Stimme und eine der hohen Würde entsprechende Schrift. –

Sonntag vormittags daheim, dann bei der Tante. Werde dort immer gut aufgenommen. Nachmittags im Stadtgarten. Patriotisches Fest. Ganz unterhaltend. Freue mich immer auf die Schultage, wo ich bei den Kameraden sein kann! Hartmann, Albrecht, Bingen, Geyer und Gehweyer! Wenn man deren altbekannte, liebe Gesichter sieht, irgendwo, auf der Straße, in der Schule, wird's einem ganz warm ums Herz. Ich habe sie alle so gern! Den Neher! Mit seinem Buckel, seinen unendlichen Beinen im grauen Anzug, mit den blauen Augen und dem sonderlichen Lachen – haha!! Bingen, wenn er im Latein sitzt, so faul in seinem blauen Anzug sich räkelnd, Geyer, aufrecht und steil, in braunem Sportsanzug, die Haare emporgestrichen, durch die Brille aufmerksam sehend! Und dann Albrecht! Dies blöde Gesicht im Latein! Der Mund hängt herab, die Augenbrauen sind emporgezogen, die kleine, enge Stirn unter der senkrechten Haarplatte gerunzelt. Ein Kinn und eine Intelligenz sind nicht zu sehen. Kommt er dran, sieht er manchmal her, und dann bemüht er sich krampfhaft, ein kleines Lächeln über das ängstliche, scheue, heiße Gesicht zu knittern. Es sieht aus wie weinender Spott. – Er hat's streng unter seinem Gottanka-Papa! – Groos, Walter, der Lausbub mit dem frechen Lachen, Wiedemann, der dicke, grinsend und Witze reißend. Sternbacher, der herrliche Pathetiker, dem eine schöne Schmachtlocke ins Gesicht fällt. Er gefällt mir nicht, sein Lächeln ist schmierig und nicht gut! – Schur, der überhöfliche, kriechende Streber, blaß, verkrümmt und klein. »Herr Professor, entschuldigen Sie, ich habe meinen Spazierstock verloren!« Er hinkt und hat gemeine Ausdrücke. Bischoff, der lange Lackel, immer die Hände im M–und, ein blasses Gesicht! (Rösle-Imitator) Max Kern, der dicke, große, breite! Dummes Gesicht. Börtier! Wie komisch er alle Professoren nachahmt! Schneider, der nüchtere Mathematiker, der lächelt wie eine alte Schwaf. Lämle, der phlegmatische Stoiker und Jude, kommilfo. (?) – Sie alle, alle habe ich gern!

Montag, 2.

Nachmittags allein mich gelangweilt. – Nichts Neues. Das Herz ist ganz gut. – Enderlin verliere ich, Gehweyer radelt, Albrecht spielt und badet, Bingen tut alle drei Sachen und Hartmann, wer weiß? Ich kann nicht in ihn hineinschauen!

Dienstag, 3.
Nachmittags kam Hartmann. Ich verlor zwei Schach, da ich nicht aufpaßte. Dann gespaziert. Abends heim. Hartmann habe ich recht lieb. Er ist nett – Ersatz petit? – kaum! Den kann ich nie verschmerzen. Schade! Zu spät!

Mittwoch, 4.
Bin immer sehr mit Satiren beschäftigt. Habe heut Hebbels »Ästhetische Schriften« von Mama bekommen. Hat mich riesig gefreut! Nämlich für den Ausflug der Klasse mit Weber, den ich nicht mitmachte. – Die haben sich schön aufgeführt. In Aystetten gleich aus dem Zug heraus, zog Weber ins Wirtshaus. Dann nochmal im Himmelreich, und in Westheim zum dritten Mal. Kern Max soff neun Halbe, Kohler acht Halbe usw. – Und was sie alles sprachen! Erzählten dem Weber, wie sie spickten und die Professoren uzten, »nur in Geschichte und Geographie spikken wir nicht!« Kern machte alle Professoren nach! – Nachmittags daheim, ein wenig mit Schipfel gesprochen, er gebrauchte einmal in der Eile »lüstern«! – Abends mich sehr gelangweilt. Sind jetzt immer Gewitter!

Donnerstag, 5.
Nachmittags bei Hartmann. Wir sprachen; er las mir eine Satire über mich vor, die schwächlich und humorlos war. Wir redeten über Scheuffelhut, den Hartmann dreimal »verwischte«. Ich habe Hartmann lieb! Wie wichtig er spricht! Er ist pflichteifrig und fleißig! – Vormittags sagte Weber zu Bingen, nach dem er überhaupt geschimpft hatte, er sei ein Lausbub usw. B. stand im Coupé hinter ihm und soll gelacht haben. Das ist aber nicht wahr! B. verteidigte sich. »Also, ob du's warst oder nicht: für *mich* warst du's!« Bingen ist sehr gekränkt, getroffen und erbost. Er war so sicher im Gefühl diesmaliger Unschuld. Ich allein freute mich sorglos. – Futterknecht nennt Kern Max schon einen »notorischen Säufer«. Hm! Heute Extemporale im Latein! Vielleicht ist's gut! –

Szene aus dem »König Erich« (4. Akt)

Ein düsteres Gemach. Nil Sturz und Persson. Leuchter. Schwere Vorhänge. Dunkel. Kruzifix weiß im Hintergrund.

STURZ *heftig losbrechend:*
Beim Teufel, 's ist eine schlimme Zeit
Seit diese Pfaffen regieren
Seit diese Bischöfe und Eminenzen
Um den König scharwenzen
Und überall 's große Wort führen.
Wo ist Friede und Gerechtigkeit
Der früheren Zeit?
Beim Teufel! Jawohl! Da ist's nimmer!
Früher hat der Richtspruch gewaltet im Land
Jetzt liegt das Recht in der Pfaffen Hand
Wer den Herren nicht behagt
Sei's immer wer
Der wird hurtig angeklagt
Und ohne Verhör
Verurteilt zum Brand!
Und wo kann man dagegen sich wehren?
Nirgends! Allerort
Gilt ihr Wort
Da hilft kein Beschweren!
Wer nicht mag mit im Zuge gehen
Wird als Aufwiegler angesehen
Als frecher Landesverhetzer
Und gottloser Ketzer
Verurteilt zum Scheiterhaufen.
Was nützt da zum Könige laufen?
Der König hat in diesen Tagen
Nichts mehr zu sagen …
Wenn er murrt, bekommt er 'nen Kirchenorden
Und ist dadurch bald wieder fromm geworden!

PERSSON *ihm auf die Schulter klopfend:*
Nur nicht so wild! Mit Eurem Gered
Verletzt Ihr des Königs Majestät!
Noch ist ja nichts verloren!

Diese Pfaffen werden mit des Teufels gütigem Willen
Bald die Kerker des Landes füllen
Und selbst auf den Scheitern schmoren!

STURZ

Ja, ja, das ist versprochen geschwind!
Denen ist nicht so leicht beizukommen!
Die schlürfen und schleichen und küssen die Füße
Dem »Herrscher«, vermitteln viel Himmelsgrüße
Schlagen die Blicke auf, die frommen
Machen sich überall lieb Kind
Halten mit Kosen und Schmeicheln
Mit frommem Heucheln
Ihre Absolutiönchen feil
Sprechen von Gnade und Seelenheil
Und – bleiben, nach wie vor, was sie sind!

PERSSON *ruhig:*

Oder auch nicht! Ihr könnt Euch darauf verlassen
So wahr, so wahr sie mich den Leibhaftigen heißen
Und mich wie diesen hassen
Ich werd diese elenden Pfaffen
Schon zum Tempel hinausschaffen
Ich werde diese glatten Heuchlergesichter
Dieses gemeine Diebsgelichter
Schon hinausschmeißen!
Da sollen ihnen ihre frommen
Sanften Gebetchen
Ihr demütiges Augenaufschlagen
Ihre Rosenkränzlein und Traktätchen
Womit sie den Teufel verjagen
Wenig zustatten kommen!!!
Laut:
Zum Teufel! Noch ist der König verdorben nicht!
Das sind Launen, die vorübergehen
Die sich im Winde der Zeiten drehen
Wie der Lampenschirm, wenn Winde wehen
Aber deswegen lohe doch noch das Licht!

Freitag, 6.

Nachmittags im Bad. Das Herz wieder unruhiger! Nachmittags

gelesen. Papa hatte Selma Lagerlöfs »Unsichtbare Bande« mitgebracht. Herrliches Buch! Nichts los! – – –

Samstag, 7.
Blumentag. Auf den Straßen ein festlich Bild. – Nachmittags mit Hartmann gesprochen, nachdem ich in der Stadt war mit Albrecht. Ich habe Hartmann gern.

Die beiden

Sie gingen nebeneinander her
Und wollten sich Liebes sagen
Doch fanden die Worte sie allzu schwer
Da begannen sie eifrig zu klagen
Übers Wetter und über die schlimme Zeit
Und nichts über ihr heißes Verlangen – – –
Viele Jahre sind drüber gegangen
Doch die beiden haben mit ihrem Klagen
Vergessen das Liebe zu sagen. –

Opfere!

Opfere, Volk!
Opfre für Sie
Reich ihnen die Hand
Die des Lebens jauchzende Melodie
Niemals gekannt!
Die gekämpft, gerungen
Verzweifelt – vergebens!
Die vom Tode bezwungen
Elend versanken
Hilflos ertranken
Im Strome des Lebens!
Denk an die Toten in deinem Gebet
Denen die Hilfe zu spät!
Denk an die Lebenden
Immer noch strebenden!
Opfere, Volk, für Sie!

Für sie, die das kostbare Leben
Rastlos vergehen
Langsam, qualvoll vergehen sehen –
Ein endlos Entrinnen
Des nie Besessenen – – –
Die Jahre um Jahre verzweifelt sinnen
Warum grade ihnen das Leiden gegeben
Ihnen, die langsam scheiden
Von hinnen
Den von allen Vergessenen.
Opfere, Volk, für sie!

Unter den Kettenlasten
Den drückend schweren
Des Todes sie hineilen
Ohne zu rasten, zu verweilen
Sich langsam verzehren.
In unendlichem Grauen. – – –

Volk! Hilf sie zu retten!
Volk! Hilf die Ketten
Jäh zu durchhauen!

Opfere, opfere, Volk, für sie!

Victor Mors

Omnes victores superat sors; – –
Magnos prosternit
Neque miseros spernit – –
Omnes, omnes superat Mors.

Vita florente
Sole ridente

Nocte obscuro
Ad tempestatem adortam
Mors digito duro
Percutit ad portam.

Ad regem terrarum
Si fine horarum
Currus tum etabat
Per ferreas munitiones
Per fidas stationes
Mors ingens ambulabat.

Curantem patrem
Qui familiam paravavit
Amantem matrem
Quae libero oravit
Mors crudelis rapit.

Omnes sperantes
Vitam amantes
Omnes, omnes pugnantes
In vi spoliantis
Mortis triumphantis.

Sonntag, 8.
Vormittags daheim – dann im Kunst-Verein. Nachmittags bei Reitters. Es ist jetzt gerade wieder schlimmer mit der Gesundheit. Erleben tue ich nichts, außer in der Schule. Sie ist meine einzige Unterhaltung. Solange ich dahinein kann, ist alles gut!

Montag, 9.
Nachmittags fast nichts getan. Sehr fad, so ein Nachmittag! Ich fertige fast nur mehr Gedichte an! – Alles andere schläft!

Erich
1. Akt: Er lernt Karin kennen. Beschreibung des Bauernstandes.
2. Akt: Kämpfe mit dem Adel. Zuletzt führt er Karin ein.
3. Akt: Hochzeit. Höhepunkt. Verschwörung.
4. Akt: Kampf. Erich wird wahnsinnig. Gefangennahme.
5. Akt: Im Kerker.
Dabei gibt's sehr schöne *Effekte*. –

Dienstag, 10.
Nachmittags im Bad. Dann heim und mich gelangweilt. Fahhd.

Mittwoch, 11.
Nachmittags bei Gehweyer. Mit diesem spazieren. – Ganz fein.

Die Freundin

Fragst du, was Liebe ist –
Ich fühlt sie nicht –
Fragst, was Freude ist
Mir glomm niemals ihr Licht.

Fragst du, was Sorge sei –
Die kenne ich
Die ist die Freundin mein
Die liebet mich!

Der Quell

Es rauschen die Wasser so rein
So silberglockenhell –
Und muntere Fische, gar hurtig und fein
Durchtummeln den Quell.

Durch die Bäume, die rauschen im Sommerwald
Zittert der Sonne Goldfeuerschein –
Irgendwo jauchzend ein Waldhorn hallt
Durch die Stille gar traulich und fein.

Der Gedanke

Der große Gedanke schafft;
Er läßt sich nicht von uns weisen
Eher müssen sie mit jäher Kraft
Die Herrschaft an sich reißen!

Der Mönch

Am Himmel verglimmt roter Sonnenbrand –
Da neigt in der Zelle still die Tonsur
Der bleiche Mönch zum Gottesschwur
Und murmelt Gebete starr, unverwandt.

Durchs Fensterlein sieht er hinab ins Land
In die abendlich stille, feine Natur.
»Wie schön ist's da drunten! Wär die Kreatur
Nur nicht in der Sünde knöcherner Hand!«

So flüstert der Mönch. Zu verscheuchen das Leid
Umfaßt er den Totenschädel, der leer
Grinst aus dem Dunkel gespenstig hohl
Als wolle er mahnen gar ernst und schwer
Als unvergeßliches Symbol
Der irdischen Vergänglichkeit.

Judas Ischarioth

Am Abend, da er den Herrn verraten
Hat Judas lange noch gewacht
Und hat gelauscht mit seltsamem Bangen
Hinaus in die schweigende Nacht.

Er hofft, daß alles gut noch werde
Daß der Herr wird aufstehn mit großer Macht
Und richten und strafen die sündige Erde – –
Das hatte dann Judas zustande gebracht!

Und wie er sinnt im düstern Saal
Da öffnet sich plötzlich, allgemal
Wie zögernd mit sanfter Gewalt
Die eichene Tür – – –

Und langsam tritt
Mit schleppendem Schritt

Hochragend herfür
Eine seltsam bekannte Gestalt. –

»Der Herr!« ruft Judas vor Freude laut – – –
Doch wie er die dunkle Gestalt erst schaut
Da schweigt er gleich.
Warum ist der Herr, der auferstanden
In dunkelnder Nacht
Um sein Reich zu errichten mit großer Pracht
In allen, allen Landen
So still und bleich?

Und Judas wankt – – – ihm sinkt der Mut – – –
Des Herren milde, sanfte Hand
Ist durchbohrt, und das sickernde Blut
Überrieselt das dunkle Gewand.

Und der Herr hob die Hände
Die segensreichen
Die für die Menschen so flehentlich baten
Daß Gott ihnen seinen Engel sende – – – –
Aus dem Munde, dem schrecklich bleichen
Zittert es dumpf und so ganz ohne Wahn:
»Judas, warum hast du mich verraten!
Judas, was hast du getan!«

Er schwieg – Judas hat keine Worte gefunden –
Sein Gesicht war blaß und totenleer –
Und als er aufsah, da war der Herr
Jäh verschwunden.

Des Mondes stumpfes, gelbes Licht
Glitt über des Judas verzerrt Gesicht.
Der ist wortlos da gestanden, ganz taub.
Er hat gezittert wie Espenlaub – – –

Hat nach dem Tisch getastet
Und schrill, weh aufgelacht
Ist schwer hinausgegangen – – –
Und es ward Nacht. – – –

Dunkle Gewitterwolken trieben
Am Himmel einher
Und die Palmen im Haine
Nickten schwer.
An eines Baumes Wipfel
Bei dunkler Nacht
Hat er sich aufgehenket
Und noch einmal gelacht!

BANNERLIED

Wenn in hohem Ruhmesschimmer
Ruht der deutsche Leu
Wollen wir halten immer
Der Fahne die Männertreu.

Und wenn in schweren Tagen
Das Vaterland in Not
Dann wollen voran wir tragen
Das Banner schwarz-weiß-rot.

Wir wollen vorwärts stürmen
In todesmut'gem Lauf
Auf feindlichen Leichentürmen
Die Fahne pflanzen auf.

Und wenn am Abend wir sinken
Und sterben den Heldentod
Dann soll uns tröstend winken
Die Fahne schwarz-weiß-rot.

Der Wind soll in ihr singen:
Du hast deine Pflicht getan!
Du starbst im Kampf und Ringen
Als treuer, deutscher Mann.

Mittwoch, 11.
Mich gut mit Gehweyer und Geyer unterhalten. Herz besser.

Wechselt sehr ab. – Will sehen, wenn aufhört. Im Sommer nach Bad Steben. Stahlbäder für Mama.

Donnerstag, 12.
Nachmittags die Zeit totgeschlagen. Nichts Neues!

Freitag, 13.
Nachmittags – (vormittags im Französischen 2 bekommen!) – wollte ich zur Probe fahren, da Herz schlecht war. Hatte Geld vergessen, ärgerte mich und traf am Stephinger Berg den radelnden Bohlig (den Langen), der über Herzbeschwerden klagte. Hartmann kam dazu und wir gingen an den Lech. Abends heim. Gut unterhalten. – (Affaire Scheuffelhut!) –

Samstag, 14.
Befinden schlecht! Vormittags mit Hartmann in Herrle-Saal Jahrhundertfeier! Schön! – Aber lang. Mittags mit Klassenausflug nach Gablingen. Von dort nach Peterhof, eineinhalb Stunden ist lang. Herzklopfen, rasch, aussetzend. Von Peterhof auf nach Adelsried. Unendlich lang. Wenn ich im Wald gewußt hätte, daß der Weg noch so weit sei, wäre ich liegengeblieben. Immer weiter, hoffte, daß Weg bald aus sei. Fehl! Ging ganz hinten, mit Abenstein und Lemle. Vergaß Herz. Lustige Bahnfahrt mit Bingen, Neher und Albrecht.

Sonntag, 15.
Nachmittags bei Reitters. Abends heim und mit Oskar Schach (Remis) gespielt. – Lang ist so ein Sonntagnachmittag schon.

Die Husaren

Es war nach Lützen, dem Schlachten
An einem Sommertag –
Da lagen draußen im Tarrenhag
Die 4. Husaren im Feldquartier.
Sie spielten und schalten und lachten
Und kamen sich in die Haare schier.

Die Sonne lag weiß auf den Zelten
Und malte schön goldenen Schein …
Die Husaren schwuren bei Stein und Bein
Sie erzählten von Kämpfen und Siegen viel …
Sie waren gar große Helden
Beim Kampf und beim Würfelspiel.

»Bei Hochstädt«, erzählte mit lachendem Mund
Ein junger, blonder Husar
»Da verirrten wir uns von unserer Schar
Und Kamerad und ich und unverwandt
Ritten wir vorwärts so manche Stund
Und kamen so mitten ins Feindesland.

Da plötzlich – nicht weit vor uns marschieren
Feindliche Landsknecht, so 50 Mann
Mit klingendem Spiel, den Oberst voran
Wir aber haben schleunigst uns aufgemacht
Sie umzingelt, eh sie sich konnten formieren
Und – sie gefangen ins Lager gebracht.«

»Ah! bah!« sagt ein andrer und sieht sich um
– Da lachten alle grad in der Rund –
»Vor ein paar Jahren hatt *ich* einen Hund!
Glaub nicht, daß ich noch einen treueren fänd!
Gegen den ist mancher von euch da dumm –
Der war bekannt im ganzen Regiment.

Sie nannten ihn alle den treuen Heinz – –
Einmal hatte mein Todfeind – der Classen –
Eine Wurst im Lager liegenlassen
›Da nimm sie‹, rief ich – nie werd ich's vergessen
Wie der Treue die Wurst meines ärgsten Feinds
Weil ich's gebot, schweigend hat aufgefressen!«

So lagen sie froh und vergnüglich
An einem Sommertag
Und die Sonne spielend fein auf ihnen lag. –
Sie lachten und zechten froh, ohne Klag

Und taten sich weidlich gütlich – – – –
Wer weiß, was bringt ihnen der nächste Tag!? – –

Der Bettler

Manchmal, wenn in hellen Nächten
Leis ich durch ein Dörflein geh –
Steigt in die versoffne Kehle
Mir ein banges, heißes Weh.

Und ich denk an meine Mutter
Seh ihr feines Angesicht – – –
Und ich denk, wie oft in solchen Nächten
Sie wohl weinte bei des Mondes Licht.

König Erich von Schweden

In dunkler Nacht
Ohne Sternenschein
Haben sie ihn zu Grabe gebracht.
Im Finstern sacht
Gruben sie ihn ein.

Im Parke ist's dumpf und still
Schwer dehnt sich die Nacht
Nicht einmal ein Stern hält Totenwacht – – –
Oder hat da nicht eben – – – schrill – – –
Jemand gelacht?

Die Wolken ziehen ruhelos
Und feierlich – – –
Dumpf klingen die Spaten und hart – – –
Es rüstet König Erich sich
Zur letzten Fahrt.
Wird er dort drüben vom schweren Los
Wohl auch genarrt?

Lautlos in die Erde glitt
Der hölzerne Schrein – – –
Was er stritt
Was ein König litt
Gruben sie nicht mit ein.

Die Männer stießen den Sarg unlind – – –
Durch die Bäume ging ächzend
Schauerlich
Ein schwüler – – Wind – – –
Ein paar Raben unwirsch krächzend
Im Schlafe greinten.

Wer kümmert um König Erich sich?
Um den Verrückten?

Niemand!
Nur zwei Kerzen weinten
Bitterlich.

Alexander

Ganz still ist's.
Im Gemach zittert rotes Licht
Zweier Ampeln
Über die Seidenteppiche her – – – –
Und die Purpurdecken glühen gedämpft.
Ruhe!
In seidener Pracht
Mitten im Prunken
Wird ein furchtbarer Kampf gekämpft.
Da tritt zögernd ein Gewaltiger vor Gericht
Ruhe!
Ruhe! Er schlägt seine letzte Schlacht!

Vor der Tür warten die Diadochen.
Warten auf den Tod
Mit dem der Kaiser drinnen ringt. – – –

Ihre Wünsche krochen
Gleich gierigen Molochen
Durch des Gemaches stilles Dämmerrot.
Ab und zu draußen ein Waffenklirren
Durch die gestorbene Luft leis singt
– – – – Hörst du die Sense schwirren? – – – –

Der Kaiser liegt still.
Der Decken gelbes, fahles Licht
– – – – Wirft dünnen, gelben Schatten
Auf das feine, blasse Gesicht.
Über dem endloses Ermatten.
Diese feinen Faden
Laufen zitternd wie Geisterspinnen
Über das Antlitz.
Auf der hohen Stirn, gefaltet im Sinnen
Steht der Schweiß.
Qualvolle Tropfen
Über die Stirne krochen
Glühend heiß.
Sie legten sich an die weiße Stirn
Und horchten mit Acht
Ob noch im Gehirn
Die Gedanken klopfen
Ob die Schläfen noch pochen
Ganz sacht.

Die großen, glänzend starren Augen
Aus denen Feuersonnen strahlen
Glühen aus dem Gesicht, dem fahlen
Wie in klagendem Fragen.
– – – – Fiebernd im Gehirne saugen
Dürstend in rastlosem Jagen
Schwere Gedanken.

Ha! Alexander!
Siehst du das Flimmern? – – –
Dort über dem weiten Schlachtfeld
Glitzern tausend Sonnen …

Siehst du die Harnische schimmern
Dort der makedonischen Kolonnen
Die dort über die Felder wanken?
Ha! Wie Eisenfeuersalamander
Diese Makedonier stürmen ...
Es öffnen sich
Schauerlich
Tausend Rachen – – – –
Und die Kolonnen zusammenkrachen ...
Leichen sich türmen. – – –

Der Kaiser richtet sich fiebernd empor:
»Vorwärts, Makedonier!
Da drüben die Reiter vor!
Zum Sturm, Soldaten!
Längst reiften die Saaten!«

Da! was ist's? – Wie ein dunstig roter Schleier
Zieht es sich vor die Augen schwer.
Aufhört das Reitergetrampel ...
Ganz still ist's.
Im Gemach zittert rotes Licht
Zweier Ampeln
Über die Seidenteppiche her
Und die Purpurdecken glühen gedämpft.
Ruhe!
Was stört ihr die bange Nacht?
Es war ein furchtbarer Kampf gekämpft – –
Es trat ein Gewaltiger vor Gericht.
Ruhe!
Ruhe! Er verlor seine letzte Schlacht.

Montag, 16.
Nachmittags, da ich mich gar nicht wohl fühlte, daheim geblieben. Sehr fad. Vormittags »Moderne deutsche Lyrik« gekauft. Fein! – –

Dienstag, 17. +
Nachmittags spazierengegangen. Nichts los. Herzbefinden

schlecht. Abends ging das Herz sehr laut und schnell. Angst. Keine Änderung. Im Latein (Caesar) 1-2 bekommen. Freute mich.

Der Hagel

Der Hagel fiel ...
Stürzt sich herunter auf Feld und Hag
Wie in grausamem, teuflischem Spiel.
Auf die geduckte Erde pochen – – –
Wie Steine schwer
Seine knöchernen, harten Finger mit stummem Schlag.
Diese Gottesfinger schlagen
Aus dem dräuend, tückischen Wolkenmeer
In jauchzendem Jagen
Alles zusammen.

An den blinden Fensterchen im Dorfe stehen
Müßig die Bauern
Und sehen mit stummem Klagen
Graue Mauern
Sich auf die arme Erde senken.
Was sie gearbeitet in vielen Wochen
Müssen sie untergehen sehen.

Und die Bauern standen mit bangem Gesicht
Sie begriffen es nicht ...
Warum nur der Hagel schlug?
Sie waren doch in die Kirche gegangen
Wenn am Sonntag die Glocken sangen ...
Sie hatten die Felder gesegnet mit heißem Beten ...
Sie kannten nicht Lug und Trug ...
Warum hatte dafür Gott alles zertreten?
Hatten sie nicht einen alten Schwur:
»Rufe mich an in der Not, ich will die erretten!«
Warum dann der Hagel schlug?
Warum nur?

Mittwoch, 18.
Nachmittags auf dem Schleifgraben mit Hartmann, wo die Luitpoldspiele stattfanden. Wir (Realgymnasium) verloren glänzend. Abends war Hartmann beleidigt, weil er ein Dickköpfchen ist. –

Donnerstag, 19.
Vormittags Geschichtsextemporale. Nachmittags im Bad, was mich stärkte. Dann zu Tante. Abends heim.

Die Erinnerung

Ich lag in der Abendröte
Da zog ein Bettler vorbei
Und blies auf einer Flöte
Eine alte Melodei.

Ich sann, wer wohl der Knabe
Mit seiner Flöte sei
Und wo gehört ich schon habe
Die alte Melodei?

Der Bettler ist fortgezogen
Verklung' das traute Lied
Ich aber bin betrogen
Um meines Alters Fried.

Der Bettler ist die Erinnerung, sein Lied das der Liebe. –

Freitag.
Mittag. Jetzt soll ich in der Stadt rum rennen. Und in die Schule kommt man kaum. – Abends Daudets »Briefe aus meiner Mühle« gelesen. –

Sturm

Ihr müßt die Früchte gleich im ersten Ansturm pflücken!
Müßt über Berg und Tal mutig hinweg euch heben
Und müßt in gewaltigem Stürmen und Streben
Nützen der ersten Begeisterung frohes Entzücken!

Seht auf das Ganze, achtet nicht der Lücken
Und seid eilfertig – denn sonst wird das Leben
Das rastlos unermüdlich tätig, niemals euch vergeben
Wird euch das Ziel von Tag zu Tag entrücken.

Sonst werdet ihr, am Ende eures Lebens
Dastehen ratlos, denn ihr habt vergebens
Im Kampf mit Kleinigkeiten eure Kraft verloren.

Seid mit Kleinem verzweifelt im Kampfe gesessen
Im Tal und habt den Gipfel drüber vergessen – – –
– Denn Großes wird im ersten Sturm geboren!

Samstag, 21.
Geschichte 1-2 erhalten. Freut mich, weil ich nie was getan habe. Fein! Befinden gut.

Die Geige des Todes
Eine Ballade in Prosa

Es war einmal ein Geige, die hatte der Tod in Besitz genommen. Sie war uralt. Dennoch besaß sie noch eine wundervolle Färbung. Das geschmeidige, blanke Holz war von glänzendem Braun, jenem tiefen, eichenweichen Nußbraun, über dem Gold gestreut scheint. Sie hatte edle Linien und war geschnitzt aus *einem* Stück Holz. Aber das merkwürdigste an ihr war der Kopf. Er stellte das Gesicht eines Faunes dar. – Sonderbar ... Dieses Gesicht lachte ..., aber wenn man näher hinsah, weinte es. In den seltsam fragenden, verschmitzten Augen lag ein stilles Dulden. Aber der Mund lachte. Um ihn knitterte sich ein rohes, gemeines Lächeln. Die Falten zogen sich häßlich und wüst bis zu der engen, zurückgeschwungenen Stirn. Auf der lagen tiefe Falten gegraben. Auch die Nasenflügel waren traurig und schienen zu beben. Ein seltsam Gesicht! Wer es gesehen hat, der brachte es nie mehr aus den Augen.

In der Geige saß der Tod. Er lag im Innern verkrochen hinter Spinnweben und grauem Schmutz. (Fortsetzung folgt.)

Sonntag, 22.

(Fortsetzung der »Geige«: Er saß wie eine große graue Spinne mit langen, dünnen Füßen, die sich in allen Ecken der Geige festfraßen. Er sah, fühlte und hörte alles. Wenn die Geige gespielt wurde, kroch er hervor und setzte sich ans F-Loch. Und wenn lange gespielt wurde, wob er seine Netze. Usw.)

Vormittags im Kunst-Verein. Dann daheim. Nachmittags bei Tante. Nichts los. Ziemlich fad. –

Die blassen, bleichen Tage schlichen
Hin in wehem, müdem Leiden
Immer wieder die gleichen, ätzenden Nichtigkeiten.

Fontainebleau

Es war ein grauer, öder Tag.
Der Regen griff mit müden Händen
Entlang des Schlosses Sarkophag
An den verwaschenen, grauen Wänden
Die so seltsam ehrbar und alt
Da griff er entlang ...
Doch die suchenden Finger fanden
Keinen Halt.

Die hohen Wände starrten
Schwermütig und träg in den schmutzigen Hof
Wo zwei Rößlein einsam harrten ...
Und den durchnäßten Boden scharrten ...
... Naß ist's und kalt ...
... Und aus den Wolken grau geballt
Die wie ein grauer Schleier scheinen

Todmüde tastend der Regen troff
In leisem, schluchzendem Weinen ...

Plötzlich die alten Türen knarren
Krächzen das alte, wehmütige Lied ...
Dumpfe Kommandorufe schallen ...
Soldaten treten in Reih und Glied.

Verwundert die alten Mauern starrten ...
Welch trauriger Witz!...
Diese Männer, da unten, die todesmüd
Präsentieren das lange Gewehr
Das waren ja ... Garden
Das waren Granitkolonnen von Austerlitz! ––––

Trommeln rasseln dumpf und schwer.
Und plötzlich redet inmitten der Soldaten
Ein kleiner, lebhafter Mann ...
... Granitkolonnen ... Taten
... Wir ... miteinander ... getan ...
Vorbei ... die Fahnen hat der Rost zernagt ...
Adieu Soldaten ...

Vive l'empereur!
Stöhnt's wie Sturmgebraus ...
Dann fährt ein Wagen zum Tore hinaus ...
Grau die Regenschleier wallen ...
Still! Der Vorhang ist gefallen
Über der Tragödie letztem Akt ...

Montag, 23.
Nichts Neues. Mathes. 2 bekommen! Mit Hartmann Krach. Ich lachte wegen seinem neuchen Anzug. Er trotzte, ich entließ ihn auf eine Woche.

Dienstag, 24. +
Luitpoldtag. Auf den Exerzierplatz. Dann allein heim. Nachmittags bei Reitters und im Bad.

Mittwoch, 25. – Sonntag
Wieder nichts los. – Die ganze Woche sehr fad. Ab und zu ein wenig Kopfweh. *Angst*. Samstag abends im Musikschulkonzert. Schön und lang. In der Schule der ewige Schlaf. Kein Leben und nichts. Alles ist so tot. Und so müd. Wenn's nur wieder schön Wetter würde. Aber da ist keine Aussicht!

Zwei Sonette: –

An den scheidenden Freund

Noch gilt es fleißig jetzt die Hände regen
Und abzuschütteln deiner Jugend Traum;
Doch deiner Arbeit fruchtbeladner Baum
Reift seiner Ernte schon entgegen.

Ich wünsch Dir reichen Erntesegen
Nach harter Arbeit – doch wünsch ich es kaum
Du möchtest in dumpfigem Arbeitsraum
Ganz deiner Jugend duft'ges Wesen von dir legen.

Denk manchmal auch der kinderfrohen Spiele
Die wir in Gottes wunderschönem Garten spielten
So kindlich freudig und so unverdrossen –
Und wenn an deines Lebens Ziele
Du denkst, wie viel die welken Hände hielten
Dann denk auch an der frohen Jugend Spielgenossen.

Emaus

Er ging mit seinen Jüngern über Feld – der Abend legte seinen weichen Schatten
Auf goldene, glänzende Ährenmatten, bald schlummert die Welt.
Hoch stehen die Halme in goldener Wucht, ragen träumend in die Abendluft
Und rings war ein Atmen von schwerem Duft, von würzigem Duft der Erdenfrucht

Der stark und kräftig am Boden hing.
Die Halme stehen hoch und hehr, recken stolz und herrisch in die Höhe sich – – –
Doch wenn der Herr vorüberging, dann neigten sie sich so feierlich
Als wenn ein König wandle einher.

HERBST

All die blassen Tage
Gehen so müd und verweint
Und der wehen Tage Klage, ist der Freude wilder Feind
So daß die Liebe verknöchert und all die Liebe versteint.

DIE ALTEN

Einsam waren wir beide
Und gingen nebeneinander allein
Wir tranken beide nie der Freude Wein
Und kannten das Lied vom Leide.

Wir gingen über wüste Heide
Es suchte jedes die Freude sein
Wir fanden niemals sie ganz rein
Wir beide.

Nun sitzen wir bei der Lampe Licht
Die verknittert das alte, müde Gesicht
Von uns beiden.

Wir sind so seltsam beklommen
Wird denn zu uns das Glück nie kommen?
Werden wir immer leiden? –

Sonntag, 29.
Nachmittags bei Reitters, wo eine Visite zu Ehren Walters Geburtstag war. Ganz nett. Prestel war da. Erst sehr fad, dann

lustig. Abends zu Oskar. Hatte Kopfweh. Schreibe ein Jahrhundertfestspiel, das sogar den Breslauern gefällt.

Montag, 30.
Abends bei Hartmann. Nichts ereignet. Dichte und lese fast nichts. Schade! (Das Lesen!) Der Abend kommt.

Juli 1913

Auf der grauen Stadt liegt heiß
Der sengende Sonnenstrahl
Die verstaubten Straßen lechzen weiß
Empor in Fieberqual.

Auf den Straßen taumeln Menschen umher
So müd –
Nur die Hämmer der Werkstätten klopfen schwer
Ihr altes Lied ...
Und wäre die Menschenheit sonnentot
In den Steinkolossen, und Hitze verloht
Sie müßten ohne Fried
Weiterarbeiten ...
Weiterleiden ...

Die Sonne tötet am heißen Tag
Die Menschen arbeiten nicht –
Durch die Luft saust als stetiger Mahner der Pflicht
Der harte Hammerschlag.

Dienstag, 1.
Nachmittags Hartmann mich entlassen. Daher ich ihn auch auf eine Woche. Schipfel intrigiert kindisch und glaubt sich nicht durchschaut! Wie naiv!

Mittwoch, 2.
Nachmittags mit Albrecht spazieren. Ist netter Bursch. So lala. Aber auch naiv. Neulich sagt er: »Enderlin geht nicht spazieren, also gehe ich mit euch!« (Bingen und mir!) Ich ärgerte mich. Plan: »Das sterbende Dorf«. Was geschieht, wenn der Tod in eine Gemeinschaft von Menschen tritt. Da ändern oder besser, verschärfen sich die Charaktere. Da wandelt sich die Welt.

Donnerstag, 3.
Vormittags schwach, Futterknecht sehr nett. Ich hab ihn wirklich gern. Ist so lieb. Ideal des Lehrers. Nachmittags nichts Besonderes.

Freitag, 4.
Abends mit Geyer und Groos bis ½ 9 Uhr im Siebentischwald. Sehr lustig und unterhaltsam. Wir trafen auch Bohlig, Prestel, Enderlin und Bingen, der die lustige Person spielen mußte.

Samstag, 5.
Abends im Konzert. War schön. Habe Katarrh. (!)

Sonntag, 6.
Katarrh schrecklich. Nachmittags bei Reitters.

Montag, 7. +
Katarrh schrecklich. Abends mich gelangweilt.

Dienstag, 8.
Als ich heut früh um 8 Uhr vor der Schule mich in der Bank umdrehte, gab's mir im Rücken einen Ruck. Ich konnte nicht mal atmen. Der Schmerz beim Atmen dauerte bis 10 Uhr. Dann wuchs er. Ging heim ins Bett. Abends konnte ich kaum mehr Luft kriegen. Herz gut. Neher, Abwechslung! –

Mittwoch, 9.
Vormittags kam Doktor Müller. Trockene Broncheritis. Interessante Krankheit. Schnupfen kann jeder haben. Wer Broncheritis! Langweilte mich köstlich durch den Tag. Wenn nur das Geld auch so langsam zerrinnen würde wie manchmal die Zeit. Abends kam Schipfel. Netter Bursche! Intrigiert sogar gegen mich bei Hartmann. Freut mich!

Donnerstag, 10.
Max überflügelt uns alle. Durch seinen Fleiß und seine Ausdauer. Er wird mehr als wir alle. Den Anfang zum Kommerzienrat hat er schon gemacht. Bis jetzt ist er nämlich in der Aufnahmeprüfung der Realschule durchgefallen. Mit noch 2 von 300. Nun! Die alte Geschichte vom unterdrückten, verkannten Genie. – Vormittags bei Tante. Lasen Jahresbericht. Tante erkundigte sich nach allen Kommerzienräten und Direktoren, die drin vorkommen. – Fritz hält Tellermütze für kindisch. Klausens tragen sie. Fritz trägt sie auch. Einmal war er eingela-

den. Erst drei Jahre beieinander in der Klasse und schon eingeladen. Als er heimkam, war ihm nichts mehr gut genug. Er wollte zunächst mit einem Reitpferd das neue, standesgemäße Leben beginnen. Onkel zeterte, Tante weinte, Richard ärgerte sich, und die Familie lachte. Großvater wird Fritz sicher das Geld zu einem Pferd vermachen. – Tante ist stolz auf die noblen Passionen des feinen Herrn Sohnes. Er wird einmal seinen Weg machen. Vielleicht Pfarrer. Hofprediger! Er ist sehr fromm. In der Kirche schließt er die Augen, um der Predigt zu folgen. Aber er schläft wirklich nicht. In der Schule hat er einmal während dem Beten Grammatik gelernt. Denn er ist sehr lernbegierig und fleißig. – Er hat viele guten Eigenschaften und kennt die Söhne eines Direktors. Hm! – Donnerstag nachmittags zuerst geradelt. Dann traf mich Albrecht. Siebentischwald. Albrecht will nach Ferien nicht mehr kommen. Schade. Vornehmer Snob. Netter Kamerad. Und recht anständig. Wenn er das Wort »Mädchen« hört, wird er rot. Er steht auch im Verdacht, gut gezogen zu sein. Er kennt verschiedene Worte der Volkslyrik nicht und entrüstet sich über sie. Er will zur Marine. Wünsche ihm Glück. Er ist einer (von der guten Sorte) der Streber. Er weiß mehr als ich! Pfui! Schimpft nicht über andre! Schöner Zug! – Heimweg Bingen begegnet. Hatte grünen Wehrkraftshut auf. Stimmt auffallend. Er ist nett, anständig, liebenswürdig, hat keinen Charakter und ist überhaupt ein lieber Kerl. Nur macht er Witze. Habe ihn gern. Snob. Schmeichelt sich überall ein. – Überall gehänselt, gilt er doch als voll und nicht dumm. Nicht so wie Bohlig. Der ärgerte mich Freitagabend. Ich wandte mich, warf ihn lang ins Getreide. Schade für das Korn. Er sagte: »Ich habe nur deine Kraft sehen wollen!« Er ist rauflustig und lächerlich. Geyer mahnt. Er ist gerad, aufrecht, hygienisch. Er schauspielert doch vielleicht ein bißchen. Als ich Bohlig ins Getreide warf, sagt er: »Du warst nicht ganz im Recht, nämlich: ...« Er hätte das Hineinwerfen besser verdient als Bohlig. – – – Nun wir sind abgekommen. –

Freitag, 11.
Heute von der Schule daheim. Sonst sagt Mama, wenn ich noch mal krank werde: »Hättst du gefolgt. Ich hab's jetzt wieder.« Natürlich. Und heut vormittags sagt sie: »Warum bist du jetzt

nicht in der Schule?« Es wär mir angst, krank zu werden. Papa ist unwirsch und Mama jammert immer über die viele Arbeit. Und diese Aufgeregtheit! Auf die vier Wochen ist's mir heut schon angst. Immer das Schimpfen! – Siehe Tagebuch 6 B, Seite 24! »Tais Rottenbrocker.« – Nachmittags mit Schipfel auf dem Lechhauser Volksfest. Fad. Schipfel ist kein Unterhalter. Im Gegenteil.

Samstag, 12.
Schule aus! Vormittags in der Kirche, mit Geyer zusammen. Albrecht wird das auf immer Fortgehen doch schwer. – Dann Zeugnisse geholt. Bin sehr (besonders mit Futterknecht!) zufrieden. Bestes Schlußzeugnis seit Jahren! Nachmittags für die 5 Mark von Papa »Französische Lyrik« gekauft. Prachtvolles Gedicht Verhaerens darinnen »Der Regen«. Abends zum Empfang der Säger mit Gehweyer an den Bahnhof. Trafen hier Geyer.

Tais Rottenbrocker:
Schluß:
– – – – – –
Die Geschichte meines Lebens ist erzählt.

Nun ist wieder Abend. Wie es Abend war, als ich sie begonnen. Wieder sehe ich von meinem Fenster aus das Meer im Glanze der Abendsonne. Ab und zu kriecht ein Strahl, ganz rot, zum Fensterchen herein und setzt sich auf meine abgezehrten, gelben Hände.

Draußen rauscht das Meer. Die Sonne wird nur mehr Minuten am Himmel stehen. Aber seltsam, ich kann mir eine Nacht nicht mehr denken. Es ist so leicht geworden in mir. Und so still. Ich glaube, das macht, weil ich mein Leben nieder besehen habe.

Die Sonne sinkt. Ich sehe es ganz deutlich. Und drüben im Osten steht ragend die Nacht.

Und das Meer rauscht sein altes, tröstendes Lied. – –

Sonntag, 13.
In der Frühe reiste Walter nach Achern ab. Wir gingen zum Empfang der Säger. (Ich mit Herrn Eberl!) Nachmittags ordnete mit Herrn Reßler Papa den Festzug. Er fuhr an mir und Geh-

weyer vorüber. Papa saß auch in 'ner Kutsche. Abends zu Gehweyer. (Snob.) Frobenius soll auch Snob sein. Er verschließe alles.

Der Baum

Jahrzehnte stand er im Eichenwald
Als der schönste und größte von allen Bäumen –
Mit den grünen Blättersäumen
Stolz und trotzig, mit gereckter Stirne
Wohl schon schon viele hundert Jahre alt –
Und hielt stand dem Sturm, dem Hagel, dem Regen –
Der ihm so loh verletzt seiner Äste Gezwirne
Seinen Feinden stellt er die beharrliche Kraft entgegen
Und der durchkämpften Jahre Gewalt.

Er beugt sich nicht einmal, stand immer stolz
Emporgereckt hoch über die andern Bäume.
Steil ragte sein festes hartkräftiges Holz
In die blaue, eisscharfe Luft
Um ihn glitten der Wolken gigantische Träume –
Und seine Wurzeln sogen das Mark der Erde
An sich und ihren stärkenden Duft.
Fest, mit beharrlicher Gebärde
Gruben sie sich in das Erdreich ein
Verankerten sich in der Erde Gestein.

Wie ein König stand er, so hoch und rag.

Und von Jahr zu Jahr reckt er sich höher empor.
Er kam der Sonne näher fast von Tag zu Tag
So daß sein Giebel im Feuerschein lag – – –
Und er scheute sich nicht davor
Immer höher zu streben.

Das war ein Leben!
Wie freut er sich stets auf den Frühlingsföhn
Der ihn jährlich umbraust in einsamen Höhn!

Ach, wie schwellten sich da sein Adern und wie
Jauchzt' in seinem Innern die Lenzmelodie.
Wie da in dem kräftigen Mark
Kochte der gärende Saft
Wie ungeheuer, gewaltig da schwoll die Kraft
So lenzfroh, urstark.
Welch ein brausend Gefühl!
Wie er sich reckt
Und sich streckt
Und höher, viel höher emporwachsen will.

Welch eine Lust so – Jahr für Jahr.
Den ganzen Sommer freut er sich auf diese Feste
Des mählichen Werdens und, wunderbar!
Immer unbändiger die Lust, noch größer zu werden
Immer gewaltiger wurden die starren Äste
Immer wilder die Brunst, mit der er die Feste feierte
Nur wenn der Frühwind um die Gipfel scheuerte
War ihm recht wohl.

Fortsetzung später, da ich jetzt nicht arbeiten darf!

19. Juli 13

Der »Chronika« 1. Teil

1.) Aufzeichnungen über Bad Steben

1. Woche: 14. – Juli:

Es ist ein stiller Nachmittag. Die Hühner krähen und die Uhr schlägt hallend 2 ½ Uhr. Und so wollen wir denn beginnen, fein säuberlich aufzuzeichnen, was uns in Bad Steben passieret ist.

Vater brachte Mama und uns nach Bad Steben im

Steben gehört dem Fiskus und ist sehr schön hergerichtet. Im Kurhaus ist Musik-, Schreibe- und Lesezimmer. Eine Kolonnade, ein Park sind da.

Montag war es schön. Aus dem Zuge sahen wir in des Sommers festlichen Garten. 1 Uhr in Hof an. 3 Uhr in Steben. Papa suchte Wohnung. Wir gingen Abends bei Fickentscher, Hauptstr. 21, ins Quartier. Nette Zimmer!

Von Dienstag ab begann das Kurleben. Der Arzt, Dr. Rubner, erklärte, ich sei sehr nervös. – Vormittags und nachmittags je ein Becher Stahlwasser.

Das Wetter war Mittwoch schlecht. Dann wurde es langsam besser.

Wir fühlten abends stets eingenommenen Kopf. Keine Schmerzen. Wir bemühten uns, die Kur einzuhalten. Dienstag +. Gedichte keine. Gedanken: Tanhäuser, die Segel, Exotische Briefe.

In der zweiten Woche Kopf besser. Lernte Sohn des Kapellmeisters kennen.
Donnerstag Mama Erbrechen und schlecht.

Herbststimmung aus »Tanhäuser«

Tanhäuser zog landein, landaus
Hatte nirgends Obdach und nirgends Haus.
Er ritt übers Land in seltsamer Hast
Und gönnte sich niemals Ruh und Rast.
Es war, als flieh er sich selbst wie den Tod
Den er immer genarrt
Als nehme er eine schwere Last
Mit auf die Fahrt.
Den Menschen, die ihn am Wege trafen
Wagte er nicht in die Augen zu schauen;
Es war als sei Freude längst eingeschlafen
Als sei erwacht jetzt das Grauen.
Um seine Augen, die strahlend blauen
Liefen grobe Ringe einher
Von durchwachten Nächten erzählend
Und trübe Gedanken quälend
Zernagten das Hirn ihm schwer.

Oft ritt er mit gesenktem Speer
In dem schwarzen, trauernden Kleid
Durch herbstliche Felder und Wälder weit
Versunken schwer
In Leid.

Die Augen sahen tot und leer
Mit wehem, verlohtem Licht
Aus dem blassen, edlen Gesicht
Als jagten sie hinter Vergessenem her.

Der Herbst in den alten Baumkronen saß
Und zupfte die Blätter von schauernden Zweigen
Die ergeben in Demut sich neigen
Und der Herbst fraß in furchtbarem Schweigen
Er fraß und fraß.

Braun waren die Blätter und taub
Und der Wind fegte träg
Von den schweigenden Bäumen
In müßigem Träumen
Laub auf Laub
Auf den einsamen Weg.

Die Bäume, sie seufzten in Not
Als der trauernde Ritter vorüberritt
Das Haupt gesenkt
Schwarz die Zügel verhängt –
Durch den Wald hallt der Tritt
Des Rosses so leer und tot.

Auf einem Zweig sang ein Vogel sein Lied
Das klagt durch den trauernden Wald
Ach er würde mit den Sonnengarben
Die auf den Blättern allmählich erstarben
Auch sterben bald –
Ach er war so müd.

Manchmal
Wenn des Rosses Huf
Auf dem Boden leise dröhnt
Wenn der bange Ruf
Eines Hähers höhnt
Wie in steter Qual, so schrill und taub
Raschelt das welke Laub
Und stöhnt.

Doch der Ritter reitet
Still vorbei.
Er hört nicht des Laubes bangenden Schrei;
Mit Augen geweitet
Von Schrecken verstört
In denen der Tod seine Siegmelodei
Singt, starrt er in Waldesdickicht.
Es umflattert das goldene, funkelnde Haar
Das schmale, blasse Gesicht.
So ritt er dahin jetzt bald sieben Jahr
Und immer stumpfer wurde das Licht
Der Augen.

Und die weißen Schläfen sanken ein.
Grau wurde der Stirne blendendes Weiß
Und feine Furchen zogen sich leis
In das Gesicht mit Fleiß.
Die Stirne schien ganz grau versteint
Und die Augen waren stumpf verweint
Da glomm ein Sehnen nach Frieden heiß
Nach Frieden.

Samstag, 26.
Vormittags im Lesesaal Idee: »Vision Karls V.« In einzelnen Erzählungen wird die Geschichte des Mittelalters geschildert. – Ferner: »Stunden des Lichtes«, zwölf Gedichte. »Der Fürst«, »Der Mensch«, »Der Bauer«, »Der Vater«, »Der Gelehrte«, »Revolution«, »Der Baum«, »Der Weg«, »Der Wind«, »Das Meer«, »Der Strom«, »Krieg«.

Stunden des Lichts — Visionen

I.
Abend war es. Und das rote Licht
Der versinkenden Sonne strahlte zum Fenster herein.
Und ihre Strahlen schauen ein Gesicht
Das ward umzuckt von diesem Abendschein.

Leidenschaft

Nimm an das Kinn die Fiedel
Du bleicher Geigersmann
Und stimm ein lustig' Liedel
Auf deiner Geige an!«

»Darf nicht des Spiels begehren
Tod sitzt mir in der Brust
Spiel ich, wird mich verzehren
Die wilde, böse Lust!«

»Spiel! Geiger! Laß deine Sorgen
Schwing dich auf selige Höhn!
Was sorgst du heut für morgen
Heut ist das Leben so schön.«

Der Geiger kann bezwingen nicht
Die flehende, fordernde Not;
Er spielt so süß mit blassem Gesicht –
Und dann fällt er um und ist tot.

Tanhäuser

In allen Schenken, dumpf und klein
Spielt er auf
Seine Töne, voll und klar und rein
Springen den rußigen, schmutzigen Stein
Der Wand hinauf.

Da sitzen Menschen schwer und stier
Todmüd von Arbeitstagen
Und hören mit seltsam wilder Gier
Umnebelt vom berauschenden Bier
Die Geige klagen.

Da starren Augen licht und froh
In weites Land

Drin brennt die Freude wie Feuer loh
Die Freude am Schönen so himmlisch hoh
Von Gottes Hand.

Und in dem Saal wird's eigen still …
Sie sitzen alle seit alten Zeiten
Wenn nur der Geiger nicht enden will
Wenn nur nicht einmal grell und schrill
Springen die Saiten!

Sie gehen durch abendstilles Land
Die stille Gemeinde …
Wohl bis an der Sonne leuchtenden Rand …
Nur manchmal beuget einer die Hand
Als ob er weinte …

So spielt der Geiger weh und bang
Bis in die Nacht hin spät
Bis daß sein End erreicht der Sang
Mit müdem monotonem Gang
Der letzte Ton verweht.

BAD STEBEN

Zehnmal sank der Wagen des Helios
In des Styx Gewässer, gold umsprüht
Zehnmal sind in seinem Strudel
Sonnenfarben still und schwer verglüht.

Zehnmal webt mit Rosenfingern
Eos den Olympischen Gewölken frühes Morgenrot
Und Helios' strahler Feuerwagen
Rollt herauf frühgold umloht.

Seit ich lebe hier in fremdem Lande
Stetig denkend nur der Heimat Gauen
Ihrer Straßen spitzgiebliger Häuser
Ihrer Türme, der alten, grauen.

Und wenn nochmal zehnmal sank die Sonne
Und vom Morgen auferstand
Zieh ich freudetrunken in die Heimat
In das alte, liebe Land.

Die Leute

Langsamen Schrittes mit würd'gem Gebaren sie gehen
Auf der geheiligten Straße der Kurpromenade.
Und in den Händen, den saubern, sie halten das Trinkglas
Das – aus ganz echtem Kristall – für 50 Pfeng sie erworben;
Sorgsam sie halten's mit spitzigen, lieblichen Fingern
Daß man auch sehe die herrlichen Ringe aus ganz echtem Goldblech.
Manchmal sie führen das Glas an die durstenden Lippen
Oder vielmehr das Röhrchen, das stecket im Glase
Daß nicht das stählerne Wasser verletze die unechten Zähne
Denn die sind noch nicht bezahlt, man muß sie noch schonen! –
Während sie gehen in Gruppen von Zweien und Zweien, sie führen
Ernste Gespräche und sprechen gar sinnige Worte
Über das Mädchen des Dienstes, die neueste Schuhkreme
Übers Hotel, die Kellner, das Essen, den Hauswirt.
Solches sie wälzen in ernstem würd'gem Gespräche.

Drüben am Tische sie sitzen, die ästhetischen Leute
Tauschen mit furchtbar erregten Gesichtern die herrliche Meinung.
Eben spricht jemand gar weis über Gerhardus Hauptmann:
»Denken Sie nur Frau Meyer, ich las die ›Atlantis‹
Und niemehr wieder etwas von diesem scheußlichen Kerle.
Hatt sie geliehen von jemand, des Nam ich verschweige
Denn ich will nicht, daß sie werd gesellschaftlich ruchbar
Und sage nicht, daß die Sekretär Heu 's war –
Also ich hatte geliehen das Buch von der jetzt Namenlosen
Die es im 16. Gliede von einer Befreundeten hatte.
Wie ich's gelesen, da gab ich es schnell noch 'ner Freundin
Die es natürlich auch las und auch noch verlieh.

Und nach sechs Wochen, was denken Sie mon Frau Assessor? –
Kam die gemeine Person, die das Buch hatt geliehen
Von der Leihbibliothek und verlangt nun ihr Buch
Direkt von mir, die ich es schon längst nicht mehr hatte.
Das ist doch frech, Frau Assessor, erst leiht sie den andern die Bücher
Und dann will sie dieselben auch nochmal zurück!
Wies sie natürlich an meine geliebte Freundin, damit sie
Zahle das Geld für den schlechten Roman der ›Atlantis‹.
Und da soll man noch verehren den Gerhardus Hauptmann ?!!«
Also sprach wütend die feine und vornehme Dame und alle –
Sitzend am Tische, beschäftigt mit Schlürfen den bräunlichen
Café, sie stimmten der Dulderin zu. –

Die Musik

Und die Musik nahm gefangen gar leise die feinen Gemüter
Wandelte gleich das Thema der Rede auf Muhsi.

An einem Tische saß erregend, in herrlicher, prunkender Schönheit
Unter den anderen Damen, 'ne riesige Dame
Mit einem Hute, der mit seinem Umfang alle entzückte!
Herrlich waren die Federn und mindestens 200 M wert
Und die bespitzelte Robe kostet ein Monatsgehalt.
Und es begann die so herrliche Dame gar herrlich zu reden
Zürnend die Stimme zu heben, die liebliche, reizende, feine:
»Jetzt spielt man Wagner und Chopin, Beethoven und Haydn
Und als sie lebten, da spotteten ihrer die Leute.
Niemals kann ich es begreifen, wie damals gar niemand begriff's;
Diese Herren des Geistes mit ihren gewaltigen Werken.
Freilich, der niedere Pöbel, der dumme begreift sie auch jetzt nicht
Hört heut noch lieber die Gassenhauer und arg schlechten Walzer
Dieser Geldmacher, der Strauß und der Lehár und Gilbert.
Jetzt da zum Beispiel wird wieder so Schlechtes gegeben, ein Lehár!!!«

Denn sie hatte gemerkt sich genau die Nummern der Stücke.
Eins, drei, fünf, sieben, das waren die Guten, die andern, die waren
Walzer, Idylle und anderes Klitschzeug und Schundklang.

Und es begannen die Damen am Tische zu schelten
Über die Neuen, Modernen, den Strauß und den Pfitzner,
Da seien Wagner und Chopin schon andre Musiker gewesen.
Die habe man ganz unbegreiflicher Weise
Damals verkannt. Doch die jetzigen wären
Niemals es wert, Komponisten zu heißen.

Und eine Dame, gekleidet in knallgelbes Bettuch
Mit 'ner Lorgnette auf der spitzigen, grauweißen Nase
Sagte, indem sie die weißen, gar herrlich gefärbeten Locken
Sanfte zurückstrich, mit flötender Stimme:
»Hören Sie nur, meine Damen, das herrliche Stück jetzt
Das muß von Beethoven sein, ich hör es am Klange.«
Denn sie hatte notiert sich die Reihenfolge der Stücke.
Doch die anderen staunten sie an, ob ihrer Allweisheit.

»Oh, oh, wie lieblich«, »wie schmeichelnd«. »Entzückend«, so riefen
Flötend die Damen und eine besonders, von kleiner
Zierlicher, feiner Gestaltung, schlug ihre Augen
Die wasser-hm-blauen (?) auf in Entzücken.

Und als geendet das Opus, da sagte sie leise:
»Oh, diese herrlichen Weisen – und sind noch so billig!
Während die Neuen man kaum kann derzahlen!«
»Ja und dazu ist es Schund, ihr elend Geschreibsel!
Hören sie nur, Nummer vier, dies scheußliche Tempo!
Mir wird ganz schlecht« – so hüstelte die mit dem Strohhut.

Fünf dann und sechs noch entschwanden und voller Bedauern
Hörten die Damen noch Numero sieben, den »Chopin«;
Der doch als letzter auf dem Programm stand.

Aber da zeigt's sich, daß, als er vorüber
Es erst Nummer sechs war, 'n Lehárscher Walzer.

Also so hatten die Damen geklatscht zu dem Schund
Dem Geschripsel der Neuen, wähnend, es wäre
Beethoven, Chopin und Tschaikowsky.

Aber natürlich, schuld war das Programm, das Gemeine!

ÄSTHETIK
GLOSSEN

Mich eckelt dieser banalen Welt
Wo kein Apfel vom Baume fällt
Ohne daß kluge Leute ihn fallen sehen
Und sich in großen Reden
Und Frömmeln und Beten
Darüber ergehen.

Wo die Banausen
Jeden Affen durchlausen
Und dann zu den Freunden sausen
Und mit ihrer Rednergabe
Erzählen mit Aufbrausen
Wieviel der Affe Flöhe habe!

Dialoge
DER NARR UND DER KÖNIG

NARR
Für was denn, sag's mir, König
Für was doch plagst du dich?
Hoffst du auf Ruhm, der tausendtönig
Einst in den Büchern der Geschichte blähet sich?
Der durch die kühlen, schwarzverhängten Kathedralen
Einst braust bei deinem Tode feierlich?
Hoffst du, daß dann mit den Sterbekerzen
Den triefenden, fahlen
Dein Volk in wehmutsreichen Schmerzen
Beweinet dich?
Sag an, o König, d a r u m plagst du dich?

KÖNIG

Schweig Narr! Ich plag mich nicht für mich!
Ich wünsche nicht den leeren, schalen Ruhm.

NARR

Hm! Du verschmähst das lautgepriesne Heldentum?

KÖNIG

Was nutzt es mir, wenn ich gestorben
Liege sechs Meter unter der Erde
Dem Lied der Sänger ein Opfer werde?
Wird mir dadurch genützt, wird mein Namen
Den die Völker zu preisen kamen
Etwa nicht durch das Geplärr verdorben?

NARR

Für was denn dann?
Für eine Bande Idioten
Die wohl nur sind im altgewohnten Dreck?
Die ehren nur die Toten
Die ihnen ihre altererbten Rechte
Nicht nehmen weg.
Sie sind nun einmal geborene Knechte
Und fügen sich behaglich drein.
Sie wollen keine Herren, sie wollen Knechte sein!

12. VIII. 13

Feiertag

Einmal – – –
Kroch ich ganz in mich selbst zurück
Und blieb in meiner Seele dämmerfahl
Allein mit meinem Glück.

Ich belauschte des Herzens pulsenden Schlag
Und fühlte brausen das rote Blut
Da ward's in meiner Seele Feiertag
Und eine Sonne strahlte rein und gut.

Und ich dachte:
Daß ich für mich allein, ganz allein ein Wesen wär
Und hörte, wie meine Seele heimlich lachte – – –:
Tobe, du Welt des Jammers, umher!

Witze:
Im Stadtgarten belauschte ich folgende Szene: Eine am Nebentisch sitzende Dame sagte, als sie Bockwürstchen bestellt hatte, zu ihrem Mann: »Justav, jetzt wollen wir sehn, wie die Offiziersfamilie da drüben die Haut abzieht. Mit den Fingern oder mit die Gabeln?« Und zu gleicher Zeit begannen die Leute am Nachbartisch ihre Würste zu essen: mit der Haut.

Bohème: Ich könnte wuhhn-dervolle Gemälde schaffen, nur fehlt mir 's Talent!

Napoleon
Glosse

Man nennt ihn den größten Massenmörder der Welt. Er war nicht so schlecht. Er sah sie alle als Masse, Volk. Er tötete nicht acht Millionen, sondern *mußte einen* töten. Aber jeder der acht Millionen, war sich selbst der einzige.

August

Auf den Feldern reift schon das Getreide
Und die Halme stehn in schweren
Steilen Massen.
Und mit Prassen
Wirft die Sonne das Funkengeschmeide
Auf die goldenen Ähren.

Und in stillen Abendstunden
Wenn die Sonne längst verschwunden
Erzählen die Ähren leise und linde
Dem wehenden, wandernden Winde
Sich erbarmend des Gefährtens
Der noch niemals Ruhe gefunden
Von rastlosem Eilen
Raunen die Ähren, die hohen, steilen
Die Geschichte ihres Werdens.

Dann herrscht Dämmerschweigen
Rings im Kreise
Bis in weite, verdunkelnde Ferne
Wo die letzten roten Sonnengleiße
Tanzen den Abendreigen.
Dann herrscht ewige, todtiefe Ruh
Und die Ähren leise … leise …
Raunen ihre Geschichte

Und oben, im ruhigen Lichte
Hören die ewigen Sterne zu …

1.-14. August
In Bad Steben. Wetter sehr veränderlich. Steben ein freundliches Städtchen. War viermal im Kurtheater. »Das Konzert« von Bahr, »Der dunkle Punkt« von Kadelburg und Presber. Zwei Sinfoniekonzerte.

Im »Konzert« traf Mama eine Dame: Frau Veeh. Sie ist aus Weimar (!) und hatte Bahr sprechen gehört. Am andern Tage saß sie bei uns am Tische. Ein äußerst feines, interessantes Gesicht.

Große, graue Augensterne. Eine feine, hochgebaute Alabasterstirne. Schmale, wohlgebildete Nase. Wundervolle Aussprache. Ich war begeistert. Sehr feine Dame. Hatte Sohn Horst mit. Sehr netter, angenehmer Junge. Den ganzen Aufenthalt waren wir mit ihr zusammen. Ferner schon im Zuge Fräulein Steiger. Sehr lustig und burschikos. »Macht so schnoddrige Witze.«

War dreimal im Freilichttheater. »Die versunkene Glocke«, »Iphigenie auf Aulis«, »Glaube und Heimat«. Sehr schön.

Nahm 14 Bäder. Trank Stahlwasser. Befinden sehr gut. Herzbeschwerden jetzt fast verschwunden.

15. August
Daheim! Gestern früh traf ich noch Frau Veeh. Ich habe sie sehr lieb gewonnen. Sie sagte vorgestern, als wir allein spazierengingen: »Ich habe das Gefühl, Eugen, als ob Sie noch einmal ein ganz Großer unseres Volkes werden würden.« An der Bahn war Fräulein Steiger mit Blumen. – Heute über Bayreuth Heimfahrt. Sehr lang-weilig. Abends Papa am Bahnhof.

16. August
Bei Reitters!

17. August
Walter kam ½ 3 Uhr. Mama fragte gleich nach, ob Walter auch ordentlich Inneres gekriegt habe. Und ob er etwas zum Mitnehmen bekommen hätte. Taktlos!

Erlebte auch dieser Tage meinen ersten Durchfall. Hatte das Gedicht »Feiertag« an die »Jugend« geschickt in voreiliger unüberlegter Weise. Bekam natürlich keine Antwort. Auch zwei Witze blieben unbeachtet. Ich schickte die Sachen nur fort, um Geld für einen Band Verhaeren zu bekommen. Nun ist's damit nichts.

Die Ferien

's ist allemal 'ne Lust und Freud
Wann kommt die schöne Ferienzeit.
Als Herr Titur

Mit seiner Frau
Ins Kurbad fuhr
Da war das Wetter herrlich nur
Die Sonne lächelte »schau« schau!
Der Himmel, der war blau.
Es ist ein Schmerz und gar ein Leid
Wenn's regnet die schöne Ferienzeit.
Besonders weh
Ist da der Schmerz
Wenn man, oje
Umflutet von dem Regensee
Zieht heimatwärts
Mit großem, leerem Portemaneeh.

's ist allemal 'ne Lust und Freud
Wenn fort die schöne Ferienzeit
Und Herr Titur
Mit seiner Frau
Zurücke fuhr
Mit 'nem Gesicht: wau, wau
Wie war das Wetter schlecht und mau
Und jetzt zuletzt
Da ist der Himmel wieder blau.

20. August. Sonntag

Prolog zur »Schöpfung«
Anfang siehe N° 5, Seite 2!

Es war der Dämmermorgen wohl des ersten Tags.
Grau lag die Welt in stummer Ewigkeit
Als langsam, zögernd, die schlimmen Nebel wichen
Als sich zu teilen anfing das Gewölk.
Grau segelten die Nebelschwaden hin
Wohl über weite, öde Trümmerfelder.
Und lichter ward's.
Im Osten fern
Kam langsam in majestät'scher Pracht
Ein roter Feuerball strahlend herauf.

– – Und es ward Tag!
Denn Gottes unbewußter Schöpfergeist
Der alle Wesen schnell umkreist
Befahl: Es werde Licht!
Und Licht ward's. Und die Nebelmassen dicht
Die legten sich wohl auf die Erde schwer
Und sie versteinten.
Und aus dem Weltall leer
Wurd durch des allumfassenden, allgeeinten
Geistes ein wohlgefügt Gebilde
Auf dem sich dehnten grüne Saatgefilde.
Durch die die Bäche fröhlich sich ergossen
Und über die die Wolkenmassen schossen.
Und über allem lag
Der Sonne gleißend, strahlend Licht.
Und leuchtet bis der erste Tag
Birgt hinter dicker Wolkenmacht
Das schauernde Gesicht.
Da ward die zweite Nacht.

Nachmittags bei Reitters. Dann bei Gehweyer. Wir besprachen eine Zeitung: »Der Tag«. Er verlangte 1 Mark fürs Schreiben. Ich sollte dann die Zeitung redigieren, konzeptieren, hektographieren und verbreiten. Und dafür Gewinn – 25 Pfennig! Er hält mich scheint's für dumm.

Friedhof

Ein kleines Stückchen Erde
Mitten im Wald
Hohe Bäume stehn herum
Da drinnen liegt mancher Gefährte
Dem war sein Leben bang verhallt
Da ward er so stumm.

Hohe Bäume sich auf Gräber neigen
Drin wieget sich der Sonnenschein
Und tanzt den Reigen

Auf den Gräbern, die schweigen
Und scheinen zu lächeln fein.

Und ein lichtes Kirchlein steht im Wald
Bald werden die Glocken schallen
Bald.
Die Sonnenstrahlen tanzen weit
Schräg auf die Erde sie fallen
Auf das kleine Stückchen Erde im Wald
Das da birgt soviel Leid.

Dieses Gedicht ist Skizze und nichts wert.

König Erich von Schweden

ERICH

Seitdem ich der Sonne Strahlen gesehn
Kann ich nimmer im Finstern gehn.
Muß ich immer weiter hasten
Und durch Dunkel mich vorwärts tasten – –
Bis ich in stillen Stunden
Habe die Sonne gefunden
Die liebe Sonne, leuchtend rot
Oder – – – den Tod.

Weiß längst nicht mehr, wohin ich geh
Ich gehe vorwärts in eigenem Weh
In fremdes, fernes Land.
Und führt mich keine sorgende Hand
Ich geh auf unsicherem, trügendem Weg
Über Berg und Steg
Von denen ich niemals erfuhr.
Manchmal nur
Dringt zu mir herauf aus dem Menschenland
Ein seltsamer Ton, und als stünd ich an Abgrundsrand
Schreck ich zurück, weiß nicht warum.
Aber ich gehe weiter stetig und stumm.

Habe keinen eigenen Willen mehr
Das Steigen wird mir so schwer
Und muß doch weiter gehn.
Mir ist's, als ob die Stunden stehn.
Als ich wenn ich ganz allein vorwärts taste
Und eile und haste
Nach einem Ziel, das es niemals gab.
Oder ist mein Ziel das Grab?

1. AKT — Ein Szenenanfang

Ein ländliches Fest am Abend im Garten. Während Erich am Tische sitzt und scherzt, Karin neben sich, kommt ein Haufe Burschen mit Ragnar voran.

RAGNAR

Da, der da mit dem großen Hut
Der will mir sie nehmen.
Sie, die meines Lebens einziges Gut.
Er will sich nicht schämen
Einem Armen sein Letztes zu rauben!

ERSTER BURSCHE

Schlagt ihn tot, den Hund
Den mit der Federhauben
Burschen, schlagt ihn wund!
Verwirrung. Alle stehen auf. Erich steht seitwärts.

Freitag
Gehweyer und ich geben eine Zeitschrift heraus – »Die Ernte«. Eine Auflage bereits fertig. Mitarbeiterschaft Hohenesters gesichert.

Mittwoch, 27.
XXXX
Gestern ein Gedicht »Vor 100 Jahren« fortgeschickt, das ich in der Nacht geformt hatte. Nachträglich sah ich ein, daß Verschiedenes fehlte und der Titel unrichtig war. –

Samstag, 30.
Hermann Bahrs »Theater« gekauft. – – – Vertrödle die Zeit! –

Die Zeitschrift wird sehr nett. Zwei Gedichte von mir beide in der zweiten N°. Die Vakanz eilt ganz blödsinnig. Herz sehr gut. – – –

Der Königssohn

Manchmal, wenn in hellen Nächten
Leis ich durch die Felder geh
Steigt in meiner Seele brennend
Auf ein heißes Weh.

Und ich sehe weiße, weiße
Marmorleuchte Mauern stehn
Eine Flagge stolz mich grüßend
Leis im Winde wehn.

Manchmal, wenn im Wind sich leise
Vor mir beugen die Ähren
Rinnen mir über die Wangen heiße
Bittere Zähren.

Der Narr

Hat ein Gesicht, wie Schnee so weiß
Und zerrissen wie Felsgestein.
Und aus der Augen trübem Gleiß
Blinkt ein erloschener Schein.
Seine Züge sind so hölzern starr ...
So sitzt in der Ecke einsam der Narr. – – –
Seine Augen sind so kindergut
Und ist ein seltsamer Widerstreit
Zwischen ihrer erloschenen Glut
Und ihrer fahlen Zerrissenheit. – –
Und sein Gesicht ist so leichenhaft starr ...
Seine Mutter ist ihm gestorben heut
Nun muß er trauern im Schellenkleid
Der arme Narr. – – – –

Aschermittwoch »Stunden des Lichts«

Die Stadt liegt grau und der Morgen verweht
Leis durch die dämmernden Straßen geht – –
Ein Frösteln zieht durch die Straßen einher
Und von ferne klingen die Glocken schwer.

Die läuten dumpf und voller Pein
Das Sterben des großen Christus ein.

In einem der letzten, grauen Häuserlein
Still bei des Morgens trübem Dämmerschein
Liegt Pierrot tot mit starrem Leib
Und neben ihm weint ein altes, armes Weib.

Borodino

Die Winterabendsonne schüttet blut'gen Schein
Wie roten, schweren guten Wein
Auf harten, schweigenden, weiten Schnee
Auf dem verstreut, in Leid und Weh
Die dunklen Leichen liegen.
Tote auf Tote, ohne Unterlaß …

Die hocken verkrümmt, die jungen Gesichter blaß
Die Hände im starren Schnee begrabend …

Und weither klingen Glocken verweht …
Und dort im Westen blutig untergeht
Der rote, verleuchtende Abend.

Savonarola

Girolamo ist tot …

Nun liegt sein Leichnam, bleich und erstarrt
Im hohen Dome aufgebahrt

Und Sterbekerzen lohen hoch und rot …
Savonarola ist tot.

Und in würdevollem, ernstem Gange
Wandeln hoch mit monotonem Sange
Der Mönche steile, fahle, weiße Reihn
Und Glocken schallen dumpf darein
Als bitten sie zum Vesperbrot –
Doch heut umbrausen sie den Marmorsarg
Denn ihr Girolamo ist tot!

Der liegt im Antlitz eisenstark
Und scheint die Mönche zu grüßen – – –
Und die hohen Sterbekerzen
Sie verglühen schon …
Und da im Weihrauch sieht mit süßen
Nachtdunklen Augen die Mutter der Schmerzen
Und hält in den Armen den toten Sohn.

Die Vergessenen

Sie leben und sterben irgendwo
An einem fremden Steg
Das Leben geht vorüber roh
Und über sie hinweg.
Sie lebten und starben und rangen schwer
Und zogen Kinder auf
Und dann in ferner Vergessenheit hehr
Sie enden ihren Lauf.

8. September
Mamas Geburtstag. Ich wußte es erst gar nicht. Dann kaufte ich »In Harmonie mit dem Unendlichen«. Aber ich richtete keine rechte Freude mit an. Mama fragte, wo sie gekauft wurde. Wie wenn's darauf ankäme! Bin nur froh, daß ich das Gedichtbuch (meines) noch nicht hergab! – – Die Ferien gehen auch zu Ende. Ich freue mich auf die Schulzeit wieder. Ich bekehre mich zu Stefan George:

Mond!

Bleicher Mond, der du hinträumst am abendlich weiten
Himmelsgewölbe, o sag mir, dem nimmer Gerechten
Wie lang du träumtest schon – wieviele Ewigkeiten?
Und was du sahst schon in stillen, und alles vertiefenden
Nächten?

Oh, blasser Mond, erzähl mir, dem lodernden Stürmer
Wie lang du standst über Bergen und Wäldern und Mulden
Oben als bleicher und stiller und einsamer Türmer
Oben, hoch oben in stetigem Dulden?

Sahst du nicht nächtlich viel schreckliche, todblasse Stirnen
Die sich zergrübelten, ob sie noch leben jetzt dürften
Sahst du viel Zecher mit weinüberlasteten Hirnen
Die noch den perlenden Lebenstrank schlürften?

Mond, der du weißt, wie es ehedem war
In vergangenen Zeiten einst
Mond, o ich glaube gar
Du weinst!

Schlußzeile banal! –

10. September
Ich sehe es ein: Es hat kaum Wert. Meine ganze Dichterei ist ein Gefühlsfusel. Ohne Form, Stil und Gedanken. Ich muß wenden. Kleine, feine Gedichtchen!

Der Abend

Kühl und gelassen
Steigt über steile Silberzinnen
Der Mond ganz leis
Und durch die grauen, blassen
Stillen Gassen
Schleichen wie Silberspinnen
Seine Strahlen, die da spielen lassen
Das Netz in einem Kreis.

11. September
Vormittags bei Reitters. Schundig. Onkel der einzig feine. Wohl an falscher Stelle. Richard wird immer emanzipierter. Helfen zusammen, beide. – Walter will in Zirkus. Erster Platz. Standesgemäß. Plan zu einer einaktigen Tragödie: »Der Sohn« (Fabius Maximus). Lieber stirbt einer als viele.

1)
Dumm ist's, wenn einer, um einen verlorenen Pfennig zu suchen
Zündhölzer brennt fürs Zehnfache, um sich zu leuchten!

2)
Wenn sich im Zorne ein Mensch heißt 'nen Esel, so darfst *du* deshalb nicht
Ihn einen Esel gar nennen, weils selbst er's genehmigt.

Der Kardinal
Ballade

Anno domini 1610
Kam seine geheiligte Eminenz
Der Kardinal Sixtus aus Rom
Und ließ die Glocken läuten im Dom
Im Weihdom zu Florenz.
Anno domini 1610
Haben die Bürger von Florenz
500 Ketzer verbrannt im Nu

Auf einem Thron saß seine Eminenz
Und sah dem Brennen zu.
Der Herr Kardinal hatten eine Blume
In der Hand
Die duftete schön.
Der Kardinal sah auf sie unverwandt
Er konnte Blut nicht sehn.
Der Kardinal verbarg sein
Weiß Gesicht
Tief in der Rosen Duft
Seine Eminenz konnten wohl hören nicht
Das Geschrei in der zitternden
Luft.
Anno domini 1610
Schlugen acht Ketzer in wilder Not
Den Kardinal Sixtus in einer Rott
Durchbrechend die Fesseln, im Stuhle
Tot ... dafür bestrafe sie Gott.

Dienstag, 16. September
Erster Schultag. Haas als Ordinarius! Wenn wir nur den Ledermann nicht kriegen! Vormittags Enderlin wiedergesehen. Hm! Meine Begeisterung ist erloschen. Ich habe ihn immer noch gern. – Sie begleiteten mich herunter. Nachmittags mit Pfanzelt, der Urlaub hat, Schach gespielt. Mit ihm gesprochen bis 8 Uhr.

Mittwoch, 17.
Vormittags Schule. Erst Kirche. Enderlin kam zu spät und sah recht bleich und verschlafen aus. Werde ihn nimmer »petit« nennen. Kein Grund mehr vorhanden. Leider! – Bingen in der andern Klasse! Fad! Pfanzelt redete gestern über Honold abfällig! Auch über Schipfel (+), Hartmann und Schneider. –

Paider, der Faun

1

Einmal, als an einem Abend still
Er am Dorfplatz stand, todmüd vom Wandern
Frägt ein Mädchen ihn, ob er nicht will
Trinken – und sie gab den Krug – den andern

Stellt sie leis an ihren kleinen Schuh.
Als er trank, sah sie mit großen, hellen
Sonnenfeinen, klaren Augen zu
Daß den Krug er mocht nicht niederstellen

Endlich gab er ihn zurück mit Dank.
Und zwei Blicke haben sich verschworen
Lange sah er nach, bis still und schlank
Sie im Abenddämmer sich verloren.

2

Manchmal, in seliger Knabenlust
Lag er im blühenden Rosmarin
Und ließ der Blumen duftenden Blust
Über sich ziehn.

Er sah der Gräser feinen Bau
Und folgte den goldenen Bienen
Wie sie schossen durch endloses Sonnenblau:
Und er fühlte sich eins mit ihnen.

3

Als er einmal in heller Sternennacht
Hinschritt auf weißem, mondbeschien'em Wege
Da war es ihm, als ob im Dunkel sacht
Im Graben ein Mensch dort läge.

Der Mensch sprang auf. Ein Messer hielt er lang.
»Heraus mit deinem Geld! Ha ... Stück, ... Stück ...«
Und feuerlodernd Blick in Blick versank ...
Da taumelte der Mörder scheu zurück.

Donnerstag, 18.
Ziemlich anständige Professoren! Die andere Klasse hat's fast noch besser! Mit Pfanzelt, der Urlaub hat, gegangen. Er ist ein *sehr* anständiger Mensch gewesen. Ich hab ihn gern!

Freitag, 19.
Schule. Abends gefaulenzt. Lese fast nichts!

Samstag, 20.
Nachmittags mit Hartmann spazieren. Netter Kerl. Hofmann getroffen. Abends war Hartmann zum ersten Mal, seit ich ihn kenne, vernünftig. Trafen noch le petit. (Ich kann nicht »Enderlin« schreiben.)

Sonntag, 21.
Vormittags kam Herr Löffler, der mit mir turnte. Sehr netter, höflicher und bescheidener Mann. Hab ihn ganz gern. Braver, gescheiter Mensch. Nachmittags war Pfanzelt da und spielte Klavier. Herrlich. Ein schönes Scherzo von Schubert und Chopins herrlicher Trauermarsch. Dieses wundervolle Mittelstück. Das tönt schon über allen Sphären. Ein leise, schluchzend feine Melodie! Und doch über allem Leid. Eine wehe, gequälte Seele weint da. Und tröstet. –

Montag, 22.
Ewiges Einerlei. Jedoch: Ich bin ziemlich gesund. Hauptsache! Stellen nun die zweite Nummer der »Ernte« fertig. Erste vergriffen! Werden aber bald aufhören! Zeit!!! Gehe abends mit Schneider spazieren. Ein sehr kluger Mensch. Mathematiksnob. Praktischer Plebejer.

Dienstag, 23.
Erste Klavierstunde. Sehr nett! Abends hektographiert! – Mühsame Arbeit. Wir verdienen nicht viel! Na ja! – Dichte fast

nichts. Nicht schade. Nur manchmal mehr fühle ich in verloren Stunden, daß ich ein Dichter bin. Dann versinken die Welten. Die Zeit steht. Und ich sehe Menschen eilen. Schwerfällige, gramgebeugte Gestalten, leichtsinnige Abenteurer, verirrte Grübler und Denker, die in der Reifung steckenbleiben. Arbeiter, die hasten und schaffen und nichts erreichen. Schlachten, in denen Tausende hinsinken mit blasser Stirne, Caesaren, die dastehen starr und groß und unberührt. Sie betrachten die Menschen als Zahlen, als *eine* Zahl. Und sie rechnen. Sie gehen starr und ruhig durch die eilende Zeit. Nur der Dichter sieht den schmalen, verbissenen Zug um den eingekniffelten Mund. Und er sieht ihre Seele. Da sitzt verschüchtert mit großen, glänzenden Augen das Sehnen. Manchmal lächelt der große Caesar. Wenn er eine Familie, Bruder und Schwester, Abschied nehmen sieht. Kalt und ein wenig spöttisch verziehen sich die engen Lippen. – Da, horch! Ein leises, fein klingendes Singen tönt wie ein Kinderstimmchen weinend in seiner Seele. Und das Gesicht des großen Caesar wird kalt und starr und weiß wie Stein.

Herbst

Kahle Bäume starren trauernd
Hochgereckt ins braune Land
Ihre Blätter liegen schauernd
In der weißen Straße Rand.

Über Wipfel fliegt ein Klingen
Durch den purpurbraunen Wald
Ab und zu, nur heiser schon, das Singen
Eines müden Vogels schallt.

Die grosse Strasse

Sie ziehen dahin, ein unendliches Heer
Gehen gebückt, mit Füßen schwer.
Und mit Nacken gebeugt von der Not.
Sie leben und sind doch schon alle tot …

Einst war ein Land, da wohnten sie.
Da haben sie alle sich gekannt
Gleich war ihrer Sprachen Urmelodie.
Da waren sie alle Geschwister …
Da gab es nicht Sorge, und Hohn und Spott
Da war *ein* Glaube, *ein* Priester
Einziger Gott …
Und war nie, nie Leid …
Aber es rann die unendliche Zeit …

Jetzt kennen sie alle sich nimmermehr …
Drückt jeden die eigene Sorge schwer

Und dort im Westen der Abend verglüht
Ein ewiger Abend und endlos zieht
Der Menschen unendliches Heer.

Der Vater

Mußt von mir gehen, mein einzig Kind …
Und ich kann dich nicht sehen, denn ich bin blind.
Gehst hin, wo im Herbste die Blätter hinwehn
Mußt weit, weit in die Fremde gehn.

Wenn du heimkommst, mein liebes Kind
An einem Abend rot
Dann sind
Wir alle tot.
Und der Hof ist verkauft und die Linde ist leer
Und von weitem klingen die Geigen her …

Dann mußt du gehn in Fremde und Not.
Denn wir sind alle alle tot.

Der Sohn

Meinen Vater kannte ich nie
»Er sei gestorben«, so sagten sie –
Die Fremden.
Sie sagen's und lächeln mit klugem Gesicht
Und ich glaub ihnen nicht.
Den Fremden.
Immer in weiter, einsamer Nacht
Hab ich weinend an meinen Vater gedacht.
Der mich gestoßen in Spott und Not ...
Ich glaub, wenn er käme die Landstraß daher
Mit wehem Gesicht und Schritten schwer ...
Ich schlüg ihn tot.

Die Geiger

»Mein Sohn, ich muß sterben
Mein liebes Kind!
Aber ich will nicht so traurig verderben ...
Öffne die Fenster geschwind ...
Beim Nachbarn da drüben, da tanzen sie ...
Da tönen die Geigen, juhi, juheid ...
Schnell, schnell, mein Kind, kurz ist meine Zeit!
Laß mich hören die Tanzmelodie!«

Der Vater lieget und atmet schwer ...
Leis klingen die Geigen von weitem her ...
Und sie grüßen und singen in Lust und Leid
Von vergangener Zeit ...
Der Vater hört ... der Abend verloht.
Da war der Alte tot.
Um den Mund des Alten der Sonnenschein lacht. Ob der Schönheit auf Erden.
Der Sohn aber schwur in der selbigen Nacht
Auch ein Geiger zu werden

Sprüche

Warum bestaunst du, verzweifelnd an eigener Kleinheit,
den Felsen
Warum belächelst du nicht das Steinchen, dich freuend
der eigenen Größe?

Mittwoch, 24.
Nachmittags Herr Löffler da.

Gethsemaneh

Und es geschah in dieser Nacht
Da die Sterne am Himmel weinten und der Sohn
Gottes kniete zwischen hoher Geisterblum Pracht –
Da der schwüle Wind im Park einen seltsamen Ton
Sang, daß ein Engel vom Himmel schwebte
Und durch alte, graue Bäume zu ihm wehte.
Zu ihm, dessen Seele qualvoll bebte
Im Gotteszwiegebete.

Und es sprach der Engel: Sieh
Tausend Menschen harren in Not und Gestöhn
Auf die Opfertat und wie
Könntest du sie trostlos sterben sehn?

Lange tröstet er den Herrn
»Alle Menschen warten«...
Und dann trat er von ihm groß und fern
Durch den nächtlichen Garten.
Und er sah die Jünger schlafen im Vorübergange
– – – Alle Menschen warten – – – –
Sein Gesicht verdüstert sich und bange
Ging er schnell aus dem träumenden Garten.

OKTOBER

16. X. 13. Donnerstag
»Erich XIV.« spukt wieder.

Kerkerszene: *Letzter Akt:*

ERICH *träumend an der Wand:*
Sag mir, ist's wieder Frühling draußen
Und blühn die Rosen purpurn wie einmal?
Ich hört es nächtlich oft vorüber brausen
Ein Jauchzen, wie von trunkner Liebesqual!

Sag, wehn die Lüfte draußen wieder linder
So lind, wie einst an jenem Frühlingstag
Und sind die Menschen fröhlich, wieder Kinder
Die Rosen kränzen in dem grünen Hag?

Oh, sag mir's nicht! Greif nicht in alte Wunden!
Vorbei die Tage, da ich jung
Ich hab im Sturme Ruhe fein gefunden
Mir blieb ja noch Erinnerung!

HERBSTMOOR

Die Raben krächzen ihr wehes Lied
Das Moor starrt weit und tot
Und hinten, über dem öden Ried
Steht trüb und schwelend das Abendrot.

Nun wird es Zeit. Der Abend sinkt – –
Wir müssen heim noch zuvor!
Müssen heim, eh das Moor was verschlingt – –
Horch, wie die Krähe trauernd singt
Über das schweigende Moor.

Professor Sil Maria

Es geht eine alte, verlorene Mär
Von einem Professor zu Pia
Der sah nur in die Sterne schwer
Vergaß sein Weib, sein Kind um ihn her
Professor Sil Maria.

Sah in die Sterne Nacht für Nacht
Und schrieb in ein dickes Buch
Und in der Kammer hat still und sacht
Sein Weib die Nächte weinend durchwacht …
Da ward ein weher Fluch.

Eines Nachts riß sie ihm das Buch heraus
Und warf es ins Feuer rot
Und floh in der Nacht noch wild aus dem Haus
Und ließ den Gatten zurück im Graus
Professor Maria war tot.

23. X. 13
Will Pfanzelt Text zu einer Oper schreiben. – Die Zeitung blüht. Schade, müssen aufhören. Herz sehr gut. Ebenso Kopf. Nerven schlecht.

November

Spätherbst im Lande. Die Stürme durchbrausen den grauenden Himmel
Wirbeln die Blätter empor wie in höhnischem Spiel.
Öder und wüster wird's draußen auf frierenden, schweigenden Feldern
Danach bald nahet die herrlichste Feier des liebenden Jahres:
Grad in der wüstesten Zeit die liebliche Weihnacht.

8. XI. 13 +
Sehr früh. Sitze bei Lampenlicht. Habe viele Pläne: »Paider, der Faun«. Tragikomödie. -- 1.) Akt: Paiders Abschied von zu Hause. - 2.) Akt: bei den Menschen. Alle verschroben und dumm. Der einzige kluge und brave stirbt. Sarg auf die Bühne. Der Faun geht bald heim.

22. 13
Geht gut. Schlafe schlecht.

28. XI. 13
u 3!

Campo Santo

Blau weht die Nacht. Berauschend süß versprüht
Der Rosen Duft, die seltsam krank und müd
Empor sich ranken zu den leuchten Sternen.
Und in den Lüften Duft der morschen Särge
Und weißer Gräberkreuze Marmorwerke.
Und drüber die Nacht der goldenen Ferne
Dem Purpursonnentag entgegen blüht.

Morgengebet

Früh morgens, wenn das Frührot strahlt
Und rot die Gipfel der Berge malt
Wenn durch die klare Luft ganz leicht

Der Morgenwind des Weges streicht
Wenn der Kapelle Glockengebimmel
Ruhig und fest durchläutet den Himmel
Dann steh ich lachend auf Fluren und Höhn
Und reck die Arme auf in meiner Kraft und Stärke:
Wie sind dein Leben, Herr, und deine Werke
Die ringsum atmen, wunder, wunderschön!

Die Mönche

Gar traulich rot die weißen Kerzen scheinen.
Doch durch die Zellen klingen leis wie im Gebet
Des Largos feierliches und verhaltnes Weinen
In herrlichen Weisen vom alten Spinett.
Und eine Geige weint und jauchzt laut durch den Raum – –
Da spielen zwei Mönche in weißer Kutte
Und jauchzen und weinen und wissen es kaum
Daß sie groß sind in dieser Minute.

DEZEMBER 1913

Montag, 1.
Abends in der Stadt. Schönes Wetter. Gut geschlafen. Große Romanpläne. – Mit Enderlin Verhältnis lauwarm. Ist das scheußlichste. Hartmann und ich kämpfen unter dem Scheune der Heichelei. Beweis: Schipfel bewundert Photographien. Ich: »Liebst du Photographie?«, »Nein, ich liebe Natur«, »So, ich werde Hartmann sagen, daß du liebst!« Wieso.

Dienstag, 2.
Abends Bingen getroffen. Ging spazieren. Redeten animiert. Dann Hartmann abgeholt. Er und Albrecht kommen in die pp-Sphäre. Ist auch an der Ordnung.

Mittwoch, 3.
Papa krank. Man sagt: Magenkatarrh. (?) Liegt im Bett mit großen Schmerzen, Mama sorgt sich. – Heute kommt Fräulein Steiger und hat uns an Landauer bestellt. – Unterschied: Man glaubte, Fräulein Steiger sei eine »von«. Man sagte: Welch ein burschikoses, liebenswürdig originelles Wesen. – Man erfuhr, daß sie nicht eine »von« ist. Man sagte: Eigentlich ist sie doch unartig. – Neulich machte Bernhard fast einen unfreiwilligen Witz. Er erzählte von den Spartanern: Sie waren in Zeltgenossenschaft. Beir Armee. Der Spartaner aß bei ihr, spielte bei ihr und schlief – in der Kaserne. – Roos hat Bluten: flumen incolumis = der ungeschorene Fluß. – Ihr müßt nicht mit der Stang im Nebel rumfuchteln, sondern auf den Berg losgehen.

Ich dichte in allen Sprachen, wie folgt, sehr leicht (und falsch!).

VERITÉ

Qui se permet à dire
Un autre est mauvais
Celui est en vrai
Même beaucoup pire.

Nachmittag Fräulein Steiger getroffen. Kurz. Hatte es furchtbar eilig. – Abends bei Großeltern. Arbeite an »Paider der Faun«.

CHRISTUS VOR DEM HOHEN RAT

Und als die Treppen des Palastes er erstieg
Da lag ein Schweigen um ihn schwer und still –
Doch von ihm aus, obgleich er immer schwieg
Schwang's wie ein Läuten, seltsam dumpf und schrill.
Und als er drinnen stand, wo stumm und kalt
Der Feinde stumme, fahle Mauer steht
Wie die Kultur, wohl tausend Jahre alt
Da war sein Auge weit, wie im Gebet.
Als er so dachte, einsam und allein
Da mocht er schauen, ob kein Zugang wäre
Zu diesen Herzen, die erstarrt wie Stein – –
Da sah er wohl in weite, öde Leere – – – – –

Und als man frug: Er solle seine Sache
Verteidigen vor der Religion
Alteingesetzter Priesterwache ...
Er soll beweisen, daß er Gottes Sohn ...
Da klang in Lüften wieder Läuten schrill
Der Schatten in den Augen Christi stieg
Und in dem weiten Saal war's totenstill
Und Christus schwieg. – – – – –

Donnerstag, 4.
Nachmittags kam Herr Löffler. Dann holte mich Kuhr ab. Wir (mit Schipfel) spazierten. Und stritten. – Mit Hartmann streite ich auch. Aber ... Das ist ein lustiges, erheiterndes Streiten. Mit Kuhr dagegen ein verbissenes, häßliches Gezänk. – Papa darf fast nichts essen. Magenkatarrh. Man ist nicht gewohnt, Papa daheim zu sehen. Er geht vormittags zum Arzt. Ich habe schrecklich Angst.

Freitag, 5.
Vormittags in der Schule Mathem. Schulaufgabe. Dann kam die

deutsche Hausaufgabe mit *3-4* heraus. »Der Verfasser überläßt sich zu sehr der Fantasie.« Hm. »Der Kampfplatz in Schillers ›Kampf mit dem Drachen‹«. – Mama sagte stockend: »Papa geht wahrscheinlich nächste Woche nach München zu einem Professor«. Ich erschrak und sah auch Walter erschrecken. Seine Augen wurden ganz groß. O Gott! (Was ist das Christentum eine bequeme Religion: man glaubt fest an *die* Hilfe Gottes! – Und ich zweifle! –) Es wird doch nicht Krebs oder Geschwür sein! – – Abends allein heim. Wir haben Angst und Sorge!

Samstag, 6.
Vormittags Mathematik herausbekommen: 2-3! Es schneit. Ein wüstes Schneien. – Im Dreck zerfließt der Schnee. Na ja! Die Zeit ist übel. – Heut abend darf ich ins Theater. That is fine! Die Schule ist doch eine Qual. Nachmittags bei Neher etwas abgegeben. Dann zu Gehweyer. Von dem aus heim. Abends mit Fritz Reitter ins Theater. »Romeo und Julia«. Großartig! Diese klare, wunderschöne Konstruktion, dieser Aufbau. Wunderschön! Fritz begriff nichts. Einmal konnte man lachen. Das freute Fritz noch im 5. Akt. Als ich ihn auf dem Heimweg frug: Na, hat's dir gefallen. Ja! 's war ganz nett; aber in dem Giftfläschlein, weisch', in dem Giftfläschchen, war au nur Wasser! Glaubsch!? –

Sorge

Dumpf ist der Tag. Die graue Sorge geht
Still in dem stillen Hause um.
Es ist, als taste ein Gebet
Durch schwüle Räume. Und ein Etwas steht
Dort vor der Türe riesengroß und stumm.

Dumpf ist der Tag. Der Dämmertag verweht – – –
Zwei Sterbekerzen schwelen rot und stumm
Und Tränen klingen schluchzend im Gebet ...
Seid still, der Sorge Bruder geht
Still in dem stillen Hause um.

PROLOG
KNÜPPELVERSE AUF UNSERE ZEIT

Wir leben in einer schlimmen Zeit
Der Emanzipation und Kraftherrlichkeit.
Jedes Glied und sei es noch so klein
Will frei und selbst und eigen sein.
Nicht Wissen und Geist ist überall Trumpf
Sondern der Arm und die Kraft und der Rumpf.
Mit Poesie und Humor
Steht's schlechter als je zuvor.
Die Leute wollen zwar immer noch lachen
Aber sich ja keine Mühe machen
Wollen alles, recht fein serviert
Womöglich ins große Maul geschmiert.

Früher ließ man mit ems'gem Bemühn
Die Biographien
Großer Männer an sich vorüberziehn
Jetzt studiert man den Lebenslauf der Rothschilds
Der Rockefellers und Vanderbilts.
Frägt man einen, ob er Schiller las:
Sich durch ihn Bildung – und so – erworben;
Sagt er verächtlich: Ach was!
Schiller 'n Schwachkopf das!
Oder ist er etwa reich gestorben?

Denn vorbei ist die Zeit der Händel und Raufleute
Nun kommt die der Händler und Kaufleute.
Usw.

Sonntag, 7.
Vormittags in der Kirche. Papa reist *morgen* ab. Jetzt – ½ 5 Uhr nachmittags – ist's ganz still. Draußen ein heller, klarer Wintertag. Herinnen im Lehnstuhl Papa stützt das Gesicht auf die Hände. Es ist so still. Und so friedlich. Mama packt den Koffer. Ich hab den Schreibtisch ans Fenster gestellt und sehe in die Schneelandschaft. – Papa sagte heute zu mir: »Weisch', jetzt geht mer halt nach München, daß mer noh ein hört! Das ist eine

sogenannte Kapazität.« Und Thallmayr, als ich etwas holte: »Ihr müßt Euch nicht fürchten! Papa kommt wieder heim und wird wieder gesund.« – Jetzt, abends ½ 9 Uhr. Alle in der Stube beisammen. Walter spielt das Largo, Papa sieht am Klavier zu und Mama weint. Es ist so still. Leider! – Was ist heut in acht Tagen?

Das Spiegelchen
Ein Lustspielchen in Versen

I.

Szene: Villa des Astronomen Toro. Zeit: Italienische Spätrenaissance. – Ein Abend.

In dem großen, prächtigen Speisesaal ist Angelika Toro (A.T.) beschäftigt, in einem Erker sich in einem Handspiegel zu bewundern.

ANGELIKA

Spiegelchen, Spiegelchen, in der Hand
Wer ist die Schönste im ganzen Land?
– Ach, es ist fürwahr zu dumm
– Daß du so leblos, daß du so stumm ...
– Schade, daß so lieblos schweigst
– Würdst mir sonst sagen, was du mir nur zeigst
Daß ich die Schönste im Lande bin ...

MUTTER *den Kopf zur Tür herein steckend:*

Schon wieder am Spiegel, du Buhlerin!
Tust auch nichts als immer, dich schönern und putzen
Und anderer Leute Verliebtheit benutzen.
Ich sage dir nur, es schickt sich nicht
Daß man im Spiegel besieht sein Gesicht ...
Wenn man noch selber so jung ...
Aber nun ist das Streiten genung ...
Pack dich und eile
Die Gäste zu sehn.
Plag dich und teile
Die Handküsse schön!
Schon hör ich die Gäste draußen im Flur
Eile, begrüße und mühe dich nur!

Usw.

FEUER

Tragödie Letzte Szene:

Draußen schlägt das Feuer empor. An den Fenstern zuckt es golden. Blutrot. Dort steht das Mädchen. Der Großvater im Stuhle ist ruhig.

DAS MÄDCHEN Das Feuer wächst! Es schlägt am Horizont aus. Der Turm steht noch. Gott! Dort drüben! Die Feinde: Helle, blitzende Kolonnen! Sturm! Sie stürmen!

GROSSVATER Laß sie stürmen! Gott ist mit uns.

DAS MÄDCHEN O Gott! Die arme Stadt!

Zur Tür herein der Bürgermeister mit drei Ratsherrn.

BÜRGERMEISTER Meine Tochter! Siehst du das Unheil der Stadt! – Du bist schuld!

DAS MÄDCHEN Ich!... Oh!... Ich halt es nicht aus! Oh ... wer hilft denn ...

BÜRGERMEISTER Ihr müßt das Gemach verlassen, Vater!

GROSSVATER Ich bleibe hier. Hier bin ich geboren. Hier sterbe ich. Unsere Ahnen sind hier gestorben.

BÜRGERMEISTER Das ist ja! Irrsinn, Wahnwitz! – So geh du mit, Mädchen! – Ah! *Packt sie am Arm:* Opfre dich! Opfre dich! Für ein Volk! ... Vater! Rede ihr zu!

GROSSVATER Nimmer! Meine Tochter! Bleibe bei mir. Eines Menschen Seele ist mehr als der Körper von Hunderten.

BÜRGERMEISTER *da es zu rauchen beginnt:* Wir müssen gehen. *Packt die Tochter:* So rette dich wenigstens.

DAS MÄDCHEN Ich bleibe hier.

BÜRGERMEISTER So sterbt! Ihr Verlornen.

Verläßt das Gemach. Es wird still. Die Tochter ruht im Arm des Großvaters. Die Feuerfunken tanzen draußen.

GROSSVATER Sei ruhig, mein Kind!

Da beginnen die Glocken zu schlagen.

DAS MÄDCHEN *irr:* Die Glocken ... *Plötzlich schreiend:* Herr Gott, die Glocken!

Starr und stumm schreitet sie hinaus. – Der Großvater sieht ihr starr nach. ...

Montag, 8.

Frei! Morgens Papa an die Bahn begleitet. Eine traurige Fahrt.

Der Schnee lag frisch und sauber in den winterlichen Straßen. Wir saßen schweigend im Auto. Dann sagte draußen Papa: »So, adieu, bleib mir brav!« Und sie gingen. Ich kehrte um. – Vormittags nichts getan! Nachmittags im Siebentischwald mit Gehweyer. – Abends sagt Tante: »Du wirst heute auch keine Eiskarte kaufen!«

Dienstag, 9.
Mama kam gestern. Noch nichts Bestimmtes. Ging heute wieder fort. Es ist sehr still. Abends sagte Herr Gehweyer: »Na, was ist jetzt. Papa läßt sich dann wohl gleich operieren drüben, was?« Ich bekam furchtbar Angst. Es ist so schwül. Als abends Onkel Karl kam, nahm ihn Großmutter weg in die Küche. Es wird etwas verheimlicht. Eine schwere Zeit!

Mittwoch, 10.
Mama schreibt, Papa sei in der Klinik untergebracht worden. Gleich nach der Untersuchung also. Folge: Papa wird operiert. – Mama bleibt trotzdem dort, obwohl er 'ne Pflege hat. Beweist dasselbe.

»Professor Sil Maria«
Skizze eines Romans

Ein Professor, der immer in die Sterne sieht und sich selbst verliert. Der aus aller Harmonie gerät. Seine Kinder verwahrlosen, sein Haus verlottert, sein Weib versteint.

Es kommt zum Kampf. Das Weib fällt einem andern zu in einer wilden, jähen Lebensnacht. Da es Frühling draußen ist. Und am andern Abend gesteht sie es ihm.

Da verbrennt er selbst sein Buch. Das Weib flieht in die Nacht. Er bleibt tot zurück. – Die Tragödie des Pessimisten.

»Das Kloster«
Skizze eines Romans

In einem Kloster am Mittelmeer geschieht Furchtbares. Ein Mönch rettet eine im Wasser treibende Frau. In der folgenden Nacht feiern die beiden inmitten der alten, gespensterhaften Mauern ihre Lebenshochzeit. Sturm. – Die Sache kommt auf. Der Mönch wird lebendig eingemauert. Aber drei Tage darauf tobt ein Sturm auf dem Meer. Die Natur befreit ihren Bekenner. Sturm. Der Kerker wird gesprengt. Als die Morgenröte im Osten, vom Sturm mit Wolken überzogen, auffliegt, singt der Mönch sein wildes Lebenslied hinaus in den Sturm. – Das Mysterium des Lebens.

Nachmittags nichts Eigentliches. Es regnet. Und patscht. – Gott sei Dank. Denn dann gibt's kein Eis! – Wir haben Angst. Alle Berechnung der Operationszeit weist auf morgen. Gott hilf!

Zwei Gedichte

Die Zeit

Es war in jener Frühlingszeit
Da war die Liebe der Menschen so weit

Da blühten die Nächte so süß und blau
Der Flieder duftet' berauschend schier –
Da kamst du, schöne, liebe Frau
Durch bange Nächte zu mir.

Nun ward es Herbst und der Wind zaust träg
Raschelnde Blätter auf einsamen Weg

Und die Nächte sind blaß und seltsam verweint
Und der Bäume Storren sind hart und versteint.
Du aber gehst in Sturmesnacht von mir
Der Sturm zerknickt die alten Bäume schier.

Gewitterschwüle

Durch die schwülen Lüfte hastet
Bang ein Wind, der säuselnd Blätter küßt
Hart die Erde überlastet
Blau der Wolken Stahlgerüst.
Erde schwere Regentropfen schlürft ...
Doch von fern in spitzem, scharfem Hohn
Wie wenn Eisen schrillend Eisen schürft
Grollt ein banger, erster Donnerton.

Donnerstag, 11.
Nachmittags im Latein 1-2 bekommen. – Tante heute nach München gereist: Wieder ein Beweis. – Grauenhaft. – Abends daheim. Savonarola:

Denn also steht's in der Geschichte Buch:
Wer einreißt nur, ohn wieder aufzubauen
Den trifft des Himmels größter Fluch:
Der sieht nie Licht mehr, sieht nur Grauen.

Das ist die tragische Idee.

Freitag, 12.
Abends kam Tante und teilte uns mit, Papa sei operiert worden. Sehr schwach sei er jetzt. Also gestern die (schwere) Operation! – Abends bei Tante. Sprachen viel von Papa, der sich vor der Operation nach uns erkundigt hatte und nach der Operation als erstes: Wie geht's den Buben? fragte.

Samstag, 13.
Nachmittags bei Gehweyer über »Ernte« N° 5 gesprochen. Ein Skizzenbuch. – Papa geht's ordentlich, sagen sie alle. Morgen dürfen wir Mama antelefonieren. Ich bin so fröhlich, daß alles vorbei. – Graue Regentage.

Sonntag, 14.
Gestern sagte Onkel, ich solle zwischen 10 und 11 Uhr kommen. Kam ich heim. Tante war da und hatte gesagt: Spätestens Punkt 12. Da wird telefoniert. Ich beschloß, Herrn Löffler noch zu erwarten. Als er ½ 11 Uhr nicht da war, ging ich mit Walter.

Heulend empfingen uns Großmutter und Tante. Wir wurden zum Telefonieren geschickt. – Mama sagte, Papa gehe es ordentlich. Er werde so gut verpflegt. Papa lasse grüßen. – Ich verstand jedes Wort. Dann ging Onkel hin. »Wie gehts?« ... »So, immer noch?« ... »Der Hofrat kommt heut nochmal?« ... »Ja. Gute Besserung. Gruß an Berthold ...«. Papa ist kränker als wir denken. Drüben Szene. Wie ich dieses Herumreiten auf den Gefühlen hasse. Und überhaupt diese Szenen. So unlogisch aufgebaut! – Mittag gegessen bei Reitters. Gut. Satt ...

Nachmittags holte ich Enderlin und mit dem Schipfel. Wir lehrten Schach und musizierten. Gemütlich. Schipfel ist recht nett und anständig. Enderlin geigt recht exakt. Er freut sich aufs zusammen Schlittschuhfahren. »Wir fahren dann zu zweit und schwätzen ... Wenn's weißen Schnee gibt ...« Hem! War vor zwei Jahren. Da fuhren wir miteinander Schlittschuh. Ich dachte an einer diffizilen Stelle des Gesprächs nach! Enderlin: »Was denkst du jetzt? Schnell!« »An den weißen Schnee.« – Stichwort geworden. – Abends erfuhr ich, daß es Papa besser gehe als vormittags. O Gott. Großmutter erzählt wundernett. Gescheite Frau!

Siegvater

Horch, wie der Sturm in den Lüften braust
Sieh, wie er die jagenden Wolken zerzaust!
Und wie die Heide sich bückt so bang, so sacht ...
Ich steh an der Türe und spähe hinaus:
Da beugen die Bäume sich um das Haus.
Heut reitet Siegvater durch stürmende Nacht.

Als Zyklus »Nächte« könnte ich einige zusammenfassen. Nicht? An einem Sternenbuch: »Der Astronom« arbeite ich auch. Soll an 12 Sternen die Entwicklung der Menschheit zeigen. Freue mich darauf. – Habe nur wenig Zeit zum Arbeiten, leider. – Abends bekomm ich, wenn ich schaffe, gleich Blut in den Kopf. Das ist für den Schlaf schlecht, der sonst gut ist.

Montag, 15.
Noch ganz früh ½ 8 Uhr. Schreibe. Habe viele Gedanken. Wenn nur Papa wieder da wäre. O du Gott …

Nacht im Städtchen

Durch die Nacht hallt hohl unser banger Schritt
Seltsam schwer.
Ist's nicht, als ob ein Geisterschritt
Tappe hinterher?
Schmiege dich enger, mein banges Lieb …
Wohl hüllen die Wolken die bleichen Sterne.
Und durch die Nacht starrt eigen steil und trüb
Eine blasse Geisterlaterne …
Schmiege dich enger, mein Lieb.

Nachmittags leider Tante da. Machte gleich Krach. »Was, du hast gestern musiziert, die Spieldose spielen lassen? Ja so denk doch, was die Leute sagen!« Haha! Ich soll mich einmauern lassen. Und warten. Warten! –

Die Stadt der Rosen

Das war der Tag, an dem sie mich verstoßen
Da ich stumm in die Fremde ging
Noch einmal sog den süßen Duft der Rosen
Der seltsam schwül in heißen Lüften hing.
Die Sonne glühte leuchtend weiß
Auf schimmernden Palästen.
Der Tag war eigen gewitterheiß –
Und Wolken standen im Westen. –

Aus einem Zyklus: »Weiße Tage«. Ich muß immer dichten. In dieser Zeit. Papa ist sehr schwer krank. »Zum Einschlafen« sagte Großmutter. Und Tante: »Papa … Gestern war ein kritischer Tag.« Und später: »Besser ist heute nicht.« Trösten tut man nicht. Nur ermahnen. Niemand ist genutzt, wenn wir uns den

Gedanken hingeben. Wir sind ja noch jung ... Ich kann nicht stillsitzen und denken. Lieber in Verruf kommen. Überhaupt ... die Leute. Diese Quatschköpfe.

Der Strauss

Im Krankenzimmer sind Nelken.
Ein großer Strauß.
Aber die kleinen, welken
Blättchen fallen aus.
Im Zimmer tanzen die müden
Sonnenstrahlen herum
Und die Nelkenblüten
Müssen sterben stumm.

Auch so ein Dingelchen, das ohne weiteren Wortschwall ist ... Solchen kleinen Gedichten bin ich grad sehr geneigt. Sie sind zierlich und hübsch – mein' ich.

Das Tal

Nun webet purpurblau die Nacht
Die Felder schweigen so verträumt.
Der Sterne lichtgoldleuchte Pracht
Goldarabesken in den Teppich säumt.
Und überm weiten, stillen Tal ...
Kein Ton, kein Leben schallt
Und drüber stehet silberfahl
Der Mond hoch überm Wald.

Abends erzählte Großmutter sehr hübsch. Über viele Leute.

Dienstag, 16.
Nichts Neues. Immer: Papa geht's ordentlich. Das heißt: schlecht. Es gibt trübe Gesichter. Abends bei Gehweyer. Weihnachtsnummer der »Ernte«, erste und letzte Seite gedruckt. Wird nett.

Es ist still. Auf Weihnachten freut sich niemand. Morgen kommt Mama.

Mittwoch, 17.
Nachmittags holten wir Mama von der Bahn ab. Ist sehr aufgeregt. Die Finger gingen und zuckten immer. Papa ging's besser. – Ich bin abends sehr getröstet. Die Familie lauerte abends schon. Konnte gestern und heut *schlecht* schlafen. Ich freue mich!

Donnerstag, 18.
Abends bei Gehweyer. Papa geht's »*wirklich* ordentlich«. Das ist fein! – Dürfen Weihnachten hinüber. Freude und Bangen!

Freitag, 19.
Papa geht's bedeutend besser. Fein! Abends bei Reitters! Sonst nichts Neues. Es ist sehr kalt.

Samstag, 20.
Nachmittags bei Gehweyer. In der Stadt. Viel von N° 5 der »Ernte« gesprochen. Abends Tante da. Papa immer besser.

Sonntag, 21.
Vormittags in der Kirche. Nachmittags Enderlin geholt. Mit dem und Albrecht heim. Schach. Albrecht spielt nicht schlecht. Dann ging der. Wir holten von Gehweyer ein Gemälde. Unterhielten uns *recht* gut. Fast herzlich. Abends hektographierten wir. Dann ging Enderlin. Und unerwartet kam Mama.

Am Tisch saß die Familie. Reitters Großmama. Aushorchen. Welch eine Freude! Papa gut.

Montag, 22.
Heut schon keine Aufgabe mehr gemacht. Klar! Schipfel ist überliefert. – Hem! Hartmann hab ich gern! Sehr. Enderlin noch mehr.

Dienstag, 23.
Um 10 Uhr Schluß. Zeugnisse verteilt. – Französisch 2-3, Latein 1-2, Deutsch 2-3, Englisch 3, Mathematik 2-3, Religion 2,

Zeichnen 2-3, wieso. Bin zufrieden. Roos war fein! – – Dann verabschiedete sich Enderlin mit Handschlag herzlich. Wir wanderten lustig heim. Mädi (Hartmann) hat im Turnen 4. Hem! – Dann zu Gehweyer, bevor »Maria« 1. Kapitel. Sehr kalt! Nachmittags Buch geholt und gelesen! Nachmittags spazierengegangen.

Mittwoch, 24.
Vormittags ausgeschlafen. Nächte sehr gut. Dann bei Gehweyer. Dort den Vormittag. Nachmittags kam Mama. Abends zu Tante. Dort Bescherung. Fritz geigte scheußlich. Ich erhielt ein Messer. Dann heim. Dort erhielt ich Dehmels »Aber die Liebe«. Als wir ins Wohnzimmer kamen; große Überraschung: ein Billard. Welche Freude! Ich bin so dankbar. Papa hat sich noch so geplagt vor dem Weggehen. Er hat eine Kiste zusammengesetzt für das Billard. »Man sah ihm so recht an, wie ihm jeder Nagel Müh' machte und weh tat«, sagte Marie. Daß wir ein schönes Weihnachten hätten, war seine letzte Sorge! – Es *war* ein schönes Weihnachten. – Nur Papa fehlte. Mama arbeitet sich so ab. Gott hilf uns!

Donnerstag, 25.
Weihnachten! Vormittags zu Papa nach München gefahren. Papa saß in einem braunen Jäckchen auf dem Sofa. Sah recht schwach aus. Er hielt den Kopf in die Hand gestützt. Er hob ihn, als wir eintraten: Na also! Als er mir ins Auge sah, sah ich Tränen. »Na, wie geht's immer?«, »O ganz gut, Papa! Ganz gut.« Wir blieben ½ Stunde drinnen. Dann schlief Papa eine Stunde, während der uns Schwester Renate, eine liebe Dame (jawohl!), das Haus zeigte. Wunderschön praktisch! –

Drei Balladen

Das Kind

Der Vogt von Tied war ein wilder Herr.
Überritt ein Kind einst von ungefähr
Hatte nur den Fußweg vergessen.

Der Vogt schaut' nicht um. Pfiff ruhig seinem Hund:
»Unkraut und Bauern bleiben stets gesund!«
Das Kind verblutet indessen.

Ein Bauer fand noch am Abend das Kind
Trug das Tote zurück in den Armen geschwind.
Und weinte aus lauter Erbarmen.

Als der Vogt heimkam in später Nacht
Traf er sein Weib auf der Totenwacht
Den Sohn tot in den Armen.

Die Messerprobe

Der treue Knecht hielt brav und frank
Ein neues Messer lang und blank.
»Ist's gut?« so fragt der Herr voll Hohn
»Prob es am eignen Leib, mein Sohn!«
Der Knecht schnitt einen tiefen Ritz:
»Das Messer, Herr, ist gut und spitz!«
»Ist's gut«, fragt der zum zweiten Mal
»Prob ihn am eignen Leib, den Stahl!«
Da stieß ihm der Knecht den Dolch in den Rumpf
Und lächelte wild und murmelte dumpf:
»Herr, niemals war es besser
Probt es nur selbst, das Messer.«

Die Väter

Der König mordete, berauscht von Wein
Den jungen, schönen Pagen sein.
Wollt ihn zappelnd verbluten sehn.

Doch drei Tage später brachte der Troß
Des Königs Sohn ermordet ins Schloß.
Da weinte der König drei Tage.

Drei Tage vergingen und eine Nacht
Da haben den Mörder sie roh gebracht:
Das war der Vater des Pagen.

Irr sagte der König: Die Fesseln ihm brecht!
Und gebet ihn frei! Seine Tat war gerecht.
Da senkte dieser die Augen.

Dann wieder zu Papa herein. Wir tranken Tee. Alle zusammen. Während das Bäumchen brannte. Es war sehr schön!
– – – Welch ein Glück – – –

DANK

Herr Gott, ich danke dir!
Ich schrei es heraus aus Not und Leid
Und meine Brust wird vor Liebe weit
Herr Gott, ich danke!

Abends voller Freude auf die Bahn mit Mama. Die sieht recht gut aus, wirklich, ganz lebensfroh! Sie tut viel, viel über ihre Kraft. Dank, dank ihr! Sie ist die geborene Pflegemutter! – – –

[Tagebuchaufzeichnungen 1916]

19. 10. 16

Wenn man drei Jahre einsam ist, fürchtet man seine Stimme; aber wenn man dann jemand hat, der gut zuhören kann, wird man ausschweifend geschwätzig. Man wird stark, wenn man einsam ist, und das beste Verhältnis zu den Menschen ist: weit weg. – Wenn man fünf Jahre einsam ist, kann man nimmer reden und wird krank. Jetzt bin ich an die vier Jahre allein.

Immer geht Sturm. Gestern und vorgestern. Ich sitze in meiner Kammer. Wegen meiner Herzkrämpfe sagt der Doktor, ich muß ins Bett. Ich gehe nicht ins Bett. Dort wird man krank. Ich sitze am Schreibtisch, morgens, mittags, abends, es ist immer halb dunkel, es geht immer Wind, und ich sehe, wie der Tag wächst und die kahlen Alleebäume vor dem Fenster, die mit dem Sturm kämpfen. Ich schlafe auch fast die ganze Nacht nicht, sehe hinaus, bin voll Finsternis; aber arbeiten kann ich nichts. Ich kann nichts arbeiten; aber manchmal denke ich an das Mädchen, das in der Gartenstraße wohnt und hauptsächlich stille Augen hat, die schön sind und klug und in denen ich ein Tiger bin. Seit ich krank bin, sehe ich sie nicht mehr. Das ist schade.

20. 10. 16

Ich lese die Bibel. Ich lese sie laut, kapitelweise, aber ohne auszusetzen: Hiob und die Könige. Sie ist unvergleichlich schön, stark, aber ein böses Buch. Sie ist so böse, daß man selber böse und hart wird und weiß, daß das Leben nicht ungerecht, sondern gerecht ist und daß das nicht angenehm ist, sondern fürchterlich. Ich glaube David hat den Sohn der Bathseba selber getötet, von dem es heißt, daß Gott ihn getötet hat (der doch für die Sünde Davids nichts konnte), weil David Gott fürchtete und das Volk beruhigen wollte. Es ist böse, das zu glauben; aber die Bibel glaubt es vielleicht auch, sie ist voller Hinterlist, so wahr sie ist.

Heute bin ich wirklich in der Frühe die Kreuzstraße hinaufgegangen. Es regnete, und der Wind ging immer noch, und mein Herz war sehr rebellisch. Aber ich mußte die kleine Ostheimer sehen oder ihre stillen Augen, denn ich muß wieder etwas haben, an das ich den ganzen Tag und die ganze Nacht denken kann.

Aber sie kam nicht oder *war* schon in der Schule. Das ärgerte mich, und ich ging so schnell als möglich (d.h. kriechend, wegen dem Herzen) heim, daß sie dort nichts merken. Ich denke mir: Man kann vielleicht mit ihr gehen und muß nichts reden. Das kann man mit Freunden nicht. Auch ist sie vielleicht gütig, sie hat ein gutes Lächeln, besonders, wenn sie auf Kinder sieht. Ich möchte mit ihr über Kinder reden. Von denen weiß ich was, denn ich habe sie gern und erzähle ihnen gern. Sie kommen oft herauf zu mir. Meine Mutter zankt über den Lärm und den Schmutz, aber ich bitte sie immer wieder, wiederzukommen, und sie kommen scheint's gern. Die kleine Ostheimer wird Lehrerin, denke ich, aber ob sie die nötige Ehrfurcht hat vor den Kindern? Ich bin böse und bin in wüsten Schenken herumgesessen, in Plärrerwägen und bei Soldaten und weiß freche Lieder und verachte die Menschen alle etwas, weil sie so verdorben sind – aber die Kinder achte ich. Sie haben den großen Ernst und die Unschuld. Die Ostheimer hat etwas Kindliches und etwas Mütterliches im Gesicht, das ist schön. Auch ist sie einfach und scheint nicht so flach wie die andern. Ich würde gern mit ihr reden, nichts sonst. Sie hat etwas wunderbar Reines an sich.

21. 10.

Dazwischen hinein lese ich Spinoza. Nietzsche mag ich nimmer. Schön, was er über die Natur sagt. – Aber ich habe so einen Hunger nach Wirklichem. Jetzt bin ich schon zwei Wochen gefangen. Ich sehne mich sogar nach der Schule. Und ich will wieder arbeiten, mit Kopf und Gliedern, reich werden, Einfluß ausüben, Schach spielen mit den Leuten. Schreiben kann ich, ich kann Theaterstücke schreiben, bessere als Hebbel, wildere als Wedekind. Ich bin faul. Berühmt werden kann ich nicht. Werde ich es, gehe ich nach Amerika und werde Cowboy, reite den ganzen Tag, schaue den Himmel an, rede mit den Stieren und belaure das Gras. Jetzt werde ich gesünder. Der Sturm geht immer noch, aber ich lasse mich nimmer unterkriegen. Ich kommandiere mein Herz. Ich verhänge den Belagerungszustand über mein Herz. Es ist schön, zu leben.

22. 10.
Nein. Es ist sinnlos, zu leben. Heute Nacht habe ich einen Herzkrampf bekommen, daß ich staunte, diesmal leistete der Teufel erstklassige Arbeit. Heute philosophiere ich wieder ...

Ich bin schon etwas verdorben, wild und hart und herrschsüchtig. Wenn ich jemand hätte, der still ist, gütig und mit mir gegen mich kämpfen wollte, könnte alles wieder gut werden. Wenn ein Mann richtig lebt, lebt er wie im Sturm, den Kopf in den Wolken, mit wankenden Knien, im Finstern, lachend und kämpfend, stark und schwach, oftmals besiegt und nie unterworfen. Aber er braucht etwas, was ihn auf die Erde hält, einen Schoß, den müden Kopf hineinzulegen, weiche Hände, Natürlichkeit, Liebhaben, Reinheit. – Ich denke wieder oft an die kleine Ostheimer, die sehr lieblich aussah, als sie mit dem Kind sprach.

[Autobiographische Notizen 1919 bis 1920]

völlig leisem Wind über einen Weiher leichtes Zittern hinläuft, zu wiederholten Malen und ganz oben. Sie schnaufte ganz leicht und hastig bei ihrer zweihundertsten Befreiung, und das letzte, was er deutlich sah, war die Decke, die wie ein blasser feuchter Fleck aussah, wie ein Gesicht, etwas bedrückend, aber kaum, fast schimmernd, wie von Schweiß, etwas konkav.

Natürlich verlief sein Leben nicht immer gleich, obwohl er ein Pedant war. Er dachte nicht immer an den Film, und seine Visionen betrafen nicht immer Papierscheine. Nur die Visionen waren Gewohnheiten von ihm. Ebenso hieß das Mädchen nicht andauernd Marie, es wechselte im Gegenteil andauernd seinen Namen, was albern und störend genug war. Welch ein Unfug, jedem Mädchen einen andern Namen aufzuhängen! Hieß etwa jedes Hemd anders, die Hemden waren doch auch gleich, folglich auch der Name! Mit den Ansichten verhielt es sich ähnlich – übrigens, das Kapitel Ähnlichkeit! Man konnte geradezu in Kolonnen denken, soviel ähnliche Dinge gab es! – Fiel es etwa irgendeinem Zeitungsmenschen ein, jeden Tag die gleiche Zeitung zu drucken? Und wer konnte alle Zeitungen lesen und all den Kitsch sondieren? Tagsüber studierte er Medizin, und abends belehrte er Marie und so weiter.

[1920]

Ich gehöre nicht zu den nützlichen Gliedern der menschlichen Gesellschaft, die sich strecken, wenn sie an Anerkennung denken, und Wollust haben, wenn sie Reibung verursachen. Aber Verstand haben sie gar keinen. Sie wollen nur hinein in die menschliche Gesellschaft. Man soll sie abschneiden.

Ich habe den Becher geleert bis zur Neige. Ich bin nämlich verführt worden.

Der freie Wille – das ist eine kapitalistische Erfindung!

Gegen die Korrektur eines Stückes ist der Staatskonkurs die reinste Hochzeitsnacht!
Du hast eine Ahnung vom Staatskonkurs!
Und du hast eine Ahnung von einer Hochzeitsnacht!

Doktorarbeit:
Die Kritik im Lichte unserer Klassiker.
Abfällige (gute) Kritiken der Zeitgenossen über die Klassiker!

Ich gehe immer ganz langsam. Ich weiß, daß ich in der falschen Richtung laufe. Jede Richtung ist falsch. Mir eilt's gar nicht.

Wenn man ein Trottel ist, macht einem das Gehen Genuß. Es macht mir solang Genuß, bis mir das Nicht-Gehen Genuß macht. Ich gehe wie auf Eiern.

Ich kann mich auch hinlegen ins schwarze Gras. Eines Tages lasse ich mir nur mehr die Haare wachsen und fange Fliegen indessen (daß die Fliegen einen Zeitvertreib haben!).

In der Elektrischen stand vor mir abgewandt eine üppige Frau. Ich saß, und sie sank oft in die Knie, und dabei fühlte ich durch den weichen, kupplerischen Samt ihre schwachen Kniekehlen und die Richtung ihrer Schenkel und die Abgrenzung ihrer Beine gegeneinander. Ich fühlte das alles so lang nach, bis ich vor Sinnlichkeit zu einem Hund wurde. Man müßte diese vollen Beine auseinanderbiegen, schon da sie so nachgiebig schienen und verhüllt waren.

Ich habe immer, wenn ich Leute sah, die vor Schmerz oder Kummer die Hände rangen oder Anklagen ausstießen, gedacht, daß diese den Ernst ihrer Situation gar nicht in seiner ganzen Tiefe erfaßten. Denn sie vergaßen vollständig, daß nichts half, es war ihnen noch nicht klar, daß sie von Gott nicht nur verlassen oder gekränkt waren, sondern daß es überhaupt keinen Gott gab und daß ein Mann, der, allein auf einer Insel, Aufruhr macht, wahnsinnig sein muß.

Er liest »Zarathustra«. Begeistert liest er nur einen Teil. Er hatte große Angst, das andere könne seine Illusion zerstören. Denn er liebte auch die Zweifel, die in ihm noch bestanden. Die durften nicht widerlegt werden, wenn nicht die Sache banal werden sollte.

Die Frau hat die Schwindsucht. Da eilt er über die Felder und sieht zu.

Es waren Knochen, die sie in ein Laken legten. Er reist ab, vor Erde sie deckte. Wozu dem Selbstverständlichen zusehen?

Etwas über mich

Man hat mir gesagt, ich soll etwas über mich schreiben, aber ich tue es nicht. Denn wenn es auch nur einigermaßen wahr sein soll, was ihr über mich lest, dann müßtet ihr erkennen können, auf was für Irrtümer ich verfallen bin, als ich über mich schrieb. Aber das kann ich euch nicht zumuten, weil ihr viel zu dumm dazu seid, meine Lieben! Wenn ihr aber die *Meinung* eines bedeutenden Mannes über mich hören wollt, brauche ich euch nur zu sagen, daß ich eine ausgezeichnete Meinung von mir habe. Ich habe so wenig einen Fuchs gestohlen wie jener Spartanerknabe, gegen den nur der Tod sich unfair benahm.

Maxime

Sich in schwierigen Situationen sämtliche Möglichkeiten aufschreiben und dann durchdenken. Im Anfang mit Punkten, die die Annehmbarkeit bezeichnen. (Vorschläge zur Bekämpfung der Gefühlsverschwommenheiten.)

Narren fragen sich. Warum ist die Welt nichts für uns Wunderbares? Ich frage mich allein: Warum sind die Menschen so?

Tod meiner Mutter

Meine Mutter ist gestorben am 1. Mai. Der Frühling erhob sich. Schamlos grinste der Himmel.

Einer sieht eine gemeine Person und sagt: Meine Mutter z.B. war niemals, keine Minute ihres Lebens, niemals, so gesund wie diese. Das gehört dazu.

Vierzig Jahre, und mein Werk ist der Abgesang des Jahrtausends. Ich habe die Liebe zu den Untergehenden und die Lust an ihrem Untergang.

Die Sprache ist dazu da, um die Taten zu verurteilen. Dies ist ihre einzige Rolle. Aber sie füllt sie nicht einmal aus.

Kleine Methoden

Es werden Werte gefragt: Ich habe den Sinn für Werte, Erbteil vom Vater her. Aber ich habe auch Empfindung dafür, daß man vom Begriff Wert ganz absehen kann (Baal).

Meine Mutter:

Ich liebte sie auf meine Weise, aber sie wollte auf die ihre geliebt sein.

Ich bin wieder lustig, denn nun habe ich gesehen, daß dem Guten nichts geschehen kann. Er bezahlt. Das ist doch so einfach. Man verlangt ihm die wahnsinnigsten Preise ab, aber der Gute lacht ihnen ins Gesicht und bezahlt sie, sie, die Preise und die Schlechten und ihren Ruin und ihre traurige Höllenfahrt. Mit einem schlechten Menschen streiten? Was nicht gar! Gott hat ihn verworfen, man muß zusehen, ihn vom Halse zu bringen, nichts ist zuviel dafür.

Man muß so vorsichtig sein. Nicht das nimmt Gott dem Bösen übel, der dem Guten seine Habe nimmt, daß er die Habe nimmt, sondern, daß er ihm die Demut nimmt, ja, das tut er. Ich sage euch, es ist sehr schwer für den Guten, daß er nicht hochmütig wird, wenn man ihm seine Habe nimmt. Das macht so hochmütig.

Der Gute, dem es schlecht geht: da beschließt er, besser zu werden, denn ihm fällt ein, daß den Guten nichts geschehen könne.

Ihn fraßen seine eigenen Gedanken auf wie Läuse.

20 Sünden werden vergeben, aber *eine* Sünde wird nicht vergeben, welches ist die 21. Gehe heim, schmücke dein Heim, He, sage: es war alles in Ordnung, aber er ist wahnsinnig geworden mitten in der Sonne. Er hat mir gesagt: »Du hast alles von einer Hure, nur nicht den Körper!« Es war alles gewesen, wie es immer war, und nur war es immer schlecht gewesen, mit einmal kam es auf, man hat keinen Schrei dafür in der Kehle und auch keine Träne, wenn es schon vorüber ist.

Niemand sagte, wo die Grenze war, sind zwanzig nicht wie vierzig? Aber ich sage dir: Gott hat auf das Immer gewartet.

Aber plötzlich hören alle Hunde auf zu bellen: durch das Laub geharpft kommt Berti von den Schiffschaukeln.

Wiewohl ich erst 22 Jahre zähle, aufgewachsen in der kleinen Stadt Augsburg am Lech, und nur wenig von der Erde gesehen habe, außer den Wiesen um diese Stadt mit Bäumen und einige andere Städte, aber nicht lang, trage ich den Wunsch, die Welt vollkommen überliefert zu bekommen. Ich wünsche alle Dinge *mir* ausgehändigt sowie die Gewalt über die Tiere, und ich begründe meine Forderung damit, daß ich nur *ein*mal vorhanden bin.

1920
Mitte Juni – Ende September

JUNI 20

Dienstag, 15.
Es ist windstill um mich: ich könnte die Segel flicken. Aber es lohnt nicht, sich mit mir zu beschäftigen. Ich habe Zahnweh und mache ein schlechtes Stück (zum 4. Mal!) – und die drückende Angst um Bi und die langsamen Gedanken an Mama!

Mittwoch, 16.
Zeiß will »Baal« nicht aufführen, angeblich weil er Skandal fürchtet. (Aber er könnte eine geschlossene Vorstellung veranstalten!) Gutherz bestellt mich und fertigt mich auf dem Gang ab. Es ist möglich, daß er überlastet ist, aber ich bin kein Weinreisender. Damit fällt die Sensation des Winters in sich zusammen.

Donnerstag, 17.
Cas macht Entwürfe für eine Kirche, nach einer Idee von mir. Altarbild: Engel führen einen elend aussehenden Menschen, der nur mit einer Hose bekleidet ist, in den Himmel. Deckengemälde (4–6): Große Schwärme von Menschen fliegen dem Licht zu. Was Cas bisher hat, ist ausgezeichnet, etwa im Stil Grecos, den er gerade sehr liebt. Er liest immer Plutarch, »weil man da Sinn für Eleganz bekommt«.

Freitag, 18.
Wie mich dieses Deutschland langweilt! Es ist ein gutes, mittleres Land, schön darin die blassen Farben und die Flächen, aber welche Einwohner! Ein verkommener Bauernstand, dessen Roheit aber keine fabelhaften Unwesen gebiert, sondern eine stille Vertierung, ein verfetteter Mittelstand und eine matte Intellektuelle! Bleibt: Amerika!

Sonntag, 20.
Bi magert ab und hat Stiche auf der Brust. Dr. Renner findet einen Keim links oben, aber Banholzers nehmen das gelassen auf und wollen nicht röntgen lassen, sondern Bi in Stellung schikken. Was für eine Familie! Alle Sonntage seit einem Jahr gehören Bi.

Montag, 21. – Samstag, 26.
Ich lümmele mich herum auf dem Kanapee und zupfe die Gitarre. Ich bin voller Gedanken, aber die Hand ist schwach, und keiner ist stark genug, mich aufzureißen. Dazu trinke ich Tee beir Hedda, die immer fremd bleibt, seit vielen Monaten, und wie ein Strudel, der immer entsteht, wo ein Loch ist, eine leere Stelle. Einmal ist die Anni Bauer da, abends, auf dem Atelier, wir trinken Schnaps unterm Lampion, ich zupfe die Geige, ich küsse sie, werde frech, aber sie riecht nach einem armen Mädchen und ich schicke sie heim. Auch habe ich Angst vor Go. Ich habe mehr Einfälle als im Winter. Ich könnte ein Buch »Gesichte« schreiben oder himmlische Possen (im Stil des Greco) oder einen Schwank für Valentin (hanebüchen), infolgedessen schreibe ich gar nichts. Gar nichts ist immer das Beste, was einer überhaupt schreiben kann. Dazwischen lese ich im Plutarch den »Sulla« und über den »Greco« von Maurice Barrès, ein Buch, wie ich sie liebe: stark und zart. Das beeinflußt mich sehr, besonders der (linke) Engel auf dem Bild »Mariä Himmelfahrt«, der ihr ernst etwas sagt in ihrem Aufflug, es ist wunderbar schön. Ende der Woche höre ich die Else Lasker-Schüler lesen, gute und schlechte Gedichte, übersteigert und ungesund, aber im einzelnen wunderschön. Die Frau ist alt und abgelebt, schlaff und unsympathisch. Aber dann gehe ich mit Hedda in den Englischen Garten, und da sehe ich viel ein, habe Schuppen in den Händen und erzähle ihr, daß ich sie nicht liebe, aber Bi und George; denn es ist nichts Aktives, sondern Ruhendes usw. Übrigens entwarf ich eine Operette in Worten, »Die Fleischbarke«, und einen Aufsatz über den Komiker Karl Valentin.

Sonntag, 27.
Mitunter überfällt es mich, daß meine Arbeiten vielleicht zu primitiv und altmodisch seien, oder plump und zuwenig kühn. Ich suche herum nach neuen Formen und experimentiere mit meinem Gefühl wie die Jüngsten. Aber dann komme ich doch immer wieder drauf, daß das Wesen der Kunst Einfachheit, Größe und Empfindung ist und das Wesen ihrer Form Kühle. Das ist mangelhaft ausgedrückt, ich weiß es.

Wir sind nachmittags und abends bei Otto, ein fremdes Mädchen (namens Hilde Münch), Bi und ich. Bi kocht Pfannenkuchen und wird im Kimono fotografiert. Dann sitzen wir noch eine kleine Weile am Domplatz, sie ist sehr müd und hat Fieber; ich bitte sie fast flehend, ihre Fortreise in Stellung auf Montag zu verlegen, bis die Befunde über ihre Lunge da sind. Sie verspricht, es zu wollen, und wir nehmen Abschied.

Im Sommer kann ich nie gut arbeiten. Ich habe kein Sitzleder. Auch bin ich zu ausschließlich positiv. So hindert mich jetzt an der Ausführung des Galgei und der Hanne die in erster Instanz negative Tendenz. Solang im »Galgei« Ligarch und sein Klamauk der Haupttrumpf war, ging es mir besser.

Montag, 28., und Dienstag, 29.
Mit Cas, Hedda, Edith Blass am Starnberger See (Pöcking). Den ganzen Tag im Wasser, vom Boot aus. Hedda schwimmt wie eine Otter, und Cas wackelt vor Wonne über den See, wiewohl er ihn zuerst unter Regen sieht. Am Abend des zweiten Tages reisen wir hundsmüde heim, mit gewaltigen Sonnenbränden und sehr fidel. Wasser und Sonne intus und einigen Geruch.

Mittwoch, 30.
Nachmittags in Augsburg, da Bi reisen will. Ich sehe die X-Platte: Tatsächlich fehlt was an der Lunge. Auch hat sie jetzt Fieber. Ich erreiche, daß sie daheim bleibt. Abends müde herüber.

JULI 20

Donnerstag, 1.

Langsam arbeite ich wieder am »Galgei«. Ich habe viele Ideen. Zu einem Stück über Jesus, zu einem Stück über Bi. Dazu viele Erkenntnisse, wie man Romane schreiben könnte, die dadurch packen, daß die Tradition, die durch (alle andern) Romane schon da ist, darin hingerichtet wird. Schon kommt man zu keiner ergreifenden Darstellung des Todes mehr, weil alle »Todesarten« schon einstudiert sind und höchstens noch ausgeliehen werden. Wenn eine Handlung in einem bestimmten Stil dargestellt wird, entsteht dadurch eine bestimmte Stimmung, die es fertigbringt, die Gemütsregungen des Lesers auszugleichen; auch scheint dann alles Dargestellte (nicht nur) unter einem einzigen Gesichtspunkt (gesehen oder dargestellt, sondern auch) geschehen und erlebt worden zu sein. Aber wo ist die stilistische Möglichkeit, aus dieser Erkenntnis Nutzen zu ziehen? Soll man z. B. den Tod der Hauptfigur in einem neuen Stil schildern, etwa im Zeitungsjargon? Das ist zu peinlich ... Noch eines: Es gibt drei Wege, zu einer großen Ansicht zu gelangen. 1. Man macht den Zwiespalt zwischen dem einfachen inneren Leben und den äußeren Zufälligkeiten (der »Politik«) zum Hauptkonflikt. 2. Man stellt nur das innere Leben dar, losgelöst und einsam, hart, stimmungslos, aufrührerisch und doch zustimmend. 3. Man beweist, daß es das innere Leben (und die großen Konflikte) nicht gibt, und gibt das äußere. – No. 1 ist Journalistenarbeit. Es ist schwer, Tendenzen hier zu unterdrücken. Gelänge es, den Helden selbst als *nicht* fordernd darzustellen – so bliebe immer noch der Schein, als hielte man den Menschen für etwas übertrieben Wertvolles, das nur durch Ungunst der Verhältnisse etc. beengt wird. Aber er schafft doch seine Verhältnisse selber oder erleidet nur einen Zufallstod, wird von den andern ermordet. No. 2 ist die härteste Nuß. Läßt man alles Äußere weg, arbeitet man in Nacktheit, dann muß ungeheure Gliederung oder unmenschliche Kraft herein! Hier droht am meisten Gefahr von seiten des Sprachlichen her, nämlich vor der Routine, und des sprachlichen Götzendienstes!

Sonntag, 4.
Bi. Orchideengarten. Sie sagt wundervolle Sachen: »Ich kann doch schwimmen! Aber nur zweimal. Dann werd ich so müd, daß ich sterb.«

Orge, heiser, transparent, strebt auf sein Examen. Otto hat sein Abs gemacht, er macht alles, ohne was zu tun. Sein Leben ist ein Sport und er tut nichts als »sich herauszuziehen«.

Dienstag, 6.
Immer wieder kommen mir Eingebungen über das wahre Wesen großer Kunst. Darin war ich schon einmal weiter. Aber jetzt komme ich wieder dorthin. Am »Galgei« muß das Ewige, Einfache ans Licht: Anno domini ... fiel der Bürger Joseph Galgei in die Hände böser Menschen, die ihn gar übel zurichteten, ihm seinen Namen abnahmen und ohne Haut liegen ließen. So möge jeder achtgeben auf seine Haut!

Oft im Kino. Besonders in Detektivdramen. Hier liebe ich das Gymnastische. (Die einzige Eleganz, die Er hat ...) Abends mit Edith Blass im Englischen. Ich erzähle zwischen Lindengeruch von den Saufereien 1919. (Aber mit dem linken Aug sehe ich immer den Galgei. Er tritt aus dem Kreis der – bunten, fetten – Viecher hervor, in der Mitte, wie gerufen von weit her, etwas dumpf.) Feuchtwanger hat sich seine Brille ins Aug gestoßen und hockt im Kimono mit verquollenem Kindergesicht in verdunkelten Zimmern. Der schmerzhafte Makkabäer. Sein achtungsvolles Interesse am »Galgei« tut mir wohl. Es ist ein guter und starker Mensch, sehr klug und vornehm.

Mittwoch, 7.
Alles, was ich in diesen Tagen schreibe, ist schlecht und gewöhnlich, Kartoffeln für arme Leute, obgleich ich sonst nichts tue als dies schreiben. Aber vielleicht ist dies ein Hauptgrund. Die Tage sind heiß und sonnig, Asphalt ist nichts für mich, ich habe einen immerwährenden Druck im Hinterkopf. Dabei geht viel Zeit vorüber, ich nütze sie nicht, sondern bin noch froh, wenn sie weg ist wie die Haut nach dem Sonnenbrand. Ich gebe allem die Schuld, auch dem großen Fenster, das mit seinem vielen Licht blendet und einen falschen Himmel zeigt, trüb vom Glas. Zum »Galgei« fehlt mir nur Impuls, in der Vorstellung ist alles all

right. Jetzt mag ich nimmer schreiben, das Kopfweh nimmt zu. Ich glaube nicht, daß in der Hölle Schreckliches passiert. Es wird dort *gar* nichts passieren. Sauve qui peut!

Wäre ich ein Maler! Die sind wie Frauen: Sie können immer. Und sich in Arbeit kasteien! Der Geruch der Farben, der Widerstand des Materials und die ewige Bereitschaft des Gegenstands stachelt auf und sättigt.

Es ist so still! Wenn man sich beruhigen könnte an dem einfachen großen Rhythmus des Lebens, dem Fressen von Kartoffeln, dem Tanzen in kleinen, bretterverschalten Zimmerchen, den traurigen Sonnenuntergängen, in denen die Luft sich ausdehnt, den ewigen gleichen Konflikten ohne Unterschied und Finesse. Man verflucht die Einförmigkeit allen Lebens, die stumpfsinnige stumme Weigerung aller Lebewesen, in neuen Formen ihre alten Bedürfnisse zu verrichten – weil man selber arm und ohne starke Bedürfnisse ist!

Nachts, als ich einen Schluck Feuerwasser im Magen habe, kommt über mich die große Lust, andere Arbeit zu tun, das einfache, dunkle Leben zu gestalten, hart und knechtisch, realistisch und grausam, mit der *Liebe* zum Leben. Noch müssen »Galgei« und die »Sommersinfonie« aus der Hand, aber dann hat der Expressionismus abgewirtschaftet, und der »Ausdruck« wird auf den Mist geworfen! Diese Bewegung war eine (kleine deutsche) Revolution, aber als etwas Freiheit erlaubt war, zeigte es sich, daß keine Freien da waren; als man glaubte, sagen zu dürfen, was man wollte, war es das, was die *neuen* Tyrannen wollten, und die hatten nichts zu sagen. Diese Jünglinge, reicher an Worten und Gesten als die vorherigen Generationen, zeigten ganz den spielerischen Unernst jeder Jeunesse dorée, ihren Überdruß, den sie mit Pessimismus, ihren Mangel an Verantwortlichkeitsgefühl, den sie mit Kühnheit, und ihre impotente Unzuverlässigkeit, die sie mit Freiheit und Tatendrang verwechselt.

Noch ist der Himmel weit, aber die Raben fliegen schon über ihnen.

Donnerstag, 8.

Ich lese aufmerksam die Briefe van Goghs an Theo. Das sind erschütternde Dokumente der Armut und der rasenden Arbeit.

Statt zu essen, malt er, und er berechnet, wieviel Farbe ihm die Schwindsucht beschert! Er hat keinen Erfolg und arbeitet wie ein Stier und sieht fast immer die Zukunft schwärzer als die Gegenwart, die schon zu schwarz ist. Davon kann man einen Haufen lernen, nicht nur im Menschlichen. Vielleicht täte es mir recht gut, wenn ich so arbeitete, finster und stiernackig, ohne auf Inspirationen Gewicht zu legen und indem ich auf effektvolle Einfälle spuckte. Aber das bringt man nur zustand in der Beschreibung, man muß viel wissen, einiges erlebt haben und einen bestimmten Stil haben, den man auf alle Dinge »anwenden« kann. Jedenfalls muß man ein scharfes Auge auf den »Geist« haben, auf die Rosinen, die geschmackvollen Arrangements und die Glätte. Ausschlag gibt der große Wurf, die finstere, aufgeworfene Masse, das erschütterte Licht über allem und die Unerschrockenheit des menschlichen Herzens, das die Dinge zeigt, wie sie sind, und sie so liebt.

Nachmittags mit Edith Weiß in Possenhofen. Abends ein bis sieben Gewitter. Grüne Wiesen im Schwefellicht, dunkelblaue Bäume, Wasserlachen wie Löcher in der Erde, die aufbrach. Irgendwie hängt man elektrisch mit den Entladungen zusammen, die Blitze machen einem Mut und ziehen die Gesichtshaut straff: So entsteht Klarheit. Ich liebe Gewitter.

Freitag, 9.
Bei Johst. Er sieht faltig aus. Hatte mit »König« in Dresden einen Erfolg. »Gefiel Ihnen das Stück?« Er: »Ja. Es war herrlich aufgeführt. Natürlich ganz anders, als ich gedacht hatte. Das Gegenteil. Gartenlaube. Anstatt jung, aufwühlend: glatt und rührselig. Aber gerade deshalb ein Erfolg.« Es sitzt ein junger, dünnlippiger, kühl-ironisch blickender Herr herum, Suhrkamp, der, wie Johst sagt: sauber ist im Dichterischen. »Sie mögen ihn nicht.«

Sonntag, 11.
Bi geht es besser. Orge hustet wie zwei Spitaler, er fliegt nur so in seinem Zimmerchen herum davon, er hat bald Bauchweh, bald Kopfweh und immer heiße Hände. Aber er ist ein großer Philosoph. Daheim ist es still. Ich gehe immer auf den Friedhof, und ich bin gerne dort.

Montag, 12.
»Die das Viele behalten, sollen damit beladen werden.
Die aber das Wenige nicht geben, denen sollen die Hände abdorren.«

Daß ich diese Frauen wie Hedda und Edith nicht erzählen hören kann! Es ist alles falsch und geschminkt und stillos, die Sätze sind wie Karfunkel oder Abszesse, geschwollen und ungesund farbig. Und dann stimmt auch nichts, und ich mag Urteile nicht. Habe auch einen Widerwillen gegen Lebensbeichten, mag keine Geschichten, sitze wie auf Kohlen: es ist alles falsch! Bi dagegen höre ich gern: Ich weiß, wie sie ist, und sie tut nichts zu den Dingen hinzu.

Donnerstag, 15.
Ich sitze abends im Atelier. Etwas Sonne fällt herein. Vor dem großen Fenster weht ein weißer Vorhang und vor diesem ein roter Lampion. Ich bin in Hemdsärmeln, im Strohhut, Tee im Leib, gesättigt. Jetzt ist die Drucklegung »Baals« beendet, ich habe die Fahnen alle. In den menschlichen Verhältnissen läuft eine kleine Verwirrung, ich bin nicht so stark wie zu Zeiten, es ist Ebbe, aber jetzt, abends, bin ich froh. Vielleicht kann ich im Herbst wieder starke Kunst machen.

Gestern vier Stunden bei Feuchtwanger, der mir seine italienische Komödie vorlas. Sie gefiel mir, weil *er* mir gefällt, und sie ist auch technisch interessant genug und hat schöne Bilder. Es ist wieder viel Brecht drin. Der Amerikaner ist Kragler, das steht fest. Der erste Akt ist darauf hingebaut, daß am Schluß dieser Herr erscheint, plötzlich, überraschend, während alle beisammen sind und die Rechnung ohne den Wirt gemacht haben, und er steht unter der Tür und sagt nur: Guten Abend. (Mein Name ist Kragler.) Schluß: Er schmeißt wegen einer Frau ein ungeheures (technisches) Werk um und geht frisch an die Arbeit. Übrigens fehlt dem Stück Größe und Belang. Es hat Witz (aber nicht zuviel), Geschmack (aber zuwenig), Technik (aber keine gute, nur eine gerissene).

Freitag, 16.
Nachmittags mit Cas in Possenhofen. Es ist besser mit einem

Freund als mit einem Mädchen. Wir liegen im Wasser (20° R) und im Wald und dann im Boot, und da schwimmen wir noch einmal, wie es schon Nacht ist. Liegt man auf dem Rücken, dann gehen die Sterne mit, oben, und die Flut läuft durch einen durch. Nachts fällt man ins Bett wie eine reife Frucht: mit Wollust.

Sonntag, 18.
Samstagabend im Lechkanal. Leuchtkäfer unter Lattichwäldern, in die man sich hinaufzieht aus dem Wasser. Sonntagnachmittag wieder dort. Orge spaziert den Kanal herunter, Cas malt unter einem grauen Sonnenschirm, dann laufen wir zum Tee heim, den Bi mit uns nimmt. Nachts im Orchideengarten Eis gegessen, dann einen Psalm (»Ich weiß, ihr Herz ist schlecht«) gemacht auf dem Weg, dann bei Gabler Heidelbeerwein getrunken und Psalmen gelesen, dann mit Orge heim.

Montag, 19. – Samstag, 24.
München. Gegen Mitte der Woche die »Ballade auf vielen Schiffen« gemacht, dann einen vierten Akt zu den »Trommeln in der Nacht«, einen abschließenden. Noch Samstagmorgen, dazu den 4. Akt neu durchgearbeitet, diesmal ganz anders als bei »Baal«, den ich gründlich verpfuscht habe, wie ich jetzt einsehe. Er ist zu Papier geworden, verakademisiert, glatt, rasiert und mit Badehosen usw. Anstatt erdiger, unbedenklicher, frecher, einfältiger! Jetzt mache ich nur mehr feurige Dreckklöße!

Sonntag, 25.
Im Lech gebadet. Bi sah zu.

Montag, 26.
»Königin Tamara« von Hamsun ist ein merkwürdiges Buch. Es ist wie für Kinder geschrieben (das wird am deutlichsten da, wo die schlimmen Sachen sind, die ausschweifenden Reden, um den Abt herum etwa, das ist eine herrliche Renommage, ganz kindlich!), und drin ist, was Kindern Spaß macht. Ich glaube nicht, daß Hamsun zeigen wollte, wie kindlich die fabelhaftesten Potpourris aus dem Heldenleben im Grund sind, es kommt nicht heraus, daß es komisch ist, etwas sein zu wollen durch eine Tat, das ist nicht gemeint, hierin ist es ihm mißglückt, wenngleich

große Schönheit in dieser Einfalt ist, aber da ist die Gestalt der Königin, die herrlich ist, voll und kindlich, Damaszenerstahl, biegsam, unzerbrechlich, edel. Der Prinz ist sehr komisch, er muß mit der Mütze in der Hand dastehen, weil er nur der Prinzgemahl ist, und das will er nicht. Darum setzt er die Mütze auf, seht ihr, und da, meint er, kommt was, geschieht einiges, von Belang, wovon man sprechen wird, sie, die Königin, wird in den Boden sinken oder aufflammen. Aber dergleichen geschieht nun nichts. Er hat die Mütze auf, und ihr ist es recht, und sie nimmt ihn in weiche Arme, und wer hat im Bett eine Mütze auf? Dann darf er auch wieder Prinzgemahl werden. Von dem Hamsun kann man viel lernen, momentan das Entscheidende.

Dienstag, 27.

Mit Zarek zusammen, Bazarek. Er ist nicht so klug, als ich mir vorgestellt hatte, im Schöpferischen ist er ganz begriffsstutzig. Außerdem hat er einen verflucht unplastischen Stil. Ich singe meine Lieder, und er erzählt eine Szene aus einem »David« (David vor Saul). Sie sei ihm blutsauer geworden, er habe sie durch eine Intrige möglich gemacht. Ich sagte, stehenden Fußes, es muß ohne Intrige gehen. Und dann zeigte ich es ohne. Er klappte den Mund auf. Es flog hinein, und er klappte zu, würgte mit dem Adamsapfel und schluckte hinunter. Er glaubte, nun hätte er Lust, das Ganze nochmals zu schreiben. »So«, sagt er.

Abends sind Hedda und ich im Kino. Szenen auf dem Meer. Warum gibt es keine Piratenfilme? Ich schreibe einmal welche. Auch muß man neue Moden (für Kleider usw.) vom Theater aus in Schwung bringen (und sich dafür von den Modegeschäften bezahlen lassen). Und Dramen (Bücher?) auf Zeitungspapier drucken mit Annoncen, die das Geschäft rentieren. Man muß versuchen, sich einzurichten in Deutschland!

Mittwoch, 28.

Die Szene *Saul-David* geschrieben. Es ist Gutes drinnen. Es geht ohne Intrige. Saul schwatzt sein Potpourri und durchläuft alle Höhen und Tiefen, und bei der ganzen Berg-und-Tal-Bahn sitzt David da und schneidet sich die Nägel.

Gestern machte ich die »Ballade der Freundschaft«, die gut ist. (Ich werde sie für den Kino bearbeiten.)

Freitag, 30.
Vormittags sehe ich Klabund, der schlecht aussieht und in Unolds Atelier wohnt, mit einem hochblonden Mädchen: Er fährt mit ihr aufs Land. Nachmittags kommen Feuchtwanger und Zarek zum Tee.

Die erste Szene zu einem Stück »Saul und David« geschrieben, das ich nebenher und ohne Plan machen will, obwohl es ein gutes Material verarbeitet.

AUGUST

Dienstag, 3.

Ich habe den Anfang des 3. Aktes der »Trommeln« neu gemacht und den zweiten Schluß (ad libitum) des 4. Aktes. Jetzt ist das Ganze fertig und, wiewohl ohne Anläufe in die kühleren Höhen der Kunst, durch seinen Impetus und seine Menschlichkeit nicht ganz verlorene Arbeit. Den 4. Akt habe ich viermal, den 5. dreimal gemacht. Jetzt habe ich zwei Schlüsse: komisch und tragisch.

Mittwoch, 4.

Sonntagabend wollt ich ein frisches Hemd anziehen. Es war, Bi am Montagmorgen auf die Bahn zu bringen und Hedda beir Durchreise zu begrüßen. Dann konnte ich an den Lech gehen und über mich nachdenken. (Ich war früher mehr Lucki, sagt Orge.) Aber die Hedda stieg aus, weil sie meinte, sie könne abends weiter, was irrig war. So blieb sie da, sie sah mein Gesicht nicht, das nimmer geduldig war, und blieb da. Ich ging fremd neben ihr her in meinem frischen Hemd, tief enttäuscht. Ich wollte allein im Bett liegen, quer drüber hin, mit einer Zeitung und einem Spiegel. Sie ging gestern weg, und es ist ihr Elend, daß sie schlecht aussieht, wenn sie keinen Erfolg hat, und Tränen stehen ihr nicht. Da sieht sie alt aus: Es rinnt Wasser aus einer Ruine. – Aber jetzt erst habe ich frei und kann mich bessern.

Ich bin nachmittags mit Lud an den Lech gegangen, bis über den Ablaß hinauf, und wir schwammen im Reißenden und legten uns in das Sonnige. Da konnte ich auf dem Heimweg abends das »Kinderlied vom Brot« und einige andere Kinderlieder machen. Das ist ein guter Anfang.

Donnerstag, 5.

Ich gehe hamstern in der heißen Sonne. Da fällt mir was zur »Sinfonie« ein. (»Im roten Sommer, die unzüchtigen Falter ...«) Rote, brandige Bilder, Lehm und Haufen, hingewühlt, auf kleiner Bühne, heiß und frech.

Samstag, 7.
Früh mit Cas in Ziemetshausen, die Bi besucht. Sie sieht nicht allzugut aus, sie läuft auch zuviel herum, sie wohnt mit einer Turnlehrerin, einem pappigen Gewächs, und die schleift sie mit. Wir liegen im Gehölz und üben Kino. Es ist schön zu sehen, wie die Bi spielt: ganz menschlich, ganz einfach. Eine Königin, das ist eine Königin, ein Erschrecken, das ist ein Erschrecken, und die Bi, das ist die Bi. Sie hat Stil, aber sie erreicht nie die Wirkungen der Natur. (Wenn sie aufs Gesträuch deutet, mit zwei Händen, und ganz entzückt ruft: Da, sieh, der Falter!) Sie imitiert nicht die Natur: Sie spielt! (Ich entwerfe einen Film im Lendecke-Stil.)

Dienstag, 9. – Samstag, 15.
Mit Cas und Otto in Württemberg. Ehingen. Untermarchtal. Beuren. Möhringen. Donnerstag fällt Cas ab und segelt heim. Wir baden täglich und laufen nicht zuviel. Pfarrer schenken uns Brot oder 5 Mark, Bauern Most. Die Kartoffeln stehlen wir.

Dienstag, 17.
Ich habe Shakespeare, »Antonius und Kleopatra«, gelesen, ein prachtvolles Drama, das mich sogar ergriff. Je mehr die Handlung im Mittelpunkt scheint, desto reicher und kräftiger können sich die Träger entwickeln. Sie haben kein Gesicht, sie haben nur Stimme, sie reden nicht immer, sie antworten nur, sie haben die Handlung nicht wie eine Gummihaut, sondern wie ein weites faltiges Gewand um sich. Wo die Handlung kräftig ist, da müssen diese Männer nicht wandelnde Museen sein, man muß sich nicht an *ihnen* satt fressen können, es ist auch noch das Stück da. Das Medium zwischen Zuschauer und Bühne ist: die Sehnsucht, zu sehen. Je deutlicher eine Gestalt in den Einzelheiten, desto geringer die Verbindung mit dem Sehenden. Ich liebe dieses Stück und seine Menschen.

Abends blättre ich in Hebbels Gedichten. Es gibt prächtige Stücke darunter (und auch läppische!). Wie tief die Empfindung und wie rein und kühn der poetische Wille! Es ist drin viel Deutsches (Herbstliches, Kühles, Tiefes und Flaches!).

Mittwoch, 18.

Ein Brief von He. Ich habe sie das letzte Mal nicht gut behandelt, als ich das frische Hemd anhatte, und auch früher oft nicht, sie machte es mir verteufelt schwer, und ich kämpfte mit dem Teufel, und oft unterlag ich, aber jetzt hebt sie an, mich zu zerfleischen, mit starker Hand. Sie tut mir leid, sie bellt den Mond an, ich höre ihren Vorwurf nicht, ich bin gerade in Hinterindien, habe den Dolmetsch vergessen, sie wird heiser, der Mond scheint. Es ging zwei Jahre, seit sie den ersten Tee machte, sie hatte viel Freude, sie hatte viel Leids; sie hätte weggehen können, mit Haut und Haar, sie hätte sich wehren können mit Fäusten und Füßen, sie hatte viel Kummer, sie hatte viel Lust, sie hatte Nägel an den Händen, und sie hätte weggehen können noch im Hemd! Aber jetzt tötet sie mich, ich soll Hackfleisch werden. Hackfleisch mag sie nicht. Und ich, der ich ihrer müde war, als sie faul in meinem Bett lag und weinte (ich kann es nicht hören, weine nicht!), jetzt fühle ich frischen Wind und bläst Wind, er bringt das Schiff vorwärts, er bringt es nicht fort, ich setze mich hin und schreibe ihr; denn sie ist elend, und ich habe nicht fein an ihr gehandelt, und sie klagt mich endlich an, und ich verteidige mich, solang ich kann, und besinne mich, was ich bereuen kann, und bin zu ihr wie in ihrer besten Zeit und verteidige mich. Das war gestern, und der Brief ging gleich abends ab, und heut kommt ihr zweiter, der Zwilling, ein böses Papierchen. »Warum hatte ich nicht die Kraft, mich schon damals loszureißen von einem Menschen, der mich nicht liebhatte und dazu roh und taktlos war?« Warum hatte sie nicht? Warum hat sie nur die Kraft, Papier zu bespeien und Eilande zu bombardieren? Ich habe es verdient, ich verbeuge mich in den Sturm, mich wäscht Lauge noch rein, ich habe gelogen, reißt mir die Zunge aus! Sie ist tobsüchtig geworden, sie geht an den Wänden hinauf (– in den Himmel?), das Hackfleisch wird vor die Hunde geworfen ... Ich bin schlechter als gar nichts, hätte sie mich nie gesehen, sie steckt sich den Finger in den Mund. Die Hunde verrecken an dem Hackfleisch ...

Der Himmel hätte die Pflicht, mir für meinen Hang zur Lüge und Eitelkeit von Zeit zu Zeit die Schaufel hinaufzuschlagen. Wenn ich den kleinsten Zweifel über Bis Unschuld habe, fährt es mir in die Gedärme, und ich beneide den Hiob, so quält mich die Stechfliege. Aber wenn die He sich in Berg und Tal windet, weil ich sie aus ihrer Schale hervorgelockt und bloß liegengelassen habe, bleibe ich kalt wie ein Viehhändler. Sie hat sich oft gaulhaft benommen, wie Orge sagt, ich aber habe mich roh benommen und hart wie ein Stierbeutel. Man muß mir die Schaufel hinaufhauen.

Der Cas hat die Schwindsucht, seit er nimmer auf Feldpostpapier lebt. Er war drei Jahre im Feld und ist zu feig, einen alten Mann um Most zu bitten, und zu feig, dies einzugestehen, und so verlogen, als hätten wir Stöcke parat für ehrliche Kindlein. Er verlor seine Uhr und sagte gleich: Ich fahre gleich wieder heim. Ich lache einen herunter und sage: Es ist gut, daß du sie nicht in Argentinien verloren hast. Er: Dort verliert man eben nichts mehr. Ich: Das kann jedem Mann passieren, sogar mir. Er: So ein Mann paßt eben dann nicht nach Argentinien. Dann bleib ich daheim. Otto und ich weinen fast ins Binsengras. Oder wir stehen vor einer Pfarrei auf einem Friedhöfchen. Wir wollen zu Abend essen, und Cas soll dafür porträtieren. Ich will hinein, da sagt Cas: Also ein Nachtquartier muß noch herausschauen. Sonst fang ich gar nicht an. Da sag ich: Geh selber hinein, Cas! Und er sagt: Ja, warum nicht?! und geht in der Richtung auf die Tür zu. Geht robust und schwenkt rechtsum und läuft wie ein Stier in die Kirche. Wir finden dort einen Riesenhaufen Elend im hintersten Gestühl. Usw. Usw. Zuletzt haben wir ihn satt, weil er drückt auf uns, und sagen: Wir wollen das Geld hinausschmeißen und uns trennen und heimbetteln. Da läuft er davon. Er ißt und trinkt Erbetteltes, aber betteln mag er nicht. Da ist er zu fein dazu. Manchmal sieht er aus wie ein Arschficker.

Donnerstag, 19.

Sie wandte mir den Rücken
Da kroch ein großer Wurm heraus
(Der wollte mich beglücken
Er wollt die Hand mir drücken ...)
Doch war er mir ein Graus ...

George macht im September seine Prüfung. Er sitzt immer in seinem kleinen Zimmer vor einem gelben Store, den er zugezogen hat, und wühlt in Gemeindeordnungen. Liegt hustend und fluchend auf seinem Bett. Das Fannerl ist fort, in seiner Heimat, langsam wird es besser mit George. Sie hat ihn bös zugerichtet. Er hat, um sie nicht zu verlieren, Monde lang die Infamien des B.T. ertragen, mit freundlichem Gesicht, und jetzt wollte er sich rächen. Früher verbeugte er sich vor keinem Schwein, des Spekkes wegen, und tötete es nicht, weil es kein Hengst war. Jetzt aber will er geniale Katapulte bauen, um diesen Sandfloh von ferne aus zu zerschmettern! Er hat sich in Kimratshofen schlecht gegen Bi benommen, schlechter als ich mich je gegen das Fannerl, und ist so eitel, daß er dies der Bi nie vergißt, auch nicht, daß sie einmal übersah, ihn zu grüßen, als das Fannerl dabei war, und einmal lachte. Und oft scheint es, als wolle er nichts mehr, als Sekretär werden und das Fannerl heimführen, wo er früher doch nichts werden wollte, und es war besser so. Auch macht er den Beschützer und Seelsorger junger Geschöpfchen, die der Heilgei durchzogen hat, und schimpft dort auf ihn anscheinend wie ein Neger. (Vögelt aber nicht!)

Freitag, 20.
Ich kann einmal zwischenhinein den jungen David machen (»David bei den Adlern«) und wie eine Historie, ohne Beziehung, ohne Pointe in der Fabel, ohne »Idee«, einfach den jungen David und ein Stück aus seinem Leben. Dann gibt es statt einer Deutung hundert, und ich brauche nichts umzubiegen. Dazu bin ich überzeugt, daß bei starker Leibhaftigkeit der Visionen wenn nicht Verstand, so doch Seele hineinkommt ohne mein Zutun.

Ich schreibe die erste Szene zu End und beginne die zweite. Zum Ganzen mache ich kaum eine Szenenübersicht. Am Abend ist die Gefahr die, daß ich ins Groteske abgleite. Ich muß mehr ballen und Dreck und Blut geben statt Geist.

Abends mit Orge im Kino. Ihm gefallen vier Räder an einem Wagen, wie sie so laufen, oder: wenn ein Wasser um eine Ecke fließt ... Er will (einmal) Monogramme machen. Die Vokale mit

Wasserfarben. Die Konsonanten kann man nur linear darstellen, das ist ganz klar. Er macht wenige kleine Zeichnungen, wie: Regentag, oder: Der Mißtrauische. Sie sind dadaistisch, mit kleinen, starken Momenten. Die großen Dinge sind immer anrüchig. Sie sind gefühlsmäßig nicht zu überblicken. Man wittert die großen Dinge nicht. Er liebt die kleinen Sätze, die da Augen haben. Und sie bluten, wenn man sie sticht. Sein Gesicht ist starkknochig und bleich, die Stirn merkwürdig verbreitert, fast brutal und etwas abgeplattet, etwas Zähes, Bösartiges ist drinnen; die Lippen sind schön und voll, geschmäcklerisch, etwas wollüstig, der Hals stark und kurz. Er sieht aus wie ein Prälat. Er sagt mir, daß ich eitel werde, und das ist nicht falsch, so etwas sieht er. Aber ich muß meine Gedärme umstülpen und die Haut. Sie sollen mich sehen, wie ich innen bin. Meine Gedanken denkt immer noch der Kopf allein. Ich muß meine Hände dazu verwenden. Ein Salonluckitum stinkt, aber es ist besser als Treuherzigkeit. Ich werde mich aber bessern.

Samstag, 21.

Ich lese in Hebbels Tagebüchern, es ist immer fesselnde Lektüre, wenn auch viel Dekoration und die Gefühle überinszeniert. Das Pflichtgefühl drin ist mir widerlich, auch die Ordnung, die einer ungeheuren Einbildung gleichkommt: im Grund ist Hebbel eben Sammler. Er hat eine beschränkte Teleologie in allen Gedankengängen, es scheint, er ist eitel darauf, überall da noch einen Sinn zu entdecken, wo die Dümmeren keinen mehr entdecken, und Leute, die es weit gebracht haben, sind selten dazu zu bringen, es noch weiter bringen zu wollen. Aber es gibt nicht viele Dinge, die nun wirklich einen Sinn haben, wie Hebbel meint. Vieles ist einfach da und in seiner Wirkung so oder soweit unterstützt oder beeinträchtigt. Dies geht bis in die Beziehungen seiner Menschen hinein. Er kommt vermittels einer scholastischen Dialektik fast immer bis zur äußersten Formulierung der beiderseitigen Rechte und Pflichten. Aber es ist dann noch ein ungeheurer Schritt zu jener eiskühlen und unbewegten Umluft höchster Geistigkeit – wo Recht und Pflicht aufhören und das Individuum einsam wird und die Welt ausfüllt und Beziehungen unmöglich und unnötig werden. Immer mehr scheint mir jener Weg, den Hebbel einschlug, eine Sackgasse. Nicht die Großartigkeit der Geste, mit der das Schicksal den großen Menschen zerschmettert, ergreift uns, sondern allein der Mensch, dessen Schicksal ihn nur zeigt. Sein Schicksal ist seine Chance. Es gilt also nicht, große, ideelle Prinzipiendramen zu schaffen, die das Getriebe der Welt und die Gewohnheiten des Schicksals darstellen, sondern einfache Stücke, die die Schicksale von Menschen schildern, Menschen, die die Gewinne der Stücke sein sollen. Beispiel: Daß Burschen von einer gewissen, eigentümlichen Struktur die Schaufel aufs Genick kriegen, ist nicht das, was das Stück zeigen soll. Sondern: Wie sie sich dabei benehmen, was sie dazu sagen und was für ein Gesicht sie dabei machen.

Ich bin abends auf dem Plärrer und fahre mit der Schiffschaukel. Das gewährt mir volle Befriedigung. Es ist einer der schönsten Sporte, damit wendet man einen Abend nutzbringend an, man geht anders nach Hause als sonst, nach den vielen verlorenen, leeren Abenden, wo man nichts tat und nichts gewann.

Sonntag, 22.

Nachmittags ist Bi da, sie kocht Tee, den wir im schönen Zimmer nehmen, auf der Chaiselongue, bequem vom Rauchtischchen. Das ist sehr angenehm, Teetrinken ist ein seelenvoller Sport. Bi hat so hübsche, weiße Beine, die etwas Aufmerksamkeit unbedingt beanspruchen können. Sie ist gerade Hausfrau und muß ihren kleinen Bruder erziehen. Wenn sie schimpft, dreht sie sich schnell um und läuft hinaus, weil sie lachen muß.

Vorher bin ich mit der Rosmarie gespaziert, sie ist aufgegangen und verblüht, ich verlasse sie ganz, Gott behüte sie! Sie ist noch immer kindisch, infantil, lacht viel und auf bestürzende Art, ihr Lachen ist nicht weniger beunruhigend als ein Blutbrechen.

Ich lese Hermann Hesses »Klingsors letzter Sommer«. Diese Novelle ist sehr schön, es ist etwas Edschmidt drinnen, aber viel besser. Wenngleich der »Camenzind« nimmer erreicht scheint, den ich fern in Erinnerung habe als etwas Kühles, mit Herbbuntheit und Herbheit gefülltes Papier. Es ist einer darin, der am Schluß nur mehr roten Wein trinkt und verkommt und die Jahreszeiten anschaut und den Mond aufgehen läßt, das ist seine Beschäftigung!

Montag, 23.
Ich diktiere die »Trommeln in der Nacht«. Der dritte Akt ist gut bis auf einzelnes. Der vierte ein Bastard, ein Kropf, eine verkuhwedelte Pflanze. Abends schiffgeschaukelt. Den David im Schädel.

Dienstag, 24.
München. Feuchtwanger meint, ich soll die letzte Szene lassen, aber das Ganze (»Baal«) habe sich halt im Manuskript viel besser gelesen. Das ist richtig, es stinket mir. Es sollte einem »gleicher« sein! Man soll es machen mit Gedärmen, Herz und Blut drin und Lungen und es laufen lassen, mit Fußtritt! Ich pfeife auf den Bogen.

Ich glaube nicht, daß ich jemals eine so ausgewachsene Philosophie haben kann wie Goethe oder Hebbel, die die Gedächtnisse von Trambahnschaffnern gehabt haben müssen, was ihre Ideen betrifft. Ich vergesse meine Anschauungen immer wieder, kann mich nicht entschließen, sie auswendig zu lernen. Auch Städte, Abenteuer, Gesichter versinken in den Falten meines Gehirns schneller, als Gras lebt. Was werde ich tun, wenn ich alt sein werde, wie kümmerlich werde ich dahinleben mit meiner dezimierten Vergangenheit und zusammen mit meinen ramponierten Ideen, die nichts mehr sein werden als arrogante Krüppel!

Immer streune ich abends übern Plärrer, der einem seine Negermusiken mit Keulenschlägen eintreibt: Man bringt sie nachts nimmer aus den Hautfalten! Der Mond, wo wir die Hallelujasinger im Laub spielen, verfällt langsam, es regnet häufig, wir müssen uns nach neuen Beschäftigungen umschauen. Mit Film und Bänkelsang werden wir uns noch einen halben Mond über Wasser halten, aber dann muß neuer Flug angehen; im Oktober noch als Kriechechse durch das bunte Laub, aber dann, schwarze Riesenvögel über die Winter-Himalajaberge!

Mittwoch, 25.
Der Regen wäscht einem die letzten Gedanken aus dem Kopf. Gedanken sind Unreinlichkeiten. Darum setzen sie sich im Win-

ter an. Das Papier reizt mich nimmer, ich hänge mich wie eine Fledermaus in die Turmgiebel der Faulheit: mit dem Halsabschluß nach unten!

Donnerstag, 26.
Es gibt Tage, das sind Rattenkönige von lauter Montagen, früh um sieben Uhr. Jede Stunde geht ein neuer Montag an, früh um sieben Uhr. Der Montag hat eine Stimme: Das ist das Knattern des Weckers, wie wenn man eiserne Kugeln in Blech schüttelt, wie wenn der Zahntechniker bohrt. Man hat die Stimme immer im Hals an solchen Tagen, und dazu regnet es einem in den Leib, durch die Haut durch, sie ist solch ein Schund, sie ist durchlässig, man ist hereingelegt worden mit ihr, und das schlimmste ist, daß man keinen Fluch findet, der Fluch hat sich versteckt, man angelt nach ihm mit der Zunge, aber er ist in einen hohlen Zahn gekrochen und macht eine kleine Stänkerei. An diesen Montagen schläft die Epidermis dick und schnarchend. Wenn man das alles anfühlen könnte, den Geruch davon in der Nase, den Geschmack auf der Zunge hätte, dann ginge es noch, es ließen sich Witze draus machen. Aber nichts verdickt sich, man fühlt es, statt es anzufühlen, und da tut es weh. An diesen Tagen läuft einem das Blut nicht bis in die Fingerspitzen, sondern nur bis zum Handgelenk, und man möchte seine eigene Zunge fressen: man muß sie nur herumschleppen. An diesen Tagen sind die Leute immer so, daß man ihnen ihr Wasser herauslassen möchte. Aber ohne Wasser können sie nicht leben. Gott hat sie verdünnt, da ist nichts zu machen!

Abends eine liebliche Dämmergeschichte.

Ich hatte die Rosl bestellt. Sie latscht langsam heran, um sieben Uhr, es dämmert erst. Sie drückt sich zierlich ein, sie ist ohne Hut, ihre schmale, feine Stirn war immer hohes C bei ihr. Sie wirkt besser als Sonntag. Wir laufen in die Birkenau. Wir rutschen auf einer Bank herum, sie ist bleich, kindlich, schlekkig. Der Himmel ist bewölkt, er schwimmt über uns weg, und in den Gebüschen rumort der Wind: er langt ihnen leider unters Laub. Ich küsse ihr weiches Visägechen ab und zerdrücke sie etwas. Im übrigen sieht sie auf guten Ton in allen Lebenslagen und muß um 9 daheim sein. Aber es ist viel Anmut in ihr drin, und sie ist nimmer so spuckselig; gottseidank immer noch ein Kindskopf!

Nachts wie kaltes Getier durch wimmelndes Gesträuch trabend – die Wolken fallen einem fast auf das Genick – wieder an den »Galgei« herangetreten. Die harte Notwendigkeit, die dem Ligarch den Hut in den Kopf treibt und dem Galgei die Haut abzieht, das Schwankende und Einmalige, die böse Handlung und die großen Viecher um das Nachtlichtlein, das lockt doch, wenn nur die dichterische Idee noch jungfräulich *wäre*, wenn die Sauarbeit der Entjungferung überstanden ist!

Ich fange auch an, Balladen für die Jugend zu entwerfen. »Die Schlacht bei den Baumwurzeln« und »*Goger Gog*, der Zinnsoldat«. Auch wieder einiges in der zynischen Art der ersten Klampfenlieder, da das Repertoire abgeleiert ist und Strophe für Strophe so ausgelutscht, daß man am Kiefer lutscht, wenn man sie ins Maul kriegt. Ich hungre wieder nach Strolchenliedern, die kalt, plastisch und unentwegt sein müssen und wie hartschalige Früchte dem Zuhörer erst einige Zähne aushauen, wenn sie ihm ins Gebiß fallen.

Wenn George und Buschiri und ihr Freund am Bummel gehn
Ihre Flossen in der Tasche, dritte Sorte in dem Maul
Sehn sie öfters alte Leute in den losen Türen stehn
Und nicht blinde und nicht taube und nicht faul.
Sondern diese Greise sprechen
Von Buschir als Kleiderrechen
Von Georges Billardspiel
Und von ihrem Freunde viel!
Wenn George und Buschiri und ihr Freund im Busche sind
Ihre Hand in einem Mädchen, ihren Geist wohl im Exil
Sehn sie öfters hinterm Busche ein verloren, altes Kind
Ohne Äpfel, ohne Laubwerk, ohne Stiel ...
Und sie schwatzen dennoch morgen
Von Buschiris Kindersorgen
Von Georges Rückenzehr
Und von seinem Freund – noch mehr!
Wenn George und Buschiri und ihr Freund besoffen sind

Dann umarmen sie sich lässig, schwärmerisch, still unterm Tisch.
Waschen sich sodann im Flusse, trocknen sich sodann im Wind
Sind sie spätestens im Bette wieder frisch.
Aber diese Greise dulden
Nicht Buschiris Trinkerschulden
Und nicht, daß George streunt
Und schon gar nicht: seinen Freund!
Wenn George und Buschiri und ihr Freund einst Greise sind
Treibt den Hut ein Stiefelzieher nur auf den geschwollnen Kopf
Sind sie taub gen schnapsige Hymnen, gegen hübsche Kleider blind
Gegen Mädchenbrüste, Nacht und Weiberschopf.
Und man hört sie zahnlos sprechen:
Billardspiel und Kleiderrechen
Schulden, Kinder, Rückenzehr
Bummelei und vieles mehr.

Freitag, 27.

Meine gewachsenen Werke unterscheiden sich von den gemachten durch ihren tierischen Ernst. Sonst habe ich zuviel Ironie drinnen, und dadurch werden die Menschen zu gutmütig: Ich traue ihnen nichts Böses zu. Ich unterschätze sie. Das ist der Weg zu Schauspiel und Operette. Es tut nichts, wenn Leute im höchsten Sinne komisch sind, aber ernsthaft, tüchtig oder abstoßend in der Nähe, und sie dürfen auch komische Züge haben, aber dann müssen sie wichtig sein! Oder es muß auch Landschaft, Sprache und Philosophie des Dichters komischen Gehalt haben.

Es beschäftigt mich stark das Schicksal eines Mannes, der in den Vierzigern nach Südamerika flieht, um etwas für sich zu tun, und dem dann die Schaufel hinaufgehauen wird: es ist ein Mann. Er ist hart und bösartig, er kämpft um seinen Vorteil noch mit den Füßen, er haßt die Familie und nützt sie doch aus, er ist faul trotz der Langenweile. Alles wird »eingangs« gezeigt, mit dikkem Finger, mitleidlos: So ein Mann ist es! Aber dann fällt er unter die Räder, in den zähen, schwarzen Schlamm, der ihm in den Mund gequetscht wird, den Hals hinunter, er lernt kriechen und leiden, das Maul zu – und man läßt ihn trotz alledem verrecken, man sieht nicht um nach ihm. Es ist keine Frau geboren, auf die er sich verlassen kann, und es ist kein Mann geboren (ihn selber eingeschlossen). Er wird blind am Schluß, er rutscht auf den Knien, er kriegt Wasserknie, niemand wäscht ihn, es steht ein Bottich Schnaps da für ihn, er wird weggenommen, wieder hergestellt, man sagt ihm: einer hat hineingeschifft. Er heult wie ein Hund, ein Hund in der Finsternis, der nicht einmal mehr geschlagen wird. Das alles hat den Sinn, daß er sich erkennt und weiß, was ihm gehört (was weh tut, gehört ihm), wenn es auch gegen Schluß wieder anders wird und er allein sterben muß, verlassen von sich selbst. Er beschwört alle, die herumstehen: Lernt fluchen, lauft in die Seemannskaschemmen, lauft euch die Füße weg, schreibt alles auf Papier, lernt die Flüche auswendig, daß ihr sie habt, wenn euch die Haut abgezogen werden soll, daß ihr Namen habt für alles und Fäuste, draufloszutrommeln!

»Oh, jetzt kenne ich mich, geh hinaus, Par Chem, starker Regen, ich weiß, daß ich von Gott eingesetzt bin, und dann konnte er sich hinlegen und einschlafen. (Er streckt die Hände vor.) Ich habe Musik unter meiner Haut wie Walroßschnarchen, ich verzweifle nicht mehr. 10000 Teufel trommeln auf mich los, vorhin waren es noch 9999, vorher verzweifelte ich, jetzt freue ich mich. Ich habe ein Gerippe unter dem Fleisch, ich spüre es am Eiswind, der durchdringt, ich habe es nie gewußt, ich bekenne mich zu ihm, geh hinaus, Par Chem! Ist nicht alles ruhig, wie die Steine sind, und die Bäume merken nichts, und du lachst wohl jetzt. Mich aber reißt es fast aus dem Boden, so sehr fühle ich den Sturmwind, den du nicht fühlst, dickhäutige Negermutter, geh fort, ich spucke in der Richtung, wo du herstinkst nach vollem Magen und faulen Schenkeln und 700 Bälgen, die Erde fressen und nichts fühlen! Braucht Gott einen solchen Sturm für mich? Oh, ich merke daran, daß ich etwas bin, ein kleines Korn, eine Trommel, ein Flohstaub! Alles ist still und dickflüssig, und die Luft um mich ist wie Brackwasser. Ich bin das Körnlein Salz, das dies mehr bitter macht. Geht nur weg!«

Samstag, 28.
In aller Frühe eine kleine Tragikomödie im Stiegenhaus. Weiber schreien, ein Hund weint. Dann pfeift mein Vater im Nacht-

hemd. Ich stürze ans Fenster. Das erste, was ich sehe, sind Gesichter an den Fenstern vis-à-vis. Das zweite: zwei Hunde mitten auf der Straße, die Hinterteile aneinandergekoppelt: Sie wollen gern auseinander, sie gäben viel darum, Ina, die Frau davon, weint. Fräulein Marie setzt Vater erregt auseinander, warum sie in der Sache nichts tun kann, nicht hinunter kann, Vater brüllt, sie solle dann wenigstens das Maul halten. Inzwischen läuft Peppi, die Achtzehnjährige, hinunter und haut auf die Hinterteile los, was nur weh tut. Ein Mann sagt ihr ruhig im Vorbeigehn: Da hilft nur ein Kübel Wasser. Da hilft Hauen nichts. Sie holt ihn. Sie hat einen kurzen, roten Rock, ist schmal und stolz gehalten, sie hat Heldenmut und Humor. Ina hat plötzlich ein Gesicht bekommen, ein leidendes, hilfloses, sie schaut entsetzt von unten herauf, sie weiß nicht, was man mit ihr gemacht hat. Sie ist seit einiger Zeit läufig, hat aber alle Angriffe tugendhaft abgeschlagen. Wie das Wasser auf ihre Hinterteile klatscht, vollzieht sich auf geheimnisvolle Art ihre Befreiung.

Wie tragikomisch der himmlisch duldende Drang dieses Viehs, seine Pflicht zu erfüllen, ihre Hingegebenheit an die Vergewaltigung, ihr jungfräuliches Weinen, während sie immer wieder stillhält, dem großen, schwerhaarigen, schwarzen Wolf!

Ich merke, daß ich schwach im Zeitwort bin. Auf dem Zeitwort baut sich aber das Drama auf. Ich lege ein Vokabularium an, schaue drauf wie auf rollende Kugeln beir Roulette. Ich muß mich bessern darin.

Keine Metaphysik in den »Galgei« hineinarbeiten: man muß sie nur herausarbeiten. Einfach die Geschichte eines Mannes, den sie kaputtmachen (aus Notwendigkeit) und das einzige Problem: Wie lange er's aushält. Was sind seine Reserven, was unterscheidet ihn, was greift ihm an den Hals? Man stutzt ihm die Füße, man kegelt die Arme aus, man sägt ihm ein Loch in den Kopf, daß der gesamte Sternenhimmel hineinscheint; ist er noch Galgei? Es ist ein Lustmordspiel!

Abends, auf den Kirchhof laufend, die »Ballade von den Geheimnissen« geschrieben. Und nachts, zwischen Kino und Schiffschaukel, die von meiner Mutter.

Sonntag, 29.
In Deutschland hat nicht etwa der Krieg, sondern der ungünstige Ausgang des Krieges einigen Leuten gezeigt, was von den Pflichten gegen den Staat zu halten sei. Sie verlangen jetzt mehr als vorhin für den Staat. Dabei ertragen die Menschen doch keine Herrschaft schwerer als die des Verstandes. Sie sind bereit, für schwindelhafte Phrasen großen Klangs alles zu opfern, sie sterben wonnevoll in Schweineverschlägen, wenn sie nur in großer Oper »mitwirken« dürfen. Aber für vernünftige Zwecke will niemand sterben, und auch das Fechten dafür wird durch die Möglichkeit des Todes verhindert, denn das Vernünftigste dünkt ihnen: zu leben, und man kann für »nichts« sterben, nicht aber für etwas; denn es wäre nichts, wenn man gestorben ist, und man käme um die große Wollust des Verzichts. In Triumphzeiten des Rationalismus schämten sich die Nationen nicht, ihren Mitgliedern das Leben abzuverlangen.

Über die Literatur:
Onanieren passiert. Mit Pariser vögeln passiert.
Aber diese Leute onanieren mit Parisern.

Nachmittags ist Bi da, Otto und Hartmann, das Huhn Biribinki. Es lehrt uns schafkopfen, wir schwitzen über den Karten, Bi macht Tee, Otto Witze. Abends spiele ich Billard mit Orge in den Zimmern des ersten Stocks, da Papa, wie immer, beim Fischen ist. Nachts ab ½ 10 im Theatercafé bei Dr. Brüstle, der über Jüdinnen spricht, da er in eine verliebt ist. Jüngst sprach er anders über Juden, aber Gespräch ist Gespräch.

Montag, 30.
»Ballade von den Mitmenschen« entworfen. Billard. (Es ist ein kleines Tischbillard, das wir einst von Pa zu Weihnachten kriegten, es schluckte Staub unter Bettstätten, wir hatten es vergessen, jetzt lebt es wieder auf, spuckt Staub und schüttelt sich auf krummen Beinen.)

Um einen Roman zu schreiben, bin ich noch zu unreif. Dazu gehört vor allem Reife des Steißes: ein Sitzleder. Und dann müssen gewaltige Freßfeste aller Sinne veranstaltet werden, die

Augen, die Finger, die Nase müssen gespeist werden. Hauptstützpunkte sind die einfachen Schilderungen von Vorgängen und Zuständen, die das Innerste davon auskramt, die Freude am Gegenständlichen (nicht am Problematischen!). Das ist nichts für ungeduldige Leckermäuler und Handlungs-Reisende!

In der Frühe fährt Bi nach Kimratshofen.

Dienstag, 31.

Es ist jetzt gerade was in mir drin. Ich bin dick voll. Vielleicht sollte ich doch die Lautenbibel hinausschmeißen, auf Zeitungspapier groß gedruckt, fett gedruckt auf Makulationspapier, das zerfällt in drei, vier Jahren, daß die Bände auf den Mist wandern, nachdem man sie sich einverleibt hat. Es stehen merkwürdige Sachen drinnen, etwa: »Freßt Oetkers Backpulver!« oder: »Come to Jesus now!« oder »Brechts Endreime sind die besten!« Aber das alles zerfällt, mag sein Ruhm klein sein, sein Leben ist kleiner, es bleibt eine Mythologie von den Bänden: Es sind mystische Dokumente! Voraus ein Gedicht: »Die Neger singen Choräle über dem Himalajagebirge«!...

Die Hedda schreibt gestillte Briefe, der Aufstand ist aus Mangel an Beteiligung von seiten des Bedrückers, im Keim erstickt. Sie ist zerschmettert, sie schwärmt von der Ehe, ich habe unser Verhältnis ein Mittelding zwischen Ehe und Abenteuer geheißen, eine eigentliche Kompromißgeburt. Sie will einem »etwas sein«, sie will Hof halten in ihrer Ahnengalerie, die Jüdin von Rastatt, sie singt: Raum ist in der kleinsten Hütte ... Sie hat den Aufstand abgebrochen, sie hat sich abgefunden, sich von nun an wieder mit stillen, häuslichen Flagellanterien zu unterhalten.

Ich lese Paul Wieglers »Figuren«, ein ausgezeichnetes Buch mit Schattierungen und viel Stoff. Ich fische Wörter und Farben heraus, sie schwimmen in Schwärmen darin herum. Ich muß noch einmal Psalmen schreiben. Das Reimen hält so sehr auf. Man muß nicht alles zur Gitarre singen können!

Ich werde in meinem Zimmer Plakate mit Sprüchen aufhängen, lauter Papier an die Wände, teils unzüchtig, man sitzt gut darunter, und man kann niemand mehr hereinladen. Wenn man auf dem Bett liegt und verzweifelt, genießt man den Trost dieser gesalzenen Weisheitssprüche und ärgert sich darüber, über die Banalität des Daseins!

Nachts »Der besoffene Wald singt einen Choral« fertig gemacht, eine letzte Strophe. Das ist gute Arbeit. Der Teufel hole das Vernünftige! Die Worte haben ihren eigenen Geist. Es gibt gefräßige, eitle, schlaue, stiernackige und ordinäre. Man muß eine Heilsarmee gründen zu ihrer »Errettung«, sie sind so verkommen. Man muß sie einzeln bekehren, vor allem Volk, und sie im Gefolge mitnehmen und allem Volk zeigen. Man braucht sie nicht eitel zu machen, das ist der Anfang vom Ende, war es schon einmal; man muß sie nur verantwortlich machen und Lasten auf sie hinaufwälzen, dann finden sie ihre vier Füße und leben auf. Sie sind keine spanischen Wände um die Betten, worin das Leben gezeugt wird. Es sind nicht die Lakaien der Ideen, sondern ihre Liebhaber, ihre ironischen Liebhaber. Etliche sind auch nur Impresarios. Einige sollte man erschießen, standrechtlich, sie vogelfrei machen, niederknallen, wo man sie stellt: besonders die, die Mischehen eingehen oder in schlechter Gesellschaft leben oder sich weigern, begraben zu werden, solang sie noch Zulauf haben. Gerichtshöfe her für die Worte!

Billard. »Berliner Tageblatt«, letzte zwei Wochen, Wiegler, Kampf mit der Hure Ina, abends Spaziergang mit Orge. Er liebt den Katholizismus. Aber die Kirche ist ein Zirkus für die Masse, mit Plakaten außen, auf denen Dinge sind, die es innen nicht gibt. (Wie auf den Jahrmärkten: außen »Die Enthauptung Louis Capets« – innen zwei Jongleure und eine Pferdeschinderei.) Das Plakat heißt: »Der Hungerkünstler« oder: »Das königliche Skelett« oder »Jedermann wird selig für 11 Groschen« oder: »Da ich jetzt nicht komme, muß ich nachher kommen« usw. usw. Sie haben nichts als ein Buch überliefert, das haben sie verkritzelt und Kochrezepte und Medizinen über die Weisheit geschmiert. So stark war die Idee, daß sie auch nicht gleich kaputtging, als sie organisiert wurde, sondern langsam hinsiechte. Es mußte etwas sein, das alle hören konnten, auch die Tauben, auch die weit weg, die auf den schlechten Plätzen, auch die, die man anbinden mußte, daß sie nicht fortliefen ... Das für die paar Fischer, das verging mit dem faulen Galiläer, der Gelegenheitsreden hielt unter Feigenbäumen, wenn er in stilles Wasser sah und an sie und die Fische dachte. Das war eine Handvoll Datteln für die Zunge, kaum für den Hals, und da waren tausend Mägen. Der Galiläer hatte kein Dach über dem Kopf gehabt, sie bauten Häuser für seine Gläubigen, während sie, in der Hand die Kelle, immerfort predigten, daß die Leute sich nicht verliefen. Der Galiläer war für sich gestorben, sie riefen ihn wieder ins Leben zurück, brauchten ihn, zitierten ihn nicht bloß, schickten ihn wieder in den Tod, immer wieder, stellten ihn bereit im Tabernakel, pfiffen ihm, wenn jemand da war, für den er sterben sollte, und ließen ihn für Totschläger und Widerwillige sterben, in ununterbrochenen Kinémas. Es war eine »heilige Handlung«, besser eine heilige Feilschung. Der Galiläer war hochmütig gewesen, ziellos, er hatte den Statthalter ewig verdammen lassen, ohne ihn aufzuklären, er starb mitten in Mißverständnissen, zwischen Schächern, die mit ihm ins Paradies kamen, er sagte nicht, was Wahrheit sei, er schätzte die Dinge nicht ein, unterschätzte sie nicht, sie waren da, also gut, er küßte den Judas, weil er handelte, wie er war, und so liebte er ihn. Der Katholizismus ist ein Ausbeutersystem, ein amerikanisches Unternehmen, mit Gleichheit für alle, mit Stufenleitern, mit Lohntarifen. Das Positive und der Verantwortungssinn daran werfen einen Stier nieder. Die Entdeckung des Kopernikus, die den Menschen dem Vieh näher bringt, indem sie ihn von den Gestirnen entfernt, die dem Menschen befiehlt, mit seinem Globus die Sonne zu umkreisen, und die ihn aus dem Mittelpunkt in die Statisterie schmeißt, wird zunächst niedergeknallt, dann für richtig und völlig unwichtig erklärt. »Das sind ungeheure Dinge, geschaffen, daß ihr Gott bewundert, aber ihr könnt ohne sie leben. Die Heilspunkte sind andere: sie zu entdecken, brauchen wir keine Wissenschaft.« Das ist eine Frechheit, der es an Erfolg nicht fehlen kann. Und in dieser Kirche sind unabsehbare Wände leer gelassen, mit Absicht, für die Fantasten, in den Speichern hat alles Platz, alle Ideen sind in den Dogmen unterzubringen. 7000 Gerichte gibt die Pflanze ab. Die Bänke sind bequem. Der Kot wird als Dünger verwertet. Das Vieh gedeiht. Gott ist sichtlich über dem Unternehmen. Der arme Mensch stirbt täglich ungezählte Male für die Mitglieder. Die Versicherung läuft bis zum Tod. Sie wird den Überlebenden ausbezahlt. Es ist eine Lust zu sterben.

Vollmond läuft hinter den schwarzen Birken.

Es gibt wenige, die untergehen können, die mit Haut und Haaren aus den Fugen gehen, mit zerschmetterten Händen hinauskriechen. Die Mehrzahl verreckt in Vereinen. Stirbt wie eine Ratte, hört einfach auf. Bleibt eine Ratte, funktioniert nur nimmer. Der Tod als Unglück ...

SEPTEMBER

Mittwoch, 1.

Ich schreibe am »Traum des Branntweinverkäufers«, da kommt der kleine Geyer im gelben Regenmantel bis zu den Zehen und sagt, Cas kommt heut. Er ist bei der Verwandtschaft herumgesessen und wird wohl nichts getan haben als Rücksicht nehmen! Ihm ist ein einverstandenes Kopfnicken lieber als sieben Sternenhimmel, er schwatzt dicke Töne und tut's auch billiger. R.i.p.

Den »Traum« habe ich fertig gemacht, auch die »Ballade vom Mitmenschen« und in aller Frühe schon »Der Mann auf der Hochzeit«. Es ist eine gute Epoche, ich habe die Hände voll, und es ist plötzlich alles gestaut nach dem dürren Sommer. Immer wieder kommt so eine gute Zeit, man soll nicht verzweifeln. Ich habe sonst nur etwas Billard gespielt, mit Orge, und für Mutters Grabstein gesorgt. Aber abends will ich ins Varieté.

Ich sehe dort mit Brüstle einen Exzentrik-Clown von gewaltigem Format, der mit kleinem Pistol auf Licht schießt, sich auf den Kopf schlägt, eine Beule wachsen läßt, sie absägt und auffrißt. Ich bin entzückt: Darin ist mehr Geist und Rasse als im gesamten zeitgenössischen Theater.

Wenn ich ein Theater in die Kluven kriege, ich engagiere zwei Clowns. Sie treten im Zwischenakt auf und machen Publikum. Sie tauschen ihre Ansichten über das Stück und die Zuschauer aus. Schließen Wetten ab über den Ausgang. Alle Samstag ist Deuxière im Theater. Der Schlager der Woche wird persifliert. (Auch Hamlet, auch Faust.) In der Tragödie wird die Szenerie auf offener Bühne umgebaut. Clowns gehen über die Bühne, ordnen an: Er geht jetzt unter, ja. Machen Sie das Licht düsterer. Die Treppe macht einen tragischen Eindruck. Die Karyatiden erlauben nur mehr Bankerott. Er wird Fliegen fangen müssen. Er hatte eine gute Art, die Hände in die Hosentaschen zu stekken. Wie er sagte: Man muß faul sein wie eine Wachtel! Das war gut! Hier findet die Hauptszene statt. Es wird sogar geweint. Die Heldin hat Taschentücher zugesteckt. Oh, wär es zu Ende! (Sie sagen das alles traurig, wirklich ernsthaft, es sind grünbelichtete, traurige Burschen, die grünen Engel, die den Untergang herrichten ...) Die Clowns reden über die Helden wie über

Privatpersonen. Lächerlichkeiten, Anekdoten, Witze. Sie sagen von David: Er wäscht sich zuwenig. Und von Baal, in der letzten Zeit: Er ist verliebt in den Schmutzfinken. – Dadurch sollen die Dinge auf der Bühne wieder real werden. Zum Teufel, die *Dinge* sollen kritisiert werden, die Handlung, die Worte, die Gesten, nicht die Ausführung.

Mir schwebt im Arrangement meiner Verse das Beispiel Rodins vor, der seine »Bürger von Calais« auf den Marktplatz stellen lassen wollte, auf einen so niederen Sockel, daß die lebendigen Bürger nicht kleiner gewesen wären. Mit unter ihnen drinnen wären die mythischen Bürger gestanden, Abschied nehmend aus ihrer Mitte. So sollen die Gedichte da stehen unter den Leuten.

Donnerstag, 2.
In die Gedichte geheftet:

Eine Seite mit Wortgeburten wie: Indianische Legenden. Die Salons auf dem Mont Cenis. Fastnacht im Blut. Usw. (Stoffe für Dichter ...)

Ein leeres Blatt: für einen Orientierungsplan, am besten mit Buntstiften zu machen.

Ein Inhaltsverzeichnis mit vielen Titeln, von Gedichten, die in dem Buch gar nicht vorkommen.

Immer noch grüble ich über den »Trommeln in der Nacht«, ich bohre Gestein, die Bohrer springen. Es ist scheußlich schwer, diesen 4. Akt großzügig und einfach an die drei ersten anzuschließen, darin die äußere Steigerung des 3., die ziemlich gelungen ist, fortzuführen und die innere Umwandlung (in 15 Minuten) stark zu gestalten. Und der starke, gesunde, untragische Ausgang, den das Stück von Anfang an gehabt hat, wegen dem es geschrieben ist, ist doch der einzige Ausgang, alles andere ist ein Ausweg, ein schwächliches Zusammenwerfen, Kapitulation vor der Romantik. Hier kehrt ein Mensch auf der scheinbaren Höhe des Gefühls plötzlich um, er schmeißt die ganze Pathetik zum alten Eisen, läßt sich von seinen Bewunderern und Jüngern am Arsch lecken und geht mit der Frau heim, wegen der er das ganze tödliche Tohuwabohu gemacht hat. Das Bett als Schlußbild. Was Idee, was Pflicht!

Freitag, 3.
Zarek wurde vom »Jungen Deutschland« (es waren lauter junge Deutsche, d.h. sie waren noch nicht allzulang deutsch, ihr Deutschtum war jung) bei Reinhardt herausgeschmissen. »Karl V.« ist ein albernes Machwerk, und der »glühende« Ehrgeiz drinnen wird natürlich für Leidenschaft genommen. Der Kerl ist doch viel zu eitel, um was Gutes machen zu können! Man muß sich massakrieren, aber nicht flagellantisch! Und dieses Gemurkse mit Ideen und Idealen! Auf Parketts gehen keine Niggertänze, und gerade die sind es, die wo ... Und ob man in der ersten Etage oder im Souterrain ein Kerl ist, das ist gleich. Wurst ist das.

In mir wächst ein Gefühlchen gegen die Zweiteilung (stark-schwach; groß-klein; glücklich-unglücklich; ideal-nichtideal). Es ist doch nur, weil die Leute nicht mehr als zwei Dinge denken können. Mehr geht nicht in ein Spatzengehirn. Aber das Gesündeste ist doch einfach: Lavieren. Der Kostenpunkt muß diskutiert werden. Um glücklich zu sein, gut zu operieren, faul sein zu können, hinter sich zu stehen, braucht's nur eines: Intensität. Intensiv unglücklich zu sein, das heißt, nicht an die Sache glauben. Ein Unternehmen draus machen. Amor fati. Alles mit ganzer Seele und ganzem Leibe tun! Was, das ist gleichgültig! Klein *oder* groß! Beides! Nicht immer Politik, Hoffnung auf Zukunft, Sonnenschein! Sauft ihn, den Regen! Bei seinem Unglück dabeisein, sich ihm widmen, mit Haut und Haar! Nur die Stunden sind verloren, unter dem Preis verkitscht, Angstverkäufe, Feigheitsgewinste, wo man nichts zu sagen hätte zu sich, über die Dinge. Wo man nicht brüllte, nicht aufschrie, nicht lachte, nicht die Zähne bleckte, nicht den Finger in die Schläfe bohrte, nicht einmal schwamm oder hasenäugig schlief.

Ich suche eine Geste für all dies, sichtbar bis auf die Galerie, zu riechen und hinreißend: für »Trommeln«, 4. Akt. Wo einer was macht, dann was andres macht (– aber: macht). Eine ganze Stadt tumultuiert, Betrogene in die Zeitungen hetzt, Armselige besoffen macht, mit Reden füllt, mit Waffen spickt: dann heimgeht. Sie, sie sollen in die Zeitungen! Er ist nimmer betrogen, nimmer armselig. Die Hauptsache: die Geste, mit der er heimgeht, den

Rock auszieht, sich die Halsbinde herabreißt, mit den Händen am Hals aufschnauft; es ist ein Krampf, sagt und mit der Frau ins Bett abgeht.

Samstag, 4.
Ich lese heute früh den Schluß von Döblins »Wadzeks Kampf« und finde darin anklingende Ideen. Der Held läßt sich nicht tragisieren. Man soll die Menschheit nicht antragöden. Und es steht Herrliches drin über die Tragödie. (Es wird Schamgefühl gefordert!) Es ist überhaupt ein starkes Buch. Es läßt den Menschen schamhaft im Halbdunkel und macht nicht Proselyten. So ist es, steht drinnen auf 300 Seiten. Ich liebe das Buch.

Manchmal juckt es mich: meine verdammte Neigung zum Intensiven, ist es ein Symptom für irgendeine schwache Stelle im Apparat? (Gleichviel, es macht ja nichts!) Dann müßte man drauf Nachdruck legen, Nährsalze dorthin schmeißen oder die Stelle entlasten oder sie trainieren! Bei Tabes dorsalis (durch frühzeitige Ausschweifung verursacht) sieht man Leute mit eigentümlich stampfendem Schritt, auffällige Leute, groteske Leute, Leute mit einem verderblichen Hang zum Grotesken. Sie gehen dreimal so gründlich als normale Leute, sie stampfen auf, als hätten sie Eisengewichte an den Fußsohlen – aber sie haben nur kein Gefühl in den Fußsohlen; sie merken es nicht, wenn sie unten sind. Es sind keine kraftvollen Leute. Es ist kein Übermut bei ihnen. Diese Leute haben auch meistens eine bewundernswert gerade Haltung, es sind keine biegsamen Leute, es sind Charaktere, Entweder-Oder-Menschen, sie schlüpfen nicht, kuschen nicht, lavieren nicht. Sie treiben alles zum Äußersten, sie haben Haltung aus Angst vor ihren gläsernen Herzen. Kurz: es sind *arme* Leute.

Abends in der »Großen deutschen Passion« der Brüder Faßnacht. Elender Text, geschmacklose Aufmachung. Aber gewisse Bibelworte nicht totzukriegen. Sie gehen durch und durch. Man sitzt unter Schauern, die einem, unter der Haut, den Rücken lang herunterstreichen, wie bei der Liebe. Im übrigen wäre die Jesusgestalt zu zeichnen durch Eindringlichkeit und Lässigkeit. Ein Mensch für die Menschen, für jetzt, für den Platz, wo er ist, schnauft, redet, leidet. Das Ganze ist lyrisch, ungeeignet fürs Drama, weil unlogisch, ja alogisch, eine reine Zerstörung des Folgebegriffs. Es sind mystische Visionen, ein guter Mensch unter einem Feigenbaum, das Herz auf der Zunge, ein lebender Eindruck, ein ganz nabelloser Mensch, ein gelungenes Geschöpf, zwecklos, ohne Benötigung irgendeiner Rückensteifung (Pflichterfüllung oder so). Ein unverletzbarer Mensch, weil widerstandslos. Ganz lavierend, biegsam, wolkengleich, voll von Sternhimmeln, milden Regen, Weisheiten, Fröhlichkeit, Vertrauen, Möglichkeiten. Der gute Mensch in einem. Er kann nicht gestaltet werden im Drama: Er bietet keinen Widerstand. Er bietet keinem Ding ein eigenes Gesicht – es wäre ein Affront, ein Aufsichbeharren, ein Hochmut, ein Eingriff in den andern.

Sonntag, 5.
Immerfort Regen, die Lyrik ist wieder versiegt, ich habe aber einige meiner besten Stücke aus dem Chaos gefischt. Es schwimmt noch genug drin rum: Warum also das Zeug schon zusammenheften?

Otto macht nachmittags was mit Mädchen und hat Cas geholt, und so sehe ich ihn. Eigentlich ist es nicht Cas, sondern es ist Neher, Rudolf Neher, Sohn eines Oberlehrers.

Der dicke Cas ist gestorben.
Es war ein guter Mann.
Er konnte uns alle zeichnen.
Er soff sich herrlich an.
Er hat sich gut gestillet.
Ein dickes Loch gefüllet
Wohl in der freien Luft.

Der dicke Cas ist gegondelt
Hinab den schwarzen Pfuhl:
Er konnte wie zwei Mann liegen
In einem Schaukelstuhl.
Er kann sich nicht mehr wiegen:
Wie zwei Mann tut er liegen
Im tiefsten Höllenpfuhl.

Es ist der Cas verblichen
Als wie das Gras verweht –
Dieweil die Sonne lang noch
Im milden Mittag steht.
Der Wind ging in sein Segel
Er ist mit Kind und Kegel
Als wie das Gras verweht.

Er hat in manchem Graben
Mit manchem Tod gerauft.
Er hat den Tod gezeichnet
Und hat ihn gut verkauft.
Mit Kugeln und Komplotten
Sie konnten ihn nicht ausrotten
Er hat zu gut geschnauft.

Er stieg in die breite Sonne
Und in das Grün hinauf
Da kam ein lauer Wind daher
Der fraß ihn schmeichelnd auf.
So ist der Cas verblichen
Mit einer schauerlichen
Staubschichte oben drauf.

Wir sind zusammengekommen:
Buschiri, Orge und ich
Und haben bekümmert vernommen
Daß unser Cas verblich.
Wir weinten dicke Zähren.
Wir gaben ihm zu Ehren
Dem Leichnam manchen Stich.

Daß ihn kein Wurm nicht frisset
Lebendig in seinem Schacht
Da er ein dickes Loch auch
Der Erde voll nun macht.
Die Trommeln sind gesenket.
Die Hüte sind geschwenket:
Jetzt liegt er in der Nacht.

Mir fiel manches ein zu der Geschichte Malvis, der auf Tahiti verreckt. Ein harter Mann, ein guter Mann, der eine Leidenschaft hatte, eine teure Geliebte: gerade zu gehen. Sie bringt ihn an den Bettelstab. Nein, er wird krumm geschlagen, weich beerdigt. Er hält sich gut, er hält sich schlecht, er wird gehalten, er wird fallengelassen. Er war nicht gutmütig, er ist nicht wehleidig. Er setzt sich in den Regen, der ihm das Hirn ausgewaschen hat, und besieht seine Hände. Er hat Löcher in sich und viele Geheimnisse, verwegene Bretterkonstruktionen über Abgründen, schauerliche Böden über Moderabgründen, alles in sich drin. Es ist alles zu verwickelt, er löst es nicht, er löst *sich* nicht, die Dinge sind zu stark (auch dann, wie man nichts mehr mit ihnen anfangen kann ...); – er verreckt mittendrin, da nebenher und schwachen Lichtschimmer verbreitend die Dinge, die er (nun doch) in Ruhe läßt, sich zu beruhigen, zu ordnen scheinen.

Nein: stark und schwach, das ist nicht der Unterschied. Es ist alles dazwischen. Es sind Übertreibungen, verbrennend, verkühlend, das nur Verstimmende ist im Lauen. Herr und Knecht, das sind Negerunterschiede.

Neun Leute in Ottos Wohnung füllen sich nachmittags langsam mit Tee und Alkohol. Dann werden Witze gemacht, nicht mit dem Maul, sondern mit den Händen. Es sind vier Mädchen da, ich singe, aber dann schmeiße ich die Klampfe weg und reiße Otto ein Mädchen heraus (Hansi Haase), trage sie in das dadaistische Kabinett. Otto zerrt an mir herum, ich muß kämpfen wie ein Neger, dabei schlägt ihr Kopf an einen Stuhl, bummert an einen Schrank, haut an eine Holzwand, auf die Ottomane, wo ich die Flecken küsse, es ist dunkel, sie ist weich, warm, hübsch, wir balgen, aber sie mag nicht, es gehen Leute durch, ein Mädchen sagt: Sie haben ein Gesicht wie ein Orang-Utan. Ich singe wieder, ein klein wenig betrunken, im Zylinder, sehe gemein aus, es ist eine Lasterhöhle, gefilmt wurde schon, wir stehen herum, ich fange an, unter den Salven des Klaviers, einen Monolog Malvis auf ein Zeitungspapier zu schmieren, da verpatzt mir Cas die letzten Möglichkeiten, indem er, mit Vergröberung, meine Leistung nachahmt, das Mädchen orang-utanhaft umschlingt, sie biegt, daß alles kracht, an die Wand schmeißt, ihr die Knochen entzweibricht, kurz: sie erzieht. Er hat keinen

Erfolg, er pfuscht nur, sieht lakaienhaft aus, trüb, gefaltet, urninghaft, stammelt künstlich, mimt Naivität, mimt Brutalität, knirscht mit den Zähnen hörbar in fünf Meter Umkreis, mahlt mit den Backenknochen, dampft von Vitalität, ist aber nicht beir Sache. Otto liegt, halbvoll, hinter dem Schreibtisch mit einer Maid und arbeitet hart. Er hat gut gefilmt, gut gesoffen, er sieht gut aus. Die Frauen sind dumm, ohne Rasse zumeist, ein dicker, schleimiger Jude sitzt da, die Müllegger im Arm, die ich brachte, die ich nie anrede, sie soll sehen, wie sie auf die Rechnung kommt, ich bin keine Kinderfrau, hinterher tut sie mir leid. Aber ich kann nichts machen gegen meine Abneigungen. Ottos Wohnung gleicht einem Trödelladen.

Montag, 6.

Im »David« ist es nötig, die eigentlichen Bewegungen des Stükkes unmittelbar in die politischen Ereignisse zu koppeln, die ganze Psychologie in Handlung aufzulösen – da Politik zu interessant ist, um als Staffage verwendet werden zu können. – Der Gaumen des Zuschauers muß so bearbeitet werden, daß er alles goutiert, was geboten wird – dadurch, daß keine seiner letzten Lüste unberücksichtigt werden. Die Handlung ist viel zu klar und verständig geworden. Hebbel bedeutet eine Katastrophe. Überschwemmungen sind besser als Ablässe. Es muß einem über den Kopf gehen, man schwimmt selbst mit, man taucht, man kriegt Tang in den Hals, Fische in die Zähne, man macht die Augen auf unter Wasser. Haufen von Bildern machen die Dinge schicksalhaft und verschwistert, schnell Hinunterquirlendes wird wieder zu Muskelgefühlen. Viele Dinge sind erstarrt, die Haut hat sich ihnen verdickt, sie haben Schilde vor, das sind die Wörter. Da sind Haufen toter Häuser, einmal Steinhaufen mit Löchern, in denen abends Lichter angezündet werden und in denen Fleischpakete herumwandeln, unter Dächern gegen den Regen des Himmels und die Verlorenheit des grauenhaften Sternenhimmels, gesichert gegen dies alles und den Wind, und nachts liegen die Pakete erstarrt unter Tüchern und Kissen, mit offenem Mund, Luft aus- und einpumpend, die Augenlöcher zu. Dies alles ist totgeschlagen durch das Wort Häuser, das uns im Gehirn sitzt und uns sichert gegen den Ansturm des Dinges. Wir haben von den Dingen nichts als Zeitungsberichte in uns. Wir sehen die Geschehnisse mit den Augen von Reportern, die nur bemerken, was interessieren könnte, was verstanden wird. George schlägt sich gerade mit derlei herum; d. h. die Dinge sind zum Angriff übergegangen, sie bedrängen ihn, er steht schon an der Wand und zweifelt, ob er sein Gehirn noch beherrscht, standhalten kann. Er sieht vom Fenster aus eine alte Frau, die ihm so fremd vorkommt wie ein Tier, unverwandt, widerlich, verbraucht und stinkend. Sie huscht durch sein Gehirn, glatt und schnell, unbefangen, in einer andern Planetenbahn sausend. Oder er blickt auf einen Randstein und denkt: Es regnet auf einen Randstein. Wie komisch! Regen. Randstein. Es regnet. Was ist eigentlich Regen? Welche Traurigkeit in dem Plätschern, es muß alles herunter, kann nicht anders, den Randstein schlägt es platt, es rinnt ihm in die Lücken, er weicht auf wie ein Kragen. Aber es freut ihn vielleicht, oder besteht nichts zwischen Randstein und Regen? Kennen sie sich nicht? Warum sind diese Dinge da, wenn man nichts mit ihnen anfangen soll? Oder er läuft an ein Gitter hin, im Abend, alles im Abend, ein eisernes. Die Stäbe stehen so gerade und einer nach dem andern, eins, zwei, drei, vier, und es hört nie auf mit ihnen, so einfach! Diese Ausgerechnetheit! Diese Armut! Und er schüttelt an ihnen, sie sind naß vom Regen. Er hat nasse Hände. (Zuerst sind die Stäbe naß. Auch seine Hände sind dann naß, werden auch kalt, andere Hände, hängen an den Handgelenken, nasse Hände ...) Das Schlimmste, wenn die Dinge sich verkrusten in Wörtern, hart werden, weh tun beim Schmeißen, tot herumliegen. Sie müssen aufgestachelt werden, enthäutet, bös gemacht, man muß sie füttern und herauslocken unter der Schale, ihnen pfeifen, sie streicheln und schlagen, im Taschentuch herumtragen, abrichten. Man hat seine eigene Wäsche, man wäscht sie mitunter. Man hat nicht seine eigenen Wörter, und man wäscht sie nie. Im Anfang war nicht das Wort. Das Wort ist am Ende. Es ist die Leiche des Dinges. Was ist der Mensch für ein merkwürdiges Geschöpf! Wie er Dinge in seinen Leib tut, in Regen und Wind herumtrabt, aus Menschen junge kleine Menschlein macht, indem er mit ihnen verklebt und sie mit Flüssigkeit anfüllt, unter Wonneächzen! Lieber Gott, laß den Blick durch die Krusten gehen, sie durchschneiden!

Dienstag, 7.
Langsam befreie ich mich. Ich ziehe wieder die alten Kleider an, Ziehharmonikahose, graue, dicke Socken, zerrissene Jacke und buntes Hemd. Ich liege nimmer soviel, da die Frauen weit fort sind, und ich laufe wieder auf dem Randstein, schneide Grimassen, pfeife auf die Wirkung, grinse, daß man die faulen Zähne sieht. Ich werde den Spiegel bald kaputt machen können. Das ist was für feine Leute. So bin ich, freut euch! Häßlich, frech, neugeboren, aus dem Ei. (Mit Eihäuten, Kot, Blut, immerhin.)

Cas kommt mit einer Armsündermiene. Er hockt trübselig da, die Brust auf die Tischkante gepreßt, auf das Schlimmste gefaßt. Wahrscheinlich kam es schlimmer. Ich puffte ihn aus seiner Haut, malte dem dünnen Gerippe auf dem Sofa einen dicken, prangenden Cas an die Wand und drängte ihn zu Aussichtspunkten hin. Glatte Säbel fuhren durch ihn durch, seine Haut schrumpelte, er wurde zusehends älter. Ich schlug und hieb, auf Leder, es troff kein Blut heraus. Seine Tränen hatte er schon vermalt, dünne Aquarelle damit ausgeführt. Es ging ihm schlecht, weil *er* schlecht ging.

Abends mit Lud Prestel am Lech, der geschwollen ist, gelbe Wellen wie dicke Leiber wälzt, aus geschwollenen Mäulern schmatzend ein Lied grölt, unter nahem Himmel, Sternenhimmel, in dem eine Explosion die Wolken vertrieben hat, ein Loch ist drin. Wir schwatzen über das Gefühl der Dinge. Ich glaube, während ich laufe, daß dieses Haus eine Ansicht über einen Stern hat, ein Verhältnis zu ihm, nicht feindschaftlich oder freundschaftlich, aber grünlich oder schwärzlich oder so. Viele fühlen sich nur an den Dingen, ihrem Widerstand; ihr Tätigkeitsdrang ist Sucht, an ihre Grenzen zu kommen, ihr Maß auszufüllen; sie boxen die Dinge vor sich her, sie widerlegen sich selbst, um in dem benebelnden Taumel der Debatte sekundenlang von ihrer Existenz überzeugt sein zu können. Wieder andere laufen wie Siebe herum: durch sie hindurch laufen die Dinge.

Mittwoch, 8.
Über mir hängt wie ein Schwert die Unfähigkeit, den 4. Akt zu den »Trommeln« zu machen. Die Epoche ist lyrisch. Ich weiß, was not tut, habe aber keinen Schwung nicht. Auch die Kürzungen in der letzten »Baal«-Szene (Frühe im Wald) machen mir Qual.

Ich habe der Hansi Haase ein Insel-Büchlein geschickt: Zur Erinnerung an einige blauen Flecken, wenn sie verblassen …

In einem (echten) Stierkämpferfilm. Der Bursche (Gallardo) gefiel mir. Er hatte soviel Eleganz im Nacken und im Arsch, und wie der Degen in die dicken Leiber glitt, schnellte, zischte: schicksalhaft. Er mimte seinen eigenen Tod. Denn so starb er einmal: zerfleischt von einem Stier. Das Land trauerte. Der König betete an der Bahre. Die Leiche wurde mit Extrazug überführt. (Vor die Matadoren in das Gefecht laufen, knien sie in der Stierkämpferkapelle nieder, beten zu Gott, er möge ihnen beistehen bei dem Zerfleischen seines Tieres, der Belustigung seiner Menge!)

Abends mit Otto Ludwigsbau. Das Orchester knödelt Smetanas »Moldau«, eine Blase und die kleine Haase mit dem gequetschten Gesichtchen und den üppigen Hüften genießt die Wollust davon. Ich behandle sie falsch. Ohne System. Dann mit Otto am Lech. Sternenhimmel; er dreht sich. Wind weht kühl. Otto schildert mich, am Sonntag. Der Waisenknabe, auf dessen Gesicht die Mücken herumlaufen, so sanft ist es, zählt plötzlich laut auf fünf und scheißt in den Suppentopf. Dies Kind – kein Engel ist so rein – kratzt plötzlich den Leuten mit dem Fußnagel den Nabel aus. Demoliert eine Wohnung mit dem Kopf einer Dame. Sagt: Es macht nichts. –

Donnerstag, 9.

Frank habe rote Haare, sei frech, liebe den Unsinn. Bravo!

Ein Mann mit einer Theorie ist verloren. Er muß mehrere haben, vier, viele! Er muß sie sich in die Taschen stopfen wie Zeitungen, immer die neuesten, es lebt sich gut zwischen ihnen, man haust angenehm zwischen den Theorien. Man muß wissen, daß es viele Theorien gibt, hochzukommen, auch der Baum hat mehrere, aber er befolgt nur eine von ihnen, eine Zeitlang.

Ich laufe vormittags und nachmittags mit der Hansi Haase herum. Sie hat einen pompösen Arsch, den sie in Seide hüllt, aber sie ist dumm, schleckig und langweilig. Sie ist aus einer Operette und einfach zu windig für mich. Geschlechtsweibchen von der Art haben sicher einen gesunden Instinkt für alles

Gesunde, sind ausgestattet mit den einfachen Bedürfnissen und kaufen nicht Katzen im Sack, sinken nicht an Hühnerbrüste, überhören Wolkengespräche und halten sich an solide Bizepsgenüsse, mit etwas Lockung nach dem Neger im Blut vielleicht, allerdings lau: aber dann ist mir meine Krankheit eben doch noch lieber. Ich will sie auf Flaschen ziehen und konservieren und sie streicheln und mit den soliden Wolken vorliebnehmen, mit dem Ungeraden, Verzwirnten und Verwurzelten, will kaputt machen, geradboxen, hinunterlieben und Witze mit den Schenkeln machen können. Lieber eine hundshäuterne Jungfrau abstechen als in so einem Allerweltslöchlein herumstochern! Dann ist mir Bertie mit dem kranken Gehirn lieber!

Man könnte eine Operette schreiben. Schlußeffekt: Ein Mann mit roter Krawatte, Glockenhose angetan, singt mitten auf der Bühne ein Couplet:

Es muß ja bei uns nicht geweint sein;
Uns ist es auch etwas fatal:
Wir könnten ja gar nicht gemeint sein
Es ist uns ja völlig egal!
Und haut man euch den Buckel an
So habt es nicht gleich satt:
Ach, daß man was verlieren kann
Beweist, daß man was hat!

Hierauf schlendern viele Leute auf die Bühne und singen mit, viele, immer mehr, sie füllen die ganze Bühne, mit roten Krawatten, und brüllen, sie könnten ja gar nicht gemeint sein!

Freitag, 10.
Sonniges Wetter, in das Gewitterregen schießen. Ich laufe immer herum, mit gewölbtem Brustkasten, wie ein Stier, aber im Kreis, und alle Dinge haben die Fallsucht. Gelbes Laub wirbelt auf unsere Glatzen. Gewaltige Fürze durchdonnern die Eingeweide wieder wie in dem ehernen Zeitalter. Aber die Schöpfung entlaubt sich schon, und wir probieren wieder das Schwanzeinziehen ein, für die Monde des Niedergangs. Ich arbeite nicht. Ich lasse nur mein Blut fließen, blähe meine Lungen und rüste den Krieg.

Es ist kein Geheimnis: Ich habe einen Akt nicht zusammengebracht, ich bin fünfmal angelaufen, zwei Jahre lang, und nie über die Hürde gekommen, ich schäme mich und bin unruhig.

Zu Malvi:

Jemand schlägt ihm so lang auf den Kopf, bis er frißt: das von der ewigen Verdammnis. Sein Fuß ist ab, unter dem Knie, er kann nicht mehr schwimmen, nie mehr, mit dem Fuß kann man fußballen, wenn er an sein Schienbein haut mit dem Stock, pfeift der Stock durch, klatsch, es ist nichts da. Nie. Nie. Nie. Die Zeit verrinnt, der Regen läuft, einmal ist er aus, man sieht nicht einmal allen, man spürt nicht allen auf der Haut, einmal ist er gar.

Alle Dinge sind zu verwickelt. Niemand kommt darin vorwärts, sie hängen alle zusammen, sie laufen sich nicht zuwider, sondern in allen Luftrichtungen laufen sie und alles in Bewegung, und die Zeit, die rinnt! Wer kann diese Mißverständnisse aufhellen, wer die Fäden entwirren?

Samstag, 11.

Mittags nach München. Kino: »Sumurum«. Gute Regie. Stück mittel, etwas grob. Aber man wird hineingestoßen. Ich sann darüber, was mit der Holzstadt zu tun sei, sie kann nicht auf den Mist geworfen werden. Hatte Klabund getroffen. Er verdient schlecht (höchstens 1000 im Monat. Mit allen Dramen bisher 3000 Mark, mit »Moreau« 6000). Wir wollten im Winter einen Schwank schreiben. Jetzt fiel mir ein: einen Film? Und ich entwarf ihn, noch nachts im Bett, zusammen mit Otto, wir hatten nur ein Bett, lagen zusammengepfercht, er schnarchte, ich arbeitete am »Mormonenpapst«, während ich um Decke für meine armen Füße kämpfte. Auf dem Oktoberfest, beim Essen.

Sonntag, 12.

Dieser da war kein tüchtiger Mensch, nichts klappte in seiner Umgebung, er konnte sich keinesfalls auf sich verlassen. Es gab Fußtritte in seinen Appartements, Hypotheken drohten einem auf den Kopf zu fallen, die Wände waren zweimal verkauft, und der Wurm saß drin. Aber, im immerwährenden Auszug, auf Kisten und vernichteten, zusammengebrochenen Möbeln saß er selbst heiter und gleichmütig, pfiff anmutig auf dem letzten Loch und ergetzte sich an der Zerstörung des Sinns um ihn her, weigerte sich wonnevoll, etwas zu werden (»etwas«, das ist ein Mittel; man kann nur ein Mittel werden), und trollte sich um seine Niederlagen herum, sie neugierig belinsend. Es war ein Zweck.

Otto schleift mich ins Preysing-Palais, er weidet sich dort an der Eleganz, wälzt sich wollüstig in den Ledersesseln, fühlt seinen Anzug, befiehlt den Kellnern. Ich bin deplaziert, unwürdig, ich fühle nur meine Taschen, ich bin der Schmutzfleck auf dem Zeug. Diese Dinge gestatten nicht, daß man mit ihnen spricht, sich über sie amüsiert, sie auf den Kopf stellt, schmatzt, wenn man sie verspeist, sie verbitten es sich, als Zwecke behandelt zu werden, geboxt, beaugapfelt, zerfleischt zu werden. Sie wollen lautlos und selbstverständlich genossen sein, mit halbgeschlossenen Augen, sie verbitten sich alle Zudringlichkeit, sie legen keinen Wert auf Beifall, sie sind wundervoll gezogene Diener, die ihre Herrn wundervoll ziehen.

Ich sitze auch im Kindl-Keller und lausche Herrn Goldschmidt, der über die Wirtschaftslage Rußlands redet, lauter abstrahiertes Zeug von Verbänden und Kontrollsystemen. Ich laufe bald wieder fort. Mir graut nicht vor der tatsächlich erreichten Unordnung dort, sondern vor der tatsächlich angestrebten Ordnung. Ich bin jetzt sehr gegen den Bolschewismus: Allgemeine Dienstpflicht, Lebensmittelrationierung, Kontrolle, Durchstecherei, Günstlingswirtschaft. Außerdem, im günstigsten Fall: Balance, Uniformierung, Kompromiß. Ich danke für Obst und bitte um ein Auto.

Nach langer Zeit erblicke ich wieder die ersten Besoffenen. Wie wenn der Mekkawanderer die Kaaba erblickt ...

Montag, 13.

Der dritte Teil des Stückes »David«, wo der alte Mann allein durch die Kammern schlurrt und mit den Alten redet, Saul, Jonathan, Absalom, dicken Leibern in bleicher Luft, im Aquarium alle vier. David wird in die Verteidigung gedrängt, an die Wand, er redet. Horcht! Er redet von einer Wasserleitung. Sie war schwierig herzustellen. Steine gab es zu durchlöchern. Israel hatte keine Schmiede. Es war ein gerissenes, feines, starkes Werk, viel kam dazwischen, man mußte stark bleiben. David redet davon, da sieht er einen lachen. Saul lacht. »Lachst du, Saul? Es war nicht einfach.« Jonathan fragt: »Wo ist sie? Geht sie gut? Schöpfen viele Wasser daraus?« Er sagt, versunken: »Sie ist zerfallen. Man braucht sie nicht mehr. Aber das macht nichts. Das würde nichts machen.« Er ängstigt sich, weil er nicht getan hat, was recht war. Wußte er nicht, daß faul sein das Richtige war, nichts verändern wollen, menschlich sein? Warum tat er es nicht? Freilich, Saul war zu schützen. Machte große Gesten gegen David und die andern, sie waren wundervoll, David verbeugt sich gegen sie, aber sie mußten von David bezahlt werden. Saul, ein großer Mann, aber David mußte ihn schützen. Das war nicht einfach. Niemals wollte David die Dinge lassen, wie sie waren, gehen, wie sie gingen. Ging nicht Saul trotz allem unter, hätte man ihm zugesehen! Absalom, aus Sauls Stamm, wollte auch hinunter, das war der gleiche Mensch, groß, unbeirrbar, herrisch, durch die Wand laufend, er mußte geschützt werden. Man hatte kaum Zeit, seinen Aufstand ernst zu nehmen, es war eine so irrsinnige Sache, sie erdrückte einen fast, aus Zufall, dann mußte sie schnell erledigt werden, würdelos, unschön, gemein. Und Absalom war nicht zu retten gewesen. Aber diese beiden hatten nach ihrem Kopf gehandelt, er wollte durch die Wand, die Wand war stärker, die Köpfe zerbrachen wie Eierschalen. Er, nur er, hatte die Wand gemacht, gegen sich gehandelt, Politik getrieben und gemeint, man könne etwas »vorläufig« tun. Er war unwürdig, er beweist seine Würdigkeit erst ganz zuletzt dadurch, daß er kaputtgeht, dadurch, daß er bei sich bleibt und doch noch ja sagt. Übrig bleibt Salomon, den er verachtet, sein leiblicher Sohn, »dieser Mensch«! Glatt und leer, der Händler, der Weise, der Schwätzer, der Diplomat, der Pfaffe. Salomon, der niemand schützt, der niemand tötet, der jedermann »benützt«, der alles umbiegt, dem alles leichtfällt, der es im Schlaf kriegt. Salomon, der nicht kaputtgehen kann, der Trompetenhändler, der Erbe, der Jedermannsherr! Salomon, der Geliebte von hundert Weibern, Gottes Lustknabe, Israels Thronbeschwerer! Das Ganze: der Untergang der starken Menschen.

Nachts, mit Cas am Lech, zwischen Sternen, fällt mir der vierte Akt ein: schmale Bühne, große Menschen. Nacht gegen Morgen: Es wird schon kühl. Am Schluß geht der Mensch heim mit der Frau, stark, ruhig, ernst. Alles *vorher* war Krampf, Fieber, Orchestrion, Romantik. Jetzt kommt der Ernst, die Nüchternheit, der Alltag. Ein gelber Streifen am Horizont. Rauchiger Himmel. Es wird kühl. Die Frau hilft ihm in die Jacke. In den Zeitungen wird es still. Einzelne Rufe. Der Wind wächst.

Dienstag, 14.
Stürze mich auf Filmstücke, auf »G. Parkers Erziehung« und den »Mormonenpapst«. Es regnet in gilbendes Laub, abends erhellt sich der Himmel. Ich war bei Aichers, bekam Tee und Druck im Hinterkopf, las die 1. Szene aus »David«, den er spielen soll. Sie ist nicht fertig, in vielem zu naiv. Ich bin froh, daß einiges im Schwung ist, aber ich bin nicht gestillt. Bi, lieblich zwischen den Wänden verschwebend, holt mich nicht. Auf Orge senkt sich die Prüfung. Immer mehr stört mich das Chaos meiner Papiere: Die »Sommersinfonie« ein grünes Obst, ungenießbar. »Hans im Glück« mißlungen, ein Ei, das halb stinkt. »Trommeln in der Nacht« immer am Rand der Beendung, weitab von irgendwelcher Vollendung. Die Novellen skizzenhaft hingeworfen, ungenügend ge»dichtet«. »Baal« befriedigt mich nimmer, scheint mir nimmer frisch und ursprünglich, viel zu abgeschliffen, verfeinert, verflacht. Alles vielleicht zuwenig ernst, ich fange Fliegen, ich mache so viel, es sind schöne Einfälle, ich verliere mich ans Interessante, Spielerische, Elegante.

Warschauer hat mich nach Baden-Baden eingeladen, incl. Bahnfahrt, auf 3-5 Tage. Otto meint, ich kann nicht hin. Ich kann dort mit Warschauer reden, auch über einen etwaigen Aufenthalt in Berlin für diesen Winter, sowie mir über Berlin im Sommer erzählen lassen. Außerdem kann ich die Hedda besuchen und ihre Mutter sehen. Ferner beluchse ich Baden-Baden, das Weltstädtchen, und schnuppere an Toiletten herum, schmiege mich an biegsame Glieder und schöpfe Reserven gegen Flanell. Vielleicht lerne ich auch, wie man sich von besseren Leuten am Arsch lecken läßt, und studiere die Schwindsucht des Unterschieds zwischen Luft und einem Hotelportier. (Luft ist reine, unverdorbene Luft. Ein Portier ist keine reine, unverdorbene Luft.) Oder ich hole mir wenigstens den Ekel vor dem allem und komme ausgekotzt in meine Holzbaracke zurück. Warschauer bezahlt die Sache. Ich fahre Zug, er braucht nicht aufzustehen. Er kann es mit Geld abmachen, aber ich kann es ohne Geld abmachen. Es ist nett von ihm, auf jeden Fall, ich bin ihm dankbar, daß er keinen Dank will. Ich bekämpfe die bürgerliche Ansicht allerorten (auch wo sie bei mir auftreten sollte), daß Geld etwas so Wertvolles sei, daß es einen je verpflichten könnte, dafür mit Persönlichem zu bezahlen. Man kann ruhig Geld annehmen, es ist einem sonst nur vorenthalten. Ich, der ich jemand Geschenke mache, ohne was dafür zu wollen, kann auch Geschenke nehmen, ohne was dafür zu geben.

In letzter Zeit habe ich eine Abneigung in den Fingern gegen die Komparative. Sie gehen alle nach dem Satz: Eine Eidechse ist kleiner als ein Baum. Ein Vogel ist musikalischer als ein Baum. Jeder Mann ist der stärkste in seiner Haut. Die Eigenschaften sollen den Hut voreinander abtun, statt sich drauf zu spucken.

Orge sagt:
So denken sie sich das:
Die Gescheiten leben von den Dummen und die Dummen von der Arbeit.

Otto sagt:
Sieben Tage lang in der Woche putzen sie dir den Arsch und heben dir den Schwanz beim Pissen, und dann ist ihnen plötzlich der Kopf so geschwollen, daß sie nur mehr mit dem Schuhlöffel die Hüte aufsetzen können und man sie an die Wand schmeißen muß, daß man sie nur mehr durch Abkratzen rein kriegt. Sie haben dir mit ihrem Gehirnschmalz die Schuhe gewichst, wenn es gar ist, hauen sie dir die Schweißfüße in den Nabel!

Cas sagt:
Dein Baal ist so gut als wie zehn Liter Schnaps.

Mittwoch, 15.
Ein chinesischer Satz:

Wenn die Sandkörner gegen die Menschen sind, müssen die Menschen weggehen.

Mittags redet Papa Unsinn über den Kommunismus. Zwei Äpfel im Garten sind gestohlen, ich verteidige den Dieb: Was Bäume machen, gehört niemand. Hierauf schreit Papa, in der Zeitung stehe, die Entente-Kommission setze die Polizeistunde auf 11 Uhr fest, soweit sei es mit Deutschland wegen Leuten wie uns gekommen. Er möchte wissen, was ich schon für die Allgemeinheit getan hätte, noch rein gar nichts. Ich mache mein Physikum noch in fünf Jahren nicht. Er wolle jetzt einmal eine ernste Arbeit bei mir sehen. Das, was ich mit meiner Literatur getan hätte, halte er persönlich für gar nichts. Das müsse sich erst noch beweisen. Ich ging schnell hinaus. Ich habe noch nichts verdient.

Wir sind die Schmarotzer, die letzten Menschen, die keine Diener sind, Baal und Karamasow in unserer Mitte. Was ist ein Gedicht wert: Vier Hemden, einen Laib Brot, eine halbe Milchkuh? Wir machen keine Ware, wir machen nur Geschenke.

Nachmittags mache ich Kino. Abends schlingere ich durch die Allee, durch die schon der goldene Gongschlag des Herbstes aufschwillt. Noch ist die große Pappel am Wasser, die die Wurzeln im Stadtteich hat, spinatgrün, aber die Kastanien vergilben schon. Kinder fischen Kastanien aus dem Graben. Ich laufe etwas traurig und gestillt zwischen die Bäume.

Ich habe zwei Sachen von Döblin gelesen: erst »Wadzeks Kampf« und jetzt »Wang-lun«. Es ist eine große Kraft drinnen, alle Dinge sind in Bewegung gebracht, die Verhältnisse der Menschen zueinander in unerhörter Schärfe herausgedreht, die gesamte Gestik und Mimik virtuos in die Psychologie hineingezogen und alles Wissenschaftliche daraus entfernt. Technisch ergriff mich unerhört stark die Kultur des Zeitworts. Das Zeitwort war meine schwächste Seite, ich doktere daran geraume Zeit herum (schon seit ich Lorimer und Synge las!). Davon profitiere ich jetzt enorm. Gefahr: der Barock Döblins!

Donnerstag, 16. – Dienstag, 21.
Gast Warschauers in Baden-Baden. Er nahm mir Gepäck und Sorge ab, dirigierte die Musik, schenkte mir sein Baden, befreundete mich mit dieser mondänen Landschaft und verleibte mir Baumdüfte, Robenknistern, jede Art leiser Musik ein. Er vibrierte von Spenglers großem Buch und sang Arien vom Zionismus. Dieses Land um uns geht kaputt, ist alle, versinkt, und nichts ist besser als Zion.

Er hat zuviel Ziel in sich, er wickelt in alle Verhältnisse Sinn, er glaubt an Fortschritt und daß ein Lurch eben nicht anders kann, als irgendeinmal ein Affe werden. Aber er zeigt mir Lao-tse, und der stimmt mit mir so sehr überein, daß er immerfort staunt.

Einmal ist die Hedda da. Wir walzen bei leise tropfendem Himmel unter den nebligen Bäumen, riechen die nassen, verfaulenden Blätter, der Streit lebt wieder auf, sie weint in die Hand, sie muß nach Berlin im Winter. Sie ist bleich unter dem Schleier, kränkelnd, schön. Alles gibt ihr Stöße, alles weicht von ihr zurück, ihre ältesten Freunde geben ihr Fußtritte. Und ich sage: Es ist vielleicht deine glücklichste Zeit, und es geht dir nicht schlecht, und du bist undankbar und: Wirf auf mich hinauf, was du kannst, mein Buckel ist breit. Und einmal nehme ich sie in die Arme, und es wird besser, und ich küsse sie auch und bin zärtlich zu ihr. Wir essen abends zu dritt, ich geleite sie nachts zur Bahn.
Für Warschauer:
Baden
\+ Lao-tse.

Mittwoch, 22.
Augsburg. Faulheit. Ich schlage die Zeit mit Zündhölzchen tot. Ich betrachte das Wetter kritisch. Ich laufe mich müd.

Donnerstag, 23. – Freitag, 24.
Bi in Buchloe abgeholt nach München. Sie ist dick geworden, fühlt meine Enttäuschung im ersten Moment, wird nüchtern und schwer. Die Nacht trübe, viel geschlafen, ohne Poesie. Ich kann nicht recht in die Höhe kommen, ich bin etwas der Waisenknabe. Es wird besser am Morgen, wir bummeln nach Wohnungen, es wird normal zwischen uns – nicht besser. Die Lieblichkeit ist etwas in die Binsen gegangen.

Otto hatte versprochen, Donnerstag früh nach München zu kommen, für uns Zimmer zu besorgen, mir um eine Wohnung zu schauen; er mußte nicht, aber er kam auch nicht. Er war zu Orge nach Landshut gefahren, der in der Prüfung saß. Sie gondelten nachmittags an; Otto war unliebenswürdig gegen Bi, zog Orge gleich mit fort, redete immer auf ihn ein, der käsebleich in seinen braunen Kleidern herumschlotterte und Zigaretten drin rauchte.

Bei einem andern wie Otto hätte es nicht viel ausgemacht; man hätte geschluckt und durchgestrichen. Aber Otto hat sonst nichts als seine Zuverlässigkeit und tut nichts als daliegen und gebraucht einen zur geistigen Arbeit und kauft sich Lackschuhe. Otto kann es nicht aushalten. Es ist da:

1) Die Verschleppung in die Familie von Möhringen
2) Das Pogrom auf den Zeitungsmax.
3) Die Kapitulation vor München.

Zu 1) Er schleppt mich, stuprandi causa, zu den Lehrers, läßt mich zur Gitarre singen, fährt mit mir nicht rechtzeitig ab, eine glatte Vergewaltigung.

Zu 2) Er schleppt die Plärrerelise fort, läßt mich pfeifen und blamiert vor dem geschwätzigen Z.M. mein Vertrauen zu ihm.

Zu 3) Er spricht nimmer darüber, ist zu feig, davon anzufangen, verzieht sich.

Bez ist verschollen, Cas ist in den soliden Boden gestampft, mit einem Stein drauf: Hier ruhte Cas. Das alles schreit zum Himmel für Otto, aber es hilft ihm nichts: Wenn er sterben muß, muß er sterben.

\+ Freitag, 24. +

Das deutsche Drama geht unter, anscheinend, schnell, gern, willfährig. Die Berliner Theaterkapitalisten übernehmen die Konkursmasse, vertrusten die Sache, der Film zieht den Boden weg, immerzu, zieht aus Leibeskräften seit Monden, der Krach sitzt auf den Galerien, auf den Sperrsitzen, in der Proszeniumsloge zuletzt und sieht sich die Sache mit an. Jetzt verlassen die Ratten das Schiff: Der Reinhardt zieht ab, der Kerr igelt sich in der Walhalla ein und findet das alles »so schön ...«. Aber wir wollen uns in ihm einquartieren und die Beine gegen die Planken spreizen und sehen, wie wir das Schiff vorwärtsbringen. Vielleicht saufen wir das Wasser auf, das durchs Leck quillt, vielleicht hängen wir unsre letzten Hemden an den Mast als Segel und blasen dagegen, das ist der Wind, und furzen dagegen, das ist der Sturm. Und fahren singend hinunter, daß das Schiff einen Inhalt hat, wenn es auf den Grund kommt.

Es ist eine milde Nacht mit Sternen über dem lichten Laub. Sie kegeln in der Wirtschaft Zum Kreuz, und im Volkserziehungsverein trompeten sie. Ich aber bin fürchterlich unruhig und zappelig. Es ist ein Teufel in mir drin, er scheint wieder damit anzufangen, in die Säue zu fahren? Ich laufe herum wie ein wahnsinniger Hund und kann nichts tun. Es geht auch viel in Fetzen.

Warum bin ich zu feig, großen Kränkungen in die schielenden Augen zu sehen? Immer sehe ich gleich ein, was mich lähmt: daß ich über niemanden Macht habe. Daß alles Gnade ist, was er mir gibt. Daß Gnade verweigern kein Unrecht ist. Es ist so, daß ich die letzte (Holzfäller-)Szene zu »Baal« nicht zustande bringe, während der Satz schon in der Maschine steht. Orge wollte mir helfen. Es ging schon einmal schief: er wollte nicht. Sagte dann, er habe gewollt, ich hätte nicht gewollt. Ich schluckte und brachte ihm die Szene noch einmal. Er büffelte auf die Prüfung, hatte keine Zeit. Ich schob und schob, kriegte zwei Zettel vom Georg-Müller-Verlag. Jetzt bat ich ihn in München um eine Unterredung. Er sagte: Freitag. Ich kam gleich, mittags, wir fingen an. Da kommt Otto, es gibt Eishauch, Otto quatscht Unsinn mit Hundepeitsche. Es widert mich an, ich strecke ihn auf Orges Bett nieder, er schiebt gekränkt ab. Orge aber mit ihm. Sie strecken mir die Hand hin, wenigstens Orge: Grüß Gott! Orge sagt, er ist um 9 Uhr, einhalb zehn Uhr fertig. Ich komme um diese Zeit, da sitzt Otto da, rückt dann lentissimo ab, macht noch was für 10 Uhr aus. Orge redet von »Baal«, geht nach einer halben Stunde, mittendrin, ich gehe mit, ungekränkt, ich erfasse die Sache nicht. Am Schmiedberg ergibt sich Kurzschluß: Die Szene stimmt nicht. Otto kommt gewalzt. Ich frage George, ob er Otto was Wichtiges zu sagen habe. Nein, nur ins Café! George überlegt im Flug, würgt ein paar Happen vor, die er mir hinschmeißt, sieht gequält, bedauernd, abgehetzt aus.

Otto läuft immer weg, zehn Schritt weit, er läuft sich sein Seelenheil weg, läuft aus dem Bagno, läuft in die Korporation, geht am Schluß einfach weg. Und George, ohne Lösung, gibt mir verlegen die Hand und geht nach, kühl, befreit, etwas feig, nach einer wirklich schlechten Tat, es hilft ihm nichts. (Er verreist morgen zum Fannerl ...) Ich bin nicht empört, ich schmecke es nur bitter, würge in der Kehle hinten, will es schlucken, bringe es nicht hinunter, es ist nichts, rein gar nichts. Es ist lächerlich, wegen Literatur, nur: ich habe mich gedemütigt, und ich hatte keine Macht. Ich bin nichts. Ich schäme mich.

Es ist schimpflich, Tragödien zu schreiben. Es ist so gegen alles Sträuben sicher, daß nichts mehr passiert, nichts mehr stimmt, nichts mehr wichtig ist. Wozu in diese kleinen, schäbigen Hüllen kriechen, die die Krätze haben und 500 Löcher? Wozu in diesen niedrigen, willkürlichen und wenigen Gedankengängen herumschlürfen? Und alles andere ist Lüge, und dies ist auch Lüge. Ich habe kein Unglück, mein Dach fiel nicht zusammen. Der Aussatz harrt noch in den neuen Kleidern, man hat mich nicht gehauen für die vielen Vergehen: aber die Bittersüße ist dick geworden, der gute Cas ist ein Schubiack gewesen, der treue Heilgei hat gute Geschäfte gemacht und dann weniger gute und dann kehrt, und Orge, unser armer Bruder That's all, ist mit dem Geldgeber ins Café gegangen. Das Gespenst ist erschienen, mit dem die Ammen uns gegrault haben: es ist in einer Bettjacke erschienen.

Samstag, 25.
Gegen Morgen habe ich einen Traum: Es zeigt mir jemand ein kahles Gelaß und sagt: Es saßen Künstler darinnen. Zuerst bekamen sie viele Ster Holz, und als die aufgebraucht waren, bekamen sie viele Quadratmeter Leinwand, und als die verarbeitet war, bekamen sie ein Blatt Papier. Und im Traum schien mir das weise, und ich glaubte an die Besserung der Künstler.

Im Rheinland saugen die Neger den Boden aus. Sie schwängern die Frauen in Kompanie, gehen straflos aus, lachen über alle Proteste der Bevölkerung. Die Haltung der Bevölkerung ist in Deutschland vorbildlich: Es gibt keine Meldung von Mord und

Totschlag. Diese Leute, denen die Frauen kaputt gemacht werden, sind von Lynchjustiz himmelweit entfernt. Sie knirschen mit den Zähnen, aber dazu gehen sie auf den Abtritt, daß es niemand hört. Sie nageln die Neger nicht an die Türen, sie sägen die Neger nicht entzwei, sie ballen die Fäuste im Sack und onanieren nebenbei. Sie beweisen, daß ihnen Recht geschieht. Sie sind die Überreste des großen Krieges, der Abschaum der Bevölkerung, die niedergehauenen Mäuler, das entmenschte Massenvieh, deutsche Bürger von 1920.

Immerfort beschäftigt mich: die geringe Macht, die der Mensch über den Menschen hat. Es gibt keine Sprache, die jeder versteht. Es gibt kein Geschoß, das ins Ziel trifft. Die Beeinflussung geht anders herum: Sie vergewaltigt. (Hypnose.) Dieser Gedanke belagert mich seit vielen Monaten. Er darf nicht hereinkommen, denn ich kann nicht ausziehen.

Ich bin sehr allein, spiele Billard auf der Bodenkammer, lese Rabindranath Tagore, »Das Heim und die Welt«, fresse wenig, denke in Bildern und führe mir kinematisch meinen Aufstieg an. Im allgemeinen aber verkomme ich, da die Komparative ringsum explodieren und die Dinge sich und mir dadurch feindlich werden.

Sonntag, 26.
Es ist verflucht anstrengend, sich immer auf neue Arten zu besinnen, wie man sich noch strecken und dehnen könnte. Es wird immer mehr Herbst, ich liebe das. Übrigens lese ich Tagores »Heim und Welt«, ein wundervolles Buch, stark und mild.

Über diesen Sommer

Ich habe nicht viel gemacht, etwas geschwommen, einiges gelesen, nichts geliebt. Aber die Zeit war nicht arm. Ich mußte umschaufeln und mich an den Anblick von Leichen gewöhnen. Schlimmer, als daß nichts getan wurde, ist, daß viel angefangen wurde. Immerhin sind einige Balladen fertig. Auch die Sägearbeit an dem Ast, auf dem ich sitze, schreitet vor, wenn auch langsam. Aber die Sicherheit treibe ich mir noch aus.

1921
Februar – Mai

»Während das Gras wächst, stirbt der Gaul.«
Bert Brecht

FEBRUAR

Mittwoch, 9.
Es ist der Aschermittwoch, wo man so wach ist, reinlich ist, sich bessert. Napoleons Totenmaske liegt auf dem Waschtisch, draußen liegt Schnee, im Bett liegt ein Blutfleck. Wir sind bei Steinicke gewesen, auch Cas war da, Otto und auch Feuchtwangers. Mit der Frau hab ich getanzt, aber dann bin ich weggelaufen, und mit Marianne habe ich Wange an Wange getanzt. Wir haben uns bald, voll Bergamotteschnaps, in ein Auto gelegt und sind heim geflitzt. Es saßen da herum auch noch die arme Frau Jörgen, weißgeschminkt, krank (und sie bemühte sich um mich, aber ich nahm Mars Hand), und die kleine Edith Blaß, die so alt wird, die Zähne fallen ihr bald aus. Ich konnte kein Auge zumachen, Mar sagte, ich hätte mit Frau Feuchtwanger sinnlich getanzt und die Frauen seien alle so wenig. Einmal wurde ihr schlecht, einmal weinte sie, weil sie kein Kind bekommt, und da sah sie herrlich aus, viel sei ihr verziehen! Auf dem Ball trug sie ein Pagenkostüm und war die schönste Frau dort und behandelte die Männer wundervoll, ganz rein und königlich und still und lustig und unnahbar und doch nicht stolz. Sie war die einzige, die auf den Ball gehen konnte, denn sie paßte nicht hin. Er war einzig für sie veranstaltet, aber sie machte sich nichts draus.

Sonntag, 13.
A. Nachmittag Aichers. Ich lasse Recht schauspielern. Richard III. Er nützt seine Bösewichtgesten ab, rapid. Ich sehe auch die Grenzen seines Temperaments. Einmal lehnt er es ab, ein Messer in die Hand zu nehmen (auch ich hatte eins): er ist feig. Mar erzählt trübe Geschichtlein im Bett. Einmal, als es ihm schlechtging, fing er an zu stehlen. Er stahl überall, wo er hinkam. Bei ihren Eltern, ihrem Bruder usw. Ja, er brach sogar bei ihren Eltern ein (in den Schrank). Jetzt ist er wieder irgendwo verkracht. Er hatte aus einer Firma, wo er die Prokura hatte, Geld gestohlen, glatt aus der Kasse und auch sonst, und jetzt drohte er, wenn man ihn anzeige, die unsaubern Machenschäftchen der Firma anzuzeigen. Das alles tut er für die Frau, die ihm sagt, sie ekle sich vor ihm. Jetzt war sie zu ihrem Bruder gefahren, und

der hatte doch nicht mit Recht gesprochen. Sie sagte es ihm selbst. Sie wolle nicht heiraten vor dem Sommer und er müsse woanders schlafen und Szenen hülfen ihm nicht. Da versprach er, klein und mutlos, alles, was sie von ihm wollte, und lief hinaus und weinte draußen. Und er liebt Machiavell. Aber dann ließ sie ihn die Nacht noch dennoch bei sich schlafen, er tat ihr nichts, und sie wollte nicht alles auf einmal tun, er tat ihr leid.

Montag, 14.
Wir sind die ganze Nacht zusammen. Sie ist anders geworden. Nun hat sie etwas Kindliches, Unsicheres, kleine Gebärden und ein atemloses Stimmchen mitunter. Einmal kann ich sie nicht nehmen, muß sie lassen, und da lacht sie, ganz leis und glücklich, und lacht mich aus. »Das ist gerade recht, das ist gut, daß du nicht immer kannst, ich habe schon abgenommen. Das ist sehr gut.«

Dienstag, 15.
Jetzt arbeite ich tapfer an den »Seeräubern« mit Cas. Es ist für die Marianne. Wir machen ganz innerliche Sachen. Es ist viel von der Bi drin. Leben einer Frau. Wächst auf der Savanne und wird geschleift über alle Meere.

Donnerstag, 17.
Georg-Kaiser-Prozeß. Er hat kindliche Sachen gefingert, weil seine Frau und seine Kinder Hunger hatten. Jetzt hält er papierne Reden und spreizt sich wie ein Pfau im Glanz seiner Dichteritis. Stellt seine ganze Produktion als Nervenkrankheit hin. Wundervoll die Frau, verhärmt, aber ruhig, behandelt ihn wie ein Kind. Der Gerichtshof verblüffend großzügig und höflich!

Freitag, 18., und Samstag, 19.
6 abends bis 9 früh Marianne im Kraal. 3. Dann Siebentischwald. Dort Kaffee.

Sonntag, 20.
Nachmittags Recht, Aichers, Ma im Parkhäuschen. Gestern abend schon bei Aichers ist Ma so frech, raucht meine Zigaretten

weiter, bietet mir Schinken auf ihrer Gabel usw. Heut spielen wir Fangen, ich bremse. 10-10 im Kraal. 3.

Freitag, 25.
Filmpläne spuken. Neue Geldtheorie; bequeme, elegant geschnittene weite graue Hosen, hochgezogen; weicher zerdrückter Hut, vorgestrecktes Gesicht, etwas scharf; Gelassenheit bis zur Verwegenheit – aber Respekt vor Materiellem, das nichts ist als sichtbar gemachte Arbeit; überall auswerfen, raffen, vervielfachen; für Freunde, Unternehmen aller Art. Aber mit der linken Hand; hartes Gold scharren. Auch im aufgeweichten Boden. Gold waschen. Aufhäufen, investieren, rollen lassen, immer vom Mittel absehen (das Gold ist), auf Menschen hinsehen, die müssen arbeiten, faulenzen, Dummheiten machen können. Kein Ehrgeiz: was jener machen kann, soll er. Ich muß nicht die beste Wurst geben.

Oft denke ich an die Marianne, die im Auto fährt, wenn sie will. Sich Pelzmäntel schenken läßt, Ringe, Kostüme. Für sich selbst. Soll man sie herausholen? Ich kann sie nicht bezahlen und nichts für sie. Und was bin ich? Ein kleines, freches Knäuel, man sieht mein Gesicht noch nicht, ein kreditiertes Versprechen, und was kann man wegbeißen? Kleider, Seife, helle Wohnung, Theater, gutes Essen, Musik, feinere Gefühle, Faulheit, Achtung der Leute, Reibungslosigkeit, Reisen, Schönheit, Jugend, Gesundheit, Kunst, Freiheit? Und das alles in den Dreck geschmissen, um einem physiologischen Trieb zu gehorchen, der, befriedigt, versiegt! Oder weil ich gut zu sein scheine, der ich mich immer ändere? Man bei mir hell wohnt, Theater hat, lieber ißt, Musik fühlt, stark fühlt, für was arbeiten darf, Achtung hat, Abenteuer hat, keine Reisen braucht, dann Kraft, Frisches, Neues, Vertrauen hat? Was alles nicht sicher ist …

Und ich kann nicht heiraten. Ich muß Ellbögen frei haben, spucken können, wie mir's beliebt, allein schlafen, skrupellos sein.

Abends 7 bis morgens 9 Marianne im Kraal. Ich lese ihr die Totenmahlszene aus der »Sommersinfonie«, und sie meint, die könnte sie spielen. Auch ich meine es. Aber nachts, im Bett, kommt mir eine Idee; das Stück schließt so: Die Frau ergibt sich und bleibt bei Tauli, dem schlechten Mann. D.h. sie übersteht ihren Zusammenbruch, sie überwindet ihre Schwäche durch Dogmatik, sie zieht alle Stärke aus dem Entschluß.

Samstag, 26.
Man sieht, was gefährlich ist: der Rest, das nicht Nachgewachsene, das Unverdaute und das Überbleibsel, das man nicht mehr zwingt. Langsam verstopfen uns die nicht nachgerechneten Affären, die halbzerkauten Geschehnisse. Uns vergiftet das nicht Aufgebrauchte. Alles Begrabene schläft schlecht. Die Erde, die uns helfen sollte, es zu verdauen, speit es aus. Was nicht der Wind trocknete und der Regen aufwusch, das wächst noch, und es vergiftet die Erde. Leichen sind Angstprodukte. Die Angst bleibt. Warum kann man mit den Juden nicht fertig werden? Weil man sie vierteilt, rädert, foltert, anspeit seit tausend Jahren. Aber der Speichel geht aus, vor der Jude ausgeht. Traurig, von durchschüttelnder Bitterkeit sind die gewaltsamen Geschehnisse, gegen die wir, lügnerischerweise, das Tragische erfunden haben. Wo immer dem Geist das Maul gestopft wurde mit Erde, da fehlte ein Schreien hinfort durch die Jahrhunderte. Da wurde der Kelch abgelehnt, und die Tragödie geschah nicht (und wurde nötig).

Sonntag, 27.
Helle, sonnige Tage, ich komme wieder in Form. Immer noch voll Läusen, aber widerstandsfähiger. Der Pogrom naht. Auf allen Linien Ordnung, aber unter welchen Opfern! Marianne denkt nicht mehr daran, Recht zu heiraten, sie heiratet jetzt mich, Gott wird wieder zuschauen, und Asien bleibt unberührt. Aber wenn ich mich in die Schale zurückziehe (und Eisluft abfließt), fällt sie um und hat blaue Hände, kann nicht mehr heran. Sie murkst einen falschen Ton heraus bei Aichers, wie ich schon stundenlang gelitten habe, ich retiriere, wir laufen verschwiegen heim (zu ihr), söhnen uns aus, scheiden vernünftig, da es zu spät ist, sie morgen Probe hat – und dann sitzt sie oben und läuft auf den Balkon, ob ich nicht zurückgetoggenburgert bin, auf dem Randstein pfeife. Verfaßt einen Brief, es stimme was nicht, sie falle zu leicht um, und ruft an am andern Mittag.

Montag, 28.
Da schwimmt soviel in dem Flüßlein. Otto beweist mitunter, wie angefault sein Geldbegriff ist, er hängt am meisten davon ab. Orge darbt, ich gebe ihm 300, von der Sparkasse weg, er behält nur die 200, die ich ihm schuldete, und Otto nimmt, ohne zu fragen, die andern 100. (50 mehr, als er zu kriegen hat und braucht, obwohl er nur bei Orge über mich herumschimpft. Aber damit bemäntelt er so was ...) Und Orge hat nichts, und ich habe 120 Schulden bei dem fremden Klette. Das Budget stimmt ja allerdings nie. Aber Otto, der keine Frau kriegen kann, ich habe für ihn mit der Reutter und der Günzburger gesprochen, zieht los gegen die Marianne und zotet dabei wie ein Schwein. So daß Orge nicht an dem Film mitarbeiten will, den ich für Stuart Webbs machen soll, weil ich der Marianne eine Rolle drin geben will (nebenbei). Orge, der alte Schullehrer, ist gegen die Zahl meiner Frauen und fühlt sich wegen jeder Stecknadel, um die man ihn bittet, ausgenützt. Und eifert auf Cas und auf Otto, andauernd verschnupft. Und an der Verderbnis all dieser Kinder bin ich schuld. Ich bin der Politiker, das merkantile Biest, der Betriebsrat, der Reformator! Und er ist der Heilige auf der Hundepolizei, der Weise von der Klauckevorstadt, der große Asket. Er sagt mir selbst, daß er das Fannerl nicht nehmen konnte (er nennt das bei mir: den Cesar nicht baden konnte), weil sie einmal die Menses hatte und er einmal nicht konnte, und jetzt verkündet er das Dogma von der unberührten Orange (wird besser vom Anschaun, bleibt so nur die alte!). Er ist rachsüchtig und leugnet es. Er wollte dem B.T. nicht die Giftzähne ziehn, als es noch was kostete. Da ließ er sich von ihr ins Maul schiffen. Aber danach, als er in Asien saß und sie schutzlos war, da mußte ein teuflischer Plan ausgeheckt werden, sie auszurotten. (Daß Meyer und Co. nicht ins Maul geschifft wird!) Aber mir sagt er: Einmal hast du sie hauen wollen, und da konnte ich nicht. Fannerl hätte die Hiebe gekriegt. Dann wollte ich, weil Fannerl fort war, und da wolltest du nimmer. Warum? Weil du Bücher vom B.T. entlehnen wolltest!!! Er glaubt nicht an die Idee! Und Otto, der alles wüßte, tut nichts, ihn davon abzubringen. Er braucht das. So beginnt die ganze Villa zu stinken, und es geht kein Wind!

MÄRZ

Dienstag, 1.
Der Webbsfilm wird nicht geboren (15 000 Mark), aber Ma ist da von 8-8, und es ist sehr schön. Es wird Frühjahr im Kraal.

In München wartet Cas, der Cerberus. Wir balgen uns mit Stuart Webbs. Ich bin saumüd. Cas hat Bretter vor dem Köpfchen. Seit Galgei bin ich fast unüberwindlich in der Kabale. Aber diese Maschinensache! Dann finde ich was: das drehbare Bordell mit der honetten Visage. Wenn man Gold scharren könnte! Wenn es klappt, noch zwei oder drei Filme für Webbs (Beginn des Gentlemanfilms!), die drei Flibustierfilme für Marianne und dann Schluß damit! Im Frühjahr den »Galgei«. Ein paar Balladen im alten Stil, von den Orgeliedern!

Mittwoch, 2.
Vormittags mit Cas über dem Webbsfilm »Die drehbare Weinbude«. Cas verrichtet Hebammendienste und übernimmt auch gleichzeitig das Stöhnen. Er hat die Wehen, ich habe das Kind. Mittags kommt die Marianne. Wir sind im Zoo, wo ich von Sonne, Affen, Tannen und Emus (schwarzen Vögeln mit dünnem Hals, dickem Bauch, großen sensiblen Augen und einem blutroten Schlund, in dem ein roter Spagat die Schnabelhälften zusammenhält) starke Eindrücke bekam. Dann bei Otto. Die Nacht geschlafen.

Donnerstag, 3.,
in der Frühe, an Mar, eine Strophe im Kopf:

Das war die arme Marianne
Die bessere Tage sah
An ihrer Wiege sang ihr
Keiner Amerika.

und:

Wenn immer aber sie bekümmert war
Sie sprach: In meiner Kindheit Zeit
Mein Vater war stets in der Seehundbar
Und meine Mutter zu zweit!

Dann, nachdem ich Marianne in den Zug gepackt, laufe ich zu Cas, höre eine Stunde Kehrers Kolleg über Cézanne, esse in der Studentenküche, diktiere Klette »Das Geheimnis der Weinbude« für Stuart Webbs, womit ich sehr zufrieden bin. Und besuche abends den kleinen Zarek, der krank ist, Gebärmichel der Kammerspielchen, der Lustknabe des Gummihändlers (Neuhofer), der mit Präservativ onaniert. Ich nehme den »David« mit, da er ziemlich »nett« ist und mir alle Pflanzen gefallen. Welch ein Papier, halb verkohlt vor »Glut«: es krümmt sich noch, rollt sich, bäumt sich, täuscht Leben vor ... Wie ich in die Klappe falle, filmt die Stubendecke »Das Mysterium der Jamaikabar«.

Samstag, 5.
Frühjahrswetter. Ich lese (nur bei Mahlzeiten) Döblins »Wallenstein«. Schade, daß soviel Hysterie und Kraftmeierei drin steckt und hier soviel Äußerlichkeiten in kolossalischem Stil aufgemacht sind! Dieser Barock! Dieses (parteilose) Panorama! Welch eine gefährliche (ideologische) Sache: diese scheinbare Demokratie der Darstellung! Und alles so dick, Farbenwürste, und alles so überbetont, feuilletonistisch herausgeputzt und von außen gesehen! Der »Wadzek« ist unvergleichlich wirksamer. Im »Wadzek« war der Stil eine Lupe, man sah erst so was. Im »Wallenstein« ist es Fensterglas, und man sieht Falsches. (Denn nichts ist so, wie es aussieht – durch Fensterglas!)

Nicht auf die Taten der Menschen achten, nichts auf ihre Meinungen geben! Beide können falsch sein. Was mit den Menschen geschieht, das geht auf keine Kuhhaut. Laßt mich zufrieden mit euren Irrtümern! Soll ich sehen auf den Unterschied zwischen Meier und Schmidt? Mir die Augen verderben? Eine Frau läßt sich würgen von einem Mann, verkaufen ins Lotterbett, beschimpfen, läßt die Eltern mißhandeln, bestehlen, läßt den Mann hochstapeln, Schränke erbrechen, vor begaunerten

Geschäftschefs winseln um Gnade und schläft mit ihm, ohne ihn zu lieben. Sie läßt sich nehmen von dem Kerl, dem sie der Mann hinschmiß, Jahre danach noch, wiewohl sie fast draufging, wie sie sagt, sie treibt das Kind ab, sie zotet herum, sie läßt den Vergewaltiger »wenigstens« für sich arbeiten, sie läßt sich, schon liebend, von schmierigen, frechen Burschen herumziehen, abküssen, duzen, sie ist nett zu dem Mann, weil er geht, sie schläft mit einem üblen jungen Burschen, der den Pagen spielt, sich vor dem Mann kuscht, den er betrügt, dessen Qualität er kennt, sie läßt sich von ihm Riechwasser schenken, schon liebend, von dem er sagt: alles, was er habe, rieche danach. Und, doch, wiewohl das alles wahr ist und niemand weiß, was sie noch tut, ist sie eine gute Frau, kindlich und zuverlässig und in nichts den andern zu vergleichen.

Abends ist Mar mit Recht im Theater, ich laufe heraus und treffe Recht im Maxim. Dann geht er, ins Lamm, und bittet mich, die Marianne zu schicken. Er kriecht bucklig in den Mantel, als sie kommt. Sie setzt sich zu Cas und mir, er tritt her: Gehst du mit? Ich kann hier nicht im Mantel herumstehen. Aber sie bleibt sitzen: Dann komme ich nach. Er, wütend, ab. Nach einiger Zeit bitte ich sie, ihm zu folgen, und sie sagt, lächelnd, aber geheim bitter: Und du schickst mich fort! Wir gehen zusammen. (Ich schlage ihr vor, wir verabschieden uns im Lokal, sie geht voraus – sie lehnt ab.) Dann hatte sie uns mit hineingenommen, ins Lamm, aber ich wollte nicht. (Fiel andauernd durch –) Ging dann mit Cas ihnen nach, strolchte um ihr Haus. Ihr Fenster blieb immer dunkel. Sie liefen wohl lang herum. Und er hat einen Stockdegen, seit er nimmer bei ihr schläft.

Sonntag, 6.

Einiges mit Cas geredet. Er macht nichts mit der Natur. Sie ist zu schlecht, sagt er. Er hat noch Flandern. Aber die alten Bestände überschwemmen seine Bilder. Er muß vorn anfangen. Gesichter malen wie Stilleben, Landschaften wie Gesichter und nicht die Wände von Gefäßen, sondern ihren hohlen Raum. Er malt immer Dinge, die schon romantisch sind.

Montag, 7.
Ich habe Schnaps getrunken und schreibe in Hemdärmeln, sitze unter dem roten Lampion. Obwohl es kühl ist, aber man lebt nur einmal. Erst wenn man getrunken hat, ist man zurechnungsfähig. Vielleicht mache ich doch den Galgei einmal, dem sie ins Gehirn schiffen, Schnaps, und er wird eine Bedürfnisanstalt wie alle.

Ich habe »Franziskas Abendlied« und »Der Taler« für Marianne zur Gitarre gesetzt. Das machte mir Spaß, und vielleicht hilft's ihr noch einmal.

Dienstag, 8.
Früh die »Ballade vom verliebten Schwein« gemacht für Recht. Mittags München, Klette »Mysterium der Jamaikabar«, 1. Akt, diktiert. Er hockte, offenen Mauls, da, hatte am Schluß Kopfweh, hatte nichts getan. Pfannkuchen, Bi. Bahnhof. Da steht, am Wagen, Recht und Marianne. Ich gehe hin, überrascht, steige dann ein, höre Wortwechsel: »Was erfrechst du dich denn? Wie behandelst du mich? Ich gebe dir Ohrfeigen rechts und links. Du bleibst da.« Sie steigt ein, er zieht sie zurück, sie bittet mich, ihr zu helfen, ich helfe ihr, sage: »Lassen Sie das! Fahren Sie eben mit!« Er fährt mit. Ihr ist übel. Sie sagt: »Geh nicht weg heut!« Er sitzt dann drinnen bei ihr, grinst unheimlich, schlägt an seinen Stockdegen. Sie lächelt mühsam. Ich rauche, verbreite eifrig Ruhe. Schlage vor, sie soll zu Aichers. Wir fahren hin, im Auto. Er bittet mich, wegzubleiben. Ich sehe Marianne an, fahre mit. Er kocht. »Bisher habe ich mich beherrscht, fahren-Sie-nicht-mit. Ich stehe für nichts ein.« Stille Fahrt. Sie sieht vergewaltigt aus. Dann Aicher, leichenblaß, mit aufgerissenen Gukkern, schlotternd, wortelos. Recht: »Gehen Sie heim, treiben Sie's nicht auf die Spitze! Wenn Sie den Ritter der Dame spielen wollen, müssen Sie die Konsequenzen tragen.« – »Ich trage sie ja. Was wollen Sie denn!« Aicher: »Gehen Sie doch! Was soll ich machen? Gehen sie doch weg!« Recht: »Gehen wir in den Gang!« Er macht die Tür vor meiner Nase zu. Ich drücke ihn weg, ziemlich robust. »Lassen Sie das! Sie sind ja verrückt!« Dann lache ich im Hausgang. Aicher bittet mich dauernd, zu gehen. Recht schreit, gepreßt: »Mischen Sie sich nicht in meine

Angelegenheiten!« Marianne sagt, bebend: »Gehen Sie heim, ich will aber bei euch schlafen, Rudi.« Und dann, als er zusagt: »Sie unschuldiger junger Mann!« (Sie spielt immer noch.) Ich gehe weg. Später sind alle Fenster des Treppenhauses erleuchtet, wie ich vorbeigehe.

Mittwoch, 9.
Bei klarem Kopf bin ich dafür, daß sie jetzt weggeht. Kein Geld mehr annimmt, ihn nicht mehr hereinläßt, im schlimmsten Fall die Polizei zu Hilfe ruft. Wenn er schießt, schießt er. Auf Aicher ist kein Verlaß. Ich kann wenig oder nichts machen, da ich kein Geld habe. Aber sie kann noch einige Monate leben, soviel Geld, Schmuck usw. hat sie, dann mit ihren Eltern nach Österreich. In der schlimmsten Zeit nach Berlin zu Hedda.

Mittags treffe ich sie. Wir fahren in den Siebentischwald. Ich werfe ihr vor, daß sie Recht falsch behandelt, ihn ernst nimmt. Und immer noch Geld nimmt. Recht rennt nicht gegen Mauern aus Stein, nur gegen solche aus Gummi. Letzten Endes will sie ihn besänftigen, er weiß es. Seine letzte Zuflucht ist nicht der Stockdegen, sondern das Geflenne. Gestern hat er sie gewürgt. Er droht andauernd mit Ermorden. Sie muß sich eine Waffe verschaffen, sie ist ja ganz wehrlos. Wenn er gegen sie angeht, muß sie ihn niederknallen wie einen tollen Hund. Wegfahren hilft vielleicht besser, aber er kommt doch nach.

Von 4-7 Kraal. Das ist schön. Sie ist sehr lieblich im Glück, jung. Bei Szenen altert sie und sieht verbraucht aus. Sie hat soviel zu verbergen, was ihr Mühe macht. Da reden Kollegen sie an: Grüß Gott, Marianderl! Und dann erzählt sie, sie habe sie zur Rede gestellt deswegen, und die hätten ihr gesagt, so würden sie vor mir immer sagen. Der Sekretär behandelt sie schlecht, und da macht sie vor der Logentür laut Krach und verlangt, er solle sich entschuldigen, sonst werde Recht ihn ohrfeigen. Theatermanieren. Ich heirate sie aber nicht deswegen nicht. Sondern weil ich überhaupt nicht kann, frei sein muß, schlafen muß. Und böse bin, ein Quartalsquäler. Und sie stutzen die Nägel und kämmen einen und füttern ihn zu Tod und schauen in seinen Schlaf und laufen mit in den Wald. Zwiebeln nehmen sie für die Augen, wenn man frei sein will, vergiften sich mit Bitterkeiten wie mit Morphium und servieren einem ihre Leichen zum Tee. Man ist der Schauspieler am Suppenteller, es wird nur geklatscht, wenn man den Teller abschleckt und den Koch besingt. Das Pissen wird einem verziehen, weil man ein Schwein ist. Und das schrecklichste: Vom andern sieht man nur die schlechten Seiten, weil man selber verbittert ist und Zähren im Aug hat und weil das andere verbittert ist.

Donnerstag, 10.
Wenn wir gleich stille Gäste sind und versoffene Fische, so ist doch allenthalben Unfriede um uns, und die Tiere verkriechen sich unter die Tische und fletschen die Zähne. Wenn die Kammer weißgescheuert und die Betten reinlich sind, so sind in den Betten Seuchenkranke gestorben, und die Kammern sind lang leergestanden. Wiewohl wir nichts sagen, so meinen alle, wir hätten zu viel zu verschweigen, und man hat Angst vor unsern Geheimnissen. Über die Felder kommen Mäuse im gleichen Frühjahr wie wir, und wir haben das letzte Brot aufgegessen. Man weiß nicht, was es ist, daß wir nicht beliebt sind. Wir riechen nach Kalk ...

Vielleicht mache ich die dritte Szene zum »Galgei«. Worin einer geheuert wird, und es geht mit Papieren; das ist der Zeitgeist. Wo die Dinge so verwickelt und dunkel werden, da muß man sich mit Papieren behelfen, und das ist dann die Sicherheit. Papiere sind etwas Sicheres, schreiben ist mehr wie handeln, es ist Platz zwischen Schreiben und Handeln, Papier vervielfacht, vereinfacht. Man sieht, was es nicht gibt, Zahlen hat, was unzählbar ist, zwischen Zahlen kann man wählen, sie haben keine Leidenschaften, keine eigenen Köpfe. Siehe, er unterschreibt ein Papier, und da steht Pick, das ist er, das Papier gilt nur für Pick. Jetzt ist er Pick, noch in Galgeis Hemd und Kleidern.

Ich glaube, wenn man die beiden trennt, fließt doch Blut. Da ist dieser Affenblut speiende Pappendeckel, der Napoleonimitator mit dem Stockdegen und der Selbstverstümmelung. Und die Frau, der Fetisch, die seine Schiebungen segnet, seinen Mord verzeiht, ihre Mutter mißhandeln läßt, mit ihm schläft, ihn anlügt, aus Angst, sich würgen, sich Hure schimpfen und sich aushalten läßt. Er stiehlt, er bricht ein, sie bittet um einen Pelzmantel, während sie schon bei mir schläft. Und ist andrerseits kindlich genug, sich ein Kind machen zu lassen, zu weinen, wenn es nicht kommt, mich zu küssen, wenn ich ein verwirrtes Gesicht habe, mich festzuklammern, in rührendem Impetus. Ich aber laufe gleichgültig und trottend mit, mit gleichem Gesicht, im Bett genießend und ohne Verantwortung, betrügerisch vielleicht, fähig, über meine Verhältnisse hinauszustoßen, ziemlich kalt, ganz unpolitisch.

Nachts
Zuerst ist alles einfach, naiv, gesund. Der Zwanzigjährige begreift den Kosmos. Er ist, wie er sein soll. Er hat eine natürliche Beredsamkeit und verwendet sie für einfache, starke Dinge. Das leicht Hymnische seiner Diktion drängt er ins Maß durch derbe Zynismen. Oh, diese Sicherheit des Unbesiegten, Tapferkeit des Beginners! Mit einem Mal ergeben sich Fehler bei vollständig richtiger Rechnung. Die Dinge, wie sie sind, verändern ihr Gesicht oder werden unerreichbar. O Blasiertheit des erstmalig Besiegten! Aber man muß den Baum politisieren, da ist ein Mann, hetzen wir! Jeder weiß: ein Baum ist ein Holz. Aber man wird müd. Das Spielen ist es nicht. Lügen ist schön, wenn einem was einfällt. Dann gehen ihm Bedeutungen von Beziehungen auf, es zeigen sich Geheimnisse. Wieviel geschieht mit dem Baum, wie ist das verborgen, wie beherrscht er sein Gesicht, daß es gleichbleibt! Die Formeln stimmen nicht, es waren Eselsbrükken, es war Sand in die Augen. Von jetzt an verbirgt sich die Kraft, die nicht versiegt ist, in den Werken, sie kriecht in die Widersprüche, sie läuft gegen den Wind; die Geschwindigkeit verringert sich, der Wind muß abgerechnet werden! Der Organismus organisiert den Widerstand gegen sich selbst. Es sieht zwillinghaft dem Abstieg gleich, es geht haarfein am Untergang vorbei. Die Möglichkeit zur Synthese verringert sich galoppierend, Krankheiten fallen in den geschwächten Leib, verwirren die Lage. Ruhebedürfnis, formale Gerissenheit, letzte Bestände von Übermut bringen die Gefahr feinster Verwüstung in die unerhört überspannten Kompliziertheiten. Immer untergräbt

der Intellekt die Position. Der in 100 Schlachten Geschliffene, das grinsende Überbleibsel, der Liebhaber des Immernochdaseins, gewinnt Lust am Schlagen, Stechen, Hauen, Parieren, schlägt sich in gleichgültigen Gebieten, wird Virtuose, vergißt das Heilige Land. Schon der Dreiundzwanzigjährige kämpft verzweifelt gegen die Eitelkeit. Verbissen leistet er den Verzicht auf Achtung, die aus Rentabilität gewonnen wird. Wütend findet er sich ab mit der Unklarheit seiner Formulierungen, da das Stoffgebiet, das einzubeziehen ist, ein so ungeheures geworden ist, verzichtet auf die geliebte Prägnanz zugunsten der Wahrheit. Er will nichts als den Torso.

David.
Während er wartet, auf der Mauer, ein dickes Fleischpaket, haarig, schwitzend, einsam, während er wartet, die Stunden vergehen, der Aufruhr wächst im Land rings, beginnt er, wieder in Zahlen zu denken, in Dingen und Notwendigkeiten, wie seit Jahren. Die Bauern brauchten Saatkorn und Rinder, die Ehegesetze mußten verbessert werden. Im Süden lagen die Hungernden den Höfen auf dem Hals, im Norden gab es keine Straßen, das Holz herunterzubringen. Sie mußten hinaufgebracht werden, mit den Kindern, den Weibern, allem. Mitunter blinzelte der gequälte Mann über die Gipfel der grünen Bäume, dachte schnell an den Aufruhr, der sich da zusammenzog, im Süden irgendwo, der Zeitverlust und Menschenopfer bedeuten würde, verwischte es. Die Wasserleitung kroch zu langsam vorwärts, die Verträge mit den Phöniziern liefen ab. (Der Aufruhr wuchs im Land ...) Viel zuviel Dummköpfe überall, geheime Widerstände, bösartige Verschleppung, Sabotage, Systemfehler. Man konnte nicht zur Ruhe kommen. (Der Aufruhr im Land ...) Realitäten waren gut. Sie beruhigten, trotz alledem. Man konnte sich halten daran. Die Leute hatten zuviel und zuwenig Gesichter, sie hatten zweierlei Köpfe, zweierlei Füße, es war kein Verlaß auf sie. Machten sinnlose Aufstände, kostbar an Zeit und Material. Wasserleitungen vergingen, zerfielen oder stimmten nicht, aber sie waren sichtbar, deutlich, reparierbar. Schafften Wasser in Tröge, murrten nicht, tranken nicht einmal selbst. Wußten, daß es das Beste war: Wasser in Tröge schaffen. (Der Aufstand ...)

Freitag, 11.
Gestern nacht hat sie gewartet, während ich schlief. Sie meint, sie könne sich Recht verekeln. Aber das macht sie ganz falsch. Übrigens bleibt die Periode aus. Jetzt ein Kind, das wäre nicht sehr schön. Aber es freut mich doch, ich bin ein vollkommener Idiot.

Orges Position wird sicherer, und er hamstert Vorräte an Erfahrungen. Meine Erfahrungen, wegen beständiger Umzüge ins Freie geworfen, verfaulen und werden gestohlen. Er hat schon eine Art System. Wird bald wieder Hierarchie haben. In seinem großen metaphysischen Theater spiele ich immer die Rolle des Bösewichts. Ich bin der Politiker, der Intrigant, ich verderbe Jünglinge und fresse junge Weiber. Was ich auch tue, er sucht und findet Politik darinnen. Ich mache schon instinktiv Politik, pisse aus Berechnung, wasche mich, um Eindruck zu machen, unterhalte mich, um Vorteile zu erringen. Er hat das Fannerl, es ist schlechter Geschmack, eine Nippsache in winzigem Format, hier investiert er aufgestapelte Güte. Er hat sie nicht ganz, auch hier klappt es nicht, es sind schwache Punkte da, es gibt was zu verbergen. Er wittert, sie wird nicht für voll genommen, man wittert, sie nehme ihn nicht für voll. Er riecht Widerstände, Vergleiche, das ganze alte System der Rangunterschiede. Aber es ist nur das: daß sie ihn verdirbt. Da ist der Magistrat, Orge ist versöhnt, jede Beschäftigung ist gleich gut, ich aber faulenze. (Vergessen, daß Arbeit nicht gut ist. Weil jede Arbeit gleich gut ist!!!) Da ist ihre Jungfernschaft. Gut. Man hat, was man nicht nimmt. Er fühlt sich geschoben zu etwas, das ist Natur, aber er fühlt, ich schiebe mit. Ich bin der Fresser, der Plumpdenker, der Verwüstling. Hinter mir wächst kein Gras mehr, er hört es. So laufen wir auseinander.

Die Nacht ist Marianne da. Es ist wunderbar, aber die Periode kommt nicht. Es würgt im Hals, es würgt etwas im Hals. Ich hatte es vergessen, bei Gott, und jetzt pfuscht wieder der liebe Gott darein! Nun, ich lache und bin gut zu ihr. Sie lacht auch.

Samstag, 12.
Vormittags habe ich einiges im Kopf, aber mittags erhebe ich

mich und sehe: das Meer. Komme es, wie es mag, aber am Ende: das Meer! Mag es mir schlechtgehen, aber: allein! Ihr Leib ist besser als irgendeiner, sie ist stark und kindlich, eine gute Mutter, sie kann nicht leicht kaputtgehen, sie hat Recht vier Jahre lang ausgehalten und ist vergewaltigt worden und fast zugrund gerichtet durch einen Abortus, oftmals gewürgt, viele Male geliebt und immer gerettet worden. Sie ist noch nicht dreißig, sie ist schön und klug, und sie fügt sich. Sie hätte immer von Recht wegmüssen, sie braucht ein Kind. Es ist häßlich, wenn ich weggehe, aber was soll ich bei ihr, ich verdiene kein Geld und bin nicht gut und will mein Hemd auf dem Leib haben und mag Verträge nicht.

Nachts kommt sie herunter, Recht hat sie heimgebracht, ist schwankend vorbeigegangen an mir, blind, wie besoffen (jetzt riecht er mich). Ich lasse sie nicht heim, wo er hinkann, nehme sie in den Kraal, mache Feuer, schichte ein Bett auf die Chaiselongue. Sie schläft im Bett.

Sonntag, 13.
Nun kriege ich ein Kind von der schwarzhaarigen Marianne Zoff, der braunhäutigen, welche in der Oper singt. Ich knie mich auf die Erde, weine, schlage mir an die Brust, bekreuzige mich zu vielen Malen. Der Frühjahrswind läuft durch mich wie durch einen Papiermagen, ich verbeuge mich. Mir wird ein Sohn geboren werden. Abermals.

Ich liege mit Kra auf den Wiesen am Bismarckturm. Das Gras ist noch gelb. Vögel gehen rauschend darüber. Kra sagt: Entweder eine Mutter oder eine Hure. *Ich* sage es nicht. Nachts die Sterne!

Montag, 14.
Gold scharren! München. Ich diktiere Klette. Er frißt wie ein Huhn, schluckst, glotzt, macht schlapp (mit Fressen). Abends Bi bei Otto. Wir mimen Wahlredner. Sie klatscht kindlich. (Bi hat einen Scheidekatarrh ...)

Die Hedda hat 300 Mark geschickt, daß ich nach Berlin fahren kann. Aber jetzt habe ich den Herzenswunsch, zu hören, was ich mit Mar zu tun habe. Sie ist eine Frau. In Berlin habe ich eine Frau.

Dienstag, 15.
Mit Otto Starnberg geradelt. Blau, grün, warm. Kahnfahren. Abends zurück, Gold scharren. Ich falle, allein gelassen, in die Klappe.

Mittwoch, 16.
Vier Stunden Klette diktiert. »Das Mysterium« wächst. Bekomme ich in die Hand 5000, bin ich über den Berg. Schwinge ich mich, lachend, in Ätherhöhen. Ich stürze mich in Arbeit; ich fühle *über*morgen; ich schlachte mein Huhn.

Es ist immer sehr schön himmelblau. Süße Beerchen hängen einem ins Maul. Aber die schwangere Frau und der Herr mit dem Stockdegen! Pst! Ich schlachte mein Huhn.

In der Sonne hinter der Infanteriekaserne. Keine Periode. Sie hat eine hübsche gestrickte Jacke an. Gestern war ein so schöner Tag. Sie hat Geld hinausgeworfen. Ich verfinstere mich: Ich bedaure, daß ich kein Geld habe zum Hinauswerfen, ich bedaure, daß du eines andern Geld hinauswirfst. Nimmst du's, um zu essen: gut oder nicht gut, aber vielleicht nötig. Aber für Blusen! Mit meinem Kind? Ich habe kein Geld. Du mußt dich beherrschen, ich kann es nicht. Wir sind arm. – Dicht beieinander, hart in der hellen Sonne: das Nichts und der Film. Null oder 100000. Die schöne Frau, das gesunde Kind, Sommer, Tätigkeit. Oder Elend, dreifach, Schweiß, Schmutz. Die Tage verrinnen, das Kind wächst.

Abends singt sie in »Cosi fan tutte« die Dorabella. Ihr Spiel ist sehr schön, ruhig und graziös, und sie singt leicht trällernd, lerchenhaft. Ich gehe still heim.

Donnerstag, 17.
Sie sagt: Wenn sie ihren Schmuck hergibt, können die Eltern ein Gut kaufen. Dort kann sie sein, aber nur, wenn sie verheiratet mit mir ist. Sonst ist sie nur geduldet, und das kann sie nicht. Also müßten wir heiraten. Aber das kann *ich* nicht.

Sie ist die Nacht da.

Freitag, 18.
Da ist der Film von Hanna Cash. Im letzten Teil, die Mannschaft ist betrunken, liegt im Bauch des Segelschiffs, läuft sie die Stiegen herauf, es ist gegen Abend, niemand ist auf Verdeck, und das Meer ist grau und verregnet, man sieht nicht mehr weit. Sie läuft auf die Kommandobrücke, wo, der Reihe nach, viele Männer gestanden hatten, hintereinander, einer nach dem andern, der Soldat, der Kaschemmenzuhälter, der Neger. Zuerst der Soldat, als letzter der Neger. Aber jetzt steht niemand mehr oben. Sie schaut also hinunter, ins Wasser, zitternd etwas, etwas auch neugierig, und das Wasser ist grau, schrecklich, verregnet. Es ist der letzte Abend, ihr letzter Abend auf dieser Welt, und es ist das Wasser des letzten Abends. Sie zittert etwas, sie läuft fort, sie zittert, sie läuft zum Steuer hin, wo keiner mehr steht, und da geht etwas durch sie wie eine freie Ordnung der Gliedmaßen, und nachdem sie nicht mehr verwirrt ist, noch zittert, läßt sie sich ruhig nieder am Steuer, blickt nach vorn, wo man nicht weit mehr sieht, und das Schiff hebt sich und senkt sich, das geht lang so, Stunden, Stunden, es wird Nacht, und es geht auf und ab, man sieht es undeutlich, alles sieht man undeutlich, es schwimmt im Regnerischen, Grauen, Schrecklichen, das Wasser ist schon um und um, man sieht fast nichts mehr, nur etwas Graues, Verlorenes, Schattenhaftes: es geht auf und ab und ab und auf ...

Das schreibe ich neben ihr und sie schläft.

Montag, 21.
Ich habe gestern den ganzen Sonntag über dem »Orangenfresser« gesessen, er ist fertig geworden. Jetzt stecke ich tief im »Mysterium der Jamaikabar«. Diese Intrigen sind so sauschwer, ich gehe immer dabei, aber davon werde ich verdammt müd, und dann falle ich zusammen, und es filmt in mir weiter. Ich gehe noch um den ganzen Globus herum mit lauter Filmen. Und von gestern auf heut ist die Marianne da, sieht aus wie von Gauguin, lacht, weil sie ein Kind kriegt, lächelt dazwischen: Vielleicht geh ich zum Arzt, wegen dem Engagement, und ich habe mich mit Recht versöhnt, weil ich wegen dem Kind doch bis Juni bei ihm bleiben muß; habe ihm gesagt: daß er sexuell nicht normal sei,

mir nie etwas geben konnte. Und, von Filmen verschüttet, denke ich dagegen: Sie schwankt. Sie trägt's nicht. Ich habe sie zum erstenmal sexuell befriedigt. Romantik brach aus. Sie trägt's nicht. Und dann wird sie alt. – Ein Kind ist etwas Positives. Aber Ketten drücken und Armut entfleischt. Und ich habe die Hände nicht frei. – Einmal denkt sie: ich gebe es her. Dann: Ich heirate Recht. Und wenn sie bei mir liegt, lacht sie. Sie sagt: du kannst nicht leben ohne mich. Und: jetzt habe ich ein Kind von dir. Jetzt hast du mich. Und ich denke: Tahiti. Ich sehe immer Wasser. Darin ertrinkt das Kind. Ich nahm sie nur, wenn sie ein Kind wollte. Jetzt muß sie's wollen. Ich lasse sie. Jetzt nicht schieben! Nicht mehr: Bessern wollen! Bin ich ihr Heiland? Ich helfe ihr. Aber ich sitze nicht bei ihr, fett zu werden.

Aber: Wie immer es kommen mag – ich bin ein kleiner provisorischer Punkt, eine schwache Sache, die nicht viel aushält und der es gutgehen muß, und ich darf mich nicht durch Wirklichkeiten hier ansiedeln wollen. Wenn sie zwanzig Filmfabriken um mich aufbauen, weil mir die Taube mitunter in den Kopf scheißt, wenn sie an den Fingern schnullend auf mich warten an den Wänden, ich brauche nicht zu kommen, wenn sie begraben werden auf allen Gottesäckern des Kontinents, ich muß keinen aufwecken, und das verzweifelte Hupen der geschädigten Aktionäre weckt mich nicht aus meinem Schlaf und beweist nichts gegen meine Schwäche. Ich habe schon ein Kind, das unter den Bauern aufwächst, mag es dick werden und weise und mich nicht verfluchen! Aber jetzt reißen sich die Ungeborenen um mich!! Alles lieblich laufen lassen und sich trollen, das geht, wenn einem nichts mehr lieber ist.

Man darf nicht gegen die Natur jammern. Der Gaurisankar ist nicht mein Feind, weil ich nicht hinaufkomme! Mitunter scheint mir der Impuls, mit dem ich das Leben fasse, schwach, und ich schwimme nur, weil ich im Fluß liege. Also werde ich geschwemmt. Aber dabei sehe ich viel.

Der die Gestirne läßt und die Erde ausspeit
Er verzichtet nicht
Auf den bitteren Geschmack
Der übrig bleibt.

Dienstag, 22.
München. Klette. Ein unsauberer Hundertmarkmann! Er nimmt Geschenke: von der Firma Prozente, gegen die er seinen Klienten, Ottos Onkel, vertritt. Als Kritiker bekommt er für Statistendienste 100 Mark pro Tag. Für Vertreiben will er die Hälfte. Usw.

Nachmittags liege ich mit der Marianne im Grieslewildwest. Die Maorifrau im braunen Steppengras, und dann singt sie Brahms' »Feldeinsamkeit«, ich hörte nie schöner singen. Vielleicht heiratet sie Recht. Sicher behält sie das Kind. Ich sage ihr: sie soll.

Mitunter habe ich Appetit auf Sätze, die hinausgeschleudert werden, auf die verrückten Genüsse des Wortfleischs und die raffinierte Andeutung der Bühne, ich, verheert vom Film.

Mittwoch, 23.
Helle Tage. Sie soll das Kind kriegen. Recht heiraten. Aber jetzt schreibe ich Filme, jetzt versuche ich es, ihr ein Dach zu machen. Sie sagt: Ich bin wie du. Ich bin von einem zum andern gelaufen. Ich bin eine Zigeunerin. Und sie meint: Ich brauche einen, der anders ist. Einen, der mich hält, daß ich nicht laufe. Keinen Zigeuner, du! Aber ich denke anderes: Sie muß umlernen. Es gibt kein anderes Halten als durch ein Gesicht. Das ist keine Bindung, die nicht über Länder geht. Das ist keine Liebe, die nicht ist ohne Gegenliebe. Mit Händen, das ist kein Halt. Ein Dach aus Holz: dadurch regnet es. Und wo kein Regen ist, da ist Schlimmeres. Wer nur schwimmen will im Sommer, für den fließt das Wasser nicht. Und der nach unten will, den kann man nicht halten. Ein gutes Gesicht ist besser als eine gute Tat. Freilich: das Sichere ist leichter als das Unsichere. Aber das Sicherste ist der Tod.

Gestern habe ich sie vom Theater geholt, ich war müd zum Umfallen, von dem Filmeschreiben, und ich hatte nachmittags bei ihr gelegen, auf dem Sofa, ich war zum Umfallen und brachte sie zur Tram, und da wollte sie mich hineinziehen, lachte, ich fühlte den langen, heißen Druck der schmalen Hand, ich schüttelte den Kopf, lachte, blieb stehen, sie fuhr fort, ich fühle noch den Druck ihrer Hand. Heute kommt ein Dienstmann mit einem

Brief: Sie will Recht heiraten, mich nicht sprechen. Es ist Rebellion in mir, ich schwanke, würge es hinunter, setze mich, warte. Dann schreibe ich am Film weiter, dem unnützen Film. Sie muß kommen.

Aber unter der Beleidigung
Überschüttet mit Anklagen
Ging er schwerfällig weg
Und reinigte sich nicht
Noch hob er die Hand gegen Steine.
Sondern er ging leichter unter den Steinen
Und hob keine Hand
Und der Beleidigungen schienen ihm zu wenig
Da er nun wußte:
Wie er war.

Sie kommt nicht. Es sind 100 Bilder, der Film ist also halb fertig, »Der Orangenfresser« ist ganz fertig, 190-200 Bilder. 10000 Mark hat Klette für den ersten verheißen, davon bleiben vielleicht 6000. Und sie kommt nicht. Ich habe ihr gesagt: Laß mir drei Monate! Sie läßt sie mir nicht! Sie läuft unter ein Dach, mit dem Schwein. Ich hoble die Bohlen schon, ich arbeite wie ein Verrückter, nächste Woche sind drei Filme fertig, und sie heiratet. Ich will vielleicht Tahiti nicht aufgeben, sie hat vielleicht keinen Mann dereinst, aber hat sie einen Mann, wenn sie Recht hat? Und das Geld kann ich ihr geben; kann ich nicht? Ich kann nur Papier vollschreiben. Ich will vier Wochen lang alles versuchen, sie zu retten, herumlaufen, betteln, verschleudern, was ich habe. Sie läuft einfach fort.

Abends trinke ich mit Cas und philosophiere darüber, ob man in vier Wochen so viel zusammenschmieren kann, daß man ein paar Tausend herauskriegt, was ein Schieber an einem Vormittag macht. Soll eine Frau hinunterschwimmen wegen Geld, das fehlt und schon morgen da ist, nur weil sie Angst hat und im Rettungsboot schlafen will, obgleich alles in Ordnung ist! Freilich, ich will Timbuktu und ein Kind und ein Haus und ohne Tür und will allein sein im Bett und mit einer Frau im Bett, die Äpfel vom Baum und das Holz vom Baum und keine Axt führen und den

Baum mit Blüten, Äpfeln, Blattwerk in Großaufnahme vor meinem Fenster! Und einen Knecht zum Düngen dazu.

Donnerstag, 24.
Gestern habe ich vier Bittere getrunken und bin in der lauen Nacht vor Mars Haus getrabt, wo es dunkel war hinter den Vorhängen. Heut erwache ich mit Übelkeit, da klopft es, und herein läuft, um sieben, die Marianne und fällt her über mich. Nein, jetzt macht sie Schluß mit Recht, sie kann nicht mehr; sie hat gedacht, wie er wohl zu dem Kind wäre, ihrem Kind, und da graut ihr, sie mußte speien und herlaufen. Es ist gut so: Sie will das Kind. Und ich arbeite, ich muß Zutrauen haben zu mir, vielleicht verkaufe ich das Papier doch, viele tun es. Und ich kann nicht warten mit den Kindern. Timbuktu ist gut und ein Kind ist auch gut, man kann beides haben. Es heißt Peter oder Gise, man kann sie nicht morden. Gut. Dann arbeite ich für Gise, was ich kann. Und für die Frau ist es das beste, das Schwein ist kein Mann für sie, und ein Kind ist besser als irgend sonstwas. Dazu helfe ich ihr, wenn ich auch nicht heirate, denn ich bin ein Provisorium und muß Sprungweite haben, ich wachse noch.

Freitag, 25.
»Unter der Sonne der Lechauen.« Einmal ist Cas dabei. Sie ist sehr anmutig, ich bin ihr Mann, sie lacht in meinen Armen. Sie ist immer um mich. Die Nacht bis zum andern Morgen. Das Dienstmädchen sieht sie im Hemd, wie sie die Tür öffnet, ich werfe die rote Plüschdecke über sie und das Bett, das Mädchen geht durchs Zimmer, ich schreibe am »Geheimnis der Jamaikabar«. Davon werden an diesem Tag und in dieser Nacht nahezu 80 Bilder geschrieben.

Samstag, 26.
Ich lebe luxuriös, mit der schönsten Frau Augsburgs, schreibe Filme. Alles am hellen Tag, die Leute sehen uns nach. Wie lange noch und Gottes Geduld reißt, ich sitze auf dem Stein, und die Hunde schiffen mich an!?

Abends die Katastrophe.

Wir liegen nachmittags am Lech, Cas, Marianne und ich, dann geht Marianne zu Aichers, ich hole sie um 10 ab, aber da kommt Aicher. »Recht ist da. Er weiß alles. Die Marianne kann nicht kommen.« Ich will hinauf, aber er sagt, es sei schon alles beruhigt, er behalte Marianne die Nacht bei sich, sie sollten sich 14 Tage lang nicht sehen. Ich glaube ihm, laufe ins Lamm, warte. Er verspricht mir, die Marianne morgen zu mir zu bringen. Um ½12 gehe ich dennoch an seine Wohnung, pfeife. Marianne schmeißt den Schlüssel herunter. Recht suchte sie stundenlang an diesem Abend, mit der Gewißheit, daß sie die Nacht außerhalb ihrer Wohnung gewesen war. Sie gab zu, daß sie bei mir war, er schlug auf sie ein, schleifte sie an den Haaren usw. Sie hatte dicke Beulen; sie wußte nicht mehr aus noch ein. Ich nahm sie gleich fort, wir liefen zu ihr, sie packte. Nachts, die Flucht nach Ägyptenland, vor dem Kindermord!

Sonntag, 27.
Früh nach München. Kramer ist dabei. Mar geht zu ihren Eltern, ich rasiere mich, sie kommt zurück mit Kra, es ist niemand daheim. Ich gehe zum Dr. Zoff, während Mar sich legt, ganz zerschlagen, von Übelkeit in Übelkeit fallend. Ich laufe zu einem kleinen, dürren, braunen Mann, dessen vertrocknetes Gesicht der (wirklichen!) Totenmaske Beethovens gleicht und der still und listig dreinschaut, und er sagt, ich solle die Schwester bringen. Ich esse mit Mar zu Mittag, beschließe, den Roman zu beenden, und fahre mit ihr zum Bruder. Wir gehen ans Haus, da fährt Recht vor, wälzt sich bleich aus dem Auto, läuft uns kalt schwitzend entgegen. »Du gehst zu Otto?« Sie nickt. Ich gehe, ohne ihn zu sehen, kalt neben Mar hinauf. Er tappt schwerfällig, schnaufend hinterdrein. Dann will er mit mir reden, ich bitte Zoff dazu. Wir sitzen in einem großen Zimmer. Er will verhandeln, er schildert alles, seine Unruhe seit Monaten, seine Angst, wie er belogen wurde. Er ist ihr Mann, seit vier Jahren, er ist ihr mehr, als ich weiß, und: als sie jetzt weiß, in der kleinen Verwirrung dieser Zeit. Ich soll weg für 14 Tage, daß Klarheit herrsche. Ich frage ihn, ob er sich dann dem Urteil Mars fügen würde, er sagte: Nein. Nie. Dann droht er. Ich schneide es ab: Das ist *Ihre* Sache, lassen wir das! Er schreit: Ja, soll ich Ihnen denn, plump heraus, das Bett machen? Ich sage: Nein. Sie sollen *nichts*

machen. Er droht wieder: Was ich mit *Ihnen* machen werde, das ist eine andere Sache. Ich sage: Schweigen wir davon. Handeln Sie! Ich sage: Ich habe ein Recht. Setzen Sie sich, ich muß Ihnen etwas sagen. Er läuft um mich herum, erblaßt, schielt mich von unten herauf an, ahnt. Ich sage: Sie hat ein Kind. In der Nacht nach der Bahnhofszene kam sie. (Das hatte sie ihm gesagt ...) Er zuckt zusammen, läuft zu Zoff: Was sagst du dazu? Der sagt, sitzend: Das ist ja so toll ... Recht läuft immer herum, gestikuliert: Aber das ist ja gar nicht möglich. Sie hat vor acht Tagen die Periode gehabt. Sie hat mir ihr Nachthemd gezeigt, die Blutflekken. Wir stritten darüber. (Er war krank gewesen, hatte in ihrer Wohnung geschlafen.) Dann bat er mich, mit Mar reden zu dürfen. Ich frug sie, ob sie wolle, sagte ihr: Tu's! Ging hinaus. Als mich Zoff wieder holte, hatte Recht geweint, er bat mich, mich zu setzen, und hielt eine Rede, tatsächlich erschüttert: Es war mir nicht vergönnt, diese Frau glücklich zu machen. Tun *Sie* es! Ich soll ihm versprechen, sie, wenn sie einmal von mir gehe, wie heut von ihm, ebenso freizugeben. Er hielt die Hand hingestreckt, ich schlug ein. Er faßte mich am Ärmel und sagte: Man sagt mir nach, ich sei ein starker Mann in Geschäften, aber gegen diese Frau ist mein Herz schwach. Ihr hatte er gesagt: Man kann nicht groß *und* glücklich sein. Dann ging er weg. Marianne lag auf dem Sofa. Sie hatte geweint. Nachts schlief sie bei mir.

Dienstag – Donnerstag, 31.

Ich sage Marianne wieder, daß man mich nicht heiraten kann. Sie durchlebt eine schreckliche Nacht, in der sie Rechts ganz verzweifeltes Gesicht sieht und ihn hört: Und die vier Jahre, war das nichts, gar nichts? Sie sagt: Ich kann das Kind nicht haben ohne Ehe, und sie zweifelt wieder, ob sie's behalten soll. Sie sagt: Nachts schien's mir, als komme ich doch nicht los von Recht. Und sie sagt Aicher, in der Bedrückung über meine Aussage, mit traurigem Gesicht: Es ist eben doch schwerer, als ich gedacht habe. Und jetzt beginnt Rechts Tränenstrom die Stadt zu überschwemmen. Am zweiten Tag sagt er: Wenn sie zurückkehrt, ist ihr Kind mein Kind, und das Stadttheater weiß die Legende vom edlen Liebhaber. Er läuft herum wie ein Wahnsinniger, überfließend von Edelmut, und nun beginnen hintereinander Mitleidige bei Mar aufzutauchen, von Recht geschickt. (Am Samstag schon) Heinrich Eduard Jacob, jüdischer Literat, (Montag) Rudolf Aicher, Schauspieler, dann in bunter Reihe: Mars Mutter (der er schluchzend die Hand geküßt hatte), Schels, Theateragent, Schreiber, Kompagnon. Mar aber macht Fehler. Sie nimmt die 1000 Mark, die Recht ihrem Bruder gab, sie verspricht Schreiber, mich fünf Tage lang nicht zu sehen. Sie nimmt Rechts Blumen, und sie denkt nach. Recht aber schreibt ihr, jedes Wunder daure drei Tage, aber seine Liebe ewiger. Und: er werde sich die Linke abhauen, mit der er sie mißhandelt.

APRIL

Freitag, 1. – Sonntag, 3.
Mittags mit Mar nach Tutzing. Dort bis Sonntag im Seehof. Ihr ist viel übel, aber sie wird doch ruhiger. Ein Gedanke quält sie: daß sie kein Heim hat. Sie kann in den möblierten Zimmern nicht mehr leben. Darum ist sie jetzt gerne bei ihrer Mutter. Irgendwie stellt sie sich vor, sie könne mit Recht leben (nur nicht als Frau), und wenn sie auch sonst nichts zugibt: sie erzählt, daß ihre Mutter ihr sagte (sagen mußte?), man käme von dem Mann nicht los, von dem man ein Kind habe. Aber das Kind ist doch gerettet; das ist der Gewinn dieser Tage.

Montag, 4.
München. Otto ist nach Tutzing gekommen, da mein Prozeß nicht vertagt ist. Ich laufe immer herum heut, Gutachten zu kriegen. Feuchtwanger gut wie immer, Sinsheimer schrieb mir was gegen seine Überzeugung, Kutscher krebste. Mar besucht bei ihren Eltern. Sie grübelt um das Heim herum, ihr ist immerzu übel. Abends bei mir fast den Zug versäumt, weil ich sie nahm, plötzlich auf dem Sofa, und da war sie herrlich: frisch, lustig, liebevoll. Dann im Zug nach Augsburg. Sie schlief an mir. Otto holt mich ab. Er hat einen Rechtsanwalt gefunden usw. Ich bringe Mar heim. Engagementsmöglichkeiten nach Wiesbaden, Stuttgart, Mannheim. Sie will morgen nach Stuttgart. Ich falle in die Klappe.

Dienstag, 5., u. f.
Sie willigt ein nach Wiesbaden, für September, mit 10000 Mark Gage. Davon kann sie Seife kaufen, dort herrscht Frankenwährung. Hagemann schmeißt sie hinaus, schwanger, es ist ein Schwein wie andere, sie weiß es. In ihr rechnet es wieder, Ende der Woche. Immerfort seekrank, auf die glänzende Karriere schielend wie der Gockel auf den Strich, von Mutter und Vater geschoben, in die Seite gepufft, stellt sie sich wieder vor, wie es ist, wenn sie zum Arzt geht. Das Wort: Erfolg um jeden Preis, taucht wieder auf, Hagemann ist interessant, Kavalier, vielleicht verliebt er sich ernstlich, das ist die Karriere. Sie sagte: Du bist zu

jung. Du gehst zu den Schiffschaukeln. Dich kann man nicht heiraten. Aichers, nach Wien engagiert, locken wie Harpyien, pfeifen ihr brünstig die große Oper ein. Die Frau Aicher sagt: Das ist ein Liebhaber. Das ist kein Ehemann. Sie hört alles an, sie denkt immer nach, sie segelt von Augsburg nach München, zurück, sie ißt in kleinen Gasthöfen, sie ist immer seekrank, in den Blättern steht Glänzendes über ihre Dorabella. Wie sie ihre Sachen packt, ich sitze rauchend dabei, reiße Witze, betrachte sie wohlwollend, entdeckt sie, wie Recht sie gehätschelt hat, sie ist ganz hilflos geworden. Und für ihn war sie Götzenbild, Gestirnzeug, Prunkmöbel, er verwahrte sie im Altarschrein, Agenten vergewaltigten Offiziere, Knaben prügelten sie, aber er liebte die Unerreichbare und lieferte sie speichelschleckend der Harpyie aus! Schließlich entdecke ich, daß es sich für sie darum handelt: Kokotte oder Frau, daß Eitelkeit über allen Krämpfen bleibt und Recht am Ende der Straße (nach unten) steht, und attackiere brutal den Kindermord. Sie gewöhnt sich, lento daran zu denken, das Kind allein zu haben. Da will ich sie. Der Arzt versinkt in der Versenkung, die Eltern bekommen Depeschen (statt Besuch), das Thema wird ad acta gelegt.

Dienstag, 12.

»Das Mysterium der Jamaikabar« liegt, abgeschlossen, bei Klette. Ebenso »Der Brillantenfresser«. Kiepenheuer und Cassirer lehnen »Baal« ab (ohne Vertrieb). Der Prozeß mit Eberle geht weiter. – Nachmittags mit Mar im Siebentischwald, die Bäume werden grün, sie ist wunderbar im Gras, die Leute können uns zusehen, es ist wirklich sehenswert. Auf dem Heimweg gesellt sich uns Beelzebub zu. Es kommt auf, daß sie Recht noch einmal gehabt hat, anfangs Februar, »eine Art Vergewaltigung«, und dabei dachte sie momentan daran, er könnte ihr ein Kind machen. Seitdem gehörte sie ihm nimmer, schlief aber noch bei ihm, und er pervertierte noch an ihr. Das war vor der zweiten Periode und war »ganz unwichtig«. Jedoch log sie damals, sie habe sich seiner erwehrt, er sei aber ganz an ihr gewesen, sie ekle sich vor ihm. Es ist schon alles grün, langsam laufen wir durch die laue Dämmerung herunter, es ist trostloser als irgendwas, was sie tat (was nicht wenig ist!), und sie ist glatt wie ein Kiesel im Bach. Ich gehe traurig weg und mit Walter zu einem kleinen philiströsen Weinschläuchlein, dem Ingenieur Helm, der von Goethe schwärmt und Ideale an Schnüren wie Drachen fliegen läßt; winde mich zwei Uhr dort los und trabe an die Infanteriekaserne, wo ich, zerknirscht, daß ich nicht bei ihr blieb, mit Magen und Schlund pfiff. Es blieb alles dunkel.

Mittwoch, 13.
Es wird Frühjahr, ich tue nichts und bin immer allein mit Mar. Aber da ist die Sache mit Bi, die nicht gleich ist, und hier ist ein Schiffsgeschütz, das könnte ins Zentrum treffen, noch schwankt die See, hoho, und es ist nicht zu denken an Zielen, aber ich warte auf das Geschoß, oder daß der Wind abflaut. Denn ich habe Bi gesagt, ob sie mich heiraten wolle, und sie hat gesagt: in drei oder in vier Jahren. Und es kam ihr Vetter, während ich bei ihr war, vormittags um ½ 10, und sie schickte ihn fort, auf der Treppe, und verbarg, wer es war. Denn ich hatte dagegen gesprochen, daß sie Männerbesuche empfange. Ich sagte ihr also, sie habe mich nicht mehr lieb, denn sie will immer frei sein jetzt und nicht mehr gehorchen, und ich sage ihr: das soll sie, ich gebe sie frei. Aber dann schrieb sie einen Brief, sie könne nicht Schluß machen, sie sehe ein, daß sie, so wie sie jetzt sei, nichts für mich sei, und sie wolle ein halbes Jahr lang allein versuchen, wieder zu werden wie früher. Darauf schreibe ich ihr, daß ich sie liebhabe und warte. Und sie schreibt, sie wolle einige Zeit und sie bleibe mir treu.

Gegen Mittag bin ich bei ihr, und es ist schlimm, und ich habe kein Vertrauen, und dann nehme ich sie auf dem Sofa und renne an die Bahn. Der Zug ist weg, ich treffe sie abends, wir gehen an den Domplatz, sie hat Recht gesprochen, ihm gesagt, sie heirate ihn, wenn er sie in Ruhe lasse. Welches er ihr versprach. Wie ich das höre, spüre ich ein dünnes Stilettchen in der Brustgegend, und dann sagt sie, sie habe ihm gesagt, sie sei immer meine Frau, auch wenn sie mich nie mehr sehe, denn ich wollte das wohl nicht, wenn ich erführe, was sie ihm gesagt habe (sie wolle ihn heiraten). Und da schaue ich sie an, stehe auf und gehe weg. Ich gehe heim, und dann gehe ich wieder zurück an den Domplatz, wo sie mit so verzweifeltem Gesicht geblieben war, als ich wegging. Da war sie nimmer da, und ich ging an den Lech, und dann dachte ich, sie ist bei mir, und ging heim. Da sagte Walter: Fräulein Zoff ist oben, und ich ging hinauf, und da saß sie und weinte und sagte: Halt mich! Ich kann nicht leben ohne dich. Warum tue ich nur soviel Falsches!? Und sie zitterte am ganzen Leib, so daß ich sie ins Bett legte, und sie blieb bis zum Morgen.

Donnerstag

München. Klette versucht, den »Brillantenfresser« zu vertreiben. Abends bin ich mit Bi im Café. Sie ist nett, ernsthaft und gescheit. Ich habe sie lieb, ich küsse sie im Gebüsch. Dann fahre ich heim. (Wir wollen warten.) Mar, nachts, müd und seekrank, sagt, sie habe mit Recht gesprochen, alles sei gut.

Freitag

Vormittags mache ich ein Filmlustspiel in der Skizze fertig (»Liebesmatch«), mittags treffe ich bei Mar Recht. Ich höre schon außen ruhige Stimmen, innen packen sie aus, sie ist einen Stock höher gezogen. Recht sagt, in Mar sei noch vieles unklar, man müsse ihr Zeit geben. Er und ich sollten keine Aktion unternehmen. Mar sagt weniges darüber, sie sei doch klar, aber Recht wimmelt es ab. Ich rede von Büchern, gehe weg. Mar geht mit herunter, sieht erstaunt, kommt dann mit in den Kraal. Ich sage ihr, ziemlich roh, was sie gemacht hat, wie sie läuft wie ein besoffenes Schiff. Sie hatte Mitleid, er ist zuckerkrank, sieht aus wie der Tod, freilich jeden Tag brauchte er nicht zu kommen, wenigstens jetzt noch nicht. – Ich beginne, derlei als Kinderei zu betrachten, und verbitte mir sie. Ich schreibe ihr vor, was ich wünsche.

Samstag

Drei Stunden mit Recht geredet. Wir liefen durch die Allee, immer wieder, er weinte, er bat. Er hatte die Welt erobern wollen, er getraute sich, jeden Kampf aufzunehmen, wenn er blind würde, wenn er bankerott würde: er kann die Frau nicht verlieren. Er ist zuckerkrank, 4,4 %, er stirbt bald, es sind seine letzten Monate, soll sein Leichnam vor Mariannes Schwelle liegen? Sie soll mit ihm vier Wochen wohin, sie hat es versprochen. Man muß ihr Freiheit geben, sie ist herrlich, unfehlbar, eine reife Frau, er hat noch Hoffnung, das Kapitel Recht ist für sie noch nicht erledigt. Ich gehe fast stumm, trocken, nüchtern neben ihm her. Er vergleicht mich mit Robespierre, dem »Pedanten der Freiheit«. Übrigens komme ich ihm entgegen, er tut mir leid, wenigstens solang seine Froschfinger mich nicht anfassen. Er sagt »lieber Freund«, er weint auf offener Straße, er ist edelmütiger als ein Erzengel, er schlägt Gott an Güte und den Teufel an Zähigkeit. Dabei ist er klug wie nur ein Jude und charakterlos wie ein Viehhändler. Ich bin nur verlegen, nicht erschüttert. Er ist so alt. So abgenutzt, schmierig, elend, er entblödet sich nicht, mich mit seinem Aasgeruch zu schrecken, mich mit seinen Selbsterniedrigungen zu belästigen, er bürdet mir die Sorge für sich auf, und seine Taktik ist nicht besser, wie seine wirklichen Rechte es sind.

Ich hole ihn abends zu Mar, die krank ist, Schmerzen hat und sich dennoch ans Telefon schleppte, in Todesangst, ich könnte nicht mehr kommen. Sie sagte ihm, sie wolle ihn nicht mehr sehen bis auf weiteres; er war sanft und gab nach, und sie freute sich, daß alles gut war.

Sonntag

In aller Frühe fahre ich nach Paar mit Lud. Ich laufe sechs Stunden, ich suche Quartier für Marianne. Lud erklärt mir sein Fletchersystem. Heimgekehrt, großer Krach mit Papa, da die Eberle den Vergleich veröffentlicht hat, der schandbar aussieht, ich hatte gar nicht aufgemerkt im Gerichtssaal, nur Zeit gewinnen wollen. Dann zu Marianne, die im Theater aufgetreten war, ohne den Arzt befragt zu haben (wie ich wollte), und wieder Schmerzen hatte. Sie sagte mir, sie sei mit ihren Eltern im Maxim gewesen, habe mit Recht gesprochen (»wenige Worte«); er werde ihr immer unsympathischer. (Sie fühlte, als sie es sagte, daß sie schlecht gehandelt hatte.) Der Strick riß. Ich schrie, ich gehe glatt weg, habe es satt, bleibe dort, wenn du nicht loskommst! Sie sagt, ich muß Geduld haben, und ich sage, ich habe keine mehr. Ich bereue mein Geschrei dann, sie ist krank, ich schicke sie hinauf. Ich habe falsch gehandelt, sie nicht richtig. Aber ich bin's müd.

Montag

Ich bin's müde. Die Affären verbrauchen mich. Der Film deckt mich zu, die Feinde scharren mich ein. Was soll ich mit der schwangeren Frau? Ich habe Lust, gut zu ihr zu sein. Die Hiebe sausen zu dick.

Nun liegt sie im Bett den Tag, aber der Kapellmeister bringt eine neue Rolle, und die Harpyie lächelt sie an. Ich aber rechne immer: Wenn ich Geld habe, tue ich das und das, baue Phantasmagorien, wälze mich in Scheinen, stelle verzwickte Berechnungen an. Sie lacht darüber, sie lebt so hin, aber ich muß mich angeilen zum Geldverdienen, sonst mag ich nicht. Die Tage sind grau, ich stehe nieder im Kurs. Zeitweise fühle ich gar nichts zu dieser Frau, Bi steht mir immer näher, immerfort rechne ich: wie komme ich heraus, zu ihr, und dann rechne ich wieder in fabulösen Zahlen, »Brillantenfresser« 10000, »Mysterium« 5000, »Liebesmatch« 5000, »Trommeln« 50000, »Preisfilm« 5000. Aber Mar will sogar ihre Schwester nach Meran schicken, wenn ich Geld habe, vor George!

Dienstag, 19.
Mitunter war in seinem Gehirn nichts als Flucht. Die Bäume wurden grün, und auf dem Bett war man waagrecht gelegen. Das beste war seine Faulheit gewesen, oh, was er für dicke Gedanken hatte, was für Teufel und Engel von Gedanken! Der Träumer ist der Rechner geworden und Schwanken ein Halt der Schwankenden. (David.) Einmal, vor Jahren, war ihm sein Durchbruch fast gelungen, in der Zeit von Absaloms Aufruhr, als er sitzen blieb auf der Mauer. Zwei Tage saß er in der Sonne, und er schlief nicht in der Nacht dazwischen, und es hing an einem Haar, daß er still wurde. Aber am Abend kam der Urias, der Schwankende, zu ihm, und es gelang ihm nicht, durchzuhalten, sondern er lief sich wieder fort.

Ich bin in München. Ich habe gehört, daß die Bi (mit ihrer Schwester) mit einem Musikanten im Orchideengarten saß, abends, sie hatte mich angelogen, sie gehe in den Ludwigsbau, und sich Schnäpse und Auto zahlen ließ. Es ist ein schrecklicher Bursche. Bi erschrickt, sie ist traurig (»daß sie immer gleich solche Unannehmlichkeiten habe«), sie freut sich auf Kimratshofen. Ich konnte nachts nicht schlafen, so traf es mich: Hier ist mein Zentrum, schießt nicht hinein! Sie ist mir mehr wert als alles zusammen, sie ist im Wachen meine Frau, ihrer bin ich nie sicher, sie ist stärker über mich als alle, sie liebe ich. Ich trolle mich halb beruhigt heim, nachdem ich gut zu ihr war. Jetzt gebe ich allen Kredit und verlange so wenig wie möglich!

Mittwoch – Samstag
Alles Obige passiert erst Mittwoch vormittag.

Nachmittags mit Marianne nach Burgadelzhausen bei Paar. Das Zimmerchen ist kalt, zugig, das Essen gut, aber immer (superbes) Schweinefleisch, bald regnet es, bald scheint die Sonne, immer ist es kalt, und Mar hat die Seekrankheit. Ich rauche, fresse, schlafe mit ihr im großen Zimmer, liege mit ihr auf der Wiese, sie denkt daran, Recht zu heiraten, alle Kinder von mir zu kriegen. Nein, sie ist nicht die Bi, sie kann hier nicht allein sein, die Bauern lachen über sie, das Zimmer geht nicht. Ich verstaue sie zwischen Ratten, ich bette sie in Kuhdünger, ich füttere sie mit Schweinefleisch langsam zu Tod. Ich bin ein Bazi. Samstag fahren wir im Metzgerwägelchen 1½ Stunden bei Regen und Wind nach Paar, ich nach Augsburg, sie nach München zu ihrer Mutter. Ich denke viel an Bi, sie merkt es. Aber einmal, im Zug, wie ich rolle, unter dem Regen, rauche ich eine Zigarre und fühle mich behaglich im Rollen, entdecke keinen Wunsch mehr, klage nicht. Ich bin zufrieden mit Regen und Unsicherheit, Hunger und Verantwortung, ich nehme jeden Kampf auf, ich bin eingestellt auf: Rollen. Das ist eine gute Viertelstunde, sie gibt Halt in dem Gleitenden, wie Gesichter von Freunden und sonst nichts.

Sonntag
Wieder einmal allein. Cas schleift mich durch die Gemäldegalerie, wo ich immer lache, Otto gießt Kaffee in mich, es regnet, und die Dinge scheinen sich im Nebel zu ordnen. Die Bäume sind grün, es gibt eine Hochzeit im Herbst, zunächst der Kindstaufe. Der Vater ist ein Genie, das Kind liegt in frischer Wäsche, Tahiti ist eine schöne Gegend. Der Film verhält sich störrisch, wenn er Milch gibt, läuft die Bi im Pyjama. Wer frägt, was besser ist?

Über ein Weilchen, und ich liege im Gras!

Es regnet in die Grünen, aber sie schreien unentwegt in den Holzkähnen auf dem Teich. Ich habe mit dem Heilgei Kaffee getrunken, jetzt spiele ich noch Gitarre mit Hartmann. So geht es.

Montag, 25.

München schluckt Films. Dann bin ich beir Marianne, sie liegt, seekrank, sie wacht auf, sie war mit Recht bei Frankfurter, er gab ihm Mark 2000, sie müsse heiraten, dann ist Wiesbaden gerettet. Die Harpyie zwinkert auch der Schwangeren zu. Die Karriere geht über Kindsleichen in die öffentlichen Schauhäuser. Der Roman »Ihre letzte Chance« oder »Bettelstab oder Lorbeerbaum?« neigt sich zu den letzten Seiten, die schlecht gedruckt sind, voll von Seherirrtümern! Sie zieht mich zwar in Rechts Zimmer, auf seine Ottomane, aber am Sonntag hat Recht stundenlang geredet, und am Abend redet er wieder, und sie verspricht ihm, ihn zu heiraten. Ich gehe mit Bi zur Tänzerin von Schrenck, die uns gefällt, und dann sitzen wir im Café, und ich bin gut zu ihr und habe sie lieb und wende mich zurück, und sie gibt sich Mühe und ist nett.

Dienstag, 26.

Vormittags mit Klette im Bavaria-Atelier. Seitz inszeniert einen Pfundsschmarren für 15 000-Mark-Komparsen. Hierher spült es den Abschaum zusammen, diese Visagen sind nur mehr Reste von Schminke. Diese Kunst beginnt unter dem Spülicht ihren Aufstieg. Dann sitzt Marianne in meiner Bude, und die Enthüllungen fangen wieder an. Sie war mit Recht und Frankfurter im Theater am Sonntag. Usw. Usw. Ich sage ihr: Er oder ich. Sie sagt: Du. Sie verspricht, ihm zu sagen, sie will ihn nie, nie heiraten usw. Ich sage: Ich bin kein Lustknabe. Ihr wird sehr schlecht. Sie bleibt die Nacht da. Wir schlafen auch. In der Frühe lieben wir wie die Pferde. Es ist alles gut, und wie ich fortgehe, schreibt sie mir auf: »Ich habe es ihm versprochen ...« Und ich gehe fort. – Sie blieb wohl noch liegen: ihr Vater holte sie heim.

Donnerstag, 28.
Mit Bi nach Kimratshofen gesegelt. Es regnet auf dem Weg, Wind geht. Die Frau bringt den Buben, ich hatte eine tiefe Freude. Ich hatte Angst gehabt, er sehe bäurisch aus. Er ist schlank, zartgliedrig, mit feinem hellem Gesicht, roten gelockten Haaren, die vorn glatt sind, er ist lebhaft und hat große, dunkelbraune Augen. Er macht gern Ulk, lacht viel, läuft immer herum und spielt mit vielen Dingen, kurz nacheinander, aber er ist nie gewalttätig und nie lärmend, sondern immer freundlich und zart. Er redet fast nichts, ist aber originell im Spielen (setzt einem Pferdchen meinen Hut auf) und schenkt allen Leuten, was er bekommt. Er gewöhnt sich sehr schnell an mich, spielt mit mir und läuft mir entgegen, mehr als der Bi, die nicht gleich den Ton trifft, dann aus Angst vor Körben ihn läßt. Ich leihe ihm gleich meinen Hut, dann meine Krawatte, die Uhr, zehn Pfennige. Ich will Papa bitten, ihn zu sich zu nehmen. – Bi ist nett, und ich habe sie gern.

Freitag, 29.
Mittags fahre ich mit Bi nach Augsburg. Es regnet.

Nichts ist so traurig und aufwühlend, als in dunklen Stuben zu sitzen, besonders wenn es mehrere sind und sie ganz still sind. Nie aber ist es schrecklicher, als wenn man dann lang sehr laut geschrien hat und in lasterhaften Akkorden auf der Gitarre ausschweifte und dann still ist und Ekel hat und Gedanken wie ein Hund Würmer. Zweifellos gibt es keine Schuldigen, besonders nicht unter den Hilflosen, und wer will eine Schwangere anschreien, weil sie unter ein Dach will? Es ist das Böse, das sie an Recht hält, seine weibische Hundenatur; daß er zerfließt ohne sie, das hält sie nicht aus, und es ist die Ruhe des Schwemmkanals, die sie anzieht. Dabei verliert sie langsam, stückweise, das Zutrauen zu sich selber, weil sie, wohin sie blickt, nur Niederlagen und Verluste sieht. Gleichwohl, wenn sie auch hinunterschwimmt, behangen mit Aas und Kot, und unkenntlich wird im Gesicht, es wird ein böser Sommer mit ihr an Bord, denn ich konnte nichts mehr zu ihr sagen, als sie mich verließ, und das würgt mich, als hätte sie etwas mit fortgenommen.

Samstag, 30.

Es ist ein verfluchter Roman, und bei allen Schwanengesängen über den Wipfeln wird unten um höchst greifbare Dinge gerauft. Diese Leute fallieren an der zu geringen Kenntnis ihres eigenen Gesichts, und sie vergessen, wie grausam klar die Zeit die große Linie herauskristallisieren wird; die dann über Versagen, Dummheit und kleine Hastigkeit läuft. Da spukt immer noch die Harpyie. Recht dressiert sie, er schmeichelt ihr, indem er ihr einredet, ihre Genialität sei zu groß für das bürgerliche Leben (wozu sie selber noch beisteuert: sie könne nicht arm leben, weil sie es jetzt, krank und schwanger, nicht konnte!). Aber ich sage ihr: Wenn es was ist, kann man drauf sündigen! Wie: das Pflänzchen behüten vor jedem Windchen? Du mußt mit *zwei* Kindern hinaufkommen! Warum schätzt du dich so nieder ein? Heirate wenigstens einen Milliardär! Aber ich sage dir: wenn du in den Wehen liegst, ist dir meine Hand wichtiger als der Beifall Wiesbadens! Um Befriedigung von der Kunst zu haben, muß man mit Leib und Seele Kunst machen, und dazu muß man Leib und Seele noch haben!

Gestern, in der Nacht, kam sie mit Otto und blieb die Nacht über und versprach, sie wolle nicht heiraten; sie könne ohne mich nicht sein, weinte sie. Und ging am Morgen weg und wollte Recht ins Café bestellen für Mittag, und mittags kam Recht und brachte einen Brief mit von ihr: Sie heirate Recht. Dann ging ich hinaus und diktierte ihr einen Brief, einen Zettel, daß sie ein Kind von mir trage und mich verlasse, obwohl ich sie bäte, bei mir zu bleiben bis zur Geburt. Sie schrieb starr und weinte und nahm meine Hand, und ich gab sie ihr, und dann ging ich.

MAI

Sonntag, 1. Mutters Todestag

Nun ist Manitu wieder allein in der Wolke. Nimmer singt die weiße Squaw über der Schwemme, nimmer hält Manitu Reden in den Wind ... Die Squaw ist hinuntergeschwommen, und sein Kind ist in ihr. Der Frühling geht an, grün ist der Baum, und die Regen waschen den Schmutz fort. Einmal sind sie im Feld gelegen, viele Male im Bette und im ganzen an fünf Orten. Als es Winter war, ging sie mit Manitu, sie betrog ihn noch im Frühjahr, und ehe es Sommer war, ging sie mit dem fetten Mann, der die Harpyie fütterte. Das Kind, das sein Gesicht sieht, wird seine Augen bekommen und die Leiche seiner Mutter, wenn sie von der Harpyie kommt. Die Squaw wird in den Wind weinen und hinter Manitu herlaufen, der in den Wind geredet hat. Und die Filme laufen im Dunkeln, während das Gras wuchs, starb der Gaul.

Montag, 2.

Die Tage sind leer ausgespieene Pflaumenhäute. Es regnet leicht, Wind geht, ich sitze im kalten Zimmer. Immer sehe ich die Maorifrau neben dem fetten Geldgeber, und wiewohl ich ganz kalt bin, auch ohne Verlangen, tut sie mir noch leid, denn sie tut Schlechtes und hält es nicht aus. Aber ich habe, neben der Furcht, daß sie wiederkommt, wenn sie alles verpfuscht hat, eine zunehmende Verachtung für sie. Und am Tag ihrer Hochzeit reiße ich sie aus mir mit allen Wurzeln als eine alte Hure, die sie wieder geworden ist.

Ich bin gut zur Bi und halte sie. Arbeiten kann ich nicht.

Dienstag, 3. – Freitag, 6.

Nun kommt die Vergeltung und das Fegefeuer. Fetzen für Fetzen entreiße ich Bi eine schreckliche Sache. Sie hat mit einem Kaffeehausgeiger, einem schmierigen Burschen, eine Korrespondenz, und sie wurde von ihm geküßt, und sie besuchte ihn und lag in seinem Bett. Sie gab sich ihm nicht, das geht aus den Briefen hervor. Sie bereut, aber sie hält ihn für einen reinen Idealisten. Die Tage, während denen sie lügt, sind das Fegefeuer.

Samstag, 7.

Nachts träume ich von He, die hat graue Haare über der Stirn, und es wundert mich erst, als sie weg ist. Und ich habe den Traum vergessen, wie ich eine excreation am Penis entdecke, und nun fällt mir ein, daß sie einst träumte, ich hätte die Syphilis bekommen. Dr. Hirsch in der Klinik sagt natürlich, es sei ein Herpesbläschen, ohne Besonderheit. Aber in der Frühe packte es mich doch, und ich wartete gerade auf Mar, die gestern beim Heigei war und bei mir, ich war nicht zu Haus. Aber jetzt kommt die Schwester: Mar bekam gestern nacht Blutungen, ohne daß bis jetzt das Kind abging. Es sei äußerst gefährdet. Ich erschrecke für sie, denn das ist ihre ewige Verdammnis, und ich schreibe ihr etwas auf, daß sie ruhig ist. Aber sie will nicht, daß ich komme, denn Recht könnte es nicht wollen. Heigei geht hin, wir denken an eine Abtreibung, er schlägt E. vor als Arzt, sie sagt zu. Und auf dem Medizinfläschlein steht »Frau Recht«. Ich bin erschüttert über das Mißlingen ihres Diebstahls und daß sie mein Kind verläßt, weil sie kein reines Herz hat. Aber ich liebe sie nicht mehr, sondern sehe kalt zu. Ich bin viel beir Bi, die in den Tagen ihrer Bedrängnis abgemagert ist und jetzt kindlich und schön geworden ist und wieder eine Wahrheit. Ich habe sie lieb und achte sie. Und ich schaukle Schiff mit ihr auf der Auer Dult.

Sonntag, 8.

Es ist ein ruhiger Tag, sonnig und ohne Leute. Vormittags laufe ich im Grün herum, das ist neu für mich. Dann ist Lud da und spielt Bach, und ich mache Tee, und beides ist gleich viel wert. Es ist gewiß alles nicht so wichtig. Es ist eine schwangere Frau, die fortläuft, und wenn ich nicht weiß, warum, so weiß ich doch: sie war gut, als sie da war, und sie sang schön, besonders in der Dämmerung (»Wenn mein Schatz Hochzeit macht, hab ich meinen traurigen Tag« – Mahler). Aber wir haben den Wunsch, von einem Punkt aus alles zu sehen, und glauben, die Taten sind mehr wert als das Gesicht. Statt daß wir ein Fest machen, wenn uns einer einmal nicht betrog, und einen großen Gnadenerlaß an alle Betrüger. Darum wollen wir alles gut machen, daß wir, wenn wir in Tahiti sitzen, sagen können: Es war alles gut. Aber Tahiti hindert uns, es gut zu machen, meine Lieben!

Montag, 9.
Es ist merkwürdig, wie empfindsam ich geworden bin in dem Zirkus dieses Vierteljahrs! Ich laufe mittags auf den Bahnhof, und zwar immer langsamer, rauchend, aber wie ein Todkranker, und ich beschließe, mich zu betrinken, als Recht mich am Ärmel packt. Er sieht wandbleich aus und blickt ausweichend. Und er erzählt, Samstag sei die Blutung wieder stark geworden und man habe die Marianne operiert, auch der Dr. Wimpfhaimer sei dabeigewesen (der damals den Abortus einleitete). »Durch Zufall oder so«, sagte Recht. Und mich hatte man nicht dahaben wollen! Aber Recht hatte die ganze Nacht beir Marianne gewacht. So sind die guten Geister von der Marianne Zoff gewichen, daß es anfing mit Herumlaufen und endete mit einem Kinderleichlein im Lavor! Die Hure sollte kein Kind haben, mein Kind ging von ihr, da sie kein reines Herz hatte!

Ich trottete heim, als ob ich einen Schlag vor die Stirn gekriegt hätte! Das Erlebnis der Gemeinheit! Ich könnte das Mensch erwürgen. Es ist das Schmutzigste, was ich erlebt habe, aber ich kenne mich nicht aus darin. Ich habe ihr tausendmal gesagt: Das kannst du nicht. *Du* nicht. Das ist die Quittung. Jetzt kann sie hinuntergondeln: *ohne* Belastung. *Das* hat sie gewollt! Alles andere war Attitüde in Bühnenbeleuchtung bei Kaffeehausmusik. *Das* hat sie *eigentlich* gewollt! Nie habe ich den Schwindel des Hurentums: die Romantik, so nackt gesehen. So entlädt sich die schwangere Hure! Und diesen gesprungenen Topf, in den die Abflüsse aller Männer rinselten, habe ich in meine Stuben stellen wollen! *Da*her ihre wütende Angst, verlassen, durchschaut, entlarvt, verlassen zu werden, ihre verzweifelte Hoffnung, ein neuer, unerhört starker Zustand sei nötig, *sie* noch dem Hurentum zu entwinden, zu entlisten, abzuraufen! Heraus aus mir! Heraus! Heraus! Jetzt sie als Hure benutzen lassen, den andern hinwerfen, dem Recht überlassen! Jetzt, wo sie sagen wird: jetzt ist alles gleich! Und damit, unter dieser Flagge, auf den Gewässern gekreuzt werden kann, wie sie es will, weil sie doch zu feig und zu gemein ist, zu dulden, was sie tut. Nicht einmal ihre einzige beste Tat hatte sie frei bekennen wollen, keine Gemeinheit war ihr zu dreckig, sie zu bemänteln, die schlechte Schauspielerin, die nie sich spielt, immer eine andere, bessere, d.h. eine, die dem Mob besser gefällt.

Jetzt, in diesen Tagen bin ich ganz allein, und es ist gut so. Ich werde mich nach der Marianne vor Verallgemeinerungen in der nächsten Zeit sehr zu hüten haben. Abends laufe ich an den Lech, rauche und erhebe mich. Ich denke an »Galgei« und das übrige, auch an Frank. Nachts schlafe ich schlecht, als hätte ich einen Mord begangen.

Dienstag, 10. – Samstag, 14.
München. Einmal beir Marianne in der Klinik. Sie weint, ich sage ihr alles, zugeknöpft bis oben: sie reißt es auf, sie umschlingt meine Knie, sie weint. Sie will kommen in zwei Monaten, sie will frei bleiben bis dahin. Ich zeige ihr, grausam, die Bilder vom Frank, sie weint laut auf, und ich habe Mitleid. Aber dann gehe ich leicht weg, und die Tage verschlingen sie.

Ich bin viel bei der Bi, die wieder gut ist und verliebt, und ich bin es auch. Trotzdem lügt sie noch einmal, geht mit einem Kloivi von Kimratshofen abends ins Café, und ich ertappe sie, die schmal und eilig daherschießt, die dumme Geiß! Ich sage ihr, daß ich die Mar küßte, zwei- bis dreimal, abends im Siebentischwald im Schnee, mehr wage ich nicht, da sie ganz erblaßt.

Inzwischen gibt Reicher das »Mysterium« zurück. Und da es warm und grün wird, pfeife ich auf vieles und beschließe, mich zu bessern.

Pfingstsonntag, 15.
Es ist ein sonniges Wetter, ich habe meinen blauen guten Anzug an und gehe herum wie ein Matrose an Land, rauche, spucke meinen Gedanken, die mir begegnen, ins Auge und fühle mich nie so ganz wohl in der alten Haut drin. Ich lese Gaston Leroux' »Das gelbe Zimmer«, einen vorzüglichen Detektivschmöker, ich liebe so was, hier wird Schlauheit serviert wie des Täufers Kopf (abgeschlagen!), und ich bin nicht ganz glücklich, sondern krittle an »Unwahrscheinlichkeiten« herum wie ein Ochse. Irgendeiner spuckt mir in den Spaß. Ich vergesse meine Hände in den Taschen, wenn ich auf was spucke, ist es, als sei die Spucke am Schnürchen, und ich ziehe sie immer wieder zurück. Ich habe Vater wieder und wieder bearbeitet, den Frank zu nehmen, die vielen Zimmer geschildert, die leer sind wie im Hotel, den Garten mit Bäumen, auf die niemand hinaufklettert, und alles

das. Aber er beißt nicht an, und ich werde unlustig, bekomme die Scham in den Hals. Die Marie Roecker hetzt dagegen, wenn's nur mit ihrem Gesicht ist und indem sie immer hereinläuft, wenn ich mit Vater rede. Ich höre alle ihre Argumente von ihm. Vor Jahren habe ich sie immer gehalten, wenn Mama, Walter und auch Vater gegen sie war. Jetzt hält sie Vater ab, mein Kind zu uns zu nehmen, aus Bequemlichkeit. Und Vater fängt an, selber davon zu reden, daß er alt wird und die Weiber wachsen ihm über den Kopf und es liegt ihm nicht mehr viel daran, mir zu helfen. Er denkt auch daran zu heiraten und fängt schon an, das Haus von uns langsam zu säubern. Ich aber stecke die Hände in Papier oder Hosentaschen, schmiere Zeug, das niemand kauft, rauche, denke an mein Kind und verdiene nichts. Laufe so herum.

Pfingstmontag, 16.
Die Tage sind mit Vogelgezwitscher angefüllt. Ich komme langsam wieder hoch, habe aber immer noch ein Leck. Es gibt keine Grenzen für mich. Jetzt gehe ich schwanger mit Plänen, der Marianne den Frank zu geben. Immer Politik!!!

Der zweite Ruhetag. Ich laufe mit Cas an den Lech vor Mittag; wir behandeln den »Galgei« und finden, es müsse sich eine gewisse ruhige Vision *über* dem Ganzen gestaltet zeigen, und es sollten die Individualitäten nur durch ihre Beziehungen untereinander charakterisiert erscheinen. – Nachmittags liest mir Hartmann die widerstreitenden Ansichten der Jesuiten über die erlaubten Formen der Sexualität vor. Hier stiert man im Niederschlag menschlicher Lasterhaftigkeit. Die Forderungen der Kirche, das sind diejenigen dieser größenwahnsinnigen, aber von Angst ebenso irrsinnigen Tiere, die sie nie befriedigen können. Hier ist eine systematische Übersicht dessen, was sie nicht aushalten.

Nachts im Stadtgarten, wo wir wie Ichthyosaurier herumkriechen, lächerlich unbeliebt.

Dienstag, 17.
Blaue Tage. Wir liegen, meist zu dritt, im Wasser der Militär-

schwimmschule. Otto bezahlt alle Vergnügungen der Art einzig mit Frechheit. Nach einem Tag ohne Tagewerk, voll von Rauchen, Schwatzen, Bummeln und unnützen Haltungen, schlafe ich schlecht in der heißen Budike und verwickle mich in Eifersuchtskrämpfe. Über dem blassen Plafond schwimmt das Gesicht der Bi: es ist unruhig.

Mittwoch, 18.
Die Kunst des Schreibens ist die vulgärste und gewöhnlichste aller Künste. Sie ist zu offen, eindeutig und überprüfbar. Sie faßt selbst die fruchtbarsten Gedanken so, daß sie eo ipso platt werden und aussichtslos. Sowohl die Stellungnahme des Schreibers wie seine Bemühungen, jene auch dem Leser aufzudrängen, liegt offen am Tag. Es gibt kein Geheimnis, und wo es kein Geheimnis gibt, gibt es keine Wahrheit.

Donnerstag, 19.
Sie war schon gestern da. Sie kam heute wieder. Sie schickte einen Dienstmann, nach mir zu fragen, und stand in der Tür, leichenblaß und schwankend. Sie roch nach Puder, und vielleicht war es, um mein Mitleid zu kriegen (denn sie ist gesunken, das Strafgericht war über sie hereingebrochen) oder die Rivalität mit der Bi, die frisch ist. Sie hat, nachdem ich fort war, damals in einem Brief geschrieben, daß sie Recht heiratet; ich solle kommen. Aber ich kam »mitnichten«. Jetzt läuft sie her an ihrem ersten Tag. (Und sie hat einst über die Sophie Barger den Kopf geschüttelt!)

Ich habe keine Zeit, alles zu begründen. Ich habe mich entschlossen, ihr vielleicht den Frank zu geben und sie einen Sommer über zu halten. Ich sage ihr davon etwas und lasse sie wieder gehen, wie immer. Sie sagt, sie sei ganz klar, ich solle ihr Zeit lassen, und ich lasse sie ihr. Aber ich habe ihr gesagt, daß ich nicht ihr Lustknabe bin, und es hat sie getroffen. (Mitunter überfiel es mich schon, daß alles sich anders geordnet hätte, wenn ich sie in jener Freitagnacht, als sie mit Otto kam, die Untreue im Herzen, nicht befriedigt hätte. Satt ging sie hin und verkaufte mich. Es war nach unserer Berechnung der Tag, an dem das Kind starb.)

Freitag, 20.

Meier-Graefe sagt von Delacroix: bei ihm habe ein heißes Herz in einem kalten Menschen geschlagen. Und das ist im wesentlichen eine Möglichkeit der Größe. Es ist für uns Deutsche ein Unglück, daß bei uns der Fleiß oder die Bemühung, ja selbst die Genauigkeit als Attribute der Mittelmäßigen (ihr Schimpfname heißt: Talente) gilt. Dieses Spießerurteil grassiert selbst in den Kreisen der Künstler, weshalb es, in Deutschland, durch die Angst der Prominenten, eine gewisse Berechtigung bekam. Wo ist bei uns diese ernsthafte, oft nüchterne Hingabe an die Idee und die ebensooft fanatische an das Handwerk, wie etwa in Frankreich (in dem Werk der van Gogh, Flaubert, Gauguin, Maupassant, Cézanne, Zola, Baudelaire, Stendhal, Delacroix)? Die besten Werke unserer Epoche werden vergehen durch den Mangel an Ethik ihrer Technik.

Samstag, 21.

Gestern ist die Marianne wieder dagewesen und auch Otto. Sie hat Recht gesagt, sie wolle mein Kind, und er ist tief erschrocken und hat es ihr verboten. Sie sagte, sie sehe, er sei noch immer der alte, und er verfolge als Ziel nur die Möglichkeit, nicht mehr Rücksicht nehmen zu müssen (die Heirat). Aber tatsächlich gelang es ihm, ihr die Idee auszureden. Er ist ein schmieriger Krüppel, ein weibischer Komödiant und ein brutaler Tyrann, und er wird siegen, weil er alles einsetzt, all dies einsetzt und ich nichts. D.h. er wird ihre Leiche gewinnen: Aber er wird sie auch schänden. Sie kann mit ihm tun, was sie will, solang er sie nicht hat. Er wird zahlen, er wird arbeiten, ja, er wird sogar gut sein, solang er nicht sich bezahlt machen, sie verarbeiten und schlechtmachen kann. Er wird ihr die Füße küssen oder ihr ins Gesicht treten, je nachdem sie ihn behandelt. Wenn er reden kann, so muß sie nichthören können, wenn er Heim sagt, muß sie Käfig oder Stall verstehen, denn ein Heim ist nur die Umgebung von Menschen, nichts weiter. Ich habe ihn in einem unterschätzt: er kennt sie wirklich. Er weiß alle ihre Schwächen und wie sie hilflos ist gegen die Brutalen und käuflich, wenn es in der Kirche ist, und mißtrauisch gegen ihren eigenen Körper. Er ist nur mit ihren Schwächen intim, und er übersieht nur die Züge an ihr, gegen die er nichts machen kann. Ich aber sehe nun eines:

wie sie in der vollkommenen Gemeinheit enden soll, wie ihr die Romantik entwunden, die große Ent-Schuldigung der Verwirrung abgenommen wird und sie nach unten geht aus keinem andern Grund als ihrer Gemeinheit.

Eines der grausamsten und kältesten aller Argumente, die gegen eine bestimmte These sprechen, ist: die Nützlichkeit dieser These für den, der sie aufstellt. Aber soviel man ihm Interesse einräumen muß, so sorgfältig muß man es prüfen, denn es kann selbst der Urteilsspruch bestochener Richter gerecht sein. Jede Vermengung pädagogischer Absichten mit Ansichten über unumstößliche Wahrheiten ist äußerst gefährlich, und doch kann sie probabel sein; wenn z. B. nur festgestellt werden kann, daß dies wahrer als jenes, nicht aber, daß dies wahr und jenes falsch sei. Es ist schwer, aber notwendig, aus der Untersuchung über die Möglichkeit einer ewigen Verdammnis sorgfältig Gedanken darüber, ob diese nützlich oder unnützlich in pädagogischer Hinsicht wäre, auszumerzen. Das geschieht am besten, indem ich sage, daß ich dieses Dogma von vornherein für pädagogisch nützlich halte und mir der Gefährlichkeit dieser Ansicht bewußt bin. Denn nichts bringt den Menschen tatsächlich dem Zustand der ewigen Verdammnis so nahe als die Überzeugung, daß es eine solche nicht gibt. Die meisten Seelen werden nicht wegen der Ansicht verloren, es gäbe keine Seele (in theologischem Sinn, wenn Sie wollen!), sondern wegen der Ansicht, sie sei unverlierbar. Von der unzerstörbaren Schönheit seines Gesichtes entzückt, schneidet der Mensch sich die Nase ab und zerstört so selbst das, was er selbst für schön hielt. Was die Tatsächlichkeit des Vorhandenseins des Dogmas, d. h. seiner Wirkung betrifft: Der ästhetischen Forderung an die Natur, der Mensch müsse alle Weite der Möglichkeit, von der Seligkeit bis zur Verdammung für sich haben, steht die Forderung gegenüber, die Ästhetik müsse fähig sein, diese ganze Weite zu dekken, anders: die Fähigkeit des Menschen müsse es sein, aus allen Situationen Genuß zu ziehen, und diese letztere Forderung wird unterstützt vom Willen zum Leben selbst. Es ist das wichtigste Kapitel der Ästhetik und der Religion. Die Tragödie, die seine bildhafte Verkörperung abgibt, scheint auf dem Dogma der ewigen Verdammnis zu beruhen.

Mir fehlt zum »Galgei« jene Gestalt von größtem Ausmaß, die die Fabel tragen kann. Unendlich viele Figuren lassen sich in diese Fabel stellen: ich muß die größte haben. Und sie muß diejenige sein, die der Fabel die meisten Hemmungen bereitet und die keineswegs durch sie, die Fabel, erschöpft ist. Das ist die Schwierigkeit.

Worauf man bei einer Schilderung der Mariannegeschichte das sorgfältigste Gewicht legen müßte, das ist die merkwürdige Färbung des Milieus. Hier kommt eine Frau vor, die ihrer Abstammung nach eine (in sich vollendete) Kreuzung spanischer Adeliger und tschechischer Juden ist, ferner ein Mann, der halb Jude, halb Böhme (wenn ich nicht irre) ist, und ihre Geschichte (denn vielleicht ist es wirklich *ihre* Geschichte) spielt in einer kühlen, fast nüchternen Zone, für die man, um sie besser sichtbar zu machen, etwa den Schwarzwald wählen könnte. Denn der dritte Beteiligte, in dessen Zone sie spielt, ist eine im Vergleich zu jenen fast trockene und einer romantischen Entwicklung der Fabel hartnäckig entgegenarbeitende Natur. Welche Verwicklung der Gesichtslinien noch gefördert wird dadurch, daß der letztere der Literat ist, diesmal nicht was seine Handlungen, wohl aber was seine Auffassung bestimmt. Der Halbjude ist Geschäftsmann, die Frau Opernsängerin, der junge Mann Literat, der Geschäftsmann wünscht ihren Geist, der Literat ihren Körper zu besitzen, der Geschäftsmann ist Idealist in der Rede, Zyniker in der Tat, der Literat umgekehrt. Der Literat ist unsympathisch in dieser Geschichte, weil er nichts tut und weil er ein Literat ist. Der Geschäftsmann sympathisch, weil er um seinen Kopf kämpft. Die Frau bleibt in Dunkel gehüllt und sieht selbst auch nichts.

Was für eine unerhörte Anstrengung ist es mitunter, zu leben; bloß das. Und bunte Lampions über seine Untergänge zu hängen. Wie böse ist das Leben und wie sehr verkommt man! Zu reden über seine Leiden und ruhig bleiben, wenn das Böse geschieht! Der zerfressende Regen dunkel und der Abgrund Qual an sich! Abends liegt man über den Bänken, in der Haltung derer, die einstmals beteten. Aber die Gnade ist erschöpft, und es antwortet einzig: das harte Schweigen der Gerechtigkeit.

Sonntag, 22.
Ich rauche im Grünen Zigarillos und versuche, den Joseph Galgei zu Gesicht zu bekommen. Ich brauche nur die vagsten Umrisse von ihm. Er hat eine rote rissige Haut, besonders im Nacken, kurzgeschorene Haare, wäßrige Augen und dicke Sohlen. Er kocht innerlich und drückt sich schlecht aus. Alles aber kommt daher: daß sie nach ihm hinschauen.

Pläne:
1) den »Pestkaufmann« für Granach schreiben!
2) den »Galgei« für das Nationaltheater
3) den Flibustierfilm für Mar
4) die »Sommersinfonie« für Mar
5) den »Grünen Gárragga« für die Kammerspiele

Ich erinnere mich an einen Mann in Amsterdam, der mit Leichtigkeit die schwersten Eisengewichte handhabte – mit Leichtigkeit, aber nicht ohne bitterböse Flüche und eine abgründige Verachtung für alles, was wie Eisen aussah. Dieser (dicke) Mann nun verfiel, nahm man ihm die Gewichte weg, in eine überaus lasterhafte Melancholie, magerte ab (Schinken im Rauchfang) und verlor von seinen besten Flüchen einen nach dem andern. Was ihm fehlte, war der Schweiß, die Begründung seiner Verachtung und der Sinn seiner Existenz, den die Eisengewichte, die er durchschaute, ausgemacht hatten.

»Auf dem Wege von Augsburg nach Timbuktu habe ich
die Marianne Zoff gesehen;
Welche in der Oper sang und aussah wie eine Maorifrau
Und im Gras schön war, auch im Bett und in den Kleidern
schön aussah
Und ich schlief auch mit ihr und machte ihr ein Kind.
(Sie rollte sich zusammen wie ein Igel im Schlaf.
Sie war schlau wie ein Tier und handelte ohne Schlauheit
Sie nickte beim Lachen mit dem Kopf, sah einen von unten schief
an und zog einen Grashalm durch die Zähne
Sie ging aus Freude
Sie sagte einmal zu mir: Debb!
Sie war stolz auf ihre Beine.
Sie sah aus wie verbranntes Gras in der Leidenschaft.)«

[1921]
[Mai bis September]

MAI 1921

Mittwoch, 25.
Ich fahre mit der Bi an den See. Wir liegen im Laubwald, essen dort Mohnnudeln zum Tee, nehmen ein Sonnenbad im Kahn, wobei sie unvergleichlich aussieht, schmal und zart. Dann lehre ich ihr das Schwimmen, denn »es fällt immer ihr Gesicht ins Wasser«. Sie lernt es leicht, zappelt nur ein Stück. In der Kabine sitzen wir nackt, sie hat eine so reine, natürliche Art, eine unerhörte Anmut und Würde in allem. Wir trinken während eines schrecklichen Hagels (Gott schießt mit taubeneigroßen Eiskugeln in die grünen Büsche) Kaffee und filmen dann im leis tropfenden Wald »Die Jungfrau von Orleans«. Die Bi spielt, wie die Johanna nach der Schlacht aus dem Lager in den Wald geht und wieder ein kleines Landmädchen zwischen den großen Bäumen wird, und sie spielt es naiv wie ein Kind und zugleich gerissen wie ein Star. Nach so vielen Jahren ist sie immer noch nicht erschöpft, sie überrascht einen immer. Sie sagt, ich wirke männlich, wenn ich spreche, überhaupt das Gesicht, aber am wenigsten von hinten, da sehe ich unregelmäßig, klein und gering aus, im Bett bubenhaft und frech und am besten, wenn etwas passiere. – Ich habe sie sehr lieb.

Samstag, 28.
Otto und Cas lümmeln in den Maifestspielen herum. Einmal fischt mich Otto, füllt mich mit Schnaps und zieht mich auf eine Groteskbühne, wo ich das »Sentimentale Lied« singen muß. Ich kann es nicht ganz auswendig, und ein Herr daneben am Vorhang zischt andauernd: Mimik!, und ich mache schlapp und trudle ab, von Gewissensbissen zerfleischt, übrigens unter Beifallsklatschen.

Freitag abend habe ich die Jörgen bei mir und lege den Grundstein zu meiner ersten Milliarde. Sie hat ein Mittel gegen rauhe Haut am Oberarm. Ich habe einen Haufen Ideen in bezug auf (gezeichnete) Reklamefilmchen. Sie fängt an, indem sie in eine okkulte Buchhandlung eintritt. Sie hält die Jünger der okkulten Wissenschaft für gute Kundschaft. Meine Arbeit bestünde darin, an sie (die Jörgen) zu glauben. An die Milliarde, das Mittel und die Jörgen. Es ist ein Geschäft wie tausend andere. Ich liebe die Leute, die Ideen haben, um die Welt zu erobern, und mit Hautmitteln anfangen.

Ich habe die Marianne weggehen lassen, mit Kredit versehen. Recht hat ihr das Geld (7000 Mark) abgenommen, und sie muß wieder welches verdienen. Sie sitzt in Berchtesgaden und steckt das ein, was sie mehr bekommt, als sie verißt. Die ganze Familie sitzt dort. Ich hülle mich in Rauch und feixe drinnen. Laure, was sie will. Enthalte mich einer Meinung. Aber jetzt schreibt sie, zwei Tage unten, ich solle kommen, niemand wüßte es, sie bringe mir das Essen jeden Tag. Das beeinträchtigt mein Vergnügen. Ich soll in den Wäscheschrank. Durch den Lieferanteneingang. In ein Ehebett. »Der Herr als Diener« oder »Weitgebracht ...«. Ich winke heftig ab.

Der Regen trommelt ins Grüne, auf die Fensterbretter, auf den Asphalt. Die irdischen Dinge werden langweilig. Man sieht sich ab an den großen Gedanken, welche einfach sind. Die Frauen reichen nicht über ihr Bett hinaus, sie sind nicht gut inszeniert, heben sich nicht scharf genug voneinander ab, auch ist ihre Fabel zu sorglos komponiert. Entweder sind sie immer gleich und verlangen viel Geschmack und Fantasie, oder sie langweilen einen durch ihre Irrtümer über sich selbst, weil sie diese zu lang tragen, wie die Wäsche. Ihre Wäsche wechseln sie, aber nicht ihre Irrtümer! Eigentlich ist von allen Gefühlen, mit denen die Liebe einen unterhält, nur die Eifersucht nicht allzu langweilig. Und die Eifersucht, die einem Mann nie von einem Mann, sondern immer von einer Frau eingeflößt wird, bietet die einzige Möglichkeit, zu einem günstigen Urteil über einen Mann zu gelangen. Wenn der Sinn für Literatur in einem Menschen sich erschöpft, ist er verloren; denn ein Gebildeter interessiert sich angesichts aller menschlichen Ereignisse immer nur für ihre literarische Aufmachung, ihren Stil, ihre Ethik, die Geschliffenheit ihrer Pointe oder die Brutalität ihres Raffinements. Es wäre besser, sich dumm zu stellen. Denn es ist angenehmer, eine möglichst große Anzahl von möglichst klugen und möglichst ernstzunehmenden (also anständigen) Menschen schweißtriefend damit beschäftigt zu sehen, einen auszurotten, als von sich selbst vergessen das unwichtigste Erlebnis von vier Wänden oder die peinliche Angelegenheit eines Gossensteins zu werden. Es ist mitunter ein schwer zu erringendes Verdienst, nur ein kleines Autodafé im Grünen zustande zu bringen, man sollte nicht so unbedenklich sein zu zögern, sich selbst dabei auf den Holzstoß zu plazieren, wenn sonst die kleine Fete ins Wasser fiele. Aber man schont sich und stirbt daran. Man muß seinem Schenkel seinen Fuß opfern und seinen Schenkel seinem Kopf. Aber für gewöhnlich läuft man nur herum aus Überdruß am Sitzen und hat dann Gedanken wie ein Hund Würmer.

Die Tragödie basiert auf bürgerlichen Tugenden, zieht daraus ihre Kraft und geht ein mit ihnen. Es hat keinen Sinn, einen Heiligen zu räuchern, ohne an irgendwelche Götter zu glauben. (Judas, der an den Gott des *Heiligen* glaubte – das ist ein Happen!) Und die Komödie, wo sie tief und ernst zu nehmen wird, läuft womöglich hinaus auf eine Anbetung der Henker oder der Ärzte. Die Schlachtung eines Schweins kann durch ein winziges heroisches Moment tragische Erschütterungen auslösen, die Opferung eines makellosen Rindviehs ohne diese (vielleicht betrügerische Manipulation) nicht. Pro domo: Ich weiß nicht, ob die ungeheuerliche Mischung von Tragik und Komik im »Galgei« überhaupt zu gestalten ist, welche darin besteht, daß ein Mann ausgestellt wird, der nach *solchen* Manipulationen an ihm noch lebt!

(Der Unsterbliche aus Unfähigkeit, der lebende Mensch ohne Herz!)

Der *Vorwurf des »Galgei«* hat etwas Barbarisches an sich. Es ist die Vision vom Fleischklotz, der maßlos wuchert, der, nur weil ihm der Mittelpunkt fehlt, jede Veränderung aushält, wie Wasser in jede Form fließt. Der barbarische und schamlose Triumph des sinnlosen Lebens, das in jede Richtung wuchert, jede Form benützt, keinen Vorbehalt macht noch duldet. Hier lebt der Esel, der gewillt ist, als Schwein weiterzuleben.

Die Frage: Lebt er denn?
Er wird gelebt.

Sonntag

Ich habe Gilbert Keith Chestertons Detektivgeschichten in die Hände bekommen. Ich habe keine bessern gelesen. Hier löst tatsächlich der Verstand die Aufgabe. Diese Engländer, ob sie Patrioten sind wie Kipling oder Katholiken wie Chesterton, sie verstehen ihr Geschäft und zerfasern nicht Probleme, sondern zeigen die praktischen, nützlichen Seiten ihrer Methoden, sie handeln zumeist wie gewisse Geschäftsreisende in Thermosflaschen, die ihre »unzerbrechlichen« Flaschen mit barbarischer Wut auf den Boden werfen oder mit anderen, zerbrechlicheren, zusammenschlagen, um die Güte ihrer Flasche zu beweisen.

Nun sitzt der braune Geist vor seinem Wigwam, allein, und starrt in die Gesträucher. Der Wind geht, und der Strauch wird klein, und die Squaw, die fortgegangen ist, steht in den weißen, reißenden Gewässern. Sieben Tage braucht der Büffel, wenn er nachts durchläuft, bis er an den weißen Gewässern ist, und zwei Tage nur braucht das Gewässer, bis es am Hals der einsamen Squaw ist ... Und der braune Geist steht nicht auf, denn wer ist schnell wie ein Büffel? Und der braune Geist blinzelt, denn was ist tödlicher als das weiße Wasser? Und die Gesträucher werden wieder groß ...

Psalm

Wir haben nicht mit den Lidern geblinzelt, als die weißen Wasser uns bis an den Hals gegangen sind
Wir haben Zigarren geraucht, wenn die dunklen braunen Abende uns angefressen haben
Wir haben uns nicht geweigert, wie wir im Himmel ertrunken sind –
Die Wasser haben es niemandem gesagt, daß sie an unserm Hals waren
In den Zeitungen stand es nicht zu lesen, daß wir geschwiegen haben
Die Himmel hören die Schreie der Ertrinkenden nicht –
Also sind wir auf den großen Steinen gesessen wie die Glücklichen

Also haben wir die Grünlinge erschlagen, die von unserm schweigenden Gesicht redeten
Wer redet von den Steinen?
Und wer will wissen, was uns Wasser, Abende und Himmel sind?

Nachmittags mit Cas über Marées. Das ist einer wie die Literaten. Ein sauberer Arbeiter, brav, talentvoll, reinlich. Aber seine Bilder haben keine Metaphysik. Die Perspektive hört dicht hinter dem Tableau auf. Was dasteht, sieht man, was er weiß, steht da. Es ist sein Äußerstes. Kein Bild wird fertig. Es gibt kein Geschaffenes, das absolut, mangellos dahintersteht, nie ganz auszuschöpfen. Er macht aus vier, fünf Elementen die Tafel. Sie ist seine Erfindung, nicht seine Vision. Ich achte die Ingenieure, liebe sie nicht. Kaltblütigkeit ist ein Wunder, erfordert Heldenmut, wo Gefahr droht. Nicht im Atelier. Hier wird eine Eroberung organisiert. Wenn Marées ohne Philosophie auskommt, seine Holzpuppen sind ohne Ideologie nicht Stimmung vermittelnd. Er verzichtet weniger auf Effekte, mehr auf ihre Erfindung. Schließlich wird eine gute Theorie, eine konsequente Beschränkung und ein ideologischer Eigenwille, einiges Talent vorausgesetzt, auf die Dauer immer einigen Erfolg haben.

Montag
Man müßte die Nation ins Herz treffen. Jedes Stück eine Bataille. Sich inmitten eines Volkes entwickeln. Macht ausüben. Oder, wie ein Louis, alles nur vorläufig tun? Eine Zeitlang goldener Halbgott, über den Affenfamilien grinsend? Welkend mit dem grünen Laub und vom Wind in die Wälder getragen? Er müßte die Menschen wie Pflanzen behandeln, sie niedersicheln, wenn er, der Herr, durch den Lianenwald schreitet, oder wie Neger, mit unverständlichen Gurgellauten im Kehlkopf, einzig die Peitsche begreifend. Und, wenn das Feixen abfällt, auf einem großen Stein verenden, wie eine Pflanze eingehen, die einzige ernste Angelegenheit des Planeten, nicht ernst genug, um beachtet zu werden.

Sich eine einfache Fabel leisten!

Wenn es einem gelänge, durch die Wände durch- und an den kleinen Leuten vorbeizusehen! Und die Zeit zu erblicken, die ein Ding hat! Man könnte verhindern, daß es aufgehalten würde!

»Wenn man seine Haltung im Dschungel sah, erkannte man, daß es ein Soldat war, er war groß und gewandt und zeigte den Dingen sein Gesicht (welches wie ein flacher, vom Flußwasser ausgewaschener Stein war). Man sah wohl auch, vorzüglich von hinten, daß er ein Meuterer war, die Tiere machten einen Bogen um ihn, er war der Kamerad derer, die auf ihn schießen mußten, eine einzelne Sache, er trödelte so im Dschungel herum, mit Tabak und Jagdflinte, und er horchte, wenn eine Trompete einschlug. Auch schlief er im Freien oder ließ wenigstens die Türe auf, um sehen zu können, was auf ihn zukam, und er schlief mit der Mütze auf dem Kopf. Er geht nur im mannshohen Gras, obwohl er von den harten Stengeln geschnitten wurde, daß er blutete, er dreht sein Ohr immer in die Richtung des Winds, und einmal sah man ihn, wie er auf einen Baum schoß, auf nichts als einen grünen Baum.«

Ich rede mit Cas wieder über neue Kartons. Ich sage: Das Material muß in Ordnung sein. Leinwand, Leim, Farbe. Keine Täuschungen. Nicht Flecken ausbreiten, die das Auge zusammensuchen soll. Einfache, starke Farben. Drei, vier Elemente, sorgfältig erwogen, das Temperament im Zaum gehalten, zusehen, daß die Leidenschaft in großen ruhigen Stößen pulst. Da ihm das Pathetische gerade zusagt, muß er nur den Effekt im rein Malerischen lassen, kann aber Motive wählen nach Herzenslust. Etwa die Jungfrau von Orleans, d.h. ein weiblicher Halbakt zwischen braunen Soldatenkörpern und mit durchsichtigem, klassischem Himmelsgewölbe. Wenn schon Theater, dann gutes Theater, vornehmes Spiel und keine Nachahmung der Wirklichkeit! (sondern: Vorbild!) – Ich selbst habe viel Sinn für Kultur eben, und das Klassische »erquickt« mich. Man muß über den Barock hinauskommen!

Dienstag, 31.
Ich lese Mauthners »Letzten Tod des Gautama Buddha«. Ein ausgezeichnetes Buch des großen Schriftstellers. Ich fange dann sogleich die »Geschichte des Atheismus« an; nachdem ich Meier-Graefes »Delacroix« ausgelesen habe, wie ich glaube, mit Gewinn.

JUNI

Mittwoch, 1. – Freitag, 3.

Mit der Bi, Otto, Cas in Starnberg. Viel Lektüre. Im übrigen laufe ich auf dem heißen Asphalt nur die Stiefel auf. Mit Hetzen geht es nicht. Das Boot läuft vor dem Wind. Ich rauche viel, ich setze mich auf vielerlei Arten, ich schnappe nach einem Vierzigbilderfilm und schreibe einen Brief an Kiepenheuer. Mar ruft an, sie will Montag kommen, ihre Stimme ist nervös, aber der sinnliche Klang in den nichtssagenden Worten stört mich auf. Mitunter besuche ich Cas, der Rubens kopiert, das Stück ist mir widerlich, man muß immer einen Schnaps drauf trinken. Otto hetze ich auf reiche, möglichst verheiratete Weiber, die für Filme Kapitale beischaffen sollen: Gott hat ihn nicht umsonst schön gebaut.

Samstag, 4.

Es hat alles seine Grenzen. Das, was die Frau für den Mann tut und was der Mann für die Frau tut. Das, was der Vater für den Sohn tut und was der Sohn für den Vater tut: es hat alles seine Grenzen. Der Sohn, der seine Mutter nicht schlägt, dem soll man ein Denkmal setzen. Die Frau, die ihren Mann nicht betrügt, die soll ihr Mann nicht an den Haaren ziehn. Der Vater, der seinem Sohn hilft, der soll in die Geschichtsbücher kommen. Ich lasse die Frau schlagen, die ein Kind von mir trägt. Und die Frau verrät mich an den, der sie geschlagen hat. Ich lasse mein Kind in der Fremde laufen. Und mein Vater hilft mir nicht in meiner schwersten Zeit, wie es mir leid tut. Meine Mutter hat ihre Mutter oftmals nicht geliebt, und ich habe meiner Mutter nicht gesagt, daß ich sie liebhatte.

Immer läßt mich mein Vater im Stich, wenn die Gefahr kommt. In der Sache wegen Marianne glaubte er einem fremden Mann und weinte vor ihm und verriet mich und hielt mich zurück, daß man die Frau mir nehmen könne. Nach meinem Kind frug er nicht *ein*mal, nicht *ein*mal nach seiner Mutter, von der ich ihm sagte, ich wolle sie zur Frau nehmen. Er sagt, er glaube, wegen des Kindes, ich werde es schon irgendwie ordnen. Nun, ich trudle herum und lade die größte Sünde meines Lebens auf mich, von der ich weiß, daß ich sie nicht aushalten werde. Ich schmiere Filme und verplempere mich. Es wird bald soweit sein, daß ich zu Hause hinausgeworfen werde.

Montag, 13.
Alles wieder Panorama.

In diesem Land sind die Farben schlecht. Es ist alles graue, oft gewaschene Tinte. Wenn sie einmal einen roten Mond hineinbringen, hat man nicht genug Naivität, ruhig zu bleiben. Daher sollte wenigstens der Schnaps umsonst sein. In einem Land mit solchen Farben sollte der Schnaps nichts kosten.

Vor einer Woche die Marianne. Wir reden zuviel. Nachts bin ich müd und schlafe, sie aber wacht, sitzt auf dem Sofa in der Hölle und weint über meine gestorbene Liebe. Ich halte, aufgeweckt, eine Rede darüber, daß sie Recht wieder alles verheimlichen, dann entfliehen will oder was sonst? Sie bereut, sie will Recht gestehen, sie fährt zuversichtlich ab und schreibt einen eifersuchtstollen Brief drei Tage später: sie wolle überhaupt allein in die Welt.

Mitunter halte ich mich in der Pinakothek auf. Jetzt wird es mir übel vor dem Fleischbasar der Rubensorgien. Davon hatte ich selber zuviel intus, muß aber zum Tizian kommen. Hier ist so gedunkelter Prunk, ein satter Goldton, balsamische Ruhe bei starker Kraft und die Monumentalität des Shakespeare. Man sollte doch irgendwo ein gelbes Haus gründen, wie van Gogh meint, in das man Leute mit Ideen und Wuchs zusammenpfercht, die dann sehen müssen, wie sie miteinander zurechtkommen. Etwas so Gesellschaftliches wie Theater läßt sich nicht von einzelnen Punkten aus in Angriff nehmen, hier braucht man vernünftiges Übereinkommen.

Freitag, 17.
Als ich heut vor dem Spiegel Kirschen fraß, sah ich mein idiotisches Gesicht. Gegen die geschlossenen schwarzen Kugeln, die im Mund versanken, wirkte es noch ungebundener, lasziver und widerspruchsvoller. Es hat viele Elemente von Brutalität, Stille,

Schlaffheit, Kühnheit und Feigheit in sich, aber nur als Elemente, und es ist abwechslungsvoller und charakterloser als eine Landschaft unter wehenden Wolken. Deshalb können viele Leute mein Gesicht nicht behalten (»es sind zu viele«, sagt die Hedda).

Abends, in der Neuen Bühne, sehe ich Granach in »Von morgens bis mitternachts«. Ich beobachte, daß ich anfange, ein Klassiker zu werden. Diese äußersten Kraftanstrengungen, gewisse (banale oder rasch banal werdende) Inhalte mit allen Mitteln herauszuschleudern! Man rügt den Formendienst der Klassik und übersieht, daß es die Form ist, die dort Dienste leistet. Jene, ich sage am liebsten: journalistische Tendenz dieser Leute à la Kaiser, jedem Gefühlchen eine ihm allein angemessene, ganz auf es eingestellte, rücksichtslose Formulierung zu geben, führt doch nur zu seiner Isolierung. Allerdings stößt mir jede Glätte auf, aber Vollendetes ist nicht glatt. Man muß loskommen von der großen Geste des Hinschmeißens einer Idee, des »Noch-nicht-Fertigen«, und sollte hinkommen zu dem Hinschmeißen des Kunstwerks, der gestalteten Idee, der größeren Geste des »Mehr-als-Fertigen«. Schon wieder abbröckelnd, schon wieder verblassend, hingehend, lieblich ausweichend, leicht gefügt, nicht sorgfältigst gesammelt, gepreßt, erschwitzt, versichert!

Kaiser, mit seiner erstaunlichen Betonung des Wortes als Mittel, stellt zweifellos die letzte und äußerste Anstrengung des Wortes dar, das zu erreichen, was der Film *ohne* es erreicht.

Typisch die Heilsarmeeszene! Alles gruppiert um einen Witz (wobei die Wirkung von dem Verspotteten ausgeht!). Daß die Bekehrten auf das Geld stürzen wie Verhungerte, das ist ein Einfall wie viele, er sagt noch nichts gegen Kaiser, so billig er an sich ist. Aber jeder Künstler hätte hier sich nicht begnügt, das Faktum zu geben. Hätte Kunst hineingearbeitet (selbst auf Kosten der äußern Wahrscheinlichkeit!), also retardiert, die Angelegenheit zu der des Wortes gemacht, das Ganze zu einer scheußlichen Offenbarung von Menschlichkeit mit allen ihren Nuancen und Steigerungen. Kaiser macht eine Filmaufnahme!

Sonntag, 19.
Jetzt häuft es sich. Die Bi kommt im Juli nach Nürnberg, es ist die letzte Woche München, und die Marianne kommt. Es wird die endgültige Flucht werden sollen, und man wird Obacht geben müssen wie an der Transmission. Dazu sitzt die Tante Marie zu Haus, Vaters Schwester aus Amerika, eine lebhafte, angenehme ältere Dame, sanft und stark, mit guten Bewegungen, ich soll morgen mit nach Füssen, aber Vater schlägt es ab, Kimratshofen zu passieren: es hat keinen Sinn. Es wird für ihn schwer sein, dereinst zu ernten, was er jetzt sät, kalkuliere ich. Ich fange an, ihn seiner geringen Achtung seines Blutes wegen geringer zu achten. Man bemerkt: der Knoten schürzt sich. Der Vorhang geht hoch über dem vierten Akt!

Ende Juni
Marianne ist da, eine Woche lang. Zuerst ist es nicht gut, einmal sagt sie in der Nacht, Recht habe versucht, sie zu vergewaltigen, sie sei schwach gewesen. Er sei in ihr gewesen, aber sie sei so gewesen, daß er nicht konnte. Vielleicht war noch Lüge in dem, als ich beschloß, es durchzustreichen. Am Schluß waren wir in Possenhofen, da depeschierte George, ich solle kommen. Es war wegen der Bi. Sie war fort, als ich kam. Der Sommer ist sehr heiß.

JULI

Ich bin faul wie eine Schlange, das geht immer so hin. Ich denke nach über die »Sommersinfonie«, Mar ist mit in Possenhofen, eine Woche lang. Es ist wundervoll. Sie ist wie das Meer, wechselnd unter jedem Licht, gleichmäßig und stark. Wir nehmen »Carmen« durch, den »Rosenkavalier«. Die Nächte sind durchsichtig wie Bernstein, ich schlafe wie ein Igel. Das Wasser spült uns ins grüne harte Gesträuch, und unter den Augen des Wassers vereinigen wir uns. Die Schatten fliehen, ich liebe sie, die schöner ist denn je: das ist die Kuppel des Sommers. Die zweite Hälfte der Zeit trübt sich. Wir fahren mit dem Heigei nach China (nachdem sie Sonntag und Montag Recht traf und sich auf Donnerstag wieder mit ihm bestellte). Frank ist gesund, fröhlich, anmutig, er erkennt mich sogleich, Otto liebt er schnell, der sich in Gäule verwandelt, mit der Stiefelsohle Hüte frißt usw. Mit Mar macht er weniger, vielleicht weil sie ihn nicht genug liebt, und dann wird sie kühler, weil er nicht zu ihr hingeht. Aber sie ist doch sehr nett mit ihm, es wäre wundervoll, wenn sie ihn aufzöge. Übrigens stöbert sie einen Zettel auf, wo in schnoddrigem Ton von Rechts Überfall die Rede ist, und sie fängt an, mir Lügen vorzuwerfen. Sie ist eifersüchtig wie eine Negerin, und Tyrannen bekommen die Wahrheit selten zu hören. Ich bin zu faul zu kindischen Kämpfen und zu asiatisch, um auf Scheiterhaufen für die Wahrheit zu sterben. Und sie fängt an, überall in mir herumzuliegen und womöglich auf der Lauer und mich aufzuhetzen gegen die Bi und die Freunde. Ich liebe sie, die nicht klug ist. Aber sie bringt mich mit Sicherheit zur Revolution. Freilich, hier innen stehen nur die schlimmen Dinge, aber ihre Lieblichkeit und das Gebenedeite, das jeder Atemzug bei ihr hat, der starke Klang und vieles steht nicht hier.

Lange faulenze ich. Dann mache ich mit Cas einen großen Film in drei Tagen, viele Seiten, anderthalb hundert Bilder, schweißtriefend und bockend unterm Tisch. Er heißt: »Drei im Turm« oder so und ist für die Marianne.

Ich schwimme, trinke Limonaden, lese Detektivgeschichten, schreibe auch selber eine, den »Javameier«. Es ist spaßig, Ingenieur zu sein.

An Franks drittem Geburtstag besuche ich die Bi in Utting. Sie ist leicht und gut, wir baden, sitzen unter den Bäumen; aber den Frank hat sie fast vergessen, erst heut schreibt sie ihm zum Geburtstag, sie tut auch nichts, ihn zu sehen. Ich muß doppelt viel arbeiten, um ihn zu mir nehmen zu können!

AUGUST

Samstag, 13.
Es ist noch Nacht und es regnet, und es geht auch Wind. Ich bin aufgestanden, wir schlafen nicht, die Marianne nicht und ich nicht, ich habe den Bademantel an, sitze auf dem Sofa, habe das Zittern in Armen und Beinen, die Einsamkeit bricht aus in mir.

Jetzt ist Mar seit langem da, wir essen an einem Tisch, schlafen in einem Bett und haben Streit, wenn wir nicht auch an einen Gedanken denken. Sie ist schön und gut, sehr mannigfaltig, und nur das Zimmer ist zu eng und vielleicht auch ich selber ... Ich arbeite nichts, denke nichts, erlebe nichts.

Dienstag, 16.
In der Frühe fährt sie nach Wiesbaden. Sie hat endgültig gebrochen mit Recht, also keine Wohnung dort, wenig Geld ...

Mittwoch, 17.
Ich sehe noch ihr Gesicht im fahrenden Zug: bleich unter der Bräune, leicht, wie eine Blüte, lächelnd. Jetzt beginnt wieder die Jagd auf sie.

Donnerstag, 25.
Zwischen neuen Filmplänen und Sinclairs Buch »Metropolis«: Hier die Folgen der »Arbeit als Selbstzweck«. Brauchten diese Bourgeois eine Entschuldigung, mußte die Arbeit geheiligt werden? Mit einem Male war sie Pflicht. Auf das Tapla geworfen, ein Mittel, von ihr loszukommen. Arbeiten, um nicht mehr arbeiten zu müssen. Dann Unterhaltung, Sport, Zeitvertreib. Dann Prüfung, Mittel zur Macht, Selbstachtung.

Samstag, 27.
Ich schlage mich herum mit den Mitteln der Poesie. Die Bühne hat für den »Ausbruch« die Steigerung und kann deshalb die Sprache rein ornamental lassen, blumenhaft und grausam, eine kalte Bekleidung! Das Interessante und das Poetische ist verschiedener Natur. Die Farbe der Szene hat mit ihrer Spannung wenig zu tun. Dem Kind sieht man nicht an, ob die Muse angeilend aussah oder nicht. Das Fressen bleibt die Dynamik!

Montag, 29.
Ich habe die »Ballade vom Liebestod« gemacht, und das bedeutet eine Auflockerung der Sprache und einen Marsch in die Mitte. Läßt man sich mit der Sprache ein, ist es bald, als kaue man Gummi. Aber der Zynismus sprengt das Gestein auf.

Orge ist gegen jede Einschränkung. Er verträgt es nicht, mit gebundenen Händen zu arbeiten: eine bestimmte Fabel auszugraben. Er will nicht Menschen für Pointen vergewaltigen!

SEPTEMBER

Freitag

Man hat mir den vorderen Zahn gezogen, den halben Kiefer zermalmt. Ich setze den steifen schwarzen Hut auf, Orge und Hei verschleppen mich zum Hei. Dort singen wir das »Seemannslos« und den »Roten Sarafan«, und der Hei liest aus dem Roman von Apollonius von Tyrus vor. Orge spielt Klavier wie ein Schwein, das »Gebet der Jungfrau« und den »Radetzky«, und lacht, daß die Zähne wackeln. Ich liege krank im Fauteuil. Ich bin immerfort leer und traurig.

Sonntag

Als ich mir überlegte, was Kipling für die Nation machte, die die Welt »zivilisiert«, kam ich zu der epochalen Entdeckung, daß eigentlich noch kein Mensch die große Stadt als Dschungel beschrieben hat. Wo sind ihre Helden, ihre Kolonisatoren, ihre Opfer? Die Feindseligkeit der großen Stadt, ihre bösartige steinerne Konsistenz, ihre babylonische Sprachverwirrung, kurz: ihre Poesie ist noch nicht geschaffen.

Dienstag

Auf jeden Fall sollte man sich nicht allzuweit von den einfachen Zielen losseilen. Seit zum ersten Male billige Bretter über Schnapsfässer gelegt wurden und zwei Burschen öffentlich irgendeinen Handel austrugen, war die Unterhaltung der Zuschauer das bezahlte Ziel. Immer ruhten diese glotzenden Bierbrauer, Steuerpächter, Küfer hier aus, und erst ein wenig später befriedigten sie hier am billigsten ihre unterirdischen, aber sehr irdischen Triebe und auch die himmlischen und schufen sich so einen Ersatz für jede gefährliche Ausschweifung mitten hinein in ihre umfriedete, gesicherte Bauchperipherie. Die naiven Abenteuer mußten bald durch lebenskluge, praktische Maximen gewürzt, durch leicht eingehende Stimmungen leicht verdaulich gemacht, durch halb verhüllten oder frech platzenden Witz gepfeffert werden. Jetzt, am Endpunkt einer Entwicklung, befriedigt nur mehr die Eitelkeit der Akteure jene eines Parterres von Köchen und Topfguckern.

Donnerstag, 15.
Ich habe nichts zu tun, schlafe schlecht, magere ab. Mitunter lese ich, auf der Chaiselongue, Charles-Louis Philippe mit Genuß. »Marie Gottgebe« und »Bübü« ist das beste. Außerdem lese ich Karl Kraus. Post bekomme ich fast keine. Was die Bi treibt? Die Zugvögel kacken auf mich und meine Insel: aber es wächst nichts.

Ich grüble wohl da so etwas herum um eine Sache, die »Freiheit« heißt oder »Die Feindseligen«. Es ist ein Kampfstück, östlich-westlich, mit einem unterirdischen Austrag, Ort: die Hinterwelt. Es müßte die großen Formen des »Baal« haben. Aber ich bin wie zerschlagen vom Sommer. Ich weiß jetzt (und erst jetzt), was eine Frau ist, und auch die Bettliebe weiß ich jetzt und vieles mehr, aber die Frechheit habe ich liegenlassen, die unglaubliche Naivität, den naiven Unglauben, die Sicherheit der Unwissenden. Aber doch besänftigt sich dafür jetzt wenigstens wieder der Betrieb, ich sehe größere Zusammenhänge, wenn ich auch nicht stark genug fühle. Die Finger sind pelzig, ich habe zuviel Daumen an den Händen, und dieses Mißtrauen gegen alles Überkommene! Dabei neige ich gegen Experimente. Die Natur experimentiert nicht. Das Lebendige ist nie spießig, und es gibt keine Kunst ohne Abstand. Bei den Schwarmgeistern geht zuviel in die Luft. Auch ist es wichtig, sich nie nach außen zu stülpen, immer dunkel und massig zu bleiben. Nur keine Exhibition!

Freitag, 16.
Ich arbeite den ganzen Tag an dem Stück »Hinterwelt« oder »Der Wald« oder »Dickicht« oder »Die Feindseligen« oder »George Garga«. Zuerst mache ich die periphere Szene »Grünliche Tapetenmansarde«. Jetzt geht es sprachlich durch. Ich arbeite jetzt auf ganz kleinen, dünnen Papierblättchen, im Gehen in der Allee; keine Zeile im geschlossenen Raum. Es ist gutes Wetter, ich gehe stundenlang zwischen niederklatschenden Kastanien. Dabei gehe ich ganz lässig vor, indem ich mich nicht zu früh festlege. Erst nach der halben ersten Szene konzipiere ich G. Garga völlig. Viel später baue ich das Gerippe der Handlung, das ich kaum belaste. Alles ist im Fluß, ich liebe das Ungefähr. Dazwischen hinein entwerfe ich Sätze aus allen Szenen und

einzelne Auftritte. Es wächst alles, fast von selbst, dem Mittelpunkt zu, als schriebe ich aus der Erinnerung.

Ich bin guter Dinge, interessiere mich für nichts, vernachlässige Kleidung, Essen, Gesellschaft und bin voll Ruhe und Ausgewiegtheit beim Schreiben. Jedes Wort hat seine Schale erbrochen, es dringen Sätze direkt aus den Brüsten herauf. Ich schreibe nur auf.

Sonntag
Ich arbeite ununterbrochen. Gestern die erste Szene fertig und einiges aus andern. Heute die zweite Szene, die halbe dritte (am Abend) und vorher die letzte. Jedes Wort im Freien! Heute im kalten Wind am Lech zwei Stunden, ich merkte es zu spät.

Montag, 19.
Vormittags arbeite ich am Lech drei bis vier Stunden. Dann habe ich stärkeres Fieber, benommenen Kopf. Morgen sind die zwei Prozesse, und ich soll vorgeführt werden. Ich besorge, die Arbeit einstellen zu müssen.

Louis Philippe
Soyka
Armstrongfilm
Tizian
Turmfilm
»Ballade vom Liebestod«
George Garga oder »Das Dickicht«
Marianne am See

Soyons amis, Cinna!

[1921/22]
[September bis Februar]

27.
Ich lese im Feuerbach die Mordtaten eines Priesters, eines stattlichen und wohlbelesenen Mannes, der durch Fleiß und Menschenkenntnis trotz angeborener schlechter Triebe es vom Hirtenknaben bis zum Pfarrer und Hofbesitzer gebracht und der einen starken Sinn für das Sittliche hatte, auch darauf bedacht war, mit Gott in gutem Einvernehmen zu bleiben. Es ist dies interessantes Material zur Geschichte Gottes. Der Mann war als Bürger ein Beispiel. Er schwängerte drei Frauen aus dem Volke, lebte längere Zeit mit ihnen, hielt auf ihre Treue, erwarb ihre Liebe und sorgte gut für die Kinder. Um die öffentliche Sittlichkeit nicht zu gefährden sowie um seine Ehre und die Achtung seiner Mitbürger nicht zu verlieren, erledigte er die Ermordung eines dieser Mädchen in aller Stille. Sie belastete sein Gewissen nicht. Er hatte die Fähigkeit, auf dem Leichnam mit Füßen herumzutreten, um ihn unter den Boden zu bringen (da die Hände in bittender Haltung ersteift waren und man daran beim Getreidedreschen stieß). Einen grünen leinenen Regenschirm der Ermordeten trug er viele Jahre lang; er schien sein erworbenes Gut zu verdienen. Im Gefängnis leugnete er vier Jahre lang lächelnd und verteidigte sich wie ein Mann. Ein Geständnis legte er ab in einer Art Nervenkrise. In den Akten scheint zu stehen, daß er kurz vor dem Geständnis vom Fenster aus einen Mörder zum Tode gehen sah. Seine Heiterkeit und Haltung habe ihn gewundert, bei einem Mann, der »noch dazu bloß ein Jude« sei, doppelt betroffen. Er habe daraufhin wenig gegessen, nach dem Ave-Maria-Läuten »eine schaurige Trauertrommel« gehört und bald gestanden. Übrigens verlangte er, daß ihm zugute gerechnet würde, daß er alles aufgeboten habe, um kein öffentliches Ärgernis zu erregen.

28.
Ich denke, daß es von einem dramatischen Dichter vielleicht nichts Unsittlicheres gibt als eine gewisse Schamlosigkeit in bezug auf die gewisse Schwäche des Menschengeschlechts, mit einem Herdentrieb geboren zu sein, ohne die zur Bildung einer

Herde erforderlichen Eigenschaften aufzuweisen. Fast alle bürgerlichen Institutionen, fast die ganze Moral, beinahe die gesamte christliche Legende gründen sich auf die Angst des Menschen, allein zu sein, und ziehen seine Aufmerksamkeit von seiner unsäglichen Verlassenheit auf dem Planeten, seiner winzigen Bedeutung und kaum wahrnehmbaren Verwurzelung ab. Beinahe alle denkbaren Tragödien, die sich im Bezirk der Familie abspielen, alle Verbrechen darin sind gutzuheißen (dramatisch zu verwerten), da sie den Bestand der Familie festigen, indem sie ihre Möglichkeit zur Voraussetzung machen und sich lediglich mit der Blutzeugenschaft für sie befassen. Wehe aber dem Dramatiker, der auf die Voraussetzung das Augenmerk lenken wollte! Er ist die Krähe, die sich mit Krähenaugen füttert. Qui mange du pape en meurt.

Da ist Joseph Galgei mit den paar Gedanken im Dickschädel. Er hat keine Beziehung zu seinem Geschick, die Transmission beschäftigte sich widerwillig mit ihm, es war kein Handel mit ihm, sondern er wurde verhandelt. Ihn verführte, daß es schwierig war, das Unrechte zu tun, und so verwickelt! Sie schieben ihm einen Mord hin, und er benimmt sich danach wie ein Mörder, etwas still, etwas vertrunken, etwas eingebildet und sehr verzweifelt. Aber vor allem: wie einer, der die Wirklichkeit nicht faßt. Ob er den Mord (daß er ihn nicht) getan hat, ist gleichgültig.

29.
Gleich allen andern Künstlern ist auch der Dichter wohl fähig, nach einem Frauenkörper zu arbeiten. Nicht indem er diesen darstellt, sondern indem er in allen Proportionen seines Werkes sein Maß gestaltet. Die Linien des Körpers werden zu jenen seiner Komposition; wie der Anblick dieser das Lebensgefühl steigert, so muß auch der Genuß jener es steigern.

Ich stiefle durch die Kastanienallee, pfeife dem heiligen Geist, lese beim Kaffee Kriminalromane und komme nicht vom Fleck. Ich marschiere im Kreis, der Maibaum bleibt immer rechts, die Stiefeln gehn kaputt, ich werde so melancholerisch. Natürlich muß der Stil (des G. Garga) sachlich und trocken sein, natürlich der Schwung durch alle Szenen reißend, natürlich alles eben noch so ernsthaft, als ein Spiel sein kann. Der Malaie ist so unangreifbar wie jeder Selbstmörder, und er müßte geradezu eigens eine Ethik erfinden, um daran kaputtgehen zu können. Schließlich gibt es strikes gegen ihn; das ist kein dramatisches Mittel. (»Ich zerstampfe meine Felder, und den ganzen Munitionspark furze ich in die Morgenluft. Ich überlasse ihn dem Ekel, den selbstsüchtigen Ideen, der Langeweile. Ihn frißt das Nichts auf.«)

30.
Walter läuft in den Kraal:

Der Indizienbeweis schließt sich. Unten im Schrank die Schnapsflasche hat die Schwindsucht. Hier oben, im Schrank, steht jahraus, jahrein eine Tasse, und was ist darinnen? Schnaps!

Es ist eine Verleumdung. Du bist der Schnapssäufer. Du riechst aus dem Maul, ich rieche aus dem Schrank. Du bringst einen Unschuldigen ins Gerede. Schurkerei! Infamie!

Was, es soll der alte Schnaps sein?

Ja, ich hebe ihn nicht wie du unvollständig im Magen auf, sondern vollständig – in der Tasche!

Wo du sowenig kriegst?!

Meine Enthaltsamkeit soll mir also das Genick brechen?! Eine Überführung ins Krematorium ist ein Dreck dagegen!

Was das Drama sabotiert, das ist die Unehrlichkeit der moyens (wie George das tauft). Will ich einen Kampf darstellen, muß er wohl der zweier Menschen werden, nicht der zweier Systeme. Die äußeren Kurven aller Figuren sind dadurch bestimmt: sie haben den Kampf darzustellen. Das Schicksal der Figuren bleibt Geschmacksache. Wieweit die einzelnen ihre Kurven durchblikken, dann: ihnen widerstreben, das gibt die persönliche Atmosphäre ab, kurz: das Dichterische. Widerstände bilden das Kosmische. Man muß jedem Kämpfer jedmögliche Gelegenheit lassen, aber man darf nichts beweisen wollen.

Nachts mit Orge über den Gent. Der Gent fällt nur dadurch auf, daß er nicht auffällt. Es gelingt ihm, anonym und inkognito zu bleiben. Er profaniert nichts. Er ist farblos, etwa Wasserfarbe, mit einem Taschentuch ausgewischt. Er sagt kluge Worte, vielleicht, wenn es ohne Gefahr ist, an die man sich erinnert, an deren Sager man sich nicht erinnert. Er ist sachlich: er behandelt nicht den Gegenstand der Unterhaltung als Sache, sondern die Unterhaltung. Der Gent ist nie ironisch, immer ernsthaft und beir Sache. Er schenkt den Leuten genau das Interesse, das die Unterhaltung verdient. Der Gent verteidigt alle Dinge, der Unterhaltung zuliebe, und nie hartnäckig und nur, wenn es ohne Aufsehen geht. Wenn er schon etwas pervers ist, verteidigt er sogar die Dinge, die ihm am Herzen liegen. Mit ihm kann man vielleicht nicht gut reden, aber vorzüglich wohnen.

OKTOBER 1921

1.
Ich überarbeite die zweite Szene. Das ist eine Pferdearbeit im Freien. Dafür werden aber die Verhältnisse menschlicher und einfacher. Freilich wird es vielleicht ein zu geistiger Kampf. Ich muß mehr vermischen, mehr Gefeilsch um Kaffee hinein, Vormittag, Rülpsen, primitives Leben! Ich beginne auch Lust zu bekommen, Stücke mit dummen Menschen zu machen. »Die geldjagende Menschheit« oder so, fliegende, bunte, bösartige Stücke, wildes Leben mit Kaffern und Karyatiden, bewegter Handlung.

2.
Der Mensch ist die Krone der Schöpfung: er vermag alles. Er kann aus einem Paradiesapfel Scheiße machen. Hier der Kaufmann: ein fades Tableau, krasse Unsittlichkeit, faustdick. Shakespeare ist anders. Das Lebendige ist nicht unsittlich. Schon die Leichenrede ist es. Hier die Geschichte eines unsittlichen Vertrags. Ein Mensch ist mehr als ein Vertrag, als Schiffe, als Geld, als Glück. Es ist nicht durchgedacht, sondern wirksam. Ein Bursche (gestoßen, geschändet, angespien) will mit Hilfe der Justiz einen verdammten Hals umdrehen, und mit Hilfe der Justiz werden ihm die Hände ausgerenkt. Es ist ein Vater, dem die einzige Tochter gestohlen ist. Er ist nicht sympathisch. (Das ist nicht ausgenützt, es ginge gegen den Boden, auf dem man steht.) Im allgemeinen ist die Fabel so tragfähig, daß sie allerlei Luxus aushält. Es sind gerade die Leute, die gerade so handeln. Es ist nicht so wie später: daß das Merkwürdige darin gesucht wird, daß solche Leute so handeln. Die Leute damals hatten noch soviel Interesse an der Handlung. Jetzt besorgt der Roman den Bedarf. Dieses Stück befriedigt ein Bedürfnis: nach Gerechtigkeit. Der Mann weiß, daß wir's uns was kosten lassen. Wir schauen dem Gaul nicht ins Maul. Wir schlagen gern nieder. Vorwand: er ist so unsittlich. Früher: man glaubte schon, weil man den Spaß nicht verderben wollte. Jetzt macht es einzig noch Spaß, nicht zu glauben. Man muß ihnen Dinge servieren, die sie nicht glauben können. Und da der Schwindel zwischen den Idealen kräftiger in Schwung ist, spielen ihre Stücke dort.

Es ist Sonntag, Tag des Herrn. Ich bin besser gehäutet, stecke in gelben Lederschläuchen, bin mit steifem Hut zugedeckt. Wir schlendern, zweipaarig, die gelbe Herbstallee hinauf. Am Tag des Herrn werden die Baumleichen nicht weggekehrt. Ich pendle neben einer bleichen, gepuderten Pianistin, die daheim kochen muß, odium vitae betreibt, sagt: »Sterben tut weh. Aber lieber tot als lebendig.« Und ist weißes, gutes Fleisch, geduldig. Der Hei elegant, abgebrüht, eingebildet und wirklich oben, weil auf solidem Boden, neben der Schwester, interessant wie das Nichts, dumm, die Beine breit. Ein Blauseidenstrümpfchen. Der Hei daneben wie ein Kreuzfahrer, ahnungslos, ohne Beziehung, nachts mit Schnaps gefüllt, im Klubsessel, fällt sie ihm zu, er leitet die Primitiven, es ist das Fleisch, das vermittelt, zufällig ging er vorn, ich hinten, es war der Tag des Herrn, er hatte Geld zu Schnaps. Daß der Leib offen: der einzige Nicht-Zufall. – Ich pfeife mit Orge Duette zur Gitarre, er stöbert etwas im Porzellanladen herum, der Hei im Ledersessel fabriziert Schweigen, ich angele einmal nach einer Hand, die weich, etwas knochenlos ist, sich gibt, fallengelassen wird. Ich singe zur Gitarre, trotz der miesen Effs, die ohne Zähne nicht gut herstellbar sind.

Vorgetreten: Hand aufs Herz: die Jüdin von Berlin. Sie sieht sich seit einem halben Jahr von einem Jüngling umworben, fühlt sich aber gebunden; ich kann sie nicht entbinden. Sie schickt ein Attest der Freundin: drin abgewogen unsere Nach- und Vorteile. Es ist schlechter Rat drinnen. Die Verzweiflung der Liebenden m.b.H. geht mir doch an die Nieren. Ich schreibe ihr sachlich. Vorher noch habe ich geschrieben, unter Wust, in einem guten Brief, es war eine stille Stunde, ich sah hell, »du mußt gute Wäsche haben«, ein Roheitsakt, Gelegenheitserotik? Es kommt keine Antwort. Peccavi.

3.
»Das Perverse ist nur die krankhafte Steigerung eines normalen Gelüstes.« Ein Fressen für die Schaubühne! Hier werden Plakate gekauft. Und es gibt, für die Trüffelschweine, Perversionen innigster Gefühle, heilige Perversionen. Ferner stammt der heilige Antonius aus der Pathologie, die ihn aber nicht erklärt, Geliebte! Die Pathologie ist nur, damit ihr's sähet, weil ihr

schwache Augen habt, besonders Spiegeln gegenüber! Allerdings ist der Mensch viel gesünder, als die Spulwürmer und die Pfaffen meinen. Er ist so gesund, daß er die Tragik erfunden hat und die Algolagnie. Der Pathologische ist der eigentliche Held. Erstens durch seine Vitalität und zweitens: weil er aus der Menge herausragt, um eines Hauptes oder um eines Phallus' Länge. Pro domo: In einem tüchtigen Stück kommt es darauf an, daß die Verdauung funktioniert. Auch Steinen gegenüber. D.h.: Daß die Luft rein ist. Daß aufgewaschen ist. Daß der Himmel keinen Sprung kriegt. Sondern sauber, hart und ungreifbar bleibt. Das dicke Vieh Menschheit hat Geduld im Überfluß. Und der Planet hat seine Eiszeiten.

Gewiß, es sind Dickhäuter. Sie schaben sich nur den Aussatz ab. Wenn man in sie hineinschießt, es läuft Wasser ab. Rotz. Und doch ist mehr drin. Die Katastrophen passieren zwischendrin. Es gibt Strudel für die Dickhäuter. Man findet zuweilen eines oder das andere erwürgt. Welches geschah einzig durch Luft.

Ich schlage Ihnen die Stiefel ins Gesicht. Sie interessieren sich nicht für Ihr Gesicht. Ein Rohling! Sie halten mich hin, und die Zeit verrinnt. Ich weiß, »die Wasser nehmen es mit ganzen Gebirgen auf«. Sie arbeiten sich heran gegen mich. Es gibt nur Kampf zwischen Igel und Igel. Aber hüten Sie sich: Ich belüge Sie gelegentlich über meine Wünsche. Sie befriedigen mich und rutschen aufs Glatteis. (Garga zu Shlink.)

»Gewiß, ich liebe das trockene Wissen, ich will den ledernen Pandekten gleichen. Den Ingenieuren der grünen Wasserläufe, die wie Rotz über die Steine rinnen, und man staut sie, treibt Papierfabriken mit ihnen. Ich habe mehr hier zu suchen, als an Ihnen meine Stiefel krumm zu treten. Asien ist noch immer zu haben, und ich werde es aufkaufen mit der fanatischen Trockenheit eines Wissenschaftlers.«

»In Asien gibt es nichts zu tun für Sie. Sie werden sich hier, wo die Balkendecke Ihren Himmel abgibt, Ihre Kämpfe austragen können. Fallieren Sie gegen einen einzigen Menschen, und Sie brauchen die Stube nicht zu verlassen. Das Kismet bekämpfen Sie nicht mit Virginiens Tabakfeldern. Ihre Ausdehnungswut stolpert über einen kleinen Leichnam, der einschnurrte und sich für Sie nicht interessierte.«

Nachdem Cassirer schon halb abgelehnt hat, hat nun auch Kiepenheuer den Manuskriptpack dankend zurückbefördert. Man muntert mich auf. Es liegt alles im argen. Nun, ich muß nicht davon leben. Es wäre unziemlich, Bauchaufzüge zu machen.

4.

Ich wälze den Rimbaud-Band und mache einige Anleihen. Wie glühend dies alles ist! Leuchtendes Papier! Und er hat Schultern von Erz! – Immer wenn ich arbeite, wenn die Lava fließt, sehe ich das Abendland in düstern Feuern und glaube an seine Vitalität.

»Danton« Büchners im Stadttheater. Ein großartiges Melodrama. Ohne die Shakespearesche Plastik, nervöser, vergeistigter, fragmentarischer, ein ekstatisches Szenarium, philosophisch ein Panorama. Dergleichen ist kein Vorbild mehr, aber kräftige Hilfe.

»Der in Pergament eingewickelte Teufel spukt immer noch. Ihr irrt euch. Er träufelt uns ein starkes Gift in die knorpligen Ohren; und hat seinen Klumpfuß mit Papier umwickelt. Die Rundsicht vertieft sich ins Ultraviolette, wo er auftritt, der Ort zu nacktem Eiland.«

Ich lebe viel mit Orge. Er läuft hellhörig herum, besucht sorgfältig seine Schreibstube und spricht viel von dem Begriff Fantasie. Dennoch will er heiraten. Er meint, er weiß, was eine Frau ist. Hat noch keine gehabt. Und will in eine kleine Hütte mit einer. Er meint, er betrügt den Teufel um seinen Zins. Der Teufel schreibt auf. Was für ein Kind er ist! Er sagt immer: Ja, eine Frau muß eben einsehen, daß ... Die Frau hat keine Fantasie (und daher keinen Humor), sie braucht keine, sie hat dafür ihre Liebe, aber nicht immer eine verstehende. Er sagt und bemüht sich durch leichten Ton, die Gespenster abzuwimmeln: Sie sitzt in einem Zimmerwinkel, spinnt und schaut den Mann an. (Es genügt, daß er da ist!) Ich weiß nicht, ob er weiß, daß »die« Frau kein geistiges Leben führt, aber er weiß nicht, daß nur ein geistiger Mensch Freiheit läßt und Abstand gewährt. Er ist achtundzwanzig Jahre alt. Er ist unschuldig.

5.
Es wäre nötig, Garga zu einem Genie zu machen. Denn sonst wird er zu einem Preiskämpfer. Er darf nicht nur kämpfen, muß rauchen, Kinderei treiben, sich interessieren. Seine Ausdruckskraft genügt nicht. Es muß sein Handeln sein. Eine gewisse Überlegenheit, kindlicher Zynismus, Lässigkeit! Er muß langsam gehen, faul, revolutionär, brutal, mit großen Gliedern. Die großen Dialoge sind vollkommen metaphysisch, ihre Leibhaftigkeit und Durchblutung das Ergebnis der Leidenschaftlichkeit, mit der dieser Kampf geführt wird. Auch mache ich keine Gesichter, sondern Gesichte. Hier liegt der eigentliche Expressionismus! Nicht Kräfte in Menschengestalten, sondern Menschen als geistige Wesen! Ich gehe eigentlich von der Idee der Fabel aus. Diese und die Menschen habe ich zuerst. Die Fabel mache ich, oder besser: sie macht sich.

Die schwarze Sucht des Gehirns: siegen.

6.
Zweifellos haftete der Ära Hauptmann etwas Kleines an. Die etwas dumme Genauigkeit in der Zeichnung der Menschen, die Zuversicht, das Material werde es schon machen, die Vermengung von Leidenschaftlichkeit und Hysterie. Früher hatte die Nation vielleicht mehr Fantasie. Das Kleine siegte durch Ausschmückung, das Ornament reichte hin. In dem ausschweifenden Pedanten Jean Paul triumphierte über alles Spießertum eine unwiderstehliche Geschwätzigkeit und Schnörkelfülle. Bei uns, wo die Konstruktion das eiserne Zeitalter zeigt, wird das etwa Keller, Storm, Raabe gleichwertige Talent Hauptmann keine Kraft mehr hergeben.

7.
Es ist schon ganz Herbst. Heute habe ich helles starkes Bier getrunken, wurde davon taumelig, rutschte die Allee hinauf. Die Blätter sind braun, dünn, trocken wie Papier, und der Viertels-

mond steht kühl darüber. Gelb und braun. Es ist ein Oktoberfest hier, Buden mit Bier, Clowns, Akten, Konzert! Man fährt auf Karussells, die einen in die Luft schleudern, Schaukeln kraft eigener Muskelkraft. Es ist so langweilig. Welche Abortwand-Visagen! Welch haustierische Stimmen! Attraktionsbuden pumpen die Romantik hoch, das Volk, dumm, lasterhaft, geduldig, läßt sich kitzeln. Man lebt nicht ewig.

8.
Wie wenige sind so ausgiebig, daß sie sich am Arsch lecken lassen dürfen, ohne in die Boheme zu versinken. Erfolg ist gut gegen die Boheme, wo nicht beinah tierische Vernarrtheit ins Werk dem Mann die Brust ausstopft. Wieviel Kraft ist nötig, den Kampf mit dem Verschmierenden aussichtsvoll zu machen!

9.
»Der gehörnte Liebhaber aus zu großer Entfernung.« Die He schreibt aus Berlin: »Wenn du meinetwegen nach Berlin kommst, wie soll ich dir ein Zimmer besorgen? Als deine Frau? Aber dann habe ich diese ganzen Monate hindurch die Ehe gebrochen.« Und dann arguments: Zahn um Zahn, Horn um Horn. Ich soll sie freigeben. Anders kann ich ihr gar nicht mehr helfen. – Ich bin etwas niedergeschlagen durch das Gewäsch und den Anblick der Feigheit, aber zufrieden mit der Lösung. Ich bitte sie, mir ein Zimmer zu besorgen.

Am Abend habe ich einen dummen Kopf, habe Bier getrunken und im Kaffeehaus gesessen. Nun, ich bin etwas unruhig, habe sogar zitternde Hände, ich schreibe fast mit Widerwillen, ich kann noch nicht zu Bett. Übrigens bin ich seit vier Tagen ohne Post. Also, wie ich die Schublade herausziehe, liegt, etwas zerknittert, fast ein wenig zusammengeknüllt, Hes Brief da, unter anderm Papier, es sind Haufen darin, ungeordnet, es ist ein gelbes Papier, eine gelbe, verschrumpelte, sehr, höchst auffallend gelbe Papierleiche, von flüchtigen, aber mit starken Haarstrichen versehenen Zügen bedeckt, einer etwas wäßrigen Tinte, alles zurechtgeordnet, kursorisch, nicht ohne Eitelkeit verfaßt. Ich weiß nicht, was mich dabei fesselt, ich habe keine Gefühle niederzukämpfen, ich liebe hier nicht, aber ich schmecke fast wieder die Tränen über einem Gesicht, und ich berühre fast wieder die Schultern, die im Weinen zucken, und höre die vielen Worte, die bitteren und die flehenden, die ach so sorgfältig vorbereiteten und so hilflos ins Wasser fallenden Worte und die Handlungen, die eben jetzt unwürdig geworden sind, wo nach Wochen ein Neues durchgelebt wird, fast ohne Übergang und schon wieder mit Liebe und noch nicht ohne Gewissensbisse, und es ist so lächerlich, das Märtyrertum, das geendet hat, das durch ein anderes Gefühl ersetzte Gefühl, der glatte Übergang, die Verdrängung, der Verschleiß der Reste! Schon spricht die Frau malaiisch, die mir am Herzen lag. Es ist Wasser aus den Augen geflossen, jetzt sehen sie einen neuen Fetisch an. Wie einfach das ist, wie glatt das geht, wie der Unterleib in seinem dunklen Drange sich des rechten Weges bewußt ist und der Krampf ein Krampf ist, wenn er war!

10.
Gewiß, ich kann kalt sein und zynisch gegen das Verwandte. Ich ziehe vieles in den Staub, und wie fordere ich viel! Aber mitunter werde ich nur traurig, nicht zornig, noch rachsüchtig, noch verächtlich. Heute ist ein Mädchen, das mich vor Jahren liebte, unhöflich gewesen. Sie wolle fotografieren und ließ mich warten. Mir sind ihre Gefühle gleichgültig, aber die Unhöflichkeit stimmte mich traurig, als läge etwas daran!

11.
Ich denke manchmal, wie einfach es wäre, wenn alle Leute die gleichen Schwierigkeiten hätten! Man könnte sicher sagen: alle Frauen sind untreu, alle Männer käuflich, wenn nicht viele Frauen kalt und viele Männer feig wären oder nichts vom Geld verstünden.

12.
Manchmal trinken wir abends viel Bier, schaukeln Schiff und schwatzen wie die alten Weiber. Arbeiten kann ich nicht viel. Die Aktion im »Dickicht« kam ins Stocken; es ist zuviel Literatur drin. Das Gewäsch zweier Literaten.

1
Mond hing kahl im Lilahimmel
Über der Glühstrumpffabrik
Als ich, Gottes nackter Lümmel
Eingeseift im Sack den Strick

2
Durch absinthenen Abend trabte
Ich, der nach Gefühlen stank
Kaum erjagten, halb gehabten
Wie aus einer Fleischerbank!

3
Hast die Hände nie gerungen
Kahl, Branntweingeschluck im Mund
In den grünen Dämmerungen
Schwankend, zwischen Wolf und Hund?

4
Zwischen Kirschschnaps und Wacholder
Eine Hymne schnell gefühlt –
Angstvoll und vertiert ein Vollder-
gnaden kalt hinabgespült?

5
Fisch ich, ganz in Bitternissen
Mir ein Kinderlied, ach sei
Es befleckt gleich und zerbissen
Eine Strophe oder zwei ...

6
Schwimmt verwest in schwarzer trüber
Lache der Verworfenheit:
Läuft's mir kalt hinab, mein Lieber!
Als ob's auf die Haut mir schneite!

7
Mählich wird der Himmel trüber
Und zerfleischt hob ich dies Herz

Zarter. Und ich ging vorüber
Wie ein Schnee im frischen März!

13.
Bei Kaffee und Vormittagsbrot blättere ich Strindbergs Romanschmöker durch, des großen Verteidigergenies, des Männerrechtlers, in denen Kapitel stehen wie sonst nirgends, wie die Begräbnisgeschichte im »Roten Zimmer« und der Tod des Dichters Axel E. in den »Gotischen«. Aber welche Waschtischzettel, und wie wäscht er immer seine Unterwäsche! Wehe, wenn er ins Beweisen kommt! Ein Scholastiker des Bett-Himmels! Welche Barbareien! Der Hahnrei, der einen Verein gründet, den Menschen dazu einlädt! Aber doch, diese Gegenständlichkeit, die verdichtete Zeitung mit Feuilleton, Politik und Inseratenteil!

14.
Langsam wächst das Stück »Dickicht«. In den Herbstnächten voll weißen Nebels. Es wächst nicht egal, etwas durcheinander. Aber es liegt mir daran, nicht auf eine Idee hereinzufallen. Und die Szenen sollen ganz leicht, auf provisorischer Bühne, vor Pappdeckeln, auf Wasserfarben spielen, leicht gezimmert!

15.
Es ist einhalb zwei Uhr. Aber es gefällt mir so wenig, ins Bett zu gehen! Ich langweile mich lieber. Wie wenig Zeit hat man, und man schlägt sie tot!

Ich gondle nach Nürnberg. Es ist Sonntag, ich bin mit der Bi im Kino und nachts im Café. Man arretiert uns, weil ich einen Kaffee zurückweise. Die Bi benimmt sich wunderbar. Sie sitzt unberührt inmitten vieler, die mich instinktiv hassen, und sie fühlt das. Mein Zug geht um einhalb zwei Uhr. Ich treibe mich in der kalten Nacht auf der Burg herum, rauche, trinke Schnaps. Dann schiffe ich mich ein, hocke fressend, schlafend, fluchend, träumend, rauchend, saufend im Zug, zehn Stunden lang. Da ich den Revolver dabeihabe, schwitze ich vor Höchst Blut, es ist besetztes Gebiet. Ich kaufe in Frankfurt ein Zigarrenkistchen, aber die Post ist zu, und im Abteil ist kein Abort mit Stukkatur als Versteck. Es wird nicht visitiert. Bei Marianne bin ich gleich daheim.

24.

Das ist die Kokottenstadt. Puder, Fleisch, Sensation. Glatter Asphalt, lineare Straßen. Trikotgesichter. Franzosen mit Niggerkapellen, Hunden, Kokotten. Illuminierte Cafés, Fabelpreise, schlechte Visagen, eine Stadt im Schaufenster. Es ist auch hier langweilig.

25.

Ich wohne in der Moritzstraße, schlafe bis neun (in einem harten Bett – zuweilen), bin mit der Marianne bis elf in dem kleinen saubern Zimmer, begleite sie ins Theater, promeniere. Rauche, trinke, schwatze. Von eins bis sechs. Sehe die »Butterfly« in kitschigen Kartons mit abscheulicher Regie und rieche, daß der Kaffer von der Moldau bis zum Tiber verdient, daß aber diese Flachländer gesellschaftliche Soupers nicht servieren können. Die Marianne spielt die Dame recht schlecht, im Niveau des ganzen Plempels. Alle ihre herrliche Natur von jeder Minute daheim ist hier beim Teufel. Eine Negerbühne! – Am zweiten Tage, da ich allein bin, entwerfe ich ein Stück »Johanna« mit Szenarium, Personal, geistigem Fundus. Es ist, als sei ich gestern abend von der Marianne weg, hätte nachts von ihr geträumt und sie heute früh getroffen. Es ist gut mit ihr leben und nie langweilig. Das kommt nicht nur daher, daß ich sie liebhabe. Warum kann ich nicht über Menschen schreiben, die ich liebe? Man sieht nur das Sachliche. Das Gefühl ist zu stark. Sie ist klug und hat einen Instinkt für das Leben. Kann nichts mit Theorien anfangen. Sie ist ganz menschlich. Recht war da, auf einen Tag, sie hatte einmal vorgehabt, ihn abzuweisen, aber nun sprach sie mit ihm die intimsten Dinge, ließ ihn aber nicht heran. Sie nimmt kein Geld mehr, sie läßt ihn mit ihrem Geld auf der Börse spielen, aber dann kauft sie mit ihm eine Pelzjacke für einige tausend Mark ein, die ihr wundervoll steht. Er hat soviel Geschmack! Aber das Geld dazu leiht sie sich aus. Und es ist alles richtig, was sie tut, es ist nicht schlecht, man kann davon auf nichts in ihr schließen, sie lebt unter den Leuten und mit ihnen und tut das Schwierige, ohne sich zu verbohren, und macht es sich leicht, ohne sich wegzugeben. Es ist sicher, daß sie auf dem richtigen Weg geht, sie geht ein klein wenig unsicher, sie hat einige Gewissensbisse, und ich weiß mehr, als sie weiß, aber es ist ein guter Kampf, und sie ist verläßlich, und außerdem habe ich sie, separiert davon, lieb und kümmere mich nicht um das Unveränderliche, d.h. ich ändere sie nicht wie einen Idioten, sondern warte zu, bis die Liebe sie ändert, und sie wird immer mehr, wie sie war in der guten Zeit, vor Recht und dem Theater.

26.
Nachdem ich den Plan zu den Begebenheiten gemacht habe, die meinem festen Willen gemäß ums Jahr 860 in Rom sich zutrugen, krame ich, aus einer gewissen kindischen Neugier und um Wörter, Irrtümer, Sachlichkeiten in die Hände zu kriegen, nach einer Literatur über Johanna. Es gibt nichts. Diese Bauernlümmel und Abschriftsteller, die von der Gutmütigkeit erwachsener Volksschüler leben, diese impotenten Quellenknaben, die alles kennen und nichts wissen, die fünfhundertmal politische Geschichte schreiben mit etwa fünf Standpunkten drin und niemals ein Bild der Epoche vermitteln, daß man etwa sähe, was der Papst aß, trank, wie er liebte und bedient wurde, sich kleidete, ob er sich wusch, wie oft und wie es mit dem Rauchen war! Und keine Geschichte der Kleidermoden, der Handwerke, der Geschäfte, der gesellschaftlichen Stellung der Kaufleute, Soldaten, Pfaffen. Da gab es keine Romane, und die Geschichtswissenschaft vermag nicht im entferntesten in vielen Wälzern soviel Extrakt des öffentlichen Lebens zu geben wie eine einzige Zeitung. Wo man hinsieht, findet man nichts, nichts, nichts als ideologische Spintisierereien und schäbige Versuche, einen Sinn in den ganz äußerlichen Kalender der öffentlichen europäischen Sensationen hineinzupraktizieren. (Wenn ich Zeit habe, will ich eine Darstellung der Sitten und Geschehnisse eines Jahres einer deutschen Stadt schreiben. Im Tone der »Germania«. Ich kenne nur einen guten Reisebeschreiber, das ist ein amerikanischer Journalist namens   , ein »seichter Plauderer« mit praktischem Sinn.)

27.
Ich raufe mit Mar wegen des Kapitels Geschmack. Sie verteidigt den Kokottengeschmack, ich erledige ihn als talentvoll, als Kammerspielgeschmack. Sie ziehen meist den Körper an, nicht den Leib. Ihr Gesicht, ins Blumenhafte stilisiert, wirkt dann angezo-

gen wie ein Handschuh, man riecht parfümierten Schweiß, das sind Ausstellungen, nicht Visionen, das ist bemalter Stein, Statuette zwischen Pappendeckeln. Die Bäume wirken dahinter nackt, roh, geschmacklos. Statt dessen müßte das Kleid wie eine dilettantische Improvisation wirken, etwas lässig, aber ordentlich, hauptsächlich ordentlich aus Höflichkeit. Man darf nicht das Kleid, sondern die Frau sehen. Die Frau ist nicht einmal das Bild für diesen Rahmen, sondern das Bild ist auf Luft gemalt. Wie plump, diese Wandel-Illustrationen zu dem Text: Heute noch wirst du mit mir im Paradiese sein! Die Kleider der Kokotten sind Fachsimpeleien, eine humorlose und fantasiearme Draperie, etwas Handgreiflich-Deutliches; es ist so, als wirke das Kleid für sich, es ist ein schönes Kleid, statt das Kleid einer schönen Frau (wobei ich durchaus zugebe, ja verlange, daß die Schönheit durch das Kleid gesteigert wird, aber es muß ein Schwindel sein, ein Trick, ein Handgriff, das Kleid muß so aufopfernd sein, daß es, das die Hauptarbeit leistete, auch noch ruhmlos zurücktritt, bescheiden lächelt ...).

Eine solche Französin liebt man, wie man (unter Kennern) eine Zigarette raucht: man raucht die Zigarette auf, aber nicht ganz. Man wirft sie, die immer weniger wird, umgesetzt wird in Rauch, weg; aber der Geruch bleibt lang in den Kleidern. (Länger als im Mund.) Schade ist nur, daß der Vergleich zu alt ist.

28.
Ich mache das »Rheingold« durch; die Aufführung wird scheußlich abgesetzt. Das Orchester leidet an Knochenerweichung, hier hat alles Plattfüße. Die Göttchen deklamieren zwischen ziemlich sorgfältig ausgeführten Kopien von Versteinerungen der Juraformation, und die Dämpfe aus der Waschküche, in der Wotans schmutzige Herrenwäsche gewaschen wird, machen einem übel. Erstaunlich einzig Mariannes schöne, zarte Stimme.

29.
Dann sehe ich einen kleinen Einakter mit Charlie Chaplin. Er heißt »Alkohol und Liebe«, ist das Erschütterndste, was ich je im Kino sah, und ganz einfach. Es handelt sich um einen Maler, der in eine Schenke kommt, trinkt und den Leuten, »weil ihr so

freundlich zu mir wart«, die Geschichte seines Ruins erzählt, die die Geschichte eines Mädchens ist, das mit einem reichen Fettwanst abrückte. Er sieht sie wieder, schon vertrunken und recht abgerissen, und »das Ideal ist beschmutzt«, sie ist dick und hat Kinder, und da setzt er den Hut schief auf und geht nach hinten ab, ins Dunkle, schwankend wie ein auf den Kopf Geschlagener, ganz schief, großer Gott, ganz schief, wie vom Wind umgeblasen, ganz windschief, wie kein Mensch geht. Und dann wird der Erzählende immer betrunkener und sein Mitteilungsbedürfnis immer stärker und verzehrender, und er bittet um »ein Stück der Kreide, mit der ihr die Queues eurer Billards einreibt«, und malt auf den Fußboden das Bild seiner Geliebten, aber es werden nur Kreise. Er rutscht so darauf herum, er gerät in Streit mit allen, er wird hinausgeworfen und zeichnet auf dem Asphalt weiter, immer Kreise, und wird hineingeworfen und zeichnet drinnen weiter und wirft alle hinaus, und sie strecken ihre Köpfe zum Fenster herein, und er zeichnet am Fußboden, und das Letzte ist: da, mit einem Male, mit einem schrecklichen Schrei, da er gerade seiner Geliebten eine kunstvolle Locke andrehen wollte, fiel er hin über sein Bild, betrunken ... tot ... (ivre ... mort ...). – Chaplins Gesicht ist immer unbewegt, wie gewachst, eine einzige mimische Zuckung zerreißt es, ganz einfach, stark, mühevoll. Ein bleiches Clownsgesicht mit einem dicken Schnurrbart, Künstlerlocken und Clownstricks: er beschmiert seine Weste, er setzt sich auf die Palette, er stolpert in seinem Schmerz, er zeichnet an einem Porträt ausgerechnet die Hinterteillinie aus. Aber er ist das Erschütterndste, was es gibt, es ist eine ganz reine Kunst. Die Kinder und die Erwachsenen lachen über den Unglücklichen, er weiß es: Dieses fortwährende Gelächter im Zuschauerraum gehört zu dem Film, der todernst ist und von erschreckender Sachlichkeit und Trauer. Der Film zieht seine Wirkung (mit) aus der Roheit seiner Beschauer.

30.

Die große Angst vor dem kalten Chicago!

Die Frauen, denen plötzlich einfällt, sie könnten einmal ihre seidenen Hemden waschen müssen oder es schneite auf ihre Toiletten und sie hätten nur das Licht der Gaslaternen und die Wärme der öffentlichen Lokale! Daher stammen alle schlechten

Triebe, die niedern Gewohnheiten, die Mimik! Und die Männer, die plötzlich die Verantwortung spüren oder die Gleichgültigkeit der öffentlichen Plätze, die vernichtende und irrsinnige Bedeutung bedruckten Papiers, das Ausgeliefertsein an winzige Unterschiede der Berechnung, Bezahlung, Chance, daß ein starker, komplizierter und kostspieliger Organismus durch eine kaum meßbare Veränderung in der Luft, einen Trick des Windes erledigt wird, hingeopfert ohne Opferer und Gott.

31.

Es fragt sich, ob das trostlose Gesetz der Kausalität im Menschen nicht durchbrochen werden kann ... Immer folgt unsern Handlungen auf dem Fuß die Veränderung der Umwelt und unseres Innern. Gibt es keine Gnade, keinen Kredit, glaubt uns niemand unsere Sünden *nicht*, hält uns niemand für besser als wir selbst, warum hören sie nicht auf, sich nach uns einzustellen, und sind so armselig, so bettelhäftig kahl, ihren Purpur nur im Licht zu tragen, und warum lassen sie sich nicht einfach nicht beeinflussen?

NOVEMBER

7.
Nach einer guten Zeit in der Schaufensterstadt ab nach Berlin. Mar ist sehr gut diese Tage, sie gehen rasch. Ich fahre nachts, trinke wieder, rauche, schlafe wenig, tappe im Regen aus dem Zug, mit zwei Koffern, an einem kalten Morgen. Das Zimmer ist noch verstellt, finster, kalt, erschreckend. Ich hole die Post bei Hedda. Hedda scheint ziemlich sicher, fremd, weg. Es ist hauptsächlich ein Brief der Bi: sie ist schwanger, seit mindestens zwei Monaten. Es ist ein guter Brief, voller Fassung und Liebe, ohne jeden Ton von Jammer, ich liebe sie sehr, wie ich ihn lese, und erschrecke über die Maßen. Schreibe, am ersten Tag, an Otto und Cas. War eineinhalb Monate unerreichbar, konnte ihr nicht antworten. Die nächsten Tage bin ich allein, es regnet, der Teufel hat sein Hauptquartier in mir aufgeschlagen. Ich esse bei Warschauer, am dritten Tag. Dann kommt, von der Bi, ein Brief, es sei alles all right, sie habe sich selbst helfen können. Ich schnaufe auf, lese mit Andacht den Brief Ottos, den ich ihm nicht vergesse, stark, einfach, sicher. Er macht alles (»beunruhige dich nicht!«). Und ich habe ihm seinen Hut und seine Schuhe verzogen, da ich ein Scheusal bin. Die He treffe ich am fünften Tag. In guter Laune wegen der Briefe. Ich lache immer, sie sagt von Verpflichtungen, will mich küssen, ich winke ab. Sie ist stärker, sie hat einen Triumph hinter sich, wird geliebt. Bei einem Bildhauer Isenstein erlebe ich ihn. Ein junger, starker Mann mit dickem Kopf, etwas rohem Gesicht, langsam, zäh, spießig. Er mißfällt mir nicht gerade. Er steht halb hinter ihr, halb an sie drängend, die Hand in der Hosentasche, durch die Nase schnaufend. *Gewiß* hat sie Verpflichtungen!

12.
Es ist eine graue Stadt, eine gute Stadt, ich trolle mich so durch. Da ist Kälte, friß sie! Esse mittags bei Warschauer, abends Wurstbrot. Mache Balladen. Bin allein. Die He lade ich ins Theater, sie kann einmal nicht, das zweite Mal läßt sie am Telefon absagen. Unhöflichkeiten treffen mich mehr als Gemeinheiten, ich rufe nicht mehr an. Es sind wohl erstens ihre

Gefühle verbraucht, schlecht konserviert, wie sie waren, zweitens ist sie in die niedere Arithmetik geraten, und drittens ist sie überhaupt von Qualität II. (Neulich sagt sie: »Ich habe Mast geliebt, XY und Gert Ilo« – dann wohl mich! Und sie lief immer nach!) Aber sie sieht stark aus und gesund, besser als bei mir, das ist die Hauptsache.

Mittwoch, 16.
Visiten: Bei der russischen Filmschauspielerin Tschechow, die mir mit Ausdruck und Wahrhaftigkeit imponiert, ich lasse ihrem Mann den Film dort. Vielleicht schadet es mir, daß ich bei guten Menschen immer gleich kindisch werde, offen und vertrauensselig, auch frech. Zweitens: Hermann Kasack in Potsdam, ich bin auch dort einen Abend lang. Er liest quendam Kulka vor, schlechtes, gekünsteltes Zeug, Literatengewäsch, dann auch Loerke, der viel besser ist, einige gute Essenzen hat, nur keinen Humor, eine ganz impertinente Hingegebenheit, von Weihe verseucht. Es sind nette Leute, hilfsbereit und unbedeutend, Nüanzeriche, etwas dünn. Oh, dieser Krieg! In der Sezession hängen Bilder dieser Unterernährten, Hungerkünstler: Rachitiker am Kreuz, typische Fötusgestältchen, »reiner Geist«, Alkohol dient lediglich zum Konservieren. Überall der Schrei nach dem Kind! Diese Literatur ist eine Folge der Blockade. Überall Mangel an Rohstoff. Keine Unternehmungslust. Redesucht. Dann Monologe, Angeilereien, lauter Patienten! Wann ist der Körper ausgeliefert an die Sensorien? Wenn er krank ist. Sie übergeben sich dem Gefühl! Und dabei sind Gesichte anders als Gefühle oder Un-Sinneseindrücke, das Morphium des Wortes anderes als dieser sterile Götzenkult. Die Kunst des Heilens ist eine zynische. Sterbende sind Zyniker, wenn sie können. Jetzt wird die Literatur eine Sache der Literaten, und was für welcher! Das Mitleiden der Dramatiker (Hauptmann, Ibsen) der Anfang vom Ende! Das gibt nur flache Stücke. (D.h. man kann nicht drum rumgehen.) Es existiert eine einzige Ansicht über die Leute und Vorgänge im Theater, das ist die des Dichters. Das Parkett lernt »alles zu verstehen«. Es gibt keine Leidenschaften mehr im Parterre. Man läuft in diese Bordelle, um einen Trieb loszuwerden.

18.
Rasieren, frieren, mittagessen.
Telefon. Geschwätz. Visite. Straßen.

Bassermann als Kean. Klöpfer als Götz. Dorsch in einem Vaudeville. Chaplin (Quelle – als Sträfling). Ich mache einiges zum »Dickicht«, Pläne fürs Große Schauspielhaus, Balladen (mit Musik: Man raucht, man befleckt sich usw.). Einen Abend bei Kasack. Nette Leute: Literatur, Papier, Hornbrille, Ideale. Bau W., Heinrich Eduard Jacob, der höhere Schmock, von Molière vorgeahnt, Précieuser, Salonphilosoph, Dummkopf. Warschauer immer sehr gut. Die Märker dort weissagt aus der Hand (»die ungeheuer gesund ist«). Große Verwirrung, Chaos. Vorherrschend ein K (Kind), es ist, als habe ich schon einen Hausstand, sie sagt sogar Kind. Dann eine Flucht, gegenwärtig vorherrschend einige M und ein H. In früher Jugend Sturm mit einer Frau. Bis 30 Chaos, dann fünf Jahre lang Hausstand, Ruhe, Entfaltung, Begegnung mit bedeutenden Menschen. Dann schwere Krankheit, die überwunden wird, dann eine bedeutende Frau, bei der ich ebenfalls nicht bleibe. Nichts von Beruf drinnen. Das ist nicht vorherrschend. Die Lebensfahne erstaunlich sicher, kühn, klar, gesund. Vor einiger Zeit einmal eine Flucht, ich wurde aber durch ein Ereignis wieder zurückgerufen. (»Sie nehmen eigentlich nichts besonders tragisch; es ist, als ginge es Sie bisher wenig an ...«)

24.
Eines ist im »Dickicht«: die Stadt. Die ihre Wildheit zurückhat, ihre Dunkelheit und ihre Mysterien. Wie »Baal« der Gesang der Landschaft ist, der Schwanengesang. Hier wird eine Mythologie aufgeschnuppert.

25.
Abermals Kasack, der Reimann vorliest. Abermals Jarosy – Tschechow, die einen Film bestellen. Dann Scala, wo Matray und Sterna tanzen, danach beide bei Maenz. Im Zoo am Abend bei Fütterung: Sensation – die Menschenaffen. Jessner: »Othello« (Kortner, Hofer, Steinrück) glänzend, dünn, humorlos. Das ist ein Graphiker. Klabund bestellt mich zu Erich Reiß, sie lesen die Manuskripte. Ich esse bei Warschauer.

DEZEMBER

2.
Vormittags hocke ich in diesem dunklen Eiskeller und schwanke zwischen einem Film für Frau Tschechow und einem Stück für Frau Durieux (»Johanna«). Darüber verrinnt die Zeit, ich fülle sie mit Rauchen aus. Ich schreibe an den Wendeverlag, er kann »Baal« haben, an Bi, sie soll schreiben, an Feuchtwanger, was in München los ist. Dann bummle ich zu Warschauer, wo ich wie gewöhnlich esse, kaufe unterwegs für Bi eine Perlenkette für 10 (zehn) Mark. Nach Tisch besuche ich Klabund im Romanischen Café, da er mir geschrieben hat. Er hat 'nen jungen Hebräer mit, der mich für morgen, 12, zu Erich Reiß bestellt, zwecks Generalvertrags. Mit Klabund und einem grauhaarigen fidelen Herrn schiebe ich in eine Likörbude, wo ich süßen Kognak bekomme. Dann fahre ich in den Blüthner-Saal, wo Matray und Sterna tanzen zu Musiken von Jaap Kool. Darauf, im Auto, mit der ganzen Bande zu Warschauer, wo soupiert wird. Es ist aber ekelhaft, ich werde als Luft serviert (das Gewäsch schnürt mir den Hals zu ...), ich rauche nebenan und auf der Toilette und schlage mich bald seitwärts: Ich bin immer noch unterwegs auf dem Weg zur Sonne. Ich trabe zu Maenz. Dort treffe ich Granach, der nett ist, mir gleich Goldberg von der »Tribüne« vorstellt, Vorlesungen ausmacht. Ich laufe, etwas frierend, etwas fiebernd, heim, den Kopf voll, das Herz leer, und gänzlich unzufrieden, gänzlich unzufrieden.

3.
Gern möchte ich die »Johanna« jetzt schreiben, um dann die Hände für die Trilogie »Asphaltdschungel« frei zu haben. Drei Stücke für das Große Schauspielhaus: 1) »Die geldjagende Menschheit« 2) »Das kalte Chicago« 3) »Der Wald«. Dazu Material: 1) Das Wu Wei aus »Wang-lun« und »Richard III.« 2) »Das Rad« 3) Der »Malvi«-Stoff. Werner Krauss.

7.
»Wenn wir Toten erwachen«, ein Melodram über die Impotenz, zwanzig Jahre später, Expressionismus eines Greises, dummes Zeug – mit der Durieux, einer ganz großen Darstellerin.

8.
Ich laufe abends in den Kino, sehe nicht, was gegeben wird, oder doch: eine Frau kujoniert ein Schwein. Aber mir fiel das Schicksal des Dienstmädchens ein, das bei Warschauers in einem Loch haust und arbeitet, die Schwindsucht hat, keine Heimat, keinen Mann, das tagelang nichts spricht, und die Wohnung ist finster. Und ich sehe nicht mehr, wo der große Unterschied ist, ich bin weit entfernt von Mitleid, ich meine nur, wie arm wir sind, wie affenhaft und mißbrauchbar, elend, hungrig, geduldig.

9.
Immer wieder bricht es aus: die Anarchie in der Brust, der Krampf. Der Ekel und die Verzweiflung. Das ist die Kälte, die man in seinem Herzen findet. Man lacht, man verachtet das, aber es sitzt im Lachen selbst, und es nährt die Verachtung.

11.
Großmann hat an Kahane geschrieben, ich an Reinhardt. Jetzt kann ich zu den »Traumspiel«-Proben. Sie dauern von ½ 11 – ? Um 4 Uhr gehe ich. Dabei spielt Klöpfer den Juristen und macht etwas Ungeheures daraus. – Warschauer macht mit A. Engel vom Oswaldfilm aus, ich müsse poussiert werden. Kiepenheuer – bei dem ich zum Tee bin – schiebt mich in den Terra-Film. Reiß und Kiepenheuer haben mir Vertragsentwurf gegeben. – Feilchenfeldt mich zu Cassirer eingeladen. – Die He ist Samstag vor einer Woche mit zu Kasack gefahren; unterwegs hat sie sich eine grobe Dickhäuterakrobatik geleistet, worauf ich verstummte und sie in Potsdam umkehrte. Ich sah sie noch den Bahnsteig hinunterlaufen, in Braun, klein, schief, hastig, mit zu großem Kopf; dann sah ich sie nicht mehr. – Einmal sind wir abends in einem Atelier viele Leute. Ich betrinke mich frühzeitig, fülle mich mit Branntwein, Rotwein, Likör, steige zur Decke des Zimmers auf, kann mich nicht mehr an Lieder erinnern. Klabund singt, am Klavier, Soldaten- und Hurenlieder, tanzt, erwehrt sich mühsam der Weiber, die verschossen in ihn sind, die schwarze Pelzgarnitur darunter. Mir werden die Zähne nach keiner lang. Esther, die Rose von Saron, trägt leichtfüßig, aber ritisch ihren Assyrierkopf durch das rauchige Nachtlokal, eine Malaiin tanzt mit mir wie eine Hure, wir fallen auf den Kohlen-

kasten, dann singt sie mit einer tiefen, verrauchten Altstimme in der Höhe der Herzspitze französische Chansons, Couplets mit Steißbegleitung, und dann tanzen Heinrich Eduard Jacob und ich den Tanz der (Sofakissen-)Buckligen. Einmal sitzt Klabund still da, hört mir zu, wie einer, der schon Mantel und Hut an hat, keinen Reiseplan, kein Geld, kein Interesse an beidem und nur noch zuhört: Es sind die ersten barbarischen, ungeschlachten Lieder der Neuen Zeit, die aus Gußeisen ist. Ein Mitarbeiter der »Aktion« und Mitarbeiter an einer über und über bemalten Flitterwochenrevue von Frau spritzt dünn und sorgfältig Galle und treibt rationell Unzucht mit dem Wort »Scheißkopf«. Jacob, ballhaft, Pausbäckchen, Kirchenposaunenengel, die weiche Pastete mit Pflaumenmus, veräbbelt meine gerollten Rs, versichert mir immerfort: Sie sagen immerfort Becht, es heißt Brrrecht, ebenso wie es Girrtarre heißt und Jarcob! Er hat ein feuchtes Äuglein in ein Rotweinglas rollen lassen: ein roter Tropf hängt an seiner Nase. Gegen 4, im schwanken Holzpferdekasten, spiele ich noch die Gitarre und singe. Dann setzt sich die verehelichte Grete von der Kapp-Putsch-Zeit gegen mich und sagt: »Von Ihnen allein könnte ich es erfahren. Sagen Sie mir es: Was ist die vierte Dimension?« – »Ja. Das ist die Hauptsache! Aber jetzt kann ich nicht, weil ich getrunken habe.« – »Ja, jetzt können Sie nicht.« –

12.

Ich bin in der letzten »Traumspiel«-Probe und entdecke endlich die Grundfehler, die mich gequält haben, aber ich war durch die Glätte der Bilder lahmgelegt. Es ist kein Traum. Müßte schief sein, verquollen, zerknäult, schrecklich, ein Alpdruck mit Lieblichem, der Alpdruck eines göttlichen Wesens. Und ist etwas für die Recht-Denkenden, ohne Kurve. Ich trottete müde heim. Ich aß und trank und legte mich zu Bett um ½ 8 Uhr. Aber man weckte mich um 10, und es war eine solche Qual in mir, eine wäßrige Qualle zwischen den Rippen, daß ich aufstand. Es ist keine Luft in dieser Stadt, an diesem Ort kann man nicht leben. Es schnürt mir den Hals zu, ich stehe auf, fliehe in ein Restaurant, fliehe aus dem Restaurant, trabe in der eisigen Mondnacht herum, krieche wieder hier herein, schreibe mit Unlust, muß wieder in die Klappe, kann nicht schlafen.

19.
Wieder diese apokalyptischen Gespensterstürme, die warm, genäßt die Dächer bürsten, das Grippewetter, das einen vergiftet, man legt Eier in die Ofenecken und raucht sich zu Tode. In aller Frühe hat man seinen Herzkrampf, stolziert dann herum wie aus Glas, kann wegen der Eiskälte im Zimmer nicht arbeiten. Nachts wird die Marianne kommen, eine barbarische Freude, dann wird alles besser und kriegt Sinn. Ich würde gern den steifen Hut aufsetzen, aber es regnet und stürmt, und ich würde gern Schnaps trinken (habe gekauft), aber dann riecht man aus dem Mund. Ich kann nicht arbeiten, singe bloß Choräle und Wedekind. Das ist ein Erbauungsschriftsteller wie wenige. Er und ein Revolver und kein Gewissen, aber Geschmack: das ist besser als die Konfirmation. Auch Geschwätz ist gut, es ist zuviel Pause zwischen den Sternenhimmeln. Wieviel Sinn für Romantik ist nötig! Steine auf einem platten Boden: Das ist eine Heimat; nein, das ist keine Heimat. Wieviel fremde Leute, wie ungewiß die Abstände. Die Lampe brennt nieder. Ich habe seitlich links etwas Kopfweh. Wer ist das, der da Kopfweh hat? Mein Vater war da, wir saßen einander gegenüber an einem Wirtshaustisch, zwei Leute, die zusammengehören, eine vage Beziehung, die schon viel ist unter unsresgleichen! Er interessierte sich in einer sorgfältigen Art für mich, gab mir 1000 Mark, erzählte von seinem Geschäft, fragte nichts, wie ich mit Marianne stehe, sagte, es gäbe Schinken und Ente zu Weihnachten, man werde mir davon schicken. Das erfreute mich. Er ist fast höflich, sagt: Ich kann nicht so schnell kommen. Ich: Ich warte; er: Sei so gut!, und er verlangt ganz wenig: du brauchst nicht mitzugehen, nicht auf den Zug zu warten, das ist merkwürdig.

Gedicht

Einer kann herkommen aus Tiflis und mich töten.
Dann erbleicht (in der Luft) ein Tag
Der war blau wie deine Kaffeetasse.
Das Zittern einiger Grashalme, das ich vor Zeiten bemerkte
Kommt nun endlich zum Stillstand.

Ein toter Mensch, der freilich verfault ist
Hat keinen mehr, der weiß, wie er aussah
Denn der Anhaltspunkt fehlt jetzt.
Der Tabakrauch, der inzwischen durch Milliarden Himmel
Gestiegen ist
Verliert seinen Gottesglauben
Und
Viele vögeln die Weiber, rauchen, trinken, schwatzen und
Es ist durchaus all right.

ANDERES GEDICHT

Früher dachte ich: ich stürbe gern auf eigenem Leinzeug.
Heute
Rücke ich kein Bild mehr gerad, das an der Wand hängt.
Ich lasse die Stores verfaulen, öffne dem Regen die Kammer
Wische mir den Mund ab mit fremder Serviette.
Von einem Zimmer, das ich vier Monde hatte
Wußte ich nicht, daß das Fenster nach hinten hinausging
(Was ich doch liebe ...)
Das kommt alles daher
Weil ich so sehr für das Vorläufige bin und an mich
Nicht recht glaube.
Darum hause ich, wie's trifft, und friere ich, sage ich:
Ich friere noch.
Und so tief verwurzelt ist meine Anschauung
Daß sie mir dennoch erlaubt, meine Wäsche zu wechseln
Aus Courtoisie für die Damen (und weil
Man gewiß nicht ewig
Wäsche benötigt).

NOCH EIN GEDICHT

Ich bin vollkommen überzeugt, daß morgen ein heiteres Wetter ist
Daß auf Regen Sonnenschein folgt
Daß mein Nachbar seine Tochter liebt

Mein Feind ein böser Mann ist.
Auch daß es mir besser geht als fast allen andern
Daran zweifle ich nicht.
Auch hat man mich nie sagen hören, es sei
Früher besser gewesen
Die Rasse verkomme
Oder es gäbe keine Frauen, denen *ein* Mann reicht.
In all dem
Bin ich weitherziger, gläubiger, höflicher als die
Unzufriedenen –
Denn all dies
Scheint mir wenig zu beweisen.

21.
Die Marianne ist da. Es regnet. Die Pension ist warm, wir können dort sein. Sie sieht nicht so gut aus, aber dann wird sie schöner. Sie singt Mahler zum Klavier. Ich renne zu Filmproben. Usw. Usw.

23.
Ich schließe mit Erich Reiß ab. Monatlich Zahlung von 750 Mark. 1. Balladen 2. Geschichten 3. Garga. Zarek schleppt mich zur Hesterberg, und ich schließe ab für sechs Tage (500 Mark). Ich singe auf der »Wilden Bühne« Soldatenballaden.

24.
Dann wohnen wir bei Warschauer. Diese Gastlichkeit ist asiatisch. Wir haben unsern eigenen kleinen Baum. Ich schenke Marianne eine türkische Zigarettenspitze, alt, Tula, einen eisernen Anhänger, eine Ballade in Handschrift. Sie mir »Der Idiot«, Krawatte, einen Affen, Socken. Wir soupieren mit Warschauer, der mir Wedekinds »Lautenlieder« schenkt.

25.
Marianne redet viel davon, daß sie Recht doch gern hatte, als sie von mir wegging, daß seine Liebe sehr stark sei. Vielleicht, weil ich nicht zum Arbeiten komme. Sie ist mit Hagemann (und andern, einem Ehepaar) in Bars gewesen, er hat versucht, sie im Wagen zu küssen, sie hat ihm einen Brief geschrieben aus Begei-

sterung für eine Inszenierung. Sie erhält einen Brief, überschrieben »Marianne«, eine Einladung für Silvester, zu viert, d.h. zwei Paare. Sie solle antworten, sonst disponiere er anders. Und dann ein offizieller (gleichzeitiger) Brief, daß sie wohl nicht mehr engagiert wird.

31.
Mit Marianne und Warschauers im Großen Schauspielhaus: »Orpheus«. Dann Souper, Champagner, Rauchen, Bleigießen. So schließt das Jahr ab.

1922
JANUAR

7.
Eine Woche noch schwatzen, lieben, sitzen wir. Dann fährt sie ab, und ich stürze mich wieder in das kalte Chicago. Ich rudere mit Händen und Füßen. Zunächst die Verlagssache! Reiß hat 750 Mark angeboten. Kiepenheuer 800. Beide wollen auch Bühnenvertrieb. Ich unterzeichne bei Reiß schon, hole aber den Vertrag zurück, um ihn Kasack zu zeigen. Dann muß ich mit Dreimasken sprechen. Es fällt mir ein, dort *1000* Mark zu verlangen, monatlich, auf ein Jahr. Kiepenheuer treibe ich ebenfalls auf 1000. Dazu erreiche ich, daß Kiepenheuer den Vertrieb der nächsten Stücke bei Dreimasken läßt. Dreimasken schwankt, bietet höchstens 500. Ich bringe »Garga« nicht, um es nicht abgeben zu müssen. Beharre aber auf den 1000. Dann sagen sie zu, nachdem ich ihnen Löcher in den Bauch geschwatzt habe.

Letzte Tage des Januar
Plötzlich schiffe ich Blut. Ich versuche zwar noch, auf großem Fuße weiterzuleben, gehe mit Klabund, Hedda, Bronnen in den Blauen Vogel, aber dann kommen deutlichste Winke meines Unterleibs. Ich liege zwei Tage allein in meinem kalten Loch, dann kommt Hedda und Bronnen. Montag bringt mich Frank in die Charité, wo Hedda mit Wollheim alles für mich geschoben hat. Inzwischen rufe ich die Marianne, die in Wiesbaden gekündigt hat, und sie ist sofort da. Sie macht das Hotel zum home.

FEBRUAR

10.

Jetzt liege ich die dritte Woche zwischen den weißen Wänden. Es ist völlige Windstille. Erst ist die Marianne täglich da; aber am dritten Tag findet sie in meiner Wohnung die Briefe der Bi; es fährt ihr in die Glieder, und zuletzt stellt ein Arzt fest, daß ihre Lunge angegriffen ist, und jetzt liegt sie bei Warschauer. Allein. Fast jeden Tag kommt Bronnen angesegelt, der auch eine Komödie »Spiel mit der Bewegung« bringt. Es ist kraftvoll und anmutig, greift tief in die Sprache, ist aber an Poesie und Philosophie schwächer. Ich selber entwerfe außer einer Reihe von kleinen Prosastücken ein Stück »Manuel« oder »Manuel Wasserschleiche«, eine Art Unabhängigkeitserklärung. Im übrigen lese ich, rauche und schwatze mit mir selber und werfe mitunter einen möglichst kühlen Blick auf den kleinen Geierschatten im Himmel, den Tb-Verdacht.

Wenige Aussprüche über die Kunst haben mich ebenso gepackt wie Meier-Graefes Satz über Delacroix: Bei ihm schlug ein heißes Herz in einem kalten Menschen.

Ein Mensch muß durch die Überlegenheit seines Gehirns von der Zwangsarbeit loskommen. Keine Gemeinheit ist gemeiner als die Arbeit. Nichts ist eines Menschen unwürdiger als: tun, was ihm keine Freude macht. Die Männer der Arbeit sind die gefeierten Sklaven, und es macht nichts aus, daß die Menschheit seit alters von Sklaven kujoniert wurde.

Wenn man nur Mut hätte, wäre es spottleicht, fast alle Ideale und Institutionen, auch noch einen großen Teil derjenigen dazu, die sich sogar auf dem Tapla eingenistet haben, auf die verzweifelte Sucht des Menschen zurückzuführen, seine wahre Lage zu verschleiern. Anerkennung der Familie, Lob der Arbeit, Ruhmsucht, Religion, Philosophie, Kunst, Rauchen, Rausch sind nicht einzeln und klar in ihrem Wert abgeschätzte und als *Mittel* (moyens) erkannte Aktionen gegen das Gefühl der Einsamkeit, Ausgeliefertheit und Rechtlosigkeit der Menschen, sondern die sichtbaren Bürgschaften gestapelter ungeheurer Werte und Sicherungen. Hierher, aus dieser Verführung zur Gemütlichkeit, kommt die Sklaverei des Menschen.

Einen großen Fehler sonstiger Kunst hoffe ich im »Baal« und »Dickicht« vermieden zu haben: ihre Bemühung, mitzureißen. Instinktiv lasse ich hier Abstände und sorge, daß meine Effekte (poetischer und philosophischer Art) auf die Bühne begrenzt bleiben. Die splendid isolation des Zuschauers wird nicht angetastet, es ist nicht sua res, quae agitur, er wird nicht beruhigt dadurch, daß er eingeladen wird, mitzuempfinden, sich im Helden zu inkarnieren und, indem er sich gleichzeitig betrachtet, in zwei Exemplaren, unausrottbar und bedeutsam aufzutreten. Es gibt eine höhere Art von Interesse: das am Gleichnis, das am Andern, Unübersehbaren, Verwunderlichen.

11.
Es ist üblich, daß die Dichter in den Trauerspielen gegen Ende zu (wie überhaupt) die Partei ihres Helden nehmen. Es ist ein Unfug. Sie müssen die Partei der Natur nehmen. Ja, aus Furcht davor, ihren Helden herabzusetzen, wagen sie es dann nicht einmal, die Natur zu verhöhnen, dies widerliche Gemuhe der albernen Kuh wiederzugeben, die den Heuschreck verschlungen hat! Das ist die Bourgeoisie der Schaubühne!

Nacht. Ich habe einen Zug Nachmittagsluft in mir: Ich war beir Marianne, die bei Warschauer liegt. Sie ist heiß und ungläubig. Nachts Flauberts Briefe.

12.
Über diesen Schlachtberichten eines wahnsinnigen Mammuts erbleicht man. Was denkt er sich? Was für ein lasterhafter, stiernackiger, besessener Gallier! Welche Inbrunst bei einer Arbeit, die ganz leicht gehandhabt werden muß! Wie sicher muß dieser Troglodyte seines Stoffes gewesen sein, um es wagen zu können, solche Mühe an ihn zu hängen! Alles, was wir machen, ist leichtfertiges Zeug, Affengeturne, rein beiläufig!

13.
Das Drama ist zweifellos eine Pubertätserscheinung der Völker. Beweis: Orge, dessen Philosophie an Reife und Kraft turmhoch über der meinen steht: eine idyllische. Das, was fast aussöhnt: Stücke wie der Shlink haben den Stempel der *letzten* unter den heroischen Dummheiten auf dem Rücken. Jetzt sind die Arenaflächen rasiert für die neuen kräftigen Stücke der vorletzten Dummköpfe. Gelingt es einem von uns, das Drama zum Spiel zu machen, ohne es zu schwächen, wozu vielleicht weniger eine heroische Religion wie zu den großen mythischen Tragödien gehört als eine starke und gleichmäßige Philosophie, dann werden wir durch ein Feixen dem Gelächter entgehen.

14.
Bronnens Lustspiel, stark in der Gestaltung, schwach in der Idee und dünn im Kosmischen, eher episch als dramatisch, obwohl jede Szene steht, und das Ganze ist höchst lustvoll.

16.
Gewiß ist es so: es gibt keine andere Seite. Aber die lieben in der Hoffnung auf sie, in Armut und Entbehrungen, die haben die Hoffnung, denn die andere Seite gibt es nicht. Die aber wissen darum und auf unserer Seite die Seligkeit haben wollen, die entdecken, daß es keine gibt.

»Im Dickicht«
Bronnen
Charité
Jessner
Das kalte Chicago
Aufzeichnungen

[Autobiographische Notizen 1921 bis Juni 1938]

[1921]

Mar sieht eine Frau mit vier Kleinen: Wenn die alle ihr gehören, haß ich sie.

Mar, zu Recht zurückkehrend, wird aufgenommen wie eine Königin.

Er zeigt seinen kleinen Koffer, ein gutes und nicht billiges Stück. Das habe ich noch in meiner schlechten Zeit gekauft, sagt er. Er meinte: als er arbeitete.

Seine Liebe bekämpfen: die Photographie der Geliebten unterm Vergrößerungsglas studieren.

Er trägt sein eigenes Bild im Medaillon.

Klette	II	»Brillantenfresser«
Schauspielhaus	I	»Trommeln«
Falckenberg	I	»Trommeln«
Klette	II	»Jamaikabar«
Klette		»Liebesmatch«
Klette		Preisfilm (Jagd)
Cassirer		Balladen, »Baal«, Geschichten
Dreimasken		»Baal«

Es ist nötig, die Biographie des *glücklichen* Menschen zu schreiben, es ist gut, ihn zu verherrlichen und sich zu freuen, daß die Erde ihn getragen hat. Es ist eine Schmach, *nicht glücklich* zu sein.

Das Leben als Leidenschaft! Ich betreibe das so. Es liegt auf der Hand, daß sie mich zugrund richtet!

[UM 1921]

Heute gegen Morgen hatte ich einen Traum, der mich stundenlang beunruhigte, weil er so außerordentlich realistisch und ungesucht war. Wir waren in größerer Gesellschaft, und ich wollte am End allein sein, und da stopfte ich Otto und einige andere mit List in ein übervolles Auto, sie fuhren endlich los, und ich ging mit der Marianne zurück ins Haus, wir waren aber kaum oben, als ich rasche und schwere Tritte auf der Treppe vernahm und sehr unmutig wurde, weil ich mir sofort dachte, daß Otto wieder einmal nicht allein sein könnte, und so war ich nicht erstaunt, als es Otto wirklich war. Aber er ging – mit rotem Gesicht – ganz rasch, und ohne mich zu beachten, an mir vorüber ans Gangfenster, das in einen tiefen und dunklen Lichtschacht hinausführte, sah hastig hinunter, beugte sich vor, stieg, ohne ein Wort zu sagen, in einem einzigen Riesengang, also von der Treppe aus über den Gang an mir vorbei, auf das Fensterbrett und sprang fast mit dem Ausdruck der Bedachtsamkeit, soweit es seine Hast zuließ, hinunter. Ich erschrak furchtbar, umarmte die Marianne und dachte: jetzt ist es soweit.

[UM 1922]

Benn fragen.

Ich habe das Zuchthaus an den Nagel gehängt. Damit dürften die letzten Reste bürgerlicher Existenz in die berühmten Binsen gegangen sein. Ich befinde mich auf dem Vormarsch.

[1923]

Ich bin auf dem Markt gewesen, und was meine eigenen Kurse betrifft, so sind sie um allerhand tiefer als im Oktober, aber schon wieder etwas besser als im Januar.

Es soll mit der Vorsehung kein Spiel getrieben werden. Es soll ein Tatbestand festgestellt werden. Es gibt welche, die gut leiden können. Ich kann besser klagen, oder ich bilde es mir wenigstens ein. Die Klage muß von denen erhoben werden, die am wenigsten leiden.

Ich habe die denkbar besten Verträge mit Vertrieben, Bühnen, Verlagen. Ich kann mich weder über die Presse noch über das Publikum beklagen. Wenn ich im Romanischen Café auftauche, werden sie an vielen Tischchen gell. Aber ich kann nicht leben. Ich fahr nicht Auto und besuch nicht Spielhöllen. Ich kann mit meinen Einnahmen meinen Lebensunterhalt nicht mehr bezahlen. Die Miete ist mir zu hoch, sie verschluckt die Monatseinnahme meiner Frankfurter Aufführung. Ich nehme an, daß die Öffentlichkeit zu sehr mit ihren eigenen Nahrungssorgen beschäftigt ist,

[1924]

Lernen:
Chauffieren
Moderne Jamben
Stück komponieren
Fotografieren
Schifahren
Segeln
Reiten
Zeitung lesen auf Geld
Sprachen
Geldwirtschaft
Technik
Anatomie
Englisch
Jiu-Jitsu

Juli 24
Pläne:

»Flucht Karls des Kühnen«	?
»Galgei«	Regie
»Gösta«	Geld
»Mortimer Fleischhacker«	Studium
»Dickicht«	Position
Film	lernen
»Mahagonny-Oper«	Mar
»Hannibal«	
»John I'm happy«	
Exzentrikposse	

Juli 24
Armbanduhr
Hose aus Cord
Ledermütze
Hemden aus Khaki und Rohseide

Aga Kleinauto
Schwarzer Gummimantel
Unterwäsche
Feuerzeug
Jumper
Zeißfoto

[1925]

Anrede

Du hast einen Cocktail vor dir, den du selber gemacht hast. Eine starke schwarze Zigarre. Einen Stuhl für dein Hinterteil, einen Stuhl für die Füße und einen Ausblick, wie er für dich geeignet ist, und du bist nicht zufrieden, Bidi.

In Kalifornien sind Erdbeben, in Galizien ist eine Überschwemmung, du kannst im Kaffeehaus Zeitungen, im Bett Kriminalromane lesen. Amundsen mußte, ohne den Pol erreicht zu haben, umkehren, du konntest bisher noch jede Gemeinheit durchführen, die dir nicht zu anstrengend war.

Du bist nicht zufrieden.

Deine Freunde sagen zu dir Käptn, und wer mit dem Hut auf dem Kopf zu dir kommt, der geht ohne Fuß weg.

Und du bist es nicht zufrieden.

Was du noch kaum zu wollen anfängst, das hat Eile zu geschehen, du bist listig genug, angenehm zu sein, du weißt, daß man das Rindfleisch mit Essig ißt, und kannst a und b sagen und c und auch Zet, wie es dir besser und vorteilhafter erscheint.

Denn es ist deine beste Zeit jetzt, die dir zu wenig ist, und dein guter Tag, den du nicht erkennst.

Was dir zu kalt ist, war dein Sommer, wenn es dir zu dunkel war an deinem Tag, jetzt kommt die Nacht.

Und vor du zerschlagen worden bist, wirst du schon zufrieden sein.

Antwort

Ich bin unlustig.

Ich habe, was ich will, und sehe nichts Besseres.

Ich will nichts lieber als etwas anderes. Ich will nicht lieber essen als nicht essen. Grün ist nicht rot, sauer und mild gibt keinen neuen Geschmack. Das alte Gras, auch das ich noch gar nicht gesehen habe, ist mir zu alt. Das Leben ist zu kurz, und es vergeht zu langsam.

Ich bin nicht zufrieden; darum bin ich nicht zufrieden.

Nachts in Baden
Juli 25

Kochel, Ende Juli
Ich schwanke sehr, mich der Literatur zu verschreiben. Bisher habe ich alles mit der linken Hand gemacht. Ich schrieb, wenn mir etwas einfiel oder wenn die Langeweile zu stark wurde. »Baal«, das entstand, um ein schwaches Erfolgsstück in den Grund zu bohren mit einer lächerlichen Auffassung des Genies und des Amoralen. »Trommeln«, um Geld zu machen (es ist danach, hat aber kein Geld gemacht). Mit »Dickicht« wollte ich die »Räuber« verbessern (und beweisen, daß Kampf unmöglich sei wegen der Unzulänglichkeit der Sprache). Und »Edward«, weil ich den Marlowe inszenieren wollte und er nicht ausreichte. Die Balladen, um George und Otto in Schwung zu bringen für einige Stunden des Abends, der in Augsburg sehr trocken verläuft. Und die Sonette aus purer Langeweile. »Mannistmann« nur für das Theater, aber das Theater ist nichts, wo keine Appetite sind. Würde ich mich entscheiden, es mit der Literatur zu versuchen, so müßte ich aus dem Spiel Arbeit machen. Aus den Exzessen ein Laster. Ich müßte einen Plan aufstellen und ihn ausführen, um Tradition zu bekommen in der Arbeit. Die Inspiration durch manuelle Gewohnheit und die Lust des Abarbeitens. Ich müßte Mühe daran setzen, einen Stil zu wählen, der mir ermöglicht, das Abzuwickelnde auf die mir leichteste Weise zu formulieren. Meine Appetite müßten geregelt werden, so daß die wilden Anfälle ausgemerzt und die Interessen auf lange Dauer ziehbar wären. So etwa, daß ich Stücke sehr rasch schreiben könnte, aber nicht müßte. Dieses letztere ist die Fähigkeit der Klassiker. Sie erzielt Plastik. Lionardo konnte sein Interesse beliebig lang erhalten. Was den Stoff betrifft, so habe ich genug, um die vierzig zulässigen und nötigen Stücke zu schreiben, die den Spielplan eines Theaters für eine Generation bestreiten. (Aber ich glaube immer noch, daß man die Form ohne das Theater nicht festlegen sollte.) Als heroische Landschaft habe ich die Stadt. Als Gesichtspunkt die Relativität. Als Situation den Einzug der Menschheit in die großen Städte zu Beginn des

dritten Jahrtausends, als Inhalt die Appetite (zu groß oder zu klein), als Training des Publikums die sozialen Riesenkämpfe. (Die amerikanischen Historien allein ergeben im Minimum acht Stücke – der Weltkrieg ebensoviel, und was für ein Stoff und Ideenreservoir für Lustspiele ist die Produktion der deutschen Klassiker von »Faust« bis »Nibelungen«!) (Aber welche Fülle des Stoffes bietet überhaupt die Bearbeitung, ermöglicht durch die neuen Gesichtspunkte!)

Nach Genuß von etwas schwarzem Kaffee erscheinen auch die Eisenzementbauten in besserem Licht. Ich habe mit Erschrecken gesehen (auf einem Reklameprospekt einer amerikanischen Baufirma), daß diese Wolkenkratzer auch in dem Erdbeben von San Francisco stehenblieben. Aber im Grund halte ich sie doch nach einigem Nachdenken für vergänglicher als etwa Bauernhütten. Die standen tausend Jahre lang, denn sie waren auswechselbar, verbrauchten sich rasch und wuchsen also wieder auf ohne Aufhebens. Es ist gut, daß mir dieser Gedanke zu Hilfe kam, denn ich betrachte diese langen und ruhmvollen Häuser mit großem Vergnügen.

Ich glaube: die Oberfläche hat eine große Zukunft.

In den kultivierten Ländern gibt es keine Moden. Es ist eine Ehre, den Vorbildern zu gleichen. Ich freue mich, daß in den Varietés die Tanzmädchen immer mehr gleichförmig aufgemacht werden. Es ist angenehm, daß es viele sind und daß man sie auswechseln kann.

Ich habe kein Bedürfnis danach, daß ein Gedanke von mir bleibt, ich möchte aber, daß alles aufgegessen wird, umgesetzt, aufgebraucht.

Ich habe das Gefühl, ich dürfe nichts sagen, sonst verfiele ich einem Strafgericht. Es sei nicht erwünscht, von mir etwas gesagt zu hören.

Die Gefährlichkeit jeglicher Äußerung von meiner Seite war mir außerordentlich klar. Wenn ich aber nachdachte, was ich nun zu sagen hätte und was man von mir um keinen Preis zu hören wünschte, so konnte ich (so eigentümlich dies vielleicht klingen mag) nichts finden.

Es leuchtet wohl ein, daß so etwas sehr beunruhigen muß.

Ich habe jedesmal nachgeprüft, ob ein momentaner Fehler meiner Konstitution vorlag, wenn ich plötzlich mit meinen Mitmenschen nicht zufrieden war. Einige Male war dies nicht der Fall, meines Wissens. Aber auch in diesen Augenblicken hatte ich nichts Eigentliches gegen die Menschen vorzubringen, vielleicht deswegen, weil mir eher der ganze Typus verfehlt schien. Ich glaube, der Mensch ist eine Rasse, die im Schöpfungsplan nicht vorgesehen war. Welche Tatsache im Laufe ihrer nur wenige Jahrtausende dauernden Lebenszeit nur von wenigen Exemplaren erkannt wurde, die übrigens selber noch nicht die Stufe der Ichthyosaurier erreicht haben können. Ich möchte damit, wie man sich wohl denken kann, keinem Menschen persönlich zu nahe treten.

Ich würde zu keiner anderen Gruppe weniger gern gehören als zu der der Unzufriedenen.

[UM 1925]

Entschuldigen Sie, aber ich schreibe etwas auf, und da ich gerade nicht in Form genug bin, etwas Sinnloses zu unternehmen, mache ich einen Brief daraus. Und ich schreibe etwas auf, weil ich einen leeren Kopf habe und das das Ungesündeste für mich ist, was es gibt.

Ich glaube, daß die meiste Literatur (zumindest aber die von mir fabrizierte) von einem Mangel an Gedanken herrührt. Ich meine einen Mangel an Gedanken für den Hausgebrauch, wirklichen, angenehmen Ketten, die weitergehen. Wir können nur an der Hand von Vorgängen zu ein paar armseligen Gedanken gelangen. Es ist leichter, diese Vorgänge zu erfinden, als die Gedanken darüber ohne sie in den Kopf zu kriegen. Anstatt daß ich mich, wie es meine Bestimmung wäre, in ein Sofaeck zurückziehen könnte und fähig wäre, einige scharfe und befriedigende Behauptungen nebst den dazugehörenden scharfsinnigen und unerläßlichen Schlußfolgerungen aufzustellen (denn es muß doch über die Dinge des Planeten so viele und freie Ansichten geben!!), muß ich Kognak trinken, Frauen sezieren, kurz, ein Leben führen! Ich glaube, daß die Behauptung einiger fünfzigjähriger Leute, sie trieben Literatur, weil sie für das Leben nicht geeignet seien, ein armseliger Schwindel ist. Ich jedenfalls stürze mich hauptsächlich deswegen in das »Leben«, weil ich zuwenig Befähigung für die Literatur habe.

Ich dachte, daß ich etwas Anregung durch den »Galigai« haben würde, aber ich habe es bisher über die wirklich matten Vergnügungen an Militärmusik und einem Band »Der verräterische Blutfleck« nicht hinausgebracht. Bleibt Homolka, der mit einer entsetzlichen Schilderung eines Mannes mit etwa elf Krankheiten mir für zwei Stunden unter die Arme griff.

Mit Kindern kann man, auch wenn sie so erstklassig wie meine Tochter sind, mit Ausnahme von Fotografieren wenig anfangen. Sie sind zu weise und zu defektlos, um interessant zu sein. Dem Normalen, An-sich-Befriedigenden gegenüber aber versagt die Beobachtung. Übrigens hat sie die Unermüdlichkeit und den abnormen Konsum von ihrem Vater geerbt. Sie hat Augen, die sie zu einer großen Tragödin machen müssen, wenn sie nicht einfach nur die Merkmale des Unglücks sein werden.

Wie komme ich, ein Mann aus Augsburg mit vielfachen Gaben, die Welt zu sehn und darzustellen, auf diese Märkte, Cafés und Amüsierbuden, und unter solche Menschen?

[1926]

Wohin ich fahre? Das möchte ich auch wissen. Fest steht, daß ich *Paris* in diesem Sommer *unter allen Umständen* sehen will.

Das Fürchterlichste, was es gibt, ist, wenn das eintrifft, was vorauszusehen war! Ich habe mich immer zu den Frauen hingezogen gefühlt, die im Krieg, um ihre Männer vor dem Feld zu retten, oft nur, um ihren Urlaub um Tage zu verlängern, die Offiziere besuchten. Alle Leute wußten von ihrem Besuch. Sie befanden sich in Situationen, die im Katechismus ihrer Lehrer nicht vorgesehen waren. Sie hatten ihre Entscheidung zu treffen, und zwar allein. Sie trafen sie, und nichts ist gegen sie zu sagen, nichts wurde gegen sie gesagt. Die rohesten Soldaten schwiegen betreten, und einige schämten sich, ohne zu ahnen, warum. Aber dann das Erstaunliche, das eben etwas Fürchterliches an sich hatte, es war vorauszusehen, daß diese Frauen verkommen würden, billiger im Preis, wahlloser, und, was vorauszusehen war, das, gerade das geschah. Viele dieser Frauen verkamen vollständig.

[UM 1926]

Oft wundere ich mich selber, daß mein Gedächtnis so schwach ist. Alle meine Angelegenheiten, auch die gefährlichsten, vergesse ich umgehend. Selbst die Geliebte meiner Jugend, der ich sehr zugetan war und die mir wegen einer merkwürdigen Gleichgültigkeit meinerseits entglitt, kommt mir heute in der Erinnerung vor wie die Gestalt in einem Buche, das ich gelesen habe.

Wiewohl nichts so gespenstig ist wie das Mittagslicht, steht es doch statistisch fest, daß der Monat Dezember die meisten Selbstmorde hat.

Es war mir immer klar, daß nur ganz wenig fehlt dazu, daß dem Menschen das Dasein einfach ganz und gar unerträglich wird, aber sollte es wirklich so wenig sein.

Etwas mehr Kälte als gewöhnlich, ein wenig an beständiger Witterung, eine im ganzen doch unerhebliche Trübung des Tageslichts, und viele finden plötzlich den Anschluß. Ihr Trick ist ja nirgends zu erfahren, aber die Gemütlichkeit der Dämmerung wird durch ihn sicher in besonders wirksamer Weise ausgenutzt.

Früher machte mir oft der Gedanke Beschwerde, daß irgendeine unverantwortliche Instanz von einem gewissen Punkt aus mit diesem Planeten operiere, womöglich ohne Sachkenntnis.

Heute beunruhigt mich weit mehr der Gedanke, daß sich nichts mit uns befaßt.

Der Kosmos ist nicht unermeßlich, die Welt ist klar und übersichtlich, der Mensch hat keine Verantwortung, es gibt eine bestimmte Anzahl von Dingen, die zu haben sind.

[1927]

Ich sitze nicht bequem auf meinem Hintern: er ist zu mager!

Das schlimmste ist: ich verachte die Unglücklichen zu stark. Ich mißtraue den Mißtrauischen, habe etwas gegen die, denen es nicht gelingt, zu schlafen ...

Mein Appetit ist zu schwach. Ich bin gleich satt!! Die Wollust wäre das einzige, aber die Pausen sind so lang, die sie braucht! Wenn man den Extrakt ausschlürfen könnte und alles verkürzen! Ein Jahr vögeln oder ein Jahr denken! Aber vielleicht ist es ein Konstitutionsfehler, aus dem Denken eine Wollust zu machen; es ist vielleicht zu etwas anderm bestimmt! Für einen starken Gedanken würde ich jedes Weib opfern, beinahe jedes Weib. Es gibt viel weniger Gedanken als Weiber. Politik ist auch nur gut, wenn genug Gedanken vorhanden sind. (Wie schlimm sind auch hier die Pausen!) Der Triumph über die Menschheit. Das Richtige tun zu dürfen, unnachsichtig, mit Härte!

Als ich, nach einer in jeder Hinsicht betrübenden Woche, meinem ältesten Freund sagte: ich sei niedergedrückt, lachte er und sagte überlegen: das bist du nicht oft! – Nein, sagte ich. Aber ich weiß, daß die Eroberer von Weltreichen geneigt sind, beim Verlust einer Pfeife Selbstmord zu begehen. So wenig hält sie.

Ich möchte gern eine Kunst machen, die die tiefsten und wichtigsten Dinge berührt und tausend Jahre geht: sie soll nicht so ernst sein.

[1928]

Saint Cyr / Ende Mai 28

Ich lese aus Mangel an Schundromanen die »Bekenntnisse« des Augustinus. Sie sind in einem sehr guten Stil geschrieben, d.h. dieser Schriftsteller versteht sich selbst sehr gut auszudrücken, sein Stil ist also so wenig stetig gut wie er selber oder seine Ansichten. Da er ein besonders praktisch veranlagter Mann zu sein scheint, wird sein Stil immer gleich schlecht, wenn er ins Faseln kommt und mystisch wird. Sehr komisch ist bei ihm die so typische Haltung aller Gelehrten ihren Entdeckungen gegenüber: eine eifersüchtige, geizige, ja schadenfrohe Haltung. Er behandelt seine Religion wie sein Steckenpferd. Sehr viel erwartet er sich von der Keuschheit. Was die betrifft, glaube ich übrigens, daß wir eine ganz mangelhafte und plumpe Anschauung über die Gewinne haben, die man aus ihr ziehen kann.

Nicht für Geselligkeit	sondern für Männergespräche
Nicht für Liebe	sondern für Wollust
Nicht für gut essen	sondern für Hungerstillen
Nicht für spielen	sondern für arbeiten
Nicht für Muße	sondern für Faulheit
Nicht für Mädchen	sondern für Frauen

[1929]

1) Herausgabe in Heften, auch Unfertiges.

2) Preis nach Wert: Luxusdinge, Ästhetisches usw. teuer, Wichtiges billiger. Der Preis auf dem Umschlag bezeichnet die Schriften, die in den »Kommentar« aufgenommen werden sollen.

3) Zusammen- oder Auseinanderfassungen von andern mit Zitaten!

Z.B.

»Fatzer« Rundgang	billig
»Mahagonny«	teuer
»Dreigroschenoper«	teuer
»Lindberghflug«	teuer
»Der böse Baal der Asoziale«	billig
Kinderbilderbuch	billig

[ENDE DER ZWANZIGER JAHRE]

2 + 3 = 5 sagte Steff und 2 + 2 = 4. Wieviel, fragte ich, ist 3 + 3? Wart ein bißchen, da muß ich nachdenken, sagt Steff. Ich und mein Vater reden von was anderem, da sagt Steff: Das ist 6. Ich frage: Wie hast du das herausgebracht? Er sagt: Durch das Nachdenken. Ich: Wer hat dir das gesagt, daß man nachdenken muß? Niemand, sagt er, ich hab sagen hören Nachdenken und hab gesehn, daß man den Kopf auf die Schulter legt und still sitzt und daß das Nachdenken ist. Ich hab ein komisches Nachdenken, ich rechne da immer ein bißchen. So, sag ich, also ein bißchen Schwindel? Ja, lacht er, ein bißchen schon. Dieses Gescheite, das kommt aus dem Gehirn raus, das bringt man nur aus dem Gehirn raus.

1)
Große Appetite gefielen mir sehr. Es schien mir ein natürlicher Vorzug, wenn Leute viel und mit Genuß essen konnten, überhaupt viel wünschten, aus den Dingen viel herausholen konnten usw. An mir mißfiel mir mein geringer Appetit. Freilich hatte auch ich heftige Wünsche, dies oder das zu besitzen, aber sie waren plötzlich und unregelmäßig statt stetig und verläßlich, wie sie mir gefallen hätten. Und vor allem: hatte ich, was ich mir gewünscht hatte, so war ich so bald satt; so daß ich geradezu Unbehagen spürte vor einem Teller mit begehrten Speisen, ich könnte ihn nicht aufessen können, da mein Magen zu klein war. Die Frage war also: Wie sollte ich große und stetige Appetite bekommen?

2)
Ich war mir auch zu weich. Ich vermied Entschlüsse, besonders solche, die anstelle eines bekannten Sichtbaren ein unbekanntes Vorgestelltes setzten. Ich war unfähig, Beziehungen von mir aus abzubrechen.

Ich habe mich immer mit Menschen abgegeben, ich verstehe es nicht. Es war eine solche ausschließliche Sucht von mir, Menschen zu treffen, daß ich sonst nichts beachtete und selbst Gedanken, die nicht ganz direkt etwas über Menschen aussagten, nicht verstand. Mit beinahe 30 Jahren sind Maschinen, Philosophien, Geldgeschäfte mir noch fremd, ich schiebe sie sozusagen einfach auf – bis zu welcher Zeit, weiß ich nicht. Ich konnte einen Hang zu einem gewissen praktischen Stuhl, einer angenehmen Lampe, einem Boxball in mir entdecken, ich freue mich jedesmal wieder, wenn ich diese Dinge sehe – ich benutze sie fast nie, ich würde nichts für sie tun. Es ist möglich, daß es vielen Leuten so geht, aber mir scheint es nicht natürlich. Die Tiere haben sicherlich nicht dieses Interesse an ihren Artgenossen, und ich will es bei mir bekämpfen. Denn zu alledem habe ich keine besondere Wertschätzung für die Leute.

Möglich, daß ich, einen unaufhaltsamen Aufstieg meiner Art vor Auge, wirklich noch ein Bankkonto anlege und meinem Sohn eine Tracht anstrengender Prügel zukommen lasse, aber dafür ist der Gedanke langweilig wie eine Flasche Lebertran, daß von unseren Eigenschaften alle der Reihe nach verschwinden sollen, die nicht unbedingt nötig sind, und damit ein Haufe unnützlicher, aber erheiternder Dinge: die Kunst, das Fußballspiel und Alfred Kerr.

Ich habe mich schwer an die Städte gewöhnt. Ich hatte kein Geld und zog immerzu um. Dann wohnte ich einen Monat lang in einem schon fertiggestellten Zimmer. Die Zimmer waren zu häßlich und zu teuer. Um es in ihnen so auszuhalten, hätte ich viel schwarzen Kaffee und Kognak trinken müssen. Aber ich hatte nicht einmal genügend Geld zum Rauchen. In einer guten Zeit wäre es amüsant gewesen, durch alle diese Zimmer durchzugehen und diese Nachtlager morgens zu vergessen. Aber in dieser Zeit hatte niemand genug ego in sich, um so etwas machen zu können. Man kam dazu, sich selber zu bewohnen, und dadurch kam eine Spaltung in einen selber hinein, wahrscheinlich deshalb habe ich immer das Gefühl gehabt, ich sei eine besonders provisorische Sache. Als ich später etwas Geld hatte, wollte ich alles kaufen. Der erste Bedarfsgegenstand, den ich kaufte, war eine Axt. Um sie als Axt zu gebrauchen, hätte man sie schleifen lassen müssen, ich benutzte sie also zum Einschlagen von Nägeln, und dazu war sie zu groß, wie man merkt, kaufte ich auch Nägel. Langsam, jedoch unaufhaltsam wurde das Problem der großen Städte lösbar.

Vor Jahren hatte ich in dem Buch eines Franzosen über die Geschichte der Rassen mit Vergnügen gelesen, daß die Lasterhaftigkeit und die »moralische Krankheit« bei jugendlichen Rassen oder besser in den Anfangszeiten (denn hier gab es bei jeder Rasse natürlich diese Wellenlinien, nämlich mehrere Jugenden und die dazugehörigen Alter) stärker sind. Die Exzesse der alten Germanen können nicht mehr länger totgeschwiegen werden.

Wir lachen über andere Dinge. Als ich in »Herodes und Mariamne« einen Mann sah, der seine Frau zweimal in der gleichen falschen Weise behandelte, hatte ich Lust zu lachen, nicht über den Dichter, sondern über den Mann, aber es lachte niemand, auch der Dichter hatte nicht an Lachen dabei gedacht, wie sich bald herausstellte (worauf ich natürlich, durch nichts davon abgehalten, über den Dichter lachte); ich aber hätte gern gehabt, wenn der Darsteller des Mannes es so gespielt hätte, daß das Lachen erlaubt gewesen wäre; ich ging unbefriedigt weg. In einem ähnlichen Stück, das durch hübsche Musik noch populärer geworden ist, verlangt der Mann von seiner Geliebten, daß sie ihn nicht nach seiner Herkunft frage. Als sie es doch tut, geht er weg: er wollte seiner selbst, nicht seines Namens wegen geliebt werden. Es ist eine außerordentlich komische Situation, aber das Signal zum Lachen wird nicht gegeben.

[1930]

2

In meinem Schlafzimmer, das klein ist, habe ich zwei Tische stehen, einen großen und einen kleinen, ein hölzernes altes Bett, das nicht länger als ich, aber etwas breiter ist, wenngleich nicht so breit wie die meisten anderen Betten, zwei niedere normannische Stühle mit Strohsitzen, zwei chinesische Bettvorleger und einen großen Manuskriptschrank aus Holz mit Leinwandzügen. Darauf habe ich einen Filmvorführungsapparat, eine Projektionslampe und eine Heizsonne stehen sowie einen *Gipsabguß meines Gesichtes*. In zwei eingebauten Schränkchen sind meine Kleider, Wäsche und Schuhe. An Wäsche habe ich   Hemden, Bettzeug, um   mal das Bett zu beziehen, sieben Anzüge, acht Paar Schuhe. An der Decke ist eine Lampe und auf dem Tisch am Bett eine zweite. Das Zimmer und die meisten dieser Dinge gefallen mir, aber des Ganzen schäme ich mich, weil es zuviel ist.

[UM 1931]

Leben heißt für den Menschen, die Prozesse organisieren, denen er unterworfen ist.

Ich glaube von jedem Menschen das Schlechteste, selbst von mir – und ich habe mich noch selten getäuscht.

1

Seit langem schon denke ich, daß ich nicht recht imstande bin, mich unter den Menschen und Dingen zurechtzufinden, und daß ich doch dazu besser imstande sein könnte. Diese beiden Gedanken zusammen haben mich zu vielen Nachforschungen und Versuchen gebracht, zu denen mich einer allein bestimmt nicht veranlaßt hätte; denn wenn ich zum Beispiel nur gedacht hätte, ein Leben wie das meine sei nicht zu meistern, so wäre eine Religion oder eine der mannigfachen skeptischen Haltungen der Philosophen ausreichend gewesen, mich zu beruhigen. Hätte ich nur gedacht, ich müßte meine Aussichten verbessern, so würde ich mich mit dem Erwerb einiger schlauer Handgriffe begnügt haben und wäre in jene so häufige Betriebsamkeit verfallen, die aus allem das Beste herausholt und damit im Grunde alles sein läßt, indem sie sich eben an sein Bestes hält. So aber hielt ich meine zwei Gedanken immer beisammen und wurde so weder die Unruhe los noch die Vorsicht: ich wollte alles so betrachten, daß ich mich zurechtfände, weder länger noch kürzer; ich wollte mich nicht zu lange beim Unvermeidlichen aufhalten, noch zu früh etwas für vermeidlich erklären.

2

Es war besonders schwierig, meinen Gedanken immer festzuhalten, daß ich mich nicht auskenne, und gerade das war besonders notwendig.

[1932]

Moskauer Reise

Der Spruch über der Grenze: vorn die Begrüßung der ausländischen Genossen. Hinten: »Die Revolution bricht alle Grenzen.« Literarisierung.

Dann, im Schlafwagen, der geräumiger ist als der europäische, beginnt der Orient. Es sind alte, prunkvolle Wägen, notdürftig imstand gehalten, faute de mieux. Später fragen uns die russischen Genossen, was für Gefühle wir bei der Überschreitung der Grenze hatten, und bringen uns so etwas in Verlegenheit.

Am Bahnhof Tretjakow, Reich, Lacis, Piscator, Deutsch (für den verreisten Kolzow),   , Fotografen. Wir sind mit Eisenstein gefahren, der krank ist.

Abends bei Reich, der Professor ist, Prorektor an einer Universität für Theaterwissenschaft. Ein Zimmer in zwei Teile geteilt, aber ganz angenehm. Eier, Brot, Butter, Tee, Kaviar.

Erinnert an Schwabing, ist jedenfalls nicht etwa schlimmer (drei Personen, darunter ein Kind). Vorn Komsomolzenklubs. Nachts elf noch großer Verkehr auf den Gängen.

Dienstag vormittags mit Piscator, der sehr vermeckert ist, aber gut verpflegt wird. Beklagt sich über mangelnde Ordnung – mit Recht, greift aber viel zuwenig ein, verläßt sich und wird verlassen, statt verläßlich zu sein. Fährt abends nach Odessa. Arbeiter auf Straße in auffallend guter, freier Haltung, sehen ganz gut aus, anders als in Europa geschildert, keineswegs hungernd.

Mit Tretjakow im Auto durch die Stadt. Geheimdruckerei. Leninmausoleum.

Nachmittags Brik. Große Wohnung, sehr gut eingerichtet. Gespräch über Schädlinge.

Abends Wachtangow-Theater: »Turandot«. 1000. Aufführung. 13 Jahre alte Inszenierung.

[UM 1932]

Etwa fünfzig Meter von meinem Grundstück entfernt erhebt sich über die Gesträucher wie eine breite grüne Wolke eine riesige Erle, die ich auch noch zu meinem Besitz rechne, da von einem bestimmten Punkt meines Gartens aus ihr vielleicht vollkommenster Anblick gewährt ist. Gleichsam um ihre Schönheit erst voll zu zeigen, steht hinter ihr eine in ihrer Art ebenso schöne Fichte von dunklem Grün, eine kleine zapfenbehangene Zacke über der wogenden Erle.

Der Garten ist auf welligem Gelände angelegt, so daß man von seinen Enden die Enden nicht sieht. So wirkt er, der keineswegs sehr groß ist – nicht über ein Tagwerk –, wie ein gewaltiger Park. Die Bäume sind in Gruppen gepflanzt. Sieben oder acht bilden eine Wand, mitunter erwecken zwei oder drei den Eindruck eines einzigen Baumes, ihr Blätterdach ist ihnen gemeinsam.

Etwa in der Mitte des Gartens halten sich wunderbare, fast schwarze Fichten auf. Es ist, als träte man in einen kleinen Wald. Sie umgeben einen etwas finsteren Karpfenteich.

Die vielen und außerordentlich schönen und verschiedenen Pflanzen sind so gescheit angeordnet, daß der Garten keineswegs allzu reich bepflanzt wirkt. Die Anordnung verbirgt glücklich seinen wirklichen Reichtum. Es gibt auf dem welligen Gelände die schönsten Wiesen. Darauf stehen kleine Büsche von lang blühenden Blumen in halber Männerhöhe und einfarben. Je nach den verschiedenen Einblicksmöglichkeiten sieht man den einen oder den andern. Von einer bestimmten Stelle aus sieht man nachts, fast erschreckt, einen schneeweißen.

[1933]

Sind Sie Jude?

Nein.

Warum stehen dann Ihre Bücher als undeutsch auf der schwarzen Liste?

Die Nationalsozialisten halten nur einen Teil aller Deutschen für Deutsche. Diejenigen, welche über die soziale Frage eine andere Ansicht als Herr Hitler haben, halten sie ganz allgemein für undeutsch. Und ich habe ebenso wie viele Millionen Deutscher über die soziale Frage eine andere Ansicht als Herr Hitler.

Sind Sie aus Deutschland geflohen?

Ich war gerade einer Vorlesung wegen in Wien. Dann hörte ich, daß Herr Hitler wünsche, eine Zeitlang die Angelegenheiten Deutschlands, ohne Leute meiner Meinung dabei zu haben, zu führen. Da er sich zu diesem Zweck ganz außergewöhnliche Vollmachten geben ließ, mußte ich meine Rückkehr verschieben.

Ich habe gehört, Sie wollten in Paris ein Theater aufmachen?

Das ist nicht richtig. Ich arbeite an einem Roman.

Was, meinen Sie, macht den Erfolg der »Dreigroschenoper« aus?

Ich fürchte, all das, worauf es mir nicht ankam: die romantische Handlung, die Liebesgeschichte, das Musikalische. Als die »Dreigroschenoper« Erfolg gehabt hatte, machte man einen Film daraus. Man nahm für den Film all das, was ich in dem Stück verspottet hatte, die Romantik, die Sentimentalität usw., und ließ den Spott weg. Da war der Erfolg noch größer.

Und worauf wäre es Ihnen angekommen?

Auf die Gesellschaftskritik. Ich hatte zu zeigen versucht, daß die Ideenwelt und das Gefühlsleben der Straßenbanditen ungemein viel Ähnlichkeit mit der Ideenwelt und dem Gefühlsleben des soliden Bürgers haben.

Hm.

Hm.

Die »Dreigroschenoper« darf wohl jetzt in Deutschland kaum mehr aufgeführt werden?

Ich kann es mir nicht denken.

Was halten Sie eigentlich von der Zukunft Deutschlands?

Ich glaube, daß Hitler mit seinem Versuch keinen Erfolg hat. Er wird mit dem riesigen Elend in Deutschland nicht fertig werden, da er nicht an seine wirklichen Ursachen herangeht. Aber die Zukunft Deutschlands hängt nicht nur von ihm und seiner Bewegung ab. Er ist nicht Deutschland. Es ist von großer Wichtigkeit, daß kein Deutscher, wer und wo immer er sei, glaubt, die Zukunft Deutschlands hänge von ihm nicht ab. Ich meine: was ich tun kann, werde ich tun, daß die Zukunft Deutschlands nicht finster ist.

Wissen, an welchem Ende man sich seine Zigarre anzündet.

Eine Zigarre muß brennen, bevor man sie rauchen kann.

Desto gleichmäßiger, desto teurer.

Trotz Drehen, trotz Wenden
sie hat bloß zwei Enden.

Ich rauche meine Zigarre *langsam*.

Schnell denken, langsam rauchen.

Der Jude, der im Coupé sagt: Ich bin Bayer. Ich staunte: Die Bayern sind doch Türken, dachte ich.

Die Deutschen, die sich alle französisch anreden.

[UM 1933]

Es ist ein bitterer, aber guter Entschluß, etwas *der Zeit* zu überantworten. Andrer Wind, andre Gesichter – aber manchmal: gleiche Gesichter. Es gibt Gespräche, die sich, abgebrochen, durch Lappalien, nach Jahren und auf anderen Erdteilen fortsetzen lassen. Diese Eigenschaft sieht man allerdings diesen Gesprächen nicht an. Und deshalb kommt es natürlich vor, daß »die Probe der Erdteile und Jahre« bitterlich ausfällt.

Halb und halb überzeugt von der Wichtigkeit, einer bestimmten Rasse anzugehören, begann ich mich der meinen zu schämen.

Wenn ich bedenke, wie wenig ich weiß, dann erschrecke ich.

Wenn wir Menschlichkeit wollen, müssen wir menschliche Verhältnisse schaffen.

[1934]

2

Ich bin jetzt 36 Jahre alt und habe diese Jahre nicht müßig verbracht; das kann ich sagen, wenn ich weniger meiner Leistungen und mehr meiner Mühen gedenke und wenn ich für manches zur Entschuldigung anführe, daß ich in einer Zeit lebe, wo man nicht nur leicht Zeit vergeudet, sondern auch um solche bestohlen wird. Ich habe nicht für mich gelebt, sondern in großer Öffentlichkeit, denn seit meinem 21. Lebensjahre bin ich durch literarische Werke und manche Unternehmung, die damit zusammenhängt, bekannt geworden. Auch habe ich heute schon Schüler und habe oft andere beraten oder geleitet. Dies alles erwähne ich nur, um dem einigen Nachdruck zu geben, daß ich sage: ich kenne mich im Leben nicht aus. Dabei bin ich nicht etwa unpraktisch, schwebe keineswegs in großen Höhen, meide durchaus nicht das »Getriebe der Welt«, bin kaum ein »unschuldiges Gemüt«. Ich habe vorteilhafte Verträge abgeschlossen, die mir ein meinen Wünschen entsprechendes Leben ermöglichten, ich besitze Häuser, einen Wagen, ich unterhalte eine Familie, beschäftige Sekretäre, und das, obwohl der Charakter meiner Arbeiten ein eher marktfremder genannt werden muß. Aber selbst wenn ich unpraktisch wäre, in dem Sinn, wie ich mich ratlos genannt habe, sind auch Praktische ratlos, ich weiß es.

[1936]

Die Erfahrungen, die ich im Augenblick mache, sind nicht ohne Wert. Ich dachte, das Filmschreiben lernen zu können, sehe aber, daß ich dazu nicht mehr als einen Vormittag brauche; die Technik ist auf einer ganz primitiven Stufe. Dagegen lerne ich etwas anderes. Obgleich Kortner mich ganz auf gleich und gleich behandelt, bringt es doch die Art meiner Arbeit mit sich, daß ich als Angestellter zu fühlen beginne. Ich habe mir den Stoff, den ich bearbeite, nicht selber gewählt, habe auch gar keine Beziehung dazu und weiß nicht, was aus meiner Arbeit wird, wenn sie auf den Markt kommt. Ich habe nur meine Arbeitskraft zu verkaufen, was damit gemacht wird, geht mich nichts an. Mein Interesse ist dem der Arbeitsgeber durchaus entgegengesetzt. Da ich auf Wochenlohn gesetzt bin, ist es für mich nicht gut, wenn die Arbeit rasch fortschreitet, ganz im Gegenteil. Ich merke sogar schon, daß ich gegen Abend häufig die Uhr ziehe: ich will weg, das eigentliche Leben soll jetzt beginnen. Es ist von der Arbeit ganz getrennt, übrigens reizlos. Jedoch verliere ich in »meiner« Zeit keinen einzigen Gedanken an die Tagesarbeit. Wenn ich zusammen mit einem kleinen Engländer, der als Übersetzer mitarbeitet, weggehe, vermeiden wir auch streng, noch etwas zu berühren, was an unsere Arbeit erinnern könnte. Ich fühle mit ihm, wenn er am Sonntag nicht arbeiten will, streng solidarisch. Kortner scheint dieses aufkeimende Klassenbewußtsein gemerkt zu haben, denn er äußert jetzt häufig am Telefon, wenn er Verabredungen absagt, er sei Angestellter und müsse eine Arbeit abliefern – genau wie jeder Boß es tut. So oft wie möglich macht er sich auch über seine Auftraggeber lustig, weist auf ihre Minderwertigkeit und Faulheit hin, aber dann schweigen wir beiden.

Beim Mittagessen – ich esse dort, und Hanna Kortner ist sehr nett – hört alles wie mit einem Schlage auf, da bin ich wieder der große Dichter. Danach habe ich das Vorrecht, mich niederlegen zu können, aber dann, nach dem Kaffee, ändert sich die Situation wieder. Das Papier, auf das ich dies schreibe, ist übrigens von meinem Arbeitsplatz: ich habe es mitgenommen.

[UM 1936]

Ich bin Stückeschreiber.

Eigentlich wäre ich gern Tischler geworden, aber damit verdient man natürlich zu wenig. Die Bearbeitung der Hölzer hätte mir Spaß gemacht. Gibt es doch heute kaum mehr wirklich gut gebeiztes oder gelacktes Holz, diese schönen Täfelungen und Geländer früherer Zeiten, diese hellen Tischplatten aus Ahorn, dick, wie eine Hand breit ist, die wir vergilbt in den Zimmern unserer Großeltern vorfanden, geglättet durch die Hände ganzer Generationen. Und was habe ich für Schränke gesehen! Wie waren da die Kanten eingeschliffen, die Türen eingelegt, die Fächer abgesetzt, und was waren das für herrliche Maße! Solch ein Möbel sehend, kam man auf bessere Gedanken. Was konnten diese Verstorbenen aus dem hölzernen Griff einer Gabel machen! Auch noch in unserer Zeit erblickt man Gutes. In der Bond Street, in London, sah ich in einem Schaufenster eine große Kiste für Zigarren, sechs einfache Ahornbretter mit einem Eisenhaken, aber wie sah das aus! Jede Zigarre kostete eine Guinee. Bei flüchtigem Hinblicken konnte man angesichts dieser schmucklosen Kiste glauben: Dieser Tabak ist so köstlich, daß für die Verpackung auch nicht ein Schilling gespendet werden konnte, eine Guinee ist der niederste Preis, der genommen werden kann, da verhungern schon die Pflanzer. Beim zweiten Blick sah man, daß die Firma es für angemessen gehalten hatte, solche Kenner edlen Tabaks auch mit der Kiste zufriedenzustellen.

[1937]

Bertolt Brecht

Geboren 1898 in Augsburg. Studierte Naturwissenschaften und Medizin. Kam dann als Dramaturg und Regisseur an die Münchner Kammerspiele. Schrieb ein Stück »Trommeln in der Nacht«, das 1923 über alle deutschen Bühnen ging, und bekam den höchsten deutschen Preis für Dramatik, den Kleistpreis. Nach einer Inszenierung an den Münchner Kammerspielen wurde er von Max Reinhardt als Regisseur an das Deutsche Theater in Berlin engagiert. Machte methodisch Kopien elisabethanischer, spanischer und chinesischer Stücke, darauf eine Serie von Aufführungen eigener Stücke. Beginnend mit der »Dreigroschenoper«, stellte sich das Schiffbauerdammtheater in Berlin für Brechts episches Theater zur Verfügung. Eine Gruppe von jungen Schauspielern begann unter seiner Leitung mit der Ausbildung eines epischen Darstellungsstiles. Brecht beteiligte sich gleichzeitig an den Experimenten Piscators und schrieb für die Piscatorbühne »Der brave Soldat Schwejk« (nach dem Roman Hašeks).

Für die Internationalen Musikfestspiele schrieb und inszenierte er 1927 »Das kleine Mahagonny« (Musik Weill); 1929 »Flug der Lindberghs«, ein Lehrstück für die Zusammenarbeit von Radio und Schulen (Musik Hindemith und Weill) und das »Badener Lehrstück« (Musik Hindemith). Während der Berliner Musikwoche 1930 wurde »Der Jasager«, eine kleine Oper für Kinder (Musik Weill), aufgeführt. »Die Maßnahme«, ein Lehrstück für Arbeiterchöre (Musik Eisler), wurde 1930 in Berlin aufgeführt.

Für das Radio bearbeitete er seine Stücke »Mann ist Mann« und »Die heilige Johanna der Schlachthöfe« sowie Shakespeares »Hamlet« und »Macbeth«.

Für Slatan Theodor Dudow schrieb er den Film »Kuhle Wampe«.

Veröffentlichte Schriften vor 1933:
»Trommeln in der Nacht«, Drama, Propyläen-Verlag 1922, 98 S.

»Das Leben König Eduards II.«, Historie, Kiepenheuer Verlag 1924, 121 S. »Baal. Dramatische Biographie«, Kiepenheuer Verlag 1924. »Hauspostille«, Propyläen-Verlag 1925, 156 S. »Im Dickicht der Städte«, Schauspiel, Propyläen-Verlag 1927, 120 S. »Mann ist Mann. Die Verwandlung des Packers Galy Gay in den Militärbaracken von Kilkoa«, Lustspiel, Propyläen-Verlag 1926, 159 S. Die »Augsburger Sonette«, Privatdruck.

Ab 1930 Publikation der »Versuche« mit Beiträgen zu einer nichtaristotelischen Dramatik, Kiepenheuer Verlag: 1. »Der Flug der Lindberghs« (Radiolehrstück für Kinder. – Radiotheorie. – Geschichten von Herrn Keuner. – »Fatzer, 3«. 2. »Aufstieg und Fall der Stadt Mahagonny« (Oper, Musik Weill). – Über die Oper. – »Aus dem Lesebuch für Städtebewohner«. – »Das Badener Lehrstück«. 3. »Die Dreigroschenoper« (Musik Weill). – »Der Dreigroschenfilm«. – »Der Dreigroschenprozeß«. 4. »Der Jasager und der Neinsager«. – »Die Maßnahme« (Lehrstück). 5. »Die heilige Johanna der Schlachthöfe« (Schauspiel). – »Geschichten von Herrn Keuner«. 6. »Die drei Soldaten« (ein Kinderbuch, mit Zeichnungen von Grosz). 7. »Die Mutter« (Schauspiel, nach Gorkis Roman, Musik Eisler). – »Geschichten aus der Revolution«.

Nach 1933:

»Dreigroschenroman«, Allert de Lange, Amsterdam 1934, 492 S. »Lieder, Gedichte, Chöre«, Editions du Carrefour, Paris, 116 S. »Fünf Schwierigkeiten beim Schreiben der Wahrheit«, Essay, Editions du Carrefour, Paris. »Die Rundköpfe und die Spitzköpfe, ein Greuelmärchen« (Musik Eisler), Malik-Verlag, London. »Über den Verfremdungseffekt auf der chinesischen Bühne«, Life and Letters.

[UM 1937]

Bin ich mit Recht aus meinem Lande gejagt worden?

1

Als das 3. Reich gegründet wurde, sind viele Schriftsteller eingekerkert, gefoltert, getötet oder aus dem Lande verjagt worden. Kurze Zeit darauf hörte man an den Grenzen von den Verjagten viele laut sich beklagen, sie seien zu Unrecht weggejagt worden. Nach meiner Ansicht trifft dies für einige, vielleicht sogar für viele der Verjagten zu. Ihnen ist Unrecht getan worden, unschuldig sind sie ins Elend geraten. Böse Konkurrenten haben sie, verzweifelnd, daß sie ihre Widersacher jemals durch ein Talent schlagen könnten, mit Gummiknüppeln aus dem Feld geschlagen, oder es ereigneten sich Mißverständnisse, was sie betraf, ihre guten Absichten wurden verkannt, man drehte ihnen Stricke aus einigen leichtfertigen Sätzen usw. Andere, viele wurden weggejagt, nicht weil sie irgend etwas Verbotenes getan haben, sondern weil ihre Nase eine verbotene Form, ihr Haar eine strafbare Farbe hatte. Für solche war die Ausweisung eine harte Strafe, weil eine so ganz und gar unverdiente. Sie waren zu Unrecht aus ihrem Lande vertrieben.

Einige aber wurden zu Recht vertrieben, und da ich zu diesen zu gehören hoffe, will ich von diesen reden.

Wir zu Recht Vertriebenen, was hatten wir getan?

[1938]

Bertolt Brecht

Seit 1936 habe ich folgendes geschrieben:
»Die Rundköpfe und die Spitzköpfe« (Stück)
»Die Gewehre der Frau Carrar« (Stück)
»Gedichte im Exil« (Gedichtband)
»Deutsche Satiren« (für den deutschen Freiheitssender)

und gegenwärtig arbeite ich an einem satirischen Roman »Die Geschäfte des Herrn Julius Caesar«. Caesar, das Vorbild vieler Diktatoren und der Gründer des ersten europäischen Imperiums, tritt in diesem Roman als Geschäftsmann vor das Publikum.

Wenn ich bedenke, wozu mich das begeisterte Mitgehen geführt hat und was mir das oftmalige Prüfen genützt hat, so rate ich zum zweiten. Hätte ich mich der ersten Haltung überlassen, dann lebte ich noch in meinem Vaterland, da ich aber die zweite Haltung nicht eingenommen hätte, wäre ich kein ehrlicher Mensch mehr.

Dänemark
20. 7. 38–15. 3. 39

20/VII/38
Catilina ist zweifellos der tiefste Griff der Plebs. Eine üble Erscheinung, auch wenn man den Dreck wegkratzt, mit dem ihn die herrschende Klasse bewarf. Aber vielleicht konnte er eben deshalb, weil da gewisse Hemmungen wegfielen, eben in seiner völligen Unmoral, Korruptheit, Unbegrenztheit, Vorurteilslosigkeit die herrschenden, auch bei der Plebs herrschenden, ideologischen Vernebelungen durchdringen. Da ist ein Versuch, die Sklaven zu mobilisieren, besser gesagt, eine Bereitschaft dazu (welches eine Bereitschaft zu *allem* war). Die ganze »caesarische Konzeption« war ja da schon drinnen, insofern sie die Konzeption der City war, mit dem italischen Programm, den Siedlungsprojekten usw., aber auch noch, was sehr gegen die City war, die Schuldenstreichung und eben der Appell an die Sklaven. Damit offerierte die Plebs dem zugreifenden Abenteurer ihr Programm. Es war nicht zu verwirklichen ohne die Sklaven. Im Praktischen verfiel dieser Mann darauf. Zweitausend Jahre Dreckschleuderei von seiten der herrschenden Klassen war die Folge.

22/VII/38
Letzte Feile an den »Gedichten im Exil« für die Malik-Ausgabe. Das Gedicht »An die Gleichgeschalteten« verursacht Schwierigkeiten. Es darf sich nicht nur an die Berufsideologen wenden. Da sind alle die Millionen jetzt politisch »erfaßter« Kleinbürger und Kopfarbeiter, die in SA-Formationen tätigen Friseure, Handwerker und kleine Geschäftsleute in den vielen Fachorganisationen, abgesehen von den Lehrern, Ingenieuren usw. Hier im Ausland stellt man die ideologischen Dienste, die dem Regime geleistet werden, als schlimmer hin als alle andern. Das ist ganz falsch. Der Ingenieur, der die Rationalisierung befördert, damit die physische Auspowerung des Proletariats, tut zumindest den gleichen Schaden. Das Ideologische ist doch nur der Ausdruck davon. Die »gesinnungsmäßigen Manifestationen« sind ja nicht die Triebkräfte der Ausbeutung und Unterdrückung. Unsere Ideologen regen sich über die Verwirrung der Worte mehr auf als über die realen Schädigungen des Proletariats. Die Verbrechen des Regimes bestehen in seinen Verbrechen gegen das proletarische Arbeitertum, die Gleichschaltung schaltet gewisse Indivi-

duen und Schichten dieser verbrecherischen Tätigkeit bei. Das Gedicht wendet sich aber nur gegen ideologische Beihilfe, sie so als die schlimmste verwerfend.

23/VII
Den »Caesar« schreibend, das entdecke ich jetzt, darf ich keinen Augenblick glauben, daß es so kommen mußte, wie es kam. Daß etwa die Sklaverei, welche eine Politik der Plebs so unmöglich machte, nicht aufzuheben war. Die Suche nach den Gründen für alles Geschehene macht die Geschichtsschreiber zu Fatalisten. Überdies war die Sklaverei in dieser Epoche bereits ein Hemmschuh für den weiteren »Fortschritt«. All dies Gerede davon, daß man Sklaven brauchte, weil man keine Maschinen hatte, ist ja so oberflächlich und unbegrenzt! Man bekam schließlich auch keine Maschinerie, weil man Sklaven hatte. Und wer ist »man«? Brauchten die Sklaven die Sklaverei, weil sie keine Maschinen hatten? Sie machten zwei Drittel der Bevölkerung Italiens aus. Ich habe zu zeigen, wie bei dem Versuch, die Sklaverei aufrechtzuerhalten, die ganze Gesellschaft in Sklaverei versinkt. Kein einziger Senator oder Bankier der caesarischen Zeit besaß so viel persönliche Sicherheit, Möglichkeit zu politischer Initiative, Freizügigkeit, wie beinahe jeder zur Zeit Ciceros. Sie bezahlten ihre Fischteiche mit dem Verlust jeder Würde. Und kein Caesar hatte im Grund die Macht eines der vielen Konsuln der Republik!

24/VII
Es gibt Begriffe, die deshalb so schwer zu bekämpfen sind, weil sie solche Langeweile verbreiten um sich. So *décadence*. Natürlich gibt es so etwas wie eine Literatur des Abstiegs einer Klasse. Die Klasse verliert da ihre schöne Sicherheit, ihr ruhiges Selbstvertrauen, sie verhehlt sich ihre Schwierigkeiten, sie befaßt sich mit Details, sie wird parasitär kulinarisch usw. Aber schon die Werke, die ihren Abstieg als Abstieg kennzeichnen, können kaum noch als dekadent bezeichnet werden. Das macht aber mit ihnen die absteigende Klasse. Andrerseits weist das »Gastmahl des Trimalchio« allerhand Züge formaler décadence auf. Es ist mir lieber als der ganze *Ovid*. Und wenn die »Wahlverwandtschaften« nicht décadence sind, dann doch der »Werther«!

Juli 38

Lese *Lukács'* »Marx und das Problem des ideologischen Verfalls«. Wie »der Mensch« sich einbaut auf allen vom Proletariat geräumten Positionen! Die Rede ist wieder vom Realismus, den sie jetzt glücklich so heruntergebracht haben wie die Nazis den Sozialismus. Der realistische Schriftsteller der »Verfallszeit« (das ist unsere Epoche; am Anfang immer ein paar gemurmelte »bürgerliche Verfallszeit«, dann nur noch »Verfallszeit« – es zerfällt das Ganze, nicht das Bürgertum) wird davon entbunden, dialektischer Materialist zu sein. Er muß nur »*gestaltend* der richtig wahrgenommenen und erlebten Wirklichkeit vor der anerzogenen Weltanschauung, vor den anerzogenen Vorurteilen den Vorzug geben«. Da die Balzac und Tolstoi das taten, geben sie die Wirklichkeit wieder! Die Scholochows und die Thomas Manns werden damit gerechtfertigt, sie geben die Wirklichkeit wieder! Zwischen den Realisten des Bürgertums und denen des Proletariats ist kein Gegensatz (ein Blick auf die Scholochows scheint das allerdings zu beweisen), wohl auch nicht zwischen Bürgertum und Proletariat selber? Wie auch, im Zeichen der Volksfront? Hoch der Pastor Niemöller! Realist reinsten Wassers! Zum *Gestalten* ist wieder einmal kein Wissen nötig (denn Thomas Mann gestaltet doch wohl und weiß doch wohl nichts), gestaltend geben diese half-wits der Wirklichkeit den Vorzug vor den Vorurteilen, ohne es zu wissen. Es ist ein direkter Erlebnisvorgang: Du bekommst einen Tritt, sag: au! Er bekommt einen Tritt, laß ihn »au« sagen. O Einfalt! Dieser Lukács wird von dem Problem der ideologischen Verfälle magisch angezogen. Das ist sua res. Die Marxschen Kategorien werden da von einem Kantianer ad absurdum geführt, indem sie nicht widerlegt, sondern angewendet werden. Da ist der *Klassenkampf*, ein ausgehöhlter, verhurter, ausgeplünderter Begriff, ausgebrannt bis zur Unkenntlichkeit, aber er ist da und er tritt auf. »Gesehen wurde auch ...«, »unter anderen liefen ...«. Kein Fakt mehr, kein Konkretum. In dem erwähnten Aufsatz ein kurzes Marx-Zitat. Marx lobt bei *Sue* die Gestaltung einer Rinnsteinfigur. Die »Fleur de Marie« wird von ihm mit schönen Eigenschaften ausgestattet, damit wird »den Vorurteilen der Bourgeoisie ins Gesicht geschlagen«. Das ist schließlich konkret. Es wird ins Gesicht geschlagen und überhaupt, es wird auf die Realität eingegangen, eben die entmenschte Lage der Fleurs de Marie. Bei den Lukács' ist der Klassenkampf nur noch ein Dämon, ein leeres Prinzip, das die Vorstellungen der Leute verwirrt, nichts mehr, was stattfindet. Er ist ja drin in der Wirklichkeit, der Schriftsteller schildere also die Wirklichkeit, und er wird in ihren Schilderungen drin sein! Und wie ähnelt dieser Zug, daß diese Leutchen ihre formalistische Kritik mit einem Kampf gegen den Formalismus starten, den national»sozialistischen« Manövern!

Schwierigkeiten im »Caesar«. Er muß doch noch mehr als einzelner herausgearbeitet werden. Er muß zwischen den Klassen heraufkommen. Heraufgedrückt zwischen den kämpfenden Klassen, sich heraufzwängend. Hat doch selbst die proletarische Revolution (in dem Land, wo man nach dem Sieg zwei kämpfende Klassen, die Arbeiter und die Bauern, hatte) eine Einzelherrschaft ermöglicht. Die Equites bekamen den Caesar über sich, als sie die Patres und die Plebs unter sich bekamen.

Am Schluß folgendes Bild: die Plebs, ständig erneuert aus dem Sklaventum, heruntergedrückt auf den Standard des Sklaventums, stellt das Reservoir für die Armee, mit der die fremden Nationen niedergeworfen und -gehalten werden, solange sie als Nationen auftreten, sonst helfen die Armeen den fremden herrschenden Klassen ihre Proletariate niederhalten. Eine eigentliche Klasse bildet die Plebs unter den Kaisern nicht mehr. Equites und Patres sind vermischt, auf der Basis der equitablen Geschäfte. Die senatorialen Politiker gehen in die Verwaltung über. Das Proletariat, d.h. das Sklaventum, ist international, wird als Produktivkraft nicht mehr weiterentwickelt. Die Sklavenwirtschaft hat alles, was in ihr steckt, aus sich herausgestellt, ist fertig in dem doppelten Sinn des Wortes. Die Unterdrückung ist allgemein und hat alle Schichten erfaßt.

Kleine, besondere, rasch vergehende Phase unter Caesar: die bäuerliche Plebs darf noch schnell, nachdem der Übergang zur Sklavenwirtschaft im Getreidebau schon vollzogen ist, den Übergang zur Sklavenwirtschaft im Wein- und Ölbau vollziehen. Hier die Lex Julia.

25/VII

Die ganze »Caesar«-Konzeption ist unmenschlich. Andrerseits

kann Unmenschlichkeit nicht dargestellt werden, ohne daß eine Vorstellung von Menschlichkeit da ist. Das gesellschaftliche System kann nicht dargestellt werden, ohne daß man ein anderes sieht. Und ich kann nicht nicht nur vom Heute aus schreiben, ich muß sogar für die damalige Zeit den andern Weg als einen möglichen sehen. Eine kalte Welt, ein kaltes Werk. Und doch sehe ich, zwischen dem Schreiben und beim Schreiben, wie wir heruntergebracht sind menschlich.

Benjamin ist hier. Er schreibt an einem Essay über Baudelaire. Da ist Gutes, er weist nach, wie die Vorstellung von einer bevorstehenden geschichtslosen Epoche nach 48 die Literatur verbog. Der Versailler Sieg der Bourgeoisie über die Kommune wurde vorauseskomptiert. Man richtete sich mit dem Bösen ein. Es bekam Blumenform. Das ist nützlich zu lesen. Merkwürdigerweise ermöglicht ein Spleen Benjamin, das zu schreiben. Er geht von etwas aus, was er *Aura* nennt, was mit dem Träumen zusammenhängt (dem Wachträumen). Er sagt: wenn man einen Blick auf sich gerichtet fühlt, auch im Rücken, erwidert man ihn. (!) Die Erwartung, daß, was man anblickt, einen selber anblickt, verschafft die Aura. Diese soll in letzter Zeit im Zerfall sein, zusammen mit dem Kultischen. Benjamin hat das bei der Analyse des Films entdeckt, wo Aura zerfällt durch die Reproduzierbarkeit von Kunstwerken. Alles Mystik, bei einer Haltung gegen Mystik. In solcher Form wird die materialistische Geschichtsauffassung adaptiert! Es ist ziemlich grauenhaft.

Mit Grete übersetze ich Andersen Nexös »Erinnerungen«. Sie gefallen mir, trotz der Seelenzergliederungen und Moralismen, da noch Rohstoff darinsteckt. Ein respektabler Proletarismus. Aber da sind schöne Stellen, wo die Solidarität der Besitzlosen geschildert wird.

3/VIII

Da ich auf meinem Gebiete ein Neuerer bin, schreien immer wieder einige, ich sei ein Formalist. Sie finden die alten Formen nicht in meinen Arbeiten, schlimmer, sie finden neue, und da meinen sie, es sind die Formen, die mich interessieren. Aber ich habe herausgefunden, daß ich das Formale eher geringschätze. Ich habe die alten Formen der Lyrik, der Erzählung, der Dramatik und des Theaters zu verschiedenen Zeiten studiert und sie nur aufgegeben, wenn sie dem, was ich sagen wollte, im Weg standen. Beinahe auf jedem Feld habe ich konventionell begonnen. In der Lyrik habe ich mit Liedern zur Gitarre angefangen und die Verse zugleich mit der Musik entworfen. Die Ballade war eine uralte Form, und zu meiner Zeit schrieb niemand mehr Balladen, der etwas auf sich hielt. Später bin ich in der Lyrik zu anderen Formen übergegangen, weniger alten, aber ich bin mitunter zurückgekehrt und habe sogar Kopien alter Meister gemacht, Villon und Kipling übertragen. Der *Song*, der nach dem Krieg wie ein Volkslied der großen Städte auf diesen Kontinent kam, hatte, als ich mich seiner bediente, schon eine konventionelle Form. Ich ging aus von dieser und durchbrach sie später. Aber die Massenlieder enthalten formale Elemente dieser faulen, gefühlsseligen und eitlen Form. Ich schrieb dann reimlose Verse mit unregelmäßigen Rhythmen. Ich glaube, ich wandte sie zuerst im Drama an. Jedoch gibt es ein paar Gedichte aus der »Hauspostillen«-Zeit, die Elemente dazu zeigen, die Psalmen, die ich zur Gitarre sang. Sonett und Epigramm übernahm ich als Formen, wie sie waren. Eigentlich benutzte ich nur die mir zu gekünstelt erscheinenden Formen der antiken Lyrik nicht.

27. 7.

Die Moskauer Clique lobt jetzt *Hays* Stück »Haben« über den roten Klee. Das ist echter sozialistischer Realismus. Neu, weil alt. Hier schuf ein Genie, unberührt von den Moden und Wirren seiner Zeit. Was ist Form? Hier ist Inhalt. Das Stück ist ein trauriger Schund, Sudermann ist dagegen ein Fortschritt. »Aber da sind Menschen aus Fleisch und Blut.« Bekanntlich (?) hat die Bühne für Fleisch und Blut Pappe und rote Tinte, die dann wie Fleisch und Blut aussehen. »Aber da sind Menschen mit ihren Widersprüchen.« Die Dialektik des Ausdrucks »Kraut und Rüben«. Der Kapitalismus ist schlecht in dem Stück, weil er die Leute geldgierig macht. Es kommt ein Dämon in Gestalt einer alten Hexe vor, die das ganze Dorf, d.h. die Weiber, zu Morden verführt und einmal, Höhepunkt, einen dämonischen Tanz vollführt. Nach Feuchtwanger ist sie *der* Kapitalismus. Auch er verführt ja die Menschen zu allerhand Teuflischem. Das Ganze liest man »atemlos«. »Hay ist ein Neuerer. Besser gesagt: die Umstände, unter denen er schuf, machten ihn zum Neuerer in einem eigentümlichen Sinn, trotzdem oder gerade weil er – alte Wege ging.« (*Kurella.*) Feuchtwanger bestätigt, daß für Hay der Marxismus »nicht nur Gedanke geblieben ist, sondern vielmehr sein ganzes Wesen, sein Gefühl bis tief in die Schächte des nicht mehr Bewußten erfüllt«. Wobei die Hauptsache natürlich ist, daß er eben kein Gedanke geblieben oder, besser gesagt, geworden ist. Das Stück ist »von innen her durchtränkt mit Marxismus«. Also gefärbt, leider nicht indanthren.

12. 8.
Wir Deutschen haben einen Materialismus ohne Sinnlichkeit. Der »Geist« denkt bei uns immer über den Geist nach. Die Körper und die Gegenstände bleiben geistlos. In den deutschen Liedern über den Wein ist die Rede von lauter geistigen Wirkungen, selbst in den ordinärsten Liedern. Der Geruch der Weinfässer kommt nicht vor. Die Welt schmeckt uns nicht. In die Liebe haben wir etwas Gemütliches hineingebracht, der Geschlechtsgenuß hat für uns etwas Banales. Wenn wir von Geschmack reden, meinen wir ebenfalls etwas rein Geistiges, die Zunge ist da längst aus dem Spiel, es ist so etwas wie Gefühl für Harmonisieren. Beachtet auch diese Zusammensetzung »rein geistig«. Der Geist verunreinigt sich gleich bei uns, wenn er Materie anfaßt. Mehr oder weniger ist Materie für uns Deutsche Dreck. In unserer Literatur ist überall dieses Mißtrauen gegen die Lebendigkeit des Körperlichen zu spüren. Unsere Helden pflegen der Geselligkeit, aber essen nicht; unsere Frauen haben Gefühle, aber keinen Hintern, dafür reden unsere Greise, als hätten sie noch alle Zähne.

13. 8.
Benjamin behauptet, Freud sei der Meinung, die Sexualität werde einmal überhaupt absterben. Unsere Bourgeoisie ist der Meinung, sie sei die Menschheit. Als der Kopf des Adels fiel, stand ihm wenigstens noch der Schwanz. Der Bourgeoisie ist es gelungen, sogar die Sexualität zu ruinieren. Ich helfe eben Ruth, einen Band Novellen mit dem Titel »Jedes Tier kann es« fertigzustellen. 70% aller Frauen sollen frigid sein. Wir haben gute Titel (»Eile heißt der Wind«, der das Brettergerüst zum Einsturz bringt. »All des Königs Rosse und all des Königs Mann«. Dann

»Service«. Usw.). Unproduktivität der Technik. Der Orgasmus als Glücksfall.

14. 8.

Aus dem 5. Gedicht des Zyklus »An den Triumphbogen« von *Victor Hugo.*

Nein, die Zeit nimmt den Dingen nichts.
Mehr als ein zu Unrecht gerühmtes Portal
Kommt in seinen langsamen Metamorphosen
Endlich zur Schönheit.
Auf die Monumente, die verehrt werden
Wirft die Zeit einen strengen Charme
Von ihrer Fassade bis zu ihrem Scheitel.
Niemals, was sie auch zerbrechen oder mit Rost überziehen mag
Ist die Robe, die sie von ihnen nimmt
Besser als die, mit der sie sie bekleidet.

Sie ist es, die eine Rille gräbt
In ein allzu dürftiges Kapitäl
Und die ihren intelligenten Daumen
Über die Ecke eines trockenen Marmors führt.
Sie ist es, die, das Werk zu verbessern
Eine lebendige Schlange
Dem Knoten einer Hydra aus Granit einfügt.
Und ich glaube, ein gotisches Dach lachen zu hören
Wenn die Zeit aus seinem alten Fries
Einen Stein herausnimmt und ein Nest hineintut.

15. 8. 38

»Furcht und Elend des Dritten Reiches« ist jetzt in Druck gegangen. Lukács hat den »Spitzel« bereits begrüßt, als sei ich ein in den Schoß der Heilsarmee eingegangener Sünder. Das ist doch endlich aus dem Leben gegriffen! Übersehen ist die Montage von 27 Szenen und daß es eigentlich nur eine Gestentafel ist, eben die Gesten des Verstummens, Sich-Umblickens, Erschreckens usw. Die Gestik unter der Diktatur. Das *epische Theater* kann damit zeigen, daß sowohl »Interieurs« als auch beinahe naturalistische Elemente in ihm möglich sind, nicht den Unterschied ausmachen. Der Schauspieler tut jedenfalls gut, die »Straßenszene« zu studieren, bevor er eine der kleinen Szenen spielt. Die erwähnten Gesten sind nicht so zu vollführen, daß der Zuschauer wünscht, den Fortgang der Szene aufzuhalten, die Einfühlung ist sorgfältig zu meistern, sonst fällt alles unter den Tisch. Die Montage, so sehr verfemt, entstand durch die Briefe Dudows, der für die kleine proletarische Spieltruppe in Paris etwas brauchte. So hält das proletarische Theater im Exil das Theater im Gang! Und der einstige Leiter einer Berliner Agitproptruppe, Maxim Vallentin, ist in Moskau zum bürgerlichen Theater übergegangen und verkündet, man habe in der Kunst an das Gefühl zu appellieren, womit nur gemeint sein kann, den Verstand auszuschalten!

16. 8.
Die »Gedichte aus dem Exil« sind natürlich einseitig. Aber es hat keinen Sinn, da im Kleinen zu mischen. Die Vielfalt kann nur im Ganzen entstehen, durch Zusammenbau in sich geschlossener Werke. Der Gesamtplan für die Produktion breitet sich allerdings immer mehr aus. Und die einzelnen Werke haben nur Aussicht, wenn sie in einem solchen Plan stehen. Zu »Die Geschäfte des Herrn Julius Caesar« muß »Der Tuiroman« treten. Zu den Dramen die Lehrstücke. Wann werde ich die »Abenteuer des bösen Baals des asozialen« anfangen können? Und die »Haltungen Lenins«? 30 Jahre sind nicht zu viel für das noch zu Schaffende. Denn da muß noch ein Haufen Aktuelles dazwischendrin gemacht werden. So fehlt ein kleiner realistischer Roman für die proletarische Jugend mit Helden, am besten einem Kind, es kann auch Koloman Wallisch sein. Und dabei schickt sich der Anstreicher an, die Welt zu erobern. Gestern haben die großen deutschen Manöver begonnen, die Probemobilmachung.

16. 8.
Entsetzlich, die Gedichte Shelleys zu lesen (nicht zu reden von ägyptischen Bauernliedern von vor 3000 Jahren), in denen die Unterdrückung und Ausbeutung beklagt wird! Wird man so uns lesen, immer noch unterdrückt und ausgebeutet, und sagen: schon damals ...?

18. 8.

Indem *Lukács*, dessen Bedeutung darin besteht, daß er von Moskau aus schreibt, fast durchwegs *formale* Kennzeichen für den *Realismus* angibt, liefert er seinen lernbegierigen Leser doch letzten Endes an die zeitgenössischen, von ihm mit großen, wenn auch leicht verlegenen Komplimenten bedachten berühmten bürgerlichen Romanciers aus, welche diese formalen Kennzeichen aufweisen (wenn auch nicht so »glücklich«, »rein«, »schöpferisch« wie die Altmeister aus der großen Frühzeit). Er hat dann da Realisten (die er noch dazu dadurch jedem Verdacht entzieht, daß er ihnen eine »décadence« gegenüberstellt, zu der *Dos Passos* und vermutlich auch ich gehören), deren Beschreibungen den Klassenkampf auslassen (»nicht genug berücksichtigen«, »noch nicht ganz erfassen«), so daß der Leser jene komplizierten Reflexionen anstellen muß, welche die »décadence« in ihre Bücher einmontiert, nämlich die Reflexionen, welche die geschilderten Vorgänge als vom Klassenkampf kommend realisieren. Die *Lukács*schen Kennzeichen weisen sie alle auf. *Heinrich Mann* zeigt ein solches »Gewirr« von verschiedenen Menschenschicksalen in seinem »Heinrich IV.«, daß sich kein Mensch mehr auskennt, und ob sein Bruder *Thomas* das »ganze Leben des biblischen Josef in seiner Breite vollständig entfaltet«! Mir ist da Breite genug! »Sehr verschlungene, sehr indirekte

Zusammenhänge« haben wir dutzendweise beim *Hamsun*. Klassenkampf haben wir bei allen dreien weniger, aber, natürlich, den können wir uns ja dazudenken, »schließlich« ist alles Klassenkampf! Dieser Stumpfsinn ist gigantisch.

18. 8.
Die Realismusdebatte blockiert die Produktion, wenn sie so weitergeht. *Lukács* findet im frühen bürgerlichen Roman natürlich Dialektik, und zwar von anderer Qualität als im späten. Eine reiche »Verschlungenheit der Wege des Lebens«, ein »reiches Gewebe sich vielfältig verschlingender Motive« usw. Bei den Späteren kommt es dann entweder zu einer Auskämmung oder zu dem, was man, in Gedanken an Darmverschlingung, Motivverschlingung nennen könnte. Die gewisse Entleertheit, Ausgeronnenheit, Verkrustung ist aber nicht nur ein Fehler der Schriftsteller, sondern vor allem ein »Fehler« des Kapitalismus persönlich. Da ist bei *Lukács* im frühen bürgerlichen Roman (*Goethe*) ein »breiter Reichtum des Lebens«, und der Roman erweckt »die Illusion der Gestaltung des ganzen Lebens in seiner vollständigen entfalteten Breite«. Nachmachen! Nur, daß sich jetzt nichts mehr entfaltet und kein Leben mehr breit wird! Der Rat wäre höchstens, man solle es breit treten. Ein solches Breittreten besorgt der Kapitalismus übrigens, die berühmte eiserne Ferse. Wir haben tatsächlich lauter Umwege, Abwege, Hindernisse, Bremsvorrichtungen, Bremsschäden usw. zu beschreiben. Aber mit der zunehmenden Quantität ist da der Umschlag eingetreten. *Lukács*, der geneigt ist, alles aus der Welt ins Bewußtsein zu verlegen, beobachtet ihn (indigniert) nur in der Sphäre des Bewußtseins. Bei *Zola* rückt ein Tatsachenkomplex in den Mittelpunkt der Romane, das Geld, das Bergwerk usw. Aus organischer Vielfalt der Komposition wird mechanische Verknüpfung, Montage. Zunehmende Entmenschung des Romans! Daraus dreht der Gute nun den unseligen Schriftstellern, die aus »Erzählern« zu »Beschreibern« herabgesunken sind, den Strick. Sie kapitulieren. Sie stellen sich auf den Standpunkt des Kapitalismus, sie entmenschen das Leben. Die Proteste, die sie anfügen, läßt er nicht gelten. Sie sind post festum, in die Sache hineingetragen, es sind Scheinradikalismen. Aber daß das entmenschte Proletariat tatsächlich seine ganze Menschlichkeit in

den Protest legt und von da aus in den Kampf gegen die Entmenschlichung der Produktion geht, übersieht der Herr Professor. Die Umwegigkeit der neuen Wege soll den Roman nicht umprägen. In der Tat hat er da einen Reichtumsbegriff (in Sätzen wie dem von »diesem Reichtum des Gewebes«), der sich recht schnell überlebt hat. Viel ist mehr geworden, und von Reichtum ist keine Spur mehr. Aus dem Kalkulieren ist ein Theoretisieren geworden. Es nimmt nicht die gleiche Stellung ein, es rangiert nicht mehr unter den »Reflexionen des Helden«. Der Schriftsteller sieht etwas Neues, wenn er den Proleten beim Abstrahieren sieht, das muß man sich klarmachen. An den »seelenlosen« Tatsachenkomplexen Bergwerk, Geld usw. ist die Erzählungsform der Balzac, Tolstoi usw. in die Brüche gegangen. Die Ermahnungen der Professoren leimen sie nicht wieder zusammen. All the king's horses and all the king's men couldn't Humpty Dumpty put together again. *Gide* schreibt seinen Hauptroman über die Schwierigkeit, einen Roman zu schreiben (»Die Falschmünzer«). *Joyce* schreibt einen Katalog von Beschreibungsarten, und die einzige große volkstümliche Erzählung der Zeit, Hašeks »Schwejk«, hat die nach dem Drama hin orientierte Romanform des frühen bürgerlichen Romans verlassen.

10. 9.

In den literarischen Abhandlungen der von Marxisten herausgegebenen Zeitschriften taucht in letzter Zeit wieder häufiger der Begriff *Dekadenz* auf. Ich erfahre, daß zur Dekadenz auch ich gehöre. Das interessiert mich natürlich sehr. Der Marxist braucht tatsächlich den Begriff *Abstieg*. Er stellt einen Abstieg der herrschenden bürgerlichen Klasse auf politischem und ökonomischem Gebiet fest. Es wäre stupid von ihm, den Abstieg auf künstlerischem Gebiet nicht sehen zu wollen. Die große Fesselung der Produktivkräfte durch die kapitalistische Produktionsweise kann die Literatur z.B. nicht auslassen. Ich halte mich zunächst an meine eigene Produktion. Die »Hauspostille«, meine erste lyrische Publikation, trägt zweifellos den Stempel der Dekadenz der bürgerlichen Klasse. Die Fülle der Empfindungen enthält die Verwirrung der Empfindungen. Die Differenziertheit des Ausdrucks enthält Zerfallelemente. Der Reichtum der Motive enthält das Moment der Ziellosigkeit. Die kraftvolle Sprache ist salopp. Usw. usw. Diesem Werk gegenüber bedeuten die späteren »Svendborger Gedichte« ebensogut einen Abstieg wie einen Aufstieg. Vom bürgerlichen Standpunkt aus ist eine erstaunliche Verarmung eingetreten. Ist nicht alles auch einseitiger, weniger »organisch«, kühler, »bewußter« (in dem verpönten Sinn)? Meine Mitkämpfer werden das, hoffe ich, nicht einfach gelten lassen. Sie werden die »Hauspostille« dekadenter nennen als die »Svendborger Gedichte«. Aber mir scheint es wichtig, daß sie erkennen, was der Aufstieg, sofern er zu konstatieren ist, gekostet hat. Der Kapitalismus hat uns zum Kampf gezwungen. Er hat unsere Umgebung verwüstet. Ich gehe nicht mehr »im Walde vor mich hin«, sondern unter Polizisten. Da ist noch Fülle, die Fülle der Kämpfe. Da ist Differenziertheit, die der Probleme. Es ist keine Frage: die Literatur blüht nicht. Aber man sollte sich hüten, in alten Bildern zu denken. Die Vorstellung von der Blüte ist einseitig. Den Wert, die Bestimmung der Kraft und der Größe darf man nicht an die idyllische Vorstellung des organischen Blühens fesseln. Das wäre absurd. Abstieg und Aufstieg sind nicht durch Daten im Kalender getrennt. Diese Linien gehen durch Personen und Werke durch.

11. 9.
»Baal« überflogen, der Gesamtausgabe wegen. Schade drum. Es war immer ein Torso, er wurde dann noch mehrmals operiert, für die (zwei) Buchausgaben und die Aufführung. Der Sinn ging dabei fast verloren. Baal, der Provokateur, der Verehrer der Dinge, wie sie sind, der Sichausleber und der Andreausleber. Sein »Mach, was dir Spaß macht!« gäbe viel her, richtig behandelt. Frage mich, ob ich mir die Zeit nehmen soll. (Vorbehalten immer die Lehrstücke vom »Bösen Baal dem asozialen«.)

12. 9. 38

In der »Deutschen Zentral-Zeitung« einiges über den heuer verstorbenen Stanislawski. Sein Orden ist ein Sammelbecken für alles Pfäffische in der Theaterkunst. Der Verstand wird in seiner »Methode« nicht etwa unterdrückt, er ist der »Kontrolleur«. Zunächst »fühlt« man, bringt sich durch Waschungen seelischer Art in einen Zustand, wo man fühlen kann (hauptsächlich indem man vergißt, daß Kunst ein Geschäft ist), und dann läßt man »es« durch den Verstand korrigieren, der Ausdruck heißt rechtfertigen. Der Tuismus selber. Ob etwas »echt« ist, beweist sich im Gefühl. (Das Gegenwort wäre: richtig.) Als ob die Emotionen nicht mindestens so korrumpiert wären als die Verstandesfunktionen! Ein paar Murxisten weisen dann tintetriefend nach, daß das eben die ewige Kunst sei. »Die Kunst wendet sich nun einmal an das Gefühl.« Das Emotionelle wird in den »Unterbau« verstaut, das Intellektuelle in den »Überbau«. Die Trennung von Gefühl und Verstand macht man brav mit. Betonen Leute wie ich das Verstandesmäßige, dann vermißt man das Gefühlsmäßige eo ipso. Zumindest spricht man (nicht immer mit dem

Ausdruck des Bedauerns) von einer krankhaften Trennung von Gefühl und Verstand bei mir. In Wirklichkeit hat es nur keinen Sinn, von Gefühl zu reden in der Kunst (außer zum Zweck der Kritik), weil das ja nur bedeutete, den Verstand spielen zu lassen. Jeder Gedanke, der notwendig ist, hat seine emotionelle Entsprechung, jedes Gefühl seine gedankliche. Die Verlogenheit der Stanislawskischule mit ihrem Kunsttempel, Wortdienst, Dichterkult, ihrer Innerlichkeit, Reinheit, Exaltiertheit, ihrer Natürlichkeit, aus der man immer fürchtet und fürchten muß, »draus« zu kommen, entspricht ihrer geistigen Zurückgebliebenheit, ihrem Glauben an »den« Menschen, »die« Ideen usw. Das ist »echter« Naturalismus, die Natur ist der große Unbekannte, er wird imitiert, indem man seinen falschen Bart imitiert.

25. 9.
Sehr bemerkenswert für den »Caesar« der Umfall der herrschenden Klasse Frankreichs vor Hitlers Kriegsdrohung, der Vertragsbruch, der die Tschechoslowakei von der Landkarte wischt und Frankreichs Großmachtstellung erledigt. Sie führen nur Raubkriege. Sie verteidigen den Raub nur, wenn es ihrer ist und bleibt. Für das Geschäft opfern sie jeden Augenblick die politische Macht, wenn wirklich diese erstaunliche Alternative auftaucht. Ein Krieg mit 40-Stundenwoche? Nicht zu machen. Diese Leute geben ein prächtiges Beispiel von harter Logik und Immunität gegenüber von Idolas. Wie, ihr Land verteidigen, wenn es nicht das ihre ist?

Sternberg hier, rückkehrend von einer Tournee in Skandinavien. Vom Freitag auf den Sonntag (Nacht von Godesberg) sitzen wir bis früh drei Uhr. Das Radio bringt alle zehn Minuten in anderer Sprache Berichte.

5. 10.
Über *literarischen Wert*: Was für ein *Gide*, mit dessen schönem Buch über die irdischen Freuden im Tornister die Armee der französischen Volksfront marschiert! Was für einer, mit dem auf dem Nachttisch sie nicht marschiert! Und *Hašek*: Sein großes Buch verkleinert sich stündlich, mit der Besetzung der V-Zonen durch die Hitlerarmee. Es war der Siegesbericht eines unter-

drückten Volkes, der Odysseusbericht. Aber der Sieg war zu kurz. Es steht in einer anrüchigen Bibliothek jetzt, es handelt von Geschehnissen, die man nicht mehr kennt.

7. 10.
Der Untergang der Tschechoslowakei ist, in der Prozedur, bemerkenswert. Man spricht z. B. jetzt immer noch von ihr, als sei es dieselbe, und einige ihrer Handlungen überraschen daher. Man hat begriffen, daß sie Deutschland gegenüber etwas preisgeben mußte, aber jetzt gibt sie mehr preis, eigentlich alles allen gegenüber. Und die Juden und Emigranten dazu. Man vergißt, daß durch die Niederlage andere Klassenkräfte ans Ruder gekommen sind, so ist der Staat eine völlig andere Rechtsperson geworden, man darf nicht mehr von *Tschechoslowakei* reden! Und der Ausgangspunkt? »England« konnte nicht einen Krieg führen, den der russische Bundesgenosse gewonnen hätte. Der russische Bundesgenosse konnte nicht einen Krieg führen, den die russischen Generäle gewonnen hätten. Frankreich konnte nicht einen Krieg führen, den die Volksfront gewonnen hätte. Und keines von ihnen konnte einen Krieg verlieren, natürlich.

23. 11. 38
»Das Leben des Galilei« abgeschlossen. Brauchte dazu drei Wochen. Die einzigen Schwierigkeiten bereitete die letzte Szene. Ähnlich wie in der »Johanna« brauchte ich am Schluß einen Kunstgriff, um auf jeden Fall dem Zuschauer den nötigen Abstand zu sichern. Selbst der unbedenklich sich Einfühlende muß zumindest jetzt, auf dem Weg der Einfühlung selber in den Galilei, den V-Effekt verspüren. Bei streng epischer Darstellung kommt eine Einfühlung erlaubter Art zustande.

I. 39
Auch Kolzow verhaftet in Moskau. Meine letzte russische Verbindung mit drüben. Niemand weiß etwas von Tretjakow, der »japanischer Spion« sein soll. Niemand etwas von der Neher, die in Prag im Auftrag ihres Mannes trotzkistische Geschäfte abgewickelt haben soll. Reich und Asja Lacis schreiben mir nie mehr, Grete bekommt keine Antwort mehr von ihren Bekannten im Kaukasus und in Leningrad. Auch Béla Kun ist verhaftet, der

einzige, den ich von den Politikern gesehen habe. Meyerhold hat sein Theater verloren, soll aber Opernregie machen dürfen. Literatur und Kunst scheinen beschissen, die politische Theorie auf dem Hund, es gibt so etwas wie einen beamtenmäßig propagierten dünnen blutlosen proletarischen Humanismus. In einem offiziellen Artikel erklärt ein gewisser Wokressenski (»Die Theorie Lenins und Stalins über den Sieg des Sozialismus triumphiert in der Sowjetunion«) als Stalins Theorie etwa: »Das Absterben des Staates erfolgt durch seine allseitige Festigung« und: »Der sozialistische Staat ist notwendig, damit (!) er den Massen die neue sozialistische Arbeitsdisziplin anerzieht« und: »Wenn wir die besten Stachanownormen für das ganze Land zu den durchschnittlichen machen würden, so würden wir damit die entscheidenden Voraussetzungen zum Übergang vom Sozialismus zum Kommunismus schaffen.« Das Fluktuieren der Arbeiter (zwischen den verschieden entlohnenden Fabriken) ist gesetzlich gestoppt, und es soll Streiks gegeben haben. Über die politische »Demokratie« erfährt man nichts als Phrasen, und nichts erfährt man über die soziale Organisationsform der Produktion. Für die Marxisten außerhalb ergibt sich ungefähr die Stellung wie die Marxens zur deutschen Sozialdemokratie. Positiv kritisch.

Inzwischen ficht der Kapitalismus als Imperialismus und Trustkapitalismus seine ökonomischen Kämpfe in nationalen Einheiten aus. Diese nationale Form tritt nicht ab, bevor sie ihr äußerstes getan hat (auch zur Entwicklung der Produktivkräfte, die sie jetzt in Destruktivkräfte verwandelt).

12. 2. 39

Mit Grete die Übersetzung der drei Bände Nexösche Erinnerungen abgeschlossen. Drei Novellen geschrieben (»Mantel des Nolaners«, »Der verwundete Sokrates«, »Die Trophäe des Lukullus«). Viel Theorie in Dialogform »Der Messingkauf« (angestiftet zu dieser Form von Galileis *Dialogen*). Vier Nächte. Der Philosoph besteht auf dem P-Typ (Planetariumtyp, statt K-Typ, Karusselltyp), Theater nur für Lehrzwecke, einfach die Bewegungen der Menschen (auch der Gemüter der Menschen) zum Studium modelliert, das Funktionieren der gesellschaftlichen Beziehungen gezeigt, damit die Gesellschaft eingreifen kann. Seine Wünsche lösen sich auf in Theater, da sie vom Theater verwirklicht werden. Aus einer Kritik des Theaters wird neues Theater. Das ganze einstudierbar gedacht, mit Experiment und Exerzitium. In der Mitte der V-Effekt.

. 2. 39

Über Korschs »Marx«, den er hier entwarf und der jetzt englisch herausgekommen ist, komme ich wieder auf die Frage *Formalismus*. Im Vergleich zu *Lenins* kurzem Abriß »Marx« ist das ausgezeichnete Buch Korschs doch ein wenig formalistisch. Sehr auf das Schematische aus, die Methode, die herausgezogen ist. Sie wird nicht im Betrieb gezeigt, nicht in der Anwendung. Ihr historischer Geburtsort wird nicht gezeigt. Es wird z.B. gesagt: Marxismus ist nicht nur, weil Hegel und Ricardo nicht ausreichten, sondern (hauptsächlich) weil es das Proletariat gab. Das wird aber nicht gezeigt. Usw.

Den literarischen Formalismus haben wir auch nicht politisch bestimmt, also gar nicht bestimmt. Unsere *Lukács'* leiten ihn simpel von der décadence ab. Die literarischen Avantgardisten sind dekadente Bourgeois, fertig. Man muß also von ihnen absehen und bei den Klassikern lernen. Nirgends wird auf den Formalismus der Demokratien und Faschismen hingewiesen. (Die Ankurbelung der Produktion – von Destruktionsmitteln, die Liquidierung des Klassenkampfs statt der Klassen usw.) Der Zerfall der Erzählung wird einfach als purer Zerfall betrachtet. Die *Montage* etwa gilt als Kennzeichen der décadence. Weil durch sie die *Einheit* zerrissen wird, das *Organische* abstirbt! Natürlich könnte man auch die Montage konkret studieren. (Etwa *Ivens* Film »Zuidersee«, der die Gewinnung fruchtbaren Bodens zeigt und dann die gleichzeitige Destruktion von Bodenfrüchten an anderen Orten.) Eine andere Sünde ist der *innere Monolog*. Niemals hat man einen solchen untersucht und seine tatsächliche Fehlerhaftigkeit aufgedeckt (man könnte den der Frau im »Ulysses« und den Hitlers in »Die Rede« aus Heinrich Manns »Mut« nehmen). Dann hätte man ihn zwar nicht ohne weiteres über Bausch und Bogen als Kunstmittel erledigt, wohl aber in concreto die Fehlerhaftigkeit gezeigt. Denn natürlich muß diese reine Einfühlung ungeheure Fehlerquellen haben. Natürlich gibt es so etwas wie eine leere Selbstbewegung der

Form, rein formale Befriedigung echter Bedürfnisse, Vergewaltigung der Fakten durch verallgemeinernde Behandlung usw., aber man kann auch formale Fragen formalistisch behandeln, und das geschieht bei den Lukács'. Nach diesen Murxisten ist es dann so: Die bürgerlichen Realisten hatten einen unvollständigen Realismus, hatten noch Idola; lassen wir die weg, und alles ist in Ordnung. Ihre Fakten werden akzeptiert und neu geordnet. Marx ist der mit den richtigen Folgerungen versehene Ricardo, nichts weiter. Scholochow der von einigen Scheuklappen befreite Balzac. In Wirklichkeit haben die Scholochows nicht die Spur von Balzacs Materialismus (einem merkwürdigen Gebräu von Romantik, Faktenhunger, Sammlerwahn, Spekulation usw.) und unzählig mehr Scheuklappen. Auch die Anempfehlung des Studiums der bürgerlichen Realisten ist ganz und gar formalistisch, da es nicht verbunden ist mit einer tiefgehenden Kritik derselben.

19. 2. 39
Die Emigration schläft, aber unruhig. Da sind einige Alpdrücke. Daß Hitler das Kleingeld doch nicht ausgeht, daß der falsche Papst gewählt wird, daß Churchill schlappmachen könnte. Das Pferdchen, auf das man am liebsten setzt, der Favorit, ist die »Friedenssehnsucht des deutschen Volkes«. Chamberlain, der auch diesen Traum hat, rüstet wenigstens (für alle Fälle) kräftig auf dabei. Nun besteht tatsächlich eine Furcht vor dem Krieg in Deutschland, aber das ist für das Regime doch nur eine psychische Erscheinung ohne Fundierung, durch Propaganda zu überwinden. Es hat da gute Gründe und Trümpfe in der Hand. Aus meinen *Caesar*-Studien sehe ich, wie leicht die schnell verlumpende römische Plebs in Eroberungskriege zu bringen war. Und die Arbeiterschaft? Sie hat viel geschluckt für die Beseitigung der Arbeitslosigkeit. *Kein* Krieg bedeutet Arbeitslosigkeit, wird das Regime sagen (mit Recht). Was dem Regime, das sehe ich immer mehr als alter Erforscher des *Tuismus*, diesen Anschein der Intelligenz verleiht, ist der Umstand, daß es konsequenter Spätkapitalismus ist, indem es pariert, macht es konsequente Politik, daher die »nachtwandlerische Sicherheit«! Die Kritik Hitlers an der Sozialdemokratie und dem Frankfurtismus (in seiner letzten Rede) ist ausgezeichnet. Ohne die Produktion zu verändern,

wollten die Dummköpfe die Konsumtion verändern! Dann bauen sie eine riesige rationalisierte Industrie auf in einem politisch entmachteten Land und treiben Friedenspolitik! Und Hitler ist nun konsequent: die Grenzen, welche von den Waren nicht überschritten werden können, werden von den Tanks überschritten. Welches auch Waren sind (sowie die sie bedienenden Arbeitskräfte). Die Tuis sind verstört.

25. 2. 39

In der Einleitung seiner Ästhetik gibt *Hegel* außerordentlich schön die aristotelische Kunsttheorie wieder. Der Kernsatz scheint mir:

»So gibt man wohl auch für das Zusammenleben der Menschen und den Staat den Endzweck an, daß sich *alle* menschlichen Vermögen und *alle* individuellen Kräfte nach *allen* Seiten und Richtungen hin entwickeln und zur Äußerung bringen sollen. Aber gegen eine so formelle Ansicht erhebt sich bald genug die Frage, in welche *Einheit* sich diese mancherlei Bildungen zusammenfassen, welches *eine Ziel* sie zu ihrem Grundbegriff und letzten Zweck haben müssen. Wie beim Begriffe des Staats entsteht auch beim Begriffe der Kunst das Bedürfnis teils nach einem den besonderen Seiten *gemeinsamen*, teils aber nach einem höheren *substantiellen* Zwecke.«

»Leben des Galilei« ist technisch ein großer Rückschritt, wie »Frau Carrars Gewehre« allzu opportunistisch. Man müßte das Stück vollständig neu schreiben, wenn man diese »Brise, die von neuen Küsten kommt«, diese rosige Morgenröte der Wissenschaft haben will. Alles mehr direkt, ohne die Interieurs, die »Atmosphäre«, die Einfühlung. Und alles auf planetarische Demonstrationen gestellt. Die Einteilung könnte bleiben, die Charakteristik des Galilei ebenfalls. Aber die Arbeit, eine lustige Arbeit, könnte nur in einem Praktikum gemacht werden, im Kontakt mit einer Bühne. Es wäre zuerst das »Fatzer«-Fragment und das »Brotladen«-Fragment zu studieren. Diese beiden Fragmente sind der höchste Standard technisch.

26. 2. 39

Die »Philosophie der Geschichte« dieses Hegel ist ein unheimliches Werk. Seine Methode gestattet ihm nicht nur, das Positive und Negative jeder geschichtlichen Erscheinung zu sehen, sondern auch diese Polarität zur causa der Entwicklung zu gestalten. Ungeheuer die Schilderung des Formalismus der Verfassung unter den Kaisern, wo der Reichtum »nicht die Frucht der Industrie« war. Wie großartig, auf ein paar gedrängten Seiten, die Drehpunkte erscheinen. Etwa, wie die Gracchen sich bemühen, »Italien, statt mit Sklaven, mit Bürgern zu bevölkern«. Unter den Caesaren ist es *ent*völkert! Und wie der innere Gegensatz unter *Caesar* nach außen verlegt wird, das Reich gegründet wird, das »dem Druck der Abgaben und der Plünderung erlag«! Und man vergleiche in der *Einleitung* die Erwähnung Caesars, des »Geschäftsführers des Weltgeistes«! In diesen »Seelenführern« treten den Klassen, tritt hier in diesem Seelenführer dem verlumpten Senat und der verkommenen Plebs unwiderstehlich ihr eigener innerer Geist gegenüber! Und nachdem »aus der Zerrüttung des Staats diese kolossalen Individualitäten hervorgegangen sind«, werden die individuellen Züge der Caesaren derart unbedeutend, daß es heißt, »unter dem rohesten und verabscheuungswürdigsten Tyrannen (Domitian) habe die römische Welt ausgeruht«. Ich bin mit dem »Caesar« nicht mehr weitergekommen, wollte ihn schon für unverständlich halten. Jetzt bekomme ich Zuzug: Gretes Schwester, Frau eines Metallarbeiters, ist aus Deutschland hier. Sie liest in einem einzigen Abend das zweite Buch und findet es hochinteressant. Ausgefragt von Grete, zeigt sie, daß sie so ziemlich alles verstanden hat. *Benjamin* und *Sternberg*, sehr hochqualifizierte Intellektuelle, haben es nicht verstanden und dringend vorgeschlagen, doch mehr menschliches Interesse hineinzubringen, mehr von altem Roman! Und dann ist noch Steff da, der auf einer Fortsetzung besteht. Das sollte ausreichen.

4. 3. 39
Heute begriff ich endlich, warum es mir nie gelungen ist, die kleinen Lehrstücke von den Abenteuern des »Bösen Baal des asozialen« herzustellen. Die asozialen Leute spielen keine Rolle. Es sind einfach die Besitzer der Produktionsmittel und sonstigen Lebensquellen, und sie sind es nur als solche. Natürlich sind es auch ihre Helfer und Helfershelfer, aber eben auch nur als solche. Es ist geradezu *das* Evangelium des Feindes der Menschheit, daß es asoziale Triebe gibt, asoziale Persönlichkeiten usw.

5. 3. 39

Interessant die neuere »realistische« amerikanische Literatur. *(Cain, Coy, Hemingway.)* Diese Leute protestieren gegen die landläufige Beschreibung gewisser Milieus, spekulieren auf den Neuigkeitsreiz der »unbefangenen« Beschreibung. Es bleibt alles sehr beim Formalen. Am Anfang steht das Filmerlebnis (und am Ende steht Hollywood). Der Film hat, besonders als Stummfilm, unerwartet viel Handlung gebraucht (expression verschlungen). Die Psychologen kamen damals auf den behaviourism, die Psychologie vom Kameraauge aus. Die Literatur holt jetzt auf. Aber es handelt sich bei diesen *hard boiled men*, also Kaltschnäuzigen, schließlich um Herstellung von hot stuff, sie müssen Emotionen erzeugen, Mitglieder des großen Emotionsracket, die sie sind. Sie fallen also, was am bequemsten, auf die emotions als Treibkräfte zurück. Sie geben dem man in the street, dem Newdealtyp Roosevelts, Garagenmechaniker, Landarbeiter, Reporter einen neuen Motor von je zehn Pferdestärken, samt den entsprechenden Bremsen. Der hochtourige Kleinbürger, eine romantische Natur ersteht. Eigentlich ist es der ganz und gar ausgepowerte (high strung), durch die Rationalisierung zum second spirit gebrachte, keuchende, von der Arbeitslosigkeit bedrohte, mit letzter Kraft rivalisierende arme Teufel, der da als Held und Kraftmeier auftritt, daß die Bühne einbricht.

15. 3. 39

Vor ein paar Tagen habe ich den alten Entwurf von »Der gute Mensch von Sezuan« wieder hervorgezogen (in Berlin begonnen als »Die Ware Liebe«). Es existieren fünf Szenen, vier davon sind zu brauchen. Es ist Scharadenarbeit, schon der Umkleide- und Umschminkakte wegen. Ich kann aber dabei die epische Technik entwickeln und so endlich wieder auf den Standard kommen. Für die Schublade braucht man keine Konzessionen.

Interessant, wie sich bei diesen dünnen Stahlkonstruktionen jeder kleinste Rechenfehler rächt. Da ist keine Masse, die Ungenauigkeiten ausgleicht.

Das *Reich* vergrößert sich. Der Anstreicher sitzt im Hradschin.

Skovsbostrand 1933 - 1939

Schweden
23. 4. 39–10. 2. 40

23. 4. 39
Reise nach Stockholm, der Kriegsgefahr wegen. Visum beschafft durch schwedisches sozialdemokratisches Komitee (Branting, Ström usw.) für Vortrag in der Studentenbühne Stockholm. Land Nr. 3.

Ruth besorgt in Kopenhagen den Druck der »Svendburger Gedichte« vermittels einer Subskription. Wielands Prager Satz ist (zusammen mit dem von »Furcht und Elend« und den »Gesammelten Gedichten«) verloren.

4. 5. 39
Vortrag in der Studentenbühne Stockholm. »Experimentelles Theater«. Die Arbeit scheint ganz brauchbar. Natürlich sind keine so bewußten Fragen gestellt und keine so zielstrebigen Experimente gemacht worden, wie der Aufsatz vielleicht glauben läßt. Die epischen Elemente brachte ich schon mit »ins Geschäft«. Vom *Karl-Valentin*-Theater, dem Freiluftzirkus und dem *Plärrer*. Dann war da der Film, besonders der Stummfilm der Frühzeit, der noch nicht vom Theater die Drrrramatik kopierte. (Chaplin.) In den auftauchenden Schwierigkeiten des lehrhaften Theaters stellte sich dann dieser »Stil« zur Verfügung und wurde modifiziert. Der Vortrag gibt die Entwicklung von außen wieder, läßt die Experimente Reflexionen anstellen, Ziele verfolgen usw. Zum Aufsatz »Über eine neue Technik der Schauspielkunst« ist er eine gute Einleitung.

25. 5. 39
Diskussionen mit einem emigrierten deutschen Schauspieler Greid, der hier bei den Sozialdemokraten Spieltruppen organisiert, aber den Kommunisten nahesteht. Er hat ein Buch über Dialektik und – Optimismus geschrieben. Ins Denken gefallener Kleinbürger mit ethischen Interessen. (Selbst finanziell gesichert durch wohlhabende schwedisch-jüdische Frau.) Will an ethische Bedürfnisse anknüpfen. »Diesen Leuten etwas geben.« Seitenlange Engels-Zitate. »Wo ist das Positive des Marxismus?« Es wird im Ethischen gesucht. Frage interessant, wenn konkretisiert. Unsere Haltung zu den Kleinbürgern ganz und gar jämmerlich. Einerseits Beschwichtigung: Marxisten nicht so schlimm – wie von Hitler geschildert. Andrerseits Verzicht auf

Lösungsvorschläge. Immerhin sind im letzten Jahr etwa 800000 Handwerker ausgekämmt worden: als konkurrenzunfähig und als in den Fabriken fehlend. (Und in den letzteren wird der Zehnstundentag eingeführt.) Die Landflucht nimmt immer mehr zu. Da hätten wir Positives genug zu geben. Die ethischen Bedürfnisse dieser Schichten brauchen nicht rein ethisch befriedigt zu werden. Die Befriedigung ihrer materiellen Bedürfnisse ist durchaus ethisch genug. Interessant, wie dieser Mann die Dialektik auffaßt: ihn beschäftigt nur die dritte Stufe. Alles Geschehen verläuft in der bekannten »Spirale« nach oben. 3 = 1 plus 2. Eine Aussöhnung der Gegensätze mit »Akzentverschiebung«. Deutlich wird die Kleinbürgersträhne der Engelsschen Naturphilosophie. Sozial sieht das dann so aus: ohne Befriedigung der materiellen Bedürfnisse keine Ethik, das wird akzeptiert. Aber: die Ethik zur Befriedigung dieser Bedürfnisse wird nicht akzeptiert. Die materiellen Bedürfnisse als ethische, die ethischen als materielle wird nicht verstanden. Für das »Buch der Wendungen« allerhand Material.

Mai 39, *Pfingsten*

Stockholm. »Rede an Arbeiterschauspieler über die Kunst der Beobachtung«. Anläßlich von Sitzungen zur Gründung einer Amateurtheatergruppe für die sozialdemokratischen Gewerkschaften.

Grübelei über den »Guten Menschen«. Wie kann die Parabel Luxus bekommen? Wie kann der Eindruck der Milchmädchenrechnung vermieden werden? Dem Ausgerechneten entspricht das Niedliche. Das Mädchen muß eine große, kräftige Person sein, die Stadt muß eine große, staubige, unbewohnbare Stadt sein. Das Handicap ist: zuviel Handlung. Kein Platz für Abschweifung und Umweg. So ist alles zu sehr rationalisiert. Dramatischer Taylorismus. Nebenbei muß die Gefahr der Chinoiserie bekämpft werden. Gedacht ist eine chinesische Vorstadt mit Zementfabriken usw. Da sind noch Götter und schon Flugzeuge. Vielleicht soll der Liebhaber ein arbeitsloser Flieger sein?

15/VII

Immer noch über dem »Guten Menschen«. Erste Szene wieder umgearbeitet. Die Hauptsache war es, auch in den bösen Lao Go Entwicklung hineinzubringen. Dann wurde das Stück zu lang. Meine Zeitzettel für die Szenen zeigten schreckliche Verspätungen. Nun sind Fünfstundenstücke für den Dreistundentag nicht zu lang, insbesondere, wenn sie episch, d.h. nicht anstrengend sind. Aber jetzt sind zweieinhalb Stunden genug.

Das Haus ist ideal. Es liegt auf Lidingö, von zwei Seiten geht Tannenwald heran. Das Arbeitszimmer, bisher ein Bildhaueratelier, ist sieben Meter lang, fünf Meter breit. Ich habe also viele Tische.

Steff brachte einen Band von Karl Sandburg, Chicagopoems, und übersetzte aus dem Schwedischen, mit Vergnügen und geschickt. Gute Sachen, mit Verbindung zu chinesischen Formen.

Ab und zu sind emigrierte Wissenschaftler hier. Ich versuche, sie zu einem Schlagwörterbuch des Faschismus zu bringen.

1. 9. 39

Früh 8 Uhr 45. Deutschland warnt alle Neutralen, das polnische Staatsgebiet zu überfliegen. Hitler an die Wehrmacht. Dazwischen die melancholische Marschmusik, mit der die deutschen Militaristen ihre Schlächtereien einleiten.

Gestern abend richtete ein englischer Frontsoldat, natürlich

Offizier, eine Rede an die deutschen Frontsoldaten des Weltkriegs. Schluß: »... sonst werden wir die Beherrscher Deutschlands lehren, mit den Nachbarvölkern anständig und ehrenhaft zu verkehren. Gute Nacht.«

Dann Jazz, bei den Deutschen Märsche.

Der Neutralitätspakt mit der USSR gestern abend ratifiziert. Von nun an bedeutet für England die Preisgabe Polens nicht mehr die Erleichterung für einen Hitlermarsch nach Osten, sondern die Preisgabe eines Verbündeten im Rücken Deutschlands. Prompt erfolgte Versteifung Englands und Allianz mit Polen. Sie meinen den Kampf ohne die USSR leichter führen zu können (der Kuhhandel wäre mit einer Scheinallianz leichter zu führen gewesen). Für die Dominions und Amerika wird das stimmen.

Hitlers Rede im Radio auffallend unsicher (»Ich bin entschlossen, entschlossen zu sein«). Stärkster Beifall, als er davon spricht, daß Verräter nichts zu erwarten haben als den Tod. Das ist die Clique, der gang, der Fremdkörper, der den Krieg beginnt ohne Gott und mit Brotkarte. Ein Blanquismus auf nationaler Basis.

Schon am Abend wird im englischen Radio die Kriegsschuldfrage angeschnitten. Die Deutschen hören eben noch (vor der eiserne Vorhang niedergehen wird), daß die »überraschend großzügigen Vorschläge« Hitlers überhaupt nicht überreicht wurden.

Dann wieder im deutschen Radio die Militärmärsche, die Stimmung für das Sterben machen, im englischen Anweisungen für die Bevölkerung, die Evakuierung von 3 Millionen Menschen aus London.

Grete schüttelt den Kopf über die »Berliner«, die nur Sandsäcke auf den Treppenabsätzen haben, um Brandbomben löschen zu können.

Mittags Lunch im Stadthaus für Thomas Mann. (Ström, der Lord-Mayor, Ljungdal, Edfelt, Matthis.) Mann ist gegen die Schützenhilfe der USSR für Hitler. Erika Mann, seine Tochter, findet den Pakt logisch und verständlich, ist aber gegen die Behauptung, er diene dem Frieden.

5. 9. 39 (Dienstag)
Gespenstig, dieser Krieg, der nicht geführt wird! In der schwedischen Presse immer noch kein Wort darüber, daß im Westen kein Gewehrschuß gefallen ist. Vier Bomben englischer Bomber auf Wilhelmshaven, nach deutschen Meldungen. Bombardiert, »von unbekanntem Plan« Esbjerg! Und ein englischer Passagierdampfer westlich der Hebriden torpediert! Abgeschmissen über Westdeutschland nur Flugblätter. Und von überall laufen die Neutralitätserklärungen ein, die Hitler zu isolieren scheinen, aber nur seinen Vernichtungskrieg gegen Polen isolieren. Der andere Gangster sitzt lächelnd an der Achse und spielt neutral, »um den Krieg nicht zu vergrößern«. Den Krieg, der ganz klein ist. Denn auch der polnische Krieg besteht nur aus einem Einrücken der Deutschen. Polen schlägt sich überhaupt nicht. Alles wird für eine Konferenz reif gemacht: Hitler erobert genug, um *zurück*gehen zu können auf seine Forderungen.

4. 9. 39
Ich war ziemlich überzeugt von einem englischen Rückzug in letzter Minute. Churchill scheint es aber dann geschafft zu haben. Die Frage ist jetzt, ob sie auch Krieg führen werden. Wahrscheinlich wird ihr Apparat sehr schwer in Gang kommen.

Hitler wird im Osten bald ein fait accompli geschafft haben, und dann wird vielleicht doch verhandelt. Juristisch herrscht in Polen jetzt Frieden und wird gekämpft, während im Westen der Krieg erklärt ist und Frieden herrscht.

3. 9. 39
Erst abends dämmerte allen die furchtbare Wahrheit. Da kamen die englischen Radioberichte über die Unterhaussitzung. Ein ungeheuerliches Schauspiel, allerdings nur der erste Akt davon, der mildeste. Die deutsche Regierung will den Krieg, das deutsche Volk nicht. Die französische und englische Regierung will den Krieg nicht, das französische und englische Volk wollen ihn, Hitler zu stoppen.

10. 9. 39
Ich blättere in Goethes »Pandora« und bin wieder betroffen über die »Hirtengesänge«. Wie sich da das Verfeinerte mit dem Primitiven berührt!

Wer will ein Hirte sein
Lange Zeit er hat
Zähl er die Stern im Schein
Blas er auf dem Blatt.

Immer wieder taucht die Hand da in die Tiefe, etwas nach oben hebend, von dem einiges herabtropft, andres bleibt, völlig verfremdet in der neuen Gesellschaft. Die Glätte des Stroms zeigt seine Tiefe an.

9. 9. 39
Die Deutschen haben Warschau besetzt. Der Feldzug hat acht Tage gedauert, die Westmächte haben, wie Hitler es voraussah, nicht eingegriffen. Aber Hitler ist verloren, wenn die Westmächte keinen Kapitulationsfrieden schließen (was sie aber tun werden). Sein Krieg ist abgeschnürt, er kann nur noch durchbrechen oder verhungern. Freilich, mit Flugzetteln Chamberlains wird die Revolution in Deutschland nicht gemacht. Ein kindischer Illusionismus, wenn es nicht einfach Augenwischerei wäre! Eine schwedische Zeitung berichtet, daß man nur nach Siegesberichten in Berliner Restaurants wieder mit »Heil Hitler« grüßen hört.

Große Verwirrung richtete natürlich der deutsch-russische

Pakt an bei allen Proletariern. Die Kommunisten behaupteten sofort, es sei ein Respekt verlangender Beitrag der Union zum Frieden. Allerdings brach kurz darauf – einige Stunden darauf – der Krieg aus, und Hitler begründete die Möglichkeit seiner Führung in großen Aufrufen mit diesem Pakt. Nun mag es sein, daß die Union annahm, die Westmächte würden niemals wegen Polen einen Krieg führen. Heute, am achten Tag, ist diese Annahme noch nicht widerlegt. Tatsächlich würde jetzt die Union mit Polen allein Deutschland gegenüberstehen, denn der Westen kämpft nicht. Möglich auch, daß Polen dann niemals sich zur Wehr gesetzt hätte. Die Chamberlain-Konzeption (Hitler soll gegen die Union geleitet werden) hätte dann triumphiert. Jetzt aber wird womöglich Polen ohne großen Krieg unterworfen, und Polen ist im Osten, nicht im Westen. Und die Union trägt vor dem Weltproletariat das fürchterliche Stigma einer Hilfeleistung an den Faschismus, den wildesten und arbeiterfeindlichsten Teil des Kapitalismus. Ich glaube nicht, daß mehr gesagt werden kann, als daß die Union sich eben rettete, um den Preis, das Weltproletariat ohne Losungen, Hoffnungen und Beistand zu lassen.

7. 9. 39

Einigen Leuten beginnt es zu dämmern, daß das ein merkwürdiger Krieg ist. Die französische Heeresleitung behauptet, sie habe in der Gegend von Saarbrücken Fühlung mit dem Feind genommen. Die Deutschen dementieren solche Greuelmärchen. Die Engländer werfen Flugblätter ab, verletzen dabei Hollands Neutralität und werden niemals beschossen. Mussolini schweigt. Aber wie soll man an den Verrat glauben, wenn da noch kein Kaufpreis sichtbar wird? Die Deutschen behaupten immer bestimmter, daß die Russen Militärabmachungen mit ihnen treffen. Der Unsinn wird natürlich gern kolportiert.

Tatsächlich wird durch den deutsch-russischen Pakt zunächst die Luft klarer. Man hat einen Krieg zwischen imperialistischen Staaten. Man hat Deutschland als Angreifer und Kriegsbrandstifter. Man hat einen aggressiven Kapitalismus gegen einen defensiven. Die Mittelmächte brauchen den Krieg, um zu erobern, die Westmächte brauchen ihn, um Erobertes zu verteidigen. Man hat soviel Barbarei, als zur Aufrechterhaltung barbarischer Zustände nötig ist. Eine Teilnahme am Krieg wäre für die USSR nur auf der westlichen Seite möglich, wäre aber mehr »staatlich«, gliche mehr dem Umfall der sozialdemokratischen Parteien im Weltkrieg, wäre mehr Machtpolitik, Beteiligung an kapitalistischen Auseinandersetzungen, als das Fernbleiben.

Die Parolen werden besser jetzt, scheint mir. Die englische Labour hat schon »mit Chamberlain, aber nicht für Chamberlain«. Die Deutschen können haben »gegen Hitler, aber nicht für Chamberlain« usw. Und die USSR kann warten, bis es *Völker* gibt, mit denen sie sich verbünden kann. Anstatt nur Regierungen. Tatsächlich geht sie dadurch ein großes Risiko ein. Die mögliche Generaleinigung zwischen den kapitalistischen Staaten wird noch möglicher.

19. 9. 39

In einer eigentümlich napoleonischen Form ging der sowjetrussische Einmarsch in Polen vor sich. Da gab es keinerlei Kriegspropaganda voraus, keine Vorbereitung der »Öffentlichkeit«, keine Räte, die etwas beschlossen oder genehmigten. Die Regierung verfügte. Meetings im ganzen Land begrüßten die Verfügung. Die Kommuniqués sind auf nationale Töne abgestimmt. Im Schatten großer Kämpfe werden zwei Provinzen besetzt, die zum russischen Reich gehörten.

Diplomatische Rücksichten? Ein Riesenreich hört, bevor sich eine Riesenarmee in Bewegung setzt, nur, was Europa, das kapitalistische, hören soll. Der Text ist wie von Hitler revidiert. Und doch wird *ihm* sein Kriegsziel entrissen. Die Rote Armee marschiert in Europa ein.

Diejenigen Kommunisten, welche eine Kominternkonzeption sehen, sehen zunächst die Ausnutzung der imperialistischen Zwistigkeiten, die in durchaus staatlichen, nationalen Formen vor sich gehen muß. Die Komintern löst sich mit der Antikomintern zusammen auf. Die französischen und englischen Parteien haben nationale und humanistische Gründe für die Unterstützung ihrer Regierungen gegen Hitler angeführt und müssen jetzt in eine völlige Indifferenz zurückhasten. Aber es taucht auf die Perspektive auf Zerschlagung des englischen Imperiums während des Krieges. Es wird vielleicht nicht die Erschöpfung der kriegführenden Staaten abgewartet, die daraus resultierenden Aufstände ihrer Bevölkerung, sondern es wird sofort marschiert, während des ganzen Krieges, in allen seinen Phasen.

18. 9. 39
Der sowjetrussische Einmarsch in Polen, eingeleitet durch einen sensationellen »Prawda«-Artikel, in dem der militärische Zusammenbruch Polens auf die Unterdrückung der Minoritäten zurückgeführt wurde, erweckte zunächst die Angst, die USSR könnte in einen Krieg an der Seite Deutschlands geraten. Anscheinend ist das nicht der Fall. Dann natürlich ist die Einbuße Hitlers gewaltig. Der Balkan kann neutral gehalten werden. Hitlers Zugang zu Rumänien ist abgesperrt. Ungarns Neutralität ist etwas gestützt. Auch Italien ist in Schach gehalten. Das Hitlersche Kriegsziel in Polen kann nicht mehr erreicht werden. Außerdem wird Hitler für die deutsche Bourgeoisie immer verdächtiger. Und die Arbeiter werden immer mehr die einzigen unterschriftsfähigen Partner der USSR, jene Klasse, die das Bündnis wirklich abschließen kann. (Ein Krieg mit der USSR wäre schrecklich gewesen. In Stockholm läßt sich die Parole »Die USSR muß durch Krieg gegen Deutschland die Deutschen von Hitler befreien« weit ungenierter verkünden als in Berlin.) Trotzdem ist es sehr schwer, sich an die nackte Realität zu gewöhnen, das Zerfetzen aller ideologischen Verhüllungen. Da ist die vierte Teilung Polens, die Aufgabe der Parole »Die USSR braucht keinen Fußbreit fremden Bodens«, die Aneignung der faschistischen Heuchlereien von »Blutsverwandtschaft«, Befreiung der »Brüder« (slawischer Abstammung), der ganzen nationalistischen Terminologie. Das wird zu den deutschen Faschisten hingesprochen, aber zugleich zu den Sowjettruppen.

11. 9. 39
Herbert George Wells veröffentlicht die Rede, die er auf dem PEN-Klub-Kongreß hat halten wollen. Wirklich, was für ein Gebirg von einem Spießer! Er betrachtet die Hitler und Mussolini einfach als Schriftsteller. Und findet sie dumm. Als ob nicht literarische Talentlosigkeit den Klügsten daran hindern könnte, in einem literarischen Werk klug zu erscheinen! *Wells* selber ist das Gegenbeispiel. Vermittels einer gewissen Fixigkeit literarischer Art vermag er ohne weiteres den Eindruck gesunden Menschenverstands zu erwecken.

Ich komme ins Stocken bei der Arbeit an der *Parabel*. Sie fließt nicht voll. Vieles ist zu spitzfindig, das Ganze besteht noch aus Stellen. Schönen, realistischen, scharfsinnigen – und anderen.

Kleinen Aufsatz über Fotos geschrieben, die ich, während die *Santesson* an einem Kopf Hellis arbeitete, machen ließ. Man sieht da die Stadien der Knetarbeit. Lehrreich für Dialektiker. Tatsächlich kommt am Schluß etwas eigentümlich Gutes heraus: der Kopf darf seine Widersprüche unausgeglichen behalten.

13. 11. 39

Einige SAP-Mitglieder und Syndikalisten hier haben folgendes Bild: die größte Gefahr für eine deutsche Revolution ist Stalin. Die Proletariate der Westmächte müssen ihre Regierungen gegen Hitler unterstützen, aber dafür sorgen, daß Deutschland nicht zerhackt wird und vor allem nicht Rußland in die Hände fällt. Rußland würde aus Deutschland eine Kolonie machen, um den Standard der russischen Bauern und Arbeiter zu heben – oder eben der Klassen, die dort herrschen. Vom russischen Proletariat ist am wenigsten zu erwarten, die Hoffnung der Deutschen besteht in der englischen Labour und den Blumsozialdemokraten. Sollten die Russen am Ende des Krieges in Deutschland noch gegen Hitler und die Westmächte eingreifen, wäre die Stellung der Sozialisten an der Seite der Westmächte.

Man sieht, es wird an eine Wiederholung von 1918 gedacht, nur daß jetzt eine kriegerische Haltung gegen die USSR dazukommt.

(Nach dieser Konzeption, die übrigens auch die Otto Strassers ist, wird dann alles aufgefaßt und konstruiert: England geht einer Entwicklung in sozialistischer Richtung entgegen, die Gewerkschaften werden mächtiger, kontrollieren schon jetzt die Kriegsproduktion, die Franzosen zeigen keinen Deutschenhaß im Gegensatz zu 1914, und die Proletariate der Westmächte werden vom Sieg ihrer Regierungen den größten Vorteil haben. Sie werden Deutschland vor jedem Zugriff bewahren und ihm noch Märkte usw. schenken. Eventuell auch Regenschirme.)

7. 11. 39

Ich habe für einen hiesigen Musiker (Rosenberg) einen Radiotext fertiggestellt, »Das Verhör des Lukullus«, sehr schnell. So ziemlich die Grenze dessen erreichend, was noch gesagt werden darf.

Mache mich an die Notierung der Erzählungen des Dr. Goldschmidt, des Chefarztes des Rothschildkrankenhauses in Wien, der hier sitzt. Schwierigkeiten, wenn er nicht erzählt (und Grete aufschreibt), sondern schreibt. Das Schreiben läßt dem Dilettanten nur eine einzige Geste von allen zurück, eben die des Schreibens. Merkwürdig, wieviel von etwas wie z.B. der Weisheit einfach im Gestus liegt! Goldschmidt gibt die Grundzüge des *Doktor Koch*, und den Rest tut vielleicht meine Erfindung der *Gederwei* (*Geduldserweiterung*).

Der Krieg zeigt einen merkwürdig epischen Charakter, er belehrt die Menschheit sozusagen über sich selbst, liest ein Kolleg, einen Text, zu dem Kanonendonner und Bombeneinschläge nur die Begleitung bilden. Seine ökonomischen Zwecke enthüllt er schamlos, indem er zu rein ökonomischen Mitteln greift. Auf die Eroberung der Märkte antwortet die Blockade, auf die Aufrüstung der Rohstoffeentzug. Die ideologische Verhüllung hat eine solche Dünne erreicht, daß sie die wirklichen Vorgänge nur noch um so schärfer hervortreten läßt. Im Gegensatz zum ersten Weltkrieg, wo die Klassen Burgfrieden hielten des nationalen Krieges wegen, stoppen jetzt die nationalen Kriege des Klassenkampfes wegen. Der Krieg ist tatsächlich »meaningless«.

21.9.39

Das Gerede, das man überall hört, die bolschewistische Partei habe sich von Grund auf verändert, ist gewiß nicht richtig. Es ist eher das Unglück, daß sie sich nicht verändert hat. Immer noch, nach zwei Jahrzehnten Machtausübung ist ihr das russische Volk »der Hebel« für allerhand. Die Rote Armee jetzt zeigt deutlich diesen Hebelcharakter. Es mag die Weltrevolution sein, die da durch den Hebel in Bewegung gesetzt werden soll, es mag weniger sein. Immer noch nicht entscheidet das Volk, die Masse, das Proletariat, sondern die Regierung entscheidet für das Volk, die Masse, das Proletariat. Es scheint Stalin unmöglich, den Krieg in einer revolutionären Weise zu eröffnen, als Volkskrieg, als proletarische Aktion, als Massenkrieg (was die Konkretisierung des *totalen Krieges* wäre). So und so weit hat er das Volk nicht, das und das Interesse hat das Volk »noch« nicht, oder erkennt es »noch« nicht.

Mit dem allergrößten Interesse muß man jetzt die Begegnung der roten mit der braunen Armee in Polen erwarten.

7. 12. 39
Eine kleine deutsche Arbeiterspieltruppe studiert den »Lukullus« ein! Sie fanden ihn lustig und wollen ihn mit Schatten auf eine Leinwand geworfen aufführen. Mein Rat: die Gedichte darin als Gedichte zu sprechen, poetisch, und die Charakteristiken der Figuren daraus zu holen.

Hier immerfort ästhetische Auseinandersetzungen über Stil und Inhalt in den Feuilletons. Man versteht nicht, daß man die künstlerischen Wirkungen nicht isolieren kann. Sie können von den allerverschiedensten Elaboraten ausgehen. Andrerseits kommen sie unvermischt mit unkünstlerischen gar nicht vor.

Wissenschaftlich ergibt es noch die beste Lösung, wenn man die *Haltung* des Formenden, Erzählenden, Singenden, Musizierenden, Agierenden beobachtet. Die Stellung, in der der Erzählende z.B. sich zu seinen Hörern befindet (und sich zu befinden glaubt), die Situation, in der die Erzählung stattfindet, die kulturelle Stufe, auf der sich alle am Erzählungsakt Beteiligten befinden usw. Überhaupt ist der Begriff des Kunstakts sehr ergiebig. Wähle ich eine bestimmte Erzählerhaltung (vielleicht besser gesagt: sehe ich mich veranlaßt, eine bestimmte Erzählerhaltung einzunehmen), so sind mir nur ganz bestimmte Wirkungen zugänglich, mein Stoff ordnet sich selber in der Perspektive, mein Wortmaterial und Bildmaterial liegt in einer ganz bestimmten Linie, holt sich aus einem ganz bestimmten Fundus, von der Fantasie meines Hörers steht mir soundso viel (und nicht mehr) zur Verfügung, von seinen Erfahrungen kann ich soundso weit Gebrauch machen, seine Emotionen werden auf derundder Linie ausgelöst usw. Die Haltung ist natürlich nichts Einheitliches, Gleichbleibendes, Widerspruchsloses.

Ich habe mich wieder an »Die Geschäfte des Herrn Julius Caesar« gesetzt, an das IV. Buch. Grete hat einigen deutschen Arbeitern geliehen, was ich davon habe (drei Bücher), und das Resultat war recht ermutigend. Es sind hauptsächlich Syndikalisten, und sie verstanden alles, auch die Details. Ihr Interesse hat mich eigentlich zur Weiterführung veranlaßt.

Um vom Stil zu reden: die Raruspartien erheischen einen schlechten Stil, wenn man darunter Uneleganz, Schlampigkeit, Unplastik versteht. Die »Schönheiten« liegen auf der architektonischen Linie. Jedoch darf sich diese Prosa *mitunter* zu gewissen

Höhen erheben, nämlich, wenn Rarus beteiligt erscheinen darf oder wenn er sich verpflichtet fühlen kann, »Kabinettstücke« zu verfertigen. (Beschreibung des Schlachtfelds von Pistoria und des Triumphzugs des Pompejus.) Die Spicerpartien erlauben bessere Reflexionen, und das Satirische wird direkter, dagegen verarmt das architektonische Element. Demnach ist das erste Buch »gut geschrieben« und das zweite Buch »schlecht geschrieben«!

8. 12. 39
Ich besitze:
ein chinesisches Rollbild »Der Zweifler«
3 japanische Masken
2 kleine chinesische Teppiche
2 bayerische Bauernmesser
1 bayerisches Jägermesser
einen englischen Kaminstuhl
kupferne Fußwanne, kupferne Krüge, kupferne Aschbecher
Messingwännchen
2 große Bretter von Neher, »Alter Mann« und »Baal«
6 Bretter von Neher »Die Maßnahme«
ein paar Abzüge »Der Herr der Fische« von Neher
eine silberne Whiskyflasche
eine Dunhillpfeife
Caesar in Schweinsleder
Lukrez alte Ausgabe
vollständige »Neue Zeit«
»Me-Ti« in Leder
alte hölzerne Bettstelle
graue Bettdecke
stählerne Taschenuhr
2 Bände der »Versuche«
einen Leica-Fotoapparat mit Theaterlinse
Gips- und Erzabgüsse meines Gesichts und Kopfes
Büste der Weigel von *Santesson*
eine Mappe mit Fotos
die Manuskripte der »Heiligen Johanna«, »Rundköpfe«, »Galilei«, »Courage«
2 Bände *Breughelbilder*

ein ledernes Taschennotizbuch
einen ledernen Tabakbeutel
einen schwarzen Ledermantel
einen alten runden Tisch

5. 12. 39
Man begegnet, auch in bürgerlichen Zeitungen, jetzt oft folgender Konzeption: Stalin ist bereit, an der Seite Hitlers gegen die Westmächte in den Kampf zu gehen. Die Diktatur in beiden Ländern bräuchte dabei nur die Funktion haben, die beiden Völker mit ihren so verschiedenen sozialen Systemen Schulter an Schulter zu bringen und zugleich die eigentliche Tuchfühlung, die für beide Systeme unerwünscht ist, zu verhindern. Natürlich müssen sich beide Partner gegeneinander ständig sichern. Einige drücken das so aus: Man bekäme eine erste Phase des Fortschritts, wenn »Staatskapitalismus« und »Staatssozialismus« zusammen die formaldemokratische, formalliberalistische Welt unter sich aufteilten. Die andere Konzeption, der man begegnet, ist die: Stalin sichert sich lediglich gegen den Sieger im imperialistischen Weltkrieg.

Natürlich kann die eine Konzeption in die andere übergehen.

10. 12. 39
Die beiden Parolen der Sowjetregierung für den Einfall in Finnland sind: 1) Die Finnen haben russisches Grenzgebiet betreten, also angegriffen. 2) Das finnische Proletariat soll befreit werden. Die Deutschen sprechen von der »natürlichen Expansion einer Großmacht«. Daß die Parole 1) nötig ist, beweist, wie weit entfernt die Russen von der Möglichkeit sind, dialektische Parolen zu geben. Sie müssen ihre Zuflucht zu primitiven Dramatisierungen des Sachverhalts nehmen. Der Vertrag mit der von der Sowjetregierung ernannten finnischen Volksregierung tritt der Auffassung entgegen, daß die finnischen Arbeiter und Bauern ihre nationale Freiheit gegen ihre soziale Freiheit eintauschen müssen, er dient als Argument und ist als solches schwach. Immer noch scheint das Gesetz Gültigkeit zu haben, daß die Regierungen bei Angriffs- oder Präventivkriegen sich von ihren Völkern entfernen, bei Verteidigungskriegen sich aber ihren Völkern nähern.

Die Schweden sind sehr aufgestört, der Kriegsaktivismus wächst jeden Tag, die Sozialdemokratie unterstützt ihn tatkräftig, ohne sich darum zu kümmern, daß sie ihre Positionen dadurch einbüßt. Schon erscheinen von rechts Aufrufe, die den Rücktritt der ganzen Regierung verlangen und »tüchtige« Männer fordern, die ungenannt bleiben. Es bilden sich Freikorps für Finnland, die auch Freikorps für Schweden sein können. Und niemand scheint nach Süden zu blicken, wo die eigentliche Gefahr ist.

9. 12. 39
Der finnische Krieg kann bedeuten, daß die Russen sich vor dem Sieger im zweiten Weltkrieg, oder nur vor dem Bundesgenossen sichern wollen. 1) kann in 2) übergehen. Man kann kaum sehen, wie Rußland um ein Militärbündnis mit Deutschland herumkommen könnte, wenn der finnische Krieg lang dauern sollte. Dieses Bündnis hätte wenig Chancen, es wäre ein reines Bündnis der Regime, durch welches das Hitlerregime in immer größeren Gegensatz zu den herrschenden Klassen in Deutschland geriete, ohne dadurch sich den beherrschten Klassen wirklich zu nähern. Selbstverständlich müßte die Sowjetunion alles versuchen, dem Bundesgenossen soviel wie möglich von ihrem wirtschaftlichen System aufzuzwingen. Hoffnungen in dieser Richtung mögen in der Union tatsächlich bestehen, eine solche Konzeption ist nicht undenkbar dort. Alle Äußerungen deuten sogar darauf hin, daß eine solche Konzeption zumindest als Notkonzeption ins Auge gefaßt wird.

24. 12. 39
Es ist für den »Caesar«-Roman von der größten Bedeutung, vom Standpunkt der Retroperspektive herunterzukommen. Natürlich erscheint dem Geschichtsforscher immer der Abschluß als das Ziel, und beim Herbeischleppen der Motive passiert es ihm, daß er den Sektor des Geplanten unwillkürlich vergrößert. Ein Beispiel: Hitler mag den Russenpakt abgeschlossen haben, um in den Krieg mit den Westmächten gehen zu können. Er hat beinahe sicher im November eine Offensive geplant, die ihm anscheinend durch die Armee abgeschlagen wurde. Stalin hätte seine Finnlandoffensive im Schatten einer solchen Riesenaktion

über Holland weg ebenso sicher veranstalten können, wie er den Baltikumpakt unter dem Donner der deutschen Kanonen und Bomber über Warschau in Ordnung brachte. Nun macht er sie in einer Epoche verhältnismäßiger Stille, und wenn z. B. die Entwicklung so ginge, daß der finnische Krieg, lang dauernd und alle Gegner der USSR einigend, zu einem großen Umschlag führte, dann würde sicherlich Hitler der Plan unterschoben, er habe den Russenpakt abgeschlossen, um mit den Westmächten zum Frieden zu kommen. Die USSR wiederum hat die Bewegungsfreiheit, die sie durch den Pakt gewann, zu einer Bewegung benützt, die ihr die Bewegungsfreiheit wieder so ziemlich genommen hat. Fürchtete sie einen schnellen Friedensschluß? Zog sie aus dem Ausbleiben der Offensive den Schluß, Hitler würde bald von einer Generalsregierung ersetzt? Oder spielt sie wirklich mit dem Gedanken, die Welt an der Seite Hitlers zu erobern? Genügt ein Land doch nicht für den Aufbau des Sozialismus? Das wäre Wahnsinn. An der Seite Hitlers gibt es für jedes Regime der Welt nur den Untergang, nichts sonst. War es aber die Angst vor dem Friedensschluß der kapitalistischen Mächte auf ihre Kosten, dann wäre zu fragen, ob den Verlust der Sympathien der Weltarbeiterschaft die militärischen Sicherungen aufwögen. Wurde zuwenig geplant – oder zuviel?

1. 1. 40
Man muß immer berücksichtigen, daß die Arbeiterbewegung ein Teil des Kapitalismus ist, sagte gestern August Enderle in seinem schwäbischen Akzent. Die USSR hat noch lange nicht den Stand der Produktivkräfte erreicht, auf dem Führung z. B. nicht mehr Herrschaft bedeutet. Die Industrialisierung der Landwirtschaft hat noch lange nicht den Stand erreicht, auf dem die Bauernschaft mit der Industriearbeiterschaft verschmilzt. Also finden noch Klassenkämpfe statt, die Staatsapparatur erzeugen. Die Außenpolitik der USSR ist zwar die Außenpolitik eines Staates, in dem ein Aufbau sozialistischer Elemente stattfindet, aber es ist keine sozialistische Außenpolitik. Der finnische Feldzug, gerichtet auf militärische Ziele, mag zu einer Befreiung der finnischen Proleten von der Herrschaft ihrer Bourgeoisie führen, aber diese sozialistischen Ziele werden nur angestrebt im Interesse der militärischen Ziele, und sie werden dadurch reguliert.

Die USSR wäre wahrscheinlich froh gewesen, wenn sie ihre militärischen Ziele ohne soziale Maßnahmen erreicht hätte. Durch den Krieg wird die finnische Arbeiterschaft zu einem großen Teil an die Seite ihrer Bourgeoisie getrieben werden. Auch die russischen Schlagworte betreffs der Eroberung der Westukraine, »die sozialistischen Gebiete Europas hätten sich vergrößert, die kapitalistischen verringert«, sind ganz und gar formalistisch, Ausdrücke eines bedenkenlosen Opportunismus in einer Zeit, wo der Krieg noch um all das tobt. Wie kann man behaupten, daß die Befreiung von ein paar Millionen bisher polnischer Bauern den sozialistischen Sektor stärkt, wenn sie durch solche Bündnisse wie das mit der faschistischen Clique in Deutschland (noch nicht einmal mit der deutschen Bourgeoisie) erkauft ist? Stalins Bündnis mit Hitler, das er morgen vielleicht militärisch benötigen wird, schwächt Hitler gegenüber seiner Bourgeoisie, schwächt also die militärische Kampfkraft des Bündnispartners, denn es stärkt nicht gleichzeitig die Stellung des deutschen Proletariats gegenüber seiner Bourgeoisie. Da liegen schwere politische Fehler vor, die man sich nur aus der innerrussischen Situation erklären kann.

14. 1. 40

Helli arbeitet mit Naima Wifstrand in deren Schule für Schauspieleleven. Sie treibt Shakespearestudien. Es wird eine Szene (»Macbeth« II,2) gespielt, dann eine improvisierte Szene aus dem Alltagsleben mit dem gleichen theatralischen Element, dann wieder die Shakespeareszene. Die Schüler scheinen stark auf die Technik des V-Effekts zu reagieren (lies mit Staunen!).

15. 1. 40

Der Schauspieler Greid hier hat einen Traktat über *Marxistische Ethik* geschrieben, äußerst dilettantisch, in dem bekannten Vokabular. Jedoch hat er ein naives Interesse an der Spekulation, und ich gehe gelegentlich einiges mit ihm durch. Er ist noch ganz mit dem Problem beschäftigt, wie die Menschen sich ändern müßten, um die Welt zu ändern, damit sie sich ändern können. Er sieht beim Proletariat allerhand Ethisches und Ethoides spuken, er hört sie sich beschweren über die Unmenschlichkeit ihrer Ausbeuter, über ihre eigene tierische Existenz, er sieht, wie sich bei ihnen Vorstellungen vollkommenerer Welten bilden, und er beobachtet, wie sie sich zu ihrem Kampf erziehen usw. Wir untersuchen einige dieser *Soll-und-darf-Sätze*, gesellschaftliches Verhalten betreffend, die aus alten Ethiken (ihm den Plural aufzuzwingen war schwer) stammen oder in ihnen jedenfalls vorkommen. Am Schluß schlage ich ihm eine praktische Formel vor. Im Interesse des Klassenkampfs sind vorkommende Soll-und-darf-Sätze, die ein »du Schwein« enthalten, zu verwandeln in Sätze, die ein »du Ochs« enthalten. Sätze, welche ein »du Schwein« enthalten und nicht in »Du-Ochs«-Sätze überführt werden können, müssen ausgeschaltet werden. Beispiel: Der Satz »Du sollst nicht mit deiner Mutter schlafen« war einst ein »Du-Ochs«-Satz, denn in einer frühen Gesellschaftsordnung bedeutete er große Verwirrung in den Besitz- und Produktionsbeziehungen. Was das betrifft, ist er heute kein »Du-Ochs«-Satz mehr, nur noch ein »Du-Schwein«-Satz. Im Grund müßte also der Satz fallengelassen werden. Das kämpfende Proletariat wird ihn jedoch unter Umständen verwenden als einen »Du-Ochs«-Satz, und zwar etwa so: »Du Ochs sollst nicht mit deiner Mutter schlafen, weil deine Mitkämpfer hier Vorurteile haben und dein Kampf dadurch gefährdet sein kann, auch weil die Gerichte dich sonst einsperren.« Man sieht schnell, wie verhältnismäßig unsittlich diese Formulierungen sind, da ihnen eine eigentümliche Unsachlichkeit anhaftet, die den Ethiker abstößt. Der Grund ist natürlich der, daß die Sache, von der aus argumentiert werden könnte, verschwunden ist (die Besitz- und Produktionsbeziehungen) und nunmehr die »Sache« einfach Ethik geworden ist.

16. 1. 40

Lagerkvists »Sieg im Dunkeln« besprochen. Der schwedische Mystiker und Symbolist geht hier bis an die Grenze der Realität und des Naturalismus. »Die« Demokratie, verkörpert in einem Staatsminister, der die Gewalt haßt, kommt in Verwirrung, wenn sie in Selbstverteidigung zur Gewalt greifen muß. Unterliegend die überall gefühlten Ängste vor den Militärs, die Unsicherheit über ihre Stellung zur Demokratie. Das Stück ist rein phänomenologisch, es registriert, lyrisch ungenau, gewisse Situationen, die primitiviert werden, Schlagwörterwechsel usw.

Enderle hält das Stück hier für nützlich trotz der Primitivität, da er glaubt, es zeige die »Versäumnisse der Demokratie« und wirke mahnend zur rechten Zeit. Ich meine, es wirke defätistisch für die Demokratie, da der gesellschaftliche Kausalnexus nicht aufgezeigt ist, so daß keine praktikable Definition gegeben wird, und da es auf Einfühlung in den Helden gebaut ist, wodurch sein Versagen Naturnotwendigkeit bekommt. Abstand von dem Helden könnte man nur bekommen, wenn der V-Effekt angewendet würde. Natürlich verbirgt die Tragödie einen Komödienstoff. Die Demokratie darin hat die Verpflichtung, das Eigentum zu schützen, sie stellt, bei der besonderen Natur des Eigentums in dieser Phase, dessen besseren Schutz dar als die Diktatur, und nur solange sie ihre Verpflichtung erfüllt, stehen ihr die Machtmittel des Staates zur Verfügung. Da das Stück ein Lehrstück genannt wird (ich nenne es einen Klagegesang), macht Scholz auf den Unterschied von lehrhaft und lehrreich aufmerksam.

26. 1. 40

Schrieb, ohne jeden Gedanken an Plazierung, eine kleine Detektivnovelle, als Milieu ein Abendessen mit Renoir und Koch benutzend. Kann ich sie »Kultur« heißen?

Tombrock arbeitet heftig an großen Zeichnungen über »Furcht und Elend«. Er beherrscht nicht den V-Effekt, aber ich fürchte, er möchte nicht realistisch genug zeichnen, wenn ich ihn zu früh damit bekannt mache. So bekommen wir immerhin sehr wertvolle Blätter mit viel dokumentarischem Detail.

Die USSR bietet guten Lehrstoff über Materialismus. Überall geht der Streit zwischen der Meinung, »daß das nicht Sozialismus ist«, und der Meinung, »daß das der Sozialismus ist«. In Wirklichkeit gibt es dort sehr beträchtliche sozialistische Elemente materieller Art und die betreffenden Überbauten. Gewisse Erleichterungen für die Menschen sind wohl eingetreten, andere, die man sich von der Befreiung der Produktivkräfte erwarten kann, sind noch ausgeblieben, wahrscheinlich, weil sie nicht groß genug sind. Das verstehen wenige, da die meisten sich zum Funktionieren des Sozialismus ganz idealistisch einstellen. Die einen ziehen aus jeder Handlung der USSR den Schluß, daß sie eben nicht sozialistisch gesinnt ist, die andern betrachten jede

Handlung der USSR als die einzig mögliche eines sozialistischen Staates. Für sie ist Sozialismus das, was die USSR macht, aus ihren Handlungen kann man sein Wesen studieren.

29. 1. 40
Die Zeichnungen des Tombrock sind merkwürdig in vieler Bedeutung. Er war Bergwerkskumpel, Landstreicher und lernte niemals zeichnen. Die klugen Leute betrachten seine Bilder und sagen: er muß erst zeichnen lernen, die elementaren Dinge. Es ist richtig, er beherrscht nicht die Perspektive, aber er kann sie nicht isoliert lernen, nicht »vorher«, nicht als Elementares. Nur im Zusammenhang mit ihn interessierenden weiteren Problemen. Er löst vorläufig alle Probleme »mit Gewalt«. Zur Charakterisierung von Personen verwendet er mitunter kaltblütig (oder heißblütig?) Schatten, die er über Gesichter fallen läßt, die Gesetze der Schwerkraft wie der Anatomie läßt er außer acht, seine Figuren knien in der Luft. Mitunter halten sich ganz hölzerne Wesen in lebendiger Umgebung auf, Nußknacker unter Alltagsmenschen. Aber bei allem Unglück, Mißgeschick, Versäumnis und Straucheln ergreift er dann doch plötzlich auf umständliche und jämmerliche Art seine Probleme mit einem starken Griff und ist weitergekommen. Er macht zum erstenmal ein Œuvre, ich habe ihn dazu verführt. Indem er nun die 27 Blätter komponiert und eine und dieselbe Technik (Bleistift) durchführt, stellt er alle Unebenheiten und Ungleichmäßigkeiten seines »Stils« nackt heraus und zeichnet sich sozusagen »hinauf«.

Die Weltlage wird immer wirrer. Hätte die USSR die Allianz mit den Westmächten zustande gebracht, dann hätte es zwei Wege gegeben: 1) Die USSR stützt einfach die powers that be und gestattet ihnen, das Nazisystem mit einem »normal« kapitalistischen, in Abhängigkeit von den Westmächten gebrachten System auszuwechseln. 2) Sie forciert Volksfronten und gefährdet dadurch die Kriegsführung. (2) bis 1939 versucht, hat zum Scheitern der Allianz geführt. Nunmehr können sie in die Lage kommen, das Naziregime aufrechterhalten zu müssen, und wie das machen mit der Ofenzange?

29. 1. 40

Ljungdal gibt mir einen kleinen Essay »Weltbild der Dialektik«. Er ist klug und vorsichtig geschrieben, hat aber den üblichen Mangel: die Dialektik Hegels wird nicht aus der Realgeschichte abgeleitet, sondern aus der Philosophiegeschichte. Und sie wird bei Marx nicht in Funktion gezeigt, sondern hat eben einen Weltbild konstituierenden Charakter.

Immerhin, verglichen mit der »Geschichte der Bolschewiki«, welch ein luzides Werkchen! Der Verfasser dieser Geschichte ist sozusagen klar und undeutlich, er haut seine Sätze mit der Axt zu und schreibt sich dauernd in den Finger. Die Revolutionen werden aus der Metaphysik abgeleitet, sie gehen vor, weil das Alte dem Neuen weicht und »unwiderstehlich nur ist, was entsteht und sich entwickelt«. Alles hängt von allem ab, und die Entwicklung geschieht in wunderbaren Sprüngen. Der Identitätssatz gilt hauptsächlich für die »Naturdinge«, und die letzten Widersprüche, die man nicht »verkleistern« darf, sind die der kapitalistischen Zustände. Den Klassenkampf darf man nicht eindämmen, sondern man muß ihn zu Ende führen. Danach schreibt man Erinnerungen an ihn und gedenkt dankbar der Dialektik. Alles geht nach oben, das Alte stirbt und das Neue siegt, es handelt sich um einen »Übergang von einem alten qualitativen Zustand zu einem neuen qualitativen Zustand«. Das Neue ist natürlich von besserer Qualität.

31. 1. 40
Das dialektische Denken entspricht einer differenzierten Gesellschaft mit starken Produktivkräften, die sich in katastrophaler Form, unter Kriegen und Revolutionen, schnell entwickeln. Der verschärfte Klassenkampf, die Konkurrenzgesetzlichkeit, die Freiheit der Ausbeutung, die Akkumulation des Elends durch die Akkumulation des Kapitals, all das macht, daß die Dialektik immer mehr die einzige Möglichkeit wird, sich zu orientieren. Solche Phänomene gesellschaftlicher Art wie die zunehmende Isolierung der gesellschaftlichen Einzelfunktionen bei zunehmender Relationierung dieser Funktionen, die zunehmende Korrespondenz der Glieder unter sich bei zunehmenden Friktionen, derlei lehrt dialektisch zu denken. In den Nationen sieht das Proletariat sich Bekämpfende, als Einheit sieht es sie gegen sich, das Proletariat. Nur die Erkenntnis ihrer Einheitlichkeit und Uneinheitlichkeit gestattet ihm eine vernünftige Politik. So ist es mit den Klassen; die herrschenden Klassen bilden keine »eine reaktionäre Masse«, und doch bilden sie in bestimmter Hinsicht, dem Proletariat gegenüber, auch eine Einheit. Angestrebt werden muß eine formale Demokratie, von der man schon zuvor weiß, sie werde nur politisch, nicht auch ökonomisch sein können. Die Diktatur des Proletariats kann aufgefaßt werden als die erste Form nicht formalistischer Demokratie. Das Privateigentum an Produktionsmitteln (ein Besitzer anstatt von 50 Besitzern) ist einmal ein historischer Fortschritt und wird schnell zum Anachronismus, die Produktion wird durch den Einzelbesitzer der Mittel aufgehalten. Solche Wahrnehmungen und Erfahrungen entwickeln die Dialektik. – Es ist hohe Zeit, daß die Dialektik aus der Wirklichkeit abgeleitet wird, anstatt daß man sie aus der Geistesgeschichte ableitet und aus der Wirklichkeit nur Beispiele für die Gesetze auswählt.

10. 2. 40
Ich lese viel in Macaulay, nun »Life and Writings of Addison«. Die Engländer sind zu beneiden um ihre Literatur, die eine

wirkliche Geschichte und wirkliche Kontinuität hat, weil frühzeitig ein nationales Leben vorging und das Bürgertum an die Macht kam. Welche Kriterien! Wenn Macaulay schreibt, und zwar zum Lob Addisons, daß seine besten Verse an die zweitrangigen von *Pope* heranreichten! Ausgezeichnet seine Analyse des Gedichtes »Campaign«, das die Schlacht bei Blenheim verherrlicht! Er erinnert daran, daß das Hauptverdienst des Gedichtes von *Johnson* notiert wurde, nämlich »the manly and rational rejection of fiction«. Bis dahin hatten die Poeten Feldherrn wie homerische Helden an den Schlachten teilnehmen lassen. Jetzt vergleicht Addison Marlborough mit einem »angel, guiding the whirlwind«. Und er macht aufmerksam darauf, daß die Wirkung des Vergleichs in der unbeachteten Zeile »Such as, of late, o'er pale Britannia pass'd« liegt. England war kurz zuvor von einem Taifun heimgesucht worden. Er betont »the advantage which, in rhetoric and poetry, the particular has over the general«.

Die Deutschen haben überhaupt noch keine Literatur, genau betrachtet. Einige hochgeschossenen Champions, ohne Verbindung untereinander, jeder mit seinen eigenen Kriterien, ein jämmerlicher Partikularismus der Poesie. Es fehlte einfach schon ein Mittelpunkt, eine Stadt wie London (oder Paris oder Rom). Dazu kam, daß Bildung auf private Weise erworben werden mußte, da große Schulen fehlten. Man kann sogar Goethe als Autodidakt bezeichnen.

19. 3. 40

Drei Wochen bettlägerig mit Influenza. Dergleichen faßt mich wie einen Hilflosen, wenn ich ohne größere Arbeit bin.

Dabei kann ich bei Temperatur nicht arbeiten.

Überdenke jetzt eine kleine epische Arbeit »Die Befürchtungen des Herrn Keuner«, etwas in der Art des »Candide« oder des »Gulliver«. Herr Keuner befürchtet, daß die Welt unbewohnbar werden könnte, wenn allzu große Verbrechen oder allzu große Tugenden erforderlich sind, damit der Mensch seinen Lebensunterhalt verdienen kann. So flieht Herr Keuner von einem Land zum andern, da überall zuviel von ihm verlangt wird, sei es nun Opferwille, oder Tapferkeit oder Klugheit oder Freiheitswille oder Gerechtigkeitsdurst, sei es Grausamkeit, Betrug usw. Alle diese Länder sind unbewohnbar.

TYSKARNA BESATTER DANMARK OCH ANGRIPER NORGE

11
maj

KUNG LEOPOLDS KAPITULATION

När tyskarna bröt in i Belgien, begärde kung Leopold hjälp av fransmän och britter. Dessa sände också skyndsamt stora truppstyrkor till Belgien. Det tyska genombrottet vid Meuse utsatte den i Flandern ännu kämpande belgiska armén jämte de allierades styrkor för ett svårt hot. I detta läge nedlade kung Leopold vapnen.

ÅTERTÅGET ÖVER DUNKERQUE

Den belgiska kapitulationen försatte de franska och brittiska styr korna i Belgien i ett förtvivlat läge. Deras enda räddning syntes lig ga i ett återtåg över Kanalhamnen Dunkerque. Trots det tyska flyget och de tyska marktruppernas ständiga attacker kunde nära 400.000 brittiska och franska soldater på båtar föras över till England.

24

[Autobiographische Notizen 1940]

In einer Weise geht es mir besser als vielen andren, besonders, was Erinnerungen betrifft, denn mein Gehirn ordnet es mit den Kunstgriffen der Ästhetik, so daß ich schönere und bedeutendere Bilder sehe als die meisten andern. Freilich scheint mir dafür mein Gedächtnis schlechter als das vieler, die ich kenne.

Bidi hieß »der Alte«, obwohl er nicht vierzig war und hatte kein graues Haar, und so nannten ihn die Bauern zweier Länder, aber Steff, der klügere, hatte keinen Namen, hier nicht und dort nicht.

Brecht ist Arier, sein Bruder ist heute noch Universitätsprofessor in Deutschland. Brechts Frau, die unter ihrem Mädchennamen Helene Weigel Schauspielerin am Staatstheater und bei Max Reinhardt war, ist dagegen Jüdin; was allein für Brecht ein Grund gewesen wäre, aus Deutschland zu emigrieren. Jedoch gehörte er schon Jahre vor Hitlers Machtantritt zu den Bekämpfern der Nazis, und seine ganze literarische Produktion wäre unter dem Naziregime ganz unmöglich. Einer politischen Partei hat er nie angehört und gehört er auch jetzt nicht an. Gegen die Nazis hat er Gedichte veröffentlicht und ein Stück »Furcht und Elend des Dritten Reiches« geschrieben, das in 27 selbständigen Szenen, die in Wohnungen, Kliniken, Gerichtssälen, Konzentrationslagern, Schulen, Fabriken, Kasernen usw. spielen, die Unfreiheit nahezu aller Schichten des deutschen Volkes unter der Diktatur zeigt. Gegenwärtig arbeitet er an einem satirischen historischen Roman über das Ende der römischen Republik, »Die Geschäfte des Herrn Julius Caesar«. Er ist Mitglied des PEN-Clubs. Persönlich befreundet ist er mit Lion Feuchtwanger. W.H. Auden und Archibald MacLeish werden wohl ebenfalls für ihn eintreten. Außerdem die amerikanische Schauspielerin Stella Adler, Fritz Kortner und der Filmregisseur Fritz Lang. Er hat keine kommerziellen Agenten. Außer dem Stück »Furcht und Elend des Dritten Reiches« hat er fertiggestellt ein Stück »Leben des Physikers Galilei« (über freie Forschung) und ein Parabelstück »Der gute Mensch von Sezuan« (das zeigt, wie schwer und teuer es ist, in unserer Zeit ein guter Mensch zu sein).

Ferner ein kleines satirisches Buch (in der Art am ehesten dem »Candide« Voltaires vergleichbar), in dem ein Flüchtling von einem Land in das andere flieht, da überall zu viele Tugenden verlangt werden. In dem einen Land braucht man, um dreimal am Tag essen zu können, eine Energie, mit der früher Reiche erobert werden konnten, in dem andern muß man, damit das Regime weiterherrschen kann, ihm helfen, die ganze Welt zu erobern, im dritten braucht man zuviel Freiheitsliebe, da zuviel Unfreiheit herrscht usw. usw. Der Flüchtling sucht ein Land, wo man mit mittleren Tugenden und einigen bescheidenen Lastern halbwegs leben kann.

Finnland
17. 4. 40–13. 5. 41

17. 4. 40
Unter Hinterlassung der Möbel, Bücher usw. nach Finnland mit Schiff. Der Schlosser, der die Bücher nimmt, die niemand anders haben will. Auf dem Schiff die junge Witwe, die von der Eisscholle aus auf einer Leiter das Schiff besteigt, das anhält. Im Zoll in Åbo die Dame, die den Soldaten zum Koffertragen requiriert. Vierzeiler für Tombrock, damit er noch ein paar Bilder verkaufen kann.

VILLMANSTRAND: Far har fallit på ärans fält.

6. 5. 40
Kleine leere Wohnung in Töölö für einen Monat ergattert. Helli fuhr mit einem Lastauto herum und holte sich in zwei Stunden die nötigen Möbel zusammen, fünf Leute borgten sie, die wir gestern nicht kannten. Wir zogen in der letzten Aprilwoche ein, und ich nahm die Arbeit an »Der gute Mensch von Sezuan«

ernstlich auf. Das Stück ist in Berlin begonnen, in Dänemark und Schweden aufgenommen und beiseite gelegt worden. Ich hoffe es hier fertigzubekommen.

Mit auf dem Schiff war der Schauspieler Greid, nachfolgte Arnold Ljungdal. Sie sind meist abends da, Ljungdal erklärte Steff die Einsteinsche Relativitätstheorie. Greids marxistische Moral liegt in den letzten genießerischen Zügen. Sehr freundlich Hella Wuolijoki, Diktonius, der im eben vergangenen Krieg patriotische Haltung einnahm, jetzt findet, die Aussicht des Landes, außer dem großen Krieg zu bleiben, habe sich verbessert.

Finnland in sehr schwieriger Lage, vom Import abgeschnitten, auch verarmt, mit den über 400000 karelischen Emigranten belastet.

Das Versagen Englands in Skandinavien erweckt Entsetzen. Man tröstet sich damit, daß England immer ein schlechtes Eröffnungsspiel habe. Tatsächlich ist der Faschismus nur vom Faschismus oder von der Demokratie zu besiegen. Vorläufig fehlt in England sogar der Anschein eines demokratischen Impulses. Im ersten Weltkrieg gab schon die Freiwilligkeit am Anfang dem Ganzen einen demokratischen Anstrich. Dazu kommt, daß diesmal England das Monopol der Propaganda durch die Kontrolle der Überseekabel entzogen ist und das Radio unkontrollierbar ist, und die technische Überlegenheit der kombinierten Kampfweise der Bomber und motorisierten Truppen über die Flotte vervollständigt das Bild. Diese motorisierten Truppen gingen in Norwegen wie ein Messer durch Käse.

An der Neutralität Schwedens drückte die USSR ihr Interesse aus, und dasselbe gilt wohl auch für Finnland.

Helsinki steht im Zeichen des Dreiländerkampfes.
Das Stadion, das die Olympischen Spiele 1940 in seinen Mauern sehen sollte, wird von Zehntausenden von Besuchern angefeuert.

3. 6. 40
Schon ist überall die Rede von dem unwiderstehlichen »Geist, der die deutschen Soldaten beseelt«. Man könnte ebensogut, aus einem noch nicht taylorisierten Betrieb in einen taylorisierten tretend, von Begeisterung für die Arbeit reden. Als ob der Fleiß das laufende Band laufen machte! Da ist nicht nur der Terror, der anstelle des Drills getreten ist, da ist doch vor allem die Maschinerie, die persönlichen Kampfesmut usw. überflüssig macht. Der deutsche Generalstab hat sich durch die Mechanisierung frei gemacht von den persönlichen Eigenschaften der Soldaten, vom »Geist der Truppe«. Der Soldat wird unter die Kampfmittel

gerechnet. Die Motoren »nehmen ihn mit«. Die Pünktlichkeit der Operationen wird nicht mehr durch den Verantwortlichkeitssinn, sondern durch die Stoppuhr gewährleistet. Unermüdlich müssen die Motoren sein. Die Fallschirmspringer werden ausgestreut wie Bomben, und Bomben brauchen keinen Mut. Mut würde dazu gehören, daß sie sich weigerten, in die Flugzeuge zu klettern. Ausgesetzt hinter den Linien des Feindes, müssen sie um ihr nacktes Leben kämpfen, nicht um »Deutschlands Zukunft«. Der »Geist«, der hier benötigt wird, kann aus der Alltagsschulung der Industrie genommen werden.

Interessant ist, daß der Krieg mit den Jahrgängen 1915-1920 geführt wird. Diese Soldaten waren 1933 also 13, höchstens 18 Jahre alt. Das ist die Jugend, auf der »die Zukunft Nazideutschlands beruht«. Sie hat keine Zukunft, sondern verblutet in Frankreich, nicht wir werden es mit dieser »endgültig zu Nazis ausgebildeten, nichts anderes als Nazideutschland kennenden Jugend« zu tun haben, sondern die Nazis selber erledigen sie. (So wie nicht der Sozialismus den Kleinhandel liquidiert, sondern der Kapitalismus.)

Tung tysk luftvärnskanon laddas vid Kanal-kusten.

10
Juni

14
juni

8. 6. 40
Das Tempo wird zu einer neuen Qualität der Kriegshandlungen. Der deutsche Blitzkrieg wirft alle Berechnungen über den Haufen, indem die vorhergesehenen Vorgänge so schnell eintreffen, daß ihre Folgen ganz unvorhergesehen sind. Und die Technik fügt dem Kriegstheater eine neue Dimension zu; das Schlachtfeld wird zum Schlachtwürfel oder Schlachtraum. Und die armen Franzosen verstehen gar nicht, was passiert: den Bewegungskrieg führen sie wie einen Stellungskrieg, einzig bedacht, daß ihre Schützengrabenlinie ohne Schützengraben sich nicht etwa in Armeen zerreißen läßt! Dabei wäre es ihre einzige Rettung, wenn sie die Operationen ganz frei, ohne den Aberglauben an »vorn« und »hinten« ausführten. Die Militärs hätten sich in der City erkundigen sollen, wie man sich Aktienmehrheiten (»Kontrolle«) in Konzernen verschafft und überhaupt Geld im Gang hält und Monopole ergaunert! Die letzten Darbietungen der Marseillaise werden jetzt von den deutschen Stukas zum ewigen Schweigen gebracht.

11. 6. 40
Ich gehe jetzt zum x-ten Male den »Guten Menschen von Sezuan« durch, Wort für Wort mit Grete. Eifersüchtig verteidige ich meinen Vormittag, in der letzten Zeit, seit die Nachrichten so schlecht werden, erwäge ich sogar, ob ich das Frühradio abstellen soll. Der kleine Kasten steht neben dem Lager, meine letzte Handlung am Abend ist, ihn aus-, meine erste am Morgen, ihn anzudrehen.

12. 6. 40
Cocteau behauptet, die Anregung zur Camouflage der Tanks sei von Picasso ausgegangen, der sie vor dem Weltkrieg einem französischen Kriegsminister für die Unsichtbarmachung von Soldaten vorgeschlagen habe. Cocteau fragt sich auch, ob die Wilden ihre Bemalung der Haut nicht weniger, um sich schrecklich, als um sich unsichtbar zu machen, vornehmen. Das ist ein guter Gedanke. Man macht etwas unsichtbar, indem man seine Gestalt zerstört, ihm eine unerwartete Form gibt, es also nicht etwa unscheinbar, sondern auffällig, aber fremdartig macht!

Die Deutschen marschieren auf Paris.

JEAN COCTEAU: Leon Bakst

14. 6. 40

Es wird vielleicht in späteren Zeiten schwierig sein, die Ohnmacht der Völker in diesen unseren Kriegen zu begreifen. Ihre Ursachen sind vergänglich. Da ist die politische Atomisierung, Resultat der militärisch-polizeilichen Zusammenballung der Riesenmassen. Da ist das Phänomen, das ich mangels eines plastischeren Ausdrucks immer das *Feldphänomen* nenne. Die Probleme werden von ganzen Völkern immer als Feldprobleme angesehen und behandelt. D.h. sie werden z.B. jetzt als lediglich auf dem kapitalistischen Feld lösbar (und überdenkbar) angesehen. Dadurch entsteht eine erstaunliche Neutralisierung der inneren Widersprüche der Völker, welche nicht einen Augenblick verschwinden, aber eben »auf diesem Feld keine Rolle spielen«. Man kann es auch so ausdrücken: am Zug ist die und die Klasse, das und das Regime, forciert wird der und der Ausweg, eingeschlagen ist eine bestimmte Richtung usw., und bevor die Möglichkeiten (wirklichen und scheinbaren) dieses Feldes ausgebildet, eingesetzt, erschöpft und diskreditiert sind, entsteht kein neues Feld. Das Feld selber mag die Vernunft nicht befriedigen (die Fantasie mag andere Felder sichten, die Erfahrung andere Felder anraten), auf dem eben funktionierenden Feld der Praxis operiert doch noch genügend Vernunft für die Zwecke des ganzen Volkes und die Zwecke der Rechtfertigung. So war die Kriegsrüstung tatsächlich die Lösung des Arbeitslosigkeitsproblemes auf dem kapitalistischen Feld. Sie hatte für die Arbeiter etwas Vernünftiges an sich, insofern eben die Arbeitslosigkeit bekämpft wurde. Auch der Krieg ist wieder die Lösung eines Problems, nämlich der Folgen des Zuspätkommens Deutschlands bei der imperialistischen Aufteilung der Weltmärkte (verursacht durch das Zuspätkommen der bürgerlichen Revolution und ihrer Schöpfung der nationalen Einheit). Da ist immer viel, was auch der einzelne Arbeiter einsehen kann.

17. 6. 40

2

4

5

7

6

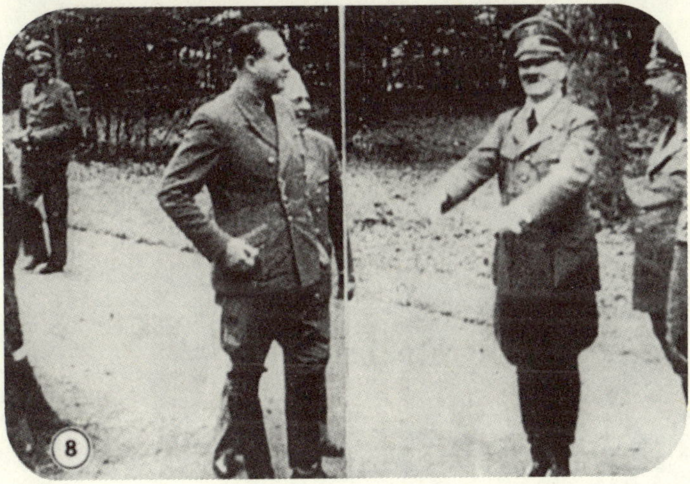
8

9

11

10

12

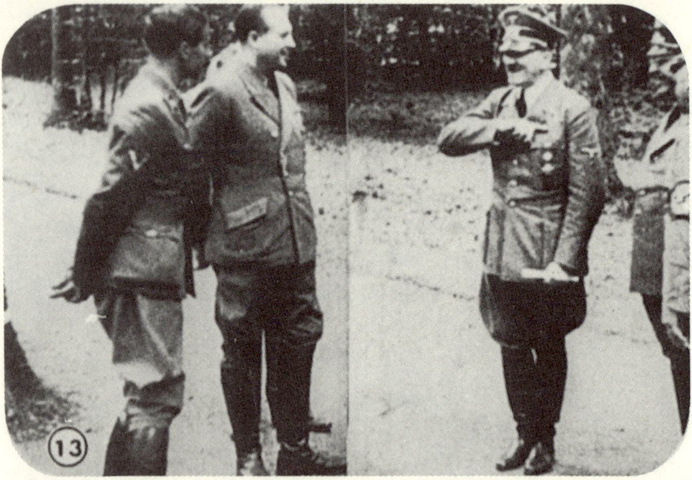
13

15

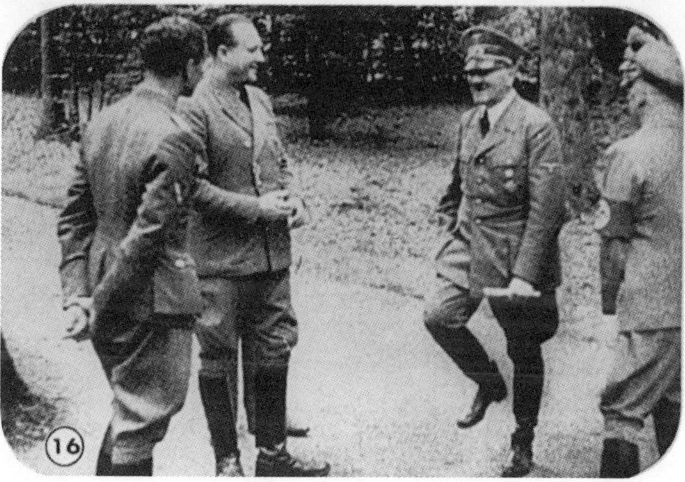

17

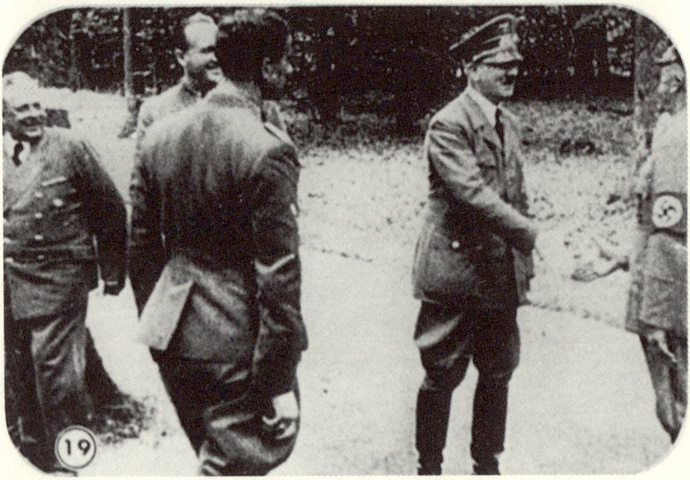
19

HITLER DANCES

FÜHRER DOES JIG FOR VICTORY

Perhaps the most intimate look at Adolf Hitler which the world has ever had is presented in the series of pictures below, taken from a German newsreel. It shows Hitler at precisely the happiest moment of his life. He has just heard the news that France is ready to surrender. The date is June 17. The place is the garden of his headquarters on the Western Front. His German troops have just occupied Paris, overrun Burgundy, reached the Swiss border, isolated the Maginot Line and reduced Metz.

Just before these pictures were taken, Hitler had signed the invitation to Mussolini to meet him at Munich and decide on what terms to allow beaten France. He is in an ecstasy of joy. Keeping his heels smartly together, he clenches his fists and jerks his arms stiffly up and down, grinning in tense, prim jubilance. He holds his stomach and says, "It is finished." Still grinning and thrusting out his jaw, he lifts up one foot in a brief Lindy Hop of victory, while his staff beam back at him. This is the face of triumph, frank and unashamed. This is the victory dance, for Hitler's leather boots are hopping symbolically on the prostrate neck of the Third French Republic.

The stooges who surround him are his staff. They are wearing the uniforms of the *Schutzstaffel*, the Nazi Party, the Foreign Office. The round short man among them, at the left of Picture No. 3, is Hitler's official photographer, Heinrich Hoffmann. The tall man nearest Hitler is a Foreign Office underling. After these pictures were taken, Hitler led his staff off with an exaggerated goose-step, giggling

cheerfully. The pictures have been held up by the British censorship.

Hitler's mood that day was reflected in his newspaper which said, "Thirty-nine days . . . not only shook the world, but also brought the collapse of a world of boundless conceit and arrogance, but also a world of real power. . . . We are not revengeful but we have definitely ceased to be goodhearted fools."

20. 6. 40

Im großen und ganzen fertig mit dem »Guten Menschen von Sezuan«. Der Stoff bot große Schwierigkeiten, und mehrere Versuche, ihn zu meistern, seit ich ihn vor etwa zehn Jahren angriff, schlugen fehl. Vor allem mußte dem Schematischen ausgewichen werden. Li Gung mußte ein Mensch sein, damit sie ein guter Mensch sein konnte. Sie ist also nicht stereotyp gut, ganz gut, in jedem Augenblick gut, auch als Li Gung nicht. Und Lao Go ist nicht stereotyp böse usw. Das Ineinanderübergehen der beiden Figuren, ihr ständiger Zerfall usw. scheint nun halbwegs gelungen, das große Experiment der Götter, dem Gebot der Nächstenliebe das Gebot der Selbstliebe hinzuzufügen, dem »Du sollst zu andern gut sein« das »Du sollst zu dir selbst gut sein«, mußte sich zugleich abheben von der Fabel und sie doch beherrschen. Die moralischen Prästationen mußten sozial motiviert sein, jedoch mußten sie auch einem besonderen Vermögen (besonderem Talent, besonderer Veranlagung) zugeschrieben werden.

Die französischen Generale beenden den Krieg so lahm, untüchtig und verräterisch, wie die französischen Politiker ihn begonnen haben. Und England! Der Judas wird verraten! Aber was leiden die Völker!

JEAN COCTEAU: Picasso ja Strawinski

24. 6. 40
Bekomme bei der Kritikerin *Hagar Olsson* eine französische Kunstzeitschrift mit *Picassos* »Guernica« zu sehen (alle Phasen). Es macht starken Eindruck auf mich, und ich nehme mir vor, in dieser Richtung einmal etwas zu machen. Das ist sehr wohl ein künstlerischer Ausdruck der Zeit, deren Astronomen die Welt mit dem Bild einer platzenden Granate erklären. Barbarischer Sturm, der eine Welt zerschmiß, musischer Sturm, der solche Scherben zusammenfegte! Interessante romantische V-Effekte, dabei klassizistische Form.

28. 6. 40
Frankreichs Fall, Sturz eines Weltreichs in drei Wochen! Es ist der »Geist der Verteidigung«, der die Verteidigung zerbricht. Frankreich fiel in der Maginotlinie. Dieses fünfstöckige Hotel im Boden, welch ein Ausdruck des französischen parasitären Rentenkapitals! Fünf Stockwerke tief versteckte sich der Vogel Strauß! Die Maginotlinie verhinderte die Ausbildung der französischen Armee, und sie öffnete die holländischen und belgischen Grenzen mit der Effektivität eines Stauwalls. Aber dort war man mit einer papierenen Maginotlinie gesichert: dem Völkerbund! Fünf Stock tief, mit Warmwasserleitung. Und Eng-

Franskt skrot.

Den franska humorn blomstrar även i allvarstider. Sandwichmannen agiterar för insamling av järn till försvaret och fången säger:
— Skulle inte det här kunna duga?
(Le Canard Enchainé.)

land suchte es mit der Blockade zu schaffen. Dazu müßte es eine Insel sein!

28. 6. 40

Dieser Tage langt ein Brief von Feuchtwangers Sekretärin aus Südfrankreich an. Er ist vor fünf Wochen abgeschickt. Sie meldet, Feuchtwanger sei wieder ins Lager geführt worden. Man sperrt ein die Männer vom 16. bis zum 56. Jahr. Feuchtwanger wird im Juli 56.

Die Zeitungen meldeten, daß die Deutschen auf Lyon marschierten, als der Brief ankam.

Die Waffenstillstandsbedingungen enthalten einen Paragraphen, nach dem Frankreich jeden Deutschen ausliefern muß, den Deutschland anfordert.

Vansittart

Sgt. Lord Strabolgi: *The peer once known as Lt. Comdr. J. M. Kenworthy served 18 years in the Navy, became its heavyweight champion, then—paradoxically—turned pacifist. Now he is a non-com in Parliament's Home Guard.*

29. 6. 40
Ein Weltreich ist zusammengestürzt, und ein zweites wankt in seinen Grundfesten, seit ich die letzte Fassung des »Guten Menschen von Sezuan« begonnen habe, die finnische. Ich begann das Stück in Berlin, arbeitete daran in Dänemark und in Schweden. Es machte mir mehr Mühe als je ein anderes Stück vorher. Ich trenne mich ganz besonders schwer von der Arbeit. Es ist ein Stück, das ganz fertig sein müßte, und das ist es nicht.

Es wird heiß, und vom amerikanischen Konsulat ist keine Antwort da wegen der Visen. Noch weiß ich, welche Route in Frage kommt und was sie kosten würde.

Über Europa fallen die Schatten einer riesig heraufziehenden Hungersnot. Hier geht der Kaffee nun aus, der Zucker wird knapp, Zigarren (für mich Produktionsmittel) werden unerschwinglich.

Alles und jedes zeigt die wachsende Macht des Dritten Reiches.

30. 6. 40
Es ist unmöglich, ohne die Bühne ein Stück fertig zu machen. The proof of the pudding ... Wie soll ich feststellen, ob etwa die 6. Szene des »Guten Menschen« noch die Erkenntnis der Li Gung von dem (sozialen) Grund der Schlechtigkeit ihres Freundes aushält oder nicht? Nur die Bühne entscheidet über die möglichen Varianten. Außer »Mutter« und »Rundköpfe« ist seit der »Johanna« alles, was ich schrieb, ungetestet.

Diktonius, der finnische Horaz, holt mich ab in eine Bierstube. Er ist kurzleibig und vierschrötig, wie mit der Axt aus einer Eichenwurzel gehauen, sein eigenes wandelndes Monument. Er hat eine kleine Staatspension und lebt von Zeitungsartikeln. Stets bringt er etwas mit, wenn er kommt, eine Zigarre oder Süßigkeiten für Barbara. Er lacht gern und macht gern kleine bösartige, aber humoristische Bemerkungen, knapp und gut geformte. Im ganzen könnte er ein Seekapitän sein.

30. 6. 40
Ungeheuer, dieses Übergewicht der neuen Waffe (Whatever happens, we have got the maxim gun and they have not, hieß es

einmal) der staatlichen Monopole neuer Prägung mit seiner Ausschaltung der Cliquen alter verbrauchter politicians! Verblüffend die Dialektik des Zeitmoments.

Der langsame Krieg bringt den schnellen hervor (wie der stehende den beweglichen). Aber wie dieses Tempo alles verändert! Dabei handelt es sich nicht nur um einen Blitzkrieg bei den Deutschen, sondern auch um eine Blitzaufrüstung. Und welche Kraft zieht dieses Regime aus Bruch aller Konventionen! Mit den modernsten Waffen der Luft mischen sich die Dampfer mit Touristen, Karl May ergänzt Clausewitz. Das Benzin finden die Panzermotorwägen hinter der feindlichen Front, an den Tankstationen am Straßenrand. Die Fallschirmabspringer kommen als Priester und reißen die Privatautos an sich.

1. 7. 40

Die Welt ändert sich jetzt stündlich. Ich erinnere mich, wie nach und nach immer mehr verschwand. Erst gab es noch die Zeitungen, deutsche in Österreich, Tschechoslowakei, Schweiz, Saarland. Eine nach der andern ging ein, kam nicht mehr. Das Radio blieb. Aber eines Tages schwieg Wien, eines andern Tages Prag, Warschau hörte man noch länger. Dann schwieg Warschau, und Kopenhagen und Oslo brachten nur noch die deutschen Sendungen. Jetzt gibt es Paris nicht mehr. Da ist nur noch London

Vor dem brennenden Dunkirchen harrt eine unubersehbare Menge franzosischer und englischer Gefangener auf den Abtransport

geblieben von den Demokratien des Westens. Für wie lang? Steff und ich hatten nacheinander immer neue Landkarten zu betrachten. Die polnische, dann die skandinavische, dann Holland, Belgien, Frankreich. Jetzt liegt England offen.

2. 7. 40
Wir grübeln noch über der Frage: Brot und Milch oder Reis und Tee für die »Sezuan«-Parabel. Natürlich, es gibt in diesem Sezuan schon Flieger und noch Götter. Alle Folklore habe ich sorgfältig vermieden. Andrerseits ist nicht beabsichtigt, aus den französische Weißbrote essenden Gelben einen Witz zu machen. Das London der »Dreigroschenoper« und das Kilkoa von »Mann ist Mann«, diese poetischen Konzeptionen scheinen geglückt. Zur Diskussion steht: soll man nur die sozialen Anachronismen beibehalten? Die den Göttern (und der Moral) auf den Leib rückende Industrie, die Invasion europäischer Gebräuche. Damit bewegte man sich noch auf realem Boden. Aber weder Industrie noch Europäertum wird den Reis mit dem Brot ersetzen. Hier hat man dann das Chinesische als reine Verkleidung und als löchrige Verkleidung! Leider kann ich mir hier in Helsingfors auch keine Aufklärung verschaffen.

Tombrock schickt die Fotos eines ersten Ölgemäldes (ich habe ihn auf Ölmalen gehetzt). »Die Witwen von Osseg vor dem

Prager Magistrat«. Er hat enorme Fortschritte gemacht, weg vom Romantischen und Verlumpten. Und er hat überraschend das Prinzip von der sozialen Gruppierung als bildkompositorischer Kategorie begriffen.

2. 7. 40

Der Buchhändler Olsoni bringt einen Literarhistoriker mit, der über Mallarmé arbeitet. Er zeigt einige der berühmten Gedichte, welche man angreift oder vergöttert, weil sie »keinen Sinn haben«. Natürlich haben sie Sinn, freilich sehr unstabilen. Die Zerstörungen der gewohnten Zusammenhänge ergeben kleine shocks, das ist alles. Ein Fehler Mallarmés besteht darin, daß er die Wörter (die Assoziierungskeime) oft zu gleichartig mischt, was konkrete und abstrakte angeht. Seine Angst vor dem Banalen resultiert häufig in Banalitäten. Er ist immerfort angewiesen darauf, daß man bestimmte Wörter oder Wortgruppen konkret auffaßt, verlangt dann aber vom Leser ohne weiteres, daß er das bei anderen in der gleichen Strophe nicht tut. Ich versuchte, den Leuten die Umstellung der Lyrik auf das Gestische klarzumachen. Eine Schwierigkeit dieses Unterfangens ist, daß die neuen Gesten nicht theatralisch (und gewählt) genug sind. Dann wird der Faltenwurf vermißt – schwierig anzubringen bei einem Overall.

5. 7. 40

Mit Hella Wuolijoki nach Gut Marlebäk (Kausala) gefahren. Sie gibt uns eine Villa zwischen schönen Birken. Wir sprechen von der Stille hier heraußen. Aber es ist nicht still; bloß sind die Geräusche viel natürlicher, der Wind in den Bäumen, das Rascheln des Grases, das Gezwitscher und was vom Wasser her kommt. Das Gutshaus, weiß, mit zwei Reihen von je acht großen Fenstern, ist über 100 Jahre alt, im Empirestil gebaut. Die Zimmer sind museumsreif. Neben dem Gutshaus liegt ein riesiger Steinbau für die Kühe (etwa 80 Stück) mit Fütterungsluken von oben, wohin das Lastauto mit dem Futter fährt, und schöner Wasserspülung, alles in Eisen und herrlichem Holz, der rötlichen Fichte des Nordens. Der Winter war sehr hart in diesem Kriegsjahr. So ist der Kirschgarten erfroren, und da das Frühjahr ohne Regen war, steht auch das Gemüse ärmlich. In einem kleinen Holzhaus wohnen 14 Karelier, Fischersleute, die evakuiert wurden. Sie wohnen frei und bekommen zehn Finnische Mark pro Tag. Hella Wuolijoki meint, sie kommen damit gut durch. Aber sie sehen keine Zukunft, das Parlament berät über ihr Schicksal.

Wir sind sehr schläfrig; wahrscheinlich von der ungewohnten Luft. Der Birkengeruch allein ist berauschend und auch der Holzgeruch. Unter den Birken gibt es reichlich Walderdbeeren, und auch das Sammeln macht die Kinder müd. Ich fürchte, daß das Kochen für Helli schwierig wird, es ist nötig, den Ofen zu heizen, und das Wasser ist nicht im Haus. Aber die Leute sind sehr freundlich, und Hella Wuolijoki weiß unzählige Geschichten.

6. 7. 40
Viele sehen nun einen Sieg des deutschen Faschismus bevor und damit einen Sieg des Faschismus überhaupt in Europa (zumindest). Also eine Epoche neuer Stabilität. Das ist natürlich wenig wahrscheinlich. Ein Gleichgewicht könnte wohl nur entstehen, wenn man eben eine deutsche Vorherrschaft hätte, und wenn es zu einer solchen käme, würden so manche konstituierenden Elemente des deutschen Faschismus eher wieder verschwinden. Die Vorgänge in Frankreich sind charakteristisch. In Deutschland kam der neue Aufbau als Umwälzung, in Frankreich kommt er als Umfall. Die »Planung« bleibt eine Notmaßnahme ohne produktive Tendenz. Pétain ist einfach ein eingeborener Gouverneur. Das Land kommt nicht einmal aus dem Krieg heraus. Armee und Flotte sind verloren, und die Industrie arbeitet weiter für den Krieg, nunmehr für den Feind.

Diese hellen Nächte sind sehr schön. Gegen drei Uhr stand ich auf, der Fliegen wegen, und ging hinaus. Hähne krähten, aber es war nicht dunkel gewesen. Und ich liebe es so, im Freien das Wasser abzuschlagen.

Merkwürdigerweise denke ich nie an Arbeit zu solcher Stunde. Es ist nicht Arbeitszeit.

7. 7. 40
Plan zu einem Stück entworfen, mehr zur Handgelenkübung. »Die Straße der Ministerien«. Ein blinder Bettler mit einem

Jungen sitzt in der Straße der Ministerien. Aus dem, was er hier sieht, winzigen Vorgängen, schließt er auf das, was geschehen wird, nämlich den großen Krieg und die große Niederlage. Er ist so imstand, seinen Freunden gute Ratschläge zu geben, damit sie sich in Sicherheit bringen können. (Z.B. daß die Hauptstadt nicht verteidigt werden wird. Also soll sie nicht fliehen, sondern das Restaurant gegenüber kaufen, das die fliehenden Besitzer für ein Butterbrot weggeben. Es ist feiner als das ihre. Bald werden nur noch feinere Restaurants gehen. Usw.) Ein Blinder kann den Untergang des Weltreiches voraussehen.

Eine andere Variante wäre: Eine junge Französin in Orleans, in Abwesenheit ihres Bruders eine Tankstation bedienend, träumt im Wachen und Schlafen, sie sei die Jeanne d'Arc und erlebe ihr Schicksal. Denn die Deutschen rücken auf Orleans vor. Die Stimmen, die Jeanne hört, sind Stimmen des Volkes, was der Hufschmied sagt und der Bauer. Sie gehorcht diesen Stimmen und rettet Frankreich vor dem äußeren Feind, jedoch wird sie besiegt von dem inneren. (In dem Gericht, das sie verurteilt, sind lauter englisch sympathisierende Geistliche!) Der Sieg der fünften Kolonne!

8. 7. 40

Es ist verständlich, daß die Leute hierzulande ihre Landschaft lieben. Sie ist so sehr reich und zeigt Großes gemischt. Die fischreichen Gewässer und schönbäumigen Wälder mit ihrem Beeren- und Birkengeruch. Die ungeheuren Sommer, über Nacht einbrechend nach unendlichen Wintern, eine starke Hitze nach einer starken Kälte. Und wie der Tag verschwindet im Winter, so verschwindet im Sommer die Nacht. Dann ist die Luft so kräftig und wohlschmeckend, daß sie fast allein sättigt. Und welch eine Musik füllt diesen heiteren Himmel! Beinahe unaufhörlich geht Wind, und da er auf viele verschiedenen Pflanzen trifft, Gräser, Korn, Gesträuche und Wälder, entsteht ein sanfter, an- und abschwellender Wohlklang, der kaum mehr wahrgenommen wird und dennoch immer da ist.

16. 7. 40

Nach den deutschen führenden Kreisen haben sich nun die französischen Hitler geholt, um die sozialen Errungenschaften des Volks zu kassieren. Sie versuchen, eine Art Österreich (nach Trianon) zu werden. Laval sagt: Das Parlament wird verschwinden, die Parlamentarier werden bleiben. Voilà. Die Literaten werden bleiben, die Literatur wird verschwinden. Während des ganzen Kriegs keine Silbe von den großen Schriftstellern des Landes.

Und in England führt die Gentry den Krieg, zusammen mit der City. Auch sie setzen auf die großen Maschinen (Flotte, Luftwaffe), wo es auf den gemeinen Mann nicht ankommt.

Die Deutschen machen inzwischen Neuordnungspläne für Europa, ein gewaltiges Mitropa wird entworfen, »die ungesunde Machtpolitik der kleinen Staaten« soll erledigt werden.

25. 7. 40

Steff bringt mir den »Kranz des Meleagros«, übertragen von August *Oehler*. Die schönen Epigramme erinnern mich an mein Sonett »Rat an die Lyriker der USSR, öffentliche Bauwerke zu beschriften«. Ich mache bei einigen der Epigramme Änderungen und schreibe selber einige neue, als Beispiele.

Wenn man bedenkt, wieviel die Weimarer von den Problemen der griechischen Epigrammatiker wußten und wieviel wir noch davon wissen, sieht man den furchtbaren Abstieg. Wir wissen kaum noch einiges über die Weimarer selbst.

Hier, in diesen griechischen Epigrammen, durchdringt die Stimmung jene für sich wunderbare Gegenständlichkeit und mit ihr den Sinn, wie ein besonderer Wind (Abend- oder Früh- oder April- oder Schneewind) Früchte und Blätter eines Baums bewegt.

Ein Beispiel:

Es hat an der Athena Tempelschwelle
Des Meisters Theris kunsterfahrne Hand
Den Maßstab hier, die schnurgerade Elle
Die starre Säge mit gebognem Rand
Die Axt, den Hobel, leicht der Hand sich fügend
Den Bohrer auch, der sich gedreht im Kreis
Zur Schau gestellt, dem Handwerksbrauch genügend
Da er geendet seinen alten Fleiß.

(Leonides von Tarent)

1. 7. 40
Ausschnitt aus einer Zeitschrift, mehrere Jahre alt, die Ausstellung hat *Picasso* wohl gesehen.

I Berlin har i dagarna öppnats en utomordentligt intressant utställning av kinesisk konst. Från det mycket uppmärksammade vernissaget införa vi dessa tvenne bilder av en häst från 5 århundradet

30. 7. 40
Mich in einigen Epigrammen versucht (»Die Requisiten der Weigel«, »Die Pfeifen«, »Finnische Speisekammer«). Ganz unfähig, Dramatisches zu arbeiten. Dabei wäre es so nötig, den »Guten Menschen« fertigzustellen; es handelt sich nur noch um Details. In solchen Zeiten des Stockens wäre journalistische oder Theaterarbeit nötig, beides ist jetzt gehindert.

Wunderbar die Geschichten der Wuolijoki, vom Volk auf dem Gut, in den Wäldern, wo sie einmal große Sägewerke besaß, aus der heroischen Zeit. Sie sieht schön und weise aus, wenn sie, ständig sich ausschüttend vor Lachen, von den Listen der einfachen Leute und den Dummheiten der feinen erzählt, ab und zu einen mit listig zugekniffenen Augen anblickend und die Reden der Personen mit epischen, fließenden Bewegungen ihrer dicken schönen Hände begleitend, als schlüge sie den Takt zu einer nur ihr hörbaren Musik. (Sie schlägt mit der Hand, im Gelenk gerührt, einen liegenden Achter.) Über ihre Insel und Moore schleppt sie ihr großes Gewicht mit verblüffender Energie, und ihre Dickleibigkeit hat da etwas Chinesisches. Die Gutsgeschäfte scheint sie mit sehr leichter Hand zu regeln, niemals kommt es zu Befehlshabereien. Dabei ist sie sehr bestimmt und repräsentiert ausgezeichnet das Gut. Und sie ist sehr menschlich.

2. 8. 40

Den »Messingkauf« durchflogen. Die Theorie ist verhältnismäßig einfach. Betrachtet wird der Verkehr zwischen Bühne und Zuschauerraum, die Art und Weise, wie der Zuschauer sich der Vorgänge auf der Bühne zu bemächtigen hat. Das Theatererlebnis kommt, wie schon in der »Poetik« des Aristoteles konstatiert, vermittels eines Einfühlungsaktes zustande. Unter den Elementen, aus denen sich das Theatererlebnis, so zustande gekommen, zusammensetzt, kann sich Kritizismus nicht befinden, je weniger, desto besser die Einfühlung funktioniert. Kritizismus wird nur in bezug auf das Zustandekommen der Einfühlung erzeugt, niemals in bezug auf die Vorgänge, die der Zuschauer auf der Bühne abgebildet sieht. Es ist nicht ganz gerechtfertigt, beim aristotelischen Theater von »Vorgängen, die der Zuschauer auf der Bühne abgebildet sieht«, zu sprechen. In Wirklichkeit sind Spiel und Fabel des aristotelischen Theaters nicht dazu bestimmt, Abbilder von Vorgängen im Leben zu geben, sondern das ganz festgelegte Theatererlebnis (mit gewissen Katharsiswirkungen) zustande zu bekommen. Handlungen, die an das wirkliche Leben erinnern, werden dazu allerdings benötigt, und sie müssen einigermaßen wahrscheinlich sein, damit die Illusion zustande kommt, ohne welche die Einfühlung nicht gelingt. Jedoch ist es keineswegs nötig, daß etwa auch die Kausalität der Vorgänge in Erscheinung tritt. Es genügt vollständig, wenn sie nicht bezweifelt zu werden braucht.[1] Nur derjenige, welcher hauptsächlich an den Vorgängen des Lebens selber interessiert ist, auf die in den Theatern angespielt wird, sieht sich in der Lage, die Vorgänge auf der Bühne als Abbilder der Wirklichkeit anzusehen und zu kritisieren. Solches tuend, verläßt er den Bezirk der Kunst, denn die Kunst sieht ihre Hauptaufgabe nicht in der Verfertigung von Abbildern der Wirklichkeit schlechthin. Wie gesagt, ist sie nur an ganz bestimmten Abbildern, d.h. Abbildern mit bestimmter Wirkung interessiert. Der Einfühlungsakt, den sie produziert, würde durch ein kritisches Eingehen des Zuschauers auf die Vorgänge selber lediglich gestört. Die Frage ist nun, ob es überhaupt unmöglich ist, die Abbildung der wirklichen Vorgänge zur Aufgabe der Kunst zu machen und damit die kritische Haltung des Zuschauers zu den wirklichen Vorgängen zu einer kunstgemäßen Haltung. Bei dem Studium dieser Frage ergibt sich, daß zur Herbeiführung dieser großen Wendung die Art des Verkehrs zwischen Bühne und Zuschauerraum geändert werden müßte. Die Einfühlung verlöre ihre beherrschende Stellung in der neuen Kunstausübung. Dagegen wird nunmehr der Verfremdungseffekt (V-Effekt) hervorgebracht, der ebenfalls ein Kunsteffekt ist und zu einem Theatererlebnis führt. Er besteht darin, daß die Vorgänge des wirklichen Lebens auf der Bühne so abgebildet werden, daß gerade ihre Kausalität besonders in Erscheinung tritt und den Zuschauer beschäftigt. Emotionen kommen auch durch diese Kunst zustande, und zwar ist es die Meisterung der Wirklichkeit, welche, durch diese Vorführungen ermöglicht, den Zuschauer in Emotion versetzt. Der V-Effekt ist ein altes Kunstmittel, bekannt aus der Komödie, gewissen Zweigen der Volkskunst und der Praxis des asiatischen Theaters.

1 Im Prinzip ist es möglich, mit einer vollständig irreführenden Darstellung eines Vorgangs aus dem Leben ein komplettes Theatererlebnis herbeizuführen.

2. 8. 40

Zweiter Nachtrag zur Theorie des »Messingkaufs«

Einige Punkte können das Auftreten der materialistischen Dialektik in der Theorie zeigen:

1) Die *Selbstverständlichkeit*, d.h. die besondere Gestalt, welche die Erfahrung im Bewußtsein angenommen hat, wird wieder aufgelöst, wenn sie durch den *V-Effekt* negiert und dann in eine neue *Verständlichkeit* verwandelt wird. Eine Schematisierung wird hier zerstört. Die eigenen Erfahrungen des Individuums korrigieren oder bestätigen, was es von der Gesamtheit übernommen hat. Der ursprüngliche Findungsakt wird wiederholt.

2) Der Widerspruch zwischen Einfühlung und Distanzierung wird vertieft und wird ein Element der Darstellung.

3) Bei der *Historisierung* wird ein bestimmtes Gesellschaftssystem vom Standpunkt eines anderen Gesellschaftssystems aus betrachtet. Die Entwicklung der Gesellschaft ergibt die Gesichtspunkte.

Nicht fertig.

Wichtiger Punkt: die aristotelische Dramaturgie berücksichtigt nicht, d.h. gestattet nicht, zu berücksichtigen die objektiven Widersprüche in den Prozessen. Sie müßten in subjektive (im Helden verlagerte) umgewandelt werden.

2. 8. 40

Dritter Nachtrag zur Theorie des »Messingkaufs«

Das Bedürfnis des Zuschauers unserer Zeit nach Ablenkung vom täglichen Krieg wird ständig vom täglichen Krieg wieder reproduziert, streitet aber ebenso ständig mit dem Bedürfnis, das eigene Schicksal lenken zu können. Die Scheidung der Bedürfnisse nach Unterhaltung und nach Unterhalt ist eine künstliche. In der Unterhaltung (der ablenkenden Art) wird der Unterhalt ständig bedroht, denn der Zuschauer wird nicht etwa ins Nichts geführt, nicht in eine fremde, sondern in eine verzerrte Welt, und er bezahlt seine Ausschweifungen, die ihm nur als Ausflüge vorkommen, im realen Leben. Nicht spurlos gehen die Einfühlungen in den Gegner an ihm vorüber. Er wird sein eigener Gegner damit. Der Ersatz befriedigt das Bedürfnis und vergiftet den Körper. Die Zuschauer wollen zugleich abgelenkt werden und zugelenkt werden, und beides müssen sie wollen, aus dem täglichen Krieg heraus.

Das neue Theater ist einfach ein Theater des Menschen, der angefangen hat, sich selbst zu helfen. 300 Jahre Technik und Organisation haben ihn gewandelt. Sehr spät vollzieht das Theater die Wendung. Der shakespearische Mensch ist seinem Schicksal, d.h. seinen Leidenschaften hilflos ausgeliefert. Die Gesellschaft bietet ihm keine Hand. Innerhalb eines durchaus fixierten Bezirks wirkt sich Großartigkeit und Vitalität eines Types dann aus.

Das neue Theater wendet sich so an den gesellschaftlichen Menschen, denn der Mensch hat sich gesellschaftlich geholfen in seiner Technik, Wissenschaft und Politik. Der einzelne Typus und seine Handlungsweise wird so bloßgelegt, daß die sozialen Motoren sichtbar werden, denn nur ihre Beherrschung liefert ihn dem Zugriff aus. Das Individuum bleibt Individuum, wird aber ein gesellschaftliches Phänomen, seine Leidenschaften etwa werden gesellschaftliche Angelegenheiten und auch seine Schicksale. Die Stellung des Individuums in der Gesellschaft verliert ihre »Naturgegebenheit« und kommt in den Brennpunkt des Interesses. Der V-Effekt ist eine soziale Maßnahme.

3. 8. 40

Nachtrag zur Theorie des »Messingkaufs«

1) Bei der aristotelischen Stückkomposition und der dazugehörigen Spielweise (die beiden Begriffe sind eventuell umzustellen) wird die Täuschung des Zuschauers über die Art und Weise, wie die Vorgänge auf der Bühne sich im wirklichen Leben abspielen und dort zustande kommen, dadurch gefördert, daß der Vortrag der Fabel ein absolutes Ganzes bildet. Die Details können nicht einzeln mit ihren korrespondierenden Teilen im wirklichen Leben konfrontiert werden. Man darf nichts »aus dem Zusammenhang reißen«, um es etwa in den Zusammenhang der Wirk-

lichkeit zu bringen. Das wird durch die verfremdende Spielweise abgestellt. Die Fortführung der Fabel ist hier diskontinuierlich, das einheitliche Ganze besteht aus selbständigen Teilen, die jeweils sofort mit den korrespondierenden Teilvorgängen in der Wirklichkeit konfrontiert werden können, ja müssen. Ständig zieht diese Spielweise alle Kraft aus dem Vergleich mit der Wirklichkeit, d.h. sie lenkt das Auge ständig auf die Kausalität der abgebildeten Vorgänge.

2) Um den V-Effekt zu setzen, muß der Schauspieler die *restlose Verwandlung* in die Bühnenfigur aufgeben. Er *zeigt* die Figur, er *zitiert* den Text, er *wiederholt* einen wirklichen Vorgang. Der Zuschauer wird nicht völlig »in Bann gezogen«, seelisch nicht gleichgeschaltet, nicht in eine fatalistische Stimmung dem vorgeführten Schicksal gegenüber gebracht. (Er kann Zorn empfinden, wo die Bühnenfigur Freude empfindet usw. Es ist ihm freigestellt, mitunter sogar nahegelegt, sich einen andern Verlauf vorzustellen oder einen andern Verlauf zu suchen usw.) Die Vorgänge werden *historisiert* und *sozial milieurisiert*. (Das erstere findet natürlich vor allem bei Vorgängen der Gegenwart statt: was ist, war nicht immer und wird nicht immer sein. Das zweite stellt ständig die momentane Gesellschaftsordnung in Frage und zur Diskussion.) Die Setzung des V-Effekts ist eine Technik, die in den Grundzügen gelehrt wird.

3) Um Gesetzlichkeiten festzustellen, muß man die natürlichen Vorgänge sozusagen verwundert aufnehmen, d.h. man muß ihre »Selbstverständlichkeit« auflösen, um zu ihrem Verständnis zu gelangen. Um die Gesetzlichkeit beim Fall eines geschleuderten Körpers ausfindig zu machen, muß man für ihn in der Phantasie noch andere Möglichkeiten setzen; unter den gedachten Möglichkeiten ist die natürliche, tatsächliche dann die richtige, und die gedachten anderen Möglichkeiten stellen sich als Unmöglichkeiten heraus. Das Theater, das mit seinem V-Effekt eine solche staunende, erfinderische und kritische Haltung des Zuschauers bewirkt, ist, indem es eine Haltung bewirkt, die auch in den Wissenschaften eingenommen werden muß, noch kein wissenschaftliches Institut. Es ist lediglich ein Theater des wissenschaftlichen Zeitalters. Es verwendet die Haltung, die sein Zuschauer im Leben einnimmt, für das Theatererlebnis. Anders ausgedrückt: die Einfühlung ist nicht die einzige der Kunst zur Verfügung stehende Quelle der Gefühle.

4) Im Begriffskreis des aristotelischen Theaters wäre die beschriebene Spielweise nur eine Stilangelegenheit. Sie ist viel mehr. Jedoch verliert das Theater mit ihr keineswegs seine alten Funktionen der *Unterhaltung* und *Belehrung*, sondern erneuert sie geradezu. Die Darstellung wird wieder eine völlig natürliche. Sie kann die verschiedensten Stile aufweisen. Die Beschäftigung mit der Wirklichkeit setzt die Fantasie erst in den rechten genußvollen Gang. Heiterkeit und Ernst leben in der Kritik auf, die eine schöpferische ist. Im Ganzen handelt es sich um eine Säkularisierung der alten kultischen Institution.

4. 8. 40

Zur Frage des *Realismus*: Die gewöhnliche Anschauung ist, daß ein Kunstwerk desto realistischer ist, je leichter die Realität in ihm zu erkennen ist. Dem stelle ich die Definition entgegen, daß ein Kunstwerk desto realistischer ist, je erkennbarer in ihm die Realität gemeistert wird. Das pure Wiedererkennen der Realität wird oft durch eine solche Darstellung erschwert, die sie meistern lehrt. Der Zucker unserer Chemiker verliert die Wiedererkennbarkeit. Das ist freilich ein extremes Beispiel, es zeigt nur die (weiten) Grenzen. Jedenfalls muß man das Augenmerk darauf lenken, ob der Künstler ein Realist ist, d.h. schreibend realistisch vorgeht, die Realität gegenüber allen Verschleierungen und Täuschungen zur Geltung bringt und in das reale Handeln seines Publikums eingreift, und man darf sich nicht an die Form halten und nur ein Werk der Form nach mit einem andern vergleichen und eine realistische Form herausdestillieren. Das ist reiner Formalismus, auch wenn die betreffende Form einem realistischen Werk abgezogen ist. Als Beispiel eines realistischen Kunstwerks muß auch *Lenins* Parabel von der Besteigung hoher Berge gelten können.

5. 8. 40

Solche Dichter wie Hašek, Silone, O'Duffy und mich zögert man oft, bürgerliche Dichter zu nennen, aber mit Unrecht. Wir mögen die Sache des Proletariats zu der unsrigen machen, wir mögen sogar für eine gewisse Zeitspanne die Dichter des Proletariats sein – dann hat eben das Proletariat in dieser Zeitspanne bürgerliche Dichter, die für seine Sache eintreten. Wir wiederum mögen uns sagen, daß es weder ein Vorteil noch ein Verdienst ist, Proletarier zu sein, und daß der Kampf darum geht, aus dem Antlitz der Menschheit alle proletarischen Züge auszutilgen – dennoch zeigen wir Begrenzungen und Schwächen unserer Klasse, die uns zu kritisch zu betrachtenden Mitkämpfern machen. Freilich, wenn wir die bürgerliche Kultur überliefern, so ist es doch eben die Kultur. In gewissen Phasen der Entwicklung, wenn das Proletariat gesiegt hat, aber noch Proletariat ist, wird die Funktion der bürgerlichen Vorkämpfer, wie es sich gezeigt hat, eine formalistische. Von der eigentlichen Entwicklung überholt, entwickeln sie eine Zeitlang nur noch die Formen. Dann ist es Zeit, daß die neuen Dichter und Kämpfer auf den Plan treten. Sie finden dann in den Werken ihrer Vorgänger, unsern Werken, nicht nur die höchstentwickelten Ausdrucksmittel, sondern auch die Elemente der neuen Kultur, die im Kampf immer am schärfsten hervortreten. Die Träume fliegen den Taten voraus, gerade ihre Vagheit läßt das neue Feld unbegrenzt erscheinen, so spornen sie an. Wichtig ist in unsern Werken auch die Technik des neu Anfangens, von solchen entwickelt, welche die Tradition beherrschen, denn der neu Anfangende, der die Tradition nicht beherrscht, fällt leicht unter die Herrschaft der Tradition zurück. Am sichersten geht man, wenn man uns als die Dialektiker unter den bürgerlichen Dichtern anführt und benutzt. Damit stehen wir in einer Reihe mit den bürgerlichen Politikern, welche die Sache des Proletariats zu der ihrigen gemacht haben.

9. 8. 40
Über die Abbreviatur des klassischen Stils: Wenn ich auf einer Seite genügend viel auslasse, erhalte ich für das einzige Wort *Nacht*, etwa in dem Satz »als die Nacht kam«, den vollen Gegenwert an Vorstellung beim Leser. Die Inflation ist der Tod jeder Ökonomie. Am besten, die Wörter entlassen ihre Gefolge und treten sich gegenüber mit so viel Würde, als sie aus sich herstellen können. Und ganz falsch, zu sagen, daß die Klassiker auf die Sinne des Lesers vergessen, im Gegenteil, sie rechnen damit. Unsere Sensualisten gleichen Rückenmärklern; um irgendein Gefühl in die Sohlen zu bekommen, müssen sie aufstampfen wie die Napoleons. Ich lese *Lytton Stracheys* kleinen Essay über

Racine. Auch er bemerkt, wie im neueren Drama Racine über Shakespeare triumphiert hat (beinahe jedes Stück nur der letzte Akt eines elisabethanischen Stücks). Das Prinzip hat sogar im Roman gesiegt.

Die kleinen Korrekturen des »Guten Menschen« kosten mich ebensoviel Wochen, wie die Niederschrift der Szenen Tage gekostet hat. Schwierig, bei dem festgelegten Wegziel den winzigen Szenchen dieses Unverantwortliche, Zufällige, Passable zu verleihen, das man »Leben« nennt! Dabei ist, zum Schluß!, eine Kardinalfrage zu entscheiden, die Behandlung des Problems *Li Gung – Lao Go*. Es ist möglich 1) bei einer Dehnung des Parabelelements eine naive Auseinandersetzung *Götter – Li Gung – Lao Go*, so daß alles im Moralischen bleibt und zwei widersprechende Prinzipien (zwei »Seelen«) getrennt auftreten, und 2) eine einfache Erzählung, wie *Li Gung* sich in einen Vetter verkleidet und dabei die Erfahrungen und Qualitäten benutzt, die ihr Leben im Rinnstein in ihr hervorgebracht hat. Eigentlich ist nur 2) möglich, sonst müßte die Entdeckung der Shin (in 7) und das Gespräch der Shin mit dem schwangeren Lao Go und das Motiv von der Unhaltbarkeit des Doppelspiels infolge der Schwangerschaft wegfallen. Die Verwandlung vor dem Vorhang (4a) ist nichts Mystisches, sondern lediglich die artistische Lösung, eben durch eine Pantomime mit einem Song. Die Schwierigkeit wird akut in den Ansprachen, die *Lao Go* gelegentlich an das Publikum hält. Die Frage ist, ob er das nicht mit Li Gungs Stimme und also auch Haltung tun muß. Im Grund reduziert sich alles auf die Führung der 5. Szene. Dort ist eine Äußerung Lao Gos nötig, damit die Änderung seiner Haltung verständlich wird. Er hat aber keinen Vertrauten, und das Publikum kann er nicht zum Vertrauten machen – als Lao Go. Zudem ist Li Gungs Fall am Ende der Szene bei Lösung 2) schwerer zu verstehen als bei Lösung 1). Es bleibt als Erklärung nur, daß sie eben hier auch als Li Gung angeredet wird. Überhaupt sind die Elemente *gut* und *böse* für ein realistisches Verkleidungsstück zu sehr isoliert. Es müßte dann doch wohl Entgleisungen geben. Am realistischsten ist da die 9. Szene. Vielleicht kann man zuziehen, daß Li Gung zur Darstellung des Lao Go sehr große Anstrengung benötigt und, in ihren gewöhnlichen Kleidern und vor Leuten, die sie als Li Gung kennen und ansprechen, nicht mehr in der Lage ist, böse aufzutreten. Hier liegt eine wichtige Erkenntnis: wie leicht es ist für sie, gut zu sein, und wie schwer es ist, böse zu sein.

10. 8. 40

Der eiserne Ring schließt sich um England. Das Flugzeug, die neue Waffe, zeigt sich um so schrecklicher neu, als sie schon im letzten Krieg angewendet wurde. Und der Mensch, der konstatiert hat, daß es keine Inseln mehr gibt, scheint sich seinen Eintritt in die Legion der *großen Männer* zu erzwingen, die dadurch nicht an Ansehen gewinnen kann. Der Sieg wird darüber entscheiden, obwohl es nicht Mangel an »Größe« sein wird, durch was er ihn noch verfehlen kann. Über den Begriff *Größe* bestimmt die Wirkung. Groß ist, wer die Erde zum Blühen bringt und wer ihr Narben zu erzeugen vermag. Was für subalterne Schurken vermögen doch das letztere! Freilich, sie haben so sehr große Unterstützung! Dann wird die Borniertheit zur Konzentration, die Hilflosigkeit zur Kunst, Talente heranzuziehen, der Diebstahl an ihrem Renommee zur Kraft, sie zu zügeln, die Besessenheit zur Energie, der Fanatismus zur Konsequenz, die Bereitschaft, alle Spielregeln zu verletzen, zur Freiheit von der Konvention, die Mordlust zur Entschlossenheit, der Kampf um die Macht zum Kampf um die Idee usw. usw.

Mussolini under marschen till Rom.

18. 8. 40

Hella Wuolijoki erzählt nach der Sauna bei gehamstertem Kaffee von dem schwedischen Journalisten *Snellman*, dem eigentlichen Begründer des finnischen Nationalismus. Er war Hegelschüler, und es ist interessant zu sehen, wie Hegel seine Wirkungen gerade in Preußen und Rußland hat, in Borussia und Russia, Ländern mit stark unterdrückendem Beamtenstaat und starker revolutionärer Bewegung. Seine Professur für Philosophie bekommt Snellman erst, als der russische Gouverneur das anordnet. Die Schwedischfinnen, also die Oberklasse, nach Schweden tendierend, schicken ihn als Volksschullehrer in eine kleine, 1000 km von Helsingfors gelegene Landstadt. Er nimmt die Stelle an, da er überzeugt ist, überall »in 3 Jahren« eine finnische Bewegung in Gang bringen zu können. Er gibt sofort eine Zeitung heraus und kämpft für Einführung der finnischen Sprache in Schul-, Rechts- und Verwaltungswesen. Als er dem russischen Gouverneur gegenübertritt, treten sich Vernunft und Wirklichkeit gegenüber und erkennen ihre Verwandtschaft. Der Gouverneur nimmt nach Moskau zwar nicht die Argumente des Dr. Snellman, wohl aber einen Eindruck von ihm mit und setzt alles durch. Snellman sieht, was Macht ist. Er wird dann Finanzminister und schafft die finnische Mark. Snellman ist ein doppelter Verräter, denn er verrät die Schweden an die Finnen – man sieht hier, wie nicht nur die Klassen, sondern auch die Nationen ihre Führer mitunter von ihren Feinden nehmen – und die Oberklasse an die Unterklasse. In Wirklichkeit kann sich die Industrie, die in schwedischen Händen ist, im Bündnis mit den Russen besser entwickeln als in Abhängigkeit von Schweden. Die Russen haben lediglich politische Positionen in Finnland, keine ökonomischen. Und Snellman verrät scheinbar die Oberklasse an die Unterklasse in der Sprachenfrage, aber auch das hält der tieferen Musterung nicht stand. Der stumme und taube Mob kann die in immer stärkere Konkurrenzkämpfe eintretende Industrie nicht mehr bedienen. Das Kapital der Schwedischfinnen beugt sich aus Profitinteressen unter den Zarismus und unter den finnischen Nationalismus zugleich. Snellman wird im Alter ein Halt der Reaktion.

Während ich einige Technik aus der nichtaristotelischen Dramaturgie für das von Hella Wuolijoki geplante Snellman-Stück zur Verfügung stelle, werde ich mit kleinen Omeletten gefüttert, die aus dem Blut junger Kälber gebacken sind und mit Thymian und saurer Sahne genossen werden.

16. 8. 40
Steff liest über die Französische Revolution und möchte vor allem wissen, ob eine Darstellung derselben vom proletarischen Standpunkt aus gegeben werden sollte oder vom bürgerlichen aus. Wäre damals Kommunismus möglich gewesen? Ich erkläre ihm, daß Kommunismus eine Produktionsweise ist, die von der Möglichkeit einer kollektiven Herstellung der Güter abhängt, und daß das französische Proletariat nicht imstande war, die Produktivkräfte so zu entwickeln, wie die Bourgeoisie es konnte. Er hat Schwierigkeiten, zu erkennen, daß die Frage, ob es also damals falsch war, Kommunismus anzustreben, auf den Holzweg führt.

19. 8. 40
Die *Sauna* des Gutes ist ein kleines viereckiges Holzhaus am Fluß. Durch das Auskleidezimmerchen kommt man in den kleinen, dunklen Baderaum, der von einem riesigen Steinofen beherrscht wird. Man nimmt den Holzdeckel ab und gießt aus einem danebenstehenden großen Eisentopf heißes Wasser über faustgroße runde Steine, die direkt über dem Feuer gehäuft sind. Dann klettert man ein paar Stufen hoch auf eine Holzestrade, wo man sich niederlegt. Wenn der Schweiß ausbricht, peitscht man die offenen Poren mit Birkenwedeln, und dann geht man auf den Steg hinaus und steigt in den Fluß. Klettert man wieder hoch – das kühle Wasser erscheint einem nicht kalt –, läßt man Birkenblätter zurück. Auch nachts, im Bett, findet man einige. »Man schläft mit der Birke«, sagt Hella Wuolijoki.

Die finnischen Soldaten bauten Saunas selbst in der vordersten Stellung.

19. 8. 40
Im Augenblick kann ich nur diese kleinen Epigramme schreiben, Achtzeiler und jetzt nur noch Vierzeiler. Den »Caesar« nehme ich nicht auf, weil der »Gute Mensch« nicht beendet ist. Wenn ich zur Abwechslung den »Messingkauf« aufschlage, ist es mir,

als werde mir eine Staubwolke ins Gesicht geblasen. Wie kann man sich vorstellen, daß dergleichen je wieder Sinn bekommt? Das ist keine rhetorische Frage. Ich müßte es mir vorstellen können. Und es handelt sich nicht um Hitlers augenblickliche Siege, sondern ausschließlich um meine Isolierung, was die Produktion betrifft. Wenn ich morgens die Radionachrichten höre, dabei Boswells »Leben Johnsons« lesend und in die Birkenlandschaft mit Nebel vom Fluß hinausschielend, beginnt der unnatürliche Tag, nicht mit einem Mißklang, sondern mit gar keinem Klang. Das ist die *Inzwischenzeit*.

Brentano, dem ich nach langer Zeit zum erstenmal wieder schrieb, um über Feuchtwanger etwas zu erfahren, schreibt zurück, er wisse nichts, hasse England und hoffe, es werde ihm die Lust vergehen, »uns« in Zukunft leichtfertig Krieg zu erklären. Tatsächlich soll, nach dem deutschen Radio, in Deutschland große Empörung darüber herrschen, daß Dschärdschild seinen Fliegern Auftrag erteilt, deutsche Kulturdenkmäler wie Goethes Gartenhaus in Weimar und ein Bismarckmausoleum (das scheint planmäßig) zu bombardieren.

20. 8. 40

Abends bekomme ich die »Hauspostille« wieder in die Hand. Hier erreicht die Literatur jenen Grad der Entmenschtheit, den *Marx* beim Proletariat sieht, und zugleich die Ausweglosigkeit, die ihm Hoffnung einflößt. Der Großteil der Gedichte handelt von Untergang, und die Poesie folgt der zugrunde gehenden Gesellschaft auf den Grund. Die Schönheit etabliert sich auf Wracks, die Fetzen werden delikat. Das Erhabene wälzt sich im Staub, die Sinnlosigkeit wird als Befreierin begrüßt. Der Dichter solidarisiert nicht einmal mehr mit sich selber. Risus mortis. Aber kraftlos ist das nicht.

21. 8. 40

Boswells Buch läßt mich an Deutschland denken. Merkwürdig, wie formlos dort die Typen sind, außer wo sie, in der Provinz, roh und unzivilisiert sind. Und Deutschland hat Provinz, aber keine Hauptstadt! Der schnelle nationale Einband, in den sie gesteckt wurden, hat sie vollends außer Rand und Band gebracht. Tatsächlich gibt es, sucht man etwa für ein Drama ein

Kriegsschauplatz: Die Insel Angriffe zu Wasser und aus der Luft.

Seit den letzten Tagen der Schlacht in Frankreich haben deutsche Flugzeuge in immer größerem Ausmaße an vielen Orten in England militärische Ziele, Flughäfen, Flugzeugfabriken, Munitionswerkstätten, Hafen-, Transport- und Tankanlagen, Flak- und Scheinwerferstellungen mit Erfolg angegriffen. Ueber die ganze Insel verteilt liegen die Orte, die in diesem Zusammenhang während der letzten Wochen in den Berichten des Oberkommandos der Wehrmacht genannt wurden. Immer heftiger sind seit dem Abschluß des Feldzuges im Westen auch die Schläge gegen die englische Schiffahrt geworden. Vor der Ostküste der britischen Insel ruht sie fast völlig, seitdem die deutsche Wehrmacht dem britischen Zugriff auf Skandinavien zuvorkam. Das Seegebiet vor dem südlichen England jedoch wird seit der Besetzung der Kanal- und der französischen Atlantikküste zu einem wahren Schiffsfriedhof. Auf unserer Karte sind die Schiffe eingezeichnet, die in der Zeit zwischen den letzten Tagen der großen Schlacht in Frankreich und Mitte August vor der englischen Küste sanken. Die beschädigten Schiffe sind auf der Karte noch nicht einmal berücksichtigt! So spürt England die Folgen dieses Krieges, auch wenn der große Angriff erst noch beginnt.

Milieu, kaum irgendein berühmtes oder besonders geprägtes, kaum eine Stadt, die groß klingt oder auch nur poetisch. Erst das jetzige Regime hat Hintergründe geschaffen, grausige. Eine düstere Poesie beginnt um die Moore mit ihren Lagern zu wehen, und die Statthalter geben den Rheinstädten einen shakespearischen Beiklang. Selbst München hat Bedeutung bekommen durch die Bräuhäuser, in denen der erste blutige Putsch startete, die Feldherrnhalle, das Braune Haus und den Kuhhandel um Böhmen. Spät tritt Deutschland als Nation auf, und als was für eine!

22. 8. 40

Die Sprachwaschung, die ich mit den finnischen »Epigrammen« vornehme, läßt mich natürlich an die Entwicklung der Lyrik denken. Welch ein Abstieg! Sofort nach *Goethe* zerfällt die schöne widersprüchliche Einheit, und *Heine* nimmt die völlig profane, *Hölderlin* die völlig pontifikale Linie. In der ersten Linie verlottert die Sprache in der Folge immer mehr, da die Natürlichkeit durch kleine Verstöße gegen die Form erreicht werden soll. Außerdem ist die Witzigkeit immer ziemlich unverantwortlich, und überhaupt enthebt die Wirkung, die der Lyriker aus dem Epigrammatischen zieht, ihn der Verpflichtung, lyrische Wirkung anzustreben, der Ausdruck wird mehr oder weniger schematisch, die Spannung zwischen den Wörtern verschwindet, überhaupt wird die Wortwahl, vom lyrischen Standpunkt aus betrachtet, unachtsam, denn es gibt im Lyrischen eine eigene Entsprechung für das Witzige. Der Dichter vertritt nur noch sich selber. Die pontifikale Linie wird bei *George* unter der Maske der Verachtung der Politik ganz offen konterrevolutionär, d.h. nicht nur reaktionär, sondern wirkend für die Konterrevolution. George ist unsinnlich und setzt dafür verfeinerten Kulinarismus. Auch *Karl Kraus*, der Repräsentant der zweiten Linie, ist unsinnlich, weil rein spirituell. Die Einseitigkeit beider Linien macht eine Beurteilung immer schwieriger. Bei *George* hat man einen extremen Subjektivismus, der als objektiv auftreten möchte, indem er formal klassizistisch auftritt. In Wirklichkeit ist die Lyrik *Krausens* bei aller scheinbaren Subjektivität doch objektnäher, trägt mehr Sache. *Kraus* ist schwächer als *George*, das ist unglücklich. Er wäre so sehr viel besser sonst. Im

Gegensatz zum Bürgertum befinden sich beide (George ist klerikofeudal, das »Heidnische« bei ihm ist natürlich Religion; Kraus ist »radikal« kritisch, aber rein idealistisch, liberal), so daß jedenfalls bei beiden Linien sichtbar wird, wie das Einhalten der kulturellen Linie an die Preisgabe bürgerlicher Interessen geknüpft ist. Die Schule, die *George* gebildet hat, wird nur dann etwas ergeben, wenn sie sich an Übersetzungen hält. Dabei verschafft sie sich nämlich die Sache, die sie sich auf keine andere Weise verschaffen kann. Kraus gibt in seiner eigenen Lyrik kaum Muster für seine Sprach- und Verslehre, man muß sich ziemlich direkt an diese halten.

24. 8. 40

Ich warf nicht viel mehr als einen Blick in einen kleinen Band von *Wordsworths* Gedichten, von Arnold herausgegeben. Ich traf auf »She was a phantom of delight« und dachte über diesem uns so entfernten Stück, wie vielfach die Funktion der Kunst ist und wie achtsam man sein muß beim Aufstellen von Vorschriften. Selbst solche Schubladen wie »kleinbürgerliche Idylle« sind gefährlich. Es gibt kleinbürgerliche Tendenzen, ausgehend auf die Verewigung und Befestigung des Kleinbürgertums als einer Klasse, und es gibt im Kleinbürgertum Tendenzen anderer Art, im Widerspruch mit jenen Tendenzen. Der Kleinbürger, der heute mit Jagdflinte und Dynamitflasche (»gegen Tanks erprobt im spanischen Bürgerkrieg«, wie der General im Radio versichert) Englands Felder durchpatroulliert, mag seinen Wordsworths einige Schuld geben können, aber gerade in dieser entmenschten Situation kann

»a lovely apparition, sent
to be a moment's ornament«

die Erinnerung wachrufen an menschenwürdigere Situationen. Zumindest im Augenblick dient diese Dichtung nicht mehr »to haunt, to startle, to waylay«. Die Kunst *ist* ein autonomer Bezirk, wenn auch unter keinen Umständen ein autarker. Ein paar Thesen:

1) Ein Kriterium für ein Kunstwerk kann sein, ob es noch die Erlebnismöglichkeiten irgendeines Individuums bereichern kann. (Unter Umständen: eines Individuums, das, wenn voraus, von der Masse eingeholt werden kann, bei der vorauszusehenden Wegrichtung.)

2) Ausdrucksmöglichkeiten können bereichert werden, welche nicht eigentlich Erlebnismöglichkeiten sind, sondern eher Kommunikationsmöglichkeiten. (Unter Umständen kann gefragt werden: wieweit ist das Wie an das Was gebunden und das Was fixiert an gewisse Klassen.)

3) Lyrik ist niemals bloßer Ausdruck. Die lyrische Rezeption ist eine Operation so gut wie etwa das Sehen oder Hören, d. h. viel mehr aktiv. Das Dichten muß als menschliche Tätigkeit angesehen werden, als gesellschaftliche Praxis mit aller Widersprüchlichkeit, Veränderlichkeit, als geschichtsbedingt und geschichtemachend. Der Unterschied liegt zwischen »widerspiegeln« und »den Spiegel vorhalten«.

27. 8. 40
Zu meiner großen Freude erfahre ich aus Stockholm, daß in New York die Ankunft Feuchtwangers in Lissabon bestätigt wurde. Er ist mir keinen Tag seit vielen Wochen aus dem Kopf gewesen.

Tombrock schickt Radierungen zum »Leben des Galilei«, die sehr schön sind. Er hat sehr fleißig und intelligent den *Breughel* studiert, und auch in diesen Blättern ist die Leichtigkeit und Heiterkeit, welche für die Historie und die Kritik so wichtig sind.

Mit Hella Wuolijoki ein Volksstück für einen finnischen Wettbewerb begonnen. Abenteuer eines finnischen Gutsbesitzers und seines Schofförs. Er ist nur menschlich, wenn er betrunken ist, da er dann seine Interessen vergißt.

28. 8. 40
In den altgriechischen Epigrammen sind die von den Menschen verfertigten Gebrauchsgegenstände ohne weiteres Gegenstände der Lyrik, auch die Waffen. Jäger und Krieger weihen den Bogen

der Gottheit. Ob der Pfeil die Brust des Menschen oder des Rebhuhns durchbohrt, macht keinen Unterschied. Es sind in unserer Zeit nicht zuletzt moralische Hemmungen, welche das Aufkommen solcher Lyrik der Gegenstände verhindern. Die Schönheit eines Flugzeuges hat etwas Obszönes. Als ich in Schweden, vor dem Krieg, einen Film vorschlug, der die Parole »Das Flugzeug der Arbeiterjugend!« hatte – diese Waffe ist in festen Händen – und den einfachen Traum der Menschheit vom Fliegen ausdrücken wollte, wandte man sofort ein: Sollen sie Bombenflieger werden?

29. 8. 40
Noch einmal das griechische Epigramm:

Der krumme Bogen und der Köcher hier
Der so viel Todespfeile ausgesendet
Sie sind hier aufgehängt, o Phoibos, dir
Als Weihgeschenk, von Promachos gespendet.
Die Pfeile aber kann er dir nicht weihn
Da sie, des Schlachtgewühles blutige Schrecken
Ja in den Herzen vieler Männer stecken
Ein Gastgeschenk und eine Todespein.
(*Mnasalkas*, nach *Oehler*)

Du Speer aus Eschenholz, hier bleibe stehn
Du Männermörder, denn nie will ich wieder
Von deiner erzenen Spitze nieder
Das Blut der Feinde gräßlich tropfen sehn.
Hier in Athenens glanzerfülltem Haus
Dem hochgetürmten Tempel bleib und liege
Und ruf die Mannestugend und die Siege
Des Echekratides aus Kreta aus.
(*Anyte*, nach *Oehler*)

Einst war ich das geschwungne Hörnerpaar
Von einer wilden Ziege, wie sie klettern
Auf hohem Fels und im gekrausten Haar
War ich gar oft bekränzt mit grünen Blättern.
Nun hat ein Drechslermeister mich zum Bogen

Für Nikomachos schön zusamm'geschweißt
Hat mich geschickt geglättet und bezogen
Mit einer Rindersehne, die nicht reißt.
(*Simias*, nach *Oehler*)

Und zuletzt: Bomben und Granaten in jedermanns Hand.

„Sie sind die Kampfwaffen einer Zivilisten-Armee. Für ihren Gebrauch ist wenig Uebung erforderlich -- wohl aber Kaltblütigkeit und gesunder Menschenverstand..." — zu beziehen durch die Schriftleitung der „Picture Post".

2. 9. 40
Arbeit am »Puntila«. Hella Wuolijokis Stück, halb fertig, ist eine Konversationskomödie. (Der nüchterne Puntila ist nur der Betrunkene mit einem Katzenjammer, also übellaunig, der gewöhnliche Trinker. Sein Schofför ist ein Gentleman, der die Fotografie der Tochter gesehen und sich als Schofför hat engagieren lassen. Usw.) Jedoch zieht sie noch einen Film zu, aus dem wertvolle Elemente kommen (die Fahrt nach legalem Schnaps und die Bergbesteigung), Elemente epischer Art. Was ich zu tun habe, ist, den zugrunde liegenden Schwank herauszuarbeiten, die psychologisierenden Gespräche niederzureißen und Platz für Erzählungen aus dem finnischen Volksleben oder

für Meinungen zu gewinnen, den Gegensatz »Herr« und »Knecht« szenisch zu gestalten und dem Thema seine Poesie und Komik zurückzugeben. Das Thema zeigt, wie Hella Wuolijoki mit all ihrer Gescheitheit, Lebenserfahrung, Vitalität und dichterischen Begabung durch die konventionelle dramatische Technik gehindert wird. Was für eine hinreißende Epikerin ist sie, auf ihrem Holzstuhl sitzend und Kaffee kochend! Alles kommt biblisch einfach und biblisch komplex.

6. 9. 40
Tief im »Puntila«. Das Ganze beruht auf einem Tonfall. Es macht mir viel Vergnügen. Die Engländer und Franzosen haben nach dem 17. Jahrhundert nur noch die Komödie, die Deutschen haben sie im 19. Jahrhundert noch nicht. *Puntila* und sein Knecht *Kalle* passen gut in die Galerie der *Baal, Kragler, Anna Balicke, Gaveston, Galy Gay, Witwe Begbick, Johanna Dark, Mauler, Pächter Callas, Galilei, Courage, Shen Te.*

10. 9. 40
Es ist zwölf Uhr zwanzig. Ich hörte eben den Ansager in dem bombardierten London. Er sitzt im Luftschutzkeller, die deutschen Bomber sind wieder über der »Hauptstadt der Welt«. Das Feuer wütet noch von den gestrigen und vorgestrigen Bombardements, es ist »beinahe in jedem Fall under control«. Über einem zerstörten Geschäft in der City habe der Inhaber heut früh die Aufschrift angebracht »Gegründet 1628, immer noch in Betrieb«.

Die Slums an den Docks stehen in Brand.

12. 9. 40
Nichts ist kunstfremder als das Bemühen, »aus nichts etwas zu machen«. Natürlich ist es in der Kunst nicht so, daß sich die Großen nur mit dem Großen befassen oder alles groß wird, womit sie sich befassen. Was sie tun, ist, das Kleine klein und das Große groß zu machen. In jedem Thema liegt soundso viel, und gerade das muß aus ihm entwickelt werden, nicht weniger und auch nicht mehr. Wird das Thema überangestrengt, ist alles aus. Wenn man ein Thema völlig ausschöpft, entsteht sofort der Eindruck der Leere. Sein Thema vertiefen heißt seinem Faß den

Boden ausschlagen. Freilich, jede Möglichkeit eines Themas, die übersehen wird, rächt sich fulminant. Es mag dann noch soviel »anderes« da sein, mehr zählt, daß eben dies fehlt.

14. 9. 40

Auch Dudow ist aus Paris entkommen, jedoch mit einer schweren Pleuritis, wie es scheint. Er hält sich mittellos in der Schweiz auf. Das schlimme ist, daß ich ihm nichts schicken kann.

Ich mache mich an die vorletzte (9.) Szene des »Puntila«. Der Aufriß hat seine Beschränkungen von der Vorlage her, und der Schwejk-Ton setzt ebenfalls Grenzen, aber das Ganze macht doch Vergnügen und ist eine Erholung nach dem »Sezuan«-Stück. Dazwischen lese ich eine Kontroverse zwischen Matthew Arnold und Newman über Homerübersetzen. Immer wieder: Was diese Engländer für eine Literatur haben!

14. 9. 40

Aus dem Fenster sehe ich zu, wie ein Arbeiter im offenen Holzschuppen gegenüber Kleinholz macht. Er arbeitet in so perfektem Rhythmus und mit solcher Leichtigkeit, daß ich an einen jener Filmstreifen denke, die zurückgerollt werden, so daß das gestürzte Pferd sich in der Zeitlupe aufrichtet und über die Hürde zurückspringt, nein schwebt, wobei volle Logik exekutiert wird und kein Moment bleibt, der außerhalb der Gesamtbewegung existiert. Während die Linke das Scheit vom Boden aufhebt, setzt sich die Rechte mit dem Beil in Bewegung; es geht wie durch Butter, und es fällt gleichsam durch die eigene Schwere durch das Scheit durch. Benötigt der Mann zwei Schläge, weil ein Ast im Holz ist, dann trifft er ohne weiteres in den ersten Schnitt, und es gibt keinen Moment des Zielens. Einmal fällt ein Scheit ungespalten vom Pflock, er bückt sich nicht danach, er wird es später aufheben oder es ungespalten lassen. Seine Hand greift schon nach einem andern Scheit, das Schauspiel ist um so eindrucksvoller, als ich nur die Hände an der Arbeit sehe, der Mann steht im Dunkel der Hütte.

16. 9. 40

Es wäre unglaublich schwierig, den Gemütszustand auszudrükken, in dem ich am Radio und in den schlechten finnisch-schwedischen Zeitungen der Schlacht um England folge und dann den »Puntila« schreibe. Dieses geistige Phänomen erklärt gleichermaßen, daß solche Kriege sein können und daß immer noch literarische Arbeiten angefertigt werden können. Der Puntila geht mich fast nichts an, der Krieg alles; über den Puntila kann ich fast alles schreiben, über den Krieg nichts. Ich meine nicht nur »darf«, ich meine auch wirklich »kann«.

Es ist interessant, wie weit die Literatur, als Praxis, wegverlegt ist von den Zentren der alles entscheidenden Geschehnisse.

19. 9. 40

Den »Puntila« fertiggemacht. Die Arbeit ging sehr glatt, als ich einmal ein paar Sprechmodelle hatte, jedes etwa 20 Zeilen (Puntila-Ton, Kalle-Ton, Richter-Ton). Ich habe auf Quartformat getippt, jede Seite 20 Zeilen, weit eingerückt, auf dünnes fettiges Papier, mit einem Durchschlag. Das ist luxuriös, und durch den abnormen Zeilenabstand und die Unterstreichung der Rollen entstand Mehrarbeit, was das Gewicht der Repliken vergrößerte. Der Stil des Stücks verschwamm mir mit dem äußeren Anblick des Manuskripts, es ist ein kleines fettes Kalb von einem Stück. Mehr Landschaft drin als in irgendeinem meiner Stücke, ausgenommen vielleicht »Baal«. Der Ton ist nicht original, es ist Hašeks Ton im Schwejk, den ich auch schon in der »Courage«

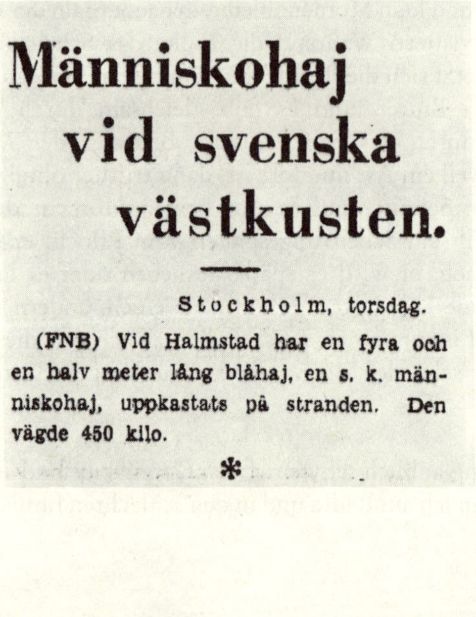

Människohaj vid svenska västkusten.

Stockholm, torsdag.

(FNB) Vid Halmstad har en fyra och en halv meter lång blåhaj, en s. k. människohaj, uppkastats på stranden. Den vägde 450 kilo.

*

benutzte. Den Szenenplan hatte ich schnell, die Länge der Szenen war im vornherein notiert und wurde ziemlich eingehalten. Der Besuch des Gesindemarkts ist eingefügt, er fand in diesen Tagen hier in der Nähe statt.

20. 9. 40
Was eine nationale Literatur und hiermit eine Literatur schlechthin ist, ging mir eigentlich erst diesen Sommer auf, als ich mehr Englisch las. Diese große Aufeinanderfolge von Geschlechtern in der literarischen Welt, diese Kämpfe und Kommunikationen, diese Neuerungen, welche Korrekturen sind, diese Tradition, welche den Fortschritt erleichtert, statt ihn zu hemmen! Diese Literaten dreier Jahrhunderte scheinen in einer einzigen Stadt zu gleicher Zeit zu leben, sie kennen sich und rivalisieren miteinander, und man hat eine Börse, welche Werte notiert, man hat Kriege und Schlachten, echte Daten, wahre Monumente. Und alles ist konkret. Es handelt sich um Bücher, Vorschüsse und Auflagen, es ist ein Riesenhandel mit Einfällen und Reputationen.

7. 9. 40
Dem *Goethe* floß aus seiner Zeit mehr zu als dem *Schiller*. Er besorgte die private, nicht die politische Befreiung, nicht die des Kollektivs, sondern die des Individuums. Im Ideologischen sehen wir deshalb den Schiller reichlicher versehen mit Zeitgemäßem.

21. 9. 40
Die »Berliner Illustrirte« ist immer sehr interessant. In der Nr. 38 finde ich auf einander folgenden Seiten das Bild des gebombten London und dann *Deutsche Baumeister*.

Deutsche Baumeister

Was die zweite Staffel sah und im Bilde festhielt:

Aus den Hafen- und Industrieanlagen an der Themse wälzen sich dichte Rauchwolken empor.

Fabrikanlagen und Lagerhallen stehen in Flammen. Ein riesiger Brand wütet in den Großmühlen am Victoria-Dock (links unten); die Folgen des Angriffs der ersten Staffel deutscher Kampfflugzeuge am 7. September. An diesem Tage begann die Vergeltung für die britischen Nachtangriffe auf Wohnviertel und andere nichtmilitärische Ziele im Reichsgebiet. Schon am ersten Tage fielen in und um London über eine Million kg Bomben aller Kaliber auf die Kaianlagen, Handelsschiffe, Docks und Speicher, Kraft-, Wasser- und Gaswerke, Arsenale, Fabriken und Verkehrseinrichtungen.

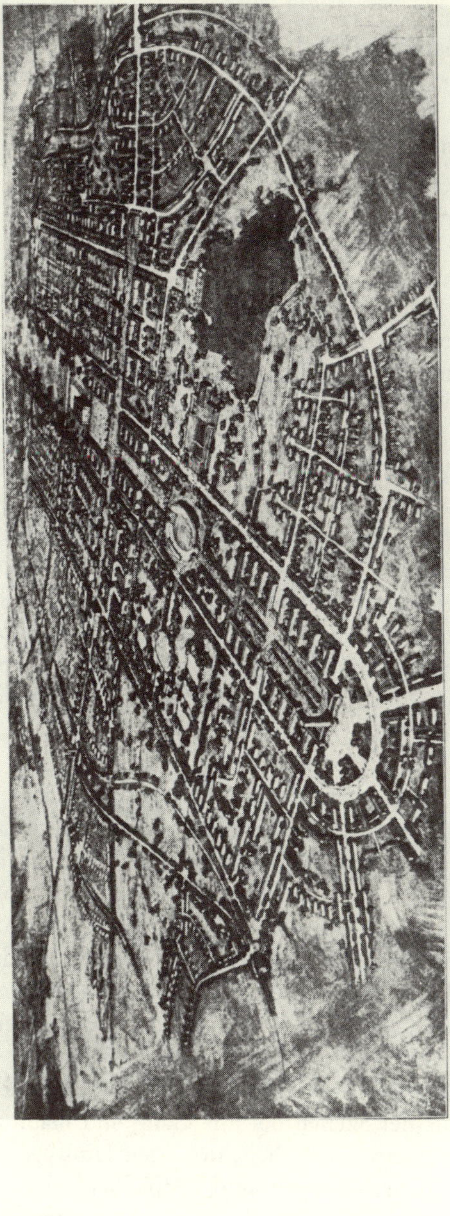

Eine Stadt für 120000 Menschen wird nach einheitlichem Plan gebaut.

Es ist in der Geschichte selten, daß große Städte nach einheitlichem Willen in wenigen Jahren entstehen. Meist wachsen Siedlungen und Städte aus kleinem Kern in Jahrzehnten oder Jahrhunderten. Heute wachsen vor unseren Augen große Wohnviertel und Arbeiterstädte in kurzer Zeit empor. Die größte Neuanlage wird die Stadt der Hermann-Göring-Werke in Mitteldeutschland sein, die unter Leitung von Regierungsbaumeister Rimpl gebaut wird.

22. 9. 40
Steff hat, zwei Wochen auf der Schule in Helsingfors, den »Faust« (beide Teile) durchgelesen und ist sehr befriedigt davon. Einige Verse kann er auswendig. Weitere Ausbeute: Jacob Burckhardt (da Faust etwas mit der Renaissance zu tun hat), die Goethesche Cellini-Übersetzung, der Vasari. Groß beeindruckte ihn Kafkas »Prozeß«.

24. 9. 40
Hella Wuolijoki liest eben den »Puntila« und scheint sehr erschrocken. Er ist nicht dramatisch, nicht lustig usw. Alle Personen sprechen gleich, statt verschieden wie im Leben und in Hella Wuolijokis Stücken. Solche Partien wie das Gespräch des Richters mit dem Advokaten in der Küche sind langweilig (man weiß das in Finnland) und führen die Handlung nicht weiter. Kalle ist kein finnischer Schofför. Die Gutsbesitzertochter kann nicht vom Schofför Geld borgen wollen (wohl aber ihn heiraten wie in Hella Wuolijokis Stück), alles ist zu episch, um dramatisch zu sein. Dazu wird noch viel kommen, und man kann zwar vermittels der Logik nachweisen, wie unrealistisch die naturalistische Schablone oder die landläufige Familienblatt-Psychologie ist, auch Baufehler usw., aber nicht, daß etwas lustig ist oder sublime Prosa. Dabei ist es wünschenswert, daß Hella Wuolijoki nicht den Mut verliert, das Stück für das Richterkomitee zurechtzumachen, abends sprachen wir darüber, und es gelang mir, in einigem beruhigend zu wirken. Ich brachte vor, daß allzuviel Spannung mir nicht erwünscht scheint, da man mit gespannten Bauchmuskeln nicht gut lacht, daß die Fülle und Vitalität des Puntila nicht nur in einer großen Suada, sondern auch im Reichtum des Gestischen gestaltet werden kann und daß es nicht einmal für die Finnen langweilig sein muß, beschrieben zu hören, was »sie wissen«. So klug und bescheiden Hella Wuolijoki ist, und so begierig zu lernen, war es mir doch nicht möglich, ihr etwa begreiflich zu machen, daß der Gang und Habitus der Szenen bei mir Gang und Habitus des Puntila in Ziellosigkeit, Lockerheit, in seinen Umwegen und Verspätungen, Wiederholungen und Unpäßlichkeiten nachmacht. Die Frauen von Kurgela will sie früher kommen lassen, gleich nach der Einladung, damit das Publikum sie nicht vergessen hat. Sie

sieht nicht die Schönheit darin, daß sie eben schon beinahe vergessen sind, vom Publikum wie von Puntila selber, und dann auftauchen, so lang nach dem Morgen, an dem sie eingeladen wurden. Auch darin, daß eigentlich niemand eine besondere Fortsetzung erwarten wird, wenn Puntila sie an diesem schönen Morgen eingeladen hat, da ja die Einladung alles ist und das Kommen nur den Mißbrauch darstellt.

25. 9. 40
Tombrock schickt seine Radierungen zum »Leben des Galilei«. Es sind schöne Stücke darunter, obgleich er im ganzen noch keinen Stil durchhalten kann. Er erscheint geradezu als Sammler von Stilen oder Effekten. Der Galilei selber ist ziemlich falsch, da viel zu ätherisch, das, was man sich gemeinhin unter einem Sterngucker vorstellt. Er müßte dick, sokratisch häßlich, auf festen Beinen stehend, ein Physiker sein.

Hella Wuolijoki gibt mir »Chink Okichi« von *Yamamoto Yuzo*, ein gutes Stück, für das sie die Rechte hat. Ich entwerfe schnell eine Rahmenhandlung und gewisse Markierungen anhand der englischen (schlechten) Übersetzung. Das könnte eine japanische Judith werden, d.h. eine zu Ende erzählte Geschichte der großen Heldentat.

25. 9. 40
Was mich lange Zeit behinderte bei der Produktion für die Bühne: ich war willens, eine Parabel zu erzählen zur allgemeinen Belehrung, aber nicht, Leben zu imitieren, wie es sich widerspruchsvoll aufwirft, oder gar die Empfindungen zu erregen und damit die erschlafften Gemüter zu massieren. Nun kann aber die Erheiterung anderer sehr gut auch eines nüchternen Mannes Geschäft sein, und auch aus dem wirren und mit vollem Schaufelstich gehobenen Stück Leben holt der Weise genug heraus. Aber diese Weisheit ist eine andere, sie wird in anderer Haltung erzeugt; der Erzähler gibt seine Würde sozusagen immerfort auf, d.h. seine persönliche, nicht seine Standeswürde, indem sein Auge rollt, sein Puls fliegt und seine Hände zittern vor Gier des Austeilens und beim falschen Mischen. Hätte ich nicht diese Vorstellung gehabt, könnte ich weit naivere und blühendere Stücke gemacht haben, auch verzweifeltere.

Hella Wuolijoki meint, daß »Chink Okichi« zu episch ist und die zweite Hälfte daher abfällt. Tatsächlich findet ihre Heldentat in der 3. Szene statt, aber ihr Untergang rollt neun volle Szenen weiter. Zudem ist ihre Heldentat mit so viel Zurückhaltung geschildert, daß sie vergessen wird, sobald erzählt, wo nicht eine nationale Legende vorhanden ist. Es muß ähnlich sein, als ob ich selber einen »Wilhelm Tell« schriebe und den Tell noch 20 Jahre nach dem Geßlermord weiterleben ließe.

1. 10. 40
Ich las in *Diderots* »Jakob der Fatalist«, als mir eine neue Möglichkeit aufging, den alten *Ziffel*-Plan zu verwirklichen. Die Art, Zwiegespräche einzuflechten, hatte mir schon bei *Kivi* gefallen. Dazu habe ich vom »Puntila« noch den Ton im Ohr. Ich schrieb probeweise zwei kleine Kapitel und nannte das Ganze »Flüchtlingsgespräche«.

Das Laub wird gelb, die Kühe werden dem Stall zu getrieben, häufig gibt es Regen.

3. 10. 40
Hella Wuolijoki verkauft Marlebäk. Der Betrieb wird immer schwieriger. Da kein Benzin verkauft wird, kehrt die Landwirtschaft zu Pferd und Menschenkraft zurück, und die Hauptstadt hat sich in die Entfernung zurückgezogen, die sie gegen Ende des vorigen Jahrhunderts hatte. Der Milchtransport zur Bahn wird ein Problem, er nimmt vier Stunden statt eine halbe. Das Personal reicht nicht mehr aus, und mehr Leute zu füttern ist fast unmöglich. Der Wert des Guts ist gestiegen, seit die Deutschen Durchfahrtsrecht nach Norge erhalten haben, was vorige Woche geschah.

Hella Wuolijoki ist nun sehr zufrieden mit dem »Puntila«. Beim Übertragen ins Finnische, sagt sie, habe sie gesehen, daß das Stück sehr reich und Puntila eine nationale Figur geworden sei.

7. 10. 40
Zurück in Helsingfors. Die Sandsäcke, Verschalungen vor den Fenstern, weißgestrichenen Autos des Kriegswinters sind verschwunden, dagegen sehe ich eine erste Schlange vor einem

Milchladen. Wir haben zwei Zimmer und Küche in der Repslagergatan im Hafenviertel. Ich sehe auf Himmel, ein Stück Hafen mit kleinem Dampfer und die Holzschuppen einer Kistenfabrik. Das Haus ist modern, die Zimmer sind geweißnet.

Mit *Parmet* die Musik zur »Courage« besprochen. Ich möchte die Nummern als mechanische Einsprengseln, etwas darin von dem plötzlichen Aufschallen jener Butiken-Apparate, in die man einen Groschen wirft. Für die Musiker ist es schwer, nicht alles selbst zu produzieren, d.h. der Bühne Raum auszusparen; andrerseits das Individuelle zu bewahren, wenn sie sich der Funktion (der dramaturgischen) unterwerfen. Sie sind meist interessiert von der Aufgabe, Gesten und Gestenwechsel musikalisch zu fixieren, fürchten jedoch, als Epigonen *Weills* zu scheinen, der als erster machte, was ich für die Bühne brauchte. Ich sagte ihm: der zweite Mann, der ein Sonett verfaßte, hatte es schwer, dem Vorwurf des Epigonentums zu entgehen.

8. 10. 40

Welche Ausbeute für das Theater bieten die Fotos der faschistischen illustrierten Wochenblätter! Diese Akteure verstehen die Kunst des epischen Theaters, Vorkommnissen banaler Art den historischen Anstrich zu geben.

IN ROM

Die Achse formt das neue Europa:

Im Arbeitszimmer des Duce im Palazzo Venezia: Nach mehrstündigem Gespräch verabschiedet sich Reichsaußenminister von Ribbentrop vom Duce. Rechts Italiens Außenminister Graf Ciano, hinter dem deutschen Reichsaußenminister der deutsche Botschafter in Rom von Mackensen, links Italiens Botschafter in Berlin Dino Alfieri.

10. 10. 40

In »Signals« (einer deutschen Propagandazeitschrift in Englisch) Aufnahmen mit elektrischen Linsen.

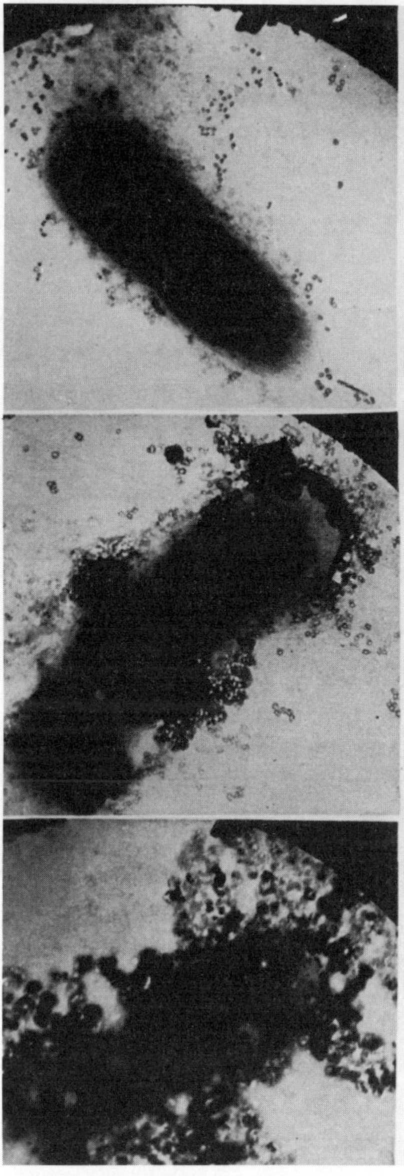

War among the invisible microbes

A harmless colibacillus brought into contact with its specific enemies, the Coliphagocytes, "devourers of coli." In a very short time the phagocytes collect and are here seen as tiny round bodies for the first time by the human eye, on the surface of the much larger colibacillus. (Illustration above). In a short time the bacteria have been damaged at many places by the phagocytes and the plasm exudes from the damaged places (illustration below)

The destruction is now complete. The colibacillus is quite empty and deformed. It collapses; the phagocytes have done their work. This is the first time in the history of medicine that this dramatic process in the "life of the underworld" has been photographically registered

15. 10. 40

Hier seht mich froh bei einem Topfgericht
Mich, der ich keinerlei Gelüsten fröne
Als dem nach Weltherrschaft. Mehr will ich nicht.
Ich brauche nichts von euch als eure Söhne.

15. 10. 40

Die alten Weiber lasset zu mir kommen!
Daß sie noch sehn, vor sie zur Grube fahren
Der ihre Söhne in sein Heer genommen
Als jene noch aus ihren Gruben waren.

16. 10. 40

Ein Buchhändler hier bittet mich, vor dem Studententheater einen Vortrag über das Theater zu halten. Ich schlug den »Über experimentelles Theater« vor, den ich vor einundeinhalb Jahren in Stockholm hielt. Den Titel aussprechend, hatte ich das Gefühl, ich nännte ein völlig antiquiertes Thema. Und nicht nur ein im Krieg unaktuelles. Den üblen Klang, den der Begriff »Experiment« heute hat, muß er in der vorbaconischen Ära gehabt haben. Die Dynamik der Ereignisse in Europa ist der leere Auslauf des Alten, hektisches Leben des Überlebten, mit nichts Experimentellem in sich. Die Versuche eines in den Sumpf Gefallenen, den festen Boden zu erreichen, sind natürlich keine Experimente. Neues zu wollen ist veraltet, neu ist, Altes zu wollen.

Ein Musiker, dem ich die Texte der »Courage« zum Komponieren gab, nebst einigen Anleitungen, machte drei Kompositionen, spielte sie seinen Bekannten vor, hörte, er kopiere *Weill*, und sprang ab. Umsonst, daß ich ihm erklärte, nur das Prinzip sei von ihm beibehalten, ein Prinzip, das nicht Weill gefunden hat. (Ich erzählte ihm, wie ich Weill seinerzeit als Busoni- und Schrekerschüler antraf, als Verfasser atonaler, psychologischer Opern, und ihm Takt für Takt vorpfiff und vor allem vortrug usw.) Freilich muß der zweite und dritte, der das Prinzip benutzt, den Vorwurf des Kopierens einstecken, wie der zweite und dritte, der einstmals die Sonettform benützte. Auch mir wird man sagen, ich wiederholte mich nur. Denn man will solche Dinge wie die »Dreigroschenoper« nur als originellen Einzelfall. Dabei waren meine Arbeiten eigentlich niemals extrem, weit weniger »modern« als andere Arbeiten. Einige wenige Prinzipien wurden aufgestellt, und sie wurden immer erklärt und begründet.

17. 10. 40 siehe 2. 8. 40

Inhalt der *Ersten Nacht* des »Messingkaufs«

1) Die Linie der Versuche, bessere Abbildungen des menschlichen Zusammenlebens zustande zu bringen, läuft von der englischen Restaurationskomödie über Beaumarchais zu Lenz. Der

Naturalismus (der Goncourts, Zolas, Tschechows, Tolstois, Ibsens, Strindbergs, Hauptmanns, Shaws) markiert die Einflußnahme der europäischen Arbeiterbewegung auf die Bühne. Die Komödie verwandelt sich in die Tragödie (weil der point of view klassenmäßig nicht geändert wird?). Immer mehr treten die Hemmnisse von seiten der aristotelischen Dramaturgie hervor: Die Abbildungen werden nicht praktikabel.

2) Die Handlung muß »furcht- und mitleiderregende Vorgänge« enthalten (»Poetik«, IX, 9). Der Zwang, diese oder ähnliche Emotionen zu organisieren, macht das Zustandebringen praktikabler Abbildungen schwierig. Zumindest ist einleuchtend, daß zur Organisation dieser Emotionen praktikable Abbildungen des menschlichen Zusammenlebens nicht *nötig* sind. Die Nachbildungen brauchen nur *wahrscheinlich* zu sein. Aber die ganze Suggestions- und Illusionstechnik macht eine kritische Haltung des Publikums gegenüber den abgebildeten Vorgängen unmöglich. Die großen Stoffe können nur auf die Bühne gebracht werden, wenn gewisse private Konflikte in ihren Mittelpunkt gestellt werden. Sie fesseln den Zuschauer, den zu befreien es gilt.

3) Es bereitet große theoretische Schwierigkeiten, zu erkennen, daß die Nachbildungen der aristotelischen Dramatik (der auf Katharsiswirkungen ausgehenden Dramatik) in ihrer Praktikabilität begrenzt sind durch ihre Funktion (gewisse Emotionen zu organisieren) und durch die dazu nötige Technik (der Suggestion) und daß der Zuschauer damit in eine Haltung gebracht wird (die der Einfühlung), in der er eine kritische Stellungnahme zu dem Abgebildeten nicht gut einnehmen kann, d.h. desto weniger einnehmen kann, je besser die Kunst funktioniert.

4) So kommt es zu der Kritik der Einfühlung und zu den Versuchen mit dem V-Effekt.

17. 10. 40

Die *nichtaristotelische Dramaturgie* erlaubt prinzipiell sowohl realistische als idealistische Dramatik. Sie hat mit dem Streit dieser beiden Richtungen nichts zu tun, da sie nur den Verkehr zwischen Kunstwerk und Publikum betrifft. Dem oberflächlichen Betrachter wird sie aber nicht ohne weiteres als realistisch erscheinen, da das Setzen des V-Effekts ihm ungewohnt ist und etwas »Künstliches« in die Darstellung bringt. Besonders verdunkelnd wirkt, daß der Unterschied zwischen Realismus und Naturalismus dem oberflächlichen Betrachter unbekannt ist. Ein gutes Beispiel einer nicht naturalistischen, aber realistischen Schilderung ist das kleine Prosastück »Vom Besteigen hoher Berge«. Realist wie Idealist geben Abbilder der Wirklichkeit und Gedanken. Jedoch geht der Idealist von einem Schönheits- oder Kunstideal aus, während der Realist immerfort Ideale an der Wirklichkeit mißt und die Vorstellungen von ihr immerfort korrigiert. Realismus steht nicht nur im Gegensatz zum Idealismus, sondern er bedeutet diesen Kampf. Er bringt nicht nur die Wirklichkeit zur Darstellung, sondern er setzt sie gegen die Idealisierung durch. Er entwickelt Stilelemente wie der Idealismus, er fördert Überzeugungen wie dieser, aber er opponiert dabei gleichzeitig (und diese Opposition macht sein Wesen aus) gegen die Stilisierung, bei der die Wirklichkeit verlorengeht, und gegen Überzeugungen, die sie vergewaltigen. Er enthält ein Element des Relativismus. Seine Schilderungen sind relativ realistisch, wenn man so sagen kann, d.h. wenn verstanden ist, daß er die Wirklichkeit »ins Treffen führt«.

17. 10. 40

Der Schauspieler Greid verwendet anstatt »verfremden« immer »objektivieren« und meint damit Darstellungen ohne Gefühl. Das gibt mir Gelegenheit, einen wohl leicht möglichen Irrtum zu klären. Einerseits kommt nämlich der *Einfühlungsakt* auch unter Verwertung rationeller Elemente vor, andrerseits kann der V-Effekt auch rein gefühlsmäßig gesetzt werden. Stanislawski benutzt für die Einfühlung lange Analysen, und bei den Panoramagemälden der Jahrmärkte (»Nero betrachtet den Brand Roms«, »Erschießung des Anarchisten Ferrer«, »Das Erdbeben von Lissabon«) ist der V-Effekt reines Gefühl. In dem aristotelischen Theater ist die Einfühlung auch eine geistige, das nichtaristotelische Theater benutzt auch gefühlsmäßige Kritik.

28. 10. 40

Leichter Anfall von Ischias, immerhin unangenehm genug, mich am Arbeiten zu hindern. Ich stelle bei solchen Gelegenheiten fest, wie sehr ich beim Schreiben auf Gesundheit angewiesen bin, ich schreibe von oben herab.

Hella Wuolijoki erzählt, der von ihr geschätzte Paavolainen habe den »Puntila« als klassisches finnisches Nationallustspiel erklärt. Er kenne kein Werk, wo so gedrängt so viel über Finnland gesagt sei. Ich bin jetzt überzeugt, daß die »Edda« von einem Juden geschrieben ist und der »Jesaias« von einem Babylonier.

1. 11. 40

Diese *praktikablen Abbilder* von Vorgängen unter Menschen, welche das nichtaristotelische Theater liefern will, machen dieses Theater noch nicht zu einem rein utilitären. Beabsichtigt sind nur Abbilder, welche die Welt einem nicht nur betrachtenden, sondern auch praktischen Menschen abbilden, d.h. die Welt wird als änderbare gefaßt. Ein moralischer Imperativ »Ändert sie!« braucht nicht wirksam zu werden. Das Theater bekommt einfach einen Zuschauer, der die Welt produziert. Es muß sich natürlich nicht darum handeln, daß jeder Zuschauer eine Patentlösung der Welträtsel ausgehändigt bekommt. Nur als Mitglied der Gesellschaft wird er instand gesetzt zu praktizieren. Und der Begriff *Praxis* bekommt eine ganz neue mächtige Bedeutung. – Die Abbilder brauchen auch nicht etwa »objektiv« zu sein.

5. 11. 40

Schnee. Immer noch Ischias.

Heute wählt Amerika. Hier fällt eine wichtige Entscheidung. Seit dem *Pakt* fiel keine so wichtige.

Im allgemeinen glaubt hier niemand mehr ernstlich an Deutschlands Sieg, wie es scheint. Man nennt Dunkerque die Marne von 1940. Die ausgebliebene Invasion wird viel besprochen.

10. 11. 40

Merkwürdig, wenn man in Gesprächen über Kunst erlebt, wie das, was man anstrebt, als besonders primitiv und rückständig berichtet wird. So erwähnte die Kritikerin Hagar Olsson als Zeichen der Rückständigkeit des hiesigen Publikums, daß es beim Anblick eines Bildes, auf dem ein Haus abgebildet ist, von dem Haus rede. Eben das erstrebt dann die am meisten fortgeschrittene Kunst wieder.

11. 11. 40

Ich lese über das Leben des *Kungfutse*. Was das für ein lustiges Stück wäre! Der Zwanzigjährige ist Pacht- und Steuereintreiber des Fürsten. Aus seiner einzigen größeren Stellung, die der Goethes in Weimar gleicht, wird er verdrängt durch Kurtisanen und Pferde, die der Fürst bekommt. Man denkt an den Weimarer Hund. Dann zieht er 20-30 Jahre herum, einen Fürsten zu finden, der ihn Reformen machen ließe. Man lacht überall über ihn. Er stirbt, überzeugt, daß sein Leben ein Fehlschlag und Durchfall gewesen sei. – Man müßte all dies humoristisch behandeln und dazwischen, unvermittelt, seine Lehre bringen, soweit sie noch weise erscheint. Allein die Szene, in der er die Geschichte Lus verfaßt, sich an die Wahrheit haltend, würde das Stück verlohnen.

Wide World

MOLOTOV AND RIBBENTROP (NOVEMBER 1940)

16. 11. 40

Das finnische Nationaltheater führt Hella Wuolijokis »Die junge Wirtin von Niskavuori« auf. Es ist das erste Stück einer Trilogie über einen Großbauernhof in Tavastland. Die Trilogie zeigt, wie der Hof nicht für die Menschen, sondern die Menschen für den Hof da sind; wie der Besitz die Familie formt und alle Beziehungen der Individuen vernichtet. Die Zeitungen sehen das aber keineswegs. Grund: das Werk ist in der naturalistischen Manier verfaßt, so daß all dies nur Hintergrund wird, es kommt alles nur vor, es kommt nicht nach vorn. Die Höhepunkte des Dramas fallen nicht mit den Höhepunkten oder Nervenpunkten dieses Stoffes zusammen. (Bei *Shaw* wird der Hauptstoff als Gesprächsthema gebracht oder – in der Vorrede.)

20. 11. 40

Immer wieder hört man in der Diskussion, das Drama sei doch eine ganz einfache Sache, nötig sei die packende blutvolle Story, gut komponiert, talentvoll und mit Kraft dargestellt, eine Sache, die den Zuhörer knieweich macht usw. Und man überlegt, wie wenig »natürlich« das alles ist, wie ausgetüftelt und ausgefühlt das ist, wie es nur noch ein Zweig des Rauschgifthandels ist, eine standardisierte Ware. Aber das Produkt einer historischen Phase, so kompliziert und künstlich es sein mag, hat immer den Schimmer des Naturgewachsenen, Vernünftigen, Indiskutablen an sich. Auch steht ja der Widerspruch durchaus in seinem Innern auf, als eine Erkrankung, als etwas Gefährliches, sosehr es wissen mag, daß es nur der Gefahr, in welche das Ganze geraten ist, zu begegnen trachtet. Man kann die Funktionsänderung des Theaters nur geschichtlich dargestellt begreifen. Der Naturalismus war es, der die Gewohnheit Theater mit einer neuen gesellschaftlichen Funktion konfrontiert hat.

15. 11. 40

Da für gewöhnlich *nichtaristotelisches Theater* als besonders intellektualistisches Theater definiert wird und damit schlecht definiert wird, sollte man es vielleicht einmal zur Abwechslung in den emotionellen Kategorien darstellen. Das ist ohne weiteres möglich, da ja auf dem epischen Theater bei Spieler wie Zuschauer die emotionelle Linie und die intellektuelle Linie identisch bleiben. Es gälte, auf den Grundlagen von Neugierde und Hilfsbereitschaft eine Emotionenreihe aufzubauen, welche der auf den Grundlagen von Furcht und Mitleid die Waage hält. Es gibt natürlich noch andere Grundlagen für Emotionen. Da ist vor allem die menschliche Produktivität, die vornehmste von allen. (Selbst Anpassung, Einfügung, Geduld müssen auf dieser Grundlage der menschlichen Produktivität aufgebaut werden.)

Natürlich ist das Individuum nur über die Masse weg zu erreichen. Jedoch treffen die Schrecknisse der Entwicklung des Menschengeschlechts und der Klassen (»der Motor wird zur Bremse«) das Individuum mit voller tragischer Wucht.

4. 12. 40

Im letzten Jahr saß *Steff* stundenlang am Radio, wenn Jazzmusik gespielt wurde. Dann nahm ich ihn mit zu einem deutschen Musiker, der uns ein Mozartquartett vorspielte. Es gefiel ihm, und jetzt geht er jeden Samstag in eine kleine Kirche, wo alte Kirchenmusik gespielt wird. Mit der Malerei ging es ähnlich. Zuerst imponierte ihm das Modernste, Futurismus und Surrealismus, jetzt kauft er sich Dürer- und Holbeinmappen. Im übrigen interessiert ihn der V-Effekt, von dem er etwas auffing, als er einige Blätter des »Messingkauf« durchstöberte. Er hat gut gelernt zu lernen. Im Sommer aß er viel Grünes, obgleich er Gemüse nicht mag, und trank viel Milch, da Zeiten des Mangels bevorstanden. Nun härtet er sich ab, zieht möglichst wenig an usw. Seine Skepsis baut er unermüdlich aus. Moral interessierte ihn bis vor kurzem sehr. Ich hatte ihn zu Egoismus ermutigt, sein Mißtrauen gegen altruistische Zumutungen geschärft. Das nahm störende Formen an, wie man sich denken konnte. Ich erwähnte beiläufig, daß der Egoismus des kleinen Mannes besonders interessant sei. Wenig produktiv, leicht verletzlich könne er sich Großzügigkeit nicht leisten und nur mit äußerstem Egoismus selbst in den kleinsten Dingen sich eben halten. Mehr als einen, nämlich sich selber zu unterhalten, sei er gar nicht imstande, usw. Das Resultat sehe ich noch nicht, jedoch haben die krassen Äußerungen abgenommen. Noch vor zwei Jahren stahl er wie eine Ratte Grammophonplatten in Läden, Bücher in Bibliotheken. Ich versuchte das ohne Diskussion des Eigentumbegriffs abzustellen, indem ich auf unsere exzeptionelle Lage verwies und an seine politische Einsicht appellierte. Es war anscheinend nicht erfolglos. Sein schlimmster Fehler ist vielleicht eine gewisse Rachsucht, er vergißt nicht kleine Verstöße anderer und läßt schnell (und anscheinend mit Genuß) Menschen fallen.

18. 11. 40
Hielt den Vortrag über experimentelles Theater vor Studenten (vom hiesigen Studententheater). Nette junge Leute, anscheinend ganz ohne Interessen, weder am Studieren noch am Theater. Ein Grauen, zu denken, vor dieser Schicht so etwas wie nichtaristotelisches Theater etablieren zu wollen. Als die Autotaxe schon gemeldet war, hatte sich eine Zuhörerin zu einer Diskussionsfrage aufgerafft. Ob ich Tendenztheater wolle. Ich stieg lieber in die Taxe als auseinanderzusetzen, daß man auf nichtaristotelische Art Tendenztheater und tendenzloses Theater machen kann.

Der große Dramatiker ist hier, wie anscheinend auch in Schweden, im Augenblick Maxwell Anderson.

6. 12. 40
Anschließend an die Untersuchungen in der »Straßenszene« müßte man andere Arten alltäglichen Theaters beschreiben, die Gelegenheiten aufsuchen, wo im täglichen Leben Theater gespielt wird. In der Erotik, im Geschäftsleben, in der Politik, in der Rechtspflege, in der Religion usw. Man müßte die theatralischen Elemente in den Sitten und Gebräuchen studieren. Die Theatralisierung der Politik durch den Faschismus habe ich schon ein wenig bearbeitet. Aber dazu müßte das alltägliche Theater studiert werden, das die Individuen ohne Publikum machen, das geheime »eine Rolle Spielen«. So müßte man das »elementare Ausdrucksbedürfnis« unserer Ästhetiken einzirkeln. Die »Straßenszene« bedeutet einen großen Schritt entgegen der Profanisierung, Entkultisierung, Säkularisierung der Theaterkunst.

8. 12. 40
Der Einwand gegen Shakespeares Autorschaft, ein so ungebildeter Mensch könne nicht solche Stücke geschrieben haben, ist hinfällig. Wie wenig aufgeschnapptes Wissen gehört dazu, auf der Bühne den Anschein tiefer Wissenschaft zu erwecken. So wie der Schauspieler, auch wenn er dumm ist, kluge Menschen spielen kann, einfach indem er ihren Gestus kopiert, kann auch der Dramatiker, wenn unwissend, in seinen Stücken Wissen ausstellen. Er braucht nicht Wissen zu erwerben, er braucht nur

Wissende zu beobachten, und vor allem muß er nicht ein Wort mehr wissen, als was er für seinen Text braucht.

Was mich veranlaßt zu glauben, daß ein kleines Kollektiv die Shakespearestücke angefertigt hat, ist nicht, daß ich glaube, ein einzelner Mensch könnte diese Stücke nicht geschrieben haben, weil nicht ein einzelner Mensch zugleich so dichterisch begabt, vielfach versiert und allgemein gebildet sein könnte. Ich finde nur die Stücke rein technisch so montiert, daß ich die Arbeitsweise eines Kollektivs zu erkennen glaube. Das Kollektiv braucht nicht immer von gleicher Zusammensetzung gewesen zu sein, es kann sehr locker gearbeitet haben, Shakespeare kann die entscheidende Persönlichkeit gewesen sein, er kann lediglich gelegentliche Mitarbeiter gehabt haben usw., aber ebensogut können die leitenden Ideen von irgendeinem hochstehenden Mann gekommen sein, der Shakespeare dann ständig benutzte. Ich selber neige zu Shakespeare als dem Chef der Dramaturgie. Das Benutzen alter Stücke, die Notwendigkeit, Repertoire zu schaffen, das Rollen-auf-den-Leib-Schreiben, der Soufflierbuchcharakter der Stücke, die hastig zusammengeleimten Partien, die naive Theaterlust und das ingeniöse Handwerk, der Umstand, daß sowohl Lyrik als Reflexion ganz und gar bühnenmäßig und unselbständig erscheinen, all das spricht für die Autorschaft eines Schauspielers oder Theaterleiters.

10. 12. 40

Diktonius geht es finanziell sehr schlecht. In kleinen Ländern wäre den Lyrikern nur durch staatliche Unterstützungen zu helfen. Am besten, wenn diese die Form von staatlichen Aufträgen hätten. Z.B. könnte der Staat Übersetzungen klassischer Werke bezahlen. – Solche Aufträge gehörten zum Kulturaufbau jedes Staates. Es gäbe noch andere. So könnte man die alten Werke ohne viel Kommentar aufführen, die neuen ohne viel Zensur, wenn man zeitgenössische Dichter kleine Stücke dichten ließe, komische oder tragische, die man nach den betreffenden Werken aufführen kann. Keine »Faust«-Aufführung ohne nachfolgende Satire.

9. 12. 40

Das Schwedische Theater hier interessiert sich für eine »Mutter Courage«-Aufführung. (?) Ich nehme das zum Anlaß, ein paar Szenen mit dem Schauspieler Greid durchzuarbeiten. Das Zerschneiden der großen Szenen in Teilszenen geht leicht, jedoch gelang es bis jetzt Greid nicht, auch nur einen einzigen Titel zu finden. Als Beispiel die 2. Szene.

Vorschlag G	*Vorschlag B*
Mutter Courage wird beim Verkauf einer schon rar gewordenen Ware durch die Ankunft ihres Sohnes Eilif begünstigt. (Zwei Szenen zusammengeschlagen!)	Mutter Courage treibt Lebensmittelwucher in der Küche des Feldhauptmanns. (a) Wiedersehen der Courage mit ihrem Sohn nach zweijähriger Trennung. Sie benützt seine Ankunft und seinen Ruhm zur Preistreiberei. (b)
Eilif berichtet seine Heldentat.	Mutter Courage hört, wie gefährlich das Soldatenleben ihres Sohnes ist. *Zugleich*: Eilif wird wegen eines Raubüberfalls auf Bauern vom Feldhauptmann als klug und kühn gefeiert.
Mutter Courage über schlechte Feldhauptleute.	Mutter Courage ärgert sich über den Feldhauptmann, weil er von ihrem Sohn Heldentaten verlangt.
Usw.	

Von diesem Ergebnis etwas enttäuscht, suche ich Methoden zur Titelfindung. Man könnte ein Schema von Wirkungsquanten aufstellen, nach denen die Szenen befragt werden müssen. Poetische, dramaturgische, sittengeschichtliche, sozialpolitische, psychologische (die Menschenkenntnis fördernde) usw. Über diese Quanten könnten Sätze gebildet werden, die in ästhetischen, sittengeschichtlichen, historischen, psychologischen Büchern stehen könnten. Als Beispiel der erste Titel der 2. Szene; aufgelöst in Sätze über einzelne Wirkungsquanten:

a) Poetisch ist der Kapaun und das Lob seiner hervorragenden Eigenschaften.

b) Die Courage macht Geschäfte am Krieg.

c) Die Händler brandschatzten ihre eigenen Heere wie die Bewohner des bekriegten Landes.

d) Die Interessen der Obrigkeiten und des Volkes sind nicht immer dieselben.

e) Kunst des Handels.

4. 12. 40
Grete hat hohes Fieber; da sie die letzten Wochen sehr abgenommen hat, große Sorge. Die Blinddarmoperation im Frühjahr kann die Tbc aktivisiert haben. Dazu waren wohl die Saunas von Marlebäk ein Fehler, und jetzt grassiert hier eine böse Influenza. Auch sind für uns Visa von Mexiko gekommen, die sie nicht einschließen.

11. 12. 40
Johanson zeigt große Zuversicht, da er sonst nichts zu zeigen hat. Die Römer, welche das System noch nötiger hatten als die Germanen und welche es vor allem ein Jahrzehnt länger genießen, erleiden infolgedessen entsetzliche Niederlagen. Die letzte Nummer der »Berliner Illustrirten« ist wie eine »Stürmer«-Nummer. Die Germanen scheinen einen zweiten Feldzug in Polen siegreich beendet zu haben. Unter Lublin befanden sich jüdische Warenlager, welche jetzt erbeutet wurden. Man weiß jetzt, warum die Lebensmittelknappheit. Immerhin, die Schlacht von Lublin beweist, daß die Erfolge weitergehen. Und nun tritt Johanson als großer Sozialist auf. Er hat große Pläne für die Arbeiter nach dem Krieg. Hauptsächlich kulturelle, sie werden aber auch wohlhabend. Die sozialen Schranken sind schon gefallen, das beweist seine eigene Karriere. Er ist nicht einmal Jurist und doch ihr Führer. Er baut auf den Arbeiter. Schon 14-18 fiel ihm der Arbeiter auf. Der Reiche hatte allen Grund, sein Land, wo es ihm gutging, zu verteidigen, aber der Arme? Und er verteidigte es doch! Nach der Niederlage richtete Johanson sein Auge wieder auf ihn, unverwandt. Er würde es noch einmal tun, bestimmt, so wie er gebaut war.

Die Donau friert ein. Rumänische Ölquellen stehen in Brand. Amerika erwägt Kredite. Der Balkan sperrt sich ab. Spanien schließt Verträge mit USA und England. Frankreich lehnt den Frieden ab.

11. 12. 40

Den »Hamlet« des Schwedischen Theaters angesehn. Was für eine Vereinigung von Finessen und Kruditäten! Das ältere Stück schaut überall durch, jedoch wirken wohl die plumpen Metzgereien doppelt plump, weil die Intrigen anscheinend weggestrichen sind, um für die Reflexionen Platz zu schaffen. Es ist so ziemlich die roheste Handlung, die Shakespeare bearbeitet hat (der »Titus Andronicus« zählt nicht mit); er hat den empfindlichsten Helden hineingestellt. Seine Verletzlichkeit führt andauernd zu Verletzungen. Ich glaube nicht, daß die Deutung der Späteren richtig ist, wonach der Sinn des Stückes in der Darstellung des zaudernden intellektuellen Menschen besteht – wiewohl seine Bedeutung darin bestehen mag. Hamlet ist einfach ein Idealist, den der Zusammenprall mit der realen Welt aus der Bahn schleudert. Der Idealist, der zum Zyniker wird. Nicht: handeln oder nicht handeln ist die Frage, sondern schweigen oder nicht schweigen, billigen oder nicht billigen. – Nichts ist komischer als die seriöse Weise, in der unsere Theater den Shakespeare aufführen. Er mag theatralisch sein, aber er ist niemals repräsentativ. Unsere Spießbürger können sich Naivität und Komplizität nicht zusammen vorstellen. Shakespeare schrieb für ein kleines Theater mit starker Bedeutung, einen intimen Biergarten. Seine Größe ist nicht mit dem Meterstab zu messen. Seine Bühne war das, was wir surrealistisch nennen, freilich ohne die Shockwirkung, auf die der Surrealismus ausgeht, es ist ein unschuldiger Surrealismus. (Die Feldherrnzelte zweier feindlicher Heere auf *einer* Bühne, gleichzeitiges Spiel usw.) »Hamlet« ist für die Shakespearezeit schon ein Märchen, ein wirres und blutiges, mit Geistern, vergifteten Schwertgriffen, herumziehenden Heeren usw. Der Schluß, mag er auch ein Kompromiß sein mit dem Kydschen Hamletdrama, ist eine ungeheure Kühnheit vom Standpunkt Shakespeares: all dies Denken und Planen, all diese Krämpfe des Gewissens enden unsicher, zufällig, in einem Chaos von Intrigen und Planlosigkeit. Noch auf die Bestätigung seines Verdachts, man trachte ihm nach dem Leben, wartend, stirbt Hamlet schon, selber ein mehrfacher Mörder. Diese trübsinnige Metzelei ohne Moral, Selbstvernichtung eines Clans vermochte nur ein Theater wie das elisabethanische zu produzieren.

Die Aufführung, sehr provinziell (d.h. repräsentativ), zeigte mir übrigens, wieviel davon abhängt, daß der Darsteller des Hamlet die Handlung spielt und nicht nur das Exhibitionistische und Reflektorische bringt. Hier versagen die meisten Hamletdarsteller.

12. 12. 40

Hella Wuolijoki äußert sich über den *neuen Menschen*, der immer wieder gesehen oder postuliert wird. Sie findet überall den alten Menschen »mit seinen ewigen Eigenschaften, Passionen, Problemen usw.«. Ich finde das Postulat selber ein religiöses, es ist der alte neue Adam. In Wirklichkeit ist der neue Mensch der alte Mensch in den neuen Situationen, d. h. derjenige alte Mensch, der den neuen Situationen am besten gerecht wird, den die neuen Situationen nach vorn treiben, das neue Subjekt der Politik. Die neuen Aktions- und Reaktionsweisen konstituieren den »neuen Menschen«; das Alte an ihm bleibt, daß er eben ein Mensch ist. Alle Postulate an den Menschen, welche über die Postulate hinausgehen, welche die Situation stellt, sind zu verwerfen, solche Neuheitsbegriffe sind wertlos.

15. 12. 40

Die goldene Zeit der *Tuis* ist die liberale Republik, aber den Gipfel erklimmt der Tuismus im Dritten Reich. Der Idealismus, auf seiner niedersten Stufe angelangt, feiert seine gigantischsten Triumphe. Philosophisch – und damit adäquat – ausgedrückt: das Bewußtsein zu dem Zeitpunkt, wo es dem gesellschaftlichen Sein am tiefsten versklavt ist, wirft sich auf, ihm in der herrischsten Weise diktieren zu wollen. Die »Idee« ist nichts mehr als ein Reflex, und dieser Reflex tritt in besonders gebieterischer und terroristischer Form gegenüber der Realität auf.

Ein Teilaspekt: Streit der demokratischen Tuis mit den autoritären Tuis. Die ersteren haben die Verträge geheiligt, welche durch ökonomische Druckmittel aufgezwungen und durch ökonomische Schliche außer Kraft gesetzt wurden. Die letzteren benützen militärische Mittel. In den demokratischen Ländern ist der Gewaltcharakter der Ökonomie nicht enthüllt (d.h. verhüllt), in den autoritären Ländern steht es so mit dem ökonomischen Charakter der Gewalt.

19. 12. 40

Die Geschichte des neuen Theaters beginnt mit dem Naturalismus. Hier wird die neue gesellschaftliche Funktion angestrebt. Der Versuch, die Realität zu meistern, beginnt mit passiven Dramatikern und passiven Helden. Die Aufstellung sozialer Kausalität beginnt mit Zustandsschilderungen, wo alle menschlichen Handlungen pure Reaktionen sind. Kausalität ist Determination. Typisch das Explosionsstück. Wolken haben sich über bestimmten Leuten, Familien, Gruppen zusammengezogen, jetzt kommt das Unwetter. Das soziale Milieu hat Fetischcharakter, ist Schicksal. Man spielt von allem nur den letzten Akt. Die neue Dramatik beginnt mit dem Undramatischen. Zwei Schlagworte: Kraßheiten (Verismus) und wenig Handlung! Die Tragik wird krampfhaft aufrechterhalten, obgleich ein paar geringfügige Reformen jederzeit Erleichterung bringen könnten. Alles Entscheidende geschieht zwischen den Worten, hinter der Szene, unter dem Dialog. Das aktive Element drängt sich ein als Leitartikel (Sprechchor, Song). Dagegen steht schroff das junge Agitproptheater des Proletariats, wo die Realität nur Illustration ist.

20. 12. 40

Klar, daß das Theater der Verfremdung ein Theater der Dialektik ist. Jedoch sah ich bisher keine Möglichkeit, durch Anwendung des Begriffsmaterials der Dialektik dieses Theater zu erklären: es wäre für die Theaterleute leichter, die Dialektik vom Verfremdungstheater her, als das Verfremdungstheater von der Dialektik her zu verstehen. Andrerseits wird es wohl nahezu unmöglich sein, die Forderung, die Realität so darzustellen, daß sie meisterbar wird, zu erheben, ohne auf den widerspruchsvollen, prozessualen Charakter der Zustände, Vorgänge, Figuren hinzuweisen, denn ohne Erkennen ihrer dialektischen Natur ist die Realität ja eben nicht meisterbar. Der V-Effekt macht diese dialektische Natur darstellbar, das ist seine Aufgabe; durch sie erklärt er sich. Schon beim Aufstellen der *Titel*, welche das szenische Arrangement ermöglichen sollen, genügt es z.B. nicht, bloß eine soziale Qualität zu verlangen; die Titel müssen auch eine kritische Qualität enthalten, einen Widerspruch anmelden. Sie müssen voll arrangierbar sein, also muß die Dialektik (Widersprüchlichkeit, Prozessualität) konkret werden können. Die Welträtsel werden nicht gelöst, sondern gezeigt.

Was die Wirkung betrifft: die Emotionen werden widerspruchsvoll sein, ineinander übergehen usw. In jeder Beziehung wird der Zuschauer zum Dialektiker. Da ist ständig der Sprung vom Besonderen zum Allgemeinen, vom Individuellen zum Typischen, vom Jetzt zum Gestern und Morgen, die Einheit des Inkongruenten, die Diskontinuität des Weitergehenden. Hier wirken die V-Effekte.

18. 12. 40

Bei dem Aufstellen des *Tituláriums* zur »Courage« wird alles Psychologische völlig vernachlässigt, sogar der Plot wird kaum berücksichtigt (die Niobehandlung). Ganz zu schweigen vom Zeitkolorit.

25. 12. 40

Ich dachte daran, ein für Kinder spielbares Stück zu schreiben, und am besten scheint mir das Leben des Konfutse geeignet. Es muß eine bedeutende Figur sein, dazu eine, welche eine humoristische Darstellung aushält. An und für sich müßte das Stück nicht gerade für ein kindliches Publikum bestimmt sein, jedoch ist es auch für ein solches schreibbar. Ich habe eine starke Abneigung dagegen, irgend etwas irgendeinem Verständnis anzupassen. Die Erfahrung (ich denke z.B. an die »Mann ist Mann«-Aufführung durch die Schüler des Neuköllner Aufbaugymnasiums) zeigte immer wieder, daß Kinder das, was zu verstehen sich einigermaßen lohnt, ganz gut verstehen, ebenso wie Erwachsene. Und es lohnt sich für sie ungefähr dasselbe. Interne seelische Vorgänge, atmosphärische Valeurs, Tragik usw. mögen sie nicht sich die Mühe nehmen zu verstehen. Bei einer Konfutsebiographie würde es sich um anderes handeln. Man kann sich übrigens, unter gewissen Voraussetzungen sozialer Art, gut kindliche Berufsschauspieler vorstellen. Die Schulung zu Schauspielern müßte sowieso viel früher beginnen, als sie bei uns beginnt. Und die Verknüpfung von allgemeiner Schulbildung mit Arbeit ist nur unter den gegenwärtigen Bedingungen unheilvoll.

Es wäre sicherlich nicht schlecht, die Darstellung des Weisen den Kindern zu übergeben. Andrerseits gibt gerade diese Figur mit den großen Schlappohren, vortretenden Zähnen, Knollennase und Beule theatralisch den Kindern viel. Für die Proben könnte man Kontrollszenen schreiben, welche den Inhalt der eigentlichen Szenen in die Welt der Kinder selbst projizieren.

2. 1. 41

Wieder einmal in einigen Werken über das *Weltbild der neuen Physik* geblättert, die Steff herbeischleppt. Mit einigem Schrekken sehe ich den neuen Positivismus in einen robusten Seelenglauben einmünden, denn wenn unser Körper so unentflechtbar mit der übrigen Materie gedacht wird, ist der Punkt, der all die Meldungen der Sinne entgegennimmt, eben die gute alte Haut, die Seele. Es ist ja nicht so, daß die Außenwelt geleugnet wird, wie einige von uns glaubten; es fällt nur die Grenze zwischen Außen- und »Innenwelt«, es verwandelt sich nur auch unser Körper in Außenwelt. Die Mathematisierung der Materie equilibriert die Materie einfach weg – in den Augen dieser guten Leute, für die eine Formel eine Entmaterialisierung bedeutet, anstatt eine Abstraktion. Das Licht kann nicht Korpuskel und Welle zugleich sein, sagen sie, wenn sie sehen, daß es Korpuskel und Welle zugleich ist. Ihre Logik zu revidieren, fällt ihnen nicht ein, sie verlangen den Verzicht auf Logik. Die Monopole vergrößern sich, das Individuum entmaterialisiert sich. Die Polizei stellt fest, daß die Beobachtung den Lauf der Dinge stört, also falsch sein muß, sie führt den Unschärfebegriff ins Feld der Unehre.

3. 1. 41

Im Sommer erzählte Hella Wuolijoki von estnischen Kriegsliedern aus dem Volk. Sie hat als Studentin eine Auswahl zusammengestellt. Das estnische Volk hat kein einziges kriegsbegeistertes Lied. Sie las einiges vor, sang es halb, in der estnischen Weise. Ich hielt sie an, das Ganze zu übersetzen. Sie hat es nun

Grete, und als sie nicht schreiben sollte, mir diktiert und mit einer erstaunlichen Kenntnis des Deutschen; ich brauchte nur wenig zu machen. Es ist ein großes Gedicht.

(Merkwürdig die widerspruchsvollen Doppelverse wie: Mein goldenes Heim / Mein silbernes Heim / oder: Bellte der graue Hofhund / Grollte der rote Hofhund. Hier fällt ein dialektisches Moment auf. Über eine gewisse Weite und Vagheit kommt man zu einer größeren Plastik. Der Sänger legt sich nicht fest, tippt nur die Phantasie und Erinnerung an, benützt alle Hofhunde aller Höfe aller Zuhörer, in mächtiger epischer »Breite«, erzielt aber zugleich wohl auch beim primitiven Zuhörer den plastischen Eindruck, indem der Gegenstand von mehreren Seiten angegangen, in verschiedenem Vorkommen fixiert, zur Kongruenz gebracht wird. Und es stecken eben auch V-Effekte hier. Jedenfalls könnte man diese Verse so beschreiben, solange man nicht exakte Forschungen zur Verfügung hat.)

3. 1. 41
Ruth führt mit Kindern einen kleinen Sketch auf. Ein Junge bekommt eine Uniform zu Weihnachten, jedoch gibt es keine Schokolade, noch Kuchen, noch Zucker, noch Obst usw. Er schläft ein und träumt, daß diese Dinge ihn besuchen. Sie berichten, daß der Krieg sie davon abhält, ihn anders als im Traum zu besuchen. Die Uniform tritt aus dem Schrank und versucht, sie zu kommandieren, aber sie sind nicht zu kommandieren. Sie stellen den Jungen (und das Publikum) vor die Wahl: sie oder die Uniform, da beide zusammen nicht möglich sind. Ein Lied der mitspielenden Kinder am Schluß stellt die Frage an das Publikum. – Interessante V-Effekte. Das unpersönliche Abliefern des Textes und der Gestik (Mimik nicht vorhanden). Das Zurückgehen in Ruhestellung, wenn sie nicht dran sind. Das rigorose Weitergehen. – Große Lust, den »Konfutse« zu machen.

5. 1. 41
Die »Mutter Courage« durchstudierend, sehe ich mit einiger Zufriedenheit, wie der Krieg als riesiges Feld erscheint, nicht unähnlich den Feldern der neuen Physik, in denen die Körper merkwürdige Abweichungen erfahren. Alle Berechnungsarten des Individuums, gezogen aus Erfahrungen des Friedens, versa-

gen; es geht nicht mit Kühnheit, es geht nicht mit Vorsicht, nicht mit Ehrlichkeit, nicht mit Betrug, nicht mit Brutalität noch mit Mitleid, alles bringt Untergang. Aber es bleiben die Kräfte, welche auch den Frieden zu einem Krieg machten, die unnennbaren.

8. 1. 41
Bücher auf Steffs Tisch:
»Den stora engelska revolutionen«, *Stavenow*
»Changing Governments and Changing Cultures«, *Rugg*
»Von New York bis Schanghai«, *Friedrich Wolf*
»Atomer og andre Smaating«, *Ch. Møller*
»Der Ursprung der Familie«, *Friedrich Engels*
»New York is not America«, *F. M. Ford*
»Again the Three«, *Edgar Wallace*
»Nachbarsleute«, *Ludwig Thoma*
»Tampico«, *Hergesheimer*
Zeitschrift »NU«
»The Great Tradition«, *Granville Hicks*
»Das Leben der galanten Damen«, *Brantôme*
»Den moderna physiken«, *Brenner*
»Från atom till universum«, *Karlson*
»Om kärnphysiken och dess utveckling«, *Tallquist*
»San Luis bro«, *Thornton Wilder*
»Morkt skratt«, *Sherwood Anderson*
»Elva årtionden ur finlands historia«, *Estlander*
»Discography 1938«, *Ch. Delaunay*
»Poems«, *Dr. Jonathan Swift*
»Book of Snobs«, *Thackeray*
»Candide«, *Voltaire* } Besitz
»Hauspostille«, *Brecht*
»Miscellaneous Contributions to Punch«, *Thackeray*
Zeichnungen von *Grünewald*
Weltatlas
»Circle« (International Survey of Constructive Art)
»Othello«, »Macbeth«, »King Henry VIII.«, *Shakespeare*
»Lady Chatterley's Lover«, *Lawrence*
»An Introduction to Problems of American Culture«, *H. Rugg*
»Communism, a New Civilization?«, *Webbs*

An der Wand sieben Zeichnungen von *Van Gogh*, ein *Renoir*, ein *Manet*, chinesisches Schauspielerporträt und Altarbilder Freiburger Meister um 1500.

10. 1. 41

Der Grund dafür, daß Dichter wie Gelsted im Politischen so versagen: ihnen ist die Ausbeutung oder der Klassenkampf keine poetische, sondern eine moralische Kategorie. Solche Dinge haben sie lange für natürliche angesehen, wenn auch für unästhetische. Nunmehr sehen sie sie als unnatürliche, und Unnatürliches ist niemals Feld der Ästhetik. In der Dichtung besteht das Sittliche nicht in der Entrüstung, sondern in der Wahrhaftigkeit. Dazu kommt, daß diese Dichter den Arbeitern gern eine hohe Mission auferlegen. Das erfüllt diese mit berechtigtem Mißtrauen, denn sie wollen nicht das Kanonenfutter ethischer Missionen sein. Ihr Ziel ist nicht die Ethik, wenn es auch ethisch ist. Sie brauchen niemandem etwas zu versprechen außer sich selber.

Gegen den Kapitalismus sind diese Dichter, weil er nicht harmlos ist wie sie. Den Arbeitern kommen sie als streitbare Hascherl vor.

11. 1. 41

Anlangend die Rolle der *Einfühlung* auf dem nichtaristotelischen Theater: die Einfühlung ist hier eine Maßnahme der *Probe*. Voraus geht das *Einrichten* der Rolle (der Schauspieler legt sich alle Äußerungen, Verrichtungen, Reaktionen zurecht, so daß sie ihm bequem liegen, wobei er noch nicht eine besondere Figur kreiert, wenn er auch einige allgemeinste Eigenschaften anlegt). Dann kommt, im Grund sprungweise, die Kreierung der Figur (wobei er seine Erfahrungen hinzuzieht, bestimmte Menschen kopiert, Züge verschiedener Menschen kombiniert usw.). Schon das Einrichten der Rollen kann einen Abschluß dadurch erfahren, daß der Schauspieler sich selber einfühlt, zunächst in die Situationen (wie er selber in solcher Lage sich verhielte). Beim Kreieren der Figur kann er wieder eine Einfühlung vornehmen, nunmehr in die Person, die er darstellen, kopieren will. Jedoch ist auch diese Einfühlung nur eine Phase, eine Maßnahme, die ihm zu vollerer Erfassung eines Types verhelfen soll. Wichtig aber ist, daß die jeweilige Einfühlung ohne Suggestion stattfindet, d. h. es soll nicht auch ein Zuschauer zur Einfühlung veranlaßt werden. Dies ist schwierig, aber möglich. Dem Schauspieler des jetzigen Theaters allerdings ist eigene Einfühlung und Verleitung des Zuschauers zur Einfühlung (suggestive Einfühlung) identisch. Er kann sich schwer das eine ohne das andere vorstellen und das eine schwer ohne das andere praktizieren. In Wirklichkeit kommen die beiden Maßnahmen getrennt vor, und ihre Kombination ist eine besondere Kunst. Nicht *die* Kunst. Der Schauspieler des jetzigen Theaters kann sich auch Wirkung ohne Einfühlung und Wirkung ohne Suggestion nicht vorstellen. Einfühlung ohne Suggestion praktiziert der Schauspieler auch jetzt in der Komödie. Wirkung ohne Suggestion erzielt der Artist.

12. I. 41
Bei keiner Betrachtung dürfte vergessen werden, daß *nichtaristotelisches Theater* zunächst nur *eine* Form des Theaters darstellt; es dient bestimmten gesellschaftlichen Zwecken und hat keine usurpatorische Bedeutung, was das Theater im allgemeinen angeht. Ich selber kann aristotelisches Theater bei gewissen Aufführungen neben nichtaristotelischem verwenden. Bei einer heutigen Aufführung etwa der »Heiligen Johanna der Schlachthöfe« kann es vorteilhaft sein, mitunter eine Einfühlung in die Johanna herbeizuführen (zuzulassen, vom heutigen Standpunkt aus), da diese Figur ja einen Erkenntnisprozeß durchmacht, so daß der einfühlende Zuschauer von diesem Punkt aus sehr wohl die Hauptpartien der Geschehnisse überblicken kann. Jedoch wird es heute schon immer Zuschauer geben, welche es vorziehen, diese Figur von außen zu betrachten. Ihnen ist mit nichtaristotelischem Theater besser gedient.

14. I. 41
Zu *nichtaristotelischem Theater*: Wünschbar erscheint für gewisse Phasen der Probe das Sicheinfühlen des Schauspielers in die vorgestellte Person des Stückes, jedoch nicht auf suggestiver Basis, d. h. nicht so, daß ein eventueller Zuschauer getrieben würde, diese Einfühlung mitzumachen. Die Frage, ob die Einfühlung von der Suggerierung, sich ebenfalls einzufühlen, getrennt praktiziert werden kann, wird von Greid und Weigel

zunächst verneint. Ich verweise auf den Komiker, der – bei der Aufführung – sich z. B. in einen kleinbürgerlichen Rechtsfanatiker einfühlt und damit das Gelächter des Publikums erntet. Fragt sich, ob Vorkehrungen, wie die Komödie sie trifft zur Verhütung einer Einfühlung des Publikums, auch vom tragischen Schauspieler getroffen werden können. Nun ist das suggestive Spiel etwas durchaus Künstliches. Anspannung gewisser Muskelpartien, Bewegungen des Kopfes, so ausgeführt, als zerre er an einem Gummiband, der Füße, als hingen sie an Pech, Starrheiten, Plötzlichkeiten, Verhaltenheiten, sowie Monotonie der Stimme, aus der Litanei erinnerbar, all das fördert die Hypnose, und man kann sagen, daß Schlangen, Tiger, Habichte und Schauspieler in dieser Kunst wetteifern. Das überzeugende, plastische Spiel hat damit nichts zu tun, es kann ohne Suggestion ausgeführt werden. Zweifellos muß es vorgezogen werden, wo anstelle der Illusion die bloße Hypothese treten soll, anstelle des »In-den-Bann-Ziehens« das »Interessieren«. Von diesen Dingen sprechend, muß ich, um nicht ins Spekulieren zu kommen, immerfort mir Praxis vor Augen halten, etwa jene Repräsentationen, die mir immer als dem Ziel nächsten vorgekommen sind, nämlich die letzten Proben, wo die Schauspieler »mechanisch«, mit dem einzigen Bestreben, nichts auszulassen, zur Selbstverständigung, andeutungsweise, »mit halber Kraft« alles noch einmal repetierten.

14. 1. 41

Zum »Konfutse«: Das schickliche Benehmen, das ihm vorschwebt, könnte am ehesten das des patriarchalischen Gemeindewesens Alt-Chinas sein. Hierher der Mythos von paradiesischen Zeiten. Und darum das Scheitern Kungs, der das alte Benehmen auf der neuen Basis reproduzieren möchte. Zu Beginn seiner Laufbahn mag er, der ärmlich Aufgezogene, sehr wohl echte Reformen (hauptsächlich des Steuer- und Pachtwesens, aber überhaupt der korrupten und parasitären Verwaltung) angestrebt haben, welche, durchgeführt, möglicherweise eine Basis für mildere Lebensformen abgegeben hätten. Niedere Steuer zu nehmen, gehörte wohl zum schicklichen Benehmen des Fürsten. Jedoch erlebte er es, wie nur diejenigen seiner Vorschriften wirklich beachtet wurden, welche die bestehenden Eigentumsverhältnisse konservierten.

Ein Stück dürfte sich nicht um die Zutaten späterer, zivilisierter Zeiten kümmern; es müßte unbekümmert und frisch das Kämpferische und Halbbarbarische des Gründers der Zivilisation zeigen. Es besteht ein Unterschied darin, ob der goldene Mittelweg begangen oder gebaut wird. Und es besteht ein Unterschied zwischen einer Benehmens- und einer Zeremonienlehre.

Grete, welche das (bißchen) Material studierte, darunter die »Analects«, findet alles enorm reaktionär. Die Forderung nach *einem* Fürsten (statt einem Dutzend von Baronen, die *nur* Exploiteure waren), die Haltung zur Frauenfrage usw. stoßen sie ab.

25. 2. 41

In der ästhetischen Sphäre, die übrigens keineswegs als »über« der doktrinären gelegen anzusehen ist, wird die Frage des Lehrhaften eine absolut ästhetische Frage, die sozusagen autark gelöst wird. Das Utilitaristische verschwindet hier in eigentümlicher Weise: es taucht nicht anders auf als etwa in der Aussage, Nützliches sei schön. Die praktikablen Abbildungen der Realität entsprechen lediglich dem Schönheitsgefühl unserer Epoche. Die »Träume« der Dichter sind lediglich an einen neuen, der Praxis anders als früher verbundenen Zuschauer adressiert, und sie selber sind Menschen dieser Epoche. Dies ist die dialektische Wendung in der *Vierten Nacht* des »Messingkaufs«. Dort geht der Plan des Philosophen, die Kunst für Lehrzwecke zu verwerten, auf in dem Plan der Künstler, ihr Wissen, ihre Erfahrung und ihre Fragen gesellschaftlicher Art in der Kunst zu plazieren.

15. 1. 41

Zu *nichtaristotelischem Theater*: Im aristotelischen Theater vollführt der Schauspieler einen simultanen Autosuggestions- und Suggestionsakt: er suggeriert sich selbst, er sei ein anderer, und suggeriert dem Zuschauer, er sei der andere. Er macht seine Nachahmung suggestiv, d.h. er zwingt den Zuschauer, sie mitzumachen. (Ich nehme an, daß bei der Hypnose durch Schlangenbewegungen oder Tigerblick ebenfalls Nachahmungen – der Bewegungen oder der Starre – erzeugt werden, jedoch habe ich dafür keine Belege.) Ich kann noch nicht genau sehen, ob ein

Einfühlungsakt (also ein Akt in Selbstsuggestion) ohne Suggestion für den Zuschauer ausgeführt werden kann (es würde dann wohl bloße Nachahmung sein, die allerdings auch nur vorgestellte Personen betreffen kann). Jedoch – ebenso wie der Einfühlungsakt kann auch der V-Effekt auf suggestiver Basis ausgeübt werden. Die asiatische Schauspielkunst zeigt dies. Es sind dies die V-Effekte »dämonischer« Art, die für unser Theater nicht in Betracht kommen.

Bei den Schauspielern ist oft die Furcht vorhanden, sie wirkten überhaupt nicht, wenn nicht auf suggestiver Basis. Die Tatsache, daß der oder jener Schauspieler »da ist«, wenn er die Bühne betritt, d.h. die Blicke auf sich zieht, können sie sich ohne Suggestion nicht erklären. Zumindest eines steht jedoch fest: gewisse Schauspieler »sind da«, ohne die bekannten suggestiven Mittel zu verwenden.

Im Grund lege ich all diesen Spekulationen wenig Gewicht bei. Es kommt mehr darauf an, solche Übungen und Probenarten zu finden, daß die gewünschten Wirkungen eintreten. Sie sind ja verhältnismäßig leicht zu kontrollieren. Man frägt einfach: Wird das betreffende Wirklichkeitsmoment dem Kausalblick genügend exponiert oder nicht? – Die ganze Theorie ist ja nicht eine Angelegenheit spekulativer Natur. Sie ist lediglich eine Erklärung von Praxis, dazu da, die Praxis zu säubern. Das Wirkungsfeld der von mir aufgestellten und beschriebenen Spielart ist durchaus begrenzt; sie verfolgt ganz bestimmte Ziele und läßt andere außer acht, und selbst ihre Ziele können vielleicht auch auf andere Art erreicht werden.

16. 1. 41

Mit dem Musiker Pergament über das Lehrstück »Die Horatier und die Kuriatier« gesprochen. (Er ist seit acht Jahren arbeitslos, obgleich der beste Dirigent des Landes, und kann jetzt noch keine publike Stellung bekommen, da er für die Schweden ein Jude und für die Finnen ein Schwede ist.) Eigentlich fehlt ein Schlußkapitel. Die Horatier siegen militärisch, aber die Kuriatier erleben eine Umwälzung und kämpfen mit neuen Mitteln, so daß ein echter Friede möglich wird, der beiden Völkern recht ist.

19. 1. 41

Finnland kämpft mit großen Schwierigkeiten. Die Kindersterblichkeit in Lappland war 1938 etwa 8,6%, ist aber jetzt auf das Drei- bis Vierfache gestiegen, wie »Socialdemokraten« berichtet. An der Grenze wurden im August 1614 Kinder untersucht und davon 300 vollkommen gesund befunden. 90% der Kinder an der östlichen Grenze leiden an Rachitis, von den evakuierten Kareliern 50-60%.

20. 1. 41

Die Lage ist nach wie vor sehr schwierig zu beurteilen. Deutschland hat eine gewaltige Ausgangsbasis für Blockade und Invasion geschaffen, seine Ernährungslage durch die Okkupationen verbessert, seine Armee verstärkt; jedoch ist es zweifelhaft, ob seine Brennstoffvorräte ausreichen für größere Operationen und den weiteren Wettlauf in der Vergrößerung des Kriegspotentials. Die Kommunikationslinien haben sich ungeheuer verlängert. Italien ist eine offene Wunde, da die geographische Lage ungünstig ist und die Industrie anscheinend schwach arbeitet. Frankreich ist aus dem Krieg ausgeschieden, jedoch nicht ganz, da Flotte und Kolonien noch verhältnismäßig intakt sind. Das Regime stützt sich auf die deutsche Armee. England hat sein Empire in den Krieg gebracht und die USA an sich gebunden. Es führt den Krieg auf konservativer Linie. Der Ausfall der französischen Armee beraubt England der Initiative einem eventuell besiegten Deutschland gegenüber. Es hat keine Kontinentalarmee mehr. Die Invasionsgefahr ist nach wie vor sehr groß. Die Aufrüstung der USA kommt sehr langsam in Schwung, inzwischen geht die Destruktion der englischen Industrie weiter. Die USSR hat sich bisher einer Verwicklung in den Weltkrieg entzogen und hat Zeit, sich gegen den Sieger zu rüsten. Sie scheint immer noch einen Zusammenschluß der Kriegführenden gegen sich für die Hauptgefahr zu halten und anzunehmen, daß der Sieger nach dem Krieg halb so stark als vor dem Krieg sein dürfte. Sie bindet sehr starke Kräfte der Kriegführenden und zwingt sie zu eigentümlich unpraktischen, halben und teuren Aktionen. (Churchill: »Hitler kann gegen uns nur so viele Flugzeuge verwenden, als seine Besorgnis vor der USSR ihm gestattet.« Möglicherweise unterblieb deshalb schon die Invasion nach dem Zusammenbruch Frankreichs. Der Balkan ist gesperrt. Auch England muß gewisse Gebiete stark besetzt halten, auf die Mitarbeit der Türkei verzichten, seine Syrienarmee in Reserve lassen usw.). Da die USSR sämtliche Regierungen für feindlich zu halten scheint und sämtliche Regierungen noch sehr stark sind, glaubt sie wohl, keinerlei Bindungen eingehen zu dürfen.

22. 1. 41
Wir sehen den Film nach *Steinbecks* »Grapes of Wrath«. Man sieht noch, daß es sich um ein großes Buch handeln muß, und die Unternehmer wollten wohl nicht »die Kraft aus ihm nehmen«. Sie kochen das Thema in Tränen weich. Wo nicht »suggestives Spiel« vorherrscht, gibt es starke Wirkungen (die Traktoren als Tanks gegen die Farmer, der faschistische Streikbrechercamp, die Autofahrt durch die ganzen Staaten auf Arbeitssuche, das Begräbnis des alten Farmers). Das Ganze eine interessante Mischung von Dokumentarischem und Privatem, Epischem und Drrramatischem, Informativem und Sentimentalem, Realistischem und Symbolischem, Materialistischem und Idealisierung.

25. 1. 41
Lange Unlust, dann Gretes Krankheit haben die Arbeit am »Guten Menschen von Sezuan« hinausgeschoben. Jetzt beende ich ihn. Da das Stück sehr lang ist, will ich es noch mit Poetischem versehen, einigen Versen und Liedern. Es mag leichter und kurzweiliger werden dadurch, wenn es schon nicht kürzer werden kann. Das Stück beweist, daß die neuere Dramatik eine Kürzung der Arbeitszeit verlangt. Es kann leicht sein, daß sogar Mittagsstunden für sie frei gehalten werden müssen. Die klassische griechische Dramatik bediente sich der Tagesstunden, auch die elisabethanische; so hatte sie mehr Intelligenz und Frische zur Verfügung. – Man sieht, es gibt einige Hindernisse, welche nur Weltkriege hinwegräumen könnten.

26. 1. 41
»Das Lied vom Rauch« beendet, »Das Lied vom achten Elefanten« und »Das Terzett der entschwindenden Götter auf der Wolke« gemacht (das erste vom Rauch mit Grete). Hella Wuolijoki hat den »Puntila« hauptsächlich für das Preisausschreiben

für finnische Dramatiker haben wollen; ihn dem Komitee eingereicht, aber keinen Preis bekommen. Grund scheint mir: sie hat nicht intrigiert. Als ob nicht gerade das Gute unbedingt am meisten Reklame, Intrige und Schiebung benötigte!

28. 1. 41
Die formalistische Kritik kann man nur ausschalten, wenn man halbwegs intelligente und leicht anwendbare Kriterien für die gesellschaftliche Wirkung von Kunstwerken ausarbeitete. Aus dem *Erbe* werden oft genug lediglich Verpflichtungen abgeleitet, und zwar nicht nur qualitativer Art, sondern solche zu ganz bestimmten Qualitäten, d.h. die ästhetischen Kriterien werden zu fixen Größen ernannt. Der Realismus als literarische Gattung, etwa als Balzac-Tolstoi-Typus, ist natürlich eine geschichtliche Spielart und nicht *der* Realismus. Gesellschaftliche Kriterien zuziehend, kann man überhaupt nur von Realismus in dem Sinn sprechen, als von einem realistischen Herangehen des Schriftstellers an die Welt und an das Geschäft des Schreibens (wozu der ganze Verkehr mit dem Leser gehört) die Rede ist. Einen realistischen Roman etwa hat nicht einer geschrieben, der einen Roman wie Balzac oder Tolstoi (d.h. ihre Schreibart benützend) geschrieben hat, sondern der Wirklichkeitssinn beim Schreiben bekundete, also so schrieb, daß dem Leser die Wirklichkeit ausgehändigt wurde. Dazu muß man vermutlich im Jahr 1940 anders schreiben als im Jahr 1830. Das sind Gemeinplätze, aber auf ihnen spielt sich ja der Kampf ab. Es ist ein Kriterium des Realismus vom gesellschaftlichen Standpunkt aus, daß der Appell an den Leser als denkenden und fühlenden Menschen zu geschehen hat. Jedoch ist z.B. die Einfühlung (mit ihrem ganzen Apparat sensueller Imagination) nicht der einzige Weg dabei, nur der einzige der alten Ästhetik bekannte Weg. Den Motiven menschlicher Handlungen muß in einem tieferen Stratum nachgegraben werden als dem subjektiven Bewußtsein des Handelnden, nämlich der Sphäre des gesellschaftlichen Seins. Das formale *Wie* hierbei muß man aber dem Schriftsteller freistellen. Usw.

27. 1. 41

Wenn eine Invasion in England wirklich gemacht wird, so kann sie kaum ganz mißglücken. Solche technischen Unternehmungen sind in hohem Maß kalkulierbar. Ein Tank ist kein Pferd, er hat weder second spirit, noch scheut er. Die Apparatur hat, hegelisch ausgedrückt, einen Horror vor dem Zufall. Natürlich sind da die Friktionen. Aber da ist auch Gas. Es ist den Deutschen gelungen, das Gas zu einer geheimen Waffe zu machen.

Interessant, wie Technik immer mehr Technik verlangt. Die Bomber sind nicht den Geschützen, sondern den Projektilen zu vergleichen. Entscheidend sind ihre technischen Basen. All dies hochgradig Verwundende ist hochgradig verwundbar.

Nach Gamelin gleicht die moderne Armee von 1939 der Flotte von 1914, indem sie eben ein Technikum ist. Und ungeheuer teuer. So daß sie also nur nach enormen Vorbereitungen zu den entscheidenden Schlägen eingesetzt werden kann. Es dauert lange, den Blitz zu machen.

So bekämpfen sich die Industrien ökonomisch und militärisch.

30. 1. 41

»Der gute Mensch von Sezuan« ist das sechste Stück, das zunächst nicht wird aufgeführt werden können (»Die heilige Johanna der Schlachthöfe«. »Furcht und Elend des Dritten Reiches«. »Leben des Physikers Galilei«. »Mutter Courage und ihre Kinder«. »Herr Puntila und sein Knecht Matti«.) Ebenfalls sechs Stücke sind es, die aufgeführt sind, wenn ich von »Trommeln in der Nacht« und »Im Dickicht der Städte« absehe, die mir fremd geworden sind (»Baal«. »Leben Edwards II. von England«. »Mann ist Mann«. »Dreigroschenoper«. »Rundköpfe und Spitzköpfe«. »Die Mutter«.)

31. 1. 41

Wann wird die Zeit kommen, wo ein Realismus möglich ist, wie die Dialektik ihn ermöglichen könnte? Schon die Darstellung von Zuständen als latente Balancen sich zusammenbrauender Konflikte stößt heute auf enorme Schwierigkeiten. Die Zielstrebigkeit des Schreibers eliminiert allzu viele Tendenzen des zu beschreibenden Zustandes. Unaufhörlich müssen wir idealisieren, da wir eben unaufhörlich Partei nehmen und damit propagandieren müssen.

1. 2. 41

Zu *nichtaristotelischem Theater*: Die Kopien der Wirklichkeit, welche das Theater verwendet, können einen sehr hohen Grad von Ungenauigkeit haben, ohne daß der Zweck der Verwendung, im allgemeinen die Erregung gewisser Emotionen, darunter leidet. Daß der Kopie eine Wirklichkeit entspricht, wird dem »geneigten« Zuschauer schon dadurch suggeriert, daß die Schauspieler den Vorgang vorstellen können. Die Täuschung benutzt die Beweiskraft, welche die Ausführung eines bestimmten Sprungs durch Artisten für die Ausführbarkeit dieses Sprungs besitzt. In Wirklichkeit können völlig ungenaue Kopien geschluckt werden, wenn zwei verschiedene Methoden angewendet werden: die Einfühlungstechnik und die Verfremdungstechnik (auf »dämonischer« Basis).

4. 2.

Steff arbeitet seit Wochen an einem 40 Seiten langen Aufsatz über die englische Revolution im 17. Jahrhundert für die Schule. Er versucht die Klassenkämpfe zu analysieren, auf Grund sehr schlechter Geschichtsbücher (das beste ist von Buckle, die Kulturgeschichte). Er hat ein bißchen Kautsky gelesen und den »Caesar«. In einem Schlußwort trägt er einen Disput mit seinem Rektor aus, indem er materialistische Geschichtsauffassung mit etwas Positivismus (der Physikbücher) mixt, um gegen die metaphysischen Bedürfnisse des Pädagogen anzukommen. Jede Geschichte ist lediglich eine Konstruktion, ob die Wirklichkeit ihr entspricht, ist höchst unsicher, soweit die Konstruktion logisch geschlossen ist und Fakten benutzt, ist sie wahr im alten Sinn. Die materialistische Methode benutzt er, weil sie praktisch (und elegant) ist, für jetzt Winke enthält, mit heute plastischem Vokabular zu bedienen ist. Das einzelne Individuum folgt höchst unscharf (nur mit statistischer Kurve versehbar) der Bewegung seiner massenhaften Formation. Es fällt Steff immerhin auf, daß er den König dann als Masse behandeln muß (wenn er mit Klassen verhandelt, kämpft usw.). Das stört ihn aber nicht weiter, da ja die Konstruktion, die das verlangt, hinreichenden

Nutzen sichert. So stößt er auf die Erfahrung, daß die dialektische Methode es immer mit Massen zu tun hat, alles in Massen auflöst, das Individuum nur als Massenteil behandelt, wenn es dasselbe nicht ebenfalls in eine Masse zerlegt. Jedoch macht es ihm noch Schwierigkeiten, bestimmte Epochen als Einheiten zu sehen, in denen die verschiedenen Überbauschichten in ganz besonderer Beziehung zueinander stehen, ganz besondere Wichtigkeiten haben usw. (Religion ist im 17. Jahrhundert nicht ebenso Opium fürs Volk wie im 20.) Natürlich gerät er mit seiner an sich ausgezeichneten Darstellung ins Hintertreffen, da sie nicht den besonderen König Karl enthält usw., d.h. jeder König an diesem Punkt des Feldes ausgereicht hätte, so daß seine Darstellung farb-, geruch- und geschmacklos ist wie eben ein mechanisches Grundmodell. Der Pädagoge müßte es leichthaben, es als etwas Totes, Graues, Unmenschliches zu kennzeichnen.

2. 2. 41

Mit Pergament Parmet über die Orchestrierung seiner Musik zur »Courage« gesprochen. Er stellte sich einfache Begleitung vor, und ich rate ihm ab. »Darf ich Sie aufhetzen?« sage ich. »Im Orchester, klein wie es sein mag, liegt Ihre Chance als Musiker. Die Melodie mußten Sie dem Unmusiker, dem Schauspieler, ausliefern, was können Sie sich von diesem Menschen erwarten? Ihr Orchester ist Ihre Truppe, Ihr Gang, Ihr fester Punkt. Es ist wahr, es muß dem Unmusiker oben auch noch die Stützpunkte geben, sonst fällt er um, aber jedes Instrument, das Sie freikriegen von diesem Dienst, ist für Sie gewonnen, für die Musik, Herr! Bedenken Sie, die Instrumente sprechen nicht per ›ich‹, sondern per ›er‹ oder ›sie‹. Was zwingt Sie, die Gefühle des ›ich‹ auf der Bühne zu teilen? Wo sind seine eigenen? Sie sind berechtigt, Ihre eigene Stellung zu dem Thema des Liedes einzunehmen. Selbst die Unterstützung, die Sie leihen, kann sich anderer Argumente bedienen. Emanzipieren Sie Ihr Orchester!«

18. 2. 41

Die norwegischen Zeitungen bringen Kochrezepte neuer Art: wie man Krähen und Möwen zubereitet. Und die Gottesdienste werden von Polizisten überwacht.

ein versuch der aufzählung seiner stücke zu brechts geburtstag 1941.
von Margarethe Steffin

1

seit wochen schwimme ich auf dem fieberschiff. es steigt schrecklich auf und ab, mir ist so schlecht, so schlecht. ich will ans ufer der gesundheit, aber das schiff legt nie an. ich springe in das dunkle wasser. mit fischnetzen, mit angelhaken holen sie mich zurück. ich frage angstvoll, ob es keine rettung gibt?
ja! sagen die wächter. wenn ich eine frage wahrheitsgetreu beantworte.
welche frage? wem? rasch, rasch! welche frage!
komm, sagen die wächter und führen mich in den bauch des schiffes.

2

auf langen wartebänken sehe ich durch einen nebel menschen, viele. männer und frauen. ich frage einen wächter: wer sind sie? er sagt, mit einem gemisch aus ehrerbietung und verachtung: schauspieler! und was wollen sie von mir? d i e r o l l e !
ihre gierigen augen fressen an mir. ihre stimmen sind heiser vor aufregung. sag uns, welches d i e rolle ist, dann kannst du gehen.

3

ach! ich atme auf und schon lockert das fieber seinen würgegriff. heiter fast frag ich: für einen mann oder für eine frau?
für eine frau! schrein die frauen.
für einen mann! schrein die männer.
gut, es gibt in seinen stücken genug rollen für euch alle, sag ich, um sie zu beruhigen, wie man einem wolf etwas hinwirft, wenn er schon den mann auf dem schlitten anspringen will.
ich habe auch nicht zeit, nachzudenken, ich muss rasch rasch rollen nennen, und ich nenne den armen edward, die ärmere königin anne. garga, den ich nie verstand (er ist doch eine rolle?), galy gay, den einfachen packer vom hafen mit dem weichen gemüt, der sich in die menschliche schlachtmaschine verwandelte wegen einer gurke, die er nicht nicht zu kaufen wagte, das sodom und gemorrha leokadja begbick. krager, anna!....
einer ruft finster dazwischen: aha! paule ackermann nennst du uns nicht! und nicht jenny, nicht diese begbick! (die auch eine leokadja ist, ist sie die gleiche?)
peachum! rufe ich laut, um ihn zu übertönen - da weiss ich mich auf sicherem

grund. frau peachum! macheath! polly!
denn sage ich langsam, denn teurer ist sie mir als alle, die ich nannte:
pelagea wlassowa!

4

darauf schweigen sogar sie für kurze zeit. dann fragen sie aber: und weiter? weiter? und ich sage: ja, weiter?
wir wollen es dir leichter machen, sagen die frauen - sie können doch nicht meinen, sie seien zu kurz gekommen bis jetzt? - nenne uns das s t ü c k , das dir das liebste ist!

5

das ist leicht! antworte ich. natürlich...
und plötzlich scheint mir, ich sehe hinten einen halbhohen leinenvorhang, einen, den ich doch aus den berliner theatern kenne, aber ich weiss, hier ist keine bühne. darf ich dahinter sehen? frage ich. und wenn ich nie mehr vom schiff dürfte, ich weiss, ich muss dahinter schauen! wohinter, sagen sie? da ist nichts. hinter den vorhang, sag ich. vorhang? wir haben keinen. den dort! geh schon, du!
nur einen kleinen spalt weit nehmen ich ihn auseinander, nur einen moment habe ich hingesehen und doch alles erblickt. ich muss den vorhang fallen lassen. mir ist, als ob mir das blut in den adern gerinnt. ich kann nicht sprechen, das wort ist mir im halse erstickt. aber ich bin verloren, wenn ich nicht spreche!
nun, sagen sie ungeduldig, welches stück ist dir das liebste?
da stürzt mir erlösendes wasser aus den augen. und schon kann ich mit lauter stimme sagen:
die johanna. die rundköpfe und die spitzköpfe. mutter courage und ihre kinder. der galilei. der gute mensch von sezuan!
alle stücke, die durch die ungunst der zeit nie eine bühne gesehen, sie sind mir die liebsten!
gib sie uns, schreien sie. gib sie uns! wir brauchen doch stücke!
ach, ihr könnt sie nicht spielen! nicht geduldet wird, dass man die wahrheit sagt und diese stücke sagen die wahrheit! sei sie noch so sorgfältig verkleidet, jene erkennen sie gleich!
ach, ihr könnt die stücke, die die grossen rollen für euch bergen, erst spielen, wenn es anders wird, aber wie, wehh es nur anders wird dadurch, dass ihr sie spielt?
und der schwankende boden unter mir öffnet sich und ich falle, falle, falle.

Reisende berichten immerfort, das deutsche Volk sei kriegsmüde. Das mag sein, aber es bedeutet zunächst nicht viel mehr, als ein Bericht bedeuten würde, die Arbeiter der oder jener Fabrik seien arbeitsmüde. Der Krieg ist zu einer Industrie geworden. Er hängt hauptsächlich davon ab, ob das Öl ausgeht, nicht davon, ob der Fleiß ausgeht. Im Augenblick sucht Hitler einen Markt für seine »Produkte«, einen Kriegsschauplatz.

4. 3. 41

Gorelik schickt mir sein Buch über modernes Theater. Er behandelt episches Theater sehr fähig und vorsichtig, wenn es auch ein wenig nach Karbol riecht, da er seine Vorliebe für Laboratorien nicht verleugnen kann. Es wird mir klar, daß man von der Kampfstellung »hie ratio – hie emotio« loskommen muß. Das Verhältnis von ratio zu emotio in all seiner Widersprüchlichkeit muß exakt untersucht werden, und man darf den Gegnern nicht gestatten, episches Theater als einfach rationell und konteremotionell darzustellen. Die »Instinkte«, welche, automatisierte Reaktionen auf Erfahrungen, zu Gegnern unserer Interessen geworden sind. Die verschlammten, eingleisigen, vom Verstand nicht mehr kontrollierten Emotionen. Andrerseits die emanzipierte Ratio der Physiker mit ihrem mechanischen Formalismus. Jedenfalls, selbst wenn sich die Interessen der Künstler nicht in besonders emotioneller Form äußern sollten – wahrscheinlich tun sie es –, sie äußern sich eben doch in emotioneller Form. Die epischen Prinzipien garantieren eine kritische Haltung des Publikums, aber diese Haltung ist eminent emotionell. Diese Kritik ist nicht zu verwechseln mit Kritik in bloß wissenschaftlichem Sinn, sie ist weit umfassender, keineswegs fachbegrenzt, viel praktischer und elementarer. Dann gibt es auf epischer Basis Lösungen für die Darstellung von Vorgängen, welche in der alten Form kaum dargestellt werden konnten. Die sozialen Motoren sind nun in Funktion sichtbar, während sie lange nur hinter einer »Situation« versteckt vorkamen. Das *Nach-und-Nach*, das *Mehr-und-Mehr*, der *Sprung*, kurz das *Prozessuale* wird verfolgbar. Unzählige Vorgänge, die den Dramatiker und das Publikum interessieren und leidenschaftlich bewegen, haben im alten Theater keinen Platz. Allein schon eine Untersuchung der Darstellungen des *Fehlers* (den der Held macht) würde die Mangelhaftigkeit des sogenannten dramatischen Prinzips alter Art erweisen.

7. 3. 41

Der große Irrtum, der mich hinderte, die Lehrstückchen vom »Bösen Baal dem asozialen« herzustellen, bestand in meiner Definition des Sozialismus als einer *Großen Ordnung*. Er ist hingegen viel praktischer als *Große Produktion* zu definieren. Produktion muß natürlich im weitesten Sinn genommen werden, und der Kampf gilt der Befreiung der Produktivität aller Menschen von allen Fesseln. Die Produkte können sein Brot, Lampen, Hüte, Musikstücke, Schachzüge, Wässerung, Teint, Charakter, Spiele usw. usw.

8. 3. 41

Anläßlich *Diderots* »Jacques le fataliste«: Auffällig, daß wir in Deutschland keinerlei Anzeichen einer verfeinerten Sinnlichkeit haben! Die Liebe ist dort (siehe »Faust«!) etwas Himmlisches oder etwas Teuflisches, aus welchem Dilemma man sich zog, indem man eine Gewohnheit daraus machte! Nur Goethe und Mozart wären zu nennen, und der letztere verlegte seine Liebesdramen weislich auf ausländische Schauplätze. Die Lyrik hat nichts zwischen dem Ätherischen, Überspannten, Immateriellen und der Zote der Wirtinnenverse. Keller hat einige Meriten, Heinrich Mann schildert nur Ausschweifungen. Im Mittelalter scheint der einzige Kulturträger auch auf diesem Gebiet der Klerus gewesen zu sein. Der deutsche Adel war genußunfähig, das Bürgertum dann idealiter puritanisch, d.h. realiter schweinisch. Der deutsche Student »tat es« nach solchem Bierkonsum, daß andere gekotzt hätten, wo er koitierte. – Es wäre für die Deutschen gesund, ihr erstes Liebeslustspiel (ihr »Mandragola«) etwa in einem *Luther-und-Kätter*-Drama zu bekommen!

10. 3. 41

An das amerikanische Theater denkend, kam mir jene Idee wieder in den Kopf, die ich einmal in New York hatte, nämlich ein Gangsterstück zu schreiben, das gewisse Vorgänge, die wir alle kennen, in die Erinnerung ruft. (The gangsterplay we know.) Ich entwerfe schnell einen Plan für 11-12 Szenen. Natürlich muß es in großem Stil geschrieben werden.

28. 3. 41
Inmitten all des Trubels um die Visas und die Reisemöglichkeit arbeite ich hartnäckig an der neuen *Gangsterhistorie*. Nur noch die letzte Szene fehlt. Die Wirkung der Doppelverfremdung – Gangstermilieu und großer Stil – kann schwer vorausgesagt werden. Noch die der Ausstellung klassischer Formen wie der Szene in Martha Schwerdtleins Garten und der Werbungsszene aus dem Dritten Richard.

Steffs Kenntnisse über die Verwebungen der Gangsterwelt mit der Verwaltung kommen mir zustatten.

3. 4. 41
Eine einfache Darstellung der nichtaristotelischen Dramatik sollte immer von dem Bedürfnis ausgehen, die zeitbewegenden Stoffe besser (praktikabler) als auf die alte Art behandeln zu können. Es war »lediglich« aus dem Naturalismus das Schicksalhafte zu eliminieren. Dieser Schritt machte die ganze große Umstellung nötig. Hier ist der arme dumme Bauer. Armut und Dummheit nicht als Gegebenheit behandelt, sondern in ihrer Verknüpfung und Beseitigbarkeit behandelt – und man hat das nichtaristotelische Drama. Das herrschende Theater macht aus einem Publikum von Ingenieuren und Revolutionären einfach ein Theaterpublikum (von Ästheten, passiven Genießern). Das neue aus Theaterpublikum (aktiven Genießern) Ingenieure und Revolutionäre.

1. 4. 41
Im »Ui« kam es darauf an, einerseits immerfort die historischen Vorgänge durchscheinen zu lassen, andrerseits die »Verhüllung« (die eine Enthüllung ist) mit Eigenleben auszustatten, d.h. sie muß – theoretisch genommen – auch ohne ihre Anzüglichkeit wirken. Unter anderem wäre eine zu enge Verknüpfung der beiden Handlungen (*Gangster-* und *Nazihandlung*), also eine Form, bei der die Gangsterhandlung nur eine Symbolisierung der andern Handlung wäre, schon dadurch unerträglich, weil man dann unaufhörlich nach der »Bedeutung« dieses oder jenes Zuges suchen würde, bei jeder Figur nach dem Urbild forschen würde. Das war besonders schwer.

2. 4. 41
Nachträglich habe ich viel damit zu tun, die Jamben des »Aufhaltsamen Aufstieg des Arturo Ui« zu glätten. Ich hatte den Jambus sehr schlampig behandelt, teils mit der Begründung, daß das Stück ja doch nur in Englisch aufgeführt werden würde, teils mit der, daß ein verlotterter Vers diesen Persönlichkeiten anstehe. Grete rechnete aus, daß von 100 Versen 45 hinkten. Und sie hielt die beiden Begründungen für Ausreden. Schlechte Jamben würden den Übersetzer anstecken, und Verlumpung ließe sich anders als durch schlechte Jamben ausdrükken. Der verjazzte, synkopische Jambus, den ich sonst oft anwende (fünf Füße, aber steppend), ist ja auch was anderes und hat nichts mit Schlamperei zu tun – er ist schwer zu bauen und natürlich sehr kunstvoll. Vor allem meinte sie aber, daß der V-Effekt geschädigt wird, wenn der Jambus nicht glatt ist.

Ich bin gespannt, ob es mir gelungen ist, dem Epischen Geschwindigkeit zu verleihen – man muß ja nicht glauben, daß es grundsätzlich gemächlich sein muß. Prinzipiell kann man im Epischen sowohl Zeitraffer als Zeitlupe benutzen. Auch das Bewegte, der offene Konflikt, das Aufeinanderprallen der Antagonisten ist natürlich im Epischen ebenso wie im »Dramatischen« möglich. Ich hoffe, auch das zeigt das Stück.

7. 4. 41
Grete züchtigt mich mit Skorpionen, der Jamben des »Ui« wegen. Seit einer vollen Woche sitze ich jetzt darüber, und sie will mir immer noch keine beruhigenden Versicherungen abgeben. Wedekind, erzählt sie nebenbei, bringe den Sinn immer auf *eine* Zeile. Natürlich ist der glatte (!) Jambus ein Rückschritt nach dem synkopierten, den ich sonst benutze. Aber hier ist er richtig, denke ich.

Es sind gute Exerzitien. Gestern hat der deutsch-serbische und der deutsch-griechische Krieg begonnen.

7. 4. 41
Man macht vielleicht einen primitiven Denkfehler, wenn man einen Kriegsausgang als unbedingt identisch mit einem Sieg des einen Partners denkt. Das Hornberger Schießen kann auch in totaler Form und in modernisierter Ausgabe vorkommen. Es

können lange Phasen von Halbkriegen entstehen. Teilpazifizierungen. Solche Grade von Erschöpfungen, daß der Krieg unmittelbar in die Anarchie übergeht. Die Kämpfe der Monopolkapitalismen können sich so komplizieren, daß sie überhaupt nicht mehr zu den »friedlichen« (unmilitärischen, ökonomischen) Formen der vergangenen Epoche zurückfinden. Dies, wenn die klassische Verwandlung solcher Kriege *nicht*, oder in unzulänglichem Maß passiert.

8. 4. 41
Merkwürdig, wie sich die Tragödie des kleinen Geschäftsmanns gegenüber den Trusts wiederholt in der Tragödie der kleinen Nationen. Völker, halb so groß wie die Einwohnerschaft Berlins, führen eine Politik, ausgehend von der Gleichberechtigung aller Völker!

Hier hält man die Invasion Englands für abgelöst durch den Balkankrieg, den sich – infolgedessen – niemand erklären kann. Wahrscheinlich ist er die Vorbereitung zur Invasion. Dieses Zweitakt-Angriffssystem, mit dem Gewicht auf dem zweiten Takt ist ja bekannt aus dem vorigen Jahr (Norwegen-Frankreich). Italien hat Schiffbruch gelitten mit seiner Aufgabe, die englische Flotte im Mittelmeer zu fixieren, damit der Atlantik entblößt bleibt und vielleicht auch Japan Amerika in Schach halten kann. Jetzt müssen das die Deutschen selber machen.

9. 4. 41
Die Welt hält wieder den Atem an. Die deutsche Armee rollt nach Saloniki in genau dem Tempo, das die Autos eben hergeben. Man hatte sich einen monatelangen Kampf vorgestellt, es waren Tage. Man erwartete dort die englische Wavellarmee zu sehen, es war nichts. Es ist, als ob nur diese Armee sich bewegen könnte. Sie allein schafft und beherrscht den Schlachtwürfel, der das Schlachtfeld abgelöst hat. Die veralteten Armeen konkurrieren da wie der Spinnrocken gegen die Jenny. Tapferkeit verliert gegen Fahrkunst, Unermüdlichkeit gegen Pünktlichkeit, Ausdauer gegen Fleiß. Die Strategie ist zur Chirurgie geworden. Ein feindliches Land wird »geöffnet«, nachdem es betäubt worden ist, dann wird tamponiert, desinfiziert, genäht usw. Alles mit der Ruhe.

12. 4. 41

Abgesehen davon, daß der Blankvers mit der deutschen Sprache eine sehr unglückliche Ehe führt – siehe die Scheußlichkeiten des »Tasso«! –, hat er für mich immer dieses Anachronistische an sich, das fatale Feudale. Nimmt man ihm das Verkastelte, Gewundene und Förmliche des höfisch offiziellen Ausdrucks, wird er gleich leer und »gewöhnlich«, ein Emporkömmling. Dennoch, obwohl also hauptsächlich Travestiewirkung erzielt wird, wenn ich die gangsters und Karfiolhändler jambisch agieren lasse, da so nur das Unadäquate ihres herrischen Auftretens ans Licht der Rampe kommt, bildet sich da, wo dann der Blankvers mißhandelt, verstümmelt, gestreckt, verhunzt wird, neues formales Material für einen modernen Vers mit unregelmäßigen Rhythmen, aus dem noch allerhand werden kann.

12. 4. 41

Merkwürdig, wie das Manuskript während der Arbeit zum Fetisch wird! Ich bin ganz abhängig vom Aussehen meines Manuskripts, in das ich immerfort einklebe und das ich ästhetisch auf der Höhe halte. Immer wieder ertappe ich mich darauf, daß ich, nur damit die Seite ausgeht, versuche, mit einer ganz bestimmten Anzahl von Versen auszukommen für eine Änderung!

12. 4. 41

Ich habe den »Ui« ständig die Aufführungsmöglichkeit vor Augen geschrieben; das machte einen Großteil des Vergnügens aus. Aber jetzt verspüre ich die Lust, etwas ganz und gar und überall Unaufführbares hinterherzuschicken: »Ui, Zweiter Teil«. Spanien / München / Polen / Frankreich.

13. 4. 41

Über uns wohnen Österreicher, ein Schutzbündler mit seiner Frau. Sie sind entsetzt über den schnellen Fall von Saloniki. Dort werden ihre Armeen geschlagen, meinen sie.

Es ist klar, ein Sieg Hitlers würde das Zeitalter der eisernen Ferse einleiten. Die Frage ist nur: hat das Bürgertum die Kraft, auch der Phase des Monopolkapitals ihren vollen politischen Ausdruck zu verleihen? Eines ist schon klar: daß diese Phase zu tiefen Umwälzungen führt – Liquidierung der kleinen Nationen, Schließung des freien Arbeitsmarktes, Sistierung der formalen Demokratie, Produktionskontrolle (ohne Aufhebung des Profits) usw. – aber, natürlich, sie kann sehr kurz sein. Wird sie kurz sein? Rein historisch gesehen ist ja da noch ein fight fällig. Da sind noch Ressourcen. Die neue Organisationsform und die neue Waffe deuten eine Epoche an. Es ist ein Sieg möglich, des einen Systems über das andere, das kann eine Epoche einleiten. Der gegenseitige Vernichtungswille der beiden Systeme enthält außerdem einen Konservierungswillen für das System, das beide Systeme einschließt – das lähmt das ältere System. Und auch das macht eine »neue« Epoche möglich, denn es inhibiert eine allzuweit gehende Vernichtung.

14. 4. 41
Solche Intellektuellen wie die Kritikerin und Romanschriftstellerin Hagar Olsson sinken jetzt rapid zurück in Mystik und Pessimismus. Ihre Haltung zu Hitler ist charakteristisch steril. Er ist nicht der Hauptweg des Kapitalismus, sondern der Abweg. Er ist die Anomalie des Kapitalismus, nicht der Kapitalismus ist die Anomalie. Er hat den Krieg »vom Zaun gebrochen«, als ob es Zäune gäbe, wo kein Eigentum ist! Wenn ich genießerisch sage: er ist die feinste Blüte, die der Kapitalismus hervorgebracht hat, das »bisher letzte Wort«, die gereinigte, verbesserte Ausgabe, die alles enthält und neues dazu, sieht man mich an, als sei ich ein betrübendes Opfer seiner Propaganda.

14. 4. 41
Frühjahr, Zeit des Schmutzes und der Geburten. Die Aussicht, Ischias, Wanzen und Nationalismus zurückzulassen. – Tragödienstoff: Veranstaltung eines »soziologischen Experiments«, indem ein Mensch sich vernichten läßt, um den Destruktionsapparat in Funktion zu zeigen. Ein Lehrer, umgeben von seinen Schülern?

15. 4. 41
Vala erzählt von einem Gedicht, das ein junger finnischer Dichter dieser Tage geschrieben hat. Hoch im Gebirge kämpfen die letzten Truppen. In äußerster Bedrängnis schicken sie einen

Kriegshund aus, mit einer Bitte um Hilfe. Sie geben ihm kein Ziel an. Irgendwo muß Hilfe sein, wir wissen nicht, wo, sagen sie. Der Schluß des Gedichts: Fallen darfst du nicht, du Hund, denn mit dir stürbe alle unsere Hoffnung. – Das ist die Stimmung vieler hier, besonders natürlich vieler Intellektueller, die von der deutschen Panzerwaffe erschrecken.

16. 4. 41

Erinnere mich bei der Lektüre von Maurois' »Tragedy in France« an den Plan zu einem Stück »Die Straße der Ministerien (Governmentstreet)«. Ein Blinder sieht, wie es kommen muß. In der Straße der Ministerien hat der blinde Bettler Jean Savour seinen Stand. Aus kleinen Anzeichen, unterrichtet von dem Portier des Außenministeriums, erkennt er, daß das Land Krieg haben wird, daß es den Krieg verlieren wird und wie. Es gelingt ihm, die kleinen Angelegenheiten seiner Freunde zu fördern.

16. 4. 41

In »New Masses« lese ich eine Kritik des *Gorelik*schen Theaterbuchs von H. Lawson. Gorelik macht den Fehler, zuviel Funktionalismus in das epische Theater hineinzutheoretisieren. Dadurch kommt etwas Technokratisches heraus, und der Mensch schrumpft zusammen zum Einzelfall eines Kollektivs. Die große Enteignung durch den Spätkapitalismus wird als kommunistisches Ideal ausgegeben (oder angeprangert). So kann er leicht abgehalftert werden, und man kommt ihm über den Kopf mit dem »vollen, blutvollen Leben im Gegensatz zu Symbolen und Formeln«, wo man eigentlich nur Illusionen bietet. Gegen das Theater der Illusionen zieht er aber wacker zu Felde, und wenn er nicht nur die Wissenschaft als einzige, auf Illusionen verzichtende Institution kennte, würde er sogar ankommen.

18. 4. 41

Es ist mir jetzt, wie ich merke, fast unmöglich, wishful thinking zu vermeiden, d.h. unerschrockene Faktenanalyse zu betreiben. Immerfort ertappe ich mich auf dem Gedanken: das überdenke ich in USA.

Ich hätte Lust, eine »Kassandra« zu schreiben. Sie hat natürlich nicht das Zweite Gesicht, sie benützt nur ihr gewöhnliches

Sehen. Und ihre schwarzen Voraussagen haben den praktischen Zweck, die Menschen aufzurütteln. So kommt das Morbide in Wegfall zusammen mit dem Mystischen. Es bleibt das tragische Los des Überbringers schlechter Nachrichten. Sie ahnt, was kommen wird, wenn sie sieht, wie wenig vorbereitet auf Abwehr ihre Umgebung ist; sie weiß, wie sich unter den kommenden Verhältnissen die Menschen ändern werden, auch die nächststehenden. Sie läuft von den Fürsten zu den Priestern, von den Kaufleuten zu den Fischern. Ihre Mutter ermahnt sie, zu schweigen. Sie versucht es, vergebens. Als Defaitistin erwartet sie ihren Prozeß, verabschiedet sich von ihren Kindern. Ihre Richter spricht sie an wie lauter Todgeweihte. Andere Szene: Verjagung des Pessimisten und Krittlers.

20. 4. 41
»Der gute Mensch von Sezuan« ist in zahlreichen Exemplaren seit Monaten an Freunde (in der Schweiz, in Amerika, in Schweden) verschickt, und noch nicht ein einziger Brief darüber ist eingelaufen. Die Bajonette der Sieger von 1870 mögen das »Kapital« in Europa zum Sieg geführt haben, die Tanks der Sieger von 1940 begraben unter sich den »Guten Menschen von Sezuan«.

Mit jedem Siegesrapport Hitlers verliere ich an Bedeutung als Schriftsteller. Selbst der Buchhändler und Kritiker Olsoni in Helsingfors findet nicht die Zeit, mein Stück zu lesen. Und es gibt immer weniger Besucher. (Dabei finden sie hier weder Verzweifelte noch Optimisten!)

21. 4. 41
Daß diese Aufzeichnungen so wenig Privates enthalten, kommt nicht nur davon, daß ich selbst mich für Privates nicht eben sehr interessiere (und kaum eine Darstellungsart, die mich befriedigt, dafür zur Verfügung habe), sondern hauptsächlich davon, daß ich von vornherein damit rechnete, sie über Grenzen von nicht übersehbarer Anzahl und Qualität bringen zu müssen. Der letztere Gedanke hält mich auch davon ab, andere als literarische Themen zu wählen.

21. 4. 41

Die Krise der Dramatik ist sehr tief. Es kommt darauf an, reiche, komplexe, sich entwickelnde Figuren zu schaffen – ohne introspektive Psychologie. Die gewöhnlichen behavioristischen Bilder sind sehr flach und verwischt (wenn sie nicht die Klarheit des Schemas F haben). Auch wenn man nicht nur die biologischen, sondern auch die sozialen Reflexe sammelt, kommen selten konkrete Figuren heraus. So wie der Kapitalismus die Kollektivisierung der Menschen durch Depravation und Entindividualisierung besorgt und wie zuerst vom Kapitalismus selber eine Art »Gemeineigentum an nichts« geschaffen wird, so spiegelt die behavioristische Psychologie zunächst nur die Gleichgültigkeit der Gesellschaft am Individuum ab, von dem nur gewisse Reflexe Wichtigkeit haben, da ja das Individuum nur Objekt ist. Andrerseits ist die Zertrümmerung, Sprengung, Atomisierung der Einzelpsyche eine Tatsache, d.h. es ist nicht nur eine Beobachtungsgewohnheit fehlerhafter Art, wenn man diese eigentümliche Kernlosigkeit der Individuen feststellt. Nur bedeutet Kernlosigkeit nicht Substanzlosigkeit. Man hat eben neue Gebilde vor sich, die neu zu bestimmen sind. Selbst Auflösung ergibt nicht nichts. Dabei ist ja auch die Abgrenzung der Einzelpsychen immer noch deutlich wahrnehmbar. Auch das neue Gebilde reagiert *und agiert* individuell, einmalig, »unschematisch«.

22. 4. 41

Am 19. wurde im Züricher Schauspielhaus die »Mutter Courage« aufgeführt. Heut kommt ein Telegramm von der Direktion und eines von Giehse, Lindtberg und Otto, daß die Premiere erfolgreich war. Es ist mutig von diesem hauptsächlich von Emigranten gemachten Theater, jetzt etwas von mir aufzuführen. Keine skandinavische Bühne war mutig genug dazu.

22. 4. 41

Warum ist die »Courage« ein realistisches Werk?

Es bezieht für das Volk den realistischen Standpunkt gegenüber den Ideologien: Kriege sind für die Völker Katastrophen, nichts sonst, keine Erhebungen und keine Geschäfte.

Es nimmt nicht den moralischen Standpunkt ein, d.h. es geht

nicht aus von der momentan herrschenden Moral, ist aber sittlich.

Für die Handlungen der Personen sind Motive angegeben, welche, erkannt und berücksichtigt, die Behandlung von Menschen erleichtern.

Das Werk arbeitet mit dem gegenwärtigen Bewußtsein der Mehrheit der Menschen.

23. 4. 41

Komödienfigur: Der Mann, der in Anbetracht schlimmer Welt gewillt ist, ein Bösewicht zu werden, es jedoch nicht vermag. Nach jeder guten Tat, die zu begehen er schwach genug ist, schwört er, nunmehr sich zu verhärten, aber in neuerliche Versuchung geratend, fällt er aufs neue. Nur hinter seinem Rücken tut er Gutes. Titel: »Das schwache Fleisch«. Sinn: Wieviel leichter und natürlicher ist es, Gutes zu tun als Schlechtes, produktiv zu sein, als schädigend.

(Er hat einen Feind, den er hassen müßte, aber bemitleidet, der ihn ausnutzt und den er nachzuahmen sucht.)

24. 4. 41

Wenn ich meine letzten Stücke betrachte und vergleiche, »Galilei«, »Mutter Courage«, »Furcht und Elend«, »Der gute Mensch von Sezuan«, »Herr Puntila und sein Knecht Matti«, »Aufstieg des Ui«, so finde ich sie abnorm uneinheitlich in jeder Weise. Selbst die Genres wechseln unaufhörlich. Biographie, Gestarium, Parabel, Charakterlustspiel im Volkston, Historienfarce – die Stücke streben auseinander wie die Gestirne im neuen Weltbild der Physik, als sei auch hier irgendein Kern der Dramatik explodiert. Dabei ist die Theorie, die ihnen unterliegt oder abgezogen werden kann, ihrerseits sehr bestimmt gegenüber andern Theorien. Man darf vielleicht auch nicht vergessen, daß die Zeit die verschiedenen Werke eines Dichters zusammenschmilzt; wie könnten sonst »Räuber«, »Braut von Messina«, »Tell« oder »Iphigenie«, »Faust«, »Clavigo« unter einen Hut geraten sein?

24. 4. 41

Werken eine lange Dauer verleihen zu wollen, zunächst nur eine »natürliche« Bestrebung, wird ernsthafter, wenn ein Schreiber

DAS REICH

Reichserzmarschall Prinz Eugen, der große Feldherr und Staatsmann

Büste von der Apotheose des Prinzen von Balthasar Permoser (1651–1732), Wien, Barockmuseum

Foto: Erika Schmauss

ODE / VON FRITZ DIETTRICH

Wen das ruhige Licht,
Das deine Stirne uns beut,
Einmal getroffen, der weiß,
Daß dein Beistand die Musen sind!

Ferne belauschtest du mich,
Und es zählte dein Mund
Wort und Silbe gemut,
Die mein Griffel voll Andacht schrieb.

Denn allen Göttern zum Lob
Kreuze ich einsam das Meer,
Und wenn ein Königsschiff
Mir begegnet und meinen Gruß

Also erwidert wie du,
Dankbar, daß ich es darf,
Wächst dann gedoppelt die Lust,
Segel, herrliche aufzuziehn.

Aber gemach! Daß ich stets
Hinter dem Liede verschwind,
Nur den Fahrtwind im Ohr
Und der Delphine Spiel im Blick.

Grund zu der pessimistischen Annahme zu haben glaubt, seine Ideen (d.h. die von ihm vertretenen Ideen) könnten eine sehr lange Zeit brauchen, um sich durchzusetzen. Die Maßnahmen, die man übrigens in dieser Richtung hin trifft, müssen die aktuelle Wirkung eines Werks keineswegs beeinträchtigen. Die nötigen epischen Ausmalungen des für die Zeit des Schreibens »Selbstverständlichen« stellen für diese Zeit nur wertvolle V-Effekte dar. Die begriffliche Autarkie der Werke enthält ein Moment der Kritik: der Schreiber analysiert die Vergänglichkeit der Begriffe und Wahrnehmungen seiner eigenen Zeit.

Dienstag, den 29. April 1941 **Volksrecht**

Heute abend Wiederholung des Schauspiels «Die Mutter»

Die schweizerische Erstaufführung des Schauspiels «Die Mutter» war ein so großer Erfolg, daß las Stück bereits heute Samstag um 20 Uhr im 'heatersaal des Volkshauses wiederolt werden muß. Es sind nur Billette an der ıbendkasse, die um 18.30 Uhr geöffnet wird, erhältch. Inszenierung und Regie, Darstellung und Geinnung des Kampfstückes sind durchgehend wirkım. Niemand, vor allem keine Arbeitermutter, soll ch abhalten lassen, die heutige Aufführung mitzurleben.

Unsere Photographie zeigt eine Szene aus dem ·chsten Bild (Stube des Lehrers Wessowtschikow): Maria Ostfelden als Mutter Pelagea Wlassowa, Fred Tanner als junger Arbeiter Iwan Wessowtschikow und Sigfrit Steiner in der Rolle des Lehrers Wessowtschikow, der sich den Arbeitern und Bauern anschließt und ihnen Unterricht erteilt. Bühnenbi'd: Robert Furrer. Vor dem Bühnenspiel, ab 19.30 Uhr, konzertiert, unter der Leitung von Heinz Hindermann, wiederum das flott spielende Arbeiterorchester der Stadt Zürich, wodurch eine schöne Stimmung erzielt wird.

Wir erwarten auch heute abend einen vollen Saal.

Der Bildungsausschuß SP. Zürich.

«Die Mutter»

Die gestrige schweizerische Erstaufführung des Gesinnungsstückes «Die Mutter», das von Bertold Brecht nach dem Roman von Maxim Gorki verfaßt wurde, fand vor 1200 mitgehenden Zuschauern einen so großen Erfolg, daß es morgen Samstag, den 3. Mai, wiederholt werden muß. Der bekannte Zeichner Lindegger erklärte, daß die Inszenierung Sigfrit Steiners besser sei als die seinerzeitige Berliner Uraufführung unter Brecht. Das ganze Spiel ist von einem großen Ernst beseelt. Die Volksschauspieler und die mitwirkenden kleinen Chöre leisten absolut saubere Arbeit, die auch von der Berufskritik anerkannt und gelobt wird. Unser Bild zeigt Maria Ostfelden als Mutter Wlassowa, wir glauben, daß das Porträt mehr sagt als Worte.

Xantippe ohne Sokrates

Aus dem Zürcher Obergericht

K. Wie so das 70jährige, zusammengeschrumpfte Männlein mit dem hilflosen Kinderblick vor den Richtern stand, fielen einem die Worte Therese Ghieses in „Mutter Courage" ein: „Schweizerkäse, Schweizerkäse, ich habe dich schon immer gelehrt, du sollst ehrlich sein, denn klug bist du nicht".

Während eines ganzen Menschenlebens war auch das Männlein ehrlich. Sein Verteidiger traf wahrscheinlich ins Schwarze, wenn er behauptete, sein Horizont sei von den Dämpfen begrenzt, die aus seinen Kochtöpfen aufstiegen, und sein Geist sei nicht tiefer, als eine Pfütze auf dem Asphalt. Jedenfalls war dieser Chef de cuisine in Kleinformat glücklich, solange er an seinem Herd hantieren durfte, und stellte sonst keinerlei Ansprüche ans Leben. Und das war gut, denn andernfalls wäre er sich sehr bemitleidenswert vorgekommen, weil er eine Xanthippe zur Frau hat, über die bereits Sokrates alles Wissenswerte gesagt hat.

Als er keine Arbeit mehr fand, da begann das Elend für dieses greise Kind! Denn er hatte kein Geld, seine Frau besaß hingegen einen netten Sparbatzen, und er bekam nun Tag für Tag zu hören, welch unnützer Geselle er sei. Mit ihrem ewigen Gejammer machte die Gattin den kleinen Mann ganz „tuch", und um ihr und sich selbst zu beweisen, daß er doch noch zu etwas gut ist, log er kühn während drei Jahren die Krisen- und Winterhilfe an und gab dort an, er und seine Frau besäßen keinerlei Vermögen.

Der Angeklagte ist jetzt geständig, sich des wiederholten ausgezeichneten Betruges im Betrage von 1900 Franken schuldig gemacht zu haben, wie es in der Juristensprache heißt. Es ist zwar fraglich, ob er auch wirklich versteht, warum sich die Herren vom Gericht so eingehend mit ihm beschäftigen. Jedenfalls ist es unmöglich, dem Männlein verständlich zu machen, daß er zwar zu acht Monaten Arbeitshaus verurteilt wurde, aber, daß die Strafe ihm bedingt erlassen ist. Schließlich begreift er aber, daß er heimgehen darf und gibt allen im Gerichtsgebäude, die sich in seiner Reichweite befinden, freundlich die Hand, wie ein braves Kind, das nicht zu hart bestraft wurde.

25. 4. 41

Meine beiden Produktionsmittel, die Zigarren und die (englischen) Kriminalromane, gehen aus und müssen rationalisiert werden.

29. 4. 41

Was wären die nötigsten Feste? Die *Siegesfeier*, die *Präsentennacht*, der *Solidaritätstag*, der *Weltkampftag*, der *Karneval*. Der Karneval wäre von großer Bedeutung. Tag der Verkleidungen und Verspottungen. Trauertag der heiligsten Güter und höchsten Personen.

227. VORSTELLUNG DER SPIELZEIT 1940/41

Freitag, den 25. April, 20 Uhr

Mutter Courage und ihre Kinder

Schauspiel in 11 Bildern von Bertolt Brecht

Regie: Leopold Lindtberg

Bühnenbild: Teo Otto

Musikalische Leitung: Paul Burkhard

Anna Fierling, genannt Mutter Courage	Therese Giehse
Die stumme Kattrin, ihre Tochter	Erika Pesch
Eilif, ihr Sohn	Wolfgang Langhoff
Schweizerköbi, ihr zweiter Sohn	Karl Paryla
Der Koch	Wolfgang Heinz
Der Feldprediger	Sigfrit Steiner
Yvette Pottier	Angelika Arndts
Ein Feldhauptmann	Hermann Wlach
Ein Werber	Fritz Delius
Ein Feldwebel	Kurt Horwitz
Junger Soldat	Emil Stöhr
Älterer Soldat	Friedrich Braun
Obrist	Willi Stettner
Kaiserlicher Feldwebel	Kurt Brunner
Junger Bauer	Kurt Brunner
Alter Bauer	Friedrich Braun
Alte Bäuerin	Traute Carlsen
Fähnrich	Ernst Ginsberg
Schreiber	Eugen Jensen
Soldaten	Enzo Ertini, John E. Schmid, Hans Wlasak
Junger Mann	Erwin Parker
Alter Mann	Carl Delmont

Technische Leitung: Ferdinand Lange

Die nächsten Vorstellungen

Samstag: 20 Uhr
Der Lügner und die Nonne

Sonntag: 15 Uhr
Sonntag: 20 Uhr
Montag: 20 Uhr
Dienstag: 20 Uhr
Louis Jouvet «Knock» ou «Le Triomphe de la Médecine»

Anfang 20 Uhr — Ende ca. 22.45 Uhr
Große Pause nach dem 6. Bild

9. 5. 41
Ich lese »Schillers Flucht aus Stuttgart« von Streicher. Notiere die Unterschiede in der Arbeitsweise, die sich aus den Unterschieden der aristotelischen und nichtaristotelischen Dramaturgie ergeben. Schiller arbeitet die dramatischen Szenen aus, auch die Monologe, legt großen Wert auf die »Schönheiten« und legt sorgfältig seine Effekte an. Alles zielt darauf ab, Begeisterung zu erwecken, mitzureißen, zu entzücken, moralisch wie ästhetisch. Hochgesinnte Charaktere, spannende Verwicklungen, rhetorische Explosionen, Ausstellungen starker Leidenschaften, Anzettelung atemraubender Kontroversen, all das werden die unwiderstehlichen Wirkungen sein. Die Misere ist dann sofort behoben, und Deutschland hat seinen Nationaldichter. Das Phänomen Theater, neu und mit V-Effekt der bürgerlichen Klasse und Nation aufgehend, erlebt seine Phase, wo die abgebildete Wirklichkeit ganz und gar durch das rein Theatralische negiert wird (Lessings Theater war noch sehr anders darin). Das vitale Interesse der Menschheit an sich selber als Menschheit, das sich im Theater ausdrücken kann und die Grundlage der Emotionen bildet, wird hier hauptsächlich als Interesse am Theater, also an der Abbildung allein repräsentiert. Es ist, dürr gesagt, nicht das Abgebildete, d.h. das, was unter den Menschen (und in ihnen) vorgeht, was den Dichter interessiert, sondern es sind die Emotionen direkt, die erweckt werden können durch eine Abbildung. Schiller sucht jeweils lange nach »Stoffen« und Handlungen, welche seine Emotionen »tragen« können. Nicht als ob die Verhältnisse ihn nicht interessierten, nicht als ob er nicht leidenschaftliche Proteste und Vorschläge bereithielte – nur ist es eben hauptsächlich das Theater und die Verwertung von Stoffen und Emotionen für das Theater, das ihn zum Schreiben bringt. Das ergibt eine Kunst, welche in Kontakt mit der Realität steht und Realität enthält, welche aber die Realität durchaus der Kunst opfert.

Wie entfernt ich von diesem Standpunkt bin, sehe ich daraus, daß der Gedanke, eine grand scène auszuformen, mir ganz plötzlich als etwas Neues, als ein interessantes Experiment vorkommt. Ich verwende gewöhnlich viel Mühe auf die Motivierungen, prüfe immerfort nach, wieviel von den Vorgängen, die ich im Auge habe, gezeigt werden müssen, usw., habe aber meines Wissens noch nie Repliken ausgefeilt oder den Schwung einer Szene zu verstärken gesucht. Ich beginne mit dem ersten Satz und höre auf mit dem letzten, ohne etwas Notwendiges zu überspringen und ohne irgendeinem Teil eine besondere Bedeutung zuzumessen. Das ist sehr episch, vermute ich. Für den Epiker ist jedes Detail ziemlich gleich liebenswert. Die Abbildung kritisiere ich eigentlich nur vom Abgebildeten her.

12. 5. 41
Abends geben hiesige Freunde uns ein Abschiedsessen in einem Turmrestaurant. Hella, Diktonius, Vala dabei. Wie wir weggehen – wir sind sehr vergnügt, weil Grete heut vormittag endlich vom amerikanischen Konsul ein Touristvisum zugesagt wurde –, kommt der Restaurantdirektor gestürzt und erzählt, Heß sei in Schottland gelandet als Flüchtling. Noch läuten die Siegesglokken vom Balkanfeldzug, und schon tritt in ein schottisches Bauernhaus hinkend ein Flüchtling, der drittmächtigste Mann des Siegerstaats. Hitler sagt die Vernichtung der Insel voraus, sein Stellvertreter bringt sich dorthin in Sicherheit! Sehr epische Dramatik, das!

13. 5. 41
Sehe mit Vala deutschen Fliegerfilm (Thema: rauhe Schale, goldenes Herz bei Vorgesetzten). Am interessantesten, wie völlig diese militärische Welt vom Leben abgeschlossen ist. Man sieht im ganzen Film nur ein nichtmilitärisches Milieu, die Kasernenkantine, und nur zwei Zivilisten, den Kantinenwirt, der Bier bringt, und ein Bauernmädchen auf einem Acker neben dem Flugfeld, das ihren Geschlechtsteil bringt. Außerdem sieht man, wie diese Welt für sich einsatzbereit gemacht wird. Das Heer ist der Spieleinsatz. Er wird auf die große Roulette geworfen, er wird von der Scharre des Croupiers weggerafft werden oder verdoppelt zurückkommen. Die Spieler entscheiden. – Gut, wie ein Flugplan von 1918 sich einfach wie durch Zauberei in einen von 1939 verwandelt, Frieden ist nur Waffenstillstand.

Internationa

Risto Ryti & Staff Officer

13. 7. 41

Im Dezember 40 wurden wir von Stockholm aus verständigt, daß für mich, Helli und die Kinder mexikanische Einwanderungsvisen bewilligt waren. Grete bekam keines, Kabels und Eingaben blieben fruchtlos, uns teilte man aus USA mit, wir sollten fahren, die neue mexikanische Regierung könne jeden Tag die Visen annullieren. Ich betrieb also die amerikanischen Visen, für Grete ein Besuchsvisum, da sie die medizinische Untersuchung für ein Einwanderungsvisum nicht passieren konnte. Die Lage in Finnland wurde schnell bedrohlich. Unsere amerikanischen Einwanderungsvisen bekamen wir am 3. Mai 41, und die finnischen Freunde drängten heftiger auf unsere Abreise. Die deutschen motorisierten Divisionen vermehrten sich im Land, Helsinki war voll von deutschen »Reisenden«, die Spannung zwischen Deutschland und der USSR nahm zu. Endlich, am 12. Mai bekam Grete als Hellas Sekretärin für Amerika ein Besuchervisum. Wir fuhren am 13. ab und waren am 15. in Leningrad. In Moskau brach Grete, die sich noch an der Grenze wegen der Manuskripte abgehetzt hatte – sie allein sprach Russisch –, zusammen. Die karge Kost in Finnland (fast kein Fleisch, wenig Fette, kein Gemüse, kein Obst), die Aufregungen und Ängste, besonders auch die Furcht, sie könne schuld daran sein, daß wir alle nicht mehr wegkommen würden, dann auch die Reise hatten sie völlig erschöpft. Von ihren sechs Lungenflügeln arbeiteten noch fünf. Sie kam in eine Klinik. Als wir unsere Billette für ein schwedisches Schiff nach harten Kämpfen endlich bekamen, versuchte ich sie umzutauschen gegen die auf einem späteren Schiff; es wurde mir aber gesagt, das sei nicht möglich. Jedoch wurde mir versprochen, für Grete, falls sie erholt war, würde bestimmt ein Schiffsbillett besorgt werden können. Da so der Weg für sie offen war (Visum und Billett gesichert), war sie recht beruhigt und eifrig, sich zu erholen, um die lange Fahrt aushalten zu können. Ich ließ ihr Manuskripte und alles zurück. Den Ernst ihrer Lage ahnte sie, jedoch schob ich alles auf ihr Herz, was sie glaubte. Am 30. 5. fahren wir ab nach Wladiwostok. Die allgemeine Ansicht ist, daß die USSR noch geraume Zeit Frieden haben wird, aber der Eintritt Amerikas in den Krieg bevorsteht. Der sibirische Expreß braucht zehn Tage von Moskau bis Wladiwostok. Wir wechseln täglich Telegramme. Am 1. 6.: »Am 31. Mai während der Nacht fühle ich mich mittel. Am 1. während des Tages fühle ich mich schlecht. Gruß Grete und Maria.« Maria ist Maria Greßhöner. Am 4. 6. 41 früh 9 Uhr stirbt sie. Sie hat um 8 Uhr noch mein Telegramm erhalten und ist sehr ruhig danach. Ich erfahre es um 10 Uhr abends, jenseits des Baikalsees. Unser kleiner mongolischer Dolmetsch übersetzt mir das Telegramm.

Am 13. Juni fahren wir mit der »Annie Johnson« nach den USA ab. Nach einem Aufenthalt von fünf Tagen in Manila kommen wir am 21. Juli in San Pedro an.

Wortlaut des Telegramms vom 4. 6. (wörtliche Übersetzung des Dolmetsch), mitgeschrieben in Ulan-Ude:

»Acht Uhr Morgen Grete bekam Ihr Telegramm und las es ruhig. Um 9 Uhr morgens starb sie. Mit tiefem Mitgefühl und Gruß, Ihre Hand, *Fadejew, Apletin*.«

Wortlaut eines Telegramms Marias vom 5. 6.:

»Grete wünschte nicht zu sterben. Dachte nur zu leben. Bat um Bücher. Dachte an Sie. Sie hatte den Wunsch, bald gesund zu sein und Ihnen nachzufahren. Nach der nächsten Nacht frühstückte sie ruhig, las gut Ihr Telegramm und bat um Champagner. Bald fühlte sie sich schlecht und zitterte und dachte, es würde besser. In diesem Moment kam der Arzt. Im nächsten Moment wiederholte sie dreimal das Wort Doktor. Starb ruhig. Der Doktor fand bei der Obduktion die beiden Lungen im letzten Stadium. Große Kavernen, Herz und Leber stark vergrößert. Der Abguß des Gesichts wurde für Sie gemacht.«

Vladivostok Harbor

Sovfoto

[Autobiographische Notizen 1941]

29. 5. 41 (Donnerstag)
Vormittags packe ich für sie, auch Helli hilft.

Sie sucht ihren kleinen Ring, findet ihn nicht. Sie ist aber zuversichtlich.

Ich weiß, daß ihre Überführung lebensgefährlich ist.

Mittags fahre ich mit ihr in einem alten Krankenauto in das Sanatorium Hohe Berge in Moskau. Sie muß mehrmals Sauerstoff nehmen, sieht sehr müd und verändert aus und sagt oft: Schreib mir. Es ist aber noch nicht sicher, ob wir Fahrkarten bekommen. Ich kaufe einen Ring und besuche sie um 5 Uhr. Sie ist sehr ruhig, und wie gewöhnlich gehe ich fast heiter weg.

Ich habe ihr gesagt, daß ich fahren werde, Billetts bekommen habe. Sie lächelt und sagt mit tiefer Stimme: Das ist gut.

30. 5. 41 (Freitag)
Mittags um 12 bin ich im Sanatorium mit einem kleinen Elefanten, der sie sehr freut.

Ich habe ihr ein Kopfkissen mitgebracht. Sie sagt: Ich komme nach, nur zwei Dinge können mich abhalten: Lebensgefahr und der Krieg.

Sie ist wieder ruhig und lächelt, als ich gehe, ohne Anstrengung. Sie sagt: Du hast mir solche Dinge gesagt, daß ich ganz ruhig bin.

5 Uhr fahre ich ab nach Wladiwostok.

Den ganzen Juni geht kein anderes Schiff mehr. Der Eintritt Amerikas in den Krieg steht bevor. Auch Flugverkehr nach Wladiwostok gibt es nicht.

Die nächsten Tage kein Telegramm.

Am 4. 6. 41 früh 9 Uhr stirbt sie. Sie hat um 8 Uhr ein Telegramm erhalten und war sehr ruhig.

Ich erfahre es um 10 Uhr, jenseits des Baikalsees (4 Uhr Moskauer Zeit).

Kommentar

TAGEBUCH N° 10
15. MAI 1913 – 25. DEZEMBER 1913

Textgrundlage

Manuskript in einem gebundenen Heft mit kariertem Papier (im Besitz des Suhrkamp Verlags, Frankfurt a. M.).

Titel auf der Innenseite des kartonierten Umschlags: »*1913* / Tagebuch N° 10. / Vom 15. Mai 1913 – / *Eugen Brecht.*«

Entstehung

Brecht führt das *Tagebuch N° 10* vom 15. Mai bis zum 25. Dezember 1913. Daß von ihm schon vorher Tagebücher geführt worden sind, belegen seine Verweise auf die nicht überlieferten Tagebücher »6 B, Seite 24« (vgl. 52,4) und »N° 5, Seite 2« (vgl. 68,28). Im Mai 1913 ist Brecht Schüler der Obertertia (Klasse Va) des Königlichen Realgymnasiums in Augsburg, An der Blauen Kappe (das er seit 1908 besucht), nach den Sommerferien, ab 16. September, der Untersekunda (Klasse VIa). Das Tagebuch ist das früheste erhaltene Zeugnis seiner schriftstellerischen Tätigkeit.

Brecht verwendet weitgehend deutsche Langschrift, vereinzelt jedoch innerhalb der Sätze und in einigen Fällen für ganze Abschnitte eine stenografische Kurzschrift (Gabelsbergersche »Redezeichenkunst«); als Wahlfach wird Stenografie am Augsburger Realgymnasium in den Klassen V und VI angeboten in je einem Anfangs- und einem Fortbildungskurs. Die entsprechenden Stellen sind in der vorliegenden Ausgabe nicht gekennzeichnet. (Vgl. die Faksimile-Ausgabe: Bertolt Brecht, *Tagebuch N° 10. 1913*, hg. v. Siegfried Unseld, Transkription der Handschrift u. Anmerkungen v. Günter Berg u. Wolfgang Jeske, Frankfurt a. M.: Suhrkamp Verlag 1989.)

Am Ende des Tagebuchs ist folgender Brief der Mutter Sophie Brecht an ihren Mann Berthold (Eilsendung) eingeklebt (vgl. zu 90,4 f.):

Augsburg, 10. 12. 13.
10 Uhr abends.

Mein lieber Berthold!
Alles ist daheim in Ordnung. Walter geht wieder in die Schule. Marie habe heute früh um ½ 9 Uhr geschrieben und gleich fortgegeben. Es ist mir so leid, daß Du Dich ängstigst. Die Buben schicken Dir viele Grüße und Küsse, ebenso Dein Dich innig liebendes Weib. Auf frohes Wiedersehen!

Marie trägt das Briefchen noch an die Bahn. Es soll Dich beruhigen.
Hoffentlich kommt's in Deine Hände!
Deine Sophie.

Auf der Rückseite des Briefumschlags steht: »Bitte, den Brief öffnen und Herrn Brecht noch geben! S. Brecht.«

Nach der Lektüre des Briefes schreibt der Vater ebenfalls auf die Rückseite des Umschlags folgenden Gruß an seine Frau:

Mein lieber guter Schatz!
Besten Dank für die Mitteilung, die mich sehr beruhigt hat – bist eben mein vernünftiges Weiberl. Ich bin jetzt ganz ruhig und voller Zuversicht.
Herzlichen Gruß und Kuß
Dein hoffnungsfreudiger
Berthold
Gruß und Kuß an unsere Buben.

Beigelegt ist dem Tagebuch auch ein Brief des Vaters an seinen Sohn:

München, 10. Dezember 1913 abends ½ 6 Uhr

Mein lieber Eugen!
Du hast mir noch ein recht liebes Briefchen geschrieben, wofür ich Dir herzlich danke. Wenn mir auch eine schwere Schicksalsprüfung bevorsteht, so bin ich doch von dem zuversichtlichen Hoffen erfüllt, daß alles gut gehen und ich bald wieder zu Euch meine Lieben heimkehren darf.
Sei immer brav und vernünftig; jetzt wo auch die liebe Mama, die mich so treu und aufopfernd pflegt, nicht bei Euch sein kann, und aber auch später, besonders in einer Zeit, wo vielleicht einmal Vater oder Mutter nicht mehr hilfreich Dir und Walter zur Seite stehen können, ist es doppelt von Nöten, daß Du als der Ältere ein gutes Beispiel gibst. Es ist mir ein großer Trost, daß Ihr beide gutgeartete Jungen seid – bleibt so, und dann werdet Ihr auch tüchtige, brauchbare, ins Leben passende Männer werden.
Fasse diese meine Zeilen nicht als einen Abschiedsbrief auf; es drängte mich nur heute auch noch zu Dir zu sprechen und Dir einen herzlichen Gruß und Kuß zu senden von Deinem Dich innig liebenden

Vater.

Lose eingelegt ist in das *Tagebuch N° 10* ein Probedruck für den Umschlag von Heft 5 der Schülerzeitschrift *Die Ernte* (vgl. zu 71,28); auf blaugrauem Karton ist auf der einen Seite zweimal die Zeichnung *Bergfrieden* von Friedrich Gehweyer und auf der anderen Gehweyers Zeichnung *Sylvester-Nacht 1913* (signiert: »F.G.«) zu sehen, die ein Gedicht Brechts, das in Frakturschrift geschrieben ist, umrahmt:

Sylvester-Nacht

Sylvesterglocken schallen
Durch blaue Winternacht.
Aufs still verträumte Städtchen
Fallen Schneeflocken sacht.
Und aus den kleinen Häusern
Dringt goldner Lichterschein
Trauliche, alte Lieder
Singen die Kinder fein.
Sylvesterglocken schallen
Von allem, was heuer war
Geleiten singend zur Ruhe
Das alte müde Jahr.
31.12.13 E.B.

Zur Textgestaltung in der vorliegenden Ausgabe:

9,20 *modernen]* Die Entzifferung der stenografischen Aufzeichnung ist unsicher; möglicherweise auch: »sittlichen«. 9,20 *behandeln]* »behandlen«. 17,32 *Kapitelsaal]* Davor gestrichen: »düster verhangenen«. 19,7 *über]* »über über« (stenographisch und ausgeschrieben). 19,26 *stockt]* Unsichere Entzifferung. 21,39 *Bingen ergeben.]* Folgen gestrichene Stenogramme, die nicht entziffert werden konnten. 23,23 *Quadratform]* »Quadrat« ist durch ein gezeichnetes Quadrat wiedergegeben. 24,8 *Neher]* Unsichere Entzifferung. 24,11 *aufrecht]* »aufgerecht«; möglicherweise gemeint: »aufgereckt«. 24,30 *Börtier]* Unsichere Entzifferung. 25,17 *machte]* Textverlust durch Trennung des Worts am Zeilenende, das mit »ma« endet und auf der neuen Zeile mit »te« beginnt. 32,34 *allgemal]* So in der Textgrundlage. 32,35 *mit]* Irrtümlich gestrichen. 38,11 *krächzend]* »grächzend«. 41,36 *die]* Fehlerhaft stenografiert; gemeint: »dich«. 42,3 *Realgymnasium]* »Realgym.«; möglich auch: »Realgymnasiasten«. 42,31 *Freitag]* Möglicherweise ist der folgende Eintrag (42,32-34) gestrichen (Tintenstreifen). 42,32 *Stadt rum rennen]* Dazwischen drei Wörter, die nicht entziffert werden konnten. 45,14 *Granitkolonnen]* Unsichere Entzifferung; möglich auch: »Gerrnitkolonnen«. 45,16 *Trommeln ... schwer.]* Möglicherweise ist nach diesem Vers, der am Seitenende steht, eine Strophengrenze anzusetzen. 50,24f. *Broncheritis]* Anstelle des Wortes sind Wiederholungszeichen unter dem gleichen Wort (in der darüberstehenden Zeile) angebracht. 51,27 *warf]* Unsichere Entzifferung (ebenso 51,31). 52,5 *»Tais Rottenbrocker«]* »Teis Roddenbrokker«. 52,12 *Zeugnisse geholt.]* Nach »Zeugnisse ge-« folgt ein Trennzeichen, die Fortsetzung auf einer neuen Seite ist unterbrochen durch *Tais Rottenbrocker* (52,19-34). 52,27 *Hände]* »Händen«. 53,12 *schon schon]* So in der Textgrundlage. 53,33 *Giebel]* Unsichere Entzifferung; möglich auch: »Gipfel«. 58,28 *Seine]* »sei.« Unsichere Entzifferung, kann auch »su.« (für: sucht) heißen. 59,14 *beuget]* Unsichere Entzifferung. 60,18 *nicht]* Unsichere Entzifferung; möglicherweise: »seicht«. 61,13 *Café]* So in der Textgrundlage. 61,33 *Pöbel]* »Pöpel«. 62,14 *spitzigen]* »spitzige«. 62,18 *Klange]* »Klage«. 63,5 *das Gemeine]* So in der Textgrundlage. 63,9 *Glossen]* Folgen zwei dick durchgestrichene Strophen, die nicht entziffert werden konnten. 64,16 *Dreck]* Unsichere Entzifferung. 67,16 *würden]* »würdest«. 68,5 *war blau.]* Vermutlich Strophengrenze. 68,38 *majestät'scher]* »maystätscher«. 71,29 *Eine Auflage]* »1 Auflage«; möglich auch: »Erste Auflage«. 73,22 *Leid]* Unsichere Entzifferung. 76,26 *weils selbst er's]* So in der Textgrundlage. 79,2 *Stück ...«]* Abführungszeichen ergänzt. 80,1 *verloren]* So in der Textgrundlage. 82,30 *singen]* »siegen«. 86,22 *u 3!]* Unsichere Entzifferung; möglich auch »u 3'.« im Sinne von: um 3 Uhr. 90,19 *Einmal]* Nach »Ein-« folgen auf einer neuen Seite die Gedichte *Sorge* und *Prolog* (90,25-91,30); der Text wird im Anschluß an die Gedichte mit »mal« fortgeführt. 90,36 *der Sorge Bruder]* Stenographische Einfügung anstelle der ungetilgten Wendung: »die graue Sorge«. 95,17 *weist auf]* Nach »weist« folgt auf einer neuen Seite: *Zwei Gedichte / Die Zeit* und *Gewitterschwüle* (95,20-96,10), der Text wird auf der folgenden Seite fortgeführt. 97,37 *gut]* »gu«. 100,34 *überliefert]* Unsichere Entzifferung.

Zeilenkommentar

9,5 *die Schule]* Brecht geht in die Obertertia (Va) des Augsburger Königlichen Realgymnasiums, An der Blauen Kappe. Im Schülerverzeichnis 1912/13 wird er geführt unter: Eugen Brecht, Konfession: protestantisch, geboren: 10. Februar 1898 in Augsburg, Vater: Prokurist (vgl. *Jahres-Bericht über das Königliche Realgymnasium zu Augsburg im Schuljahre 1912/1913*, Augsburg 1913, S. 30). Das Tagebuch beginnt mit dem 15. Mai, dem ersten Schultag nach den Pfingstferien.

9,7 *Gehweyer]* Friedrich (auch: Fritz): Sohn eines Kaufmanns und Schüler der IV. Klasse (Untertertia, IVa), eine Klasse tiefer als Brecht, ist einer seiner bevorzugten Freunde. Er ist zeichnerisch sehr begabt, arbeitet (ab August) gemeinsam mit Brecht an der Schülerzeitschrift *Die Ernte* (vgl. zu 71,28) und gestaltet später Postkarten mit seinen Graphiken und mit Gedichten Brechts. Gehweyers Vater ist mit dem Vater Brechts durch gemeinsame Mitgliedschaft im Männergesangverein Augsburger Liedertafel freundschaftlich verbunden.

9,8 *Herzbeschwerden]* Brecht leidet seit früher Kindheit an einer Herzerweiterung. Zur Verbesserung seines Gesundheitszustandes verbringt er Kuraufenthalte in Bad Dürrheim und Königsfeld im Schwarzwald, später auch in Bad Steben (vgl. die erste Anmerkung zu 35,2).

9,11 *daheim]* Brechts Eltern wohnen seit 1893 in Augsburg, Auf dem Rain 7. Nach der Geburt Eugen Bertholds zieht die Familie am 18. September 1898 um in eine größere Wohnung, Bei den Sieben Kindeln 1, am 12. September 1900 nach der Geburt von Walter in ein Haus der »Georg und Elise Haindlschen Stiftung« in der Klaucke-Vorstadt. Dort bewohnen sie in der Bleichstraße 2 die beiden Wohnungen des ersten Stockwerks und verfügen außerdem über eine Mansarde.

9,14 *Enderlin, Bingen, Albrecht]* Julius Bingen, der Sohn eines verstorbenen jüdischen Bankiers, und Heinrich Albrecht, der Sohn eines verstorbenen Kunstmalers, gehen mit Brecht in die gleiche Klasse; Emil Enderlin, Sohn eines verstorbenen Kaufmanns, geht in die Parallelklasse.

9,18 *Hartmann]* Rudolf Hartmann (auch: Mädi), Sohn eines Postsekretärs, geht in die Parallelklasse Brechts (Vb). Seine Wohnung in der Müllerstraße 14 ist häufig Treffpunkt des Freundeskreises. Er bleibt mit Brecht auch nach der Schulzeit befreundet.

9,27 *Satyriker]* Möglicherweise hier Wortbildung aus »Satyr« und »Satiriker«.

9,30f. *Betrücher]* Mundartlich für: Betrüger.

9,34 *im Kunst-Verein]* Brecht besucht mit dem zeichnerisch begabten Freund Friedrich Gehweyer (vgl. zu 9,7) regelmäßig die Ausstellungen des Augsburger Kunst-Vereins e.V. in der Hallstraße 19. Ab 12. Mai wird dort eine Miniaturen-Ausstellung gezeigt und u.a. Kollektionen von Franz Holper und Karl Gossner. (*Augsburger Neueste Nachrichten*, 10. Mai 1913.)

9,34 *G.]* Vermutlich Friedrich Gehweyer.

9,36 *Chopin]* Kompositionen von Frédéric Chopin spielen beim Violinunterricht Brechts als Übungsstücke eine große Rolle (seine Wertschätzung Chopins: vgl. zu 79,24f.).

9,39 *Mama]* Wilhelmine Friederike Sophie Brecht, geboren am 8. September 1871 als Tochter des Stationsvorstandes Josef Friedrich Brezing und seiner Frau Friederike Brezing aus Roßburg bei Bad Waldsee (Württemberg). Sie heiratet mit 25 Jahren am 15. Mai 1897 Berthold Friedrich Brecht.

10,2f. *am Kreuz]* Brechts täglicher Schulweg zum Realgymnasium, An der Blauen Kappe, führt über die Straße Auf dem Kreuz.

12,2 *Reitters]* Hermann Reitter arbeitet (ebenso wie der Vater Brechts) in der Haindlschen Papierfabrik; er ist Ingenieur des Kalkulations-, Rezeptur- und Prüfwesens. Seine Frau Amalie Reitter ist eine ältere Schwester der Mutter Brechts; ihre Kinder sind Friedrich (Fritz), der in der Quarta (IIIb) des Realgymnasiums ist, und Richard, vier Jahre jünger als Brecht (Sexta, Ib). Die Familie Reitter wohnt in der Nähe der Brechtschen Wohnung, in der Sebastianstraße 4.

12,3 *Kölbig]* Wilhelm Kölbig, Sohn eines verstorbenen Apothekers, Schüler der Parallelklasse Brechts.

12,3 *Schachpartien]* Brecht spielt gern Schach und bewahrt sich dieses Hobby lebenslang. Er ist 1911 Mitinitiator bei der Gründung des Augsburger Schachclubs Amicitia.

12,34 *remisierte]* Abgeleitet von Remis: (franz.) unentschiedenes Spiel.

12,35f. *Morgen ist frei.]* Das katholische Fest Fronleichnam ist in Bayern ein schulfreier Feiertag.

13,3 *Sinenischna]* Konnte nicht ermittelt werden.

14,4 *Bityrne]* Möglicherweise abgeleitet von der antiken Landschaft Bithynien am Schwarzen Meer.

14,29 *Fronleichmann]* Möglicherweise Schreibfehler (oder Verballhornung) von Fronleichnam.

14,30 *Herrn Eberl]* Hans Eberl, ein Angestellter der Papierfabrik Haindl, wohnt im vierten der Stiftungshäuser (vgl. zu 9,11), die von Brechts Vater im Auftrag der Firma verwaltet werden. »Wir besuchten ihn oft in seiner Wohnung, einzeln oder zu zweit, er war uns ein guter Freund. Er spielte Mandoline und mit Eugen Schach [...].« (Walter Brecht, *Unser Leben in Augsburg, damals. Erinnerungen*, Frankfurt a.M. 1984, S. 86.)

14,32 *Papa]* Berthold Friedrich Brecht ist als Sohn des Lithographen Stephan Berthold Brecht und seiner Frau Karoline am 6. November 1869 in Achern/Baden geboren. Nach einer kaufmännischen Ausbildung in Oberbayern arbeitet er ab 1. September 1893 als Commis in der Haindlschen Papierfabrik in Augsburg, avanciert 1901 zum Prokuristen und wird später Kaufmännischer Direktor der Firma. Er zählt zu den angesehenen Bürgern der Stadt, ist Mitglied der Augsburger Liedertafel (vgl. zu 9,7) und Vorstandsmitglied in einer Anglervereinigung.

14,36f. *Arzt ... Müller]* Der Hausarzt Dr. Georg Müller ist Internist, spezialisiert auf Magen- und Darmkrankheiten. Der Name des Vertreters konnte nicht ermittelt werden.

15,1 *Otto Ernsts »Vom Strande des Lebens«]* Gemeint ist der Auswahlband *Vom Strande des Lebens. Novellen und Skizzen* von Otto Ernst (Pseudonym für Otto Ernst Schmidt), erschienen bei Reclam in Leipzig (die *Einleitung* ist datiert: »Ostern 1908«).

15,2 *Dickens]* Der englische Romancier Charles Dickens.

15,2 *Oskar]* Oskar Sternbacher, Sohn eines Fotografen, ist Mitschüler Brechts.

15,7 *Liliencrons Gedichte]* Bezieht sich vermutlich auf die Ausgabe *Ausgewählte Gedichte* von Detlev von Liliencron, Berlin 1912.

15,8 *neuchen Gartenpalais]* Neuchen, mundartlich für: neuen. – Gartenpalais: vermutlich ironische Bezeichnung für einen kleinen Pavillon im Garten des Brechtschen Wohnhauses in der Bleichstraße 2, in dem Brecht sich gern aufhält. (Das einzige nachweisbare Palais in Augsburg ist das Schaezler-Palais gegenüber dem Herkulesbrunnen.)

15,9 *Großvater]* Joseph Friedrich Brezing, Großvater Brechts mütterlicherseits. Er und seine Frau Wilhelmine Friederike Sophie wohnen in der Bleichstraße 7, schräg gegenüber der Brechtschen Wohnung. Walter Brecht beschreibt ihn folgendermaßen: »Der Großvater war ein griesgrämiger alter Mann von gedrungener Gestalt, ziemlich dick, der Mund von einem kurzen Schnurrbart, Kinn und Wangen von einem schütteren Backenbart verdeckt. Wir sahen ihn nie anders als ordentlich angezogen im Lehnsessel sitzend, von wo aus er der Großmutter ab und zu mißfällig knurrende Befehle erteilte. Dennoch hat er uns nie unfreundlich behandelt [...].« (Walter Brecht, *Unser Leben in Augsburg, damals. Erinnerungen*, Frankfurt a.M. 1984, S. 196.)

15,13 *Zyklus »Leben«]* Der Plan wird nicht ausgeführt. Vgl. die weiteren Pläne, Gedichte zu Zyklen zusammenzustellen: 57,26-29, 97,32f. und 98,35.

15,14 *Im Bad]* Brecht geht wegen seines labilen Gesundheitszustandes regelmäßig in das Hygienische Bad in Augsburg, in dem Heilkuren verschiedenster Art in Anspruch genommen werden können.

15,15f. *gespaziert]* Mundartlich für: spazierengegangen.

15,16 *Richard]* Richard Reitter (vgl. zu 12,2).

17,13 *Jakoberwall]* Die Augsburger Wallanlage mit Rundbastei und einem Turm, 1908 in eine öffentliche Grünanlage umgewandelt, ist häufiger Treffpunkt der Freunde.

17,32 *Kapitelsaal]* Teil einer Kathedrale, in dem sich das Mönchsbzw. Priesterkollegium (Kapitel) versammelt.

18,5 *Eminenz]* Anrede für einen Kardinal.

18,24 *»Reclams Universum«]* Die »Moderne illustrierte Wochenschrift« für Kultur im In- und Ausland erscheint seit 1885 im Reclam Verlag (Leipzig).

18,28 *»Die Kindsmörderin«.]* Das Motiv der Kindsmörderin ist in der deutschen Dramatik häufig benutzt worden. Brechts Plan wird nicht ausgeführt; er gestaltet das Thema aber u.a. in dem späteren Gedicht *Von der Kindesmörderin Marie Farrar* (vgl. Band 11). Das 1922 geschriebene Gedicht geht auf eine Zeitungsmeldung zurück, nach der die 1894 in Kölburg bei Monheim geborene ledige Dienstmagd Walburga Ferber der Kindestötung angeklagt ist. (*Augsburger Neueste Nachrichten*, 17. Mai 1922.)

19,8 *vis à vis]* (Franz.) gegenüber.

19,8 *Consum]* Gemeint ist die Filiale der Augsburger Consum-Genossenschaft in der Müllerstraße (am Lechkanal), in deren Nähe sein Schulfreund Rudolf Hartmann wohnt.

19,8 *où]* (Franz.) wo.

19,9 *Pfarrer Jäger]* Albrecht Jäger, Pfarrer bei St. Jakob, ist Lehrer für protestantische Religionslehre in den Klassen I bis V des Augsburger Realgymnasiums.

19,12 *»Simson!«]* Das Drama ist nicht überliefert. Simson ist eine alttestamentarische Figur mit übermenschlicher Körperkraft (Buch der

Richter, 13-16), von Gott ausersehen, die feindlichen Philister zu besiegen.

19,15 *Kanalarbeiten]* Am Vogeltor wird nach einer Notiz der *Augsburger Neuesten Nachrichten* vom 31. Mai 1913 der mit dem Kanal parallel laufende Steg über den Stadtgraben neu betoniert.

19,17 *Satiren Presbers]* Rudolf Presber publiziert mehrere Anthologien mit seinen satirischen Geschichten. Zu dieser Zeit erscheint sein Sammelband *Die Diva und andere Satiren* und *Das goldene Lachen. Ein humoristischer Familienschatz*, beide Berlin 1912.

19,19 *Militärschwimmschule]* Ehemaliges Freibad hinter dem Schleifgraben in der Nähe des Augsburger Realgymnasiums, das vom Militär genutzt wird und zu dem Mitglieder des Wehrkraftvereins Zutritt haben.

19,19 *Wehrkraft]* Brecht ist als Schüler eine Zeitlang Mitglied des Augsburger Wehrkraftvereins (Brecht schreibt »wk«, möglicherweise auch so ausgesprochen). Der 1910 in München von Offizieren gegründete Bayrische Wehrkraftverein ist eine Organisation zur patriotischen Erziehung von Jungen.

19,22 *Samstag, 31. +]* Die Bedeutung des Zeichens konnte nicht ermittelt werden.

19,29 *Hofmann]* Heinrich Hofmann, Sohn eines Prokuristen, Schüler der IV. Klasse, eine Klasse tiefer als Brecht.

21,13 *Wehrkraftmedaille]* Vgl. die zweite Anmerkung zu 19,19. Die kleine Metallplakette mit dem Bild des Prinzregenten Luitpold von Bayern und der Inschrift »Pflege der Jugend schafft rüstiges Alter« wird den Jungen des Wehrkraftvereins in der Regel nach sechs Monaten Zugehörigkeit verliehen.

21,15 *Bingen]* Vgl. zu 9,14.

21,39 *Deutschball]* Unsichere Entzifferung. Deutschball ist ein damals verbreitetes Ballspiel.

22,2f. *»Das Neue Universum«]* Gemeint ist das Jahrbuch *Das Neue Universum. Die interessantesten Erfindungen und Entdeckungen auf allen Gebieten, sowie Reiseschilderungen, Erzählungen, Jagden und Abenteuer. Ein Jahrbuch für Haus und Familie, besonders für die reifere Jugend*, Stuttgart, erschienen in den Jahren 1911-1914.

22,3 *»Marquise von O.«]* Heinrich von Kleists Erzählung *Die Marquise von O.* (1810).

23,19 *»Der Geyer«]* Georg Geyer, Sohn eines technischen Eisenbahnsekretärs und Brechts Mitschüler, gehört seit der Schulzeit zum Freundeskreis. Brecht schätzt besonders sein Klavierspiel. Geyer studiert später Medizin und ist in Berlin als Facharzt für Röntgenologie tätig.

24,1 *Tante]* Amalie Reitter (vgl. zu 12,2).

24,2f. *Patriotisches Fest.]* Anläßlich des 100. Jahrestages der Befreiungskriege 1813 findet am 1. Juni im Augsburger Stadtgarten eine

»Volks-Erinnerungsfeier 1913« statt. Sie wird von einer liberalen Partei getragen und soll »das Andenken der großen Männer und Helden würdig« ehren, »die vor einem Jahrhundert dem deutschen Volke die Freiheit und damit seine nationale Zukunft erstritten haben«. Am Nachmittag werden ein Festzug für die Jugend veranstaltet und Festreden gehalten. An der abendlichen »Patriotischen Kundgebung« (mit weiteren Gedenkreden, Chordarbietungen und lebenden Bildern) dürfen die Schüler »aus Gründen der Schuldisziplin« nicht teilnehmen (*Augsburger Neueste Nachrichten*, 31. Mai 1913).

24,8 *Neher]* Rudolf Caspar Neher ist Sohn eines Hauptlehrers der Roten-Tor-Schule in Augsburg. Er wechselt zum Schuljahresbeginn im September 1911 vom Humanistischen Gymnasium bei St. Anna ans Realgymnasium und kommt in Brechts Klasse (Untertertia). Nach Abschluß der Untersekunda im Juli 1914 (Mittlere Reife) verläßt er das Realgymnasium und besucht für ein Jahr die Kunstgewerbeschule in München.

24,13 *Albrecht]* Vgl. zu 9,14.

24,20 *Gottanka-Papa]* Die verwitwete Mutter Heinrich Albrechts arbeitet in München; während ihrer Abwesenheit kümmert sich der Augsburger Gymnasialassistent Dr. Hans Gottanka um die Erziehung ihres Sohnes.

24,21 *Groos, Walter]* Sohn eines Städtischen Oberingenieurs; Mitschüler Brechts.

24,21f. *Wiedemann]* Ludwig Wiedemann, Sohn eines Guts- und Ziegeleibesitzers; Mitschüler Brechts.

24,22 *Sternbacher]* Oskar Sternbacher, vgl. die zweite Anmerkung zu 15,2.

24,25 *Schur]* Joseph Schur, Sohn eines Postoberschaffners; Mitschüler Brechts.

24,28 *Bischoff]* Heinrich Bischoff, Sohn eines verstorbenen Prokuristen; Mitschüler Brechts.

24,29 *Rösle-Imitator]* Bezieht sich auf Brechts Französischlehrer Michael Rösle.

24,29 *Max Kern]* Sohn eines Hauptlehrers; Mitschüler Brechts.

24,30 *Börtier!]* Unsichere Entzifferung; möglicherweise Kontamination von Börse und Portier.

24,31 *Schneider]* Max Schneider, Sohn eines Oberlandesgerichtsboten; Mitschüler Brechts.

24,32 *Schwaf]* Möglicherweise eine Abkürzung für »Schwaflerin«.

24,32 *Lämle]* Möglicherweise Verballhornung des Namens Lemle (»Lämmchen«); Siegfried Lemle ist Sohn eines verstorbenen jüdischen Kaufmanns.

24,33 *kommilfo]* Phonetische Schreibung von comme il faut: (franz.) wie es sich gehört. Das folgende Fragezeichen bezieht sich vermutlich auf die Unsicherheit des Schreibers.

25,3 *gespaziert]* Vgl. zu 15,15f.

25,4 *petit]* (Franz.) klein; gemeint ist Emil Enderlin (vgl. zu 9,14).

25,8f. *Hebbels »Ästhetische Schriften«]* Brecht erhält zu verschiedenen Anlässen im Laufe des Jahres 1913 mehrere Bände der Ausgabe: Friedrich Hebbel, *Werke in zehn Teilen*, 5 Bände, hg. v. Theodor Poppe, Berlin/Leipzig/Wien/Stuttgart o.J.; Band 2 und 3 mit der Widmung in der Handschrift von Brechts Mutter »Zu Deinem Geburtstag 1913 / von / Deinen treuen Eltern«, Band 5, Hebbels Tagebücher, mit der Inschrift »Ostern 1913«. Die *Ästhetischen und kritischen Schriften* sind in Band 4 dieser Ausgabe enthalten. (Alle Bände in Brechts Nachlaßbibliothek.)

25,10 *Ausflug der Klasse mit Weber]* Brechts Klassenlehrer, Matthias Weber, unterrichtet Deutsch, Geographie und Geschichte. Die Exkursionen werden von den Lehrern auch dazu genutzt, »den Schülern naturkundliche Kenntnisse zu vermitteln, das Kartenlesen zu üben, geographische Grundbegriffe zu erläutern«. (*Jahres-Bericht über das Königliche Realgymnasium zu Augsburg im Schuljahre 1912/1913*, Augsburg 1913, S. 45.)

25,11f. *Aystetten]* Ort in der Nähe Augsburgs. Ziel der Exkursion der Schüler sind die Trichtergruben bei Aystetten.

25,13 *im Himmelreich, und in Westheim]* Ausflugsziele in der Nähe Augsburgs.

25,14 *Kohler]* Karl Kohler, Sohn eines Großkaufmanns; Mitschüler Brechts.

25,18 *Schipfel]* Joseph Schipfel, Sohn eines Zeitungsexpeditors; Mitschüler Brechts.

25,25 *Scheuffelhut]* Heinrich Scheuffelhut, Sohn eines verstorbenen Prokuristen; Schüler der Klasse IVa.

25,25 *»verwischte«]* Mundartlich für: erwischte.

25,28 *B.]* Vermutlich Julius Bingen, vgl. zu 9,14.

25,33 *Futterknecht]* Hans Futterknecht, Brechts Lateinlehrer.

25,34 *Extemporale]* Nicht angekündigte schriftliche Prüfung.

26,1 *»König Erich«]* Das nur durch dieses Tagebuch überlieferte Stückprojekt basiert auf historischer Grundlage: es handelt von König Erich XIV. von Schweden (1533-1577), dessen Regentschaft (1560-1568) in die Zeit der gesamteuropäischen Reformation fällt. Verwickelt in zahlreiche Mordgeschichten, wird er wahnsinnig, von seinem Bruder gefangengesetzt, später vergiftet. Das historische Motiv für Bruderzwist und Tyrannenmord ist mehrfach literarisch verarbeitet, z.B. in *Erik XIV.* von Werner Wolf (17. Jahrhundert) und *Erich XIV.* von August Strindberg (1899). Vgl. Brechts Stückplan 30,30-35.

26,3 *Nil Sturz]* Historisch nicht nachweisbar.

26,3 *Persson]* Göran Persson, Kanzler unter König Erich.

28,1 *Selma Lagerlöfs »Unsichtbare Bande«]* Selma Lagerlöfs Novellensammlung *Unsichtbare Bande. 6 Novellen*, aus dem Schwedischen v. Pauline Klaiber, Leipzig 1913 (*Osynliga Länkar*, 1894, dt.: 1897).

28,5 *Blumentag]* Unter dem Motto: »Edel sei der Mensch, hilfreich und gut!« (nach Goethes Gedicht *Das Göttliche)* findet der vom Bayerischen Landesverband zur Bekämpfung der Tuberkulose vorbereitete »Bayerische Blumentag 1913« in Augsburg sowie in einigen anderen größeren Orten Bayerns statt. Die Einnahmen aus den Veranstaltungen des Volksfestes (den Blumenverkäufen, Konzerten, Automobil-, Wagen- und Radfahrerkorsos) sowie Spenden aus der Bevölkerung werden der Tuberkulosevorsorge zur Verfügung gestellt.

28,23 *Opfere!]* Gelegenheitsgedicht aus Anlaß des »Blumentags«.

29,27 *Victor Mors]* Übersetzung des in lateinischer Sprache geschriebenen Gedichts:

Alle Sieger besiegt das Schicksal; – –
Die Großen streckt es zu Boden
Auch die Ärmeren verschmäht es nicht – –
Alle, alle besiegt der Tod.

Im blühenden Leben
Bei lachender Sonne

In dunkler Nacht
Während des losbrechenden Sturms
Klopft der Tod mit hartem Finger
An die Tür.

An den König der Erde
Wenn am Ende der Zeit
Der Wagen dann gestrauchelt ist
Durch eiserne Befestigungen
Durch verläßliche Wachtposten
Spazierte der gewaltige Tod hindurch

Den treusorgenden Vater
Der die Familie erschaffen hat
Die liebende Mutter
Die für das Kind gebetet hat
Raubt der grausame Tod.

Alle, die hoffen
Die das Leben lieben
Alle, alle Kämpfenden
Sind in der Gewalt des raubenden
Triumphierenden Todes.

30,3 *etabat]* Gemeint ist vermutlich »delabat«; so auch übersetzt.

30,9 *paravavit]* Gemeint ist »paravit«.

30,21 *im Kunst-Verein]* Die Ausstellung im Kunst-Verein (vgl. die erste Anmerkung zu 9,34) zeigt Gemälde von Prof. Franz Hoch, darunter *Der Blumengarten*, *Frühlingstag*, *Alte Brücke*, *Dolomitenlandschaft*, sowie eine Kollektion von Radierungen, Bleistift- und Kohlezeichnungen der Künstlervereinigung *Freie Gruppe Düsseldorf* (*Augsburger Neueste Nachrichten*, 7. Juni 1913).

30,30 *Erich]* Vgl. zu 26,1.

30,31 *Karin]* Karin Månsdotter. Die Geliebte und spätere Ehefrau ist für den König der Anlaß seines Streites mit dem Bruder Johann.

32,21 *Judas Ischarioth]* Iskariot: (hebr.) Verräter. Einer der zwölf Jünger Jesu ist Judas, der ihn mit einem Kuß (Judaskuß) seinen Verfolgern kenntlich macht, für den Verrat Geld bekommt und dann aus Verzweiflung Selbstmord begeht. Nach der Auferstehung erscheint Christus seinen Jüngern und zeigt ihnen zum Beweis die Wundmale seiner Kreuzigung (Lukas 24, 36-40). Brecht knüpft an die biblische Überlieferung an, gestaltet die Episode aber neu.

33,24f. *»Judas, warum ... getan!«]* Nicht als Christus-Worte überliefert. In der biblischen Überlieferung prophezeit Christus den Verrat des Judas mit den Worten »einer unter euch wird mich verraten«; Matthäus 26,21. Vgl. auch das Gedicht *Christus vor dem Hohen Rat* (89,5).

34,11 *Bannerlied]* Das Gedicht entsteht vermutlich mit Bezug auf die Jahrhundertfeier, die an die Befreiungskriege 1813-1815 erinnert.

34,14 *Leu]* Veraltet für: Löwe. Seit dem Mittelalter ist der Löwe Symbol für die Kraft des Herrschers.

34,21 *Das Banner schwarz-weiß-rot]* Schwarz-weiß-rot sind zunächst die Flaggen-Farben des Norddeutschen Bundes (1866). Sie werden 1871 vom Kaiserreich übernommen (bis 1918). Vgl. das Gedicht *Die Toten vom 3. Regiment* (Band 13).

35,2 *Bad Steben]* Bayrisches Staatsbad und Kurort in Nordbayern (Frankenwald). Wegen des schlechten Gesundheitszustandes der Mutter und der Herzbeschwerden Brechts wird beiden ein Kuraufenthalt in Bad Steben verschrieben, den sie am 14. Juli 1913 antreten (vgl. 54,25-55,12).

35,2 *Stahlbäder]* Bäder mit eisenhaltigem Heilwasser.

35,10 *Stephinger Berg]* Straße mit Gefälle in Augsburg, die von der Bleichvorstadt in die Altstadt führt.

35,11 *Bohlig]* Ernst Bohlig, Sohn eines Oberlehrers; Schüler in der Parallelklasse Brechts.

35,13 *Affaire Scheuffelhut!]* Heinrich Scheuffelhut (vgl. die erste Anmerkung zu 25,25) ist häufig Brechts Partner beim Schachspiel. Der Anlaß für die genannte »Affaire« konnte nicht ermittelt werden.

35,16f. *in Herrle-Saal Jahrhundertfeier]* Am 14. Juni vormittags 9 Uhr feiert die Schule im Saalbau Herrle das »Schulfest zur Erinnerung an die Befreiungskriege und an den Regierungsantritt Sr. Majestät des deutschen Kaisers«. An die Schüler wird einige Tage vorher die Gedenkschrift *Deutschlands Befreiungskämpfe 1813-1815* von Theodor Rethwisch, Verlag von Wigand, Leipzig o.J., verteilt.

35,17 *Schön! – Aber lang.]* Die »Vortragsfolge« bietet neben einigen Musikstücken und der Festrede auch Gedichte wie *Der Husar von Auerstädt* von Adolf Friedrich Graf von Schack, *Der Trompeter an der Katzbach* von Julius Mosen, *Die Leipziger Schlacht* von Ernst Moritz Arndt, *Blücher am Rhein* von August Kopisch, *Was wir gewonnen* vom bayrischen König Ludwig I. (*Jahres-Bericht über das Königliche Realgymnasium zu Augsburg im Schuljahre 1912/1913*, Augsburg 1913, S. 42f.)

35,17-20 *Klassenausflug nach Gablingen ... Peterhof ... Adelsried]* Vermutlich wird die Anfahrt nach Gablingen, einem 12 km von Augsburg gelegenen Dorf, und die Rückfahrt von dem 20 km von Augsburg entfernten Dorf Adelsried mit der Bahn zurückgelegt. Der Weg von Gablingen über Peterhof nach Adelsried ist ein damals beliebter Wanderweg.

35,23 *Abenstein]* Ferdinand Abenstein, Sohn eines Bankiers; Mitschüler Brechts.

35,33 *Lützen]* In der Schlacht bei Lützen (1632, im Dreißigjährigen Krieg) besiegen die schwedischen Truppen das Heer Wallensteins.

35,35 *Tarrenhag]* Konnte nicht ermittelt werden.

36,8 *Hochstädt]* In der Schlacht bei Hochstädt (1704) besiegen im Spanischen Erbfolgekrieg die Kaiserlichen unter Prinz Eugen von Savoyen und englische Truppen die Heere Bayerns und Frankreichs.

37,18 *König Erich von Schweden]* Das Gedicht entsteht im Zusammenhang mit dem geplanten Drama *König Erich*, für das Brecht erste Szenen entwirft (vgl. zu 26,1 sowie 70,15-71,25 und 84,5-24).

38,22 *Alexander]* Alexander der Große, König von Makedonien. Er stirbt mit 33 Jahren, vermutlich an Lungenentzündung oder Malaria.

38,37 *Diadochen]* (Griech.) Nachfolger. Der Begriff bezieht sich auf die unmittelbaren Nachfolger Alexanders, die nach seinem Tod (323 v.d.Z.) um die Aufteilung des alexandrinischen Reiches streiten.

39,2 *Molochen]* »Moloch« ist nach dem Alten Testament der Name für einen kanaanitischen Gott, der Kindsopfer verlangt; vgl. 2 Könige 23,10.

40,35 *»Moderne deutsche Lyrik«]* Die Anthologie *Moderne deutsche Lyrik*, mit einer literaturgeschichtlichen Einleitung und biografischen Notizen, hg. v. Hans Benzmann, Leipzig 1907.

40,38 *Dienstag, 17. +]* Die Bedeutung des Zeichens konnte nicht ermittelt werden.

41,2 *Im Latein (Caesar) 1-2 bekommen.]* In der V. Klasse ist u.a. folgender Latein-Stoff vorgegeben: Caesar, *De bello Gallico* I, II, III (kursorisch), IV 16-19, 21-28, VII 68-90 (vgl. *Jahres-Bericht über das*

Königliche Realgymnasium zu Augsburg im Schuljahre 1912/1913, Augsburg 1913, S. 12.)

41,36 *»Rufe mich an ... die erretten!«]* Abgewandeltes Bibelzitat: »Rufe mich an in der Not, so will ich dich erretten [...]« (Psalm 50,15).

41,36 *die]* Fehlerhaft stenographiert; gemeint: »dich«.

42,2 *Schleifgraben]* Sportgelände an einem Wassergraben, das in der Nähe des Augsburger Realgymnasiums liegt und von den Schülern häufig besucht wird.

42,2f. *Luitpoldspiele]* Turn- und Spielfest der Augsburger Schulen zum Luitpoldtag, dem Gedenktag für den 1912 gestorbenen Prinzregenten Luitpold von Bayern (vgl. zu 45,37). Zwei Tage zuvor, am 16. Juni nachmittags, sind die Wettkämpfe in Hochsprung und Weitwurf mit dem Deutschball sowie die Wettläufe über 60 Meter ausgetragen worden; die weiteren Veranstaltungen finden am Luitpoldtag, dem 24. Juni, statt (vgl. *Jahres-Bericht über das Königliche Realgymnasium zu Augsburg im Schuljahre 1912/1913*, Augsburg 1913, S. 43).

42,8 *Geschichtsextemporale]* Brecht besteht diese nicht angekündigte schriftliche Prüfung mit »1-2« (vgl. 43,22).

42,32 *Stadt rum rennen]* Dazwischen drei Wörter, die nicht entziffert werden konnten.

42,32f. *Und in die Schule kommt man kaum.]* In Augsburg findet an diesem Tag ein großes Wohltätigkeitskonzert zu Ehren des Besuches der »Berliner Pankgrafschaft« statt, einer Sängertruppe mit 300 Spielleuten. Ihr Empfang durch die Augsburger versperrt zeitweilig auch die Straße zum Augsburger Realgymnasium.

42,33f. *»Briefe aus meiner Mühle«]* Alphonse Daudets Erzählungen *Les Lettres de mon moulin* (1869, dt.: *Briefe aus meiner Mühle. Provençalische Geschichten*, 1893).

43,22 *Geschichte 1-2]* Vgl. zu 42,8.

43,26 *Die Geige des Todes]* Vgl. *Die Geiger* (82,17). Brecht lernt das Violinspielen in der Städtischen Musikschule.

44,12 *F-Loch]* F-förmiges Schalloch an der oberen Deckplatte der Geige.

44,15 *Tante]* Amalie Reitter (vgl. zu 12,2).

44,22 *Fontainebleau]* Das Gedicht bezieht sich auf Napoleon Bonapartes erzwungene Abdankung in Fontainebleau am 6. April 1814.

44,26 *Sarkophag]* (Griech.) wörtlich: »Fleisch verzehrend«; Prachtsarg, meist aus Stein und reich mit Reliefs geschmückt, in dem hochgestellte Persönlichkeiten bestattet werden.

45,14 *Austerlitz]* In der »Dreikaiserschlacht« bei Austerlitz am 2. Dezember 1805 schlagen die Napoleonischen Truppen die verbündeten Heere der Österreicher und Russen.

45,18 *kleiner ... Mann]* Anspielung auf Napoleons geringe Körpergröße (1,51 m).

45,24 *Vive l'empereur!]* (Franz.) Es lebe der Kaiser! Ruf der Napoleonischen Truppen.

45,32 *Mathes.]* Abkürzung für Mathesis: ältere Bezeichnung für Mathematik.

45,33 *neuchen]* Vgl. zu 15,8.

45,37 *Luitpoldtag. Auf den Exerzierplatz.]* Vgl. zu 42,2f. Nach einer Meldung der *Augsburger Neuesten Nachrichten* vom 25. Juni 1913 eröffnet die Musikkapelle des 4. Feldartillerieregiments auf dem Großen Exerzierplatz die Veranstaltung, ab 8.00 Uhr nehmen die Schüler Aufstellung, der Wettstreit um die Luitpoldmedaille wird von Gymnasialturnlehrer Baier von der Oberrealschule geleitet. »Die Festrede hielt der diesjährige Vorsitzende der zur Durchführung des Luitpoldtages gebildeten Kommission, Herr Rektor P. Dr. Weihmayr vom Gymnasium St. Stephan. Derselbe gab auch das Ergebnis der Wettkämpfe bekannt, wonach die Oberrealschule den ersten, das Gymnasium St. Stephan den zweiten Preis erhielt. Das Amt der Kampfrichter bei den Wettspielen hatten in dankenswerter Weise Offiziere des 3. Infanterieregiments, des 4. Feldartillerieregiments und des 4. Chevauxlegersregiments übernommen.« (*Jahres-Bericht über das Königliche Realgymnasium zu Augsburg im Schuljahre 1912/1913*, Augsburg 1913, S. 43.) Vgl. auch das vermutlich zu diesem Anlaß geschriebene Gedicht *Galerie der Klasse 6 A* (Band 13).

46,3 *abends im Musikschulkonzert]* Ein Konzert der Augsburger Musikschule ist in den Zeitungen bereits am 22. Juni 1913 vermerkt; möglicherweise wird es am 28. Juni wiederholt.

46,31 *Emaus]* Nach der biblischen Überlieferung erscheint der auferstandene Jesus zuerst zweien seiner Jünger auf ihrem Weg nach Emmaus, einer Stadt nordwestlich von Jerusalem (vgl. Lukas 24, 13-31). Das Gedicht ist von Brecht nicht im üblichen Zeilenfall des Sonetts geschrieben.

47,38f. *Walters Geburtstag]* Walter Brecht ist am 29. Juni 1900 in Augsburg geboren. Der zwei Jahre jüngere Bruder Brechts ist Schüler der Kreisoberrealschule an der Hallstraße.

47,39 *Prestel]* Rudolf Prestel, Sohn eines Materialverwalters, Freund Brechts und Schüler der Parallelklasse. Nach der Zusammenlegung der Klassen 1914 geht er mit Brecht in die gleiche Klasse.

48,1 *Oskar]* Oskar Sternbacher, vgl. die zweite Anmerkung zu 15,2.

48,1f. *Jahrhundertfestspiel ... den Breslauern]* Das Projekt ist nicht ausgeführt. Brecht nimmt Bezug auf Gerhart Hauptmanns *Festspiel in deutschen Reimen*, das dieser 1913 zur Jahrhundertfeier der Befreiungskriege geschrieben hat (Uraufführung: 31. Mai 1913, Regie: Max Reinhardt). Auf Drängen patriotischer Kreise untersagt der Magistrat der Stadt Breslau weitere Aufführungen. Das Verbot löst heftige Kampagnen und die Parteinahme des Berliner Schutzverbandes deutscher Schriftsteller für Hauptmann aus. In den Augsburger Tageszeitungen wird über die Festspiel-Affäre ausführlich berichtet.

49,29 *Albrecht]* Vgl. zu 9,14.

49,32 *Plan: »Das sterbende Dorf«.]* Aufzeichnungen dazu sind nicht überliefert. Brecht beschäftigt sich 1913 in zahlreichen Projekten mit dem Thema des Sterbens oder des Todes.

49,37 *Futterknecht]* Vgl. zu 25,33.

50,2 *Siebentischwald]* Ein beliebtes Erholungsgebiet in Augsburg, das nach der Bierschenke Die sieben Tische genannt wird.

50,7 *Abends im Konzert.]* Vermutlich nimmt Brecht an der Probe des Sängerfestes im Bamberger Hof teil (vgl. *Augsburger Neueste Nachrichten*, 5. Juli 1913).

50,23 *Doktor Müller]* Vgl. zu 14,36f.

50,23 *Broncheritis]* Gemeint ist: Bronchitis.

50,31 *Max]* Kann sich auf die Freunde Max Kern, Max Schneider oder Max Hohenester beziehen.

50,36 *bei Tante ... Jahresbericht]* Brecht hält sich häufig bei seiner Tante Amalie Reitter (vgl. zu 12,2) auf. Der *Jahres-Bericht über das Königliche Realgymnasium zu Augsburg im Schuljahre 1912/1913* wird mit Hinweisen für das neue Schuljahr im Juli 1913 den Schülern ausgehändigt. Dieser Schulbericht, der jährlich hergestellt wird, enthält eine Dokumentation über Personal, Lehrgegenstände, Lehr- und Übungsbücher, ein Schülerverzeichnis, eine Chronik und Bekanntmachungen, teilweise eine wissenschaftliche Beilage.

50,39 *Klausens]* Konnte nicht ermittelt werden.

51,4 *Onkel ... Tante]* Vgl. zu 12,2.

51,22 *Wehrkraftshut]* Vgl. die zweite Anmerkung zu 19,19. Über die Kleidung, die die Mitglieder des Augsburger Wehrkraftvereins tragen, schreibt Walter Brecht: »Man trug einheitlich einen dunkelgrünen Anzug mit weichem Hut gleicher Farbe« (Walter Brecht, *Unser Leben in Augsburg, damals. Erinnerungen*, Frankfurt a.M. 1984, S. 277).

52,3 *die vier Wochen]* Vermutlich ist die Kur mit der Mutter in Bad Steben gemeint.

52,4 *Siehe Tagebuch 6 B, Seite 24!]* Das Tagebuch ist nicht überliefert.

52,5 *»Tais Rottenbrocker.«]* Thais: Name einer berühmten Hetäre aus Athen im Gefolge Alexanders des Großen von Makedonien. Im Nachlaß Brechts befinden sich mehrere Entwürfe zum Thema Tais Rottenbrocker, vgl. auch 52,19-34.

52,6 *Lechhauser Volksfest]* Lechhausen ist ein Stadtteil im Nordosten Augsburgs, jenseits des Lechs. Das Augsburg-Lechhauser »Große Volksfest« findet vom 5. bis 13. Juli statt. In den Zeitungen werden insbesondere für die Wochenenden Attraktionen wie Preisschießen, Fahrradrennen u.a. angekündigt, für den 11. Juli ist am Abend ein »brillantes Feuerwerk« angezeigt.

52,10 *Vormittags in der Kirche]* Am Sonnabend, dem 12. Juli, beginnen die Schulferien; für die Schüler findet aus diesem Anlaß ein traditioneller Dankgottesdienst (mit »Te deum laudamus«) statt (*Neue Augsburger Zeitung*, 12. Juli 1913).

52,12 *Zeugnisse]* Zum Schuljahresende 1912/13. Versetzung in die Untersekunda (VIa).

52,12 *Futterknecht]* Vgl. zu 25,33.

52,14 *»Französische Lyrik«]* Die Ausgabe konnte nicht ermittelt werden.

52,15 *»Der Regen«]* Das Gedicht von Emile Verhaeren stammt aus der Sammlung *Les Villages Illusoires* (1895, dt.: *Die geträumten Dörfer*, 1911). Verhaeren gehört zu den bevorzugten Dichtern Brechts. Drei Jahre später schreibt er in einem Brief vom Juli 1916 an Therese Ostheimer:

> Ich verzichte darauf, mich Ihnen vorzustellen. Man könnte höchstens *so* den Grundriß eines Kopfes geben, daß man seine Lieblingsideen aufzählt. Die meinigen gehen auf vier arme Seiten nicht hin. Außerdem, was hülfe es, wenn ich Ihnen Namen nennte wie Shakespeare, Goethe, Verhaeren, Kleist, van Gogh, Marées, Bach, Mozart (nicht Wagner), Hamsun oder Strindberg.

52,15f. *Abends zum Empfang der Säger]* Mundartliche Schreibweise für: »Sänger«, möglicherweise auch Verballhornung. Das 10. Schwäbisch-bayerische Bundes-Sängerfest findet vom 12. bis 14. Juli 1913 statt.

52,19 *Tais Rottenbrocker]* Vgl. zu 52,5.

52,37 *Walter nach Achern]* Brechts Großmutter väterlicherseits lebt im badischen Achern. Walter Brecht verbringt dort seit 1910 regelmäßig die Sommerferien.

52,38f. *Empfang der Säger ... Festzug]* Vgl. zu 52,15f. Gesangsvereine aus allen Teilen Schwabens nehmen an dem Fest in Augsburg teil. Zur Aufnahme der insgesamt 3500 Sänger schmücken die Augsburger ihre Häuser mit Fahnen, dekorieren die Schaufenster und bilden in den Straßen, die zur Festhalle bzw. Sängerhalle im Stadtgarten führen, an den mit ihren Bannern vorbeifahrenden und -ziehenden Gruppen Spalier. Von 14 bis 16 Uhr ziehen vier Festwagen, fünf Musikkapellen und ca. 80 Vereine durch die Stadt.

52,39 *Herrn Reßler]* Konrad Reßler ist ein mit der Familie befreundeter Hoffotograf, zugleich von 1906 bis 1926 Vergnügungsvorstand der Augsburger Liedertafel (vgl. zu 9,7).

53,2 *Frobenius]* Karl Frobenius aus der Parallelklasse Brechts, Sohn des Lehrers August Ludwig Frobenius (der in der Zeit zu militärischen Übungen einberufen ist).

54,21 *Fortsetzung später]* Am Folgetag fährt Brecht nach Bad Steben. Eine Fortsetzung des Gedichts ist nicht überliefert.

54,27 *Bad Steben]* Brecht hält sich mit seiner Mutter vom 14. Juli bis 15. August im Kurort Bad Steben (bei Hof) auf. In einem Brief (in Gedichtform) vom Juli 1913 an die Familie Reitter beschreibt er erste Eindrücke.

54,28 *14.- Juli]* Lücke im Text für eine Datumsziffer.

54,32 *Steben im .]* Lücke im Text; möglicherweise ist zu ergänzen: »Frankenwald«.

54,33 *Steben gehört dem Fiskus]* Bad Steben ist bayerisches Staatsbad.

54,38 *Fickentscher]* Der Oberwachtmeister Heinrich Fickentscher vermietet Pensionszimmer an Kurgäste.

55,1f. *Dr. Rubner]* Dr. Heinrich Rubner, von 1913 bis 1934 Badearzt in Bad Steben (vgl. Hans Fersch, *Bad Steben und seine Badeärzte*, in: *150 Jahre Bayerisches Staatsbad Bad Steben*, Hg. Kurverein e.V. Bad Steben, 1982, S. 46).

55,3 *Stahlwasser]* Eisenhaltiges Heilwasser.

55,7f. *Dienstag +]* Die Bedeutung des Zeichens konnte nicht ermittelt werden.

55,8 *Tanhäuser]* Brecht wird vermutlich angeregt durch das Buch von Eduard Grisebach, *Tanhäuser in Rom* (Leipzig 1907). Der mittelalterliche Minnesänger Tanhäuser unternimmt weite Reisen, die ihn als Kreuzzugsteilnehmer bis in den Orient bringen. Die Erlebnisse der Wanderfahrten sind Gegenstand seiner Lieder. Aus Anlaß des 100. Geburtstags von Richard Wagner (22. Mai 1913) finden zahlreiche Festspiele statt, bei denen bevorzugt seine Oper *Tannhäuser und der Sängerkrieg auf Wartburg* (1845) aufgeführt wird.

55,8f. *die Segel, Exotische Briefe]* Vermutlich nicht ausgeführte literarische Pläne.

55,10f. *Sohn des Kapellmeisters]* Sohn des Kapellmeisters Lind, Musikdirektor der Königlichen Kurkapelle.

57,24 *Idee: »Vision Karls V.«]* Von dem Projekt ist nichts überliefert.

57,26 *»Stunden des Lichtes«, zwölf Gedichte]* Vgl. zu 15,13. Eine Sammlung mit diesem Titel ist nicht überliefert.

57,26f. *»Der Fürst«, »Der Mensch«, »Der Bauer«]* Texte mit diesen Titeln sind nicht überliefert.

57,27 *»Der Vater«]* Vgl. 81.

57,27 *»Der Gelehrte«]* Möglicherweise das Gedicht *Professor Sil Maria*, vgl. zu 85,1.

57,28 *»Revolution«]* Ein Text mit diesem Titel ist nicht überliefert.

57,28 *»Der Baum«]* Vgl. 53.

57,28f. *»Der Weg« ... »Krieg«]* Texte mit diesen Titeln sind nicht überliefert.

57,32 *Visionen]* Vermutlich Untertitel des Zyklus.

58,24 *Tanhäuser]* Vgl. zu 55,8.

59,24 *Bad Steben]* Vgl. zu 54,27.

59,26 *Wagen des Helios]* Helios: der Sonnengott; zumeist als Lenker des Sonnenwagens mit vier Pferden dargestellt. Nach griechischer Vorstellung versinkt der Wagen jeden Abend im Okeanosstrom, durch den Helios nach dem Osten zurückkehrt.

59,27 *Styx]* (Griech.) der Verabscheuungswürdige. Nach dem griechischen Mythos ist die Welt der Lebenden durch ein riesiges Gewässer vom Reich der Toten getrennt. Styx ist einer der Namen für dieses Gewässer.

59,31f. *mit Rosenfingern Eos]* Im Griechischen hat Eos, die Göttin der Morgenröte, den Beinamen »die Rosenfingrige«. Vgl. Homers *Odyssee*, 2. Gesang, Vers 1.

59,32 *den Olympischen Gewölken]* Der Olymp, höchstes Gebirge Griechenlands (Hauptgipfel Mytika 2918 m), bildet nach der mythischen Vorstellung der Griechen den Sitz der Götter.

60,7 *Die Leute]* In Form und Ton ähneln die Verse dem antiken Hexameter des griechischen Heldenepos. Vgl. auch Goethes in Hexametern geschriebenes Versepos *Hermann und Dorothea*, das Schulstoff des vorangegangenen Schuljahres gewesen ist.

60,18 *das stählerne Wasser]* Vgl. zu 55,3.

60,30f. *Gerhardus Hauptmann ... ›Atlantis‹]* Roman von Gerhart Hauptmann (1912).

61,1 *mon]* (Franz.) mein.

61,19 *Muhsi]* (Bair.) Musik.

61,29 *Wagner und Chopin, Beethoven und Haydn]* Richard Wagner, Frédéric Chopin, Ludwig van Beethoven, Joseph Haydn sind im Bürgertum anerkannte klassische Komponisten, Vertreter der »ernsten« Musik.

61,37 *der Strauß und der Lehár und Gilbert]* Johann Strauß, der »Walzerkönig«, Franz Lehár (gesprochen: Léhar) und Jean Gilbert (d.i. Max Winterfeld) sind Vertreter der »leichteren« Muse, vor allem bekannt durch ihre Operetten.

62,7 *den Pfitzner]* Der österreichische Komponist Hans Pfitzner zählt um 1900 zur musikalischen Avantgarde.

62,14 *Lorgnette]* (Franz.) Bügellose Brille, die an einem Stiel vor die Augen gehalten wird.

62,30 *derzahlen]* (Bair.) bezahlen; unsichere Entzifferung.

63,11 *eckelt]* Mundartlich für: ekelt.

65,20 *Witze]* Vgl. zu 67,28-30.

65,32 *Napoleon]* Leben und Werk Napoleons I. ist auch Bestandteil des Lehrplans.

66,34 *Kurtheater]* Das Königliche Kurtheater ist im Kurhaus von Bad Steben untergebracht.

66,34 *»Das Konzert«]* Das Lustspiel (1909) von Hermann Bahr wird am 23. Juli im Königlichen Kurtheater aufgeführt, zu Bahrs 50. Geburtstag (am 19. Juli), mit Hermann Klein (Dr. Jura), Heinz Weber (Pollinger), Elisabeth Kalenberg (Frau Marie). (Vgl. *Hofer Anzeiger. Generalanzeiger für Oberfranken*, 24. Juli 1923.)

66,35 *»Der dunkle Punkt«]* Schauspiel von Gustav Kadelburg und Rudolf Presber.

66,35f. *Zwei Sinfoniekonzerte]* Der *Hofer Anzeiger. Generalanzeiger für Oberfranken* urteilt: »Unter den Geschehnissen des hiesigen Musiklebens nehmen die Symphoniekonzerte der Königlichen Kurkapelle eine immer bedeutsamere Stellung ein.« (25. Juli 1913.)

66,37f. *Frau Veeh ... aus Weimar]* Gertrud Veeh ist eine Pensionärwitwe aus Weimar, die sich mit ihrem Sohn Horst ebenfalls in Bad Steben zur Kur aufhält.

67,5 *Fräulein Steiger]* Maria Steiger, Bekannte der Familie aus Augsburg.

67,7 *Freilichttheater]* Zu dieser Zeit wird in den Sommermonaten auch im Freien gespielt; der Spielplan konnte in den lokalen Zeitungen nicht ermittelt werden.

67,7 *»Die versunkene Glocke«]* Drama (1897) von Gerhart Hauptmann.

67,8 *»Iphigenie auf Aulis«]* In der Kurbad-Chronik nicht nachweisbar. Gemeint sein könnten Euripides' Tragödie *Iphigenie in Aulis*, die gleichnamige Lyrische Tragödie (1774) von Christoph Willibald Gluck (möglich auch Glucks *Iphigenie auf Tauris*, 1779) oder Goethes *Iphigenie auf Tauris* (1779).

67,8 *»Glaube und Heimat«]* Tragödie von Karl Schönherr (1910).

67,24 *Walter kam]* Brechts Bruder kehrt von seinem Ferienaufenthalt (13. Juli bis 17. August) bei der Großmutter zurück (vgl. zu 52,37).

67,25 *ordentlich Inneres gekriegt]* Unsichere Entzifferung. Hier für: genug Essen bekommen.

67,28-30 *»Feiertag« ... »Jugend« ... Witze]* Die wöchentlich erscheinende Münchner illustrierte Kunst- und Literaturzeitschrift *Jugend*, die einer Stilperiode den Namen gegeben hat, veröffentlicht u.a. auch Gedichte. In jeder Ausgabe der Zeitschrift werden Witze abgedruckt.

67,31 *Band Verhaeren]* Vgl. zu 52,15.

68,13 *Portemaneeh]* Verballhornte – möglicherweise phonetische – Schreibung von Portemonnaie: (franz.) Geldbeutel.

68,27 *»Schöpfung«]* Weitere zugehörige Texte Brechts sind nicht überliefert. Zum Titel vgl. 1 Mose 1,1-5.

68,28 *Anfang siehe N° 5, Seite 2]* Verweis auf Brechts Tagebuch Nummer 5, das nicht überliefert ist.

69,4 *Es werde Licht!]* Vgl. 1 Mose 1,3.

69,22 *»Der Tag«]* Vermutlich der zunächst vorgesehene Titel für die Schülerzeitschrift *Die Ernte*, vgl. zu 71,28.

70,15 *König Erich von Schweden]* Vgl. zu 37,18.

71,13 *Karin]* Vgl. zu 30,31.

71,28 *»Die Ernte«]* Vom August 1913 bis zum Februar 1914 gibt Brecht zusammen mit Friedrich Gehweyer (vgl. zu 9,7), der die grafische Gestaltung übernimmt, und Max Hohenester sechs Ausgaben der Schülerzeitschrift heraus (Preis 15 Pfennige, Format DIN A 5). Sie wird handgeschrieben und in einer Auflage von 40 Exemplaren pro Nummer hektographiert. Eine siebte Nummer wird vorbereitet, aber nicht mehr vervielfältigt. In Nummer 1 der *Ernte* sind von Brecht drei Texte abgedruckt: der erste Teil der Satire *Die Geschichte von einem, der nie zu spät kam* sowie die Prosaglossen *Balkankrieg* und *Wagner* (vgl. Band 19).

71,29 *Hohenesters]* Max Hohenester, Sohn eines Schneidermeisters, besucht die Parallelklasse Brechts. Vgl. die zweite Anmerkung zu 169,15.

71,34 *»Vor 100 Jahren«]* Ein Gedicht mit diesem Titel ist nicht überliefert.

71,39 *Hermann Bahrs »Theater«]* Hermann Bahr, *Theater. Ein Wiener Roman* (1897).

72,1f. *in der zweiten N°]* Nummer 2 von *Die Ernte* ist nicht erhalten; vermutlich ist eines der erwähnten Gedichte *Der brennende Baum* (vgl. Band 13), das in einer Abschrift von Hanns Otto Münsterer überliefert ist.

73,1 *Aschermittwoch]* Im katholischen Ritus: (nach dem Karneval) der erste Tag der vierzigtägigen Fastenzeit, an dem der Priester Asche weiht und damit den Gläubigen ein Kreuz auf die Stirn zeichnet.

73,1 *»Stunden des Lichts«]* Vgl. zu 57,26.

73,13 *Pierrot]* (Franz.) Peterchen; hier: die aus der Dienerfigur der italienischen Commedia dell'arte hervorgegangene Komödienfigur mit weißer Maske und Kleidung; auch Karnevalskostüm.

73,17 *Borodino]* Während des Feldzugs der Franzosen unter Napoleon I. gegen Rußland kommt es am 7. September 1812 zur Schlacht bei Borodino, einem Dorf an der Moskwa, in der sich die Napoleonischen Truppen unter schweren Verlusten den Weg nach Moskau freikämpfen.

73,34 *Savonarola]* Der Dominikanermönch Girolamo Savonarola, seit 1491 Prior des Klosters San Marco in Florenz, nach Vertreibung der Medici auch mit politischem Einfluß, Reformer und erbitterter Gegner von Papst Alexander VI., wird 1498 als Ketzer verbrannt; als Vorbote der Reformation ist er Gegenstand zahlreicher Romane und Dramen, z.B. in Nikolaus Lenaus Epos *Savonarola* (1838) oder in Thomas Manns Drama *Fiorenza* (1906).

74,8 *Vesperbrot]* Vesper ist die vorletzte der kirchlichen Stunden, nach denen im Mittelalter der Tag eingeteilt wird. Sie liegt zunächst unmittelbar vor Sonnenuntergang, später in der Mitte des Nachmittags.

74,17f. *Mutter ... toten Sohn]* Anspielung auf die in der christlichen Kunst verbreitete Pietà, die bildliche Darstellung der Maria mit ihrem toten Sohn Christus.

75,2 *Mamas Geburtstag]* Vgl. zu 9,39.

75,3 *»In Harmonie mit dem Unendlichen«]* Ralph Waldo Trine, *In Harmonie mit dem Unendlichen*, Übersetzung aus dem Englischen v. Max Christlieb (1913). Das Buch beginnt mit folgendem Motto: »In dir selbst liegt die Ursache von allem, was in deinem Leben geschieht. Wenn du zur vollen Erkenntnis deiner inneren Kräfte erwachst, so bist du imstande, dein Leben völlig nach deinem Willen zu gestalten.«

75,5f. *das Gedichtbuch (meines)]* Nicht überlieferte Gedichtsammlung Brechts.

75,7f. *Ich bekehre mich zu Stefan George]* Stefan Georges neueste Publikation liegt seit 1907 in dem Gedichtband *Der siebente Ring* vor. Georges Bücher üben eine Zeitlang Einfluß auf Brecht aus. Er ist offensichtlich von der Typographie der George-Ausgaben beeindruckt (Versanfänge und Satzanfänge groß, sonst alle Substantive klein) und kopiert dies (nicht konsequent) in dem folgenden Gedicht *Mond*. Die Groß- und Kleinschreibung ist in der vorliegenden Ausgabe normiert. Vgl. auch *Über Stefan George* (Band 21).

75,37 *Meine ganze Dichterei]* Vgl. die Glosse *Der Dichter*, die vermutlich in der *Ernte* Nr. 2 (November 1913; vgl. zu 72,1 f.) publiziert ist:

> Der Dichter. Ein Dichter las in einer kleinen Soirée ein Gedicht. Unter allgemeiner Stille bemerkte er am Schluß: »Es ist ja sehr unbedeutend und schlecht!« Ein Herr aus der Gesellschaft gab ihm recht: »Allerdings!« – Am nächsten Tag fand das Duell statt. (Vgl. Band 19.)

76,13 *Onkel]* Hermann Reitter (vgl. zu 12,2).

76,15 *Walter will in Zirkus]* Am 9. September 1913 beginnt der Circus Corty Althoff ein siebentägiges Gastspiel auf dem Kleinen Exerzierplatz in Augsburg.

76,16f. *»Der Sohn« ... (Fabius Maximus)]* Zu dem Plan ist kein Text überliefert. Quintus Fabius Maximus, mit dem Beinamen Cunctator (lat.: der Zauderer), ist römischer Konsul und Feldherr, strategisch erfolgreich im Widerstand gegen die zunächst siegreichen Karthager.

77,21 *Haas als Ordinarius!]* Anton Haas, Lehrer für Mathematik und Geometrie, wird Brechts Klassenlehrer in der VIa.

77,21f. *Ledermann]* Dr. Richard Ledermann, Brechts Lehrer für Deutsch, Französisch, Geschichte und Geographie.

77,24f. *Pfanzelt, der Urlaub hat]* Georg Pfanzelt, viereinhalb Jahre älter als Brecht, wohnt in der Klauckestraße 24; Spielkamerad und Freund seit der Kindheit. Brecht schätzt die Musikalität (Klavier, Gitarre) und Besonnenheit des Älteren. Häufig spielen sie gemeinsam oder vertonen Texte von Brecht. Pfanzelt arbeitet nach dem Schulabschluß 1912 als Volontär in der Stadtverwaltung.

77,28 *Kirche]* Vgl. zu 52,10.

77,29 *»petit«]* Vgl. zu 25,4.

77,31 *Honold]* Karl Honold, Sohn eines verstorbenen Bäckermeisters, Schüler der V. Klasse, eine Klasse tiefer als Brecht.

78,1 *Paider, der Faun]* Vgl. auch den Plan zu einer Tragikomödie mit diesem Titel (86,12f.). Faune sind in der altrömischen Mythologie Beschützer der Hirten und Bauern, ihrer Herden und Äcker; sie werden oft gehörnt und bockbeinig dargestellt und erschrecken die Menschen im Haus und im Wald.

78,25 *Blust]* (Süddt.) Blütezeit, Blühen.

79,8 *Mit Pfanzelt]* Vgl. zu 77,24f.

79,17 *le petit]* Vgl. zu 25,4.

79,21 *Herr Löffler]* Der Physiotherapeut Engelbert Löffler macht mit Brecht gymnastische Übungen.

79,23f. *spielte Klavier]* Die musikalischen Fähigkeiten von Georg Pfanzelt (vgl. 77,24f.) bilden einen besonderen Reiz der Freundschaft.

79,24f. *Chopins herrlicher Trauermarsch]* Der *Marche funèbre* (3. Satz aus der 2. Klaviersonate in b-Moll, op. 35).

79,32 *zweite Nummer der »Ernte«]* Vgl. zu 71,28.

79,38 *Erste Klavierstunde]* Kurzzeitig nimmt Brecht auch Klavierunterricht an der Städtischen Musikschule.

82,17 *Die Geiger]* Vgl. zu 43,26.

83,9 *Herr Löffler]* Vgl. zu 79,21.

83,12 *Gethsemaneh]* Nach biblischer Überlieferung ist der Garten Gethsemane, am Fuße des Ölbergs vor Jerusalem gelegen, die Stätte des Gebets und der Gefangennahme Jesu (vgl. Matthäus 26,36-50).

84,5 *»Erich XIV.«]* Vgl. zu 26,1.

85,1 *Professor Sil Maria]* Vermutlich verwendet Brecht den Namen in Anlehnung an das Gedicht *Sils-Maria* (1881/82) von Friedrich Nietzsche, das er in der Anthologie *Moderne deutsche Lyrik* (vgl. zu 40,35) liest. Sils-Maria ist ein Teil des Kurortes Sils im Engadin (Schweiz), in dem Nietzsche 1881-1888 jeweils die Sommermonate verbracht hat. Vgl. auch die Romanskizze *Professor Sil Maria* (94).

85,22 *Text zu einer Oper schreiben]* Vgl. zu 79,23f. Ein Text ist nicht überliefert.

85,22 *Die Zeitung]* Vgl. zu 71,28.

86,12f. *»Paider, der Faun«]* Vgl. zu 78,1.

86,21f. *28. XI. 13 / u 3!]* Nachträglich eingefügte Randbemerkung; möglicherweise Datierung der Entstehung des nachfolgenden Gedichts auf den 28. November 1913, um 3 Uhr: »(u 3'.)«

86,24 *Campo Santo]* Camposanto: (ital.) heiliges Feld, Friedhof (besonders einer, der mit Arkadengängen umbaut ist).

87,14 *Des Largos]* Largo: (ital.) Musikstück in sehr langsamem, breitem Zeitmaß.

88,7f. *Scheune der Heichelei]* Vermutlich verballhornt für: »Scheine der Heuchelei«.

88,14f. *pp-Sphäre]* pp: möglicherweise Abkürzung für puella publica (lat.: Prostituierte).

88,19f. *Fräulein Steiger]* Vgl. zu 67,5.

88,20 *Landauer]* Kaufhaus Landauer am Königsplatz in Augsburg, das wegen der zentralen Lage häufig als Treffpunkt für Verabredungen gilt.

88,24 *Bernhard]* Karl Bernhard ist Brechts Deutschlehrer in der Klasse VIa.

88,26 *Beir]* Mundartlich für: bei der.

88,27 *Roos]* Wilhelm Roos ist Bibliothekar der Schule und Brechts Lateinlehrer.

88,27f. *flumen incolumis]* Eigentlich: (Blut-)Fluß ohne Verletzung.

88,34 *Verité]* Übersetzung aus dem Französischen:

Wahrheit
Wer sich erlaubt zu sagen
Ein anderer ist schlecht
Der ist in Wahrheit
Sogar viel schlimmer.

89,1 *Fräulein Steiger]* Vgl. zu 67,5.

89,2 *Großeltern]* Vgl. zu 15,9.

89,2 *»Paider der Faun«]* Vgl. zu 78,1.

89,5 *Christus vor dem Hohen Rat]* Vgl. die spätere überarbeitete Fassung des Gedichts (Band 13), erstmals veröffentlicht unter Brechts Pseudonym »Berthold Eugen« in den *Augsburger Neuesten Nachrichten*, 1. April 1915. Das Gedicht erzählt einen Teil der Passionsgeschichte frei nach Markus 14,53-15,5.

89,30 *Herr Löffler]* Vgl. zu 79,21.

89,30 *Kuhr]* Herbert Kuhr, Sohn eines Fabrikdirektors, Schüler der V. Klasse, eine Klasse tiefer als Brecht.

89,35 *zum Arzt]* Max Thallmayr, Internist in Augsburg, spezialisiert auf Magen- und Darmkrankheiten.

89,39 *Mathem.]* Abkürzung für Mathematik oder Mathematische.

90,3 *›Kampf mit dem Drachen‹]* Schillers Romanze *Der Kampf mit dem Drachen* (1798).

90,4f. *zu einem Professor]* Dr. Albrecht Krecke behandelt Brechts Vater in der Heilanstalt des Israelitischen Schwestern- und Krankenheims in München.

90,14 *That is fine!]* (Engl.) Das ist gut!

90,17 *»Romeo und Julia«]* William Shakespeares *Romeo und Julia* (um 1595) in der Aufführung des Augsburger Stadttheaters; Regie: Hermann Merz, mit Helmuth Krause (Romeo) und Gerda Marß (Julia).

91,2 *Knüppelverse]* Vermutlich Wortspiel mit Knittelvers, auch Knüttelvers: paarweise gereimter vierhebiger Vers mit freier Silbenfüllung (aus dem 16. Jahrhundert), und Knüppel.

91,20 *Rothschilds]* Meyer Amschel Rothschild (1743-1812) begründet in Frankfurt als Bankier das Stammhaus der Familie, die in der Folgezeit in ganz Europa weitere Bankhäuser eröffnet.

91,21 *Der Rockefellers und Vanderbilts]* John David Rockefeller beherrscht als Gründer der amerikanischen Standard Oil die gesamte Ölförderung der USA und gilt als »reichster Mann der Welt«. Cornelius Vanderbilt begründet als amerikanischer Finanzmann den Vanderbilt-

Konzern (Eisenbahnen, Kohlenbergwerke, Grundstücksbesitz). Möglicherweise kennt Brecht das Buch *Amerika als neueste Weltmacht der Industrie* von Ernst Hesse Wartegg (Stuttgart/Berlin/Leipzig 1890; als einzige Abhandlung über reiche Männer der Vereinigten Staaten im Bestandskatalog der von Brecht häufig aufgesuchten Augsburger Leihbibliothek aufgeführt).

92,1 *Thallmayr]* Vgl. zu 89,35.

92,19f. *Spiegelchen, Spiegelchen ... Land?]* Anlehnung an die Fragen der Königin im Märchen *Schneewittchen* aus der Sammlung der Brüder Grimm (*Kinder- und Hausmärchen*, 1812, 1815).

93,1 *Feuer]* Entwurf zu dem Einakter *Die Bibel* von 1913 (vgl. Band 1), der in Heft 6 der *Ernte* (vgl. zu 71,28) im Januar 1914 erscheint.

94,4 *im Siebentischwald]* Vgl. zu 50,2.

94,5f. *Eiskarte]* Eintrittskarte für die Benutzung der Eisfläche am Schleifgraben, der im Winter, durch einen Stichkanal geflutet, als Eislauffläche dient (vgl. zu 42,2).

94,10 *Herr Gehweyer]* Albrecht Gehweyer, Vater des Freundes Friedrich Gehweyer (vgl. zu 9,7).

94,12f. *Onkel Karl]* Der fünf Jahre jüngere Bruder des Vaters, Karl Brecht, wächst in Achern/Baden auf. Er lebt in Augsburg, ist seit 1900 mit Rosa Weber verheiratet und arbeitet als Buchdrucker bei den *Augsburger Neuesten Nachrichten*.

94,13 *Großmutter]* Vgl. zu 15,9.

94,23 *»Professor Sil Maria«]* Vgl. zu 85,1.

95,36 *Storren]* Baumstumpf; dürrer Ast.

96,13 *Tante]* Amalie Reitter (vgl. zu 12,2).

96,15 *Savonarola]* Vgl. das gleichnamige Gedicht (73,34 und den zugehörigen Kommentar).

96,30 *»Ernte« N° 5]* Dieses Heft der Zeitschrift (vgl. zu 71,28) ist nicht überliefert.

96,36 *Onkel]* Hermann Reitter (vgl. zu 12,2).

96,38 *Löffler]* Vgl. zu 79,21.

97,5 *Der Hofrat]* Vgl. zu 90,4f.

97,23 *Siegvater]* Das Gedicht enthält Anklänge an Goethes Ballade *Erlkönig* (1782).

97,32 *Zyklus »Nächte«]* Vgl. zu 15,13.

97,33 *Sternenbuch: »Der Astronom«]* Konnte nicht ermittelt werden.

98,19 *die Spieldose]* Der Vater besitzt eine Spieldose, auf der zu besonderen Anlässen, wie z.B. Weihnachten, Platten aufgelegt werden: »Wir hörten den *Torgauer Marsch*, die *Zarienne Mazurka*, den *Zapfenstreich* und andere. Eugen bevorzugte *La Paloma*, ich die Melodie des Liedchens *Spinn, spinn, meine liebe Tochter*.« (Walter Brecht, *Unser Leben in Augsburg, damals. Erinnerungen*, Frankfurt a.M. 1984, S. 75.)

98,35 *Zyklus: »Weiße Tage«]* Vgl. zu 15,13.

99,27 *Goldarabesken]* Arabeske: (franz.) Pflanzenornament.

99,37f. *Weihnachtsnummer der »Ernte«]* Gemeint ist die (nicht überlieferte) Nummer 5 der Zeitschrift (vgl. zu 71,28); ein Probedruck für den Umschlag liegt dem Tagebuch N° 10 lose bei (vgl. S. 494).

100,26 *Gemälde]* Möglicherweise *Bergfrieden* oder *Sylvester-Nacht 1913*, vgl. S. 494.

100,27f. *hektographierten wir]* Vgl. zu 71,28.

100,29 *Reitters Großmama]* Mutter von Hermann Reitter, dem Onkel Brechts (vgl. zu 12,2).

101,1 *Roos]* Vgl. zu 88,27.

101,3 *Mädi]* Heinrich Scheuffelhut berichtet: »Unser Freundeskreis bestand damals aus Rudolf Hartmann, den wir wegen seines weichen Gesichtsausdruckes nur ›Mädchen‹ nannten [...]« (Werner Frisch / K. W. Obermeier, *Brecht in Augsburg. Erinnerungen, Dokumente, Texte, Fotos*, Berlin und Weimar 1975, S. 50).

101,4 *»Maria« 1. Kapitel]* Möglicherweise Bezug auf *Professor Sil Maria* (vgl. zu 85,1).

101,12f. *Dehmels »Aber die Liebe«]* Richard Dehmels Band *Aber die Liebe* (mit Gedichten und Erzählungen), Berlin 1912.

101,17 *Marie]* Vermutlich Marie Miller, die als Dienstmädchen bei der Familie Brecht arbeitet (auch »Schwarze Marie« genannt).

TAGEBUCHAUFZEICHNUNGEN 1916

Textgrundlage

Manuskript (ohne Überschrift) aus dem Nachlaß von Hanns Otto Münsterer (Bayerische Staatsbibliothek München).

Entstehung

Nach Berichten seiner Freunde (z.B. Georg Pfanzelt und Caspar Neher) hat Brecht auch zwischen 1914 und 1919 Tagebücher geführt, die jedoch nicht überliefert sind. Die vorliegenden Aufzeichnungen von 1916 bilden die einzige Ausnahme. Am Rand des Blattes steht (von fremder Hand) der Vermerk: »Hippolyte Taine«.

Brecht ist zu der Zeit Gymnasialschüler in der Oberprima (IX. Klasse).

Zeilenkommentar

107,10 *Herzkrämpfe]* Brecht leidet seit seiner Kindheit an Herzbeschwerden, vgl. zu 9,8.

107,17 *Mädchen]* Brecht trifft Therese Ostheimer auf seinem täglichen Schulweg in der Straße Auf dem Kreuz. Er bemüht sich um eine nähere Bekanntschaft mit der Schülerin der Mädchenschule und Lehrerinnenbildungsanstalt am Englischen Institut. Er schreibt ihr im Juli 1916 einen längeren Brief und versucht vergeblich, ihre Zuneigung zu erlangen.

107,24 *Hiob und die Könige]* Bezug auf *Das Buch Hiob*, *Das 1. Buch der Könige* und *Das 2. Buch der Könige* aus dem Alten Testament.

107,28f. *David hat den Sohn ... getötet]* Vgl. 2 Samuel 12,14: David, der Bathseba, die Frau seines Kriegers Uria, geschwängert hat, sorgt dafür, daß Uria im Krieg von den Feinden getötet wird. Als das Kind geboren wird, läßt es Gott sterben, um David zu strafen. Brecht arbeitet später an einem Stück *David* (vgl. zu 130,34f.), das aber Fragment geblieben ist (vgl. Band 10).

108,12 *Lehrerin]* Therese Ostheimer macht 1918 ihr Examen als Lehrerin.

108,14 *Plärrerwägen]* Gemeint sind die Wagen der Schausteller auf dem zweimal im Jahr in Augsburg stattfindenden Plärrer, einem Jahrmarkt mit Schaubuden und Karussells auf dem Kleinen Exerzierplatz oberhalb des Zusammenflusses von Lech und Wertach.

108,24 *Spinoza]* Vermutlich bezieht sich Brecht auf Benedikt Spinozas Hauptwerk, *Ethica Ordine Geometrico Demonstrata* (1677, dt.: *Die Ethik mit geometrischer Methode begründet*). 1931 notiert Brecht in einem Notizbuch auf einem Blatt unter dem Titel *Spinoza/Verbesserung des Verstandes* u.a.:

1 Kritik des Satzes des Spinoza.

Die Beunruhigung der »Seele« ist das Anzeichen, daß die Umwelt in Bezug auf die Person nicht stimmt (und daß die Person nicht stimmt).

2 Versuche, nach dem Satz zu handeln.

Der Aufbau der unbewegbaren Person. Das Immobilium.

3 Die Lehre von der 3. Sache

»Ich mache euch« ergibt Spaltung. (Nachlaß.)

108,24 *Nietzsche mag ich nimmer.]* Ein Jahr vorher teilt Brecht Fritz Gehweyer mit, daß er mit seinen Freunden über Nietzsches *Zarathustra* spricht (Brief vom 20. September 1915). Nach Mitteilung Münsterers hat Brecht »die berühmten Suren«, »kleinere Abreibungen auf Vorschuß«, die er an die Tür seiner Dachkammer anbringt, im »Geist Lichtenbergs oder des Zarathustra« geschrieben (vgl. Hanns Otto Münsterer, *Bert Brecht. Erinnerungen aus den Jahren 1917-22*, Zürich 1963, S. 18).

108,29f. *ich kann Theaterstücke schreiben]* Das erste vollständig überlieferte Stück Brechts ist der Einakter *Die Bibel* (1913; vgl. Band 1).

108,30 *Hebbel]* Vgl. zu 25,8f.

108,31 *Wedekind]* Eine Ausgabe der Werke Frank Wedekinds erhält Brecht von seinem Vater als Geschenk. Der Münchner Dichter, Sänger und Schauspieler macht mit seinen provokanten Dichtungen auf ihn einen großen Eindruck. Nach seinem Tod am 10. März 1918 schreibt Brecht den Nachruf *Frank Wedekind* (Band 21).

AUTOBIOGRAPHISCHE NOTIZEN 1919 BIS 1920

113,4-24 *völlig ... so weiter.]* T: Manuskript. E: 1919.

Der Anfang des Textes ist nicht überliefert.

113,5-9 *Sie schnaufte ... konkav.]* Hintergrund der Notiz ist vermutlich Brechts Verhältnis zu seiner Freundin Paula Banholzer (vgl. zu 121,8).

113,14 *Marie]* Vermutlich Anspielung auf Rose Marie Aman (vgl. zu 138,27).

113,23 *studierte er Medizin]* Am 2. Oktober 1917 läßt sich Brecht an der Philosophischen Fakultät der Ludwig-Maximilians-Universität in München immatrikulieren, belegt auch medizinische Vorlesungen; im Sommersemester 1918 wechselt er zur Medizinischen Fakultät über, gibt dieses Studium aber nach einem Jahr ebenfalls auf.

114,4-115,14 *Ich gehöre ... wahnsinnig sein muß.]* T: Manuskripte (Notizbuch). E: 1. Quartal 1920.

Die Abschnitte stammen aus einem Notizbuch, das Brecht von Januar bis März 1920 geführt hat. Hintereinander stehende Texte dieses Notizbuches sind in der vorliegenden Ausgabe durch eine Leerzeile, nicht hintereinander stehende Texte durch zwei Leerzeilen getrennt.

114,6 *verursachen.]* In der Textgrundlage folgt das Zeichen: »x«; möglicherweise für eine (nicht überlieferte) Einfügung. 114,31 *schwarze]* Unsichere Entzifferung. 115,3f. *schienen und]* In der Textgrundlage folgt auf neuer Seite ein kurzes Dialogfragment (mit der Zuordnung »V.«) und danach die letzten beiden Worte »verhüllt waren«. 115,9 *diese]* In der Textgrundlage danach gestrichen: »die Gottverlassenheit«.

114,16 *Korrektur eines Stückes]* Vermutlich bezieht sich Brecht auf Korrekturen des 1919 überarbeiteten *Baal*, der im Georg Müller Verlag, München, 1920 gedruckt, dann aber nicht ausgeliefert wird (vgl. zu 128,19).

114,22 *Doktorarbeit]* Angeregt wird diese Notierung durch die von Brecht 1917-1919 besuchten Vorlesungen und Seminare des Münchener »Theaterprofessors« Artur Kutscher, deren Gegenstand vor allem Theaterkritik und Kritik der Literatur ist. Vgl. auch die gleichzeitig geschriebenen Texte *Folgen der Kritik* und *Standpunkt unserer meisten Kritiker* (Band 21).

115,17-117,24 *Er liest »Zarathustra« ... nichts geschehen könne.]* T: Manuskripte (Notizbuch). E: Mai/Juni 1920.

Die Abschnitte stammen aus einem Notizbuch, das Brecht im Mai/Juni 1920 geführt hat. Hintereinander stehende Texte dieses Notizbuches sind in der vorliegenden Ausgabe durch eine Leerzeile, nicht hintereinander stehende Texte durch zwei Leerzeilen getrennt.

115,20 *nicht ... nicht]* Unsichere Entzifferung des zweiten »nicht«. 115,32 *Man ... schrei-]* In der Textgrundlage ist diese Zeile versehentlich durchgestrichen. 117,19f. *hochmütig.]* In der Textgrundlage folgt anschließend eine Notenskizze, danach ist der Text (117,22-24) auf einer neuen Seite fortgeführt.

115,17 *»Zarathustra«]* Brechts Ausgabe (Nachlaßbibliothek) ist mit zahlreichen Anstreichungen versehen: *Friedrich Nietzsches Werke*, Band 7, *Also sprach Zarathustra, aus dem Nachlaß 1882-1885*, Leipzig o.J.

116,1f. *jener Spartanerknabe ... unfair benahm]* Konnte nicht ermittelt werden.

116,5 *Maxime]* Steht mit *Aus dem »Maler«* (Band 21) auf einem Blatt.

116,17 *Tod meiner Mutter]* Sophie Brecht stirbt nach langer Krankheit am 1. Mai 1920 im Alter von 48 Jahren an Krebs (»Mammae Karzinom Rezidiv«). Brechts Bruder erinnert sich:

> An diesem Abend schlief Mama, und ohne daß etwas mit ihr vorgegangen wäre, starb sie in diesem Schlaf, still, wie sie immer gewesen war. Später standen wir im Wohnzimmer. Es wurde nicht gesprochen. (Walter Brecht, *Unser Leben in Augsburg, damals. Erinnerungen*, Frankfurt a.M. 1984, S. 348f.)

Im Notizbuch folgt wenige Seiten nach diesem Text das Gedicht *Lied von meiner Mutter. 8. Psalm* (Band 11); vgl. auch *Als sie nun aus war* (Band 13) und *Meine Mutter:* (117,1-4).

117,27-38 *Ihn fraßen ... gewartet.]* T: Manuskript (Notizbuch). E: Mitte 1920. ED: Vorliegende Ausgabe.

Die beiden Abschnitte stehen hintereinander auf einer Seite eines Notizbuchs von Mitte 1920.

117,34 *mit]* Unsichere Entzifferung.

117,27 *Ihn fraßen ... Läuse.]* Möglicherweise Verszeile für einen Psalm (vgl. *Von He. 9. Psalm*; Band 11).

117,30 *He]* Brechts Bezeichnung für Hedda Kuhn, in Rastatt geboren, seit 1918 ebenfalls Studentin der Medizin in München. Sie befreundet sich mit Brecht und besucht wie er neben den medizinischen Vorlesungen die Seminare von Artur Kutscher. Im Lied *Von He. 9. Psalm* (Band 11) wird Hedda Kuhn »Geliebte über sechzehn Monate« genannt. Obwohl ihre Beziehung zu Brecht etwa im Mai 1920 endet, bleiben sie einander freundschaftlich verbunden. Sie meldet sich im Januar 1920 in München ab, hält sich zeitweilig in ihrer Geburtsstadt Rastatt auf und geht im Juli 1920 zur Fortsetzung ihres Studiums nach Berlin. Während Brechts Aufenthalten in Berlin stellt sie Kontakte zu wichtigen Persönlichkeiten her. (Vgl. ihren rückblickenden Bericht über die Münchener Jahre in: Werner Frisch / K.W. Obermeier, *Brecht in Augsburg. Erinnerungen, Dokumente, Texte, Fotos*, Berlin und Weimar 1975, S. 158-163.)

118,1-12 *Aber plötzlich ... vorhanden bin.]* T: Manuskripte (Notizbuch). E: Mitte 1920.

Die beiden Abschnitte stehen auf verschiedenen Seiten eines weiteren Notizbuchs von Mitte 1920.

118,1f. *Aber plötzlich ... Schiffschaukeln.]* Notiz aus dem Romanentwurf *Der junge Amerikaner* (1920, vgl. Band 17, »Zu diesem Band«).

118,2 *Berti]* Eine Namensbezeichnung Brechts, so zum Beispiel in einem Brief an Caspar Neher, der mit der Unterschrift gezeichnet ist: »Bertie v. d. Sch.« (Dezember 1921).

TAGEBUCH 1920
MITTE JUNI – ENDE SEPTEMBER

Textgrundlage

Geheftetes Manuskript aus dem Nachlaß. Auf der ersten Umschlagseite steht: »1920 / Bert Brecht«, auf der Innenseite des Umschlags: »1920 / Mitte Juni – Ende September«.

Entstehung

Brecht schreibt das Tagebuch in der Zeit vom 15. Juni bis 26. September 1920. Aus dem Zeitraum zwischen Brechts Tagebuchaufzeichnungen vom Oktober 1916 und diesem Tagebuch sind keine weiteren Tagebücher überliefert.

Brecht ist zu dieser Zeit Student in München. Sein bevorzugter Wohnsitz bleibt die Mansarde im Haus der elterlichen Wohnung in Augsburg, wo er sich an den Wochenenden und in den Semesterferien regelmäßig, mitunter aber auch an Wochentagen aufhält.

Zur Textgestaltung in der vorliegenden Ausgabe:

122,19 *Aufflug]* Folgt gestrichen: »etwa, daß Gott gerade Brasilien verwüstet, aber das ist ein frecher Witz,«. 130,9 *nichts]* Unsichere Entzifferung. 134,17 *bläst]* Unsichere Entzifferung; möglich auch: »bläht«. 135,30 *Arschficker]* »Arschfigger«. 138,30 *weniger beunruhigend]* »weniger beunruhigender« 143,34 *Brackwasser]* Die Entzifferung der Silbe »Brack« ist unsicher. 153,38 *Lässigkeit.]* Unsichere Entzifferung; möglich auch: »Bissigkeit«. 165,33 *erzählen lassen]* Folgt: »kann«.

Zeilenkommentar

121,7 *mache ein schlechtes Stück]* Brecht ist mit der Umarbeitung von *Trommeln in der Nacht* (vgl. Band 1) beschäftigt.

121,8 *Angst um Bi]* Paula Banholzer (auch: Bi, Bie – Abkürzung von Bittersweet, engl.: Bittersüß), Tochter eines Arztes in Augsburg, ist seit 1917 mit Brecht befreundet. Am 30. Juli 1919 wird ihrer beider Sohn Frank (vgl. zu 160,27) geboren. Im Juni 1920 ist Paula Banholzer wegen Lungenbeschwerden in Behandlung bei dem praktischen Arzt Dr. Otto Renner. Brecht widmet ihr sein Stück *Trommeln in der Nacht*.

121,8 *Gedanken an Mama]* Brechts Mutter ist sechs Wochen vor dieser Eintragung gestorben (vgl. zu 116,17).

121,11 *Zeiß]* Geheimrat Dr. Carl Zeiß ist Generaldirektor an den Münchener Bayerischen Staatstheatern. Sein Vorgänger, Viktor Schwannecke, der 1919 von der Räteregierung in dieses Amt eingesetzt und nach deren Scheitern auf eigenen Wunsch ausgeschieden ist, hat *Baal* zur Uraufführung angenommen.

121,13 *Gutherz]* Gerhard Gutherz ist seit 1915 Chefdramaturg des Residenztheaters in München.

121,19 *Entwürfe für eine Kirche]* Konnten nicht ermittelt werden.

121,22 *(4-6)]* Vermutlich die geplanten Maße vier mal sechs Meter.

121,23 *Grecos]* Bezug auf den griechisch-spanischen Maler El Greco, der in Toledo zahlreiche Gemälde religiösen Inhalts geschaffen hat. Vgl. *Zur Ästhetik des Dramas* (Band 21).

121,24 *Plutarch]* Der griechische Schriftsteller, Historiker und Philosoph verfaßt Biographien berühmter Griechen und Römer. In Brechts Nachlaß befindet sich die zehnbändige Ausgabe *Ausgewählte Biographien*, dt. v. Eduard Eyth, Stuttgart 1854-1869, sowie die Bände 1, 3 und 5 der sechsbändigen Ausgabe *Lebensbeschreibungen*, mit Anmerkungen nach der Übersetzung v. Kaltwasser, bearbeitet v. Hanns Floerke, München/Leipzig 1913.

121,28 *Wie mich dieses Deutschland langweilt!]* Vgl. das zur gleichen Zeit entstandene Gedicht *Deutschland, du Blondes, Bleiches* (Band 13).

121,36 *Stiche auf der Brust. Dr. Renner]* Vgl. die erste Anmerkung zu 121,8.

121,37 *Banholzers]* Die Eltern Paulas, Karl und Anna Banholzer.

122,5 *Hedda]* Vgl. zu 117,30. Einige von Brecht geschriebenen *Psalmen* haben als autobiografischen Hintergrund sein Verhältnis zu Hedda Kuhn (vgl. Band 11).

122,7 *Anni Bauer]* Anna Bauer wohnt in München, Pötschnerstraße 9/1 (Eintragung in Brechts Notizbuch 1920).

122,8 *Atelier]* Obwohl Brecht laut Bescheinigung der Universitätsgebührenstelle während des Sommersemesters 1920 in der Kaiserstraße 23^{IV} wohnt, ist er offiziell vom 17. Februar bis 11. November 1920 in München nicht gemeldet (Stadtarchiv München). Vermutlich hat er in dieser Zeit oft bei Freunden übernachtet.

122,11 *Go.]* Abkürzung für: Gonorrhoe, eine Geschlechtskrankheit, über deren Folgen Brecht durch seinen Dienst vom 1. Oktober 1918 bis 9. Januar 1919 im Augsburger Reservelazarett als Militärkrankenwärter in der Station D (Dermatologie) gut informiert ist.

122,11f. *ein Buch »Gesichte«]* Zu dieser Zeit entstehen die Fragmente *Das Tanzfest oder Der Augenblick der ewigen Verdammung* und *Absalom reitet durch den Wald oder Der öffentliche Mann*. Beide Manuskripte tragen die Bezeichnung *Aus den »Gesichten« des Bertold Brecht* (vgl. Band 19).

122,12 *oder himmlische Possen]* Vgl. *Zur Ästhetik des Dramas* (Band 21):

Ich könnte mir eine himmlische Posse im Stil des Greco vorstellen, worin es sich um idealische Vorkommnisse handelt, eine Ideendichtung voll Leiblichkeit und Bosheit.

In einem Notizbuch von 1920 findet sich folgende Eintragung dazu:

Posse

Der arme (dicke) Mensch, der Angst hat.

Dazu die beiden Riesenthals rechts und links auf Türmen, die himmlische Späße machen und einander mit Felsen bombardieren. Einmal reinigt einer seinen Fußnagel, der andere die Zähne, nach der schrecklichen Szene.

Dem einen wurde das Bein abgeworfen vom anderen, darüber lacht der andere.

Schluß: Der eine: Ich kriege den Brand. (Gelächter.)

(Nachlaß.)

122,12f. *im Stil des Greco]* Vgl. zu 121,23.

122,13 *Valentin]* Brecht besucht das Münchner Kabarett von Karl Valentin gern und häufig. Vom 1. bis 31. März 1920 spielt Valentin im Kleinkunsttheater *Charivari* in München. Brecht »wälzt« sich »fast vor Lachen« über den Komiker (Brief an Dora Mannheim, Mitte März 1920). Am 31. Mai 1920 tritt Brecht mit Valentin in der Szene *Orchesterprobe* auf. Durch die Kurzszenen und Sketche von Valentin ist Brecht 1919 zu seinen Einaktern *Die Hochzeit* und *Er treibt einen Teufel aus* angeregt worden; vgl. auch *Karl Valentin* (Band 21).

122,15f. *im Plutarch den »Sulla«]* Gemeint ist Plutarchs Biographie des Sulla aus den *Lebensbeschreibungen* (vgl. zu 121,24). Der römische Konsul Lucius Cornelius Sulla stürzt als Aristokrat die Volkspartei unter Marius.

122,16 *den »Greco« von Maurice Barrès]* Barrès, *Der Greco oder Das Geheimnis von Toledo*, aus dem Französischen übertragen von Wilhelm Hausenstein, München 1913. Barrès gehört zu Vertretern einer künstlerischen Richtung Ende des 19. Jahrhunderts, die sich als Dekadenz bezeichnet.

122,18f. *Engel ... »Mariä Himmelfahrt«]* Vgl. *Der Greco oder Das Geheimnis von Toledo*:

Wenige Monate vor seinem Tode malte der Greco für die Kirche des heiligen Vincenz in Toledo eine Himmelfahrt der Jungfrau in seiner späten Art und dabei mit wunderbaren Farben. Die Abbildung kann die Empfindungen nicht vermitteln, die diese zugleich machtvolle und elegante Komposition mit ihren Lichttönen und ihren Karmintönen in uns aufsteigen läßt. [...] Der Engel unten, der die Jungfrau hochheben will und die ganze Komposition trägt, entfaltet seinen Flügel mit einer Gewalt, die alles zerbrechen könnte. (S. 45.)

122,20 *Else Lasker-Schüler]* Die Schriftstellerin liest in München häufig aus ihren Werken. Welche ihrer Veranstaltungen Brecht besucht hat, konnte nicht ermittelt werden.

122,23f. *in den Englischen Garten]* Ende des 18. Jahrhunderts nach englischem Vorbild gestalteter Park in München.

122,26 *George]* Brechts Name (auch: Orge) für seinen Freund Georg Pfanzelt (vgl. zu 77,24f.).

122,27f. *»Die Fleischbarke«]* Die Operette ist Fragment geblieben (vgl. Band 10).

122,28 *Aufsatz über den Komiker Karl Valentin]* Möglicherweise der 1922 erschienene Text *Karl Valentin* (Band 21).

122,35 *Wesen der Kunst Einfachheit]* Vgl.: »Die Kunst ist das Einfachere. Geordnetere. Sinnvollere. Stärkere.« (Brief an Caspar Neher, Mitte März 1918).

122,39 *Otto]* Otto Müller (auch: Heilgei, Heigei), später auf Anraten Brechts: Müllereisert. Der Schüler des St. Stephans-Gymnasiums ist zwei Jahre jünger als Brecht und einer seiner engsten Freunde. Er ist Pate für Brechts Sohn Frank und Trauzeuge bei der Heirat mit Marianne Zoff.

123,1 *Hilde Münch]* Hildegard Münch, Tochter eines Zahlmeisters, ist als Erzieherin in Augsburg tätig.

123,3 *am Domplatz]* Parkartige Anlage am Augsburger Dom.

123,4 *ihre Fortreise in Stellung]* Paula Banholzer bewirbt sich als Erzieherin bei einer Witwe mit drei Kindern in Nürnberg. In ihrem Bewerbungsschreiben gibt sie als beste Referenz die Beteiligung an der Erziehung ihrer Geschwister an.

123,10 *Galgei]* Hauptfigur des geplanten, Fragment gebliebenen Stücks *Galgei* (Band 10). Die Grundidee, die Verwandlung eines Mannes in einen anderen, übernimmt Brecht einige Jahre später in sein Stück *Mann ist Mann*.

123,10 *Hanne]* Vermutlich Hauptfigur des nicht ausgeführten Stückes *Sommersinfonie* (Band 10; vgl. zu 126,21).

123,11 *Ligarch]* Figur aus *Galgei* (Band 10).

123,15 *Edith Blass]* Freundin von Caspar Neher (auch: Edith Blaß, Edith Weiß).

123,15 *Starnberger See (Pöcking)]* Pöcking ist ein kleiner Ort im Kreis Starnberg an dem südwestlich von München gelegenen See.

123,23f. *X-Platte]* Röntgenplatte.

124,6 *Stück über Jesus]* Das Stückprojekt ist nicht ausgeführt, in einem Text von 1920 heißt es:

Der Gehenkte (Jesus)

Farbige, leuchtende, fahrige Bilder, aufleuchtend, ungewiß, voll Metaphysik (wie Prozesse [folgt nicht entzifferbares Wort]), ohne Zielstrebigkeit; drinnen ein trunkener Schwärmer, irr gaukelnd, mit Kokoschkagesicht, zart gegliedert, Moissi, kindlich, sein Leben auslebend, stolz, rein, absolut. Dann am Schluß dunkle Szenen: Er hat gesagt …

1) Mit Maria, die ihn holen will

2) Vom hochzeitlichen Kleid

3) Warum belehrt er Pontius nicht? (Nachlaß.)

124,6 *Stück über Bi]* Möglicherweise gehören Textentwürfe für das nicht ausgeführte Stück *Die Bälge* (Band 10) dazu.

124,7 *Erkenntnisse ... Romane]* Brecht versucht sich 1913 vergeblich am Genre des Romans und beschäftigt sich theoretisch mit Fragen der Romangestaltung. Ein Entwurf *Das Buch Gasgarott* (Band 17) entsteht im Sommer 1920 in Kimratshofen (vgl. zu 136,11f.).

125,2 *Orchideengarten]* Das Augsburger Gartenlokal (Weinstube und Konzertcafé) in der Kaiserstraße 53 ist häufig Treffpunkt der Freunde Brechts. Dort finden – ohne Eintrittsgeld – täglich Konzerte statt.

125,5 *Orge ... strebt auf sein Examen.]* Georg Pfanzelt (vgl. zu 77,24f. und zu 122,26) bereitet sich auf seine Prüfung als Verwaltungssekretär vor.

125,5f. *Otto ... Abs]* Otto Müllereisert (vgl. zu 122,39) studiert in München Medizin. (Später läßt er sich in Berlin nieder und gehört zu den Ärzten, die Brecht in seinen letzten Lebensjahren behandeln.) – Abs ist die Abkürzung für Absolutorium: (österr.) Abschluß nach Erreichen der für ein Studium oder einen Kurs vorgeschriebenen Semesterzahl.

125,12 *»Galgei«]* Vgl. die erste Anmerkung zu 123,10.

125,17 *Oft ... Detektivdramen.]* Am 6. Juli 1920 z.B. wird in den Augsburger Karolinen-Lichtspielen *Die Brüder von St. Parasitus*, ein Detektivfilm der Stuart Webbs Company, gezeigt.

125,18 *Er]* Vermutlich Abkürzung von »Ernst Reicher«, dem Produzenten von Detektivfilmserien, Regisseur und gleichzeitig Darsteller des Hauptheldeh Stuart Webbs. 1920 werden in dieser Serie neben *Der Meister* und *Die weiße Rose* auch der erste Stuart-Webbs-Film *Der Sprung ins Dunkle* in den Kinos gezeigt.

125,19 *Edith Blass]* Vgl. die erste Anmerkung zu 123,15.

125,19 *im Englischen]* Vgl. zu 122,23f.

125,23 *Feuchtwanger]* Lion Feuchtwanger hat in München Germanistik und Philosophie studiert und ist als Dramaturg an den Münchener Kammerspielen und als Lektor im Drei Masken Verlag beschäftigt. Brecht lernt ihn im Frühjahr 1919 kennen und bringt ihm sein Stück *Spartakus* (das dann auf Vorschlag Marta Feuchtwangers in *Trommeln in der Nacht* umbenannt wird). Feuchtwanger erinnert sich an seine damalige Begeisterung für Brechts »außermodische, wilde, kräftige, farbige Sprache, nicht aus Büchern zusammengelesen, sondern dem Mund des Volkes abgeschaut« (*Bertolt Brecht, dargestellt für Engländer*, in: *Die Weltbühne*, 4. September 1928). Er gehört zu den Förderern des jungen Brecht, gibt ihm zahlreiche Hinweise für die Überarbeitung seiner Stücke und versucht, Brechts Stücke bei Verlagen unterzubringen. Vermutlich durch seine Vermittlung hat der Verlag Georg

Müller im Februar 1920 *Baal* zur Publikation angenommen, und durch sein Engagement kommt *Trommeln in der Nacht* im September 1922 an den Münchener Kammerspielen zur Uraufführung. Er arbeitet mit Brecht zusammen an dessen Stück *Leben Eduards des Zweiten von England* (1923/24). Brecht wirkt an Feuchtwangers Drama *Kalkutta, 4. Mai* (1925) mit.

125,25 *Makkabäer]* Anspielung auf die Aufstände, die unter Führung des jüdischen Geschlechts der Makabi (auch: Makkabäer) gegen Syrien 141 v.d.Z. zur Wiederherstellung des jüdischen Staates führen. (Feuchtwanger ist jüdischer Herkunft.)

126,2 *in der Hölle]* Vgl. die Verse *Lied von der Hölle* (Band 13).

126,3 *Sauve qui peut!]* (Franz.) Rette sich, wer kann!

126,21 *»Sommersinfonie«]* Das geplante Stück ist nicht ausgeführt. Aufzeichnungen Brechts über die Bearbeitung, nach denen die Fabel in großen Umrissen fertiggestellt sei, befinden sich in einem Notizbuch von 1921 (vgl. Band 10). Als Stoff dient hier eine Episode aus dem lateinischen Abenteuer- und Schelmenroman *Satyricon* (60 v.d.Z., dt.: *Satyrikon*) von Gajus Petronius Arbiter; vgl. in *Der Tuiroman* den Text *Komisches* (A 60, Nr. 29, Band 17). Hanns Otto Münsterer erinnert sich an Entwürfe Brechts für das Stück im Jahre 1919, bei denen sich

> dauernd Änderungen ergaben und verschiedene Arbeitsschichten übereinander lagerten. Als Mittelpunkt des mit Jahresende »beinahe abgeschlossenen« Werkes erscheint die aus Petron bekannte Geschichte der Witwe von Ephesus, die in der Gruft ihres verstorbenen Mannes verhungern will, dann aber vom Galgenwächter getröstet wird und schließlich, als der Kadaver des Gerichteten gestohlen worden ist, die Leiche des Gatten dafür aufhängen läßt. (Hanns Otto Münsterer, *Bert Brecht. Erinnerungen aus den Jahren 1917-22*, Zürich 1963, S. 139.)

126,22 *Expressionismus]* Vgl. den Anfang 1920 geschriebenen Text *Über den Expressionismus* (Band 21).

126,29 *Jeunesse dorée]* (Franz.) wörtlich: goldene Jugend; die Bezeichnung für die monarchistisch eingestellten und modebewußten jungen Franzosen aus dem Pariser Großbürgertum zur Zeit des Direktoriums steht allgemein für die reiche, vergnügungssüchtige Großstadtjugend.

126,38 *Briefe van Goghs an Theo]* Gemeint ist die zweibändige Ausgabe Vincent van Gogh, *Briefe an seinen Bruder*, Berlin 1914.

127,18 *Edith Weiß]* Gemeint ist Edith Blass (vgl. die erste Anmerkung zu 123,15).

127,18 *Possenhofen]* Dorf am Starnberger See, häufig Ausflugsziel Brechts.

127,26 *Bei Johst]* Brecht schickt Ende 1919 sein Stück *Baal* an Hanns Johst zur Begutachtung, weil er durch dessen Drama *Der Einsame* wesentlich angeregt worden ist. Da ihm Johst lange Zeit nicht antwortet, drängt Brecht auf eine Aussprache (vgl. den Brief an Hanns Johst, 21. Februar 1920). Die Gespräche in Johsts Haus am Starnberger See führen zu zahlreichen Veränderungen, vgl. *Baal* (Band 1, Kommentar, Abschnitt »Entstehung«).

127,26 *»König«]* Hanns Johsts Stück *Der König* (Dresdner Uraufführung: 22. Mai 1920; Regie: Paul Wiecke).

127,29 *Gartenlaube]* Ein seit 1853 in Deutschland vielgelesenes, illustriertes Familienblatt, das nach 1871 vorwiegend kleinbürgerliche Interessen vertritt und zum Teil Kitschliteratur verbreitet.

127,31 *Suhrkamp]* Peter Suhrkamp ist 1919/20 Mitarbeiter eines Münchner Verlages und hat bereits selbst als Autor publiziert (seine Erzählung *Die Zelle* z.B. ist 1918 in *Das junge Deutschland*, hg. v. Deutschen Theater, Berlin, Heft 3, erschienen). Er erinnert sich 1956 an ein erstes Treffen mit Brecht »im frühen Winter 1919« (*Peter Suhrkamp. Zur Biographie eines Verlegers in Daten, Dokumenten und Bildern*, vorgelegt v. Siegfried Unseld unter Mitwirkung v. Helene Ritzerfeld, Frankfurt a.M. 1975, S. 65f.).

127,36 *Spitaler]* Insasse eines Spitals.

127,39 *gehe immer auf den Friedhof]* Zum Grab seiner Mutter auf dem protestantischen Friedhof an der Haunstetter Straße im Süden Augsburgs.

128,2-4 *»Die das Viele behalten ... Hände abdorren.«]* Vermutlich in stilistischer Anlehnung an Matthäus 25,29: »Denn wer da hat, dem wird gegeben werden, und er wird die Fülle haben; wer aber nicht hat, dem wird auch, was er hat, genommen werden«.

128,6 *Edith]* Vgl. die erste Anmerkung zu 123,15.

128,16 *im Atelier]* Vgl. zu 122,8.

128,19 *Drucklegung »Baals«]* Im Auftrag des Georg Müller Verlags, München, ist das Stück gesetzt worden und sollte »in einer numerierten Auflage von 600 Exemplaren« erscheinen; der Verlag entscheidet sich aber im Dezember 1920, das Werk nicht ausdrucken zu lassen. Da er zu dieser Zeit wegen von ihm verlegter klassischer Erotica Schwierigkeiten mit der Zensur hat, befürchtet er auch bei *Baal* eine Beschlagnahmung. Es werden nur ein paar Exemplare für Brecht hergestellt.

128,24f. *Feuchtwanger ... seine italienische Komödie]* Gemeint ist Feuchtwangers Komödie in 4 Akten *Der Amerikaner oder Die entzauberte Stadt*, München 1921.

128,27 *wieder viel Brecht]* Als Brecht 1919 Lion Feuchtwanger kennenlernt, arbeitet dieser an dem Schauspiel *Thomas Wendt* (Verlag Georg Müller, München 1920).

128,27 *Der Amerikaner ist Kragler]* Der Amerikaner in Feuchtwangers Komödie erscheint nur gegen Ende des 1. Aktes und mit einem Satz: »Mein Name ist Kragler«; Andreas Kragler ist die Hauptfigur in Brechts *Trommeln in der Nacht* (Band 1).

128,39 *Possenhofen]* Vgl. die zweite Anmerkung zu 127,18.

129,1 *(20° R)]* Réaumur: (Franz.) Temperatureinheit nach dem französischen Physiker René-Anton Réaumur. 20° R entsprechen 25° Celsius.

129,8 *Lechkanal]* Mittels eines weitverzweigten Systems von Kanälen wird Wasser von Lech und Wertach (Vorderer, Mittlerer, Hinterer Lech) durch Augsburg geführt.

129,8 *Lattichwäldern]* Am Kanal wachsen große, gelb blühende Lattichkräuter.

129,12 *Orchideengarten]* Vgl. zu 125,2.

129,13 *»Ich weiß, ihr Herz ist schlecht«]* Der Psalm ist nicht überliefert.

129,14 *bei Gabler]* Am Mittleren Lech liegt Trautweins Weizenbier-Stube, die nach dem Gastwirt-Ehepaar Christian und Katharina Gabler von Brecht meist Gablers Taverne genannt wird. Hier trifft er sich häufig mit seinen Freunden und singt seine Lieder zur Gitarre. Münsterer schildert die »Stätte der großen Brechtfeste« als einen Nebenraum im Gasthaus, zu dem vom Schankraum einige Stufen hinaufführen und der »mit bemalten Bauernmöbeln ausgestattet war« (Hanns Otto Münsterer, *Bert Brecht. Erinnerungen aus den Jahren 1917-22*, Zürich 1963, S. 112).

129,18f. *»Ballade auf vielen Schiffen«]* Vgl. Band 11.

129,19 *einen vierten Akt]* Brecht arbeitet das Stück *Trommeln in der Nacht* mehrfach um. Er versucht (in einer frühen Fassung) die herkömmliche Fünfaktigkeit aufzuheben und mit dem vierten Akt zu schließen (vgl. Band 1).

129,21f. *»Baal« ... gründlich verpfuscht]* Bezieht sich auf die Niederschrift von Ende 1919 / Anfang 1920 (vgl. Band 1).

129,31 *»Königin Tamara« von Hamsun]* Der Roman des norwegischen Schriftstellers Knut Hamsun, *Dronning Tamara*, dt.: *Königin Tamara* (München 1903), Übersetzung von Gertrud Ingeborg Klett.

129,34 *Renommage]* (Franz.) eitle Prahlerei.

130,2 *Damaszenerstahl]* Besonders elastische und bruchsichere Degenklinge aus verschweißten kleinen Stahlstücken, die durch Ätzung mit verschiedenartigen Linien verziert wird.

130,15 *Zarek]* Gemeint ist der Dramaturg und Schriftsteller Otto Zarek, der wie Brecht an den Seminaren des Theaterwissenschaftlers Artur Kutscher in München (vgl. zu 114,22) teilnimmt. Hedda Kuhn macht ihn mit Brecht im Winter 1918/19 bekannt.

130,15 *Bazarek]* Kontamination von Bazi (bair. umgangssprachlich für: Wichtigtuer, Taugenichts) und dem Namen Zarek.

130,18f. *»David« (David vor Saul)]* Otto Zareks dramatisches Gedicht in fünf Akten *David* (München 1921). In dem Stück stehen sich der König von Israel, Saul, und der Hirte David in II,9 und II,17 gegenüber.

130,25 *Szenen auf dem Meer]* Gemeint ist der Monumentalfilm *Der Seelenverkäufer. Das Schicksal einer Deutschamerikanerin*, nach einem Roman von Margarete Gontard Schuck, der am 27. Juli 1920 in den Bavaria-Lichtspielen in München gezeigt wird und den Brecht vermutlich gesehen hat.

130,26 *Piratenfilme]* Am 15. Februar 1921 erwähnt Brecht die Arbeit an einem Film *Die Seeräuber* (vgl. zu 176,19); am 18. März 1921 notiert er den letzten Teil eines Filmes von *Hanna Cash*. Texte dazu sind nicht überliefert (vgl. zu 191,2).

130,34f. *Die Szene Saul-David ... ohne Intrige.]* Brecht wird durch Otto Zareks Bericht (vgl. zu 130,18f.) zu einem Gegenentwurf der Szene angeregt. Die Szene *Saul und David* sowie weitere Texte zu einem geplanten Stück *David* befinden sich in Brechts Nachlaß (vgl. Band 10). Das »David«-Thema beschäftigt Brecht schon 1916 (vgl. zu 107,28f.).

130,38 *»Ballade der Freundschaft«]* Das Gedicht *Ballade von der Freundschaft* aus der Sammlung *Bertolt Brechts Hauspostille* (Band 11).

130,39 *für den Kino bearbeiten]* Eine Bearbeitung ist nicht überliefert. »Kino« wird in dieser Zeit auch maskulin gebraucht.

131,2 *Klabund]* Brecht lernt den Lyriker, Erzähler und Dramatiker Klabund (d.i. Alfred Henschke) in München kennen.

131,3 *Unolds Atelier]* Atelier des Münchener Malers Max Unold.

131,6 *»Saul und David«]* Vgl. zu 130,34f.

132,5 *Anfang des 3. Aktes]* Die verschiedenen Fassungen des 3. und 4. Aktes (vgl. zu 129,19) von *Trommeln in der Nacht* (Band 1) sind nicht überliefert.

132,6 *ad libitum]* (Lat.) nach Belieben, d.h. als mögliche Variante.

132,14 *Sonntagabend ... frisches Hemd]* Steht hier vermutlich für: ein neues Leben beginnen (vgl. auch 134,3).

132,14f. *Bi ... auf die Bahn]* Paula Banholzer wird von ihren Eltern wegen ihres schlechten Gesundheitszustandes nach Ziemetshausen, einem 40 km westlich von Augsburg gelegenen Ort, zur Erholung geschickt.

132,17 *Lucki]* Abgeleitet von luck: (schwäb.) locker, nachsichtig, aber auch unzuverlässig und sich-gehenlassend. Vgl. auch den Brief an Caspar Neher: »Oft bin ich wieder mit Pessimismus ausgefüllt wie mit Kohlenstaub, aber im ganzen lasse ich nicht luck.« (Juni 1918.)

132,28 *Lud]* Ludwig Prestel ist der jüngere Bruder von Brechts Mitschüler und Freund Rudolf Prestel. Ludwig ist musikalisch begabt; er begleitet Brecht häufig am Klavier oder auf der Gitarre. *Baals Lied* in der Sammlung *Lieder zur Klampfe von Bert Brecht und seinen Freunden* (Band 11) trägt den Vermerk: »Zusammen mit Lud am Lech«.

132,28f. *Lech ... Ablaß]* Der Hochablaß ist ein großes Lech-Wehr.

132,31 *»Kinderlied vom Brot«]* Unter dem Titel *Ballade vom Brod* zuerst in der Zeitschrift *Das Dreieck*, Berlin, 4./5. Januar 1925, veröffentlicht.

132,36 *»Sinfonie«]* Das nicht ausgeführte Stück *Sommersinfonie*; vgl. zu 126,21.

133,2 *Ziemetshausen, die Bi]* Vgl. zu 132,14f.

133,11f. *Film im Lendecke-Stil]* Vermutlich Bezug auf den Illustrator Otto Friedrich Lendecke, der vorwiegend für Modejournale (z.B. *Die Damenwelt, Die Dame*), aber auch für den *Simplicissimus* arbeitet. Im Notizbuch 1921 trägt Brecht einen Filmvorschlag ein: »Goriot (mit Recht, Daumier – Lendecke)«; vgl. zu 180,14. (Nachlaß.)

133,14 *Dienstag, 9. – Samstag, 15.]* Dienstag ist der 10. und Samstag der 14. August.

133,15f. *Ehingen ... Möhringen.]* Ausflug in das Donautal südwestlich von Ulm von Ehingen nach Möhringen bei Riedlingen.

133,21 *»Antonius und Kleopatra«]* Tragödie von William Shakespeare (1607).

133,35 *in Hebbels Gedichten]* Vgl. zu 25,8f.

134,2-7 *He ... bellt den Mond an]* Zu der Situation in Brechts Verhältnis zu Hedda Kuhn vgl. auch das zweite Kapitel des stark autobiografischen Romanentwurfs *Das Buch Gasgarott* (Band 17); dort befreit sich die Hauptfigur (Beil) durch massive Kritik an der Geliebten von dem Schuldgefühl, die Beziehung beendet zu haben (vgl. auch zu 117,30).

134,7f. *in Hinterindien]* Hier symbolisch für: Flucht in eine ferne Welt, frei von Bindungen und Verpflichtungen. Eine Notiz von 1919 lautet: »Die Inder haben ein merkwürdiges Paradies: nämlich den *relativ* günstigsten Zustand!« (Nachlaß.)

134,38 *die Schaufel hinaufzuschlagen]* Mundartlich für: zu züchtigen, zu bestrafen, durch Schicksalsschläge zur Vernunft zu bringen.

135,1 *Hiob]* Anspielung auf das Buch Hiob im Alten Testament; Hiob ist ein von Unglück und Qualen heimgesuchter Mensch.

135,9f. *Cas ... drei Jahre im Feld]* Caspar Neher, von Brecht meist »Cas« (auch: Cass, Caß) genannt, ist vom 12. Juni 1917 bis Januar 1919 Soldat. Vgl. die Briefe an Caspar Neher von Anfang September 1917 bis 22. Juli 1918. Vgl. auch zu 24,8.

135,34 *Sie wandte mir den Rücken]* Vermutlich auf Hedda Kuhn bezogen.

136,1 *George]* Georg Pfanzelt (auch: Orge), vgl. zu 77,24f. und zu 125,5. Er ist zu dieser Zeit als städtischer Beamter in Augsburg tätig. Brecht widmet ihm 1922 sein erstes Stück *Baal* (vgl. Band 1); auf ihn beziehen sich mehrere Gedichte von *Bertolt Brechts Hauspostille* (vgl. Band 11).

136,4 *Fannerl ... Heimat]* Franziska Lochinger (auch: Fanny), Freundin von Georg Pfanzelt, ist in Berchtesgaden geboren. Sie ist Buchhändlerin in der Bücherei Steinicke in Augsburg, in der Brecht sich sehr häufig Bücher ausleiht. Durch ihre Beziehung zu Georg Pfanzelt, der sie später heiratet, gehört sie zum Brecht-Freundeskreis.

136,7 *B.T.]* Der Name konnte nicht ermittelt werden.

136,11f. *Kimratshofen ... Bi]* Ort im Allgäu, nordwestlich von Kempten. Brechts und Paula Banholzers Sohn Frank (vgl. die erste Anmerkung zu 121,8) wächst dort bei dem Distriktwegemacher Xaver Stark und seiner Frau auf, weil in Augsburg die uneheliche Geburt des Kindes verheimlicht werden soll.

136,19 *Heilgei]* Spitzname von Otto Müllereisert (vgl. zu 122,39 und zu 125,5f.).

136,24 *»David bei den Adlern«]* Vgl. zu 130,34f. Die erwähnte Szene ist nicht überliefert.

137,2f. *kleine Zeichnungen ... Der Mißtrauische]* Konnten nicht ermittelt werden.

137,3 *dadaistisch]* Der Dadaismus ist ab 1916 von Richard Huelsenbeck, Hugo Ball, Hans Arp und Tristan Tzara als eine Kunstbewegung begründet worden, die das nach ihrer Meinung sinnlose Chaos der Wirklichkeit provokativ zu gestalten versucht. Einige Anhänger des Dadaismus arbeiten später mit Brecht zusammen (George Grosz, John Heartfield, Wieland Herzfelde). Vgl. *Über den Dadaismus* (Band 21). Am 5. Juni 1920 wird in Berlin eine große Dada-Ausstellung in den Räumen der Kunsthandlung Dr. Burchard eröffnet.

137,11 *Prälat]* Geistlicher Würdenträger.

137,16 *Salonluckitum]* Lucki: vgl. zu 132,17.

137,20 *in Hebbels Tagebüchern]* Vgl. zu 25,8f. Der fünfte Band der Hebbel-Ausgabe, die Tagebücher (Nachlaßbibliothek), ist mit zahlreichen Anmerkungen versehen.

137,24 *Teleologie]* Denkweise, die von der Annahme ausgeht, daß alle Vorgänge in Natur und menschlicher Geschichte von Zwecken bestimmt sind.

137,32f. *einer scholastischen Dialektik]* Hier gemeint im Sinne eines spitzfindigen, spekulativen Aufzeigens von Widersprüchlichkeiten.

138,9 *die Schaufel aufs Genick kriegen]* Vgl. zu 134,38.

138,13 *Plärrer]* Vgl. zu 108,14.

138,13 *fahre mit der Schiffschaukel]* Auf dem Plärrer gehört das Schiffschaukeln zu Brechts größten Vergnügungen. »Wer schiffschaukelt, kann kein Spießer werden.« (Hanns Otto Münsterer, *Bert Brecht. Erinnerungen aus den Jahren 1917-22*, Zürich 1963, S. 119). Vgl. auch die Gedichte *Plärrerlied* (Band 13) und *Vom Schiffschaukeln. 4. Psalm* (Band 11).

138,25 *kleinen Bruder]* Winfried Banholzer, einer der vier Brüder von Paula Banholzer.

138,27 *Rosmarie]* Rose Marie Aman (auch: Rosl, Rosmarie), Friseurmeistertochter, Schülerin im Englischen Institut in Augsburg. Brecht ist ab 1916 mit ihr befreundet und lernt später durch sie Paula Banholzer kennen. Im Gedicht *Erinnerung an die Marie A.* (in der Sammlung *Bertolt Brechts Hauspostille*, Band 11) spielt er auf Rose Marie Aman an.

138,32 *Hermann Hesses »Klingsors letzter Sommer«]* Hermann Hesses Erzählung erscheint in der Ausgabe: *Erzählungen*, Berlin 1920.

138,33 *Edschmidt]* Gemeint ist vermutlich Kasimir Edschmid (d.i. Eduard Schmid). In einem Notizbuch von Anfang 1920 verweist Brecht auf den »Totenernst, den etwa der rasende Kasimir sich selbst verleiht« und bezieht sich auf Edschmids Buch *Das rasende Leben* (1916); vgl. *Über die deutsche Literatur* (Band 21).

138,34 *»Camenzind«]* Der Roman *Peter Camenzind* von Hermann Hesse (Berlin 1904) ist eines der populärsten Bücher Hesses in dieser Zeit.

139,3f. *verkuhwedelte Pflanze]* Verkuhwedeln: mundartlich für: verpfuschen, vermasseln.

139,4 *David]* Vgl. zu 130,34f.

139,8 *Feuchtwanger meint ...]* Brecht läßt diese 1920 als Schluß des Stückes *Baal* entstandene Szene im folgenden Druck von 1922 entgegen Feuchtwangers Rat weg.

139,16f. *Gedächtnisse von Trambahnschaffnern]* Vgl. in Brechts Text *Goethe*: »Er ordnete die Gefühle. Er hatte ein so gutes Gedächtnis.« (Band 21.)

139,27f. *Negermusiken]* Brecht gebraucht den Begriff hier für die lärmende Blech- und Orchestrionmusik auf dem Plärrer. Vgl. die Gedichte *Civilis-Song* sowie das *Negerlied* (beide Band 13) und den Anfang vom *6. Psalm* (Band 11).

139,29f. *Hallelujasinger]* Bezeichnung für die Heilsarmee; vgl. zu 147,10.

139,32 *Bänkelsang]* Ein Balladen-Gesangsvortrag über aufsehenerregende Begebenheiten (Moritaten), bei dem die Vortragenden Bildtafeln zur Anschauung benutzen.

140,6 *Rattenkönige]* Bezeichnung für junge Ratten im Nest, deren Schwänze unentwirrbar miteinander verklebt sind; hier: undurchsichtige Angelegenheiten.

140,17 *Epidermis]* (Griech.) äußere Zellschicht der Haut.

140,30 *Rosl]* Rose Marie Aman. Vgl. zu 138,27.

140,33 *Birkenau]* Niederung in Augsburg, nordöstlich vom Lech.

141,1 *spuckselig]* Hier im Sinne von: halbverklärt, kindlich.

141,6f. *»Galgei« ... Ligarch]* Vgl. die erste Anmerkung zu 123,10 und zu 123,11.

141,13 *Jugend]* Möglicherweise ist die Zeitschrift *Jugend* (vgl. zu 67,28-30) gemeint.

141,13-15 *»Die Schlacht ...« und »Goger Gog ...«]* Beide Balladen sind nicht überliefert. Brecht nennt später den Straßenräuber in seinem Stück *Turandot oder Der Kongreß der Weißwäscher* Gogher Gogh (Band 9).

141,15f. *Art der ersten Klampfenlieder]* Vgl. *Lieder zur Klampfe von Bert Brecht und seinen Freunden. 1918* (Band 11).

141,23 *Wenn George und Buschiri]* Gemeint sind Brechts Freunde Georg Pfanzelt (George, vgl. zu 77,24f. und zu 136,1) und Otto Müllereisert (Buschiri, vgl. zu 122,39 und zu 125,5f.).

141,24 *dritte Sorte]* Zigarettenmarke der gehobenen Preisklasse, hergestellt von der »Österreichischen Tabakregie«, Zweiggesellschaft München, in gelber Packung; ab 1920 in Deutschland eingeführt.

142,30 *das Schicksal eines Mannes]* Ähnliche Motive finden sich in den frühen Erzählungen *Der Blinde* und *Die Hilfe*, die auch in den zwanziger Jahren entstanden sind (vgl. Band 19).

142,32 *die Schaufel hinaufgehauen]* Vgl. zu 134,38.

143,17 *Par Chem]* (Hebr.) häufig gebraucht als Gottesbezeichnung; hier gemeint als der Ausruf »Bei Gott!«.

144,4 *Ina]* Wolfshündin der Familie Brecht.

144,5 *Fräulein Marie]* Marie Roecker ist seit 1910 Haushälterin der Familie Brecht. Sie bleibt im Hause bis zum Tode von Brechts Vater im Jahre 1939.

144,8 *Peppi]* Gemeint ist Josepha Hold, das Hausmädchen in der Familie Brecht.

144,29 *»Galgei«]* Vgl. die erste Anmerkung zu 123,10.

144,38f. *»Ballade von den Geheimnissen«]* Die *Ballade von den Geheimnissen jedweden Mannes* (aufgenommen in die Sammlung *Bertolt Brechts Hauspostille*, Band 11).

144,40 *von meiner Mutter]* Vermutlich das *Lied von meiner Mutter. 8. Psalm* (Band 11).

145,19 *Pariser]* Kondom.

145,22 *das Huhn Biribinki]* Spitzname für Rudolf Hartmann (vgl. zu 9,18), möglicherweise hergeleitet aus Christoph Martin Wielands Erzählung *Die Geschichte vom Prinzen Biribinker*, in der ein Prinz, der den Sinn für die Wirklichkeit verloren hat, durch die Liebe zu einer Frau und durch die Bemühungen eines Freundes von seiner Schwärmerei geheilt wird. (Lose eingefügte Innenerzählung des Romans *Der Sieg der Natur über die Schwärmerey oder Die Abenteuer des Don Sylvio von Rosalva,* 1764.)

145,23 *schafkopfen]* Verbbildung zu dem Kartenspiel Schafkopf.

145,24 *Billard]* Vgl. 101,13-16.

145,26 *Theatercafé]* Das Café Maxim, das sich neben dem Stadttheater Augsburg befindet, ist bevorzugter Treffpunkt von Künstlern.

145,26 *Dr. Brüstle]* Wilhelm Brüstle ist verantwortlicher Redakteur von *Der Erzähler*, der Literaturbeilage der *Augsburger Neuesten Nachrichten.* Er erkennt frühzeitig die Begabung des jungen Brecht und veröffentlicht von ihm 1914 mehrere Rezensionen, u.a. *Ein Volksbuch. Eine Würdigung von Bertold Eugen* (Band 21) zu dem Gedichtband *Trautelse. Gedichte und Lieder* von Karl Lieblich (Leipzig 1914), sowie von 1914 bis 1918 mehrere Gedichte (vgl. Band 13).

145,31 *»Ballade von den Mitmenschen«]* Vermutlich die Ballade

Vom Mitmensch (aufgenommen in die Sammlung *Bertolt Brechts Hauspostille*, Band 11).

146,7 *Kimratshofen]* Vgl. zu 136,11f.

146,11 *Lautenbibel]* Gemeint ist eine (nicht überlieferte) Sammlung, möglicherweise eine Erweiterung der schon 1918 geschriebenen *Lieder zur Klampfe von Bert Brecht und seinen Freunden. 1918* (Band 11).

146,19f. *»Die Neger ... Himalajagebirge«]* Das Gedicht ist vermutlich schon früher geschrieben, als bei Brecht »eine Art Negermanie« geherrscht hat (vgl. Hanns Otto Münsterer, *Brecht. Erinnerungen aus den Jahren 1917-22*, Zürich 1963, S. 143). Vgl. auch zu 139,27f.

146,27f. *Jüdin von Rastatt]* Hedda Kuhn (vgl. zu 117,30) ist in Rastatt geboren; Brecht nennt sie, als sie in Berlin lebt, auch »Jüdin von Berlin« (vgl. zu 246,22). Möglicherweise entsteht die Bezeichnung in Anlehnung an das Trauerspiel *Die Jüdin von Toledo* (1872) von Franz Grillparzer, das im Juni 1920 im Prinzregententheater in München aufgeführt wird.

146,28 *Raum ist in der kleinsten Hütte]* Zitat aus dem Gedicht *Der Jüngling am Bache* (1803) von Friedrich Schiller: »Raum ist in der kleinsten Hütte / Für ein glücklich liebend Paar.«

146,30 *Flagellanterien]* Selbstpeinigungen. Abgeleitet von Flagellant: Angehöriger einer Sekte des 13.-15. Jahrhunderts, die zur Buße Selbstgeißelungen übt.

146,32 *Paul Wieglers »Figuren«]* Paul Wieglers Buch *Figuren* (1916) enthält Betrachtungen, Porträts und Novellen (Nachlaßbibliothek).

146,35 *Psalmen]* Vgl. die Sammlung in Band 11.

147,6 *»Der besoffene Wald singt einen Choral«]* Das Gedicht ist nicht überliefert.

147,10 *Heilsarmee]* Aus den Methodisten in England hervorgegangene religiöse Gemeinschaft, 1865 von William Booth gegründet und 1878 militärisch organisiert, widmet sich der Bekehrung und Armenpflege. Vgl. das Stückfragment *Der Brotladen* (Band 10) und *Die heilige Johanna der Schlachthöfe* (Band 3).

147,19 *Impresarios]* Theater- und Konzert-Unternehmer, die die Geschäfte künstlerischer Institutionen und auch einzelner Künstler führen.

147,25 *Billard]* Vgl. 101,13-16.

147,25 *»Berliner Tageblatt«]* Im liberalen *Berliner Tageblatt*, hg. v. Rudolf Mosse, veröffentlicht u.a. Alfred Kerr seine Theaterkritiken, die Brecht aufmerksam liest.

147,25 *Wiegler]* Vgl. zu 146,32.

147,26 *Hure Ina]* Vgl. zu 144,4.

147,29f. *»Die Enthauptung Louis Capets«]* Louis Capet ist während der Französischen Revolution der Bürgername Ludwigs XVI., König seit 1774, der 1792 hingerichtet wird.

148,1f. *Fischer ... Galiläer]* Gemeint ist Jesus von Nazareth (einem Ort an der südlichen Grenze der Landschaft Galiäa), der unter Fischern seine ersten Anhänger findet.

148,11 *Tabernakel]* Altarschrein in der katholischen Kirche zur Aufbewahrung der geweihten Hostien.

148,14 *Kinémas]* Cinéma: (franz.) Film, Kino. Hier im Sinne von: sich wiederholende Bilder, Vorstellungen, Zeremonien. Gemeint sind die Messen, bei denen sich »der Galiläer« jedesmal in die – zuvor aus dem Tabernakel geholten – Hostien verwandelt, die dann als »der Leib Christi« verteilt werden.

148,20 *küßte den Judas]* Umkehrung des biblischen Berichts (vgl. Matthäus 26,49): Jesus wird von Judas geküßt und dadurch den Verfolgern verraten. Vgl. das Gedicht *Judas Ischarioth* (32,21 und den zugehörigen Kommentar).

148,25 *Entdeckung des Kopernikus]* Nikolaus Kopernikus begründet das heliozentrische Weltbild (Bewegung der Planeten, einschließlich der Erde, um die Sonne) im Gegensatz zum ptolemäischen System (Bewegung der Himmelskörper um die Erde); seine Lehre wird lange von der Kirche bekämpft; vgl. *Leben des Galilei* (Band 5).

148,30-33 *»Das sind ungeheure ... keine Wissenschaft.«]* Die Herkunft des Zitats konnte nicht ermittelt werden.

150,5 *»Traum des Branntweinverkäufers«]* Vermutlich ist das Gedicht *Vorbildliche Bekehrung eines Branntweinhändlers* (Band 11) gemeint.

150,6 *der kleine Geyer]* Georg Geyer (vgl. zu 23,19).

150,7 *Cas]* Caspar Neher; vgl. zu 24,8 und zu 135,9f. Nach seiner Entlassung vom Militär im Januar 1919 studiert Neher an der Münchner Kunstakademie und ist mit Brecht sowohl in München wie in Augsburg sehr häufig zusammen. Er stellt zahlreiche Zeichnungen zu *Baal* her. Neher wird später zum wichtigsten Bühnenbildner vieler Brecht-Uraufführungen.

150,9f. *sieben Sternenhimmel]* Sprichwörtlich bezeichnet »im siebenten Himmel sein« einen hohen Grad von freudiger Erregung. Im *Talmud*, *Chagiga* 12b, werden sieben Himmel aufgezählt, deren oberster »Araboth« heißt. Aufbewahrt sind dort das Recht, das Gericht, die Gerechtigkeit, der Schatz des Lebens, des Friedens, des Segens, die Seelen der Frommen usw. Man muß nacheinander durch alle Himmel gegangen sein, um in den siebenten Himmel zu kommen. Vgl. aus dem Gedicht *Vorbildliche Bekehrung eines Branntweinhändlers* (Band 11; vgl. zu 150,5) die Verse:

Sieben Engel halten ihn umringet
Und er schwankt in seinen beiden Knien
Doch sie führen ihn, den Branntweinhändler
Stumm vor Gottes weißen Thron nun hin.

150,10 *R.i.p.]* Gebräuchliche Abkürzung für »Requiescat in pace«: (lat.) Er ruhe in Frieden.

150,11 *»Traum«]* Vgl. zu 150,5.

150,11f. *»Ballade vom Mitmenschen«]* Vgl. 145,31.

150,12f. *»Der Mann auf der Hochzeit«]* Der Text ist nicht überliefert.

150,16f. *für Mutters Grabstein]* Vgl. zu 116,17 und zu 127,39.

150,17f. *Varieté ... Exzentrik-Clown]* Vom 1. bis 15. September 1920 findet täglich im Apollo Theater in Augsburg ein Varieté-Programm statt, in dem neben Instrumental-Virtuosen, Tänzern, Vortragskünstlern, Drahtseilakteuren und Humoristen auch Exzentrik-Clowns (»Metz und Metz«) auftreten (vgl. *Augsburger Neueste Nachrichten*, 31. August 1920).

150,18 *Brüstle]* Vgl. die zweite Anmerkung zu 145,26.

150,23 *Kluven]* Klauen.

150,23f. *ich engagiere zwei Clowns]* Vgl. im Romanentwurf *Das Buch Gasgarott* (Band 17) den Text B2: *»Beils Originaltragödientheater«*. Die Hauptfigur George Beil richtet sich in einer Ruine ein Theater ein, deren Wände geschmückt sind mit Sprüchen und Plakaten mit obszönen Zeichnungen. In den Pausen treten Clowns auf, die sich über die Helden der Stücke unterhalten, als wären sie reale Gestalten.

150,27 *Deuxière]* Analogbildung zu Première (franz.: Erstaufführung) für: Zweitaufführung.

150,31 *Karyatiden]* (Griech.) Gebälkträgerinnen; Säulenfiguren.

151,2 *David]* Vgl. zu 130,34f.

151,8f. *Rodins ... »Bürger von Calais«]* Die Bronzegruppe *Bürger von Calais* (1884-1886; sechs Bürger, die sich dem Feind zur Hinrichtung ausliefern, um ihre Stadt zu retten), geschaffen von dem französischen Bildhauer Auguste Rodin, ist 1895 in Calais aufgestellt worden.

151,16 *In die Gedichte geheftet]* Ein solches Konvolut ist nicht überliefert.

151,18 *Mont Cenis]* Das Alpenmassiv des Mont Cenis und der gleichnamige Paß an der französisch-italienischen Grenze. Vgl. die Gedichte *Bericht von einer mißlungenen Expedition*, *François Chavez flog übern Montblanc* und *Lied / Mary fein* (alle Band 13).

151,25 *»Trommeln ...«]* Vgl. zu 129,19.

151,38 *Tohuwabohu]* (Hebr.) wüst und leer; Wirrwarr. Vgl. 1 Mose 1,2.

152,2 *Zarek ... »Jungen Deutschland«]* Das *Junge Deutschland* ist ein 1917 unter dem Patronat Max Reinhardts von Heinz Herald gegründeter Verein zur Förderung junger Talente, der bis zu seiner Auflösung im Jahre 1920 in Sonntagsmatineen im Berliner Deutschen Theater u.a. Stücke von Oskar Kokoschka, Reinhard Sorge, Walter Hasenclever, Reinhard Goering, Fritz von Unruh, Paul Kornfeld aufführt. Am 29. August 1920 hat Otto Zareks Drama *Kaiser Karl V.* im Rahmen einer solchen Matinee Premiere (vgl. die erste Anmerkung zu 130,15). Nach der Meinung des Kritikers Fritz Engel »quillt« es, »versickert, wagt sich an Höchstes, versagt im Kleinen« (*»Verein Junges Deutschland«. Otto Zareks »Kaiser Karl V.«*, in: *Berliner Tageblatt*, 30. August 1920).

152,8 *flagellantisch]* Vgl. zu 146,30.

152,18 *Lavieren]* Mit taktischem Geschick Schwierigkeiten überwinden, sich durchschlängeln.

152,22 *Amor fati]* (Lat.) Liebe zum (eigenen) Schicksal.

152,31 *hasenäugig]* Mit offenen Augen.

152,34 *»Trommeln«, 4. Akt]* Vgl. zu 129,19.

153,6 *Döblins »Wadzeks Kampf«]* Alfred Döblins Roman *Wadzeks Kampf mit der Dampfturbine* (1918).

153,11 *Proselyten]* Proselyt: (griech.) der Hinzugekommene, Neubekehrte; ursprünglich ein durch Beschneidung zum Judentum übergetretener Nichtjude. Proselyten machen: sich Gesinnungsanhänger aus anderen Gruppen anwerben.

153,18 *Tabes dorsalis]* (Lat.) Rückenmarkschwindsucht durch Syphilis.

153,29 *lavieren]* Vgl. zu 152,18.

153,33 *der »Großen deutschen Passion«]* Am 4. und 5. September 1920 wird im Metropol-Theater (Theater am Schießgraben in Augsburg) *Die große deutsche Volkspassion* gezeigt. Unter Leitung und Mitwirkung des damals bekannten Christusdarstellers Adolf Faßnacht wird das Passionsspiel mit Massenchören, großem Orchester und 250 Mitwirkenden aufgeführt (Vgl. *Neue Augsburger Zeitung*, 1. September 1920).

153,34f. *gewisse Bibelworte nicht totzukriegen]* Die Bibel macht auf Brecht einen starken und bleibenden Eindruck. Vgl. u.a. Brechts Einakter *Die Bibel* (Band 1) oder Gedichte wie *Karfreitag* und *Mütter Vermißter* (Band 13). Später gibt er als Antwort auf eine Umfrage, welches Buch, literarisch gesehen, bei ihm den stärksten Eindruck hinterlassen hat, als Antwort: »Sie werden lachen: die Bibel.« (*Der stärkste Eindruck*, Band 21.)

154,22 *Neher, Sohn eines Oberlehrers]* Der Vater von Rudolf Caspar Neher ist zu dieser Zeit Oberlehrer der Roten-Tor-Schule in Augsburg.

155,9f. *Er hat ... gerauft.]* Bezieht sich auf Caspar Nehers Soldatenzeit.

155,26 *Buschiri, Orge]* Otto Müllereisert und Georg Pfanzelt (vgl. zu 141,23).

156,1 *Malvis ... auf Tahiti]* Außer diesem Text gibt es kurze Entwürfe in einem Notizbuch aus dem Jahre 1920, u.a.:

> Malvi: und der Henkersknecht, ein dicker bunter Büttel, Scheusal mit Erfindergeist, eine laufende Kaserne. Gefühl des Ausgeliefertseins. Vision der Feigheit!!! (Nachlaß.)

Vgl. auch zu 262,35.

156,25 *Hansi Haase]* Konnte nicht ermittelt werden.

156,25f. *das dadaistische Kabinett]* Vgl. zu 137,3. Müllereisert (vgl. zu 122,39 und zu 125,5f.) hat eine Ecke seiner Wohnung im Dada-Stil ausgestaltet.

157,2 *urninghaft]* Urning: männlicher Homosexueller.

157,7f. *dicker, schleimiger Jude]* Konnte nicht ermittelt werden.

157,8 *die Müllegger]* Vermutlich Martha Müllegger, die Schwester von Brechts ehemaligem Mitschüler August Müllegger.

157,15 *Im »David«]* Vgl. zu 130,34f.

157,22 *Hebbel bedeutet eine Katastrophe.]* Die Kritik an Friedrich Hebbel (vgl. zu 25,8f. und zu 137,20) bezieht sich hier vor allem auf den dramaturgischen Aufbau seiner Stücke.

158,31f. *Im Anfang war nicht das Wort ...]* Umkehrung von Johannes 1,1: »Im Anfang war das Wort.«

159,20 *Lud Prestel]* Vgl. zu 132,28.

159,36f. *4. Akt zu den »Trommeln«]* Vgl. zu 129,19.

159,39 *»Baal«-Szene (Frühe im Wald)]* In die ersten *Baal*-Drucke nicht aufgenommene Szene von 1920, die Brecht erst in der Fassung 1955 wieder verwendet. Vgl. *Baal*, Anhang, »Frühe im Wald« (Band 1).

160,1 *Hansi Haase]* Vgl. zu 156,25.

160,1 *Insel-Büchlein]* Aus der 1912 von Anton Kippenberg begründeten Insel-Bücherei.

160,3 *Stierkämpferfilm ... (Gallardo)]* In dem Film *Gallardo, der König der Arena. Liebesroman eines Toreros in 6 Akten* wird ein vollständiger Stierkampf mit dem Torero Gallardo gezeigt.

160,14 *Ludwigsbau]* Konzert- und Veranstaltungsgebäude im Stadtgarten Augsburgs, der 1914 für Festveranstaltungen, Theateraufführungen und Konzerte gebaut wird.

160,14f. *Smetanas »Moldau«]* Bedřich Smetanas sinfonische Dichtung (1874) *Die Moldau* aus dem Zyklus *Mein Vaterland* (1874-1879) wird im Ludwigsbau vom Städtischen Orchester Augsburg aufgeführt. (Vgl. *Neueste Augsburger Zeitung*, 8. September 1920.)

160,27 *Frank]* Brechts und Paula Banholzers Sohn (vgl. die erste Anmerkung zu 121,8 und zu 136,11f.). Er wird nach Wedekind »Frank«, nach Müllereisert »Otto« und nach Brechts Bruder »Walter« genannt.

161,12 *Bertie]* Vgl. zu 118,2.

161,14 *eine Operette schreiben]* Nicht realisiertes Projekt.

161,18 *Es muß ja bei uns nicht geweint sein]* Das Lied bezieht sich wie auch das 1921 geschriebene Gedicht *Warum denn weinen* (Band 13) auf das Chanson *Wer wird denn weinen, wenn man auseinandergeht* von Hugo Hirsch (Text: Arthur Rebner), das 1918 im Vaudeville *Die Scheidungsreise* verwendet wird (und 1921 durch den Film *Der Fürst von Pappenheim* weite Verbreitung findet).

162,1f. *einen Akt nicht zusammengebracht]* Vgl. zu 129,19.

162,4 *Zu Malvi:]* Vgl. zu 156,1.

162,20 *»Sumurum«]* Von Ernst Lubitsch gedrehter Film mit Pola Negri, Paul Wegener und Harry Liedtke in den Hauptrollen; einer der großen erfolgreichen Ausstattungsfilme, der zu dieser Zeit in den Sendlingertor-Lichtspielen in München gezeigt wird.

162,23-25 *Klabund ... allen Dramen ... »Moreau«]* Von Klabund (vgl. zu 131,2) sind bis dahin vorwiegend Gedichte und Romane (*Moreau*, 1916, *Mohammed*, 1917, und *Bracke*, 1918) erschienen, an dramatischen Texten z.B. die Schwänke *Klabunds Karussell* (1914), *Hannibals Brautfahrt* (1920).

162,29 *»Mormonenpapst«]* In einem Notizbuch von 1921 ist folgende Eintragung erhalten:

> Mormonenpapst auf dem Dach seines Hauses. Er benützt einen Montgolfier, erhebt sich in die Luft [...] *Das Volk auf den Knieen: der Prophet oben* bläst das Feuer an, auf dem Bauch liegend! – Ein armer Teufel geht natürlich wieder drauf (wie jedesmal, bei jedem Wunder!). Sie bitten ihn, zurückzukommen, wie er schon nicht mehr höher kann. (Nachlaß.)

Das Projekt ist nicht ausgeführt. Vgl. auch zu 165,11f.

163,1 *ergetzte]* Veraltete Form von »ergötzte«.

163,7 *Preysing-Palais]* Das 1723-1728 von Josef Effner erbaute Stadtpalais des Grafen Preysing in München.

163,19 *Kindl-Keller]* Bierrestaurant in München, in dem neben großen volkstümlichen Veranstaltungen regelmäßig aktuell-politische Vorträge stattfinden.

163,19f. *Goldschmidt]* Der Wirtschaftswissenschaftler und Publizist Dr. Alfons Goldschmidt unternimmt mehrere Studienreisen in die Sowjetunion. Am 12. September 1920 spricht er im Kindl-Keller über *Die Wirtschaftsorganisation in Sowjet-Rußland* (vgl. auch sein Buch gleichen Titels, 1920).

163,31 *Kaaba]* (Arab.: Würfel) das Zentralheiligtum des Islam, ein würfelartiges Bauwerk in der Stadt Mekka. Alle volljährigen Moslems sind in ihrem Leben zu einer Pilgerfahrt nach Mekka verpflichtet und müssen die Kaaba siebenmal umschreiten.

163,34 *Der dritte Teil des Stückes »David«]* Vgl. zu 130,34f.

163,35 *Saul]* Der Vorgänger Davids als König Israels (vgl. 1 Samuel 18).

163,36 *Jonathan]* Sohn König Sauls und Jugendgeliebter Davids; rettet David vor Saul; er fällt zusammen mit seinem Vater in der Schlacht (vgl. 1 Samuel 20 und 31; vgl. auch zu 107,28f.).

163,36 *Absalom]* Sohn König Davids; er erhebt sich gegen seinen Vater, indem er sich zum Richter über Israel macht (2 Samuel 15), und kommt dabei um. Vgl. auch das Gedicht *Von Absalom*, Band 13.

164,29 *Salomon]* Salomo (nach dem Alten Testament), Davids Sohn und Nachfolger als König Israels, gilt späteren Zeiten als Idealbild eines weisen und gerechten Herrschers, seine Regierungszeit als das goldene

Zeitalter des Volkes; vgl. *Die Sprüche*, *Der Prediger* und *Das Hohelied Salomos* im Alten Testament.

165,1f. *der vierte Akt]* Gemeint ist der vierte Akt zu *Trommeln in der Nacht*, vgl. zu 129,19.

165,11f. *»G. Parkers Erziehung« ... »Mormonenpapst«]* Aufzeichnungen zu dem Film *G. Parkers Erziehung* sind nicht überliefert. Zu *Mormonenpapst*: vgl. zu 162,29.

165,13 *Aichers]* Die Schauspieler Rudolf Aicher und Annie Aicher-Simonson vom Stadttheater Augsburg. Vgl. die Rezensionen Brechts zu verschiedenen Premieren, u.a. *Crommelyncks »Maskenschnitzer« im Stadttheater, »Rose Bernd«, »Tasso«, Hofmannsthals »Jedermann« im Stadttheater, Strindbergs »Rausch«, Hebbels »Judith« im Stadttheater* (Band 21).

165,14 *»David«]* Vgl. zu 130,34f.

165,19 *»Sommersinfonie«]* Vgl. zu 126,21.

165,20 *»Hans im Glück«]* Stück-Fragment von 1919 (Band 10).

165,29 *Warschauer]* Frank Warschauer ist in Baden-Baden geboren, studiert in München Philosophie und arbeitet später als Publizist u.a. bei der *Weltbühne* und der Musikzeitschrift *Anbruch*; er ist in Berlin als Film- und Rundfunkkritiker tätig. Brecht lernt Warschauer durch Vermittlung seiner Freundin Hedda Kuhn in München kennen.

165,33 *Hedda besuchen]* Hedda Kuhn (vgl. zu 117,30 und zu 146,27f.) wohnt zeitweilig bei ihrer Mutter in Rastatt in der Nähe von Baden-Baden.

166,32f. *wenn es gar ist]* Wenn es soweit ist.

167,1f. *Wenn die Sandkörner ... weggehen.]* Zitat nach Alfred Döblin:

> Es nützt nichts; wir werden uns nicht halten können. Sie dringen vom Meere ein. Sie laufen auf der Straße, auf dem Markte zwischen uns herum; vielleicht grüßen sie uns, wir erkennen sie nicht. Sung hat recht: wenn die Sandkörner gegen die Menschen sind, sollen die Menschen weggehen. (Alfred Döblin, *Die drei Sprünge des Wang-lun*, Berlin 1920, S. 469.)

167,7f. *Entente-Kommission ... 11 Uhr]* Entente: Bündnis der Siegermächte des ersten Weltkrieges. Die *Münchener Allgemeine Abendzeitung* schreibt:

> In den nächsten Tagen wird eine Verfügung erscheinen, wonach die Polizeistunde im ganzen Reiche von halb 12 Uhr auf 11 Uhr herabgesetzt wird. Die Ententevertreter haben nämlich gegenüber der Reichsregierung auf ihrer Meinung beharrt, daß nicht nur in Berlin, sondern im ganzen deutschen Reiche ein luxuriöser Lichtverbrauch getrieben werde, und haben kategorisch eine starke Einschränkung verlangt. (14. September 1920.)

167,10 *Physikum]* Prüfung der Medizinstudenten in naturwissenschaftlichen Fächern nach dreijährigem Studium, vor Beginn der klinischen Semester.

167,17 *Karamasow]* Brecht bezieht sich in Fjodor Michailowitsch Dostojewskis Roman *Die Brüder Karamasow* (1879/80, dt. 1884) vermutlich besonders auf Iwan Karamasow, der in seiner Empörung gegen die Weltordnung anarchische Haltungen einnimmt.

167,21 *mache ich Kino]* Vgl. zu 165,11f.; möglicherweise metaphorisch gemeint (vgl. zu 148,14 und zu 221,13).

167,21f. *durch die Allee]* Gemeint ist die Frühlingsstraße in Augsburg, gesäumt von Kastanienbäumen und deshalb auch Kastanienallee genannt. Die Bleichstraße mit dem Wohnhaus der Familie Brecht (Nr. 2) mündet in die Frühlingsstraße.

167,28f. *»Wadzeks Kampf« ... »Wang-lun«]* Alfred Döblins Romane *Die drei Sprünge des Wang-lun* (1915) und *Wadzeks Kampf mit der Dampfturbine* (1918); vgl. auch zu 153,6.

167,36 *Lorimer und Synge]* Von George Horace Lorimer sind bis 1920 erschienen: *Letters from a Self-Made Merchant to His Son* (1902, dt.: *Briefe eines Dollarkönigs an seinen Sohn*, Leipzig 1903) und *Old Gorgon Graham* (Leipzig 1905). – Von dem irischen Dichter John Millington Synge liegt in deutscher Sprache z.B. die Komödie *The Playboy of the Western World* (1907) vor, in der Übersetzung *Der Held des Westernlandes* von Charles H. Fisher und Sil-Vara (1912).

168,2 *Gast Warschauers in Baden-Baden.]* Vgl. zu 165,29.

168,6 *von Spenglers großem Buch]* Gemeint ist der erste Band von Oswald Spenglers *Der Untergang des Abendlandes* von 1918 (Band 2 erscheint 1922).

168,6f. *sang Arien vom Zionimus]* Nach dem Namen eines Hügels (Zion) in Jerusalem (auch Beiname der Stadt Jerusalem) Bezeichnung für die zionistische Bewegung zur Gründung eines Staates Israel in Palästina, die Warschauer, der jüdischer Herkunft ist, unterstützt.

168,11 *Lao-tse]* Gemeint ist von dem chinesischen Philosophen (um 300 v.d.Z) vermutlich die Ausgabe: Laotse, *Tao te king. Das Buch des Alten vom Sinn und Leben*, Jena 1911, in der Übersetzung von Richard Wilhelm.

168,13 *Hedda da]* Vgl. zu 117,30.

168,33 *Bi in Buchloe]* Brecht holt Paula Banholzer, die aus Kimratshofen (vgl. zu 136,11f.) kommt, auf halbem Wege in Buchloe ab und fährt mit ihr nach München. (In einem Notizbuch von 1920 vermerkt er den Fahrplan für beide Züge.)

169,3f. *zu Orge nach Landshut]* Georg Pfanzelt absolviert in Landshut seine Lehre als Verwaltungssekretär, vgl. auch zu 77,24f. und zu 125,5.

169,14 *Familie von Möhringen]* Möglicherweise Bezug auf die Reise, die Brecht und Müllereisert vom 9. bis 15. August 1920 machen (vgl. zu 133,15f.).

169,15 *Pogrom]* (Russ.) Zerstörung. Gewalttätige Ausschreitung (meist gegen nationale, religiöse oder rassische Gruppen).

169,15 *Zeitungsmax]* Spitzname für Max Hohenester (vgl. zu 71,29), der als Volontär bei den *Augsburger Neuesten Nachrichten* beschäftigt ist.

169,16 *Die Kapitulation vor München.]* Möglicherweise bezieht sich Brecht auf Müllereiserts Hilfsangebot bei der Wohnungssuche (vgl. 169,1f.).

169,17 *stuprandi causa]* (Lat.) wörtlich: der Vergewaltigung wegen.

169,20 *Plärrerelise]* Konnte nicht ermittelt werden.

169,21 *Z.M.]* Zeitungsmax, vgl. die zweite Anmerkung zu 169,15.

169,24 *Bez]* Otto Bezold (auch Heider Hei), Sohn eines Staatsbeamten; Schüler des St. Stephans-Gymnasiums (gemeinsam mit Otto Müllereisert), studiert in München Philosophie und gehört in dieser Zeit zu Brechts Freundeskreis.

169,29 *+ ... +]* Die Bedeutung der Zeichen konnte nicht ermittelt werden.

169,31f. *Die Berliner Theaterkapitalisten ... Konkursmasse]* Durch die Einführung einer hohen Theatersteuer (Steuerordnung für Berlin vom 15. Februar 1920) kommt es zu einer existenzgefährdenden finanziellen Situation für die Berliner Theater, die Arbeitslosigkeit von Schauspielern und Ensemble-Auflösungen zur Folge hat. In den Zeitungen finden sich Annoncen, in denen »Teilhaber« bzw. »Kapitalisten« für die Aufrechterhaltung der Theater gesucht werden. (Vgl. *Ein Alarmruf. Die Gefährdung der deutschen Bühnenkunst durch die Theaterbilletsteuer* von Wolfgang Heine, *Berliner Tageblatt*, 15. August 1920.)

169,34f. *Proszeniumsloge]* Bühnenloge zwischen Vorhang und Rampe.

169,36 *Der Reinhardt zieht ab]* Die hohe Theatersteuer belastet den komplizierten Betrieb der Berliner Reinhardt-Bühnen stärker als andere. Max Reinhardt und sein Bruder Edmund (der Geschäftsführer) verhandeln über eine Änderung der Steuern, drohen ihren Rücktritt im August an. (Vgl. *Reinhardts Abschied*, in: *Berliner Tageblatt*, 5. August 1920.)

169,36 *Kerr]* Brecht hält ursprünglich viel von dem einflußreichen Theaterkritiker des *Berliner Tageblatts* (vgl. die zweite Anmerkung zu 147,25). Er schickt ihm deshalb sein Stück *Baal* zur Beurteilung, bekommt aber keine Antwort. Alfred Kerr schreibt später in seiner Rezension der Aufführung von Brechts *Trommeln in der Nacht*:

> Als der Verfasser mir vor bald fünf Jahren das Manuskript des Schauspiels »Baal« schickte (beiläufig: das Durchlesen von Manuskripten bleibt manchmal, die Zurücksendung nie möglich – man ist kein Speditionsgeschäft; Herr Brecht bekam seines zurück) ... waren das allerhand Szenen mit Dämmer, Licht, Stuben, freiem Himmel – ungefähr in Büchners Art; oder wie wenn's bei Goethe heißt: »Nacht. Offen Feld.« (Kein Schauspiel; ein Chaos mit Möglichkeiten.) (*Berliner Tageblatt*, 21. Dezember 1922.)

169,37 *Walhalla]* Nach der nordischen Mythologie ist die Walhalla der Aufenthaltsort (bzw. die Totenhalle) der im Kampf Gefallenen, die von den Walküren dorthin gebracht werden. Gleichzeitig Anspielung auf die bayerische Ruhmeshalle Walhalla (1842) bei Regensburg, in der Plastiken großer Persönlichkeiten der deutschen Geschichte ausgestellt sind.

170,8 *Zum Kreuz]* In der Straße Auf dem Kreuz gelegene Gaststätte in Augsburg.

170,8f. *Volkserziehungsverein]* Bürgervereinigung, die sich um Bildungsmöglichkeiten der Bevölkerung bemüht.

170,20 *in der Maschine]* Der Verlag Georg Müller hat Brechts *Baal* im Juli 1920 setzen lassen (vgl. Band 1). Die ausstehende Szene hält Brecht zurück, weil er mit ihr noch unzufrieden ist. Vgl. auch zu 128,19.

170,32 *lentissimo]* (Ital.) sehr langsam.

170,35 *Schmiedberg]* Straße in Augsburg.

171,2 *Bagno]* (Ital.) wörtlich: Bad; auch: Strafgefangenenlager, hier vermutlich metaphorisch gebraucht.

171,2 *Korporation]* Berufsverband, Studentenverbindung, hier vermutlich metaphorisch gebraucht.

171,6 *zum Fannerl]* Georg Pfanzelt (vgl. zu 77,24f. und zu 136,1) reist nach Berchtesgaden zu seiner Freundin Franziska Lochinger (vgl. zu 136,4).

171,20 *die Bittersüße]* Paula Banholzer, vgl. die erste Anmerkung zu 121,8.

171,22 *Heilgei]* Otto Müllereisert, vgl. zu 122,39 und zu 125,5f.

171,23 *That's all]* (Engl.) Das ist alles. Spitzname, den Brecht seinem Freund Georg Pfanzelt gibt; so auch in einem Notizbuch von 1920: »Unser armer Bruder that's all. / Orge« (Nachlaß); vgl. auch *Der 1. Psalm* (Band 11).

171,31 *Ster Holz]* Veraltete Bezeichnung für einen Raummeter (Kubikmeter) gestapeltes Holz.

171,36 *Im Rheinland saugen die Neger ...]* Bezug auf die nach dem ersten Weltkrieg von französischen Kolonialeinheiten linksrheinisch besetzten Gebiete.

172,18 *spiele Billard auf der Bodenkammer]* Vgl. 101,13-16 und das 1918 geschriebene Gedicht *Auslassungen eines Märtyrers* (Band 13).

172,19 *»Das Heim und die Welt«]* Das Buch des indischen Schriftstellers Rabindranath Tagore erscheint unter dem Titel *Heim und Welt* 1920. Vgl. auch die Rezension *»Der Gärtner« von Rabindranath Tagore* (Band 21).

172,20 *kinematisch]* Filmisch; abgeleitet von Kinematographie.

172,32-40 *Über diesen Sommer ... noch aus.]* Vgl. das Gedicht *Eisenbahnfahrt. 19. Psalm* (Band 11).

172,38 *einige Balladen fertig]* Gemeint sind Gedichte, die später in *Bertolt Brechts Hauspostille* (Band 11) aufgenommen werden.

TAGEBUCH 1921
FEBRUAR – MAI

Textgrundlage

Geheftetes Manuskript mit kartoniertem Umschlag (im Besitz von Hanne Hiob). Auf der äußeren Umschlagseite steht: »1921 / Bert Brecht«, auf der Innenseite des Umschlags: »1921. Februar – Mai / ›Während das Gras wächst, stirbt der Gaul‹. Bert Brecht.«

Entstehung

Brecht schreibt das Tagebuch in der Zeit vom 9. Februar bis 22. Mai 1921 vorwiegend in Augsburg und München. Er belegt in dieser Zeit keine Vorlesungen an der Universität mehr und versucht, seinen Lebensunterhalt mit Einkünften aus schriftstellerischer Arbeit aufzubessern. Das Tagebuch gibt er später Marianne Zoff zur Aufbewahrung. Zwischen Brechts letzten Aufzeichnungen des voranstehenden Tagebuchs und dem vorliegenden liegt eine Zeitspanne von vier Monaten, aus der kein Tagebuch überliefert ist.

Zur Textgestaltung in der vorliegenden Ausgabe:

179,32 *da]* Unsichere Entzifferung; möglicherweise: »das«. 181,3 *Seehundbar]* Über ungetilgtem: »Seemannsbar«. 181,4 *zu zweit]* Über ungetilgtem: »war weit«. 186,17 *Diktion]* Unsichere Entzifferung. 190,2 *Otto]* Vermutlich zu ergänzen: »nach«. 198,9 *mißhandelt.]* In der Textgrundlage beginnt die nächste Zeile mit: »Freitag«. Brecht läßt dann aber den Rest der Seite frei und beginnt den neuen Monat auf neuer Seite. 207,34f. *hinunterschwimmt]* Unsichere Entzifferung; möglich auch: »hinunterschwankt«. 212,17 *Kloivi]* Unsichere Entzifferung. 213,38-218,1 *17. ... 22.]* In der Textgrundlage versehentlich datiert mit: »16. ... 21.« 216,6 *aller]* Unsichere Entzifferung, da das Wort überschrieben ist; möglicherweise auch: »der«. 218,25 *durchschaute]* Unsichere Entzifferung. 218,27-40 *»Auf dem Wege von Augsburg nach Timbuktu ...«]* In der Textgrundlage steht das Gedicht nach zwei freien Seiten auf der inneren hinteren Umschlagseite des Tagebuchs.

Zeilenkommentar

173,4 *»Während ... Gaul.«]* Vgl. 209,17f.

175,6 *Napoleons Totenmaske]* Möglicherweise eine Faschingsmaske. Brecht ist in dieser Zeit von Napoleon fasziniert gewesen. Sein Schulfreund Johann Harrer berichtet aus der Zeit um 1918: »Dessen Konterfei und Schlachtpläne aus der napoleonischen Zeit hingen an den Wänden des Zimmers.« (Werner Frisch / K. W. Obermeier, *Brecht in Augsburg. Erinnerungen, Dokumente, Texte, Fotos*, Berlin und Weimar 1975, S. 111.)

175,7f. *Steinicke]* Gemeint ist die Bücherstube von Georg Steinicke, München-Schwabing, Adalbertstraße 15; in einem größeren Raum der Buchhandlung finden gelegentlich Dichterlesungen, Theateraufführungen und jährlich in der Faschingszeit das »Nachtwandler«-Fest statt.

175,10 *Marianne]* Brecht lernt die aus Wien stammende Opernsängerin Marianne Zoff (auch: Ma, Mar, Maorifrau) Ende 1920 in Augsburg kennen, wo sie seit dem 21. September 1919 am Stadttheater engagiert ist. Er ist von ihr fasziniert und bald mit ihr befreundet. Marianne Zoff lebt mit dem Geschäftsmann Oskar Camillus Recht in Augsburg und später in München zusammen.

175,11 *Bergamotteschnaps]* Birnenschnaps.

175,12 *Frau Jörgen]* Gemeint ist vermutlich Elsa Jörgen (vgl. auch 221,34), die Ehefrau des Kaufmanns Fritz Jörgen. Über sie notiert Brecht:

> Jörgen. Ihre Gelüste sind so nackt. Ich wollte nichts sagen, was sie auch tue, aber ich kann ihre Hände wirklich sehen. (Notizbuch 1920, Nachlaß.)

175,16 *Frau Feuchtwanger]* Marta Feuchtwanger, geborene Löffler, seit 1912 mit Lion Feuchtwanger (vgl. zu 125,23) verheiratet.

175,27 *A. Nachmittag Aichers.]* In der Textgrundlage: »A. Na. Aichers«; kann sowohl »Am Nachmittag Aichers« als auch »Augsburg. Nachmittag(s) Aichers« bedeuten.

175,27 *Aichers]* Vgl. zu 165,13.

175,27 *Recht]* Oskar Camillus Recht, Freund von Marianne Zoff, ist Kaufmann und Unternehmer (u.a. auch Verleger).

175,27f. *Richard III.]* Titelfigur von William Shakespeares Drama *The Tragedy of King Richard the Third* (um 1592; dt.: *König Richard III.*).

175,33 *ihrem Bruder]* Otto Zoff, der Bruder von Marianne Zoff, gebürtig in Prag und wie sie in Wien aufgewachsen, ist bis Herbst 1920 Dramaturg und Spielleiter an den Münchener Kammerspielen und arbeitet später als Schriftsteller und Herausgeber der Münchener Zeitschrift *Wieland*. Er wohnt zu der Zeit in München, Eisengasse 28.

175,35 *aus einer Firma]* Oskar Camillus Recht arbeitet, gemeinsam mit seinem Compagnon, Fritz Schreiber, vom Februar bis April 1921 als Kaufmann in einer Münchener Import-Export-Firma (Leopoldstraße).

176,5 *Machiavell]* Der italienische Staatsmann und Schriftsteller Niccolò Machiavelli, der u.a. die Ansicht vertritt, daß im Staatswesen allein der Erfolg entscheidet und ihm Moral und Religion untergeordnet werden müssen. In der Nachlaßbibliothek Brechts befinden sich die ersten beiden Bände der achtbändigen Ausgabe *Sämtliche Werke* von Niccolò Machiavelli (1832/33).

176,19 *den »Seeräubern«]* Gemeint ist das Projekt zu einem Abenteuerfilm *Die Seeräuber* (vgl. zu 130,26), der nicht überliefert ist.

176,25 *Georg-Kaiser-Prozeß]* Brecht, Caspar Neher und Hanns Otto Münsterer sind am 15. Februar 1921 im Landgericht München I Zuhörer bei dem Prozeß gegen den Schriftsteller Georg Kaiser und dessen Frau. Die Eheleute Kaiser stehen vor Gericht, weil sie aus einer Villa, die ihnen ein Gönner als Wohnung überlassen hat, Gegenstände verkauft haben, um leben zu können. Kaiser wird »wegen dreier fortgesetzter Vergehen der Unterschlagung zu einem Jahr Gefängnis, ab vier Monate Untersuchungshaft, und seine Ehefrau Margarete Kaiser wegen Vergehens des Diebstahls zu einem Jahr Gefängnis, ab vier Monate Untersuchungshaft«, verurteilt. (*Münchener Neueste Nachrichten*, 17. Februar 1921.)

176,34 *Kraal]* Kral: (afrikanisch) Rundplatzsiedlung afrikanischer Stämme. Brecht nennt seine Mansarde in der Augsburger Bleichstraße 2 »Kraal«.

176,34 *Siebentischwald]* Vgl. zu 50,2.

176,38 *Parkhäuschen]* Im Siebentischwald gelegen.

177,5 *Filmpläne ... Geldtheorie]* Da die intensiven Kontakte zu Theaterleuten, Journalisten und Lektoren nicht den ersehnten Erfolg oder das benötigte Geld einbringen, versucht Brecht Drehbücher für Piratenfilme (vgl. zu 130,26) zu schreiben.

177,19 *Sich Pelzmäntel schenken läßt]* Anspielung auf die kostbaren Geschenke, die Oskar Camillus Recht seiner Freundin Marianne Zoff macht.

177,38 *Totenmahlszene aus der »Sommersinfonie«]* Vgl. zu 126,21. Die Szene ist nicht erhalten.

178,15f. *mit den Juden nicht fertig werden?]* Vermutlich durch Brechts Rivalität zu Oskar Camillus Recht provozierte Äußerung; vgl. auch den 1919 geschriebenen Text *Juden* (Band 21).

178,27 *Pogrom]* Vgl. die erste Anmerkung zu 169,15. Hier gemeint: die Auseinandersetzung mit Recht.

178,30 *Asien]* Brecht benutzt ferne (exotische) Orte häufig als Metapher für Inseln idealischer Zustände, möglicherweise mit Bezug auf die Reiseaufzeichnungen von Hermann Hesse, von dem er mehrere Bücher gelesen hat:

»Wir fahren nach Asien«, wiederholte mein Vater, und plötzlich wußte ich alles wieder. Jawohl, wir fuhren nach Asien, und Asien war nicht ein Weltteil, sondern ein ganz bestimmter, doch geheimnisvoller Ort, irgendwo zwischen Indien und China. Von dort waren die Völker und ihre Lehren und Religionen ausgegangen, dort waren die Wurzeln alles Menschenwesens und die dunkle Quelle alles Lebens, dort standen die Bilder der Götter und die Tafeln der Gesetze. (Hermann Hesse, *Aus Indien*, Berlin 1913, S. 42.)

In ähnlichem Zusammenhang verwendet Brecht »Tahiti« (vgl. zu 192,9) oder »Timbuktu« (vgl. zu 194,37). Vgl. den Brief an Caspar Neher, Mitte März 1918: »Ich bin voller Begierde, nach Asien zu reiten.«

178,34 *ich retiriere]* Ich ziehe mich zurück; von retirer: (franz.) zurückziehen.

178,37 *zurückgetoggenburgert]* Wortbildung nach Schillers Gedicht *Ritter Toggenburg* (1798). Der Ritter findet bei seiner Rückkehr vom Kreuzzug das von ihm geliebte Mädchen im Kloster wieder und baut sich in der Nähe eine Hütte, um jederzeit »die Liebliche«, wenn sie sich am Fenster zeigt, zu sehen.

179,4 *Orge]* Brechts Freund Georg Pfanzelt (vgl. zu 77,24f. und zu 136,1).

179,9 *Klette]* Der Münchener Kritiker Dr. Werner Klette schreibt in den Jahren 1920 bis 1922 regelmäßig Kritiken für die *Allgemeine Zeitung* in München; er ist auch Mitarbeiter beim Film und hat u.a. für die Münchner Herpa-Film GmbH 1923 eine Neubearbeitung des Films *Unsere Blutschuld* hergestellt. Klette wird ursprünglich beim Drehbuch *Das Mysterium der Jamaikabar* als Mitautor genannt; sein Name und seine Münchener Adresse sind jedoch von der Titelseite einer Notiz, auf dem Filme aufgeführt sind (u.a. *Der Brillantenfresser*, *Jamaikabar*, *Liebesmatch* und *Preisfilm*), von Brecht handschriftlich getilgt (1921). Brecht diktiert ihm einen Drehbuchtext (181,8f.) und erhofft sich von ihm die Vermittlung bei Filmproduzenten.

179,11 *mit der Reutter und der Günzburger]* Konnten nicht ermittelt werden.

179,14 *Stuart Webbs]* Gemeint ist hier nicht der Detektiv Stuart Webbs, der von Ernst Reicher gespielt wird und Hauptfigur in Detektivfilmen ist, sondern die Filmgesellschaft Stuart Webbs Company. Vermutlich bezieht sich die Notiz auf den Film *Mysterium der Jamaikabar*, den Brecht für Ernst Reicher (vgl. zu 125,18) schreibt und ihm einsendet.

179,21 *der Klauckevorstadt]* Vgl. zu 77,24f. Der Stadtteil ist nach Johann Gottlieb Klaucke benannt, der 1805 mehrere Waisenhäuser gestiftet hat. In ihr befinden sich auch die Häuser der »Georg und Elise Haindlschen Stiftung«, für die der Vater Brechts von der Haindlschen Papierfabrik als Verwalter und Pfleger ernannt ist.

179,27 *B.T.]* Der Name (vgl. 136,7) konnte nicht ermittelt werden.

179,29 *als er in Asien saß]* Vgl. zu 178,30.

179,31 *Meyer und Co.]* Umgangssprachlich für: irgend jemand.

179,32 *da]* Unsichere Entzifferung, möglicherweise auch »das«.

180,5 *Der Webbsfilm]* Vgl. zu 179,14.

180,8 *Cerberus]* In der griechischen Sage ein Hund, der den Eingang zur Unterwelt bewacht.

180,8f. *Stuart Webbs]* Gemeint ist die Figur des Detektivs Stuart Webbs.

180,10 *Kabale]* Intrige, Ränke, böses Spiel.

180,11 *Maschinensache]* Vermutlich sind technische Details für die Ausführung der im folgenden genannten Filmidee *Die drehbare Weinbude* gemeint.

180,12 *Wenn man Gold scharren könnte!]* Vgl. zu 177,5.

180,13f. *Beginn des Gentlemanfilms]* Vermutlich will Brecht in den nächsten Filmen für die Webbs Film Company dem Detektiv Stuart Webbs den Charakter eines »Gentlemans« geben.

180,14 *drei Flibustierfilme]* Flibustier: (niederl.) Seeräuber. Gemeint sind Piratenfilme (vgl. zu 130,26) für die Webbs Film Company, in denen Marianne Zoff eine Hauptrolle spielen soll. In einem Notizbuch von 1921 werden weitere Filmpläne erwähnt:

FILME

1) Die Tochter Indras (geht auf schwarzen Wassern, fährt zum Himmel) Tanzfilm. Expressionismus.

2) Maras Tochter (Die alte Mara und die junge – beide von Mar gespielt!!! Immer ist die Alte traurig, wenn die junge lacht!) Märchenfilm

3) Goriot (mit Recht, Daumier – Lendecke). (Nachlaß.)

180,16 *Orgeliedern]* Bezieht sich auf Georg Pfanzelt (vgl. zu 77,24f. und zu 136,1). Vgl. z.B. die Gedichte *Wenn George und Buschiri* (vgl. zu 141,23), *Ballade an meinen Totenschädel*, *Der dicke Cas ist gestorben*, *Gedanken eines Grammophonbesitzers* (alle Band 13).

180,19f. *»Die drehbare Weinbude«.]* Das Drehbuch für einen Film mit dem Detektiv Stuart Webbs beschäftigt Brecht lange Zeit; Vorstufen dazu sind Notizen und Titelideen wie *Die drehbare Weinbude*, *Das Geheimnis der Weinbude* und *Das drehbare Bordell* (eingegangen in den Film *Das Mysterium der Jamaikabar*, vgl. zu 181,16f.).

181,7 *Kehrers Kolleg über Cézanne]* Caspar Neher besucht die Münchener Kunstakademie, an der der Kunsthistoriker Alfred Kehrer unterrichtet.

181,8 *diktiere Klette]* Vgl. zu 179,9.

181,10 *Zarek ... Gebärmichel]* Vgl. die erste Anmerkung zu 130,15. Otto Zarek ist seit Mitte 1920 als Dramaturg bei den Münchener Kammerspielen tätig.

181,12 *Neuhofer]* Der in München lebende Gummiwarenhändler Herbert Neuhöfer ist Förderer des Theaters.

181,13 *»David«]* Vgl. zu 130,34f.

181,16f. *»Das Mysterium der Jamaikabar«]* Das Drehbuch gestaltet eine Detektivgeschichte im Halbweltmilieu (vgl. Band 19), die Brecht für die Stuart Webbs Company schreibt. An dem Drehbuch ist zunächst auch Caspar Neher beteiligt. Neher schreibt in sein Tagebuch (Staats- und Stadtbibliothek Augsburg):

> Es muß bis Mittwoch ein Film fertig sein für Stuart Webb. Es fällt uns nichts ein. Bert hat einen Vorschlag. (Februar 1921).

Brecht schließt das Drehbuch Mitte April ab. Ernst Reicher (vgl. zu 125,18) gibt ihm einen Monat später das Drehbuch wieder zurück.

181,20f. *Döblins »Wallenstein«]* Roman von Alfred Döblin (1920).

181,27 *»Wadzek«]* Vgl. zu 153,6.

182,16 *Mar ... im Theater]* Vermutlich in der Aufführung *Wallensteins Tod* von Friedrich Schiller (1799) im Stadttheater am 5. März 1921.

182,17 *im Maxim]* Vgl. die erste Anmerkung zu 145,26.

182,17 *Lamm]* Hotel und Restaurant Weißes Lamm, in der Nähe des Augsburger Stadttheaters.

182,33 *Er hat noch Flandern.]* Gemeint sind Nehers Erlebnisse während seines Militärdienstes in Flandern, die thematisch nachhaltig auch sein künstlerisches Schaffen beeinflussen.

183,3 *roten Lampion]* In seinem Zimmer in Augsburg, Bleichstraße 2, hat Brecht einen roten Lampion angebracht. Dieser Lampion ist ein Symbol, das in den Gedichten Brechts aus der Zeit mehrfach verwendet wird.

183,9 *»Franziskas Abendlied« und »Der Taler«]* Aus Frank Wedekinds Gedichtsammlung *Die vier Jahreszeiten* (1912): *Franziskas Abendlied* (aus dem Zyklus »Herbst«) und *Der Taler* (aus »Sommer«).

183,14 *»Ballade vom verliebten Schwein«]* Gemeint ist die *Historie vom verliebten Schwein Malchus*, die Brecht in die Sammlung *Bertolt Brechts Hauspostille* (Band 11) aufnimmt.

183,15f. *Klette ... diktiert]* Vgl. zu 179,9 und zu 181,16f.

183,26 *Aichers]* Vgl. zu 165,13.

184,13 *mit ihren Eltern nach Österreich]* Marianne Zoffs Eltern sind der Eisenbahnoberinspektor Otto Andreas Zoff und Zdenka Zoff, geborene Jellinek. Im Januar 1920 melden sie sich von Wien nach München (Heßgasse 18) ab und wohnen zeitweilig bei ihrem Sohn Otto Zoff (vgl. zu 175,33). Ihr Hauptwohnsitz bleibt Wien.

184,14 *nach Berlin zu Hedda]* Hedda Kuhn (vgl. zu 117,30) wohnt seit Mitte 1920 in Berlin.

184,16 *Siebentischwald]* Vgl. zu 50,2.

184,27 *Kraal]* Vgl. die erste Anmerkung zu 176,34.

184,32 *Der Sekretär]* Gemeint ist vermutlich der Direktionssekretär und Bürochef im Augsburger Stadttheater, Ludwig Fries.

185,23f. *Szene zum »Galgei« ... Papieren]* Vgl. das Stückfragment *Galgei* (Band 10).

185,32 *Pick]* Die Figur des Butterhändlers Pick, in den Galgei ummontiert wird, findet sich in den ersten Plänen und Entwürfen zu dem geplanten Stück *Galgei.*

186,7 *Impetus]* (Lat.) Antrieb, Anstoß.

187,13-39 *David ... (Der Aufstand ...)]* Fabeldetail für das geplante *David*-Drama, vgl. zu 130,34f.

188,17 *Fannerl]* Vgl. zu 136,4.

189,25 *Abermals.]* Bezug auf seinen ersten Sohn, Frank (vgl. zu 136,11f. und zu 160,27).

189,27 *Kra]* Vermutlich Hermann Kramer, gebürtiger Berliner, der im Sommersemester 1920 an der Universität in München als Student der Philosophie eingetragen ist. Brecht kennt ihn aus Augsburg, wo er Theaterrezensionen für die *Augsburger Neuesten Nachrichten* schreibt.

189,27 *Bismarckturm]* Bauwerk aus wilhelminischer Zeit, beliebtes Ausflugsziel außerhalb von Augsburg.

189,32 *Klette]* Vgl. zu 179,9.

189,34 *Otto]* Otto Müllereisert (vgl. zu 122,39 und zu 125,5f.).

190,2 *Mit Otto Starnberg]* Gemeint: Mit Otto Müllereisert nach Starnberg.

190,7 *Klette ... »Das Mysterium«]* Vgl. zu 179,9 und zu 181,16f.

190,28 *Abends ... »Cosi fan tutte«]* Komische Oper von Wolfgang Amadeus Mozart (1790), die am 16. März 1921 am Stadttheater Augsburg Premiere hat. Regie: Max ter Meer; musikalische Leitung: Joseph Bach.

191,2 *der Film von Hanna Cash]* Texte zu dem Film (vermutlich einer der von Brecht geplanten Piratenfilme, vgl. zu 130,26) sind nicht überliefert. Vgl. auch die *Ballade von der Hanna Cash* (Band 11).

191,29f. *»Orangenfresser«]* Erste Fassung zu dem späteren Filmdrehbuch *Der Brillantenfresser*. Geschichte von einem gestohlenen Brillanten, der in einer Orange versteckt wird (vgl. Band 19). Das Motiv hat Brecht wahrscheinlich aus Friedrich Hebbels Komödie *Der Diamant* (1841) übernommen. Brecht verwendet in diesem Drehbuch vor allem Klischees der Ganoven- und Abenteuerfilme.

191,31 *»Mysterium der Jamaikabar«]* Vgl. zu 181,16f.

191,35 *wie von Gauguin]* Vermutlich Bezug auf die Reisebeschreibung *Noa Noa* (1891) von Paul Gauguin und die von Gauguin häufig gemalten Maorifrauen. Brecht vergleicht Marianne Zoff u.a. wegen ihrer langen schwarzen Haare und ihres bräunlichen Teints mit diesen polynesischen Ureinwohnerinnen.

192,9 *Tahiti]* Insel im Stillen Ozean. Symbolisch von Brecht benutzt für: Freisein bzw. Flucht vor allen Bindungen, Alltagsproblemen und Zwängen. Die Anregung geht zurück auf Gauguins Bericht über seinen Südseeaufenthalt mit dem Bild eines von der modernen Zivilisation verschonten Lebens (vgl. zu 178,30). Vgl. auch das Gedicht *Tahiti* (Band 13).

192,25f. *Kind, das unter den Bauern aufwächst]* Brechts und Paula Banholzers Sohn Frank (vgl. zu 136,11f. und zu 160,27).

192,31 *Der Gaurisankar]* Der Gaurisanker im Himalaja, 7144 m, an der Grenze zwischen Tibet und Nepal, westlich des Tschomolungma (Mount Everest), hat noch am Anfang des 20. Jahrhunderts als höchster Berg der Erde gegolten.

193,4 *Ottos Onkel]* Vermutlich ein Onkel von Otto Bezold (vgl. zu 169,24).

193,7 *Grieslewildwest]* Griesle ist die Flußniederung bei Augsburg zu beiden Seiten des Lech.

193,8 *Die Maorifrau]* Vgl. zu 191,35.

193,9 *Brahms' »Feldeinsamkeit«]* Gemeint ist das zweite der sechs Lieder op. 86 von Johannes Brahms (1881, »Ich liege still im hohen grünen Gras ...«).

193,30f. *das Sicherste ist der Tod]* Vermutlich Anlehnung an Horaz, *Episteln* 1,16,79: Mors ultima linea rerum est, (lat.) Der Tod ist das letzte Ziel der Dinge; oder Ciceros 8. Rede (*Philippica 8*): Mortem effugere nemo potest, (lat.) Dem Tod kann niemand entfliehen.

194,17 *Bilder ... Film ... halb fertig]* Gemeint sind Filmeinstellungen zu *Das Mysterium der Jamaikabar* (vgl. zu 181,16f. und vgl. 191,30-33).

194,18 *»Der Orangenfresser«]* Vgl. zu 191,29f.

194,24 *Tahiti]* Vgl. zu 192,9

194,37 *Timbuktu und ein Kind]* Timbuktu: Handelsstadt im Sudan, als »Königin der Wüste« lange umrätselt. Hier steht die Wendung sinnbildlich für: die Freiheit behalten und dennoch Familie haben. Vgl. zu 192,9.

195,23 *»Unter der Sonne der Lechauen«.]* Lechauen: vgl. zu 193,7. Ein Gedicht oder Text mit solchem oder ähnlichem Titel ist nicht überliefert.

195,28f. *»Geheimnis der Jamaikabar«.]* Vgl. zu 181,16f.

196,2 *Aichers]* Vgl. zu 165,13.

196,6 *Lamm]* Vgl. die zweite Anmerkung zu 182,17.

196,14f. *Flucht nach Ägyptenland]* Anspielung auf die Flucht Josephs mit Maria und dem Kinde nach Ägypten, um das Kind zu retten (Matthäus 2,13-15); hier bezogen auf Marianne Zoffs Übersiedlung aus ihrer Augsburger Wohnung in Brechts Mansarde in der Bleichstraße 2.

196,18 *Kramer]* Hermann Kramer, vgl. die erste Anmerkung zu 189,27.

196,19 *Kra]* Vermutlich Hermann Kramer.

196,20 *Dr. Zoff]* Otto Zoff, der Bruder von Marianne, vgl. zu 175,33.

196,24 *die Schwester]* Marianne Zoff.

198,1 *Heinrich Eduard Jacob]* Schriftsteller und Herausgeber der 1921 bis 1923 erscheinenden Literaturzeitschrift *Der Feuerreiter*, in der

Brechts Novelle *Ein gemeiner Kerl* (4. April 1922) und die *Ballade von des Cortez Leuten* (1. Dezember 1922) abgedruckt werden.

198,2 *Mars Mutter]* Vgl. zu 184,13.

198,3 *Schels]* Karl Schels, der Münchener Theateragent in der Theklastraße 4, in der sich auch der O. C. Recht Verlag befindet (vgl. die dritte Anmerkung zu 175,27).

198,4 *Schreiber]* Vgl. zu 175,35.

198,5 *1000 Mark]* Möglicherweise eine Summe, mit der Otto Zoff seine Schwester bewegen soll, zu Recht zurückzukehren.

199,5 *Tutzing ... Seehof]* Hotel und Restaurant in Tutzing, einem Kurort am Starnberger See.

199,16 *Otto]* Otto Müllereisert (vgl. zu 122,39 und zu 125,5f.).

199,16 *mein Prozeß]* Die Schauspielerin Vera Maria Eberle führt gegen Brecht einen Prozeß aufgrund einer sie angeblich beleidigenden Kritik Brechts in der Augsburger Zeitung *Volkswille* vom 12. Januar 1921. Die Darstellerin der Titelrolle hatte den folgenden Satz aus Brechts Rezension auf sich bezogen: »Aber das gleiche Schwein, das die Lulu für eine Beschimpfung der Frau hält, schwärmt für die Judith.« (Vgl. *Hebbels »Judith« im Stadttheater* und den zugehörigen Kommentar; Band 21.) Die Gerichtsverhandlung findet am 5. April 1921 statt und führt zu einem Vergleich (vgl. zu 203,24), nachdem sich Brecht bereit erklärt, sämtliche Kosten zu zahlen und die beleidigenden Ausdrücke zurückzunehmen.

199,18 *Sinsheimer]* Hermann Sinsheimer, Theaterkritiker der *Münchener Neuesten Nachrichten*.

199,19 *Kutscher]* Artur Kutscher (vgl. zu 114,22) hat ein distanziertes Verhältnis zu Brecht, das vermutlich der Grund für die Verweigerung bzw. Verzögerung des gewünschten Gutachtens ist. Anlaß der ersten Auseinandersetzung mit Kutscher war 1917 ein kritisches Referat Brechts über Hanns Johsts Roman *Der Anfang*, das Kutscher mißfallen hat.

199,20 *ihren Eltern]* Vgl. zu 184,13.

199,30 *Sie willigt ein nach Wiesbaden]* Marianne Zoff nimmt ein Engagement am Nassauischen Landestheater in Wiesbaden an und tritt dort im Opernhaus von August bis Dezember 1921 auf.

199,31f. *Frankenwährung]* Wiesbaden gehört zu den rheinischen Gebieten, die nach Kriegsende französisch besetzt sind. Wegen der fortschreitenden Entwertung der Mark (Inflationszeit, seit 1920 bis Ende 1923) sind Genußmittel und Luxusartikel nur für Francs erhältlich.

199,32 *Hagemann]* Carl Hagemann, Schriftsteller und Bühnenleiter, wird mit Beginn des Jahres 1922 Intendant des Nassauischen Landestheaters in Wiesbaden.

200,2 *Aichers, nach Wien engagiert]* Mit Beginn der Spielzeit 1921/22 ist das Schauspielerehepaar (vgl. zu 165,13) an der Neuen Wiener Bühne engagiert.

200,2 *Harpyien]* Weibliche Sturmdämonen der griechischen Sage, geflügelt und mit Vogelkrallen dargestellt, in der Art von Raubvögeln oder Aasgeiern.

200,6f. *in den Blättern ... Dorabella]* Dorabella: Figur aus *Cosi fan tutte* (vgl. zu 190,28). Die guten Kritiken ebnen Marianne Zoff die Anstellung in Wiesbaden. In der *Augsburger Rundschau* heißt es über den Weggang der Sängerin:

> Marianne Zoff, die hier in weitesten Kreisen unbekannte, weil in zwei Jahren kaum nennenswert beschäftigte lyrische Mezzosopranistin unserer Bühne, ist ohne jegliches Gastspiel und sogar ohne Probesingen an Ort und Stelle von Professor Mannstedt, der ihre Dorabella sah, an das Nassauische Landestheater in Wiesbaden verpflichtet worden, und zwar als erste Vertreterin des Charakterfaches. Damit ist die an dieser Stelle öfter geäußerte Vermutung, ein auswärtiger weitblickender Intendant würde uns diesen seltenen, eigenartigen Vogel wegfangen, prompt in Erfüllung gegangen. (16. April 1921.)

200,13 *Harpyie]* Vgl. die zweite Anmerkung zu 200,2.

200,17 *Kindermord]* Die von Marianne Zoff erwogene Abtreibung des Kindes.

200,17 *lento]* (Ital.) langsam, schleppend.

200,23 *»Das Mysterium der Jamaikabar«]* Vgl. zu 181,16f.

200,24 *»Der Brillantenfresser«]* Vgl. zu 191,29f. Auf einem dem Manuskript beigelegten Personenzettel (1921) macht Brecht folgende Besetzungsvorschläge:

> Kortner (Latte), Marianne (Anna), Wernicke (Der Dicke), Nadler (Der Kaschemmenfritze), Beneckendorff (Der Schnapphermann), Horwitz (Der Dotter), Chadschi Günther (Der junge Herr), Binder (Die Dame). (Nachlaß.)

200,24f. *Kiepenheuer und Cassirer]* Der Gustav Kiepenheuer Verlag, Potsdam, und der Paul Cassirer Verlag, Berlin, lehnen (nach der Absage durch den Georg Müller Verlag, München, vgl. zu 128,19) zunächst den Druck des von Brecht zugesandten Manuskripts *Baal* ab. (Vgl. zu 248,4f.)

200,25 *Prozeß]* Vgl. die zweite Anmerkung zu 199,16.

200,26 *Siebentischwald]* Vgl. zu 50,2.

200,39 *Walter]* Brechts Bruder (vgl. zu 47,38f.) bereitet sich nach dem Militärdienst als Praktikant in der Haindlschen Papierfabrik und später in einer Papiermaschinenfabrik in Heidenheim (bis Ende 1920) auf ein Studium vor, das er dann an der Technischen Universität Darmstadt antritt.

201,1 *Ingenieur Helm]* Feodor Helm unterhält mit seinem Mitarbeiter Paul Klötzer ein Maschinentechnisches Büro in Augsburg und ist durch seine Mitgliedschaft im Gesangverein Augsburger Liedertafel mit der Familie Brecht seit längerer Zeit befreundet. »Herr Helm und seine

Lautenlieder regten uns an, Gitarrespielen zu lernen, und zwar so, daß wir fremde und eigene Texte vertonten und weit besser wiedergeben konnten als nur mit dem rohen, die Gitarre beleidigenden Schramm-Schramm.« (Walter Brecht, *Unser Leben in Augsburg, damals. Erinnerungen*, Frankfurt a.M. 1984, S. 57.)

201,14 *ihr Vetter]* Theodor Banholzer.

201,27 *bin ich bei ihr]* Bei Marianne Zoff in Augsburg.

202,8 *»Brillantenfresser«]* Vgl. zu 191,29f.

202,15f. *»Liebesmatch«]* Das Filmmanuskript ist, ebenso wie das Manuskript des später erwähnten *Preisfilms* (vgl. zu 179,9), nicht überliefert. Wie eine Notiz von 1921 (Nachlaß) ausweist, hat Brecht die Manuskripte Werner Klette zur Vermittlung an Filmproduzenten übergeben.

202,31 *Allee]* Vgl. zu 167,21f.

203,21 *Paar]* Ort östlich von Augsburg am Fluß Paar.

203,21 *mit Lud]* Ludwig Prestel (vgl. zu 132,28).

203,23 *Fletchersystem]* Möglicherweise ist die von dem amerikanischen Ernährungsphysiologen Horace Fletcher propagierte Eßtechnik »Fletchern« (etwa 30 Kaubewegungen pro Bissen) gemeint.

203,24 *Eberle ... veröffentlicht]* In drei Augsburger Zeitungen wird der Vergleich im Prozeß der Schauspielerin Vera Maria Eberle (vgl. die zweite Anmerkung zu 199,16) veröffentlicht, worauf Brecht am 19. April folgende Erklärung an die Zeitungen gibt:

> Rechtsanwalt *Sand* veröffentlichte unberechtigterweise einen Vergleich, obwohl ich ihm über dies erklären ließ, daß ich nicht daran denke, den Vergleich zu erfüllen: Ich stehe nach wie vor sachlich auf den Boden der Kritik.
>
> Eugen Bert Brecht.

Diese Erklärung trägt ihm zusätzlich eine Privatbeleidigungsklage des Anwalts der Klägerin ein. Vgl. *Hebbels »Judith« im Stadttheater* und den zugehörigen Kommentar (Band 21).

203,26 *die ... aufgetreten war]* Marianne Zoff fühlt sich wegen ihrer Schwangerschaft häufig nicht wohl und spielt dennoch am 17. April 1921 im Augsburger Stadttheater in der Aufführung der Oper *Othello* (1887) von Giuseppe Verdi die Rolle der Emilia, Jagos Gattin.

203,28 *Maxim]* Vgl. die erste Anmerkung zu 145,26.

204,5 *Kapellmeister]* Gemeint ist Karl Tutein, Kapellmeister am Augsburger Stadttheater, der Ende April 1921 die Oper *Walküre* (1870) von Richard Wagner inszeniert und vermutlich Marianne Zoff eine Rolle in diesem Stück anbietet.

204,6 *Harpyie]* Vgl. die zweite Anmerkung zu 200,2.

204,7f. *Phantasmagorien]* Trugbilder.

204,15 *»Preisfilm«]* Vgl. zu 202,15f.

204,16f. *ihre Schwester ... vor George]* Vermutlich beabsichtigt Marianne Zoff, ihre jüngere Schwester Gertrude, die seit 1919 in München wohnt, zur Erholung zu schicken; Brecht hingegen möchte lieber erst seinem an Bronchitis leidenden Freund Georg Pfanzelt eine Kur bezahlen.

204,25-29 *David ... der Urias]* Vgl. zu 107,28f.

204,34 *mit einem Musikanten]* Georg Hupfauer.

204,34 *Orchideengarten]* Vgl. zu 125,2.

204,35 *Ludwigsbau]* Vgl. zu 160,14.

204,38f. *Kimratshofen]* Vgl. zu 136,11f.

205,9 *Burgadelzhausen]* Ort östlich von Augsburg.

205,9 *Paar]* Vgl. die erste Anmerkung zu 203,21.

205,18 *ein Bazi]* Vgl. die zweite Anmerkung zu 130,15.

205,31f. *Gemäldegalerie]* Königliche Gemäldegalerie in Augsburg, im ehemaligen Katharinenkloster.

205,36 *Tahiti]* Vgl. zu 192,9.

206,10 *Frankfurter]* Eugen Frankfurter unterhält eine Film- und Theateragentur. Vermutlich hat er Marianne Zoff nach Wiesbaden (vgl. zu 199,30) vermittelt.

206,12 *Harpyie]* Vgl. die zweite Anmerkung zu 200,2.

206,19f. *Tänzerin von Schrenck]* Die Ausdruckstänzerin Edith von Schrenck unternimmt Gastspielreisen in viele deutsche Städte. (Ankündigung in den *Münchener Neuesten Nachrichten* vom 23./24. April 1921: »Neue Tänze und Tanzdichtungen von Edith von Schrenck im Hotel Vier Jahreszeiten«.)

206,25 *Klette]* Vgl. zu 179,9.

206,25 *Bavaria-Atelier]* Filmstudio in München.

206,25f. *Seitz ... Pfundsschmarren]* Gemeint ist der Film *Die sündige Vestalin*, den der Regisseur Franz Seitz im 1. Halbjahr 1921 dreht.

206,36f. *Und ich gehe fort.]* Am Abend des gleichen Tages fährt Brecht nach Augsburg.

206,37 *ihr Vater]* Otto Andreas Zoff (vgl. zu 184,13).

207,2f. *Kimratshofen ... den Buben]* Vgl. zu 136,11f. und zu 160,27.

208,3 *über den Wipfeln]* Anspielung auf *Wandrers Nachtlied* (1780) von Goethe. Vgl. auch das Gedicht *Liturgie vom Hauch* (in der Sammlung *Bertolt Brechts Hauspostille*; Band 11).

208,4 *fallieren]* Versagen, zahlungsunfähig werden; hier im Sinne von: zusammenbrechen.

208,8 *Harpyie]* Vgl. die zweite Anmerkung zu 200,2.

209,4 *Mutters Todestag]* Brechts Mutter ist ein Jahr zuvor gestorben (vgl. zu 116,17).

209,5 *Manitu]* Brecht verwendet den Namen des »Großen Geistes« der nordamerikanischen Indianer für sich selbst.

209,6 *Squaw]* (Indianisch) Frau. Gemeint ist Marianne Zoff.

209,17f. *während das Gras ... Gaul]* In Präsensform zitiert 173,4.

209,23 *Maorifrau ... Geldgeber]* Marianne Zoff und Oskar Camillus Recht, vgl. zu 177,19.

209,36 *Kaffeehausgeiger]* Vgl. die erste Anmerkung zu 204,34.

210,2 *He]* Vgl. zu 117,30.

210,4 *excreation]* Wörtlich: Auswuchs.

210,6 *Dr. Hirsch]* Konnte nicht ermittelt werden.

210,7 *Herpesbläschen]* Durch Viren verursachter Hautausschlag.

210,9 *Heigei]* Otto Müllereisert (vgl. zu 122,39 und zu 125,5f.).

210,10 *die Schwester]* Vgl. zu 204,16f.

210,15 *E.]* Vermutlich Dr. Otto Eisenreich, Privatdozent für Geburtshilfe und Oberarzt an der Universitäts-Frauenklinik (München).

210,22 *schaukle Schiff]* Vgl. die zweite Anmerkung zu 138,13.

210,22f. *Auer Dult]* Dult: (süddt.) Jahrmarkt.

210,27 *Lud]* Ludwig Prestel (vgl. zu 132,28).

210,32f. *»Wenn mein Schatz ... Tag«]* Aus *Lieder eines fahrenden Gesellen* (1883-1885) von Gustav Mahler.

210,38 *in Tahiti]* Vgl. zu 192,9.

211,8 *Dr. Wimpfhaimer]* Unsichere Entzifferung. Konnte nicht ermittelt werden.

211,14 *Lavor]* Abgeleitet von lavoir: (franz.) Waschtrog; (süddt.) Waschbecken.

211,18 *das Mensch]* Abwertende Bezeichnung für eine Frau.

212,5 *Frank]* Vgl. zu 136,11f. und zu 160,27.

212,17 *Kloivi]* Mundartlich für: durchtriebener Bursche; meist »Gloifi« geschrieben.

212,21 *Reicher ... »Mysterium«]* Vgl. zu 125,18 und zu 181,16f.

212,29f. *Gaston Leroux' »Das gelbe Zimmer«]* Kriminalroman (1911). Zur Lektüre weiterer Kriminalromane vgl. zu 224,2 und zu 233,1f. Vgl. außerdem die 1926 geschriebenen Texte *Kehren wir zu den Kriminalromanen zurück!* und *Glossen über Kriminalromane* (Band 21).

212,31f. *serviert wie des Täufers Kopf]* Nach dem Neuen Testament läßt König Herodes auf Bitten seiner Stieftochter Salome Johannes dem Täufer den Kopf abschlagen und ihn auf einer Schüssel Salome darreichen (Markus 6,17-28).

212,37 *Vater ... bearbeitet, den Frank zu nehmen]* Brechts Vater kümmert sich erst um Frank, als Paula Banholzer nach ihrer Heirat (1924) mit dem Kaufmann Hermann Groß den Sohn zu sich nimmt.

213,2 *Marie Roecker]* Vgl. zu 144,5.

213,23 *»Galgei«]* Vgl. die erste Anmerkung zu 123,10.

213,27 *Hartmann]* Vgl. zu 9,18.

213,27f. *Ansichten der Jesuiten ...]* Jesuiten: Mitglieder der »Gesellschaft Jesu«, eines 1534 von Ignatius von Loyola gegründeten katholischen Ordens. Möglicherweise ist das Buch *14 Jahre Jesuit* von Graf Paul von Hoensbroeck (1909) gemeint, das die Jesuiten-Problematik beschreibt.

213,35 *Ichthyosaurier]* Fischsaurier.

213,39-214,1 *Militärschwimmschule]* Vgl. zu 19,19.

214,11 *eo ipso]* (Lat.) von selbst, selbstverständlich.

214,23f. *in einem Brief]* Vgl. 208,25.

214,26 *Sophie Barger]* Schwangeres Mädchen in *Baal*, das sich Baal an den Hals hängt »wie ein Mühlenstein« (Fassung 1922; vgl. Band 1).

214,35 *in jener Freitagnacht]* Vgl. 208,21.

215,2 *Meier-Graefe sagt von Delacroix:]* Der Kunsthistoriker Julius Meier-Graefe schreibt u.a.:

> Man soll mir nicht weismachen, etwas Wesentliches von Cézanne zu verstehen, wenn Delacroix unverstanden bleibt. Delacroix' Landsleuten zu seiner Zeit ging es nicht viel anders, auch nachdem er endlich berühmt geworden war. Sie entnahmen ihm, was Guérin oder Delaroche geben konnte: Pathos und Legende; schwärmten für das Dämonische des Schöpfers, ohne seine Bilder zu betrachten. Vielleicht hatten die mißtrauischen Naturalisten, die nachher kamen und kalt blieben, recht, mehr als sie ahnten. Vielleicht schlug das Herz, dessen überhitzte Pulse die Romantiker berauschte, in einem kalten Menschen. Und vielleicht lag gerade darin seine Größe. (Katalog der Ausstellung *Eugène Delacroix*, Salon Paul Cassirer, Berlin, 4. November bis 4. Dezember 1907, S. 10.)

215,6f. *(ihr Schimpfname heißt: Talente)]* Vgl. Julius Meier-Graefe, Katalog *Eugène Delacroix*, S. 40.

215,10 *Hingabe an die Idee]* Vgl. Julius Meier-Graefe, Katalog *Eugène Delacroix*, S. 12.

217,1 *»Galgei«]* Vgl. erste Anmerkung zu 123,10.

217,8-30 *Schilderung der Mariannegeschichte ... auch nichts.]* Eine literarische Verarbeitung, wie Brecht sie hier skizziert, ist nicht überliefert. Thematisch hat Brecht die Affäre mit Recht in dem Filmmanuskript *Drei im Turm* verarbeitet (Band 19; vgl. zu 232,36). Vgl. auch zu 231,21.

217,11f. *Kreuzung spanischer Adeliger und tschechischer Juden]* Marianne Zoff ist jüdischer Herkunft und in Hainfeld (Tschechische Republik) geboren; eine »adlige« Linie ist nicht nachweisbar.

217,12f. *ein Mann, der halb Jude, halb Böhme]* Ob die Anspielungen auf Oskar Camillus Recht den Tatsachen entsprechen, konnte nicht ermittelt werden.

217,33 *Lampions]* Vgl. zu 183,3.

218,10 *»Pestkaufmann« ... Granach]* Das Stückvorhaben ist nicht ausgeführt. Es ist auch unter dem Titel *Das Lazarettschiff* notiert. Folgende Bemerkungen finden sich in einem Notizbuch von 1921:

> Der Kaufmann, Südamerika. Die Pest im Hinterland. Die Schiffe müssen abfahren. Sonst kommt die Ware nicht hinaus. Die Beamten, die nicht mitkommen. Aber auch Makart blieb. Szene. Die Schiffe gehen dann unter. Es wird bekannt unter den zerlumpten Insassen der Faktorei, die darauf warten. Der Streit im Innern. Die entfessel-

ten Leidenschaften (die Pest kommt aber). Er profitiert. Gelbe Lederhäute, violette Himmel und Seide. Früchte, Steinbrüche, Branntwein, Gewebe. – Der Todkranke. Er läßt den Pfarrer holen. Er ist wie ein Kind. Der arme Mann. Er wiederholt ein Wort, das er zu einem Armen sagte. (Drauf wird Gott sagen: er wiederholt seine einstige Antwort.) Er gibt Ordres. Die Leiche in den Sarg, auf das Meer. Keinen Kalk, versenken. Daß nicht einmal die Pest wieder ausbricht. – Der Friseur, der im Rasieren entsetzt an die Pest denkt. (Nachlaß.)

Der österreichisch-deutsche Schauspieler Alexander Granach spielt 1910 am Deutschen Theater Berlin, 1914 in Wien, danach in München und ab 1921 an verschiedenen Berliner Bühnen.

218,11 *»Galgei« für das Nationaltheater]* Gemeint ist das Münchener Nationaltheater. Das Stück wird nicht fertiggestellt (vgl. erste Anmerkung zu 123,10).

218,12 *Flibustierfilm]* Vgl. zu 180,14.

218,13 *»Sommersinfonie«]* Vgl. zu 126,21.

218,14 *»Grünen Gárragga«]* Zu diesem Stückvorhaben (nur in dieser Notiz ist der Name mit Akzent und »gg« geschrieben) sind zwei Szenen überliefert, die in einer chilenischen Fischerkneipe spielen, wohin Fischer, vom Fang heimkommend, einen schmächtigen jungen Burschen mit grünlichem Gesicht mitbringen (vgl. *Der grüne Garraga*, Band 10).

218,16 *Mann in Amsterdam]* Konnte nicht ermittelt werden.

218,27 *Timbuktu]* Vgl. zu 194,37.

218,29 *Maorifrau]* Vgl. zu 191,35.

218,38 *Debb]* Depp, einfältiger Mensch.

TAGEBUCH 1921
MAI BIS SEPTEMBER

Textgrundlage

Geheftetes Manuskript mit kartoniertem Umschlag, aus dem Nachlaß. Auf der äußeren Umschlagseite steht: »Bert Brecht / (10.) Februar 1915 – .« Vermutlich hat Brecht, der die Seiten selber heftet, den Karton eines früheren (nicht überlieferten) Tagebuchs benutzt.

Entstehung

Brecht führt das Tagebuch in der Zeit vom 25. Mai bis 19. September 1921, vorwiegend in München, teils in Augsburg. Zwei Briefe sind lose eingelegt, außerdem ein Blatt mit dem Text: »spielt auf dem Banjo nur für Geld / das größte Kunstgenie der Welt.«

Beigelegter Brief Paula Banholzers an Brecht in Berlin, vermutlich vom 8. Februar 1922:

> Liebster Bert,
> ich weiß nicht, warum Du nicht schreibst, ich habe so Angst um Dich. Oder kommt nur keine Post wegen des Streikes? Wenn ich nur wüßte, ob Du noch krank bist. Liebster, armer Bert! –
> Die Ursache, warum Du mir nicht schreibst, weiß ich jetzt, aber von morgen ab verkehren ja wieder die Züge, so daß ich Dir zum Geburtstag schreiben kann. Lieber Bert, ich habe Dir eine Kleinigkeit zum Geburtstag gemacht, und ich glaube, daß es Dir Freude machen wird. Aber ich getraue es mir nicht zu verschicken, da es zu leicht Schaden leiden könnte. Ich werde es Dir geben, wenn Du hier durchfährst. Bert, es ist schrecklich, daß ich so gar nichts von Dir weiß. Hoffentlich bist Du jetzt wieder gesund! Mir geht es gut, ich werde immer dicker u. sehe glänzend aus. Ist es Dir während des Streikes recht schlecht gegangen? Du hast sicher auch hungern müssen. Bei dieser Kälte wirst Du doch hoffentlich nicht in diesem ungeheizten Zimmer sein! Es wäre ja entsetzlich! Warschauer scheint doch ein sehr netter Mensch zu sein. Was ist denn mit Gramer? Neulich war ich in einem Vortrag von Bruno Frank. Er las zuerst Gedichte, aber scheußlich war sein Vortrag; dann las er eine sehr hübsche Geschichte, die noch nicht gedruckt ist. – »Der Tausch« von Claudel gefällt mir sehr gut. Erna Werrenrath hat sich mit einem Vetter von soundso verlobt, und meine Schwester sei Eiskünstlerin geworden. Frank geht es gut, sonst habe ich nichts Besonderes von

ihm gehört. Ich habe für ihn Gamaschen und sonst einige Kleinigkeiten gekauft, die ich ihm schicken werde.
Sonst weiß ich nichts Neues, als daß ich Dich sehr, sehr lieb habe und daß ich mir sehr viele Sorgen um Dich mache. Wie geht es Deinem Ruhm? Wie lange bleibst Du in Berlin?
Gelt, Du bist jetzt 24 Jahre und hast schon beinahe einen dreijährigen Sohn. Wie die Zeit vergeht, ist schrecklich. Wenn wir jetzt heiraten wollten, müßten wir schon sehr viel Geld haben, sonst wäre nicht auszukommen.
Bert, hast Du mich eigentlich noch lieb? Ich sehne mich so sehr nach Dir und habe so gar niemand, der mich in die Arme nimmt, so daß ich mich ganz vergraben kann.

Ich küsse Dich tausendmal
Deine Bi.

Beigelegter Brief Walter Brechts an seinen Bruder:

Brooklyn, New York, 128 Bay 17th Str.
14. Mai 1925

Europäer! Windiger!
In Anbetracht Deiner geringen fremdsprachigen Kenntnisse sehe ich mich gezwungen, deutsch zu schreiben. Um das Wesentliche vorneweg zu nehmen: Spare jeden Groschen, jeden Hosenknopf verkaufe und spare den Erlös und dann, wenn Du die Dampferkarte kaufen kannst, komm ungesäumt! Keine Dummheit in Deinem Leben wirst Du weniger bereuen. Es ist unerhört. – Man *sammelt* hier die Erfahrungen. Sie kommen einem nicht zugeflogen. Sie werden einem nicht in wohlfeiler Weise aus dem Mund des erfahrenen Nachbarn zugetragen. Man sammelt sie eigenhändig und manchmal in unbezahlbarer Weise. So erfuhr ich deutlich, eindringlich und auf amerikanische Weise, daß man nicht ohne Sprachkenntnisse in ein fremdes Land gehen soll. An einem der vergangenen Abende fuhr ich mit Rosalie und deren Freundin, einer Schauspielerin, zum Triangletheater, das im Zentrum New Yorks in einem Keller beheimatet ist, der ungefähr 50 Zuschauer faßt und in dem nur Amateure, amerikanische Geschäftsleute männlichen und weiblichen Geschlechts zur Zeit die »Salome« von Wilde spielen. Man muß das gesehen haben. Das Auto wurde von der Schauspielerin gelenkt. Als wir nach der Aufführung wieder einstiegen, hatte ich den Mittelfinger meiner rechten Hand in der Fuge der Vordertür des Chassis. In Amerika werden die Türen der Autos energischer zugehauen als bei Euch. Das war meine erste deutliche Empfindung. Als ich diesen Eindruck verarbeitet hatte, ging ich daran, mir die englischen Worte zurechtzulegen, die man spricht, wenn man sagen will, es soll jemand doch die Güte haben

und eine Tür noch mal aufmachen, weil ein Finger dazwischensteckt. Wir fuhren inzwischen schon in starkem Tempo der Manhattanbridge zu. Ich hätte auch unartikuliert schreien können. Damit wäre nicht viel geholfen gewesen, da es auf den Straßen laut zugeht und ein artikulierter Schrei noch keine Schlüsse auf einen eingequetschten Mittelfinger zuläßt. Kurz nach der Manhattanbridge – 240 m lang – äußerte ich in korrektem Englisch meinen Wunsch. Worauf mir Rosalie mitteilte, daß das Wort »stop«, von dem sie sicher annehme, daß es in meinem Wortschatz enthalten ist, genügt hätte. Tja.

Ich teile Dir nun ein paar Gesamteindrücke mit. Der Grundzug des Amerikaners ist Gutmütigkeit. Es gibt hier keine Steifheit. Gegrüßt wird durch leichtes Neigen des Kopfes. Solltest Du hier jemals einen Gent sehen, der den Hut vom Kopfe nimmt, so hat ihn ihm der Wind heruntergeblasen. Einen für hiesige Begriffe geradezu ungeheuerlich ausgeprägten und übertriebenen Gruß sah ich gestern einen Marin in der 5th Avenue tun. Es war nachts, ein Riesenverkehr, gegen den das Treiben auf dem Potsdamer Platz in Berlin aussieht wie das Spielen einiger Kinder in einer ruhigen Parkwiese. In einer der einmündenden Straßen stand eine kleine Kompanie der Heilsarmee, Männer und Frauen, die Musik machten und sangen. Viele Leute umstanden die kleine Truppe mit aufmerksamen und teilnehmenden Gesichtern. Während eines Gesanges nickte eine der Heilsarmeefrauen einem der umstehenden Männer, wohl einem Bekannten, zu. Zum Gegengruß erhob dieser langsam seine rechte Hand, streckte allmählich den Zeigefinger der Hand vor und bremste das Empordringen der Hand ab, als dieser Finger den Mützenrand berührte. Nach diesem Augenblick, der den eigentlichen Gruß bedeutete und der von keinerlei überflüssigen Mienenspiel begleitet war, stieg die Hand langsam wieder in ihre Heimatstelle, die Hosentasche, zurück. Ich sah einige der Umstehenden angeekelt diesem übertriebenen Höflichkeitsgetändel zusehen. –

Untergrundbahn (Subway). Du steigst eine Treppe herunter, schmeißt in einen Automaten fünf Cents, worauf Du durch eine sonst geschlossene Drehtür in das Innere des Bahnsteigs gelangen kannst. Alle drei Minuten kommt ein Zug, der in Deiner Richtung geht. Der Zug rast herein. Automatisch öffnet sich die Schiebetür. Du steigst ein, fährst, so weit Du willst. Der Zug hält. Eine halbe Sekunde nach Stillstand des Zuges öffnet sich automatisch die Tür, Du entweichst. Kein Aufsichtspersonal, kein Billettzwicken. Alles geht so.

Woolworthbuilding. Ein Gebäude, von dem man sagt, es sei das höchste der Welt. Es hat 59 Stockwerke. Hinauf geht es ganz gut. Von oben siehst Du nichts als Stadt, Stadt, Meer und Flüsse. Aber kein freies Land. New York hat mehr Einwohner als Württemberg und Baden zusammen. Nun steigst Du wieder in den Aufzug ein, der

diesmal mehr ein Absturz als ein Aufzug ist. Natürlich, man weiß alles von vorneherein. Man weiß, es wird schnell gehen. Aber ich sage Dir – wie schnell es geht, merkst Du erst, wenn Du wieder in der Gegend des zehnten Stockwerks bist. Denn da fängt sich der Lift, indem er die Luft komprimiert, die sich unter ihm und dem Boden zu einem Polster geformt hat. Sie entweicht zischend nach oben, während das Fahrgestelle seine Fallgeschwindigkeit mäßigt. Du trittst in das Licht des Tages und dankst Gott für den freundlichen Zufall, noch einmal mit heiler Haut davongekommen zu sein.
Ich sah zusammen mit Onkel Ed, der Geheimpolizist ist, schon fast ganz New York. Ich meine die wichtigsten Plätze. Die Chinesenstadt, das Niggerviertel usw.
Ich kann Dir nur raten zu kommen. Es bläst hier ein verdammt sympathischer Wind.
Ich bin gut aufgehoben und hatte eine wundervolle Überfahrt. Teile Fräulein Hauptmann mit, daß ich ihr Paket als eingeschrieben nach St. Louis geschickt habe. Ich bin hier schon manches Mal Autobus gefahren, aber es war nicht so nett.
Viele Grüße, und schreibe. Auch Fräulein Hauptmann soll schreiben. Mir für meine Liebenswürdigkeit danken. Leb wohl.

Dein Bruder

Viele Grüße von allen Verwandten.

Zur Textgestaltung in der vorliegenden Ausgabe:

226,32 *Himmelsgewölbe]* Unsichere Entzifferung; möglicherweise auch: »Himmelsgewölk«. 230,24 *versichert!]* In der Textgrundlage folgen an dieser Stelle die lose eingelegten Briefe und das lose eingelegte Blatt. 238,21-28 *Louis ... See]* Diese Aufzeichnungen befinden sich gesondert auf einem Blatt. 238,31 *Soyons amis ...]* Zeile steht gesondert auf einem Blatt.

Zeilenkommentar

221,13 *filmen]* Hier: sich etwas vorstellen. Vgl. zu 148,14.

221,14-16 *»Die Jungfrau von Orleans« ... Landmädchen]* Möglicherweise ist der Auftritt II,8 in Schillers Tragödie *Die Jungfrau von Orleans* (1801) gemeint.

221,26 *Maifestspielen]* Vom 20. bis 29. Mai finden die Münchener Maifestspiele im Ausstellungspark zugunsten notleidender Akademiker statt.

221,28 *Groteskbühne]* Eine der vier Bühnen, auf denen während der Maifestspiele nachmittags »Grotesken und Szenen«, abends »Tänze und Scherze« vorgeführt werden. (*Münchener Neueste Nachrichten*, 28. Mai 1921.)

221,28 *das »Sentimentale Lied«]* Vermutlich das Gedicht *Erinnerung an die Marie A.*, das Brecht zunächst mit dem Titel *Sentimentales Lied No. 1004* versieht. Für spätere Publikationen überarbeitet er es und benennt es um in: *Erinnerung an die Marie A.* (*Bertolt Brechts Hauspostille*, Band 11).

221,34f. *Jörgen ... Milliarde]* Möglicherweise will Elsa Jörgen (vgl. zu 175,12) einen Reklamefilm für ein Kosmetikmittel finanzieren, den Brecht schreiben soll. Das Filmprojekt wird nicht ausgeführt. Entwürfe für Reklamefilme befinden sich in einem Notizbuch von 1921:

> a) *Kakao.* Schiff geht unter, weil Mannschaft immer Kakao säuft. Der Kakaofleck. 2. Schiff. Mann über Bord! Er beginnt, *gern* zu ertrinken. Die Hand! (Rettungsboot), gefressen als Schokoladenstange von schmatzendem Haifisch. b) *Zigarette.* Vesuvwolke über Erdkugel. (Das Komitee, am Schluß Aschenbecher, voll von Zambesi-Zigaretten.) Sturm auf Zambesi-Fabriken (deren Schlote alle Zambesi rauchen). Der Direktor ruft Caramboyelt zu Hilfe, der mit Tank kommt (oben raucht der Tank). Caramboyelt findet keinen Ausweg, raucht Zambesi und hat ihn: Er schüttet Säcke voll Zambesi in die Menge, die rauchend heimgeht. Weltuntergang: Pferde neben Erdrissen rauchen. Rauch bleibt: Zambesi-Rauch. (Nachlaß.)

222,11 *jetzt schreibt sie]* Der Brief ist nicht überliefert.

223,5 *Autodafé]* (Port.) Ketzergericht, öffentliche Ketzerverbrennung.

223,16 *Judas]* Vgl. zu 32,21 und zu 148,20.

223,22 *Pro domo]* (Lat.) in eigener Sache.

223,24 *»Galgei«]* Vgl. erste Anmerkung zu 123,10.

224,2 *Gilbert Keith Chesterstons Detektivgeschichten]* Einer der Kriminalromane Chestertons, die Brecht sehr beeindruckt haben, ist *The Man Who Was Thursday* (dt.: *Der Mann, der Donnerstag war*; 1910); er schenkt das Buch Hedda Kuhn. 1921 notiert er:

> G.K.C. Er hat wirkliche Detektivgeschichten geschrieben, der Nachbar Doyles, der Philosoph, Detektivgeschichten.
>
> Das heißt: eine Schlacht mit Hilfe von Geheimdetektiven gewinnen zu wollen. (Notizbuch 1921, Nachlaß.)

224,5 *Kipling]* Der englische Prosaist und Lyriker Rudyard Kipling beeinflußt den jungen Brecht sehr stark sowohl durch seine Themen und Motive wie durch seine Erzählweise.

224,15 *Squaw]* Vgl. zu 209,6.

224,25 *Psalm]* Erste Niederschrift des Gedichts, ohne Abschnittszählungen (1-10); in einer späteren Fassung sind die Ziffern hinzugefügt (vgl. Band 13).

225,7 *über Marées]* Der Anlaß des Gesprächs sind Arbeiten des Malers Hans von Marées, die Caspar Neher und Brecht vermutlich in der Münchener Staatsgalerie angesehen haben. Insbesondere durch Julius Meier-Graefe ist zu dieser Zeit das Werk dieses Malers auch publizistisch bekannt gemacht worden (Julius Meier-Graefe, *Hans von Marées. Sein Leben und sein Werk*, 3 Bände, München 1909; *Hans von Marées*, München 1912 und 1920).

225,10 *Tableau]* (Franz.) Tafel, Gemälde.

225,27 *Bataille]* (Franz.) Schlacht; Kampf.

225,28 *Louis]* Hier in der Bedeutung: Zuhälter, Ganove.

226,6-20 *»Wenn man ... einen grünen Baum.«]* Vermutlich Entwurf zu den Bargangeschichten. Die Erzählung *Bargan läßt es sein* wird im September 1921 in der Zeitschrift *Der Neue Merkur*, München, veröffentlicht. Vgl. auch *Bargans Jugend* (Band 19).

226,22 *Kartons]* Entwürfe zu Gemälden.

226,30 *Jungfrau von Orleans]* Vgl. zu 221,14-16.

227,2 *Mauthners »Letzten Tod des Gautama Buddha«]* Buch von Fritz Mauthner (1917).

227,4 *»Geschichte des Atheismus«]* Fritz Mauthner, *Der Atheismus und seine Geschichte im Abendland*, insgesamt 4 Bände, erscheinen ab 1920 (bis 1923).

227,5 *Meier-Graefes »Delacroix«]* Vgl. zu 215,2.

228,7-9 *Ich rauche viel ... Brief an Kiepenheuer.]* Der Brief ist nicht überliefert. Später schreibt er aus Augsburg an eine Mitarbeiterin beim Kiepenheuer Verlag in Potsdam: »Ich rauche zuviel und schreibe zu wenig und kann nicht zu streich kommen mit den Bargangeschichten, es ist auch so gottverflucht langweilig, 200 Seiten!« (An Oda Weitbrecht, Ende Juni 1922.)

228,12 *Cas]* Vermutlich hält sich Caspar Neher häufig in der Münchener Alten Pinakothek auf, einer Gemäldesammlung alter Meister, wo ihn Brecht besucht.

229,24 *Fleischbasar der Rubensorgien]* Gemeint sind Peter Paul Rubens' Darstellungen üppiger Frauen.

229,25 *Tizian]* Venezianischer Maler der italienischen Hochrenaissance.

229,28f. *gelbes Haus ... van Gogh meint]* Vincent van Gogh äußert in den Briefen an seinen Bruder (vgl. zu 126,38) mehrfach den Wunsch, viele Maler in ein gelb gestrichenes Haus zum Wohnen und Arbeiten einzuladen, um in einer Künstlergemeinschaft produktiver malen zu können. Vgl. Vincent van Gogh, *Briefe an seinen Bruder*, Band 2, Berlin 1914, S. 449.

230,7 *der Neuen Bühne]* Ein 1919 von der Münchener Arbeiterschaft gegründetes und von Eugen Felber geleitetes Theater in München, das auf genossenschaftlicher Grundlage organisiert ist. Die Arbeiter leisten einen jährlichen Beitrag von 20 Mark und haben damit Aktien am Theater, verbilligten Eintritt und Mitspracherecht bei der alljährlichen Generalversammlung.

230,7f. *Granach in »Von morgens bis mitternachts«]* Stück von Georg Kaiser (1917; Regie: Eugen Felber; gastweise mit Alexander

Granach als Kassendefraudant). Brecht beabsichtigt, für ihn ein Stück zu schreiben (vgl. zu 218,10).

230,14 *Kaiser]* Vgl. Brechts 1920 geschriebene Rezension *Georg Kaisers »Gas« im Stadttheater* und den Artikel *Offener Brief an Georg Kaiser* (beide Band 21).

230,29-31 *Heilsarmeeszene ... auf das Geld stürzen]* Gemeint ist die Szene »Lokal der Heilsarmee« im zweiten Teil von Georg Kaisers Stück. Der Kassierer entschließt sich zu beichten und wirft das gestohlene Geld in den Raum; es entsteht ein heißer Kampf um das Geld.

231,2 *Nürnberg]* Paula Banholzer tritt in Nürnberg eine Stellung als Erzieherin an.

231,5f. *Tante Marie]* Marie Brecht wandert 1892 nach Amerika aus, heiratet dort Wilhelm Zais und lebt in Brooklyn bis zu ihrem Tod 1939.

231,8f. *Füssen ... Kimratshofen]* Brecht schlägt vor, die Reiseroute von Augsburg nach Füssen über Kimratshofen (bei Kempten) zu nehmen, um seinen Vater für einen Besuch des Enkels Frank (vgl. zu 136,11f.) zu gewinnen.

231,21 *Possenhofen]* Vgl. die zweite Anmerkung zu 127,18. Vermutlich entsteht bei diesem Aufenthalt u.a. die Notiz (möglicherweise zu den Mariannegeschichten gehörig; vgl. zu 217,8-30):

> Die Holzhütte am Strand. Man hört sie nachts, besoffen, singen, die Opernsängerin und ihn, zur Gitarre. Sie hätte alles können, sie hat es verschwendet, es gibt keine Grenze für sie. Sie hat die Musik nicht mehr, er macht sie ihr, den elenden Ersatz auf der Gitarre. Er schweigt tagelang, dann singt sie, er merkt es ja nicht. (Notizbuch 1921, Nachlaß.)

Außerdem:

> Die Hamsunfigur in Possenhofen, der Diener mit der Pfeife, der Reisemütze, der in roter Schwimmhose mit Hemd badet, allein ißt, zum See radelt, vom Hotel bis zum See, fünf Minuten zum Gehen, und zurück geht es aufwärts! Das Hemd läßt er an, weil er tätowiert ist, nicht der Mücken wegen etwa! Aber warum die Kotelettes? Alle Diener haben solche Kotelettes! War er also *kein* Diener? Vielleicht läßt das darauf schließen, daß er *kein* Diener war? Oder war er so eitel und hatte nun eben den Dienergeschmack? (Das Fahrrad, ich bitte Sie!) Eher war es so: daß er eines Tages wieder zurück mußte, Diener sein mußte, und da darf der Bart nicht fehlen! (Übrigens war der Wald zu groß für ihn: er ging nie hinein.) (Notizbuch 1921, Nachlaß.)

232,5 *»Sommersinfonie«]* Vgl. zu 126,21.

232,6 *Sie ist wie das Meer]* Dieses Bild verarbeitet Brecht auch in der zur gleichen Zeit entstehenden Geschichte *Die dumme Frau* (Band 19).

232,8 *»Carmen« ... »Rosenkavalier«]* Ein Auftritt Marianne Zoffs in Georges Bizets Oper *Carmen* (1875) ist für Wiesbaden nicht nachzuweisen; in der Oper *Der Rosenkavalier* (1911) von Richard Strauss hat sie die Rolle der zweiten Adligen gesungen (Premiere: 9. Oktober 1921).

232,8f. *durchsichtig wie Bernstein]* Vgl. das Gedicht *Spröder wie Bernstein* aus dem gleichen Jahr (Band 13).

232,36 *»Drei im Turm«]* Vgl. das Filmdrehbuch, Band 19 (vgl. auch zu 217,8-30).

233,1f. *Detektivgeschichten ...]* Vgl. zu 224,2.

233,2 *»Javameier«]* Vgl. die Geschichte *Der Javameier* (Band 19).

233,5 *Franks drittem Geburtstag]* Frank Banholzer ist am 30. Juli 1919 geboren (vgl. zu 136,11f. und zu 160,27).

233,5 *Utting]* Paula Banholzer verbringt gemeinsam mit der Familie Lessing, bei der sie als Erzieherin arbeitet, die Ferien in Utting am Ammersee.

234,16 *Wiesbaden]* Vgl. zu 199,30.

234,25 *Sinclairs Buch »Metropolis«]* Upton Sinclairs Roman *The Metropolis*, 1908 (dt.: *Die Metropole*, Berlin 1921). Über den gleichen Autor (zu *Der Sumpf*) schreibt er auch in der Theaterrezension *Don Carlos* (Band 21).

234,28 *Tapla]* Brechtsche Abkürzung für Tahiti-Plateau (vgl. zu 192,9). Brecht notiert:

Das Ta Pla (Tahitiplateau), auf das man alle Menschen stellen muß. Das Ernste an ihnen, das nicht lokale. (Notizbuch 1921, Nachlaß.)

234,30 *Sport]* Eine Notizbucheintragung von 1920 besagt: »Arbeit als Sport. / Ideen blamiert man bloß, wenn man sie verwirklicht.« (Nachlaß.)

235,2 *»Ballade vom Liebestod«]* Brecht parodiert in diesem Gedicht den Tristan-Isolde-Stoff, der nach Gottfried von Straßburg, *Tristan* (um 1200), von Richard Wagner zur Oper *Tristan und Isolde* (1865) gestaltet wird. Er nimmt *Die Ballade vom Liebestod* später in die Sammlung *Bertolt Brechts Hauspostille* auf (Band 11).

236,7 *Hei]* Gemeint ist hier vermutlich Otto Bezold, den Brecht auch Heider Hei nennt (vgl. zu 169,24); möglicherweise auch Otto Müllereisert (vgl. zu 122,39 und zu 125,5f.).

236,7f. *»Seemannslos«]* Das in dieser Zeit bekannte Lied *Des Seemanns Los* (1897) von Adolf Martell (Text) und Henri Wilhelm Petri (Musik); vgl. das Gedicht *Tahiti* (Band 13). Brecht benutzt die Anfangszeile u.a. auch im zweiten Akt von *Trommeln in der Nacht* (Band 2).

236,8 *»Roten Sarafan«]* Das russische Volkslied *Näh nicht, liebes Mütterlein, am roten Sarafan* (Text von N. Zyganow; Musik von A. Warlamow). Sarafan: ärmelloses Gewand der russischen Bäuerin.

236,9 *Apollonius von Tyrus]* Held eines lateinischen Romans aus dem 3. Jahrhundert. Die in Deutschland bekannteste Übersetzung hat Heinrich Steinhöwel unter dem Titel *Apollonius von Thyrus* (Berlin 1878) herausgebracht.

236,10 *»Gebet der Jungfrau«]* Salonmusik für Klavier (1892) von Thekla Badarczewska.

236,10 *»Radetzky«]* Der *Radetzky-Marsch* (1848) von Johann Strauß (Vater), genannt nach dem österreichischen Feldmarschall Joseph Wenzel Graf von Radetzky.

236,11 *Fauteuil]* (Franz.) Armsessel.

236,15 *Kipling]* Vgl. zu 224,5.

236,17 *Stadt als Dschungel]* Von Brecht ausgeführt in seinem Stück *Im Dickicht*, später *Im Dickicht der Städte* (Band 1).

236,20 *babylonische Sprachverwirrung]* Vgl. 1 Mose 11,1. Nach der biblischen Legende haben die Babylonier den Versuch unternommen, einen Turm bis in den Himmel zu bauen (Turmbau zu Babel), Gott bestraft das mit der Verwirrung ihrer Sprache.

237,3f. *Charles-Louis Philippe ... »Bübü«]* Romane des französischen Schriftstellers Charles-Louis Philippe: *Marie Donadieu* (1904; dt.: *Marie Gottgebe*, in: *Gesammelte Werke in 6 Bänden*, Berlin 1913, Band 4) und *Bubu de Montparnasse* (1902; dt.: *Bübü*, in: *Gesammelte Werke*, Band 1).

237,4f. *lese ich Karl Kraus]* Titel konnten nicht ermittelt werden. Von dem österreichischen Schriftsteller und Journalisten Karl Kraus erscheinen (neben seiner Wiener Zeitschrift *Die Fackel*) eine Reihe von Einzelpublikationen (*Pro domo et mundo*, 1912; *Die letzte Nacht*, Epilog zu der Tragödie *Die letzten Tage der Menschheit*, 1918; *Die chinesische Mauer*, Essays, 1917; *Weltgericht*, Band 1-2, 1919; *Untergang der Welt durch die schwarze Magie*, 1921).

237,9f. *»Freiheit« heißt oder »Die Feindseligen«]* Erste Titelentwürfe für das Stück *Im Dickicht* (Band 1).

237,30f. *»Grünliche Tapetenmansarde«]* Im Notizbuch (1921) gibt Brecht der ersten Niederschrift der Szene aus dem Stück *Im Dickicht* den Titel *Grünliche Kammer*, später erhält sie den Titel *Mankyboddles Mansarde*.

237,31-33 *Ich arbeite ... im Gehen in der Allee]* Gemeint ist die Kastanienallee (vgl. zu 167,21f.). Die Arbeitsmethode beschreibt Brecht auch in dem Text *Bei Durchsicht meiner ersten Stücke* (1953):

> Ich schrieb das Stück größtenteils im Freien, im Gehen. [...] Das Papier, auf das ich schrieb, war dünnes Schreibmaschinenpapier, viermal gefaltet, daß es in mein ledernes Notatbuch paßte. (Band 23.)

238,4f. *Ausgewiegtheit]* Mundartlich für: Ausgewogenheit.

238,17f. *die zwei Prozesse]* In der Verhandlung vom 20. September 1921 werden Brecht auf Grund der Klage von Vera Maria Eberle (vgl. die zweite Anmerkung zu 199,16 und zu 203,24) eine Geldstrafe von 100 Mark oder zehn Tage Haft und wegen der Klage des Anwalts 150 Mark oder 15 Tage Haft auferlegt. Zur Urteilsbegründung heißt es:

> Das Gericht sieht zugunsten des Angeklagten von einer absichtlich verleumderischen Beleidigung ab, da sonst über Brecht eine Frei-

heitsstrafe verhängt worden wäre. (*Neue Bayerische Gerichtszeitung*, München, 24. September 1921, S. 1.)
Vgl. auch den Brief an Marianne Zoff, 19. September 1921.

238,21-28 *Louis ... See]* Diese Aufzeichnungen – vermutlich Vorhaben und Projekte für die nächste Zeit – befinden sich gesondert auf einer Seite.

238,21 *Louis Philippe]* Vgl. zu 237,3f.

238,22 *Soyka]* Otto Soyka, Verfasser von Novellen und Romanen, häufig mit detektivischen Motiven, z. B. des Detektivromans *Die Söhne der Macht*, 1917.

238,23 *Armstrongfilm]* Vermutlich der Film *By the Sea* (1915, dt.: *Wer niemals einen Rausch gehabt*) mit Billy Armstrong, in dem auch Charles Chaplin mitwirkt.

238,24 *Tizian]* Vgl. 229,25.

238,25 *Turmfilm]* Vgl. zu 217,8-30.

238,26 *»Ballade vom Liebestod«]* Vgl. zu 235,2.

238,27 *George Garga oder »Das Dickicht«]* Vgl. zu 237,9f.

238,28 *Marianne am See]* Vgl. zu 217,8-30.

238,31 *Soyons amis, Cinna!]* (Franz.) Wir wollen Freunde sein, Cinna! (Pierre Corneille, *Cinna*, 1641; V,3); Augustus schenkt mit diesen Worten dem überführten Verschwörer das Leben. (Der Eintrag steht gesondert auf der letzten Seite des Tagebuchs.)

TAGEBUCH 1921/22
SEPTEMBER BIS FEBRUAR

Textgrundlage

Geheftetes Manuskript mit kartoniertem, unbeschriftetem Umschlag aus dem Nachlaß.

Entstehung

Brecht schreibt das Tagebuch in der Zeit vom 27. September 1921 bis 16. Februar 1922 (ab 8. November befindet er sich in Berlin). Für den Zeitraum davor (20. September bis 26. September) sind keine Tagebuchaufzeichnungen überliefert.

Zur Textgestaltung in der vorliegenden Ausgabe:
243,2 *Spiel sein kann]* In der Textgrundlage: »Spiel sein kann sein«. 246,2 *Lederschläuchen]* Unsichere Entzifferung; möglicherweise auch: »Lederschühchen«. 250,10 *daß sie sich]* »daß sich«. 250,33f. *es ist ein gelbes Papier]* »es ein gelbes Papier«. 259,6 *gut]* Folgt »die« und ein nicht lesbares, durchgestrichenes Wort. 261,9 *Bau W.]* Unsichere Entzifferung. 263,24f. *Feilchenfeldt]* Möglicherweise ist hinter diesem Namen »hat« zu ergänzen. 269,9 *Kiepenheuer]* Unsichere Entzifferung.

Zeilenkommentar

241,5–33 *Ich lese im Feuerbach … zu erregen.]* Gemeint ist der Strafrechtler Paul Johann Anselm von Feuerbach, der die Sammlungen *Merkwürdige Kriminalrechtsfälle* (1808-1811) und *Aktenmäßige Darstellung merkwürdiger Verbrecher* (1828/29) herausgegeben hat; Brecht benutzt vermutlich die Ausgabe: *Merkwürdige Verbrechen in aktenmäßiger Darstellung von Anselm Ritter von Feuerbach*, München/Leipzig 1913. Der Titel der von Brecht geschilderten Begebenheit lautet: *Franz Riembauer – Tartuffe als Mörder*. Feuerbach beschreibt den Priester Franz Salesius Riembauer, der schon als junger Mensch wegen Diebereien bekannt ist. Riembauer hat mehrere Geliebte, von denen er eine, Anna Eichstädter, umbringt.

241,30 *Ave-Maria-Läuten]* Abendläuten der katholischen Kirche.

241,30 *»eine schaurige Trauertrommel«]* Zitat aus: *Merkwürdige Verbrechen in aktenmäßiger Darstellung von Anselm Ritter von Feuerbach*, Band 2, S. 34.

242,14 *Qui mange du pape en meurt.]* (Franz.) Wer ißt, was vom Papst kommt, stirbt daran. Sprichwort in Anspielung auf Papst Alexander VI. Borgia, der unbequeme Personen bei Gastmählern vergiften ließ.

242,16 *Galgei]* Vgl. erste Anmerkung zu 123,10.

242,35 *Kastanienallee]* Vgl. zu 167,21f.

242,37 *Maibaum]* In Bayern ein blau-weiß bemalter Mast mit Querstäben, an dem Zunftsymbole angebracht sind und der im Mai geschmückt wird.

242,39-243,2 *Garga ... Malaie]* Gemeint ist die Hauptfigur und ihr Gegenspieler, der Holzhändler Shlink, aus dem Stück *Im Dickicht* (Band 1).

243,5 *strikes]* Strike: (engl.) Streik; hier im Sinne von Widerstände.

243,6-9 *(»Ich zerstampfe ... auf.«)]* Dieser Text ist nicht in die Endfassung von *Im Dickicht* eingegangen.

243,12 *Walter]* Der Bruder Brechts. Vgl. zu 47,38f. und zu 200,39.

243,12 *Kraal]* Vgl. die erste Anmerkung zu 176,34.

243,26 *moyens]* Moyen: (franz.) Mittel.

243,27 *einen Kampf darstellen]* Brecht beschreibt aus kritischer Rückschau 1953 die Art des Kampfes in seinem Stück *Im Dickicht der Städte* folgendermaßen:

> Am Ende entpuppte sich der Kampf den Kämpfern als pures Schattenboxen; sie konnten auch als Feinde nicht zusammenkommen. Dämmerhaft zeichnete sich eine Erkenntnis ab: daß die Kampfeslust im Spätkapitalismus nur noch eine wilde Verzerrung der Lust am Wettkampf ist. (*Bei Durchsicht meiner ersten Stücke*, Band 23.)

243,37 *Gent]* Vermutlich Kurzform für: (engl.) Gentleman. Möglicherweise auch Bezug auf gent: (franz.) Stutzer.

243,39 *profaniert]* Von profanieren: entweihen.

245,5 *zweite Szene]* Vermutlich zu *Im Dickicht*.

245,10f. *»Die geldjagende Menschheit«]* Das Stückvorhaben ist nicht ausgeführt.

245,12 *Kaffern]* Südafrikanischer Volksstamm; hier umgangssprachlich für: dummer, unzivilisierter Kerl.

245,12 *Karyatiden]* Vgl. zu 150,31.

245,16 *Der Mensch ist die Krone der Schöpfung]* Sprichwörtlich nach der biblischen Schöpfungsgeschichte (1 Mose 26-28).

245,18 *Tableau]* Vgl. zu 225,10.

245,34f. *Wir schauen dem Gaul nicht ins Maul.]* Nach dem lateinischen Sprichwort: Noli equi dentes suspirere donati (dt.: Einem geschenkten Gaul schaut man nicht ins Maul). Am Gebiß der Pferde ist das Alter festzustellen.

246,5 *Pianistin]* Konnte nicht ermittelt werden.

246,6 *odium vitae]* (Lat.) Lebensüberdruß, Lebenshaß.

246,8 *Hei]* Gemeint ist vermutlich Otto Müllereisert (Heilgei; vgl. zu 122,39 und zu 125,5f.).

246,9 *Schwester]* Konnte nicht ermittelt werden.

246,20 *ohne Zähne]* Brecht befindet sich zu der Zeit in einer mehrwöchigen Zahnbehandlung. Vgl. 236,5f.

246,22 *die Jüdin von Berlin]* Gemeint ist Hedda Kuhn, vgl. zu 146,27f. Die erwähnten Briefe sind nicht überliefert.

246,23 *Jüngling]* Hedda Kuhns Freund, der Arzt Ernst Wollheim (vgl. auch zu 259,27).

246,27 *m.b.H.]* Mit beschränkter Haftung. Vgl. auch: »Ich liebe Berlin, aber m.b.H.« (Postkarte an Jakob Geis, 29. Februar 1920.)

246,31 *Peccavi.]* (Lat.) Ich habe gesündigt. Nach der Beichtformel »Pater, peccavi« (Vater, ich habe gesündigt).

246,37f. *der heilige Antonius]* Der katholischen Legende nach wird der Heilige und Einsiedler Antonius vom Teufel (in Frauengestalt) in Versuchung geführt. Vgl. auch eine Eintragung in einem Notizbuch von 1921: »Verführung des heiligen Antonius: Carmen« (Nachlaß).

247,4 *die Algolagnie]* Schmerzwollust. Durch den Münchener Psychiater Albert Freiherr von Schrenck-Notzing als »Masochismus« in Deutschland bekannt geworden. Vgl. auch die Notiz: »Algolagnie – die Schmerzenslust« (1921, Nachlaß).

247,6f. *Pro domo]* Vgl. zu 223,22.

247,14-248,2 *Gewiß ... nicht interessierte.«]* Bei diesen Abschnitten handelt es sich um Texte zu *Im Dickicht*, die zum Teil und in abgeänderter Form in die Szene »Im Rupfen« der Fassung 1923 eingegangen sind (vgl. Band 1).

247,29 *Pandekten]* Bezeichnung für einen Teil der zwischen 528 und 542 zusammengestellten Rechtsbücher des oströmischen Kaisers Justinian.

247,37 *Fallieren]* Vgl. zu 208,4.

247,38 *Kismet]* In der islamischen Religion das dem Menschen unabwendbar zugeteilte Schicksal, das der Gläubige ergeben zu tragen hat.

248,4f. *Cassirer ... Kiepenheuer]* Vgl. zu 200,24f. Erst nachdem sich Hermann Kasack als Lektor des Kiepenheuer Verlages für einen Druck einsetzt, kommt das Stück 1922 in diesem Verlag heraus.

248,10 *Rimbaud-Band]* Vermutlich die Rimbaud-Sondernummer 11/12 (mit *Une saison en enfer*, 1873, dt.: *Ein Sommer in der Hölle*, und *Les Illuminations*, 1887, dt.: *Erleuchtungen*) der Zeitschrift *Münchner Blätter für Dichtung und Graphik*, Dezember 1919, oder die deutsche Übersetzung der Werke Rimbauds von K.L. Ammer (Arthur Rimbaud, *Leben und Dichtung*, übertragen von K.L. Ammer, Leipzig 1907). Wegen einiger Anleihen aus *Une saison en enfer* wird Brecht 1924 von Herwarth Walden des Plagiats beschuldigt. Vgl. *Eine Feststellung* (Band 21).

248,16 *»Danton« Büchners im Stadttheater.]* Das Drama in 14 Bildern *Dantons Tod* (1835) von Georg Büchner (Premiere: 3. Oktober

1921 im Augsburger Stadttheater; Regie: Georg Wittmann, mit Friedrich Geffers in der Titelrolle).

248,22-26 *»Der in Pergament ... Eiland.«]* Zitat aus *Ein Sommer in der Hölle* von Arthur Rimbaud (vgl. zu 248,10); vgl. auch *Wir sind in Pergament verdorben* (Band 13). Brecht notiert Teile des Gesprächs, das Garga mit Moti und dem Wurm in *Im Dickicht* führt.

249,6 *Garga]* Vgl. zu 242,39-243,2.

249,15f. *Expressionismus]* Nach einem 1920 geschriebenen Text ist für Brecht der Expressionismus »Vergröberung«, »Heraus- oder Übertreibung des Geistes, des Ideellen« (*Über den Expressionismus*, Band 21).

249,24 *Ära Hauptmann]* Gerhart Hauptmann wird hier als wichtigster Repräsentant des Naturalismus angesehen.

249,30 *Jean Paul]* Der Romanschriftsteller Jean Paul (eigentlich: Jean Paul Friedrich Richter) wird von Brecht hier insbesondere wegen seiner philisterhaft pädagogischen Grundhaltung kritisiert.

249,38 *Allee]* Vgl. zu 167,21f.

250,1f. *ein Oktoberfest]* Herbstplärrer in Augsburg (vgl. zu 108,14).

250,17f. *He schreibt aus Berlin]* Vgl. zu 184,14. Der Brief ist nicht überliefert.

250,21 *arguments]* (Engl.) Argumente.

250,21f. *Zahn um Zahn, Horn um Horn]* Anspielung auf 2 Mose 21,29: »Auge um Auge, Zahn um Zahn.«

251,13f. *Unterleib in seinem dunklen Drange ...]* Parodistische Anspielung auf Fausts Ausspruch:

Ein guter Mensch in seinem dunklen Drange
Ist sich des rechten Weges wohl bewußt.
(Goethe, *Faust. Erster Teil*, Vers 328f.)

251,21 *ein Mädchen]* Vermutlich Ernestine Fuß, geb. Müller, die Cousine seines Freundes und ehemaligen Mitschülers Rudolf Hartmann (vgl. zu 9,18), die während der Schulzeit zum Freundeskreis um Brecht gehört hat und in Augsburg als Fotografin tätig ist.

252,2 *Mond hing kahl ...]* Brecht überarbeitet das Gedicht später und gibt ihm den Titel *März* (Band 13).

252,3 *Glühstrumpffabrik]* Glühstrumpf: Beleuchtungskörper in der Gaslampe.

252,8 *absinthenen]* Absinth ist ein grüner, sehr starker Schnaps aus Wermut, Anis und Kräutern.

252,22f. *Volldergnaden]* Nach dem *Ave Maria* (Lukas 1,28) als Formel für eine Eigenschaft der Mutter Gottes in viele Gebete des katholischen Ritus eingegangen.

253,5f. *Strindbergs Romanschmöker]* Gemeint sind August Strindbergs Romane *Röda rummet* (1878; dt.: *Das rote Zimmer*, 1889) und *Götiska rummet* (1904; dt.: *Die gotischen Zimmer. Familienschicksale vom Jahrhundertende*, 1904).

253,28 *nach Nürnberg]* Brecht, auf dem Wege zu Marianne Zoff nach Wiesbaden, besucht in Nürnberg Paula Banholzer (vgl. zu 231,2).

253,28 *Sonntag]* 16. Oktober.

253,29f. *einen Kaffee zurückweise]* Nach Aussage von Paula Banholzer weist Brecht den Kaffee zurück, weil an der Tasse Lippenstiftreste zu sehen sind; wegen seiner lautstarken Proteste seien beide aus dem Café verwiesen worden.

253,36 *Revolver ... vor Höchst Blut]* Brecht führt, seit sich sein Rivale Oskar Camillus Recht mit einem Stockdegen (vgl. 182,28f.) bewaffnet hat, ebenfalls eine Waffe bei sich. Er fürchtet bei den Kontrollen an der Grenze zur französisch besetzten Zone eine Visitation.

254,2 *Kokottenstadt]* Wiesbaden.

254,12-254,16 *die »Butterfly« ... die Dame]* Die Oper *Madame Butterfly* von Giacomo Puccini (1904) wird am Nassauischen Landestheater Wiesbaden am 25. Oktober 1921 aufgeführt. Marianne Zoff spielt die Rolle der Kate Linkerton.

254,14 *Kaffer]* Vgl. die erste Anmerkung zu 245,12.

254,18 *Negerbühne]* Vgl. zu 171,36.

254,19 *»Johanna«]* Vgl. das Stückfragment *Die Päpstin Johanna* (Band 10) und den vermutlich dazugehörenden *Vorspruch einer letzten Szene, in der ein guter Mensch straflos ausgeht* (Band 13).

255,9 *ums Jahr 860]* Der Legende nach soll eine gelehrte Frau, Johanna, die sich als Mann ausgab, um 855 in Rom zum Papst gewählt worden und später während einer Prozession niedergekommen und gestorben sein. Bis ins 16. Jahrhundert wurde ihre Historizität nicht bestritten.

255,30 *»Germania«]* Der Bericht des römischen Geschichtsschreibers Tacitus über die Stämme der Germanen gehört u.a. zur Schullektüre Brechts im Lateinunterricht der 8. Klasse (Cornelius Tacitus, *Germania*, in: *Schwann'sche Sammlung geschichtlicher Quellenschriften für den Unterricht*, Heft 7, Düsseldorf 1911).

255,32 *Journalist namens* *]* Der ausgesparte Name konnte nicht ermittelt werden.

256,9f. *Heute noch ... sein!]* Anspielung auf den Ausspruch Jesu am Kreuz (vgl. Lukas 23,43).

256,27 *»Rheingold«]* Am 27. Oktober 1921 wird die Oper *Rheingold* (1852) von Richard Wagner am Nassauischen Landestheater Wiesbaden aufgeführt, mit Marianne Zoff als Wellgunde.

256,37 *»Alkohol und Liebe«]* Der Film *Alkohol und Liebe* (engl.: *The Face on the Barroom Floor*, 1914, dt.: Das Gesicht auf dem Boden der Bar) wird bei der von Mac Sennet geleiteten amerikanischen Keystone Company produziert. Charles Chaplins Filme kommen 1921 nach Deutschland. Vgl. das Gedicht *Ein Film des Komikers Charles Chaplin* (Band 15).

257,11 *Queues]* (Franz.) Billardstöcke.

257,20 *ivre ... mort]* (Franz.) betrunken, tot; »ivre-mort« auch: sturzbesoffen.

257,35 *kalten Chicago]* Metapher für: Großstadt (vermutlich hier auf Berlin bezogen; vgl. 269,7); später Titel eines Stückes, von dem nur wenige Entwürfe überliefert sind, vgl. z.B.:

Das Stück vom kalten Chicago

Der Unbestechliche (»es muß doch einmal Ruhe in die Dinge hineinkommen«), er wird abgewürgt. (Nachlaß.)

Vermutlich gehen die Pläne ein in das Stück *Im Dickicht* (Band 1).

259,5 *Schaufensterstadt ab nach Berlin]* Reise von Wiesbaden nach Berlin, wo Brecht sich vom 8. November 1921 bis 26. April 1922 aufhält, um Verträge mit Verlagen und Theatern abzuschließen.

259,11-20 *Brief der Bi ... Brief Ottos]* Die Briefe von Paula Banholzer und Otto Müllereisert sind nicht überliefert.

259,17f. *Warschauer]* Frank Warschauer (vgl. zu 165,29) vermittelt Brecht beim zweiten Berliner Aufenthalt zahlreiche wichtige Kontakte.

259,26f. *Bildhauer Isenstein]* Kurt Harald Isenstein, Porträtbildhauer und Graphiker an der Berliner Akademie.

259,27 *starker Mann]* Ernst Wollheim, vgl. zu 246,23.

260,3f. *»Ich habe Mast ... XY und Gert Ilo«]* Die Personen konnten nicht ermittelt werden.

260,9-11 *Tschechow ... ihrem Mann]* Olga Tschechowa, eine Schauspielerin russischer Herkunft, kommt 1921 nach Deutschland. Gemeint ist hier vermutlich nicht der Ehemann von Olga Tschechowa, da sie sich kurz vor ihrer Emigration 1921 aus Rußland von ihm getrennt hat, sondern der Filmdramaturg Karl Heinz Jarosy. Er ist ihr wichtigster Geschäftspartner bei der Gründung einer eigenen Filmgesellschaft in Berlin; u.a. produziert er mit ihr den Film *Der Hochstapler* (1921). Brecht erhofft sich die Verfilmung eines seiner Filmmanuskripte durch Karl Heinz Jarosy bei der Olga Tschechowa GmbH.

260,13 *Hermann Kasack in Potsdam]* Kasack ist ab Oktober 1920 als Lektor im Kiepenheuer Verlag in Potsdam tätig und entwickelt ein Programm progressiver Literatur. Über den Besuch Brechts, der ihm *Baal* und ein »Balladenbuch« (erste Zusammenstellung der *Hauspostille*, vgl. Band 11) bringt, schreibt er in seinen Erinnerungen *Rückblick auf mein Leben* (1966).

260,14 *quendam]* (Lat.) einen gewissen. Gemeint ist Georg Christoph Kulka, Graphiker und Hersteller beim Kiepenheuer Verlag.

260,16 *Loerke]* Der Lyriker, Erzähler und Essayist Oskar Loerke ist Lektor im S. Fischer Verlag.

260,19 *Nüanzeriche]* Wortschöpfung Brechts; Ableitung von Nuance: (franz.) Kleinigkeit (vgl. das Gedicht von 1919 *Kerr, der Nüancerich,* Band 13).

260,19 *Sezession]* Gemeint ist die 1898 gegründete Berliner Künstler-Vereinigung, die (ursprünglich gegen die akademische Kunst des Kaiserreichs gerichtete eigene) Ausstellungen veranstaltet.

260,23 *Blockade]* Vermutlich ist die Isolation Deutschlands nach dem Krieg gemeint.

260,26 *Sensorien]* Teile der Großhirnrinde, in denen Sinnesreize bewußt werden; auch für: Sinnesorgane.

260,32 *(Hauptmann, Ibsen)]* Vgl. zu 249,24.

261,4 *Bassermann als Kean.]* Das Drama *Kean oder Genie und Leidenschaft* (franz.: *Kean ou désordre et génie*, 1836) von Alexandre Dumas (Vater) wird am 11. November 1921 im Deutschen Theater aufgeführt (Bearbeitung: Kasimir Edschmid; Regie: Gustav Hartung, mit Albert Bassermann in der Titelrolle).

261,4 *Klöpfer als Götz.]* Die Aufführung von Goethes *Götz von Berlichingen* (1773) findet am 8. November 1921 im Staatlichen Schauspielhaus Berlin mit Eugen Klöpfer in der Titelrolle statt (Regie: Karl Heinz Martin).

261,4f. *Dorsch in einem Vaudeville.]* Vaudeville: (franz.) volkstümliches Singspiel. Vermutlich sieht Brecht am 17. November 1921 im Kleinen Schauspielhaus André Picards Stück *Kiki* mit Käthe Dorsch, die zu dieser Zeit von der Operette zur Sprechbühne übergewechselt ist.

261,5 *(Quelle – als Sträfling)]* Die Filme *The Cure* (dt.: *Chaplin an der Quelle*, 1917) und *The Adventurer* (dt: *Charles im Sträflingskittel*, 1918).

261,6 *Pläne fürs Große Schauspielhaus]* Vgl. zu 262,31. Angeregt durch die räumlichen und akustischen Bedingungen des Staatlichen Schauspielhauses am Gendarmenmarkt (ein Theaterbau Karl Friedrich Schinkels, 1818-1821) beginnt Brecht außerdem das Fragment gebliebene Stück *Hannibal* (Band 10), dessen erster Akt im *Berliner Börsen-Courier*, 13. November 1922, abgedruckt wird (dort auch im redaktionellen Vorspann eine Bemerkung über den Anlaß).

261,7 *Man raucht, man befleckt sich]* Gemeint ist das Gedicht *Über die Anstrengung* (aus der Sammlung *Bertolt Brechts Hauspostille*; Band 11), im Erstdruck 1923 mit einer Widmung für die Schauspielerin Gerda Müller.

261,9 *Bau W.]* Vermutlich ist Konrad Wachsmann gemeint, ein am Theater interessierter Architekt, als regelmäßiger Besucher des Romanischen Cafés und anderer Künstlertreffpunkte mit vielen Regisseuren und Schauspielern bekannt.

261,9 *Heinrich Eduard Jacob]* Vgl. zu 198,1.

261,9 *Schmock]* Gesinnungsloser Zeitungsschreiber (nach einer Gestalt in Gustav Freytags Stück *Die Journalisten*, 1852).

261,10 *Précieuser]* Précieuse: (franz.) geistreiche Frau (in Paris zur Zeit Molières).

261,11 *Die Märker]* Vermutlich die Frau des Redakteurs der Zeitschrift *Der Neue Merkur*, München, Friedrich Maerker.

261,15 *einige M und ein H]* Bestimmte Linien auf der Innenfläche der Hand.

261,33 *Reimann]* Gemeint ist der Kabarettist, Roman- und Filmautor Hans Reimann. 1922 erscheinen u.a. seine Satiren *Sächsische Miniaturen* und eine seiner Parodien auf die Kitschliteratur *Hedwig Courths-Mahler. Schlichte Geschichten fürs traute Heim.*

261,33f. *Jarosy – Tschechow]* Vgl. zu 260,9-11.

261,34f. *Scala, wo Matray und Sterna tanzen]* Ernst Matray und Katta Sterna, ein erfolgreiches Tänzerpaar der zwanziger Jahre, treten in der Scala auf, dem größten Berliner Varieté. Vgl. auch den Brief an Paula Banholzer, Anfang Dezember 1921.

261,35 *Maenz]* Änne Maenz, Wirtin der Berliner Künstlerkneipe Maenz Bierhaus (Augsburger Straße 36 / Ecke Joachimsthaler Straße), die sich in der Zeit nach dem ersten Weltkrieg um junge mittellose Künstler kümmert.

261,36f. *Jessner: »Othello« (Kortner, Hofer, Steinrück)]* Leopold Jessner, Schauspieler und Regisseur, leitet von 1919 bis 1930 das Staatliche Schauspielhaus am Gendarmenmarkt in Berlin. Seine Inszenierung von William Shakespeares *Othello* hat dort am 11. November 1921 Premiere, mit Fritz Kortner (Othello), Johanna Hofer (Desdemona) und Albert Steinrück (Jago).

261,38 *Klabund]* Klabund (vgl. zu 131,2) setzt seine Beziehungen zu dem Verleger Erich Reiß (der 1921 seinen Roman *Moreau* veröffentlicht hat) auch für Brecht ein: »[...] traf Klabund im Café, der den Vertrag mit Reiß schiebt« (Brief an Paula Banholzer, Anfang Dezember 1921).

261,38 *Erich Reiß]* Am 23. Dezember 1921 kommt ein Vertrag mit dem Verlag Erich Reiß zustande, dem zufolge Brecht ihm die Rechte für sein Stück *Baal* sowie die Option auf sämtliche Stücke überläßt, die er vom 1. Januar 1922 bis zum 31. Dezember 1924 schreiben wird (vgl. zu 267,21).

262,5 *Eiskeller]* Gemeint ist Brechts ungeheiztes Zimmer in einer Berliner Parterrewohnung, Zietenstraße 6.

262,6 *Frau Tschechow]* Vgl. zu 260,9-11.

262,7 *Frau Durieux]* Tilla Durieux, Schauspielerin, mit dem Kunsthändler und Verleger Paul Cassirer verheiratet (vgl. Brief an Caspar Neher, Dezember 1921).

262,7 *»Johanna«]* Vgl. zu 254,19.

262,8 *Wendeverlag]* Über den 1917 von Paul Baumann gegründeten Schwabinger Verlag *Die Wende* versucht Brecht eine Aufführung seiner Stücke zu erreichen. Vgl. dazu die Zeitungsnotiz:

> Zur Förderung zeitgenössischer dramatischer Kunst hat sich unter Führung des Verlages *Die Wende* (München) das *Uraufführungstheater* gebildet, das sich zum Ziele setzt, dramatische Dichtungen von hervorragenden Werten möglichst solcher Autoren, die bislang noch nicht auf die Bühne gelangt sind, auf öffentlichen Bühnen aufzuführen. (*Augsburger Neueste Nachrichten*, 20. August 1920.)

Eine Aufführung des Stückes *Baal* kommt nicht zustande.

262,12f. *im Romanischen Café]* Das Romanische Café, gegenüber der Berliner Gedächtniskirche gelegen, ist bevorzugter Treffpunkt von Schriftstellern und Künstlern.

262,13 *Hebräer]* Konnte nicht ermittelt werden.

262,17 *Blüthner-Saal]* Berliner Konzertsaal in der Lützowstraße.

262,17 *Matray und Sterna]* Vgl. zu 261,34f.

262,18 *Jaap Kool]* Der niederländische Komponist Jaap Kool schreibt Ballette für das Tänzerehepaar Matray und Sterna und Musik für Stücke.

262,23 *Maenz]* Vgl. zu 261,35.

262,23f. *Granach]* Alexander Granach, Schauspieler (vgl. zu 218,10), mit dem sich Brecht befreundet. Vgl. auch den Brief an das Lessing-Theater Berlin, 22. September 1922.

262,24 *Goldberg von der »Tribüne«]* Heinz Goldberg ist Regisseur an der Tribüne, einem kleinen Theater in Berlin-Charlottenburg.

262,30 *»Johanna«]* Vgl. zu 254,19.

262,31 *»Asphaltdschungel«]* Eine Trilogie mit diesem Titel wird nicht ausgeführt. Von den genannten drei Stücken für das Schauspielhaus (vgl. zu 261,6) schreibt Brecht nur *Der Wald* (mit dem späteren Titel *Im Dickicht*; vgl. Band 1). Vermutlich geht die Anregung dazu auch auf Upton Sinclairs Roman *The Jungle* (1906; dt.: *Der Sumpf*) zurück, in dem die Geschichte einer Einwandererfamilie dargestellt wird, die in dem »Dschungel« der Großstadt Chicago in wirtschaftliche Not gerät. Vgl. auch die Theaterrezension *»Don Carlos«* (Band 21).

262,32f. *»Die geldjagende Menschheit«]* Vgl. zu 245,10f.

262,33 *»Das kalte Chicago«]* Vgl. zu 257,35.

262,34 *Das Wu Wei aus »Wang-lun«]* Der Roman *Die drei Sprünge des Wang-lun* von Alfred Döblin (vgl. zu 167,28f.) dient als Anregung für das Stück *Im Dickicht*. Wang-lun erläutert das Wu Wei als ein Prinzip, »[...] daß nur eines hilft gegen das Schicksal: nicht widerstreben« *(Die drei Sprünge des Wang-lun. Chinesischer Roman*, Berlin 1915, S. 79f.). Bewegung und Wandlung sind die zentralen Themen der Wu-Wei-Lehre.

262,34 *»Richard III.«]* Vgl. zu 175,27f.

262,34f. *»Das Rad«]* Eine wichtige Quelle für Brechts Stück *Im Dickicht*, besonders was den Fabelbau und die Darstellung von psychischer Aggressivität betrifft, ist der Roman *Hjulet* (1905, dt.: *Das Rad*, 1908) des dänischen Schriftstellers Johannes Vilhelm Jensen. Er schildert den Kampf zweier Männer in Chicago.

262,35 *Der »Malvi«-Stoff. Werner Krauss.]* Brecht sieht vermutlich im »Malvi«-Stoff (vgl. zu 156,1) eine Rolle für den Berliner Schauspieler Werner Krauss vor.

262,38 *»Wenn wir Toten erwachen«]* Drama von Henrik Ibsen (*Naar vi dode vaagner*, 1899). Die Erstaufführung des neuinszenierten

Stücks im Lessing-Theater Berlin mit Tilla Durieux (vgl. zu 262,7) als Irene findet am 2. Dezember 1921 statt.

263,3 *kujoniert]* Kujonieren: umgangssprachlich für: jemanden bedrängen, schikanieren.

263,18 *Großmann ... Kahane]* Stefan Großmann ist Gründer und Herausgeber der Zeitschrift *Das Tage-Buch*, die in Berlin erscheint. Arthur Kahane ist Dramaturg am Deutschen Theater. Vermutlich hat Großmann den Dramaturgen gebeten, Brecht die Teilnahme an den Proben zu Strindbergs *Ein Traumspiel* zu ermöglichen, vgl. auch zu 263,19.

263,18 *an Reinhardt]* Der Brief ist nicht überliefert.

263,19 *»Traumspiel«-Proben]* Die Erstaufführung des Dramas *Ein Traumspiel (Ett drömspel*, 1901, dt.: 1902) von August Strindberg findet am 13. Dezember 1921 im Deutschen Theater statt (Regie: Max Reinhardt). Vgl. auch:

> Max Reinhardt gestorben in New York. Sah in Berlin Anfangs der zwanziger Jahre beinahe alle Proben zum »Traumspiel« im Deutschen Theater. (*Journale*, 1. November 1943.)

263,20 *Klöpfer]* Der Schauspieler Eugen Klöpfer spielt die Rolle des Advokaten.

263,21f. *A. Engel vom Oswaldfilm]* Vermutlich Alexander Engel, ein Drehbuchautor, der u.a. auch bei der Richard-Oswald-Film-AG beschäftigt ist. Die Kontakte regen Brecht und Bronnen dazu an, sich an einem Preisausschreiben dieser Filmgesellschaft zu beteiligen (vgl. *Robinsonade auf Assuncion*, Band 19).

263,23 *Terra-Film]* Münchner Film-Gesellschaft.

263,23f. *Reiß und Kiepenheuer haben mir Vertragsentwurf gegeben.]* Vgl. zu 260,13 und die zweite Anmerkung zu 261,38.

263,24f. *Feilchenfeldt]* Walther Feilchenfeldt ist Mitarbeiter des Paul Cassirer Verlags.

263,37 *Esther, die Rose von Saron]* Vermutlich Frank Warschauers Frau Esther. (Mit der biblischen Metapher – vgl. Hohes Lied 2,1 – wird auf ihre jüdische Herkunft angespielt.)

263,38 *ritisch]* Vermutlich im Sinne von (rituell): einer feierlichen kultischen Handlung angemessen.

264,3 *Heinrich Eduard Jacob]* Vgl. zu 198,1.

264,8f. *Mitarbeiter der »Aktion«]* Die Zeitschrift *Die Aktion* (Berlin) wird von Franz Pfemfert herausgegeben. Der Name des Mitarbeiters konnte nicht ermittelt werden.

264,19 *Grete von der Kapp-Putsch-Zeit]* Grete: konnte nicht ermittelt werden. Kapp-Putsch: erfolgloser Aufstand gegen die republikanische Regierung im März 1920 unter Führung von Wolfgang Kapp, dem Gründer der Deutschen Vaterlandspartei. (Brecht befindet sich bei Ausbruch des Putsches in Berlin.)

265,12 *Wedekind]* Vgl. zu 108,31.

265,24 *von seinem Geschäft]* Der Vater ist seit dem 1. Mai 1917 Kaufmännischer Direktor der Haindlschen Papierfabrik.

265,33-266,34 *Gedicht ... Noch ein Gedicht]* Ursprüngliche Fassungen der Gedichte *Epistel*, *Früher dachte ich* und *Ich bin vollkommen überzeugt* (Band 13).

266,29 *Courtoisie]* (Franz.) Höflichkeit, Ritterlichkeit.

267,17 *Sie singt Mahler]* Marianne Zoff bevorzugt die volksliedhaften Lieder des österreichischen Komponisten und Dirigenten Gustav Mahler (vgl. zu 210,32f.).

267,17f. *Ich renne zu Filmproben.]* Ebenso wie an der Regie von Theaterstücken ist Brecht auch an praktischer Filmarbeit interessiert. Die Filme, deren Proben er ansieht, konnten nicht ermittelt werden.

267,21 *Ich schließe mit Erich Reiß ab.]* Vgl. die zweite Anmerkung zu 261,38. Brecht schließt einen Vertrag über den Buch- und Bühnenvertrieb seiner Werke mit dem Erich Reiß Verlag ab. Dieser Vertrag enthält folgenden Passus:

> Lehnt der Verlag den Druck eines Stückes ab, obwohl eine größere Bühne es zu einer Aufführung erworben hat, kann der Autor das Verlags- und Vertriebsrecht einem anderen Verlage übergeben, wenn dieser die Drucklegung übernimmt. (Nachlaß.)

Da der Erich Reiß Verlag die Stücke nicht sofort veröffentlicht, schließt Brecht gleichzeitig einen Vertrag mit dem Kiepenheuer Verlag, in dem dann 1922 *Baal* herauskommt. Vgl. zu 260,13.

267,22 *Zarek]* Vgl. die erste Anmerkung zu 130,15.

267,23f. *Hesterberg ... »Wilden Bühne«]* Im September 1921 eröffnet die Schauspielerin und Kabarettistin Trude Hesterberg im Keller des Berliner Theaters des Westens, Kantstraße, ihr Kabarett Wilde Bühne. Brecht stellt sich vor und tritt im Januar 1922 mit der *Ballade vom Apfelböck* und der *Legende vom toten Soldaten* auf:

> Bei der *Legende vom toten Soldaten* ging der Tumult los. Ich mußte notgedrungen den Vorhang fallen lassen, um dem Radau ein Ende zu machen, und Walter Mehring ging vor den Vorhang und sagte jene bedeutsamen Worte: »Meine Damen, meine Herren, das war eine große Blamage, aber nicht für den Dichter, sondern für Sie! Und Sie werden sich noch eines Tages rühmen, daß Sie dabeigewesen sind!« (Trude Hesterberg, *Was ich noch sagen wollte. Autobiografische Aufzeichnungen*, Berlin 1971, S. 106-109.)

267,29 *Tula]* Gemeint ist eine Silberarbeit mit Verzierungen, wie sie in der Stadt Tula an der Upa, südlich von Moskau, hergestellt wird.

267,30 *»Der Idiot«]* Roman von Fedor Michailowitsch Dostojewski (*Idiot*, 1869, dt. 1883).

267,32 *Wedekinds »Lautenlieder«]* Frank Wedekind, *Lautenlieder. 53 Lieder mit eigenen und fremden Melodien* (1920).

267,37 *Hagemann]* Vgl. zu 199,32.

268,4f. *nicht mehr engagiert]* Marianne Zoffs letzter Auftritt im

Nassauischen Landestheater Wiesbaden ist am 14. Dezember 1921 in der Oper *Die Hochzeit des Figaro* (1787) von Wolfgang Amadeus Mozart in der Rolle des Pulbo.

268,9 *»Orpheus«]* Als Silvestervorstellung wird im Staatlichen Schauspielhaus Berlin die Operette *Orpheus in der Unterwelt* (1858) von Jacques Offenbach gegeben.

269,7 *das kalte Chicago]* Vgl. zu 257,35.

269,11f. *Dreimasken]* Der Drei Masken Verlag, München, zu dem Brecht durch Vermittlung von Lion Feuchtwanger schon im Juni 1919 erste Kontakte hat, nimmt *Baal* zum Druck an, macht aber nach wenigen Tagen die Zusage rückgängig. 1922 erscheint im Drei Masken Verlag der Erstdruck von *Trommeln in der Nacht*.

269,14 *Kiepenheuer]* Vgl. zu 260,13.

269,16 *»Garga«]* Gemeint ist *Im Dickicht*.

269,22 *Bronnen]* Brecht lernt den Schriftsteller Arnolt Bronnen (eigentlich Arnold Bronner), der als kaufmännische Hilfskraft in einem Kaufhaus tätig ist, im Winter 1920/21 bei Otto Zarek kennen. Aus der Bekanntschaft entwickelt sich eine Freundschaft und enge Zusammenarbeit (u.a. arbeiten sie gemeinsam an dem Filmmanuskript *Robinsonade auf Assuncion*, 1922, und Brecht führt anfangs Regie bei Bronnens erstem Stück *Vatermord* in der Jungen Bühne Berlin). In Anlehnung an den Vornamen »Arnolt« schreibt sich Brecht seit der Zeit »Bertolt«. Bronnen beschreibt seine Beziehung zu Brecht in dem Buch *Tage mit Bertolt Brecht. Geschichte einer unvollendeten Freundschaft*, Wien/München/Basel 1960 (vgl. dort über die erste Begegnung bei Zarek, S. 8-15).

269,22f. *in den Blauen Vogel]* Berliner Kleinkunstbühne in der Goltzstraße am Kurfürstendamm.

269,25f. *Frank in die Charité ... Hedda mit Wollheim]* Gemeint ist Frank Warschauer (vgl. zu 165,29). Brecht wird wegen eines starken Erschöpfungszustandes und einer Nierenerkrankung im Berliner Krankenhaus Charité behandelt, wo ihm Hedda Kuhns Verlobter, Dr. Ernst Wollheim (vgl. zu 246,23), einen Platz vermittelt hat.

270,7 *Briefe der Bi]* Vgl. den lose in das Tagebuch 1921 eingelegten Brief von Paula Banholzer, vermutlich vom 8. Februar 1922 (S. 562f.).

270,10 *jeden Tag ... Bronnen]* Arnolt Bronnen schreibt dazu u.a.:

> Für Brecht war der Aufenthalt in der Charité eine seelische Kur; er wurde so den Zusammenbruch seiner ersten knabenhaften Hoffnung los, er unterwanderte Berlin, das er noch nicht hatte überwinden können. (Arnolt Bronnen, *Tage mit Bertolt Brecht*, S. 25.).

270,11 *»Spiel mit der Bewegung«]* Vermutlich ist Arnolt Bronnens Lustspiel *Die Exzesse* (1921) gemeint (vgl. Arnolt Bronnen, *Tage mit Bertolt Brecht*, S. 27f.).

270,14f. *»Manuel« oder »Manuel Wasserschleiche«]* Auf einem handbeschriebenen Faltblatt gibt Brecht zu dem Plan des nicht weitergeschriebenen Stückes folgende kurze Handlungsskizze:

Er verführt ein kleines Mädchen, das blutarm ist, mit Näscherei. Es wird schwanger. Er hat einen Bruder, einen großen stämmigen Mann, den er anekelt (was er beinahe listig ausnützt). Während noch alles im Fluß ist, seine Frau stützt sich auf seinen Bruder, wird er in der Waschküche mit einem Landstreicher ertappt. Er ent-»rinnt« zu seiner Frau Schwester, die ihm das Erhängen »nahelegt«. Er schläft ein, im neuen frischen Hemd. (Nachlaß.)

270,18 *Tb-Verdacht]* Verdacht auf Tuberkulose.

270,21 *Meier-Graefes Satz über Delacroix]* Vgl. zu 215,2.

270,29 *kujoniert]* Vgl. zu 263,3.

270,33 *Tapla]* Vgl. zu 234,28.

271,6 *»Dickicht«]* In den Wintermonaten 1921/22 stellt Brecht *Im Dickicht* (Band 1) fertig.

271,9 *splendid isolation]* (Engl.) herrliche Abgeschirmtheit. In Großbritannien ist dies um 1900 eine Bezeichnung für die Insellage, auch für die Unabhängigkeit des Landes von Bündnisbindungen.

271,10 *sua res, quae agitur]* (Lat.) seine Sache, um die es sich handelt.

271,12 *inkarnieren]* Verkörpern, hier: hineinversetzen.

271,28 *Flauberts Briefe]* Gustave Flaubert, *George Sand. Correspondance 1830-69*, dt: *Briefe an George Sand* (1919).

271,35 *Troglodyte]* Höhlenbewohner.

272,5 *Shlink]* Vgl. zu 242,39-243,2.

272,15 *Bronnens Lustspiel]* Vgl. zu 270,11.

272,27-32 *»Im Dickicht« ... Aufzeichnungen]* Diese Notizen befinden sich gesondert auf der letzten Seite, sie sind vermutlich eine Bilanz wichtiger Begebenheiten und Eindrücke.

272,27 *»Im Dickicht«]* Vgl. Band 1.

272,29 *Charité]* Vgl. zu 269,25f.

272,30 *Jessner]* Vgl. zu 261,36f.

272,31 *Das kalte Chicago]* Vgl. zu 257,35. Es ist nicht zu entscheiden, ob hier als Titel oder als Metapher gemeint.

AUTOBIOGRAPHISCHE NOTIZEN 1921 BIS JUNI 1938

1921

275,4f. *Mar ... ich sie.]* T: Manuskript (Notizbuch). E: 1921. ED: Vorliegende Ausgabe.

275,8-28 *Mar ... »Baal«]* T: Manuskripte (Notizbuch). E: 1921. ED: Vorliegende Ausgabe.

Die Abschnitte stammen aus einem weiteren Notizbuch, das Brecht 1921 geführt hat.

Die Texte 275,8-18 sind hintereinander geschrieben, der Text 275,21-28 steht auf einer anderen Seite.

275,12 *sagt]* Möglicherweise ist gemeint: »sagte«. 275,12f. *Er meinte:]* In der Textgrundlage über gestrichenem »damals«. 275,28 *»Baal«]* In der Textgrundlage folgt gestrichen: »Mar I ›Jamaikabar‹«.

275,8f. *Mar ... Königin.]* Diese Notiz bezieht sich (wie die drei folgenden Abschnitte) auf die Rivalität zwischen Brecht und Oskar Camillus Recht (vgl. die dritte Anmerkung zu 175,27), die im Tagebuch vom 9. Februar bis 22. Mai 1921 (vgl. 175-218) mehrfach Gegenstand ausführlicher Eintragungen ist.

275,21 *Klette ... »Brillantenfresser«]* Werner Klette (vgl. zu 179,9) wird von Brecht zu Beginn der Arbeit als Mitautor an den Filmprojekten *Der Brillantenfresser* und *Das Mysterium der Jamaikabar* (Band 19) genannt. Vgl. zu 181,16f. und zu 191,29f.

275,22 *Schauspielhaus ... »Trommeln«]* Brecht bietet sein Stück mehreren Theatern zur Aufführung an; eine Inszenierung am Staatlichen Schauspielhaus Berlin, das vermutlich gemeint ist, kommt nicht zustande.

275,23 *Falckenberg ... »Trommeln«]* Otto Falckenberg inszeniert *Trommeln in der Nacht* an den Münchener Kammerspielen (Uraufführung am 29. September 1922, mit Erwin Faber als Kragler).

275, 25f. *Klette ... »Liebesmatch« ... Preisfilm]* Vgl. zu 202,15f.

275,27 *Cassirer ... Geschichten]* Brecht bietet die Texte dem Paul Cassirer Verlag zum Druck an; über dessen Ablehnung des Stückes *Baal* vgl. 200,24f.

275,28 *Dreimasken ... »Baal«]* Vgl. zu 269,11f.

275,31-38 *Es ist nötig ... richtet!]* T: Manuskripte (Notizbuch). E: 1921.

Die Abschnitte stammen aus einem weiteren Notizbuch, das Brecht 1921 geführt hat, und stehen dort nicht hintereinander.

Um 1921

276,4-21 *Heute ... soweit.]* T: Typoskript. E: Um 1921.
Die Textgrundlage weist keine Punkte und Kommata auf.
276,7 *Otto]* Vermutlich Otto Müllereisert (vgl. zu 122,39 und zu 125,5f.).

Um 1922

277,4-7 *Benn ... Vormarsch.]* T: Typoskript. E: Um 1922.
Der Text weist keine Zeichensetzung auf.
277,4 *Benn]* Möglicherweise hat Brecht Gottfried Benn bei seinen Berliner Aufenthalten 1920 bzw. 1921/22 kennengelernt. Vgl. auch den (um 1929 geschriebenen) Text *Die Verteidigung des Lyrikers Gottfried Benn* (Band 21).

1923

278,4-23 *Ich bin ... beschäftigt ist,]* T: Manuskripte (Notizbuch). E: 1923. ED: Vorliegende Ausgabe.
Die Abschnitte stammen aus einem Notizbuch von 1923 und stehen dort nicht hintereinander.
278,23 *beschäftigt ist,]* Text bricht am Seitenende ab, die folgenden Seiten sind aus dem Notizbuch herausgerissen.
278,16 *im Romanischen Café]* Vgl. zu 262,12f.
278,21 *meiner Frankfurter Aufführung]* Im Frankfurter Schauspielhaus hat *Trommeln in der Nacht* am 23. April 1923 Premiere (Regie: Richard Weichert).

1924

279,4-280,6 *Lernen: ... Zeißfoto]* T: Manuskript (Notizbuch). E: Juli 1924.
Die Texte stehen jeweils auf drei aufeinander folgenden Seiten eines Notizbuchs von 1924.
279,18 *Jiu-Jitsu]* Auf dem gleichen Blatt steht die stenographische Notiz: »Sie hat wohl schon lange nicht ihr eigenes Geschrei gehört«. 279,32 *Exzentrikposse]* Auf dem gleichen Blatt steht die Notiz: »Das Gemeinste, was lebt, und das Schwächste ist der Mensch«. 288,6 *Zeißfoto]* Auf dem gleichen Blatt steht die Notiz: »Hindemith / N + C Hess / fotogr. Atelier / Frankfurt / Börsenstr.«
279,5 *Chauffieren]* Mitte 1925 beschafft Otto Müllereisert Brecht das erste Auto.

279,18 *Jiu-Jitsu]* Vgl. die Übertragung dieser japanischen Selbstverteidigungsart auf die Kunst in *Jiu Jitsu (= die leichte, die fröhliche Kunst)* (Band 21).

279,23 *»Flucht Karls des Kühnen« ?]* 1924 entstehen Entwürfe zu einem Roman *Flucht Karls des Kühnen nach der Schlacht bei Murten* (Band 17).

279,24 *»Galgei« Regie]* Vgl. die erste Anmerkung zu 123,10. Vermutlich erwägt Brecht eine eigene Regie.

279,25 *»Gösta«]* Bereits 1922 begonnenes, aber nur fragmentarisch überliefertes Stück *Gösta Berling* nach dem Roman *Gösta Berling saga* (1891, dt.: *Gösta Berling*, 1896) von Selma Lagerlöf (Band 10).

279,26 *»Mortimer Fleischhacker«]* Brecht beginnt unter diesem Titel an einem Stück zu arbeiten, das ihn bis 1929 beschäftigt, ohne daß es abgeschlossen wird; Brecht ändert den Titel mehrfach (*Joe Fleischhacker, Joe Fleischhacker in Chikago, Weizen*; vgl. Band 10).

279,27 *»Dickicht«]* Unter diesem verkürzten Titel wird das Stück am 29. Oktober 1924 im Deutschen Theater, Berlin, zum zweiten Mal inszeniert (Uraufführung: *Im Dickicht* am 9. Mai 1923 im Residenz-Theater München; beide Male unter der Regie von Erich Engel).

279,28 *Film]* Vgl. zu 130,26, zu 177,5 und zu 179,9.

279,29 *»Mahagonny-Oper« Mar]* Erste Erwähnung der Oper, die Brecht vermutlich für seine Frau Marianne schreiben will. 1927 entsteht das Songspiel *Mahagonny* und die erste Fassung des Librettos zur Oper *Aufstieg und Fall der Stadt Mahagonny* mit dem Titel *Mahagonny. Oper in 3 Akten*; Kurt Weills Musik zur Oper ist 1929 fertig.

279,30 *»Hannibal«]* Vgl. zu 261,6.

279,31 *»John I'm happy«]* Prosafragment, von dem zwei Bruchstücke vorliegen (Band 19).

279,32 *Exzentrikposse]* Vgl. zu 150,17f. und zu 150,23f.

280,1 *Aga Kleinauto]* Brecht erwägt den Kauf eines Autos der AG Automobilbau Berlin-Lichtenberg (vermutlich den Zweisitzer 6/30 PS Targa Florio).

1925

281,4-282,3 *Anrede ... Juli 25]* T: Typoskript. E: Juli 1925. Die Textgrundlage weist keine Zeichensetzung auf. Die beiden Texte stehen auf einem Blatt und gehören zusammen.

281,9 *Bidi]* Kosename Brechts.

281,10 *In Kalifornien sind Erdbeben]* Am 18. April 1906 ereignet sich in San Franzisko ein Erdbeben, das 500 Menschen tötet und das Ausgangspunkt für viele Forschungsarbeiten über die Wirkung und den Mechanismus von Erdbeben ist und deshalb in vielen Publikationen zitiert wird.

281,10f. *in Galizien ist eine Überschwemmung]* Galicien, eine eigenständige spanische Landschaft, hat wegen des Meeresklimas ungewöhnlich starke Niederschläge und wird häufig von Überschwemmungen heimgesucht.

281,12f. *Amundsen … umkehren]* Der norwegische Polarforscher Roald Amundsen erreicht als erster 1912 den Südpol, doch mißlingen zunächst seine Versuche, den Nordpol zu erreichen.

282,2f. *Nachts in Baden / Juli 25]* Brecht hält sich im Juni/Juli 1925 im Haus seiner Schwiegereltern in Baden bei Wien auf, wo seine Frau Marianne Zoff und Tochter Hanne zu Besuch sind.

282,6-283,8 *Kochel … Gesichtspunkte!)]* T: Typoskript. E: Ende Juli 1925.

Die Textgrundlage weist (bis auf Klammern und Ausrufezeichen) keine Zeichensetzung auf.

282,6 *Kochel, Ende Juli]* Vermutlich macht Brecht auf seiner Reise von Wien nach Augsburg, wo er sich im August aufhält, Station in Kochel am Kochelsee (südlich von München), wo Helene Weigel häufig ihren Urlaub verbringt.

282,10 *»Baal« … Erfolgsstück]* Brecht schreibt *Baal* (Band 1) als Gegenentwurf zu Hanns Johsts Drama *Der Einsame. Ein Menschenuntergang* (1917); vgl. zu 127,26.

282,12 *»Trommeln«]* Vgl. zu 129,19.

282,13f. *»Dickicht« … »Räuber«]* Vgl. zu 236,17. In dem Text *Bei Durchsicht meiner ersten Stücke* (1953) geht Brecht darauf ein:

> Eine gewisse Rolle spielte, daß ich »Die Räuber« auf dem Theater gesehen hatte, und zwar in einer jener schlechten Aufführungen, die durch ihre Ärmlichkeit die großen Linien eines guten Stückes hervortreten lassen, so daß die guten Wünsche des Dichters dadurch zutage treten, daß sie nicht erfüllt werden. (Band 23.)

282,15f. *»Edward« … inszenieren wollte]* Brecht schließt 1922 mit den Münchener Kammerspielen einen Regievertrag über eine Inszenierung von Shakespeares *Macbeth* ab, macht dann aber eine Bearbeitung von Christopher Marlowes *The Troublesome Raign and Lamentable Death of Edward the Second, King of England* (1592/93), die unter seiner Regie und mit dem Titel *Leben Eduards des Zweiten von England* (Band 2) am 18. März 1924 uraufgeführt wird.

282,17 *Balladen … Otto]* Brecht bezeichnet die *Hauspostille* (Band 11) als »Balladenbuch« (vgl. zu 260,13). Georg Pfanzelt und Otto Müllereisert gehören zu den Freunden, denen er seine Lieder zuerst vorsingt.

282,19 *Sonette aus purer Langeweile]* Brecht schreibt aus Augsburg, daß er »mit viel Nikotin wenige Sonette« hergestellt habe und die »Langeweile entsetzlich« sei (Brief an Helene Weigel, Juni 1925). Vgl. *Die Augsburger Sonette* (Band 11).

282,19 *»Mannistmann«]* Das Stück *Mann ist Mann* (Band 2), in dem Brecht Motive aus *Galgei* verwendet (vgl. die erste Anmerkung zu 123,10 und Band 10), wird am 25. September 1926 gleichzeitig am Landestheater Darmstadt und am Düsseldorfer Schauspielhaus uraufgeführt. Die Zusammenschreibung *Mannistmann* findet sich auch in mehreren Texten zu diesem Stück (vgl. Band 24).

282,32 *Lionardo]* Der italienische Maler, Schriftsteller und Erfinder Leonardo da Vinci.

283,6 *»Faust« bis »Nibelungen«]* Goethes *Faust. Erster Teil* (1808) und Friedrich Hebbels Trauerspiel *Die Nibelungen* (1850-1860).

283,11-284,16 *Nach Genuß ... Unzufriedenen.]* T: Typoskript. E: 1925.

Die beiden Texte stehen hintereinander auf einem Blatt. Die Textgrundlage weist keine Punkte und Kommata auf.

283,13 *Reklameprospekt]* Im Nachlaß Brechts befindet sich ein Heft mit eingeklebten Zeitungsausschnitten, darunter ein Artikel über *Die Kunst des Inserats in Amerika*, aus der *Berliner Illustrirten Zeitung* (Nr. 15, 13. April 1924). Zu einer abgebildeten Anzeige amerikanischer Stahlexporteure mit dem Titel *Steel Stood the Test* heißt es:

> Eine Photographie von Tokio nach dem letzten Erdbeben, die die amerikanischen Stahlfabrikanten mit der Unterschrift *»Stahl blieb stehen – ein Beweis für die Überlegenheit der Stahlkonstruktionen über andere Bauweisen«* im Anzeigenteil der großen Zeitschriften erscheinen ließen.
> Sinnfälliger und geschickter konnte man für die Vorteile des Stahlbaus unmöglich Propaganda machen. Das Inserat war von den größten Stahlerzeugern unterzeichnet.

(Möglicherweise hat Brecht noch eine andere Quelle vorgelegen.)

284,12 *Ichthyosaurier]* Vgl. zu 213,35.

Um 1925

285,4-40 *Entschuldigen Sie ... werden.]* T: Typoskript. E: Um 1925 (Datierung unsicher).

Die Textgrundlage weist keine Punkte und Kommata auf.

285,27 *»Galigai«]* Variierte Schreibung von *Galgei.* Vgl. die erste Anmerkung zu 123,10.

285,30 *Homolka]* Der österreichische Schauspieler Oskar Homolka ist von 1925 bis 1933 in Berlin an verschiedenen Theatern tätig. Brecht zählt ihn (ein Jahr später) zu den Schauspielern, mit denen man »jedes Stück der Weltliteratur spielen« könnte, »weil man jedes unserer Stücke mit ihnen spielen kann« (*Es gibt kein Großstadttheater*; Band 21).

285,33f. *meine Tochter]* Hanne, die Tochter von Brecht und seiner Frau Marianne, ist am 12. März 1923 geboren.

286,1-3 *Wie komme ... Menschen?]* T: Manuskript. E: Um 1925.

1926

287,4f. *Wohin ich ... sehen will.]* T: Erstdruck. E: Ende Mai 1926. ED: *Berliner Börsen-Courier*, 30. Mai 1926.

Der *Berliner Börsen-Courier* veröffentlicht in seiner Beilage »Reise-Courier« unter dem Titel *Arbeit auch im Urlaub. Die Reisepläne von Männern der Kunst und Wissenschaft* neben diesem Text auch Beiträge von Egon Erwin Kisch, Walter von Molo, Hans Rehfisch u.a.

287,5 *Paris in diesem Sommer]* Nach dem Besuch der Premiere seiner Marlowe-Bearbeitung *Leben Eduards des Zweiten von England* (Regie: Ernst Hardt; mit Lothar Müthel als Eduard, Premiere: 29. Mai 1926) in Köln reist Brecht mit Caspar Neher für einige Tage nach Paris.

287,8-22 *Das Fürchterlichste ... vollständig.]* T: Manuskript (Notizbuch). E: 1. Halbjahr 1926. ED: Vorliegende Ausgabe.

Um 1926

288,4-10 *Oft wundere ich ... gelesen habe.]* T: Typoskript. E: Um 1926.

Die Textgrundlage weist keine Zeichensetzung auf.

288,6 *die Geliebte meiner Jugend]* Gemeint ist Paula Banholzer (vgl. die erste Anmerkung zu 121,8).

288,13-32 *Wiewohl nichts ... haben sind.]* T: Typoskript. E: Um 1926. ED: Vorliegende Ausgabe.

Die Textgrundlage weist keine Zeichensetzung auf.

1927

289,4-28 *Ich sitze ... ernst sein.]* T: Manuskripte (Notizbuch). E: 1927.

Die Abschnitte stammen aus einem Notizbuch von 1927 und stehen dort nicht hintereinander.

1928

290,4-17 *Saint Cyr ... ziehen kann.]* T: Typoskript. E: Ende Mai 1928.

Die Textgrundlage weist keine Zeichensetzung auf.

Brecht hält sich mit Kurt Weill zur Fertigstellung der *Dreigroschenoper* im südfranzösischen Saint Cyr auf.

290,5f. *die »Bekenntnisse« des Augustinus]* Möglicherweise meint Brecht die Ausgabe *Des heiligen Augustinus Bekenntnisse*, übertragen und eingeleitet von Hermann Hefele, die 1928 in 2. Auflage herauskommt. Vgl. die gleichzeitig geschriebenen Texte *Zum Augustinus* und *Zu Augustinus* (Band 21).

290,20-25 *Nicht für ... Frauen]* T: Manuskript. E: 1928.

1929

291,4-18 *1) Herausgabe in Heften ... billig]* T: Manuskript (Notizbuch). E: Frühjahr 1929. ED: Vorliegende Ausgabe.

Aus einem Notizbuch, das Brecht ab Mai 1929 führt.

291,4 *Herausgabe in Heften]* Von Brecht mit seinen *Versuche*-Heften verwirklicht, die im folgenden Jahr zu erscheinen beginnen. Vgl. zu 291,13-18.

291,6 *Wichtiges billiger]* Brecht denkt an billige Broschüren, die unbeschnitten in den Handel kommen, so daß der Leser vor der Lektüre das Aufschneiden der Seiten (Bogen) selbst übernehmen muß.

291,13-18 *»Fatzer« Rundgang ... Kinderbilderbuch]* Gemeint ist die Szene *Fatzer,3* mit dem Untertitel »Rundgang des Fatzer durch die Stadt Mühlheim«, die 1930 in Heft 1 der *Versuche* erscheint (vgl. Band 10). Die hier vorgeschlagene Preisdifferenzierung findet nicht statt; in den ersten Heften der *Versuche* erscheinen u.a.: *Der Flug der Lindberghs* (Heft 1, 1930), *Aufstieg und Fall der Stadt Mahagonny* (Heft 2, 1930), *Die Dreigroschenoper* (Heft 3, 1931). Mit dem Kinderbilderbuch meint Brecht *Die drei Soldaten. Ein Kinderbuch* (Band 14) mit Zeichnungen von George Grosz (Heft 6, 1932). *Der böse Baal der asoziale* (Band 10) bleibt Fragment und wird zu Lebzeiten Brechts nicht publiziert.

Ende der zwanziger Jahre

292,4-15 *2 + 3 = 5 ... Gehirn raus.]* T: Typoskript. E: Ende der zwanziger Jahre. ED: Vorliegende Ausgabe.

292,7 *hast du das]* In der Textgrundlage: »hast du«.

292,4 *Steff]* Brechts und Helene Weigels Sohn, Stefan Weigel (später: Stefan S. Brecht), geboren am 3. November 1924, versucht sich vermutlich schon vor dem ersten Schuljahr im Rechnen.

292,6 *Vater]* Berthold Friedrich Brecht (vgl. zu 14,32).

292,18-36 *1) Große ... abzubrechen.]* T: Typoskripte. E: Ende der zwanziger Jahre.

Die beiden Texte gehören vermutlich, obwohl nicht hintereinander überliefert, zusammen. 292,25 *hätten.]* In der Textgrundlage steht danach die Ziffer »1)« als Verweis auf den folgenden Satz, der unter dem Text nachträglich hinzugefügt, möglicherweise auch als Fußnote gedacht ist.

293,1-15 *Ich habe ... für die Leute.]* T: Manuskript. E: Ende der zwanziger Jahre.

293,18-25 *Möglich ... Kerr.]* T: Typoskript. E: Ende der zwanziger Jahre.

Die Textgrundlage weist keine Punkte und Kommata auf.

293,19 *meinem Sohn]* Vgl. zu 292,4.

293,25 *Alfred Kerr]* Vgl. die zweite Anmerkung zu 169,36.

293,28-294,14 *Ich habe mich ... totgeschwiegen werden.]* T: Typoskript. E: Ende der zwanziger Jahre (Datierung unsicher).

Die Textgrundlage weist keine Punkte und Kommata auf.

293,36 *ego]* (Lat.) ich.

294,8 *dem Buch eines Franzosen]* Gemeint ist vermutlich Arthur Comte de Gobineau mit seinem grundlegenden Werk *Essai sur l'inégalité des races humaines* (Versuch über die Ungleichheit der Menschenrassen), 4 Bände, 1853-1855.

294,17-31 *Wir lachen ... gegeben.]* T: Manuskript. E: Ende der zwanziger Jahre. ED: Vorliegende Ausgabe.

Über dem Text steht rechts ausgestellt: »(andeutend)«, am Ende die vermutlich nicht zugehörige Notiz: »*Die Propaganda durch Analphabeten* / 1870 – Kaisermanöver«.

294,17f. *»Herodes und Mariamne«]* Das Trauerspiel (1848) von Friedrich Hebbel, dessen Inszenierung am Staatlichen Schauspielhaus, Berlin (Premiere: 16. März 1926, Regie: Leopold Jessner), Brecht mehrfach zu Notierungen anregt (vgl. z.B. *Wer meint wen? Oder »Valencia« contra »Tod und Verklärung«*, Band 21), beschäftigt ihn auch weiterhin.

294,25f. *In einem ähnlichen Stück]* Gemeint ist Richard Wagners Oper *Lohengrin* (1846-1848).

1930

295,4-18 *2 / In meinem ... zuviel ist.]* T: Manuskript (Notizbuch). E: 1930.

295,14 *Hemden]* In der Textgrundlage Lücke für eine Zahl.
295,15 *mal]* In der Textgrundlage Lücke für eine Zahl. Elisabeth Hauptmann hat auf der Textgrundlage ergänzt:

Spichernstraße 16: Die meisten Möbel, später mit in die Hardenbergstraße genommen, hatte ich mit *Helena Täubler* geplant und die Helli [Helene Weigel] sie von ihrem Tischler machen lassen. Einfach Tanne – matt graubräunlich gebeizt, o h n e *Glanz*.

295,4 *2]* Ein erster Teil konnte nicht ermittelt werden.

295,5 *In meinem Schlafzimmer ...]* Die Beschreibung bezieht sich auf Brechts Berliner Wohnung in der Hardenbergstraße 1a, in die er (durch Vermittlung von Sybille Binder) von der Atelierwohnung Spichernstraße 16 im November 1928 umzieht.

Um 1931

296,4f. *Leben ... ist.]* T: Manuskript. E: Um 1931.

296,8f. *Ich glaube ... getäuscht.]* T: Manuskript (Notizbuch). E: Um 1931. ED: Vorliegende Ausgabe.

Unter dem Text steht ein unentzifferter Name, möglicherweise »Plutarch«. Es könnte sich um ein Zitat handeln.

296,12-36 *1 / Seit langem schon ... notwendig.]* T: Typoskript. E: Um 1931.

296,35 *daß ich mich nicht auskenne]* In der Textgrundlage: »daß ich nicht auskenne«.

1932

297,4-36 *Moskauer Reise]* T: Manuskript (Notizbuch). E: 1932.

Brecht reist im Mai 1932 mit dem Regisseur Slatan Dudow nach Moskau, um den in Deutschland durch die Zensur verbotenen Film *Kuhle Wampe oder Wem gehört die Welt?* zu zeigen (russische Premiere: 14. Mai 1932; vgl. *Der Film »Kuhle Wampe«*, Band 21, und das Filmdrehbuch *Kuhle Wampe oder Wem gehört die Welt?*, Band 19).

Die Textgrundlage ist auf zwei getrennt liegenden Blättern überliefert (in der vorliegenden Ausgabe durch eine Leerzeile kenntlich gemacht, da der direkte Textanschluß nicht gesichert ist).

297,11 *faute de mieux]* (Franz.) in Ermangelung eines Besseren.

297,14 *Tretjakow]* Sergej Tretjakow ist wie auch Michail Kolzow in leitender Funktion in der Auslandskommission des sowjetischen Schriftstellerverbandes tätig. Er lernt Brecht bei einem längeren Berlin-Aufenthalt im Jahre 1931 kennen und unterhält zu ihm vielfältige

Arbeitsbeziehungen (vor allem Übersetzungen seiner Werke ins Russische). Mit dem größeren Artikel *Bert Brecht* in der *Literaturnaja gazeta*, Moskau, 12. Mai 1932 (überarbeitet in: *Das Internationale Theater*, Moskau, 1934, Heft 3/4), stellt Tretjakow 1932 Brecht in der Sowjetunion vor und begleitet ihn bei seinem Besuch in Moskau. Brecht bearbeitet die deutsche Übersetzung von Tretjakows Stück *Ich will ein Kind haben* (1926/27), publiziert in: Fritz Mierau, *Erfindung und Korrektur. Tretjakows Ästhetik der Operativität*, Berlin/DDR 1976, S. 179-246.

297,14 *Reich, Lacis]* Der Regisseur Bernhard Reich, der mit Brecht 1924/25 zusammen am Deutschen Theater engagiert gewesen ist, geht mit seiner Frau, Anna (Asja) Lacis, 1926 in die Sowjetunion. Über seine erste Begegnung mit dem »Gast« Brecht in Moskau berichtet Reich in seinen Erinnerungen *Im Wettlauf mit der Zeit*, Berlin/DDR 1970 (S. 368f.).

297,14 *Piscator]* Erwin Piscator, mit dem Brecht in Berlin vielfach zusammenarbeitet, geht 1932 auf Einladung der Sojusfilm in die Sowjetunion und bereitet u.a. das Filmprojekt *Aufstand der Fischer von St. Barbara* nach der gleichnamigen Novelle von Anna Seghers vor (Premiere: 5. Oktober 1934). Piscator entwickelt auch eine Konzeption für das deutsche Theater in der Stadt Engels (deutsche Wolgarepublik).

297,14f. *Deutsch (für den verreisten Kolzow)]* Der Schriftsteller und Journalist Michail Kolzow ist Mitarbeiter, später einer der Leiter der Auslandskommission des sowjetischen Schriftstellerverbandes. Vermutlich ist Deutsch ein Funktionär aus diesem Bereich.

297,15 *Kolzow), , Fotografen]* Lücke im Text. Vermutlich sollten weitere Namen ergänzt werden.

297,15 *Eisenstein]* Sergej Eisenstein, Regisseur zahlreicher Filme, die Brecht schätzt, besonders *Panzerkreuzer Potemkin* (Uraufführung in Moskau: 29. April 1925).

297,21 *Schwabing]* Von Künstlern bevorzugter Stadtteil in München.

297,22 *Komsomolzenklubs]* Klubs von Mitgliedern des sowjetischen Jugendverbandes Komsomol (Kommunistitscheski Sojus Molodjoshi).

297,27 *Fährt ... nach Odessa.]* Erwin Piscator dreht in Odessa am Schwarzen Meer Szenen für seinen Film (vgl. die dritte Anmerkung zu 297,14).

297,32 *Leninmausoleum]* Aufbahrungsort Lenins auf dem Roten Platz in Moskau.

297,33 *Brik]* Der sowjetische Schriftsteller Ossip M. Brik; er hat Dramen, Filmszenarien u.a. verfaßt und mit Wladimir Majakowski bis zu dessen Selbstmord 1930 zusammengearbeitet.

297,35 *Wachtangow-Theater: »Turandot«]* Der sowjetische Regisseur und Theaterleiter Jewgeni B. Wachtangow bringt im Dritten Studio des Moskauer Akademischen Künstlertheaters (MCHAT), dem späteren Wachtangow-Theater, Carlo Gozzis tragikomisches Märchenspiel *Turandot* (1762) unter dem (russischen) Titel *Prinzessin Turandot* am 28. Februar 1922 in einer spektakulären Inszenierung heraus, die seitdem zum Repertoire des Theaters gehört und 1932 elf Jahre auf dem Spielplan steht.

Um 1932

298,4-29 *Etwa fünfzig ... schneeweißen.]* T: Typoskript. E: Um 1932.

298,4 *meinem Grundstück]* Brecht erwirbt im August 1932 ein Landhaus in Utting am Ammersee (Oberbayern); vgl. das um 1934 geschriebene Gedicht *Zeit meines Reichtums* (Band 14). Nach seiner Emigration wird das Grundstück Brechts Vater zugesprochen; nach dessen Tod erhält es seine Tochter Hanne.

298,14 *Tagwerk]* 25 bis 26 Ar, entspricht 2500 bis 2600 m^2.

1933

299,4-300,10 *Sind Sie Jude? ... finster ist.]* T: Manuskript. E: 2. Halbjahr 1933 (Datierung unsicher). ED: Vorliegende Ausgabe.

Vermutlich handelt es sich um eine Vorarbeit für das *Interview* (vgl. Band 22 und den zugehörigen Kommentar).

299,6f. *auf der schwarzen Liste]* Die »Schwarze Liste I (Schöne Literatur)« der »Deutschen Studentenschaft« vom April 1933 mit Empfehlungen für »auszusondernde Literatur«. Brechts Bücher werden bei der öffentlichen Bücherverbrennung am 10. Mai 1933 (als »Bücher undeutschen Geistes«) ins Feuer geworfen und sind im Dritten Reich verboten.

299,14 *einer Vorlesung wegen in Wien]* Auf einem Theaterzettel des Offenbach-Saals Wien vom 22. Februar 1933 (Lesung von *König Lear* durch Karl Kraus im Rahmen seines Shakespeare-Zyklus) ist für den 16. März 1933 eine Lesung Brechts mit Gedichten aus dem *Lesebuch für Städtebewohner* im gleichen Saal angekündigt (Nachlaß). Obwohl sich Brecht in dieser Zeit in Wien aufgehalten hat, konnten keine Reaktionen auf eine solche Lesung in der Presse ermittelt werden. In seiner *Anrede an den Kongreßaussschuß für unamerikanische Betätigungen in Washington 1947* schreibt er:

> Ich mußte Deutschland im Februar 1933, am Tag nach dem Reichstagsbrand, verlassen. Ein Exodus von Schriftstellern begann, wie ihn die Welt noch nicht gesehen hatte. (Band 23.)

Brecht flieht mit Helene Weigel und dem Sohn Stefan am Tag nach dem Reichstagsbrand, dem 28. Februar 1933, über Prag nach Wien.

299,17f. *außergewöhnliche Vollmachten]* Gemeint sind die Ermächtigungsgesetze: das Gesetz zur Behebung der Not von Volk und Reich vom 24. März 1933, wonach die Reichsregierung das Recht eingeräumt bekommt, Gesetze auch ohne Einhaltung des vorgeschriebenen verfassungsmäßigen Verfahrens zu erlassen.

299,20 *in Paris ein Theater]* Vermutlich Anspielung auf das Ballett *Die sieben Todsünden* (Musik: Kurt Weill), das am 7. Juni 1933 im Théatre des Champs-Elysées in Paris uraufgeführt wird (vgl. *Die sieben Todsünden der Kleinbürger*, Band 4).

299,21 *Roman]* Die Arbeit am *Dreigroschenroman* (Band 16) ist ab Juli 1933 nachzuweisen.

299,22 *Erfolg der »Dreigroschenoper«]* Brecht meint dazu in einer Notiz von 1929:

Der Erfolg der »Dreigroschenoper«:

Der »geistige« Mißerfolg der nachfolgenden Dramatik. (Nachlaß.)

Vgl. auch *Welche Möglichkeiten haben wir im Ausland?* (Band 21.)

299,26f. *einen Film]* Der Film *Dreigroschenoper* hat am 19. Februar 1931 Premiere (Regie: Georg Wilhelm Pabst, mit Rudolf Forster als Macheath, Carola Neher als Polly, Fritz Rasp als Peachum, Valeska Gert als Frau Peachum und Lotte Lenja als Jenny). Da Brecht dem Drehbuch des Films nicht zugestimmt hat, führt er gegen die Nero-Film AG einen Prozeß, den er verliert und in dem »soziologischen Experiment« *Der Dreigroschenprozeß* (Band 21) analysiert.

300,13-24 *Wissen ... rauchen.]* T: Manuskript (Notizbuch). E: 1933. ED: Vorliegende Ausgabe.

Die Texte stammen aus einem Notizbuch von 1933 und stehen hintereinander auf einem Blatt.

Brecht hat Zeit seines Lebens gern (und häufig) Zigarren geraucht. Im finnischen Exil bezeichnet er sie als eines seiner beiden »Produktionsmittel« (vgl. 480,30).

300,27-30 *Der Jude ... anreden.]* T: Manuskript (Notizbuch). E: 1933. ED: Vorliegende Ausgabe.

Die Texte stammen aus einem weiteren Notizbuch von 1933 und stehen hintereinander auf einem Blatt.

Um 1933

301,4-10 *Es ist ... ausfällt.]* T: Manuskript. E: Um 1933. Gezeichnet: »Brecht«.

301,13f. *Halb und ... schämen.]* T: Typoskript. E: Um 1933. ED: Vorliegende Ausgabe.

301,17 *Wenn ich bedenke ... ich.]* T: Typoskript. E: Um 1933 (Datierung unsicher).

301,20f. *Wenn wir ... schaffen.]* T: Manuskript. E: Um 1933 (Datierung unsicher).

Die Textgrundlage weist keine Zeichensetzung auf.

1934

302,4-25 *2 / Ich bin jetzt ... ich weiß es.]* T: Manuskript. E: 1934. Es ist kein erster Abschnitt überliefert. 302,25 *Praktische]* Unsichere Entzifferung, möglich auch: »Praktischere«.

302,13f. *Schüler]* Vermutlich meint Brecht Mitarbeiter wie Hermann Borchardt, Emil Burri, Slatan Dudow.

302,19 *vorteilhafte Verträge]* Brecht schreibt an Grosz, er habe »einen guten Handelsvertrag mit einem holländischen Verlag« (an George Grosz, 2. September 1934), und meint den Vertrag mit dem Verlag Allert de Lange über den *Dreigroschenroman* (vgl. Band 16).

302,21 *besitze Häuser]* Das 1932 erworbene Haus in Utting (vgl. zu 298,4); 1933 kauft Brecht in Svendborg (Dänemark) das Fischerhaus Skovsbostrand 8.

302,21 *einen Wagen]* In Dänemark kauft Brecht einen gebrauchten Ford (»T-Modell«); vgl. *Verfremdung des Autos* (Band 22) und die Strophe »Ford hat ein Auto gebaut ...« in dem Gedicht *Alfabet* (Band 14).

302,22 *Sekretäre]* Als Sekretärin hat für Brecht in Berlin lange Jahre Elisabeth Hauptmann gearbeitet (vgl. *Journale*, 21. Juli 1941, sowie *Über Elisabeth Hauptmann*, Band 22), seit Ende 1932 Margarete Steffin (vgl. die erste Anmerkung zu 315,26), die ihm ins Exil folgt.

1936

303,4-38 *Die Erfahrungen ... mitgenommen.]* T: Typoskript. E: Frühjahr 1936.

303,8 *Kortner]* Brecht hält sich von Oktober bis Dezember 1934 und von April bis Juli 1936 in London auf. Fritz Kortner verschafft ihm für den zweiten Besuch einen »einträglichen ›Job‹« in London, einen Drehbuchauftrag für den Richard-Tauber-Film *Der Bajazzo* nach der gleichnamigen Oper (*Pacgliacci*, 1892) von Ruggiero Leoncavallo (Fritz Kortner, *Aller Tage Abend*, München 1959, S. 434). Hanns Eisler ist für die musikalische Leitung verpflichtet und an Brechts Engagement bei der Filmfirma ebenfalls beteiligt (vgl. seine Schilderung in: Hanns Eisler, *Gespräche mit Hans Bunge. Fragen Sie mehr über Brecht*, Leipzig 1975, S. 103-105).

303,13f. *nur meine Arbeitskraft zu verkaufen]* Aus London schreibt Brecht an Walter Benjamin:

> Mir selber ist durch die Bemühungen alter Freunde erlaubt worden, ein wenig am internationalen Rauschgifthandel teilzunehmen. Ich glätte Filmdialoge und hoffe, dadurch den Svendborger Schornstein wieder etwas rauchen zu machen. (Brief vom April/Mai 1936.)

303,17 *die Arbeit rasch fortschreitet]* Nach Hanns Eislers Darstellung hat Brecht (im Gegensatz zu ihm) hart und sehr fleißig gearbeitet. Da die Veränderungsvorschläge zu weit gegangen seien und nicht im Sinne der Produzenten gelegen hätten, hat die Filmfirma Brecht das »Restgeld« ausbezahlt und auf seine weitere Mitarbeit verzichtet. (Hanns Eisler, *Gespräche mit Hans Bunge. Fragen Sie mehr über Brecht*, Leipzig 1975, S. 104.) Brechts Arbeiten für diesen Film sind nicht überliefert.

303,22 *einem kleinen Engländer]* Der Übersetzer konnte nicht ermittelt werden.

303,33 *Hanna Kortner]* Kortners Frau, die Schauspielerin Johanna Hofer.

Um 1936

304,4-28 *Ich bin Stückeschreiber … zufriedenzustellen.]* T: Typoskript. E: Um 1936 (Datierung unsicher).

Vermutlich entsteht der Text bei (oder nach) dem zweiten Londoner Aufenthalt (vgl. zu 303,8).

304,16 *dem hölzernen Griff einer Gabel]* In der »Vierten Nacht« des *Messingkaufs* erinnert sich der Philosoph bei seinem Urteil über alte Meisterwerke an die Wertschätzung, die ein alter Arbeiter einem »uralten Messer« zollt:

> Er nahm das schöne Ding in seine große, rissige Hand, betrachtete mit zusammengekniffenen Augen den kleinen, silberbeschlagenen Hartholzgriff und die schmale Klinge und sagte: »Das haben sie also doch schon machen können, als es noch Hexen für sie gab.« (*Der Messingkauf*, B 140, Band 22.)

1937

305,4-306,30 *Bertolt Brecht]* T: Erstdruck. ED: *Das Wort*, Heft 4-5, April/Mai 1937. Gezeichnet: »Brecht«.

Die literarische Monatszeitschrift *Das Wort*, die Brecht zusammen mit Willi Bredel und Lion Feuchtwanger herausgibt (vgl. zu 322,25f.), bittet emigrierte Autoren um Einsendung von biographischen und bibliographischen Mitteilungen. In dem angegebenen Heft werden die

Biobibliographien von 44 Schriftstellern veröffentlicht. Obwohl der Text in der dritten Person geschrieben ist, weisen ihn die Namenszeichnung am Ende und verschiedene im Nachlaß überlieferte handschriftlich korrigierte Fassungen als authentisch aus.

305,6 *Studierte ...]* Vgl. zu 113,23.

305,7f. *Münchner Kammerspiele]* Vgl. zu 282,15f.

305,8 *»Trommeln in der Nacht«]* Vgl. zu 129,19 und zu 275,23.

305,10 *Kleistpreis]* Der Kleistpreis wird zum 100. Todestag Heinrich von Kleists gestiftet und ist besonders für junge, noch unbemittelte Dichter deutscher Sprache gedacht (1912-1932). Die Vorschläge für Preisträger unterbreiten Kunstkritiker (»Vertrauensleute«), die jeweils für ihren Kandidaten die »Verantwortung« übernehmen. Brecht erhält 1922 den Kleistpreis auf Vorschlag von Herbert Jhering.

305,12 *Regisseur an das Deutsche Theater]* Brecht ist 1924 kurzzeitig als dramaturgischer Mitarbeiter des Deutschen Theaters Berlin engagiert.

305,15f. *»Dreigroschenoper«]* Brecht erhält nach dem großen Erfolg der *Dreigroschenoper* im Theater am Schiffbauerdamm (Uraufführung: 31. August 1928) die Möglichkeit für weitere Aufführungen seiner Stücke an diesem von Ernst Josef Aufricht geleiteten Haus; nach dem Mißerfolg von *Happy End* (von Dorothy Lane, d.i. Elisabeth Hauptmann; Uraufführung: 31. August 1929) kommt aber keine weitere Inszenierung zustande.

305,17f. *Gruppe von jungen Schauspielern]* Gemeint ist die Gruppe Junger Schauspieler Berlin, ein Ensemble, das sich 1928 bildet und mit Inszenierungen wie *Revolte im Erziehungshaus* von Peter Martin Lampel (Uraufführung: 2. Dezember 1928), *Cyankali* von Friedrich Wolf (Uraufführung: 12. Januar 1930) und *Die Mutter* von Brecht (Uraufführung: 16. Januar 1932) große Wirkung erzielt. Brecht inszeniert mit der Gruppe Peter Martin Lampels Stück *Giftgas über Berlin* (Uraufführung: 5. März 1929, auf Polizeianweisung in geschlossener Aufführung).

305,20 *Experimenten Piscators]* Die Inszenierungen Erwin Piscators sind z.B. Gegenstand ausführlicher Beschreibungen im *Messingkauf* (Band 22).

305,21 *»Der brave Soldat Schwejk«]* Die Grundlage für die Bearbeitung bildet der Roman *Osudy dobrého vojáka Svejka za sveztové války* von Jaroslaw Hašek (1921-1923, dt.: *Die Abenteuer des braven Soldaten Schwejk während des Weltkriegs*, übersetzt von Grete Reiner, 1926/27), der von Max Brod und Hans Reimann dramatisiert und von Brecht mit überarbeitet wird.

305,24 *»Das kleine Mahagonny«]* Gemeint ist das Songspiel *Mahagonny* (Band 2).

305,25 *»Flug der Lindberghs«]* Das Lehrstück *Der Flug der Lindberghs* (Band 2).

305,27 *»Badener Lehrstück«]* Das *Lehrstück* bzw. *Das Badener Lehrstück vom Einverständnis* (Band 3).

305,27f. *Berliner Musikwoche 1930 ... »Der Jasager«]* Die Uraufführung der Schuloper *Der Jasager* (23. Juni 1930) findet nicht, wie vorgesehen, im Rahmen der Festwoche Neue Musik Berlin 1930 statt, sondern bei einer Veranstaltung des Zentralinstituts für Erziehung (vgl. Band 3).

305,29 *»Die Maßnahme«]* Vgl. Band 3.

305,32f. *Für das Radio ... »Mann ist Mann« und »Die heilige Johanna ...«]* Das Sendespiel *Mann ist Mann* wird zum erstenmal am 18. März 1927 (Funkstunde Berlin, Regie: Alfred Braun) ausgestrahlt, vgl. *Zu der Aufführung im Radio* (Band 24) und *Junges Drama und Rundfunk* (Band 21). – Eine Hörspielfassung mit ausgewählten Szenen aus *Die heilige Johanna der Schlachthöfe* sendet die Funkstunde Berlin am 11. April 1932 (Regie: Alfred Braun).

305,34 *»Hamlet«]* Von Brechts Bearbeitung für eine Rundfunksendung (Berliner Funkstunde: 30. Januar 1931) sind nur einzelne Notizen überliefert sowie zwei Textbücher mit Anstreichungen und Notizen. Vgl. die Lieder aus der Bearbeitung *Ein junger Mann, der tut's, Wie find ich den Liebsten aus* und *Morgen ist Sankt Valentins Tag* (Band 14).

305,34 *»Macbeth«]* Die Rundfunkbearbeitung von Shakespeares *Macbeth*, die Brecht zuammen mit Alfred Braun herstellt, wird unter Brauns Regie am 14. Oktober 1927 von der Berliner Funkstunde ausgestrahlt. Als Einleitung liest Brecht seinen Text *Vorrede zu »Macbeth«* (Band 24).

305,35f. *»Kuhle Wampe«]* Der Film *Kuhle Wampe oder Wem gehört die Welt?* entsteht 1931 und wird – nach Zensurverboten – am 30. Mai 1932 uraufgeführt. Vgl. das Drehbuch (Band 19) sowie die Texte *Tonfilm »Kuhle Wampe oder Wem gehört die Welt?«* und *Der Film »Kuhle Wampe«* (Band 21).

305,39 *»Trommeln in der Nacht« ... Propyläen-Verlag]* Das Stück erscheint zuerst 1922 im Drei Masken Verlag, München; 1927 und 1929 folgen Drucke im Propyläen-Verlag, Berlin (vgl. Band 1).

306,1 *»Das Leben König Eduards II.«]* Die Marlowe-Bearbeitung *Leben Eduards des Zweiten von England* erscheint 1924 im Gustav Kiepenheuer Verlag, Potsdam (Band 2).

306,2 *»Baal. Dramatische Biographie«]* Die erste (ausgelieferte; vgl. zu 128,19) Buchausgabe des *Baal* (in der Fassung von 1922) erscheint im gleichen Jahr im Gustav Kiepenheuer Verlag, Potsdam. Dem Untertitel zufolge ist hier vermutlich die Fassung von 1926 (*Lebenslauf des Mannes Baal*) gemeint, die als »Unverkäufliches Bühnenmanuskript« vom Kiepenheuer Verlag maschinenschriftlich vervielfältigt worden ist (vgl. Band 1).

306,3 *»Hauspostille«]* Die Gedichtsammlung *Bert Brechts Hauspo-*

stille. Mit Anleitungen, Gesangsnoten und einem Anhange erscheint 1927 im Propyläen-Verlag, Berlin (vgl. Band 11). 1925 schließt Brecht darüber mit dem Verlag einen Vertrag ab.

306,5f. *»Mann ist Mann ...«]* Das Stück wird 1926 uraufgeführt und erscheint 1927 im Propyläen-Verlag, Berlin (vgl. Band 2).

306,7 *»Augsburger Sonette«]* Von dem Privatdruck sind nur die Korrekturabzüge überliefert (vgl. *Die Augsburger Sonette*; Band 11).

306,8 *»Versuche«]* Vgl. zu 291,4.

306,21 *»Geschichten aus der Revolution«]* Vgl. Band 11.

306,24 *»Dreigroschenroman«]* Vgl. Band 16.

306,25 *»Lieder, Gedichte, Chöre«]* Vgl. Band 11.

306,29f. *»Über den Verfremdungseffekt auf der chinesischen Bühne«]* Brecht meint den in englischer Sprache herausgekommenen Text *The Fourth Wall of China. An essay on the effect of disillusion in the Chinese Theatre* (Chinas vierte Wand. Ein Essay über den Verfremdungseffekt im chinesischen Theater), in: *Life and Letters To-Day*, London, 1936, Nr. 6. (Vgl. *Verfremdungseffekte in der chinesischen Schauspielkunst*, Band 22).

Um 1937

307,4-26 *Bin ich mit ... worden?]* T: Manuskript. E: Um 1937. ED: Vorliegende Ausgabe.

307,26 *was hatten wir getan?]* Der Text ist nicht weitergeschrieben. Unter dem Text steht die Notiz:

Der Verbrauch von viel Seife   die Kultur
Der Verbrauch von wenig Seife   die Vaterlandsliebe   Beweis

Vgl. auch das 1938 geschriebene Gedicht *Verjagt mit gutem Grund* (Band 12).

1938

308,4-15 *Bertolt Brecht]* T: Erstdruck. E: Juni 1938. ED: *Internationale Literatur*, Moskau, 1938, Heft 6, S. 153.

Neben Brechts Text sind in der Ausgabe in der Rubrik *Autobibliographie* u.a. Angaben von Julius Hay, Georg Lukács, Klaus Mann, Kurt Kläber, Gustav Wangenheim und Max Zimmering veröffentlicht.

308,8 *»Die Gewehre der Frau Carrar«]* In der Textgrundlage ist der Titel des Stücks zweimal aufgeführt.

308,7 *»Die Rundköpfe und die Spitzköpfe«]* Vgl. Band 4.

308,8 *»Die Gewehre der Frau Carrar«]* Vgl. Band 4.

308,9 *»Gedichte im Exil«]* Vgl. Band 12.

308,10 *»Deutsche Satiren« ... Freiheitssender]* Die für den Sender entstandenen Gedichte sind in die Sammlung *Svendborger Gedichte* eingegangen (Band 12).

308,11f. *»Die Geschäfte des Herrn Julius Caesar«]* Vgl. zu 312,6.

308,18-23 *Wenn ich ... Mensch mehr.]* T: Typoskript. E: 1938.

Auf der Textgrundlage steht handschriftlich: »vom   der immer lachen mußte«, eine Notierung zu dem (mit Margarete Steffin) 1938 geschriebenen Gedicht *Vom Jungen Pumm, der über alles lachen mußte* (Band 14).

Zu den Journalen:

Entstehung

Vom Juli 1938 bis Juli 1955 notiert Brecht regelmäßig (mit größeren Unterbrechungen 1946 und in den letzten drei Lebensjahren) Bemerkungen zur Zeit, zur Arbeit und zu seinem Leben, die er zusammenfassend als *Journal* bezeichnet.

In den Typoskripten, die zu Lebzeiten Brechts unveröffentlicht geblieben sind und der vorliegenden Ausgabe zugrunde liegen, sind die Daten in der Regel mit rotem Farbband geschrieben. Die meisten auf ein oder mehrere Daten bezogenen Eintragungen schreibt Brecht zunächst auf einzelne Seiten. Später schneidet er sie aus und klebt die Texte, die kein Blatt ausfüllen, jeweils zu einer vollen Seite zusammen. Bei dieser Montage hält Brecht nicht immer die chronologische Ordnung ein, ob aus Versehen oder mit Absicht, ist nicht zu entscheiden. Dennoch ist vermutlich im allgemeinen von der Authentizität der Daten (mit Ausnahme einiger Schreibfehler und Irrtümer) auszugehen. Bereits 1938 beginnt er, die Texte durch Fotos (später auch durch Presseausschnitte) dokumentarisch zu ergänzen. In einigen Fällen ist nachzuweisen, daß Niederschrift und Illustration gleichzeitig erfolgt sind. Andererseits stammen die Abbildungen teilweise aus Veröffentlichungen, die erst nach den angegebenen Datierungen der Journalnotizen erschienen und nachträglich hinzugefügt worden sind. In den fünfziger Jahren kommt Brecht, vermutlich aus Zeitmangel, nicht mehr dazu, regelmäßig das *Journal* weiterzuführen. Von 1954 gibt es nur sieben Notierungen, und von 1955 existiert lediglich eine separat überlieferte Notiz.

Text/Fassungen

Die Typoskripte sind ursprünglich zu einem großen Teil mit Heftklammern zu Konvoluten zusammengefügt gewesen, teilweise sind diese mit Titelblättern versehen. Es existieren wenige Durchschläge und keine Textvarianten. Nur in einigen Fällen hat Brecht handschriftliche Korrekturen oder Ergänzungen eingetragen.

Der Titel *Journal* ist von einer der Aufbewahrungsmappen übernommen, die Brecht handschriftlich so gekennzeichnet hat; in ihr sind die Eintragungen aus der Schweiz (vgl. Band 27) überliefert. Vermutlich hat diese Mappe ursprünglich auch für die anderen Konvolute als Umschlag gedient.

Nach Auskunft von Helene Weigel hat Brecht seine Tagesnotierungen 1938-1955 gelegentlich als »Arbeitsjournal« bezeichnet; ein solcher Titel ist im Nachlaß nicht belegt. Da eine Publikation von Brechts

Tagebüchern in der DDR nicht erwünscht war, hat Helene Weigel aus taktischen Erwägungen für die postume Erstveröffentlichung den Titel *Arbeitsjournal* gewählt (hg. v. Werner Hecht, Frankfurt a.M.: Suhrkamp Verlag 1973). Die dort wiedergegebene durchgehende Kleinschreibung der Textgrundlage ist für die vorliegende Ausgabe normiert worden.

Innerhalb der Konvolute liegen einige Blätter nicht in chronologischer Reihenfolge, wenige sind in anderen Mappen aufbewahrt; sie sind in der vorliegenden Ausgabe in die Chronologie einsortiert worden. – Die Anordnung der montierten Tagesnotierungen entspricht der Textgrundlage, auch wenn sie von Brecht nicht chronologisch zusammengeklebt sind. Damit der Leser eine Vorstellung von den überlieferten Seiten und Klebestellen der Notierungen bekommt, werden bei den einzelnen Konvoluten entsprechende Übersichten gegeben; außerdem sind jeweils dort Einzelheiten zur Textgestaltung dokumentiert.

Wirkung

Von Brechts *Journalen* haben nur wenige Personen aus Brechts näherem Umfeld Kenntnis gehabt. Über die Besonderheiten der Eintragungen, die in wesentlich geringerem Maße als die frühen Tagebücher private Vorgänge behandeln, äußert er sich in seiner Notierung vom 21. April 1941 folgendermaßen:

> Daß diese Aufzeichnungen so wenig Privates enthalten, kommt nicht nur davon, daß ich selbst mich für Privates nicht eben sehr interessiere (und kaum eine Darstellungsart, die mich befriedigt, dafür zur Verfügung habe), sondern hauptsächlich davon, daß ich von vornherein damit rechnete, sie über Grenzen von nicht übersehbarer Anzahl und Qualität bringen zu müssen. Der letztere Gedanke hält mich auch davon ab, andere als literarische Themen zu wählen.

DÄNEMARK
20. 7. 38 – 15. 3. 39

Textgrundlage

Typoskript, vgl. S. 603f.

Übersicht über die Klebestellen (= Virgeln), Seitenumbrüche (= Semikola) und die Anordnung der (eingeklebten) Abbildungen (= A):
1938: 20.VII. / 22.VII., 23.VII., 24.VII.; Juli; 25.VII. / 3.VIII.; 27.7.; 12.8., 13.8., 14.8.; 15.8., 16.8., 16.8., A; 18.8.; 18.8.; 10.9. / 11.9., A; 12.9. / 25.9. / 5.10;
1938/39: 7.10. / 23.11. / I.39;
1939: 12.2. / .2.; 19.2. / 25.2.; 26.2. / 4.3. / 5.3.; 15.3., A.

Zeilenkommentar

309,1 *Dänemark]* Nach der Flucht aus Deutschland siedelt sich Brecht mit seiner Familie in Dänemark an und wohnt (nach zeitweiliger Unterkunft bei der Schriftstellerin Karin Michaelis auf der Insel Thurö) ab Dezember 1933 in Skovsbostrand Nr. 8 bei Svendborg (auf der Insel Fünen). Vgl. Abbildung, S. 333.

311,2 *Catilina]* Brecht arbeitet seit Januar 1938 an dem Roman *Die Geschäfte des Herrn Julius Caesar* (vgl. Band 17) und beschäftigt sich deshalb mit der römischen Geschichte. Lucius Sergius Catilina ist ein verarmter Patrizier aus der Zeit der römischen Republik, der wegen Korruption mehrfach nicht zu Konsulatswahlen zugelassen wird und vergeblich versucht, durch eine Verschwörung Konsul zu werden. Er findet dabei Anhänger unter verschuldeten Adligen, verarmten Veteranen und Teilen der römischen Plebs. Brecht lernt den Stoff schon in der Schule kennen; nach den Latein-Lehrplänen 1912-1914 werden u.a. Sallusts *De coniuratione Catilinae* (*Die Verschwörung des Catilina*) und in der Oberprima die ersten drei Reden Ciceros gegen Catilina behandelt.

311,2 *Plebs]* In der Zeit der späteren römischen Republik: die Angehörigen der unteren (ärmeren), aber freien Volksschichten. (In der folgenden Kaiserzeit: der unruhige Pöbel.)

311,12 *City]* Übertragung einer modernen Bezeichnung (vgl. zu 401,8) auf die während der punischen Kriege aufgestiegenen oder reich gewordenen römischen Kaufleute, die vor allem dem Stand der Ritter (equites, vgl. zu 314,16) angehören; sie bilden den Gegenpol zum alten grundbesitzenden Adel des Senats.

311,22 *den »Gedichten im Exil«]* Ursprünglicher Titel der Sammlung *Svendborger Gedichte* (später auch Titel einer eigenständigen Sammlung; beide Band 12). Der von Wieland Herzfelde geleitete Malik-Verlag beginnt 1938 mit der Publikation einer vierbändigen Ausgabe der *Gesammelten Werke* von Bertolt Brecht, die in der Tschechoslowakei hergestellt wird. Die ersten beiden Bände enthalten Stücke und Anmerkungen zu den Stücken. In den dritten Band werden *Furcht und Elend des III. Reiches*, die *Gesammelten Gedichte* (darunter *Gedichte im Exil*) und *Leben des Galilei* aufgenommen. Brecht erhält den »Prager Satz« zur Korrektur, die Margarete Steffin (vgl. die erste Anmerkung zu 315,26) für ihn ausführt. Bei seiner Flucht nach London kann Herzfelde einen Teil der Arbeits- und Archivmaterialien retten, muß aber u.a. den Satz des dritten Bandes zurücklassen. Ende 1938 hofft er, den Druck des dritten Bandes noch ausführen lassen zu können (Herzfelde an Brecht, 30. Januar 1939; Nachlaß Herzfelde, Akademie der Künste, Berlin). Im Januar 1939 ist jedoch der Satz in Prag unter nicht aufgeklärten Umständen vernichtet worden. (Vgl. auch den Kommentar zu *Svendborger Gedichte*, Abschnitt »Entstehung«; Band 12.)

311,23 *»An die Gleichgeschalteten«]* Das 1935 geschriebene Gedicht wird in die Sammlung *Svendborger Gedichte* (Band 12) aufgenommen. Vgl. zu 311,39.

311,26 *SA-Formationen]* SA: Abkürzung für: Sturmabteilung; von Hitler zunächst als »Ordnerdienst« deklariert, dann als bewaffnete politische Unterorganisation der NSDAP unter Ernst Röhm, ab 1930 zur Bürgerkriegsarmee und Schlägertruppe ausgebaut, zahlenmäßig stärkste paramilitärische Organisation der NSDAP.

311,39 *Gleichschaltung]* Offizieller Ausdruck der Nationalsozialisten für eine Reihe von gesetzlichen Maßnahmen nach der »Machtergreifung« im Januar 1933, um eine »nationale Wiedergeburt« einheitlich durchzusetzen (Aufhebung des Pluralismus, Zentralisierung, strenge Hierarchie, Vereinheitlichung auf allen Gebieten nach nationalsozialistischen Vorstellungen).

312,6 *»Caesar«]* Das Romanfragment *Die Geschäfte des Herrn Julius Caesar* (Band 17). Vgl. zu 311,2.

312,22 *zur Zeit Ciceros]* Marcus Tullius Cicero, republikanisch gesinnter Politiker, Advokat, Redner und Schriftsteller.

312,29 *décadence]* (Franz.) Verfall. Der Begriff décadence spielt in der französischen Literatur zwischen 1830 und 1870 bei der kritischen Auseinandersetzung mit Aufklärung, Klassik, Romantik und Naturalismus eine wichtige Rolle als eine Richtung, die in der Zeit des Niedergangs gegen Flachheiten und Schändlichkeiten reagiert (Verlaine, Baudelaire, Rimbaud). In der Formalismusdebatte der dreißiger Jahre bekommt der Begriff insbesondere durch Theoretiker wie Georg Lukács eine deutlich negative Bedeutung. Brecht setzt sich mit der décadence im Zusammenhang mit Essays auseinander, in denen Lukács den Niedergang und Verfall bürgerlicher Kunstrichtungen analysiert (z.B. *Erzählen oder Beschreiben?*, in: *Internationale Literatur*, Moskau, 1936, Heft 11 und 12). Über die Angriffe Lukács' schreibt Brecht an Willi Bredel:

> So verwandelt sich der wichtige Kampf gegen den Formalismus selbst in einen Formalismus: d.h. alles wird nach der Form beurteilt (in diesem Fall einer alten). In der IL [*Internationalen Literatur*], 7. Heft, schlägt Lukács tatsächlich schon gegen mich los und wirft mich in einen Topf mit der bürgerlichen Dekadenz, und das jetzt, wo wir, weiß der Teufel, andere Sorgen als formale haben sollten! (Brief vom Juli/August 1938.)

Vgl. auch den Text *Über die eigene Arbeit* (Band 22).

312,36f. *»Gastmahl des Trimalchio«]* Episode eines dummdreisten Neureichen aus dem lateinischen Roman *Satyricon* (60 v.d.Z., dt.: *Satyrikon*) von Gajus Petronius Arbiter.

312,38 *Ovid]* Von Publius Ovidius Naso sind vor allem die *Metamorphosen* (in 15 Büchern; dt.: *Verwandlungen*) bekannt. Nach dem Latein-Lehrplan hat Brecht in der Untersekunda 1913/14 u.a. eine Auswahl aus den *Metamorphosen* und 1914/15 in der Obersekunda *Phaeton* kennengelernt.

312,38f. *»Wahlverwandtschaften« … der »Werther«]* Johann Wolfgang Goethes Roman *Die Wahlverwandtschaften* (1809) und sein Briefroman *Die Leiden des jungen Werthers* (erste Fassung 1774).

313,1 *Juli 38]* Der Text ist in der Textgrundlage als zweites Blatt (also zwischen den Notierungen vom 24. und 25. Juli) angeordnet. Möglicherweise ist diese Eintragung früher geschrieben und bildet den Auftakt der *Journale*.

313,2f. *»Marx und das Problem des ideologischen Verfalls«]* Der Essay von Georg Lukács erscheint in der Zeitschrift *Internationale Literatur. Deutsche Blätter*, Moskau, 1938, Heft 7, S. 103-143. In dem Exemplar aus Brechts Nachlaßbibliothek finden sich zahlreiche Anstreichungen. Der marxistische Literaturtheoretiker Georg Lukács emigriert 1933 nach Moskau, 1936-1938 ist er Mitarbeiter im Philosophischen Institut der Akademie der Wissenschaften der UdSSR, seit Januar 1937 Leiter des theoretisch-kritischen Teils der *Internationalen Literatur*. Dort wie auch in der Zeitschrift *Das Wort* publiziert Lukács zahlreiche Aufsätze über Formalismus und Realismus in der Literatur. Eine von ihm (in seinem Aufsatz *»Größe und Verfall« des Expressionismus*, in: *Internationale Literatur*, Moskau, 1938, Heft 1) angeregte und wesentlich beeinflußte (von Alfred Kurella und Klaus Mann ausgelöste) Debatte über den Expressionismus wird vor allem 1937/38 in der Zeitschrift *Das Wort* geführt, für die Brecht, Willi Bredel und Lion Feuchtwanger als Herausgeber zeichnen. Brecht schreibt seine Meinung über Expressionismus, Formalismus und Realismus in einer Reihe von Aufsätzen und in zahlreichen Notizen nieder, die sich vor allem mit Lukács' Ansichten kritisch auseinandersetzen. An einer prinzipiellen, öffentlich ausgetragenen Diskussion ist Brecht zunächst nicht interessiert und begründet das gegenüber Willi Bredel so:

Leider gestaltet sich die Mitarbeit am »Wort« immer problematischer. Die Zeitschrift scheint immer mehr in eine eigentümliche Front einzuschwenken, in der eine kleine Clique, anscheinend geführt von Lukács und Hay, ein ganz bestimmtes literarisches Formideal aufstellt, was die Bekämpfung alles dessen bedeutet, was sich diesem, den bürgerlichen Romanciers des vorigen Jahrhunderts abgezogenen Formideal nicht anpaßt. [...] Ab und zu bekomme ich von Erpenbeck [vgl. zu 322,25f.] eine Aufforderung, an der Debatte teilzunehmen, aber dazu habe ich natürlich keine Lust, da ich solche Debatten für höchst schädlich und verwirrend halte, d.h. zu diesem Zeitpunkt und wenn dann jedesmal am Schluß die Meinung des guten Lukács als *die* marxistische gepriesen wird (zumindestens von Lukács selber). (Juli/August 1938.)

Er schickt später Arbeiten, die sich mit Detailproblemen beschäftigen, an die Redaktion, findet aber, obwohl er einer der Herausgeber ist, dort keine Fürsprecher. Lediglich der Aufsatz *Über reimlose Lyrik mit unregelmäßigen Rhythmen* (vgl. Band 22) kommt in der letzten Nummer (*Das Wort*, Moskau, 1939, Heft 3) zum Abdruck. Zu Brechts Überlegungen, drei theoretische Essays im Malik-Verlag unter dem Titel *Neunzehnhundertachtunddreißig* zu veröffentlichen, vgl. den Brief an Wieland Herzfelde, 7. Juni 1938, und den Brief Herzfeldes an Brecht, 1. September 1938, Nachlaß Herzfelde, Akademie der Künste, Berlin (vgl. auch *Svendborger Gedichte*, Kommentar, Abschnitt »Entstehung«; Band 12).

313,10-13 *»gestaltend ... Vorzug geben«]* Bei Lukács:

Es kommt vielmehr darauf an, ob er im Falle eines solchen Konfliktes der richtig wahrgenommenen und erlebten Wirklichkeit oder der anerzogenen Weltanschauung, den anerzogenen Vorurteilen *gestaltend* den Vorzug geben wird. (*Internationale Literatur. Deutsche Blätter*, Moskau, 1938, Heft 7, S. 122.)

Brecht hat in seinem Exemplar der Zeitschrift diese Passage angestrichen, die Wörter »richtig« und »erlebten« mit Anführungszeichen sowie das Wort »gestaltend« mit einem Kreuz versehen (Nachlaß).

313,14f. *Die Scholochows und die Thomas Manns]* Bewußte Pluralbildung der Namen: Lukács hat in seinem Essay *Es geht um Realismus* (*Das Wort*, Moskau, Heft 6, Juni 1938) die Wortbildung »die Eislers« benutzt, worauf sich Brecht in seiner Erwiderung (*Kleine Berichtigung*, Band 22) gegen die Pluralbildung des Namens von Hanns Eisler durch »die Lukács'« ausspricht, da es »tatsächlich nur einen Eisler gibt«.

313,20 *Volksfront]* 1935 vom VII. Kongreß der Kommunistischen Internationale in Moskau propagiertes Kampfbündnis der kommunistischen mit verschiedenen linken Parteien und Organisationen gegen den Faschismus, für Demokratie, Frieden und sozialen Fortschritt. 1938 wird Heinrich Mann Präsident des deutschen Volksfrontkomitees in Paris.

313,20 *Pastor Niemöller]* Der evangelische Theologe Martin Niemöller gründet 1933 den Pfarrernotbund (Vorstufe der gegen die Nationalsozialisten und deren »Deutsche Christen« gerichteten Bekennenden Kirche); er unterstützt alle antifaschistischen Bündnisse. Wegen seines Auftretens gegen Rassenhetze und faschistische Jugenderziehung wird er 1938 in einem Prozeß verurteilt und bis 1945 in Konzentrationslagern gefangengehalten.

313,23 *half-wits]* (Engl.) Einfaltspinsel.

313,28 *sua res]* (Lat.) seine Sache.

313,35 *Marx lobt bei Sue]* Aus Anlaß einer Kritik von Eugène Sues Roman *Les Mystères de Paris* (1842/43, dt.: *Die Geheimnisse von Paris*, 1843) durch »Herrn Szeliga« (Pseudonym für den preußischen Offizier Franz Zychlin von Zychlinski) verteidigen Marx und Engels in *Die heilige Familie* (1844) das erniedrigte Mädchen; sie bewahre »einen menschlichen Seelenadel, eine menschliche Unbefangenheit und eine menschliche Schönheit, welche ihrer Umgebung imponieren, sie zur poetischen Blume des Verbrecherkreises erheben und ihr den Namen Fleur de Marie [(franz.) Blume Mariens] erwerben« (Karl Marx / Friedrich Engels, *Werke*, Band 2, Berlin/DDR 1962, S. 178).

313,37f. *»den Vorurteilen ... ins Gesicht geschlagen«]* Zitat aus Marx/Engels, *Die heilige Familie*, von Georg Lukács verwendet in seinem Aufsatz *Marx und das Problem des ideologischen Verfalls* (in: *Internationale Literatur. Deutsche Blätter*, Moskau, Heft 7, Juli 1938, S. 121):

> Eugène Sue hat sich über den Horizont seiner engen Weltanschauung erhoben. Er hat den Vorurteilen der Bourgeoisie ins Gesicht geschlagen.

In Brechts Exemplar der Zeitschrift ist der letzte Satz des Zitats unterstrichen.

314,10 *»Caesar«]* Vgl. zu 312,6.

314,15f. *Einzelherrschaft]* Das Problem beschäftigt Brecht auch im Zusammenhang mit den Moskauer Prozessen und mit seiner Meinung über den Stalinismus; vgl. *Über die Diktaturen einzelner Menschen* (Band 22).

314,16 *Equites]* (Lat.) die Reiter; gemeint ist der Ritterstand (ordo equester), die nichtadlige Oberschicht der Plebejer. Die Equites kamen durch die Reformen der Volkstribunen Tiberius und Gajus Gracchus wirtschaftlich und politisch zu größeren Rechten und Privilegien.

314,17 *Patres]* Die römischen Patrizier (von lat. pater: Vater), in der Republik: der Geburtsadel (d.h. die privilegierten Grundbesitzer und Sklavenhalter).

314,17 *Plebs]* Vgl. die zweite Anmerkung zu 311,2.

314,26 *Die senatorialen Politiker]* In der römischen Republik ist der

Senat das oberste Beratungsgremium des Staates; in der Kaiserzeit sind seine Befugnisse stark eingeschränkt.

314,36 *Lex Julia]* Ackergesetze Caesars, nach denen die Kriegsveteranen seines zeitweiligen Verbündeten Pompejus versorgt und Familien mit drei oder mehr Kindern auf dem Lande angesiedelt werden.

315,9 *Benjamin ist hier.]* Walter Benjamin unterhält mit Brecht seit 1929 enge Kontakte. Vgl. die Briefe Brechts an Benjamin und die Texte *Mißtrauen gegen eine Richtung der modernen Philosophie*, *Der Rundfunk als Kommunikationsapparat* (Band 21) sowie *Die theaterwissenschaftliche Gesellschaft* (Band 22). Benjamin schreibt zahlreiche Rezensionen und Essays über das Werk Brechts. Von Benjamin sind Aufzeichnungen über seine Gespräche mit Brecht in Dänemark aus den Jahren 1934 und 1938 überliefert (Walter Benjamin, *Gesammelte Schriften*, hg. v. Rolf Tiedemann u. Hermann Schweppenhäuser, Frankfurt a.M. 1991, Band VI, S. 523-532, 532-539). Über seinen Aufenthalt 1938 bei Brecht schreibt er:

> Ich habe, in unmittelbarer Nachbarschaft von Brecht, ein ruhiges Zimmer, den schönen Garten an seinem Haus teile ich mit den Kindern; und der Umgang mit ihnen ist nicht der kleinste Teil meiner Ausspannung, deren bewegtester eine Partie Schach ist. (Brief an Friedrich Pollock, in: Benjamin, *Gesammelte Schriften*, Frankfurt a.M. 1991, Band I,3, S. 1078.)

315,9 *Essay über Baudelaire]* Benjamin erhält 1937 durch Max Horkheimer den Auftrag, für die *Zeitschrift für Sozialforschung* einen Text über Baudelaire zu schreiben. Schon vorher hat Benjamin begonnen, sich mit dem Werk des französischen Schriftstellers zu beschäftigen. In Svendborg stellt er den Text *Das Paris des Second Empire bei Baudelaire* fertig (später wie auch die anderen Texte über Baudelaire eingegliedert in das Fragment gebliebene Buch *Charles Baudelaire. Ein Lyriker im Zeitalter des Hochkapitalismus*), vgl. Benjamin, *Gesammelte Schriften*, Frankfurt a.M. 1991, Band I,2, S. 511-604. Vor seiner Reise nach Svendborg teilt Benjamin Horkheimer folgende Konzeption seines Essays mit:

> Die Arbeit soll drei Teile haben. Ihre projektierten Titel sind: Idee und Bild; Antike und Moderne; Das Neue und Immergleiche. Der erste Teil wird die maßgebliche Bedeutung der Allegorie in den Fleurs du Mal zeigen. (Benjamin, *Gesammelte Schriften*, Frankfurt a.M. 1991, Band I,3, S. 1073.)

Brecht wird durch Benjamins Überlegungen angeregt, Texte wie *Die Schönheit in den Gedichten des Baudelaire* und *Notizen zu Baudelaire* zu schreiben (vgl. Band 22). Gleichzeitig bearbeitet er einige Gedichte Baudelaires (vgl. *Die Morgendämmerung* und *Ja, ich folge diesen kleinen Alten bisweilen*; Band 14).

315,12 *Sieg ... über die Kommune]* Am 28. Mai besiegen Truppen der nach Versailles geflohenen Regierung Adolphe Thiers die Pariser

Commune, die am 18. März 1871 in Paris eine proletarische Herrschaft ausgerufen hat. Der Sieg ist dadurch gesichert, daß sich Thiers mit Bismarck über die Strategie der im Deutsch-Französischen Krieg 1870/71 vor Paris stehenden deutschen Belagerer einigt. Vgl. *Die Tage der Kommune* (Band 8).

315,13 *vorauseskomptiert]* Eskomptieren: den Tendenzen einer zukünftigen Börsenlage in der Gegenwart entsprechen.

315,13f. *dem Bösen ... Blumenform]* Anspielung auf Charles Baudelaires Gedichtsammlung *Les Fleurs du mal* (1857; dt.: *Die Blumen des Bösen*).

315,15 *Spleen]* (Engl.) Schrulle, Verschrobenheit, Überspanntheit. Der Begriff findet sich bei Baudelaire und Benjamin. Dieser definiert Baudelaires Verwendung von »spleen« u.a. folgendermaßen:

> Spleen als Staudamm gegen den Pessimismus. Baudelaire ist kein Pessimist. [...] Der spleen ist das Gefühl, das der Katastrophe in Permanenz entspricht. [...] Dem spleen ist der Begrabene das »transzendentale Subjekt« des historischen Bewußtseins. [...] Der spleen legt Jahrhunderte zwischen den gegenwärtigen und den eben gelebten Augenblick. Er ist es, der unermüdlich »Antike« herstellt. (Benjamin, *Zentralpark*, Teil von: *Charles Baudelaire. Ein Lyriker im Zeitalter des Hochkapitalismus*, in: *Gesammelte Schriften*, Frankfurt a.M. 1991, Band I,2, S. 657, 660f.)

315,16 *Aura]* Luft, Hauch, Glanz, Schein, besondere Ausstrahlung. Von Walter Benjamin häufig verwendeter Begriff; er schreibt dazu:

> Was ist eigentlich Aura? Ein sonderbares Gespinst aus Raum und Zeit: einmalige Erscheinung einer Ferne, so nah sie sein mag. An einem Sommernachmittag ruhend einem Gebirgszug am Horizont oder einem Zweig folgen, der seinen Schatten auf den Ruhenden wirft – das heißt die Aura dieser Berge, dieses Zweiges atmen. An Hand dieser Definition ist es ein Leichtes, die besondere gesellschaftliche Bedingtheit des gegenwärtigen Verfalls der Aura einzusehen. Er beruht auf zwei Umständen, welche beide mit der zunehmenden Ausbreitung und Intensität der Massenbewegungen auf das Engste zusammenhängen. Die Dinge sich »näherzubringen« ist nämlich ein genau so leidenschaftliches Anliegen der gegenwärtigen Massen wie es ihre Tendenz einer Überwindung des Einmaligen jeder Gegebenheit durch deren Reproduzierbarkeit darstellt. (*Das Kunstwerk im Zeitalter seiner technischen Reproduzierbarkeit*, in: Benjamin, *Gesammelte Schriften*, Frankfurt a.M. 1991, Band I,2, S. 440.)

315,21-23 *Analyse des Films ... Reproduzierbarkeit]* Brecht bezieht sich auf Benjamins Aufsatz *Das Kunstwerk im Zeitalter seiner technischen Reproduzierbarkeit* (3. Fassung: 1936-1939; in: Benjamin, *Gesammelte Schriften*, Frankfurt a.M. 1991, Band I,2, S. 471-508.)

315,26 *Grete]* Margarete Steffin arbeitet mit Brecht seit 1932 zusammen, zunächst in Berlin, wo sie (als Laienspielerin) bei der Uraufführung der *Mutter* das Dienstmädchen spielt. Sie folgt ihm ins Exil und arbeitet Zeit ihres Lebens an allen Werken Brechts mit. Brecht erwähnt sie bei folgenden Stücken als Mitarbeiterin: *Die Rundköpfe und die Spitzköpfe, Die Horatier und die Kuriatier, Furcht und Elend des III. Reiches, Die Gewehre der Frau Carrar, Leben des Galilei, Das Verhör des Lukullus, Der gute Mensch von Sezuan, Der Aufstieg des Arturo Ui.* In seinem Stück *Die Tage der Kommune* geht Brecht von Nordahl Griegs Drama *Die Niederlage* aus, das Margarete Steffin aus dem Norwegischen übersetzt hat. Für seine Mitarbeiterin und Geliebte schreibt Brecht u.a. zahlreiche Liebessonette (vgl. *Sonette*, Band 11), außerdem die Gedichte *Die gute Genossin M.S.*, *Vom Glück des Soldaten der Revolution*, *Reglement für den Soldaten GGGGGG* und *Zweites Lied vom Soldaten der Revolution* sowie außerhalb der *Sonette*-Sammlung das *Sonett Nr. 19* und das *Sonett Nr. 1 (»Und nun ist Krieg ...«)*; alle Gedichte: Band 14. Gedichte, »gesammelt von meiner Mitarbeiterin Margarete Steffin, etwa von 1937 an in Dänemark, Schweden und Finnland«, nennt er die *Steffinsche Sammlung* (Band 12). Margarete Steffin ist Mitglied der KPD. Sie leidet an Tuberkulose; ihre Krankheit verschlimmert sich in der Emigration (vgl. ihren Text, S. 463f.).

315,26 *übersetze ich]* Brecht beteiligt sich auf Wunsch Nexös an dieser Arbeit; er redigiert Steffins Übersetzung. Er bittet den Verfasser um Einverständnis, daß es im Buch heißen muß:

> übersetzt »von Margarete Steffin und Bertolt Brecht«, da ich, wie jedermann weiß, ja nicht Dänisch verstehe und da, wie ich weiß, die Hauptarbeit tatsächlich von Grete gemacht wird. (Brief an Martin Andersen Nexö, 3. April 1938.)

315,26 *Andersen Nexös »Erinnerungen«]* Die ersten beiden Teile (*Ein kleines Würmchen* und *Unter offenem Himmel*) der *Erinnerungen* (*Erindringer*, 4 Teile 1932-1939) von Martin Andersen Nexö kommen 1940 unter dem Titel *Die Kindheit. Erinnerungen* mit der Übersetzerangabe »Deutsch von Margarete Steffin und Bertolt Brecht« in Moskau heraus (Nachdrucke 1945 in Zürich und Basel sowie 1946 im Dietz Verlag, Berlin). Ein der Zeitschrift *Das Wort* eingereichter Auszug kann nicht mehr herauskommen, da die Zeitschrift 1939 ihr Erscheinen einstellt.

316,3 *Liedern zur Gitarre]* Vgl. *Lieder zur Klampfe von Bert Brecht und seinen Freunden. 1918* (Band 11).

316,4 *Ballade]* Vgl. z.B. *Hauspostille*, »Dritte Lektion: Chroniken« (Band 11).

316,9 *Villon und Kipling übertragen]* Brecht benutzt Lieder von François Villon für die Songs in der *Dreigroschenoper* und handelt sich dadurch Plagiatsvorwürfe ein (vgl. Band 2 sowie die Texte *Bert Brecht sagt, Eine Erklärung Brechts, Plagiat als Kunst*, Band 21). – Die Gedichtsammlung *Barrack Room Ballads* (1892; dt.: *Balladen aus dem*

Biwack, 1911) von Rudyard Kipling benutzt Brecht u.a. für *Mann ist Mann* (Band 2).

316,13 *Massenlieder]* Vgl. z.B. *Solidaritätslied* (Band 13), *Einheitsfrontlied* (in der Sammlung *Svendborger Gedichte*, Band 12).

316,14f. *reimlose Verse mit unregelmäßigen Rhythmen]* Vgl. den im März 1938 geschriebenen Aufsatz *Über reimlose Lyrik mit unregelmäßigen Rhythmen* (Band 22).

316,16f. *»Hauspostillen«-Zeit ... Psalmen]* Die meisten Gedichte der *Hauspostille* entstehen Anfang der zwanziger Jahre. Die *Psalmen* sind als eigenständige Sammlung überliefert (Band 11).

316,23 *Die Moskauer Clique]* Brecht meint insbesondere Georg Lukács, Alfred Kurella, Johannes R. Becher, Fritz Erpenbeck. Er rechnet auch Julius Hay u.a. dazu. Walter Benjamin notiert zu einem Gespräch mit Brecht in den *Tagebuchnotizen 1938* unter dem 25. Juli zu dem Thema:

> »Mit diesen Leuten«, sagte ich, mit Beziehung auf Lukács, Gabor, Kurella, »ist eben kein Staat zu machen.« Brecht: »Oder *nur* ein Staat, aber kein Gemeinwesen. Es sind eben Feinde der Produktion. Die Produktion ist ihnen nicht geheuer. Man kann ihr nicht trauen. Sie ist das Unvorhersehbare. Man weiß nie, was dabei herauskommt. Und sie selber wollen nicht produzieren. Sie wollen den Apparatschik spielen und die Kontrolle der anderen haben. Jede ihrer Kritiken enthält eine Drohung.« (Benjamin, *Gesammelte Schriften*, Frankfurt a.M. 1991, Band VI, S. 537.)

316,23 *Hays Stück »Haben«]* Der ungarische Dramatiker Julius Hay (Gyula Háy) schreibt das Stück *Tiszazug* (dt.: *Haben*) 1934/35; in deutscher Sprache erscheint ein Teilabdruck in der Zeitschrift *Das Wort*, Moskau, Heft 3, September 1936, das ganze Stück in *Internationale Literatur*, Moskau, 1937, Heft 12. – Hay ist ein entschiedener Gegner Brechts; er belastet ihn z.B. in einer geheimen Parteisitzung der deutschen Kommunisten im Sowjet-Schriftstellerverband am 8. September 1936 in Moskau politisch schwer, indem er über eine Begegnung mit Brecht im Jahre 1933 berichtet:

> Gen. *Hay*: [...] Dann war ich in Wien. Der erste Mensch, den ich da getroffen habe, war Brecht. Diese Tendenzen, diese Stimmungen, von welchen sowohl Genosse Günther als [auch] Genosse Ottwalt berichtet haben, habe ich in diesem Brechtkreis auch feststellen können, also es war miesester Defaitismus und Liquidatorentum, und ich mußte feststellen, daß nicht nur der parteilose Brecht, sondern die Parteigenossin Weigel diesen Stimmungen vollkommen unterlag. (Georg Lukács, Johannes R. Becher, Friedrich Wolf u.a., *Die Säuberung*, hg. v. Reinhard Müller, Reinbek bei Hamburg 1991, S. 431f.)

Brecht verhindert Anfang 1937 als Mitherausgeber der Zeitschrift *Das Wort* die Veröffentlichung eines gegen ihn gerichteten Artikels von Hay, um eine Eskalation der Auseinandersetzungen angesichts der bündnispolitischen Bemühungen zu vermeiden (vgl. Briefe an Bernhard Reich, 11. März 1937, und an Julius Hay, März 1937).

316,27 *Sudermann]* Zu einer Rundfrage hat Brecht 1928 u.a. über Hermann Sudermanns Dramatik geschrieben: »Die Werke [...] liegen außerhalb des Vorstellungskreises, in dem wir leben.« (Vgl. *Über Hermann Sudermann*, Band 21.)

316,27-31 *»Aber ... Widersprüchen.«]* Keine Zitate, inhaltlich aber in den Rezensionen von Johannes R. Becher und Alfred Kurella (vgl. zu 316,36) enthalten.

316,33f. *ein Dämon ... alten Hexe]* Frau Kepes, eine Hebamme, die giftiges Pulver ausgibt.

316,36 *Nach Feuchtwanger ...]* Brecht bezieht sich auf das sehr positive Urteil seines Freundes Lion Feuchtwanger über Hays Stück in einem Vorwort zur deutschen Ausgabe von *Haben*, das als Vorabdruck veröffentlicht wird (*Das Wort, Moskau,* Heft 7, Juli [versehentlich gedruckt: »Juni«] 1937). Feuchtwanger meint u.a.:

> »Haben« ist ein durch und durch marxistisches Stück, von den deutschen Stücken, die ich kenne, das erste, das nicht vom Marxismus redet oder von ihm singt, sondern von innen her durchtränkt ist mit Marxismus. (*Das Wort*, Heft 7, S. 79.)

Brecht schreibt daraufhin an Feuchtwanger:

> Übrigens fühle ich, daß ich Sie warnen muß, alles, was in der Zeitschrift »Wort« steht, für marxistisch zu halten. Es gehört ja zu dem Prinzip der Zeitschrift, auch nichtmarxistische Arbeiten abzudrukken. Es wäre mir schmerzlich, wenn Sie in Zukunft den Kapitalismus für etwas hielten, das am besten durch eine dörfliche Giftmischerin verkörpert wird. Hay kann sich da nicht auf Marx stützen, wissen Sie. Das arme Bauernmädchen, das ihr Seelenheil aufs Spiel setzt, um einen Bauernhof zu gewinnen, belegt eher den Bibelsatz »Und so einer die ganze Welt gewönne« usw. als einen Satz aus dem »Kapital«. Und wie oft haben Ihre Frau und ich Ihnen auseinandergesetzt, daß das Goethesche »Am Gelde hängt, zum Gelde drängt doch alles« noch nicht reiner Marxismus ist! Ich sage das nicht ohne leisen Vorwurf. (Brief an Feuchtwanger, 5. Juli 1937.)

Die 1938 nach Erscheinen der deutschsprachigen Ausgabe veröffentlichten Rezensionen von Johannes R. Becher (*Bemerkungen zu Julius Hays »Haben«*, in: *Internationale Literatur. Deutsche Blätter*, Moskau, Heft 6, Juni 1938, S. 138) und Alfred Kurella (*Julius Hay, Drei Schauspiele*, in: *Das Wort*, Moskau, Heft 9, September 1938) veranlassen Brecht zu erneuter Kritik. Nach der Meinung von Kurella ist Hay ein marxistisches Werk gelungen:

> Das Neue kommt aus einem tiefen Einblick in die Zusammenhänge, und dieser tiefere Einblick, der mit künstlerischen Mitteln neuartige Lösungen alter Rätsel bringt, fällt zusammen mit dem tieferen Einblick in die Dinge, den der Marxismus uns mit wissenschaftlichen Mitteln gewährt. (*Das Wort*, 1938, Heft 9, S. 134.)

In Bechers anerkennender Rezension hat Brecht in seinem Exemplar der Zeitschrift folgende Passage angestrichen:

> Hay weicht Konflikten nicht aus, er sucht sie auf. Er steigt in den Abgrund des menschlichen Konflikts hinab, nur aus einem tiefen Konfliktsgrund heraus kann der Dramatiker eine gründliche Überwindung des Konflikts anstreben. (*Internationale Literatur*, 1938, Heft 6, S. 138.)

Vgl. Brechts Kritik an Hay in den Texten von 1937: *Hays »Haben«, Hay (1), Hay (2), Tiefstand der Sprachbehandlung* (Band 22).

316,38-317,2 *»Hay ist ... Wege ging.«]* Zitat aus Kurellas Rezension (*Das Wort*, 1938, Heft 9, S. 131.)

317,2 *Kurella]* Der nach Moskau emigrierte Alfred Kurella ist zu der Zeit Leiter der bibliographischen Abteilung für Auslandsliteratur in der Moskauer Staatlichen Bibliothek. Er beteiligt sich (auch unter den Namen: Bernhard Ziegler, Viktor Röbig, A. Bernhard) an allen Literaturdebatten, die in der Sowjetunion in dieser Zeit geführt werden, auch an der Realismusdebatte im *Wort*. Sein Aufsatz *»Nun ist dies Erbe zuende ...«* bildet, zusammen mit Klaus Manns Text *Gottfried Benn. Die Geschichte einer Verirrung*, den Auftakt der Diskussion in der Zeitschrift *Das Wort* (beide: Heft 9, September 1937). Bereits 1931 hat sich Kurella mit einer scharfen Kritik an dem Lehrstück *Die Maßnahme* als Gegner Brechts artikuliert (*Literatur der Weltrevolution*, Moskau, Nr. 4, S. 100f.; vgl. auch *Die Maßnahme*, Kommentar, Abschnitt »Wirkung«, Band 3).

317,2-5 *Feuchtwanger ... erfüllt«.]* Abgewandeltes Zitat Feuchtwangers:

> Die marxistischen Lehren sind diesem Autor nicht nur Gedanken geblieben, sie erfüllen vielmehr sein ganzes Wesen, sein Gefühl bis tief in die Schächte des nicht mehr Bewußten. (Lion Feuchtwanger, *»Haben«*, in: *Das Wort*, Moskau, 1937, Heft 7, S. 79.)

317,8 *indanthren]* Warenzeichen für licht- und waschechte Farbstoffe.

317,11-28 *Wir Deutschen ... Zähne.]* Vgl. dazu *Kleines Organon für das Theater* (1948), Abschnitt 75 (Band 23).

317,31 *Benjamin ... Freud]* Benjamin notiert sich für *Das Passagen-Werk* u.a.:

> Zu Freuds Konjektur von der Sexualität als einer absterbenden Funktion »des« Menschen bemerkte Brecht, wie sehr es das untergehende Bürgertum von der feudalen Klasse zur Zeit ihres Niedergangs unterscheide, daß es sich in allem als Inbegriff des Menschen überhaupt fühle, damit seinen Untergang dem Aussterben der Menschheit gleichsetzend. (Benjamin, *Gesammelte Schriften*, Frankfurt a.M. 1991, Band V,1, S. 637.)

317,35 *Ruth]* Brecht lernt die dänische Schauspielerin und Journalistin Ruth Berlau im Spätsommer 1933 bei Karin Michaelis auf Thurö kennen. Die Arbeitsbeziehung zu Brecht wird bald auch zu einer Liebesbeziehung.

317,36 *Band Novellen ... »Jedes Tier kann es«]* Die Erzählungen (*Ethwert dyr kan det*) erscheinen 1940 unter dem Pseudonym Maria Sten in dänischer Sprache bei Poul Bogtrykkeri in Kopenhagen. (Eine deutsche, um eine Erzählung gekürzte Ausgabe – Übersetzung: Regine Elsässer, Nachwort: Klaus Völker – kommt 1989 im Persona-Verlag, Mannheim, heraus.) Brecht kann sich das Buch nur als »›Frauenbuch‹ oder gar nicht« vorstellen (Brief an Ruth Berlau, Ende Mai/Anfang Juni 1942). Ruth Berlau schreibt zur titelgebenden Erzählung:

> Die Idee zur Rahmenhandlung kommt von Brecht. Sieben Frauen, die bei einem Straßenbahnunglück ums Leben gekommen sind, liegen in einer Leichenhalle. Um Mitternacht stehen sie auf, kochen Kaffee und erzählen sich gegenseitig ihre Liebesgeschichten. Die eine fand ihren Mann zu grob, die zweite zu zart, die dritte zu klug, die vierte zu dumm und so fort. Die letzte ist eine Hure. Sie erzählt, sie habe viele gehabt, so wie man Schnupfen bekommt.
>
> Unsere Zusammenarbeit wuchs langsam. Es dauerte, bis ich alles begriffen hatte. Am Schluß konnte man kaum noch herausfinden, wer was geschrieben hat. (*Brechts Lai-tu. Erinnerungen und Notate von Ruth Berlau*, hg. u. mit einem Nachwort v. Hans Bunge, Darmstadt 1985, S. 64.)

317,37-318,1 *gute Titel (... Usw.)]* Die erwogenen Titel für den Sammelband entsprechen den Titeln einzelner Erzählungen: *Service* (1989, S. 7-27), *»Eile« hieß der Wind* (1989, S. 109f.). Die Erzählung *All des Königs Rosse und all des Königs Mann* wird umbenannt in *Regnen* (Der Regen; nicht übernommen in die Ausgabe 1989). Der Band enthält außerdem die Erzählungen: *Ein Teppich – drei Tage!, Jedes Tier kann es, Nie mehr Liebe!, Der große Vergnügungspark.*

318,1f. *Orgasmus als Glücksfall]* Vgl. das gleichzeitig entstandene Gedicht *Über den Verfall der Liebe* (Band 14).

318,5 *»An den Triumphbogen«]* Es handelt sich um Brechts Übersetzung der ersten beiden Strophen vom fünften Gedicht aus dem Zyklus *A l'arc de Triomphe* (1837; dt.: *An den Triumphbogen*) von Victor Hugo.

318,31f. *»Furcht und Elend ... in Druck gegangen.]* Der vom Malik-Verlag in Prag hergestellte Umbruch der Szenenfolge wird Brecht zur Korrektur geschickt, die Texte können aber nicht mehr gedruckt werden (vgl. zu 311,22 und Band 4).

318,32 *Lukács hat den »Spitzel« ... begrüßt]* Georg Lukács schreibt über die Szene (die in *Das Wort*, Moskau, Heft 3, März 1938, erschienen ist):

> Und Brecht hat in der dritten Nummer des *Wort* einen kleinen Einakter (»Der Spitzel«) veröffentlicht, in welchem er den Kampf gegen die Unmenschlichkeit des Faschismus bereits in einer bei ihm

neuen, vieltönigen und abgestuften realistischen Weise führt; er gibt dort ein lebendiges, durch *Menschenschicksale* vermitteltes Bild vom Schrecken des faschistischen Terrors in Deutschland [...]. (Lukács, *Es geht um den Realismus*, in: *Das Wort*, Moskau, Heft 6, Juni 1938, S. 138.)

318,35 *27 Szenen]* In diesem Umfang für den geplanten Erstdruck zusammengestellt (vgl. Band 4); die von Brecht 1945 verkürzte Fassung enthält 24 Szenen.

319,1 *die »Straßenszene«]* Brecht schreibt den Essay *Die Straßenszene* im Juni 1938 (vgl. Band 22).

319,6 *die Briefe Dudows]* Der Regisseur Slatan Dudow ist Brechts Mitarbeiter am Lehrstück *Die Maßnahme* (1929/30), an *Die Mutter* (1931) und am Film *Kuhle Wampe oder Wem gehört die Welt* (1931/32). Am 25. Mai 1937 teilt er Brecht mit, daß er in Paris Möglichkeiten für ein »politisches Kabarett« sieht (Brief im Nachlaß). Brecht stellt ihm eine »Reihe kleiner Stücke (zu 10 Minuten) ›Seelischer Aufschwung des deutschen Volkes unter dem Naziregime‹« in Aussicht (Brief an Dudow, Juli 1937). Dudow hatte bereits am 16. Oktober 1937 in der Salle Adyar, Paris, den Einakter *Die Gewehre der Frau Carrar* (mit Helene Weigel in der Titelrolle) zur Uraufführung gebracht. Am 21. Mai 1938 werden unter Dudows Regie acht Szenen von *Furcht und Elend des III. Reiches* (Band 4) unter dem Titel *99%. Bilder aus dem Dritten Reich* in der Salle d'Iéna, Paris, uraufgeführt.

319,7 *kleine proletarische Spieltruppe]* Mitglieder des Emigrantenkabaretts »Die Laterne«, in der sich vor allem Schauspieler der früheren Berliner »Truppe 1931« zusammenfinden (Steffi Spira, Günter Ruschin, Hans Altmann u.a.).

319,9 *Vallentin]* Maxim Vallentin, anfangs Schauspieler an verschiedenen Berliner Bühnen, gründet 1927 die Agitproptruppe (vgl. zu 449,25) des Kommunistischen Jugendverbandes, aus der »Das Rote Sprachrohr« hervorgeht. 1933 emigriert er in die Sowjetunion und arbeitet in Moskau und in der deutschen Wolgarepublik als Schauspieler, Regisseur und als Sprecher des Moskauer Rundfunks. – Brechts Kritik bezieht sich auf Vallentins Votum für das System Stanislawskis, das Vallentin eingehend studiert und propagiert.

319,15 *»Gedichte aus dem Exil«]* Vgl. zu 311,22.

319,20f. *»Die Geschäfte des Herrn Julius Caesar«]* Vgl. zu 312,6.

319,21 *»Der Tuiroman«]* Im dänischen Exil entstehen zahlreiche Texte zu dem Fragment gebliebenen *Tuiroman* (Band 17).

319,22f. *»Abenteuer des bösen Baals des asozialen«]* 1929/30 beschäftigt sich Brecht mit »kleinen Lehrstücken« unter dem Titel *Der böse Baal der asoziale* (Band 10). Zu den Überlegungen, warum diese Stücke nicht zustande kommen, vgl. 331,33-40 und 468,5-13.

319,24 *»Haltungen Lenins«]* Möglicherweise Bezug auf *Buch der Wendungen*, an dem Brecht seit 1934 arbeitet (Band 18).

319,27f. *Roman ... Koloman Wallisch]* Brecht schreibt um 1934 die *Koloman Wallisch Kantate* (Band 14); ein Romanprojekt wird nicht ausgeführt. Koloman Wallisch, sozialistischer Bürgermeister von Bruck an der Mur, führt den Kampf der steirischen Arbeiter während des Februaraufstandes 1934 an; er wird im gleichen Jahr ermordet.

319,29 *Anstreicher]* Bei Brecht übliche Bezeichnung für Adolf Hitler; Anspielung auch auf dessen Versuche, Kunstmaler zu werden (zwei Aufnahmegesuche an der Kunstakademie Wien scheitern); es sind eine Reihe von Gemälden überliefert (insbesondere Landschaften, Dorfidyllen, klassizistische Bauten Wiens usw.).

319,30 *die großen deutschen Manöver]* Im August 1938 finden auf dem Truppenübungsplatz Groß-Born in Pommern Manöver des II. Armeekorps statt, die Hitler am 19. August inspiziert.

319,34 *die Gedichte Shelleys]* In Brechts Nachlaß befindet sich die Ausgabe: *The Poetical Works of Percy Bysshe Shelley*, London 1853. Er wird vermutlich durch den Aufsatz *Percy Bysshe Shelley* von Walter Haenisch (in: *Das Wort,* Moskau, Heft 1, Januar 1938, S. 96-110) zur Lektüre Shelleys angeregt. Shelleys Ballade *Der Maskenzug der Anarchie* (1819) interpretiert er in seinem zu dieser Zeit entstandenen Essay *Weite und Vielfalt der realistischen Schreibweise* (Band 22) als Beispiel gegen das enge Realismuskonzept von Georg Lukács. (Der Schlußteil des *Maskenzuges* ist in der Übersetzung von Alfred Wolfenstein im *Wort*, Moskau, 1937, Heft 6, erschienen.) Die Ballade dient Brecht später als Vorbild für sein Gedicht *Freiheit und Democracy* (Band 15).

319,35 *ägyptischen Bauernliedern]* In seinem Aufsatz von 1934 *Fünf Schwierigkeiten beim Schreiben der Wahrheit* (Band 22) erwähnt und zitiert Brecht einen *»ägyptischen Dichter*, der vor viertausend Jahren lebte«. Gemeint ist Ipu-wer (etwa 2500 v. d. Z., dessen Gedichte 1903 von H. O. Lange entdeckt worden sind), von dem Brecht in dem genannten Aufsatz einzelne Verse aus drei Gedichten in einer von den Originalen abweichenden Reihenfolge neu gestaltet und zu einem eigenen Gedicht umformt. (Vgl. *Es ist doch so*, Band 14, und *Das Lied vom Chaos* aus *Der kaukasische Kreidekreis*, Band 8). Brechts Quelle ist das Buch von Adolf Ermann, *Die Literatur der Ägypter. Gedichte, Erzählungen und Lehrbücher aus dem 3. und 2. Jahrtausend v. Chr.*, Leipzig 1923 (Nachlaßbibliothek).

320 *Zur Abbildung:* Das Porträt Brechts ist ein Ausschnitt aus einem Druck, dessen Herkunft nicht ermittelt werden konnte.

320,27 *»décadence«]* Vgl. zu 312,29.

320,28 *Dos Passos und vermutlich auch ich]* Der nordamerikanische Schriftsteller John Roderigo Dos Passos wird wegen seiner Montagetechnik mehrfach von Lukács kritisiert; vgl. Brechts Entgegnungen in den Aufsätzen *Bemerkungen zu einem Aufsatz, Bemerkungen zum Formalismus, Notizen über realistische Schreibweise* (Abschnitt 5); alle Band 22. – Unter Bezug auf Dos Passos schreibt Lukács zur selben Zeit in seinem Aufsatz *Marx und das Problem des ideologischen Verfalls* über »viele Schriftsteller«, die »aufrichtige und erbitterte Gegner des kapitalistischen Systems« sind:

> Aber diese gegenteilige politisch-soziale Tendenz wirkt sich schriftstellerisch nur an der Oberfläche aus, eben nur in der abstrakt-politischen, abstrakt-sozialen Tendenz. Es entsteht in solchen Fällen – wie in gewissen Dramen Brechts oder Romanen Ehrenburgs – ein schriftstellerisch abstrakt-revolutionärer Utilitarismus: die Gestaltung der Menschen, das In-Erscheinungtreten ihrer individuellen Eigenart wird ebenso auf ihre abstrakten Funktionen im Klassenkampf reduziert. (*Internationale Literatur. Deutsche Blätter*, Moskau, 1938, Heft 7, S. 133.)

320,34-36 *Heinrich Mann ... »Heinrich IV.«]* Das zweibändige Romanwerk *Die Jugend des Königs Henri Quatre* (1935), das Georg Lukács rezensiert: *Die Jugend des Königs Henri Quatre* (*Das Wort*, Moskau, Heft 8, August 1938, S. 125-132).

320,38 *Leben des biblischen Josef]* Thomas Manns Romantetralogie *Joseph und seine Brüder*, von der bis zu diesem Zeitpunkt vorliegen: *Die Geschichte Jakobs* (1933), *Der junge Joseph* (1934) und *Joseph in Ägypten* (1936); 1943 wird das Werk mit *Joseph, der Ernährer* abgeschlossen.

320,39-321,1 *»Sehr verschlungene ... Zusammenhänge«]* Vgl. zu 321,10.

321,1 *Hamsun]* Über Brechts frühe Beschäftigung mit Knut Hamsun vgl. zu 129,31 und zu 231,21.

321,7 *Die Realismusdebatte]* Vgl. zu 312,29 und zu 313,2f.

321,8f. *Lukács findet ...]* Die folgenden Ausführungen beziehen sich auf den Essay *Erzählen oder Beschreiben? (Zur Diskussion über Naturalismus und Formalismus)* von Georg Lukács, der in den Heften 11 und 12 (1936) der *Internationalen Literatur*, Moskau, erschienen ist.

321,10 *»Verschlungenheit der Wege des Lebens«]* Bei Lukács heißt es:

> Die Verschlungenheit der Wege des Lebens klärt sich nur am Ende auf. Nur die menschliche Praxis zeigt, welche Eigenschaften eines Menschen im breiten Komplex seiner Charakteranlagen die wichtigen, die entscheidenden sind. (*Internationale Literatur*, 1936, Heft 11, S. 113.)

321,10f. *»reiches Gewebe ... Motive«]* Das Zitat lautet im Zusammenhang:

> Aber der Leser wird in diesem reichen Gewebe sich vielfältig verschlingender Motive von dem *allwissenden* Autor geführt, der die spezifische Bedeutung eines jeden an sich unscheinbaren Details für die endgültige Entwirrung, für die endgültige Offenbarung der Charaktere genau kennt, der nur mit Details operiert, die eine solche Funktion für die Gesamthandlung besitzen. (*Internationale Literatur*, 1936, Heft 11, S. 113.)

321,18-20 *»breiter Reichtum ... Breite«]* Bei Lukács:

Das von Goethe verlangte Verlegen der epischen Handlung in die Vergangenheit hat zum Zweck die dichterische Auswahl des Wesentlichen aus dem breiten Reichtum des Lebens, die Gestaltung des Wesentlichen in einer Weise, die die Illusion der Gestaltung des ganzen Lebens in seiner vollständigen entfalteten Breite erweckt. (*Internationale Literatur*, 1936, Heft 11, S. 112f.)

321,29f. *Bei Zola ... das Geld]* Über die »Zolaschule« schreibt Lukács:

Dort wurde die Nichtigkeit eines kapitalistischen Sachkomplexes entlarvt, und etwa gezeigt, welche Niederträchtigkeit sich hinter dem Glanz der Börse und der Banken verbirgt. (*Internationale Literatur*, 1936, Heft 12, S. 119.)

Dies bezieht sich auf Emile Zolas zwanzigbändigen Romanzyklus *Les Rougon-Macquart* (1871-1893; dt.: *Die Rougon-Macquart. Die Geschichte einer Familie unter dem 2. Kaiserreich*, 1892-1899).

321,32-36 *Entmenschung des Romans ... entmenschen das Leben]* Bei Lukács:

Die beschreibende Methode ist *unmenschlich*. Daß sie sich, wie gezeigt wurde, in der Verwandlung des Menschen in ein Stilleben äußert, ist nur das künstlerische Symptom dieser Unmenschlichkeit. (*Internationale Literatur*, 1936, Heft 12, S. 111.)

322,13 *die Erzählungsform der Balzac, Tolstoi usw.]* Die Romane von Honoré de Balzac und Leo Tolstoi werden von Lukács als formale Vorbilder hingestellt. In *Erzählen oder Beschreiben?* vergleicht Lukács zunächst Milieubeschreibungen aus Zolas Roman *Nana* und Balzacs *Verlorene Illusionen* und resümiert:

Bei Scott, Balzac oder Tolstoi erfahren wir von Ereignissen, die an sich bedeutsam sind durch das Schicksal der an ihnen beteiligten Personen; dadurch, was diese Personen in der reichen Entfaltung ihres menschlichen Lebens für das Leben der Gesellschaft bedeuten. Wir sind das Publikum von Ereignissen, an welchen die Personen der Romane *handelnd* beteiligt sind. (*Internationale Literatur*, 1936, Heft 11, S. 104.)

322,15f. *All the king's ... together again.]* (Engl.) Alle Pferde des Königs und alle Mannen des Königs konnten Humpty Dumpty nicht wieder heil machen. (Englischer Kinderreim.)

322,16f. *Gide ... Hauptroman]* André Gides Roman *Les faux monnayeurs* (1926, dt.: *Die Falschmünzer*, 1928).

322,18f. *Joyce ... Katalog von Beschreibungsarten]* James Joyces Hauptwerk *Ulysses* (1922, dt. 1927).

322,20 *Hašeks »Schwejk«]* Vgl. zu 305,21.

322,25f. *der von Marxisten herausgegebenen Zeitschriften]* Brecht meint vor allem die in Moskau erscheinenden deutschsprachigen Zeitschriften *Das Wort* (Juli 1936 bis März 1939, Herausgeber: Bertolt

Brecht, Lion Feuchtwanger, Willi Bredel, Redakteure u.a.: Fritz Erpenbeck, Maria Osten) und *Internationale Literatur* (Juli 1931 bis Dezember 1945, Zentralorgan der Internationalen Vereinigung Revolutionärer Schriftsteller; in verschiedenen Sprachen, ab 1937 Titel der deutschen Ausgabe: *Internationale Literatur. Deutsche Blätter*, ab 1936 leitende Redakteure der deutschen Ausgabe: Johannes R. Becher und Jakow M. Metallow; stellvertretender Redakteur: Hugo Huppert, im Redaktionskomitee u.a. Sandor Barta, Willi Bredel, Andor Gábor, Georg Lukács).

322,27 *Dekadenz]* Vgl. zu 312,29.

322,35 *»Hauspostille«]* Vgl. Band 11.

323,3 *»Svendborger Gedichte«]* Vgl. Band 12.

323,13 *»im Walde vor mich hin«]* Anspielung auf die erste Strophe von Goethes Gedicht *Gefunden* (1813).

323,25 *»Baal« ... Gesamtausgabe]* Die Ausgabe der *Gesammelten Werke* im Malik-Verlag (vgl. zu 311,22).

323,27 *(zwei) Buchausgaben]* Gemeint sind der nicht ausgelieferte Erstdruck 1920 im Georg Müller Verlag, München, und die Neufassung von 1922 im Gustav Kiepenheuer Verlag, Potsdam (vgl. Band 1).

323,32 *vom »Bösen Baal dem asozialen«]* Vgl. zu 319,22f.

324 *Zur Abbildung:* Das Foto zeigt die Kinder von Bertolt Brecht und Helene Weigel: Tochter Barbara, geb. am 28. Oktober 1930, und Sohn Stefan, geb. am 3. November 1924. Bildunterschrift: »Steff und Barbara im ersten Jahr des Exils (1933)«.

324,22f. *der »Deutschen Zentral-Zeitung« ... Stanislawski]* Die *Deutsche Zentral-Zeitung* (DZZ), Moskau, bringt anläßlich des Todes des Schauspielers, Regisseurs und Theaterpädagogen Konstantin Stanislawski (am 7. August 1938) in ihren Ausgaben vom 8., 9. und 10. August 1938 zahlreiche Nachrufe und Berichte.

324,30 *Tuismus]* Brecht benutzt die von ihm geschaffene Abkürzung Tui aus den Anfangsbuchstaben der umgestellten Wortsilben von intellektuell (*t*ellekt-*u*ell-*i*n) als Bezeichnung für einen »Intellektuellen dieser Zeit der Märkte und Waren«, den »Vermieter des Intellekts«; vgl. *Der Tuiroman* (Band 17) und *Turandot oder Der Kongreß der Weißwäscher* (Band 9).

324,33 *Murxisten]* Wortschöpfung Brechts. – »Der Marxismus in der sehr verbreiteten Form des Murxismus ist dadurch furchtbar, daß er Esel in der Debatte unschlagbar macht.« (*Eine deutsch-jüdische Arztfamilie*; Band 22.) Brecht bezieht den Begriff vermutlich auf Julius Hay (vgl. die zweite Anmerkung zu 316,23), der in der *Deutschen Zentral-Zeitung* in seinem Text zu Stanislawski unter Bezug auf neuere Theaterexperimente u.a. schreibt:

> In kühler, vornehmer Höhe dünkelhaften kleinbürgerlichen Intellektuellentums haben sich andere eine »revolutionäre« Theaterkunst ausgedacht, und sie wunderten sich, als das Volk ihnen auf diese eingebildeten »Höhen« nicht folgte. (8. August 1938.)

324,34f. *»Die Kunst ... Gefühl.«]* In dieser Formulierung in den drei Ausgaben der *Deutschen Zentral-Zeitung* nicht nachweisbar. Die Beiträge von Kollegen, Schülern und Freunden Stanislawskis (z. B. von einer Gruppe Bühnenkünstler und Schauspieler, vom Kollektiv des Staatlichen K. S. Stanislawski-Operntheaters, vom Kollektiv des Moskauer Revolutions-Theaters, von einzelnen Persönlichkeiten wie W. Katschalow, Nikolai Wirta, Serafima Birman, Johannes R. Becher, N. Wolkow, S. Durilin) geben in der Regel die Trauer um den Verlust wieder und gehen auf die Persönlichkeit Stanislawskis ein, nicht auf sein Werk.

324,39 *eo ipso]* Vgl. zu 214,11.

325,6f. *Die Verlogenheit der Stanislawskischule]* Vgl. Brechts Brief an Mordecai Gorelik, Anfang März 1937, sowie die Texte *Stanislawski – Wachtangow – Meyerhold* und *Stanislawski* sowie *Fortschrittlichkeit des Stanislawski-Systems* (Band 22).

325,17-19 *der Umfall ... die Tschechoslowakei]* Über die Abtretung des Sudetengebiets der Tschechoslowakei an Deutschland und eine Garantie der Großmächte für die neuen Grenzen wird im September 1938 verhandelt: die vier Regierungschefs Arthur Neville Chamberlain, Edouard Daladier, Benito Mussolini und Hitler unterzeichnen schließlich eine Erklärung, in der die deutsche Besetzung des Sudetenlandes gebilligt wird (Münchener Abkommen vom 29. September 1938).

325,24-27 *40-Stundenwoche ... nicht das ihre]* Die erste französische Volksfrontregierung unter Léon Blum (Juni 1936 bis Juni 1937) aus Sozialisten und Radikalsozialisten (mit Unterstützung durch die Kommunisten) hat die 40-Stundenwoche eingeführt und die Bank von Frankreich sowie die Munitionsindustrie nationalisiert gegen den Widerstand der Industriellen. Das ab April 1938 regierende Kabinett Daladier bricht in der Folge (am 4. Oktober) mit der Volksfront (die auch das Münchener Abkommen ablehnt).

325,26 *Idolas]* Idol: Trugbild, Götzenbild; bei Francis Bacon sind Idolas: Vorurteile.

325,28-30 *Sternberg hier ... früh drei Uhr.]* Der Philosoph und Soziologe Fritz Sternberg, zu dem Brecht seit den zwanziger Jahren Arbeitskontakte unterhält (vgl. *Sollten wir die Ästhetik liquidieren?*, *Neue Dramatik* und die zugehörigen Kommentare, Band 21), schreibt über den Besuch in Skovsbostrand:

> Es war eine aufwühlende Zeit. Wir saßen natürlich in diesen Tagen viele Stunden am Radio. Die übrige Zeit war ausgefüllt mit Diskussionen über die Lage und über manche Werke, die Brecht mir damals im Manuskript gab. Ich erinnere mich vor allem an den »Galilei«, aber auch an viele Gedichte und den Versuch eines Stückes mit dem Titel »Die Geschäfte des Herrn Julius Caesar«. (Fritz Sternberg, *Der Dichter und die Ratio. Erinnerungen an Bertolt Brecht*, Göttingen 1963, S. 38.)

325,29 *Nacht von Godesberg]* Hitler bereitet das Münchener Abkommen am 22./23. September 1938 mit Chamberlain in Bad Godesberg vor und erhält dessen Zustimmung hinsichtlich eines deutschen Anspruchs auf das Sudetenland.

325,34f. *Gide ... Buch]* Vermutlich ist André Gides Traktat *La tentative amoureuse ou Le Traite du vain désir* (1893, dt.: *Der Liebesversuch oder Der Traktat von der eitlen Begierde*, 1907) gemeint.

325,35f. *der französischen Volksfront]* Vgl. zu 325,24-27 und die erste Anmerkung zu 313,20.

325,37f. *Hašek: Sein großes Buch]* Vgl. zu 305,21.

325,38 *V-Zonen]* Vermutlich die Gebietsabschnitte der Tschechoslowakischen Republik, die durch das Münchener Abkommen (vgl. zu 325,17-19) von deutschen Truppen in der Zeit vom 1. bis zum 7. Oktober 1938 besetzt werden.

326,6 *Untergang der Tschechoslowakei]* Unmittelbar nach Abschluß des Münchener Abkommens marschieren am 1. Oktober 1938 deutsche Truppen in die Randgebiete der Tschechoslowakei ein (die Besetzung in vier Etappen wird am 10. Oktober abgeschlossen).

326,12 *andere Klassenkräfte ans Ruder]* Der tschechoslowakische Staatspräsident Eduard Beneš erklärt am 5. Oktober 1938 seinen Rücktritt, am 6. Oktober wird eine eigene (deutschfreundliche) slowakische Regierung unter Prälat Josef Tiso gebildet.

326,23 *»Das Leben des Galilei« abgeschlossen.]* Gemeint ist die dänische Fassung des Stückes (vgl. Band 5).

326,23f. *drei Wochen]* Margarete Steffin schreibt an Walter Benjamin:

> Brecht fing vor zehn Tagen an, den Galilei, der ihm ja schon länger im Kopf spukte, herunterzudramatisieren, er hat jetzt von vierzehn Szenen bereits neun fertig [...]. (17. November 1938, Nachlaß.)

326,25 *»Johanna«]* Das Stück *Die heilige Johanna der Schlachthöfe* (Band 3).

326,29 *den V-Effekt]* Von Brecht seit 1936 verwendeter Begriff (vgl. *Verfremdungseffekte in der chinesischen Schauspielkunst*; Band 22).

326,33 *Kolzow verhaftet in Moskau]* Brecht verfolgt seit Jahren die Vorgänge in der Sowjetunion und erfährt durch viele persönliche Kontakte von den Verhaftungen und Verurteilungen zahlreicher ihm bekannter Personen nach den Moskauer Prozessen (vgl. das Gedicht *Ist das Volk unfehlbar*, Band 14). In Brechts Nachlaß befinden sich Ausschnitte aus der Kopenhagener Zeitung *Politiken* über die Prozesse: eine Serie in fünf Teilen *Sovjet under Processerne* (Die Sowjetunion während der Prozesse, April 1937) und *8 Generaler kraeves domt til Doden for Mordkomplot mod Stalin* (Acht Generäle sollen wegen Mordkomplott gegen Stalin zum Tode verurteilt werden, 12. Juni 1937). Vgl. *Über die Moskauer Prozesse* und *Über die Prozesse in der USSR (Zur Selbstverständigung)* (Band 22). Brecht lernt Michail J.

Kolzow als einen der Leiter in der Auslandskommission des Schriftstellerverbandes bei seiner Moskauer Reise im Frühjahr 1935 kennen und trifft mit ihm auch auf dem Pariser Schriftstellerkongreß im Juni zusammen. Kolzow arbeitet maßgeblich an der zentralen Parteizeitung *Prawda* mit und ist Leiter des größten Zeitschriftenverlags der Sowjetunion, Jourgaz, in dem die Zeitschrift *Das Wort* erscheint. Er wird am 12. Dezember 1938 verhaftet und 1942 erschossen.

326,34f. *Tretjakow ... »japanischer Spion«]* Vgl. die erste Anmerkung zu 297,14. Tretjakows letzter überlieferter Brief an Brecht (Nachlaß) stammt vom 3. Mai 1937. Im selben Jahr wird er verhaftet und 1939 hingerichtet.

326,35f. *Neher ... trotzkistische Geschäfte]* Die Schauspielerin Carola Neher, die Lilian Holliday in *Happy End* (1929), die Polly im Film *Die Dreigroschenoper* (1931), die Johanna in der Radio-Uraufführung der *Heiligen Johanna der Schlachthöfe* (1932), verheiratet mit dem rumäniendeutschen Ingenieur Anatol Bekker, ist 1933 in die Sowjetunion emigriert. (Da sie sich mit Exilschriftstellern zur Volksabstimmung im Saargebiet 1934 in einem Aufruf an die dortige Bevölkerung wendet, wird ihr am 3. November 1934 die deutsche Staatsbürgschaft aberkannt.) Ihr Mann wird 1936 als »trotzkistischer Agent« in Moskau zum Tode verurteilt, sie selbst im Juli 1937 festgenommen. Als Brecht von der Verhaftung erfährt, schreibt er mehrfach an Lion Feuchtwanger, der sich von Dezember 1936 bis Februar 1937 in der Sowjetunion aufgehalten hat und u.a. von Stalin empfangen worden ist, und bittet ihn, über diesen Kontakt etwas für Carola Neher zu tun (vgl. die Briefe an Lion Feuchtwanger aus dem Jahre 1937). Bei einem Besuch des Schauspielers Hermann Greid (vgl. zu 337,28-31), der aus der UdSSR zurückkehrt, im Sommer 1937 in Dänemark erkundigt sich Brecht nach der Neher. Greid berichtet:

> Ich wußte nur, daß sie verurteilt worden war und dann verschwand. Da kannte seine Wut auf diesen »schändlichen und schamlosen Henkersknecht Stalin« und dieses »ganze Pack« um ihn herum keine Grenzen. (Hermann Greid, *Der Mensch Brecht. Wie ich ihn erlebt habe*, Stockholm 1974, S. 4.)

Das Militärkollegium des Obersten Gerichts der UdSSR beschuldigt die Neher, »als Bote zwischen dem in Prag befindlichen trotzkistischen terroristischen Zentrum und einer kontrarevolutionären trotzkistischen Terrororganisation, welche der Trotzkist Wollenberg in Moskau organisierte«, tätig gewesen zu sein, und verurteilt sie am 16. Juli 1937 zu zehn Jahren Gefängnis, gleichzeitig wird ihr gesamtes Vermögen beschlagnahmt. (Vgl: Georg Lukács, Johannes R. Becher, Friedrich Wolf u.a., *Die Säuberung*, hg. v. Reinhard Müller, Reinbek bei Hamburg 1991, S. 557-559.) Carola Neher macht im Gefängnis (Moskauer Lubjanka) einen Selbstmordversuch, kommt in Einzelhaft nach Kasan, wird nach Abschluß des Hitler-Stalin-Paktes in das Moskauer Gefängnis Butyrka gebracht, aber nicht, wie die anderen Gefangenen, nach Deutschland ausgeliefert. Sie stirbt am 26. Juni 1942.

326,37 *Reich und Asja Lacis]* Vgl. die zweite Anmerkung zu 297,14. Beide werden 1938 verhaftet; Reich kommt 1941 eine Zeitlang frei und trifft Brecht bei seiner Durchreise 1941 in Moskau; Asja Lacis wird erst nach Kriegsende aus dem Gefängnis entlassen. Auf seinen Brief an Reich vom 11. März 1937 bekommt Brecht keine Antwort.

326,38 *Grete]* Margarete Steffin (vgl. die erste Anmerkung zu 315,26) hält sich wegen ihrer Lungentuberkulose mehrfach zu Kuren in der Sowjetunion auf.

326,39 *Béla Kun]* Der Begründer der Kommunistischen Partei Ungarns emigriert nach der Niederschlagung der ungarischen Räterepublik in die Sowjetunion, übt dort eine führende Tätigkeit in der Kommunistischen Internationale aus, wird 1937 verhaftet und 1939 hingerichtet.

327,1f. *Meyerhold hat sein Theater verloren]* 1938 wird das seit 1923 bestehende Meyerhold-Theater geschlossen, bis 1939 arbeitet Wsewolod Meyerhold als Regisseur am Staatlichen Stanislawski-Opernhaus. Er wird am 20. Juni 1939 unter falschen Beschuldigungen verhaftet und kommt 1940 im Gefängnis ums Leben.

327,6 *Artikel ... Wokressenski]* Konnte nicht ermittelt werden.

327,30f. *Nexösche Erinnerungen abgeschlossen.]* Brecht und Margarete Steffin haben nur die ersten beiden der vier Bände umfassende Autobiographie übersetzt (vgl. die dritte Anmerkung zu 315,26).

327,31-33 *Drei Novellen ... »Die Trophäe des Lukullus«).]* Vgl. *Der Mantel des Ketzers* und *Der verwundete Sokrates* in den *Kalendergeschichten* (Band 18) sowie *Die Trophäe des Lukullus* (Band 19).

327,33f. *Viel Theorie ... Dialogen)]* Vgl. das Fragment *Der Messingkauf* (»Viergespräch über eine neue Art, Theater zu spielen«, Band 22). – Vermutlich meint Brecht mit »Galileis *Dialogen*« dessen *Discorsi e dimostrazione matematiche intorno à due nuove scienze attenenti alla mecanica ed i movimenti locali* (1638), die er in der Ausgabe *Unterredungen und mathematische Demonstrationen über zwei neue Wissenszweige, die Mechanik und die Fallgesetze betreffend* (2 Bände, hg. v. Arthur von Oettingen, Leipzig 1904 und 1907) liest.

327,35f. *P-Typ (Planetariumtyp ... K-Typ, Karusselltyp)]* Brecht erwähnt diese Stichworte auch in einem Plan zu *Der Messingkauf* (A 2, Band 22), die im Rahmen dieses Projekts nicht ausgeführt werden. Vgl. u.a. *Die Dramatik im Zeitalter der Wissenschaft (1)* sowie *K-Typus und P-Typus in der Dramatik* (Band 22).

328,1 *Seine Wünsche]* Die Wünsche des Philosophen.

328,6 *.2.39]* Das Tagesdatum ist offengelassen.

328,7 *Korschs »Marx« ... englisch]* Karl Korschs Buch *Karl Marx*, 1934 konzipiert, erscheint 1938 in *Modern Sociologists*, einer Schriftenreihe der Universität London. Vgl. *Marxbeschreibungen, Anmerkun-*

gen zu einem Manuskript, *Einfluß der Gegenrevolution* (Band 22). 1936 hält sich Korsch fast das ganze Jahr bei Brecht in Skovsbostrand auf.

328,9 *Lenins kurzem Abriß »Marx«]* Lenin schreibt 1914 für ein enzyklopädisches Lexikon eine Kurzbiographie *Karl Marx (Kurzer biographischer Abriß mit einer Darlegung des Marxismus)*, in: Lenin, *Werke*, Band 21, Berlin/DDR 1960, S. 31-80.

328,14 *Hegel und Ricardo]* Marx bezieht sich u.a. auf die Philosophie Hegels und auf die Ökonomie David Ricardos als wichtige Quellen seiner Theorie.

328,18 *Unsere Lukács']* Vgl. zu 313,2f.

328,19 *décadence]* Vgl. zu 312,29.

328,29 *Ivens Film »Zuidersee«]* *Zuiderzee* ist Bestandteil des größeren Films von Joris Ivens *Wir bauen* aus dem Jahre 1930, den er 1934 um den Teil *Neuer Boden* ergänzt.

328,31f. *der innere Monolog]* Wiedergabe von nicht gesprochenen Gedanken in Ich-Form. Vgl. *Praktisches zur Expressionismusdebatte* (Band 22).

328,33f. *der Frau im »Ulysses«]* Bezug auf den inneren Monolog der Molly Bloom am Ende des Romans *Ulysses* (1922, dt. 1927) von James Joyce.

328,34f. *»Die Rede« aus Heinrich Manns »Mut«]* Der Aufsatz *Die Rede* über Hitler aus der Essaysammlung *Mut* (1939) von Heinrich Mann. Brecht schreibt an Mann, daß ihn bei der Lektüre des Buches insbesondere dieser Aufsatz »in einen gewissen Zustand der Unersättlichkeit versetzt« habe, »und ich möchte Sie fragen, ob Sie nicht Lust hätten, in dieser so glücklichen Form der Monographie und des ›inneren‹ Monologs noch mehr Stücke, so viele als irgend möglich zu verfassen« (Brief vom 3. März 1939). Vgl. *Notizen zu Heinrich Manns »Mut«* (Band 22).

329,4 *Murxisten]* Vgl. zu 324,33.

329,6 *Idola]* Vgl. zu 325,26.

329,8f. *Marx ist der ... Ricardo]* Vgl. zu 328,14.

329,9 *Scholochow]* Anspielung auf Michail Scholochows Roman *Tichi Don* (ab 1928, dt.: *Der stille Don*, Band 1-2, ab 1929/30).

329,20f. *der falsche Papst]* Im Frühjahr 1939 wird der Kardinalstaatssekretär von Pius XI., Eugenio Pacelli, der 1933 das umstrittene Reichskonkordat mit Nazideutschland befördert hat, zum Papst gewählt (Pius XII.).

329,21 *daß Churchill schlappmachen könnte]* Winston Churchill kritisiert die Beschwichtigungspolitik unter Chamberlain; er wird 1939 als Erster Lord der Admiralität in den Staatsdienst berufen (ab Mai 1940 Premierminister).

329,23f. *Chamberlain, der auch diesen Traum hat]* Vgl. *Traum des Herrn Chamberlain: Der Elefant als Elfenbeinhändler* (Band 22).

Arthur Neville Chamberlain, britischer Premierminister 1937-1940, geht nach seinen Gesprächen mit Hitler (vgl. zu 325,29) von der Auffassung aus, daß Deutschland an einem Krieg nicht interessiert sei.

329,29 *Caesar-Studien]* Vgl. zu 312,6.

329,34 *Tuismus]* Vgl. zu 324,30.

329,37f. *Die Kritik Hitlers an der Sozialdemokratie]* Hitler geht in seiner Rede am 30. Januar 1939 vor dem Reichstag mehrfach auf die wirtschaftliche Lage Deutschlands ein, auf die sieben Millionen Arbeitslosen von 1933 und auf den »Scharfsinn dieser demokratischen Weltwirtschaftsdoktoren« in der Beurteilung der weiteren Entwicklung. Der Umschwung sei auf andere Weise zustande gekommen:

> Dies sind jene international-kapitalistisch eingestellten Staaten, die durch ihre Währungsmanipulationen jede feste Relation zwischen den einzelnen Währungen je nach ihrem egoistischen Eigenbedarf willkürlich zerstörten. Unter diesen Umständen aber ist das deutsche System, für eine redlich geleistete Arbeit eine ebenso redlich erarbeitete Gegenleistung zu geben, eine anständigere Praxis als die Bezahlung durch Devisen, die ein Jahr später um soundsoviel Prozent entwertet werden. (*Schulthess' Europäischer Geschichtskalender. 1939*, hg. v. Ulrich Thürauf, München 1940, S. 28.)

329,38 *Frankfurtismus]* Am 3. Februar 1923 wird in Frankfurt a.M. das Institut für Sozialforschung gegründet. Wesentliche Anregungen kommen von Felix J. Weil, dem Sohn des in Argentinien tätigen Weizenhändlers Hermann Weil, der für das Institut finanzielle Mittel zur Verfügung stellt. Als Gründungsmitglieder gewinnt Weil Max Horkheimer und Friedrich Pollock. Die sozialkritische und sozialpolitische Richtung, die das Institut entwickelt und fördert, wird hier als »Frankfurtismus« bezeichnet. Einer der vom Frankfurter Institut unterstützten Wissenschaftler ist Walter Benjamin (vgl. die erste Anmerkung zu 315,9), der im Auftrag des Instituts zahlreiche Aufsätze schreibt. Brecht steht dieser Einrichtung kritisch gegenüber und bezieht den Verkauf des Intellekts, den er durch die finanzielle Basis des Instituts als gegeben ansieht, in seinen *Tuiroman* ein (vgl. Band 17). Nach der Übersiedlung des Instituts für Sozialforschung in die USA kommt es zu Begegnungen Brechts mit Horkheimer, Pollock und Theodor Wiesengrund Adorno in Kalifornien.

330,4-6 *Grenzen ... überschritten]* Diese Wendung läßt Brecht auch die Figur des Afranius Carbo im ersten Buch von *Die Geschäfte des Herrn Julius Caesar* (Band 17) aussprechen. Einer Notiz in den Materialien zu diesem Romanfragment zufolge handelt es sich dabei um die Aussage von US-Außenminister Cordell Hull, der sich gegen die Schutzzollpolitik gegenüber Lateinamerika ausgesprochen hat.

330,7 *Tuis]* Vgl. zu 324,30.

330,13-23 *»So gibt man ... substantiellen Zwecke.«]* Wörtlich zitiert nach Georg Friedrich Wilhelm Hegel, *Sämtliche Werke. Jubi-*

läumsausgabe in zwanzig Bänden, Band 12: *Vorlesungen über die Ästhetik* (Einleitung), Stuttgart 1927, S. 79f. In seiner Ausgabe hat Brecht »Wie« (268,2) unterstrichen und am Rande mit einem Ausrufungszeichen versehen.

330,25 *»Frau Carrars Gewehre«]* Vgl. *Die Gewehre der Frau Carrar* (Band 3).

330,26f. *»Brise, die von neuen Küsten kommt«]* In der dänischen Fassung von *Leben des Galilei* (1938/39) lautet das Zitat (Band 5):

So daß der Dichter sagt: O früher Morgen des Beginnens!
O Hauch des Windes, der von neuen Küsten kommt. (1. Szene.)

330,33f. *das »Fatzer«-Fragment und das »Brotladen«-Fragment]* Vgl. *Fatzer*, *Der Brotladen* (Band 10).

330,38 *»Philosophie der Geschichte«]* Hegels *Vorlesungen über die Philosophie der Geschichte* hat Brecht eingehend studiert, wie die zahlreichen Anmerkungen und Anstreichungen in seinem Exemplar belegen (Georg Friedrich Wilhelm Hegel, *Sämtliche Werke. Jubiläumsausgabe in zwanzig Bänden*, Band 11, Stuttgart 1928; Nachlaßbibliothek).

331,4f. *Reichtum »nicht die Frucht der Industrie«]* Hegel schreibt zum römischen Reich unter den Caesaren:

Der Reichthum wurde als Beute empfangen, und war nicht Frucht der Industrie und rechtschaffener Tätigkeit. (Hegel, *Sämtliche Werke*, Band 11, S. 398; von Brecht unterstrichen, Nachlaßbibliothek).

Brecht streicht auch folgende Stelle an:

Die Kunstwerke, welche die Römer aus Griechenland von allen Seiten herbeischleppten, waren nicht ihre eigenen Erzeugnisse, der Reichthum war nicht Frucht ihrer Industrie, wie in Athen, sondern er war zusammengeraubt. (Hegel, *Sämtliche Werke*, Band 11, S. 402.)

331,6f. *Gracchen ... »Italien ... bevölkern«]* Hegel schreibt über Tiberus Gracchus:

Sein Hauptargument war, den freien Bürgern zu einem Eigentum zu verhelfen, und Italien, statt mit Sklaven, mit Bürgern zu bevölkern. (Hegel, *Sämtliche Werke*, Band 11, S. 398.)

331,10 *»dem Druck ... erlag«]* Bei Hegel:

Jene einzelnen Lichtpunkte haben also nichts geändert; das ganze Reich unterlag dem Drucke der Abgaben wie der Plünderung, Italien wurde entvölkert, die fruchtbarsten Länder lagen unbebaut: dieser Zustand lag wie ein Fatum über der römischen Welt. (Hegel, *Sämtliche Werke*, Band 11, S. 407; von Brecht ab »Italien« unterstrichen.)

331,12 *»Geschäftsführers des Weltgeistes«]* Bei Hegel:

Werfen wir weiter den Blick auf das Schicksal dieser welthistorischen Individuen, welche den Beruf hatten, die Geschäftsführer des Weltgeistes zu seyn, so ist es kein glückliches gewesen. (Hegel, *Sämtliche Werke*, Band 12, *Vorlesungen über die Ästhetik*, 1. Band, S. 61; von

Brecht unterstrichen: »die Geschäftsführer des Weltgeistes« und »kein glückliches«.)

331,12f. *»Seelenführern«]* Die »Geschäftsführer des Weltgeistes« werden von Hegel auch als »Seelenführer« bezeichnet, denen die anderen durch die »unwiderstehliche Gewalt ihres eigenen inneren Geistes« folgen. (Hegel, *Sämtliche Werke*, Band 11, S. 60.)

331,15-17 *»aus der Zerrüttung ... hervorgegangen sind«]* Bei Hegel:

Aus der Zerrüttung des Staates, welcher keinen Halt noch Festigkeit mehr in sich hatte, sind diese kolossalen Individualitäten hervorgegangen, mit dem Bedürfnis, die Einheit des Staates herzustellen, welche in der Gesinnung nicht mehr vorhanden war. (Hegel, *Sämtliche Werke*, Band 11, S. 400.)

331,18-20 *»unter dem rohesten ... ausgeruht«]* Bei Hegel:

Auf die ruhmwürdigen Kaiser Vespasian und Titus folgte der roheste und verabscheuungswürdigste Tyrann Domitianus; dennoch heißt es bei den römischen Geschichtsschreibern, daß die römische Welt unter ihm ausgeruht habe. (Hegel, *Sämtliche Werke*, Band 11, S. 406f.)

331,20 *»Caesar«]* Vgl. zu 312,6.

331,22f. *Gretes Schwester ... hier.]* Die Schwester von Margarete Steffin (vgl. die erste Anmerkung zu 315,26), Hertha Hanisch, kommt mit ihrer Familie zu Besuch nach Svendborg.

331,26 *Benjamin und Sternberg]* Brecht diskutiert mit Walter Benjamin und Fritz Sternberg, die sich zeitweilig in Svendborg aufhalten (vgl. die erste Anmerkung zu 315,9 und zu 325,28-30), über seinen Roman.

331,29 *Steff]* Vgl. zu 292,4. Brecht verfolgt mit großem Interesse die Entwicklung seines damals vierzehnjährigen Sohnes, fördert dessen Denkfähigkeit und bezieht ihn in seine literarische Arbeit ein. Vgl. auch die Gedichte *Schlechte Zeit für die Jugend* (Band 14), *Frühling 1938*,1 und *1940*,6 (in *Steffinsche Sammlung*, Band 12).

331,34f. *Abenteuer des »Bösen Baal des asozialen«]* Vgl. zu 319,22f.

332,3 *Cain, Coy, Hemingway]* Vgl. die Ausführungen Brechts in *Der »Realismus« der jüngeren amerikanischen Literatur* (Band 22); dort äußert er sich über James Malahan Cains Romane *The Postman Always Rings Twice* (1934, dt.: *Die Rechnung ohne den Wirt*, 1950) sowie *Serenade* (1937, dt.: *Serenade*, 1938) und den Roman *No Pockets in a Shroud* (Das Sterbehemd hat keine Taschen, 1937) von Horace McCoy. Da er in dem gleichen Artikel auch noch *Of Mice and Men* (1937, dt.: *Von Mäusen und Menschen*, 1940) von John Ernst Steinbeck erwähnt, hat er möglicherweise bei seiner Eintragung Ernest Hemingway mit diesem Autor verwechselt.

332,8 *expression]* (Engl.) Ausdruck.

332,9 *behaviourism]* (Engl.) Behaviorismus; von dem Amerikaner

John Broadus Watson begründete Richtung der Psychologie, bei der vor allem das Verhalten (engl. behaviour) von Tieren und Menschen untersucht und weitgehend als Reaktion auf Umwelteinflüsse interpretiert wird.

332,11 *hard boiled men]* (Engl.) wörtlich: hartgesottene, hartgekochte Leute.

332,12 *hot stuff]* (Engl.) Sensation, großartige Sache.

332,13 *Emotionsracket]* Wortbildung aus emotion: (engl.) Gefühl, und racket in der Bedeutung: Schwindelgeschäft; hier gemeint: Betrugsunternehmen für Gefühle. Für den *Messingkauf* beabsichtigt Brecht ein Gedicht *Das Emotionenracket* (Band 22, A 4) über die Rolle der Gefühle im Theater (unter diesem Titel nicht ausgeführt).

332,15 *man in the street]* (Engl.) Mann auf der Straße.

332,15f. *Newdealtyp Roosevelts]* New Deal: (amerik.) neue Verteilung; seit 1933 Reformprogramm des amerikanischen Präsidenten Franklin D. Roosevelt zur Bekämpfung der Wirtschaftskrise.

332,20 *(high strung)]* Highly-strung: (engl.) übererregbar, reizbar.

332,20f. *zum second spirit gebrachte]* Second spirit: (engl.) wörtlich: zweiter Geist; hier im Sinne von: mit neuen Lebensgeistern versehene.

332,26-28 *»Der gute Mensch von Sezuan« ... »Die Ware Liebe«]* Vgl. Band 6.

332,29 *Scharadenarbeit]* Scharade: Silbenrätsel (bei dem das zu erratende Wort zerlegt wird).

332,37 *Der Anstreicher]* Vgl. zu 319,29.

332,37 *sitzt im Hradschin]* Nach der Rückversicherung durch das Münchener Abkommen (vgl. zu 325,17-19) und der Besetzung des Sudetenlandes marschieren deutsche Truppen am 14. und 15. März in der (Rest-)Tschechoslowakei ein. Hitler begibt sich am 15. März 1939 in die Prager Burg (Hradschin) und läßt die Führerstandarte hissen.

333 *Zur Abbildung:* Brecht kauft am 8. August 1933 das auf dem Foto abgebildete Fischerhaus Skovsbostrand Nr. 8 (vgl. zu 309,1). Nach einem Umbau, den der dänische Architekt Mogens Voltelen leitet, zieht Brecht mit seiner Familie im Dezember 1933 ein und wohnt dort bis April 1939. Im Mai 1939 schließt Dänemark als einziges nordisches Land einen Nichtangriffspakt mit Deutschland ab. Am 9. April 1940 wird es von deutschen Truppen besetzt.

SCHWEDEN
23. 4. 39 – 10. 2. 40

Textgrundlage

Typoskript, vgl. S. 603f.

Zur Textgestaltung in der vorliegenden Ausgabe:

352,22 *von ihrem]* In der Textgrundlage: »von seinem«. 357,21 *Probleme]* In der Textgrundlage: »Problem« (möglich auch verschrieben aus: »sein Problem«). 360,14 *Taifun]* In der Textgrundlage: »Tyfun« (vgl. engl. »typhoon«).

Übersicht über die Klebestellen (= Virgeln), Seitenumbrüche (= Semikola) und die Anordnung der (eingeklebten) Abbildungen (= A):

1939: 23.4. / 4.5. / 25.5.; Mai, A; 15.7., A, A; 1.9., A; 5.9. / 4.9. / 3.9.; 10.9. / 9.9. / 7.9.; 19.9. / 18.9. / 11.9.; 13.11. / 7.11. / 21.9.; 8.12. / 5.12.; 7.12.; 10.12. / 9.1. / 24.12.;

1940: 1.1.; 14.1. / 15.1. / 16.1.; 26.1.; 29.1.; 29.1., A; 29.1., 31.1. / 10.2.; 19.3., A; A; A.

Zeilenkommentar

335,2 *10. 2. 40]* Die letzte Notierung des Konvoluts ist auf den 19. März 1940 datiert.

337,2f. *Visum ... durch schwedisches ... Komitee]* Um der Familie Brecht die Einreise nach Schweden zu ermöglichen, organisiert das Spanienkomitee, das die Republikaner im spanischen Bürgerkrieg (1936 bis April 1939) unterstützt hat, eine Einladung durch den Verband der Laienspielgruppen (Amatörteaterns Riksförbund), der zufolge Brecht Vorträge über Theater halten soll, mit praktischen Vorführungen durch Helene Weigel. Es übernimmt gegenüber dem schwedischen Auswärtigen Amt auch die finanziellen Garantien. Außerdem lädt die Stockholmer Studentenbühne zu einem Vortrag ein. Brecht und Helene Weigel kommen am 23. April 1939 in Stockholm an; am 7. Mai folgen die Kinder und Margarete Steffin nach.

337,3f. *Branting, Ström]* Georg Branting ist linksdemokratischer Senator und Rechtsanwalt, Vorsitzender des schwedischen Spanienkomitees, in dem auch der Oberbürgermeister von Stockholm, Fredrik Ström, mitarbeitet; Branting hat den Einakter *Die Gewehre der Frau Carrar* in Kopenhagen gesehen und die Aufführungsrechte für Schweden erworben. Als im März 1938 die Endproben stattfinden, bemüht sich Regisseur Hermann Greid um eine Einladung Brechts:

Wir erwirkten schließlich auch, daß Brecht für drei Tage Aufenthaltserlaubnis in Schweden erhielt. So kam er von Dänemark herüber, um an den Proben etwas teilnehmen zu können. (Hermann Greid, *Der Mensch Brecht. Wie ich ihn erlebt habe*, Stockholm 1974, S. 19.)

337,5 *Land Nr. 3.]* Brecht flieht am Tage nach dem Reichstagsbrand über Prag nach Wien (dort vom 6. bis 23. März 1933 gemeldet). Ob er Österreich als erstes Exilland rechnet oder die Schweiz, wo er von Ende März bis April 1933 lebt, konnte nicht ermittelt werden. Wegen der hohen Lebenshaltungskosten in der Schweiz wählt er Dänemark als Aufenthaltsort (vgl. zu 309,1).

337,6f. *»Svendburger Gedichte« ... Wielands Prager Satz]* Nach Vernichtung des Prager Satzes (vgl. zu 311,22) und der Auflösung des Malik-Verlags in Prag wird ein Neusatz der Gedichtsammlung in Kopenhagen gemacht; die *Svendborger Gedichte* (Band 12) erscheinen im Juni 1939. – Wieland: Wieland Herzfelde, Leiter des Malik-Verlages, ehemals Herausgeber der Exilzeitschrift *Neue Deutsche Blätter* (Prag 1933-1935), flieht von Prag nach London.

337,12f. *»Experimentelles Theater«]* Vgl. *Über experimentelles Theater* (Band 22).

337,17 *Karl-Valentin-Theater]* Vgl. zu 122,13.

337,18 *Plärrer]* Vgl. zu 108,14.

337,20 *Chaplin]* Vgl. zu 256,37 und den Artikel *Weniger Sicherheit!!!* (Band 21).

337,24f. *»Über eine neue Technik der Schauspielkunst«]* Vgl. den 1940 fertiggestellten Aufsatz *Kurze Beschreibung einer neuen Technik der Schauspielkunst, die einen Verfremdungseffekt hervorbringt* (Band 22).

337,28-31 *Schauspieler Greid ... Buch über Dialektik]* Hermann Greid spielt an verschiedenen Theatern Berlins sowie in Düsseldorf (Leiter der »Truppe im Westen«). 1933 arbeitet er im schwedischen Exil – teilweise auch in der Sowjetunion – als Schauspieler, Regisseur und als Journalist. Greid inszeniert u.a. Brechts *Gewehre der Frau Carrar* 1938 im Stockholmer Odeonteatern (vgl. zu 337,3f.) und spielt selbst die Rolle des Pedro. Sein 1937 geschriebenes (nicht gedrucktes) Buch *Optimismus* hat Brecht als Typoskript gelesen. Im Nachlaß Brechts ist das (vermutlich von Margarete Steffin angefertigte) Protokoll eines Gesprächs von Brecht und Greid über Dialektik überliefert (vgl. *Über Dialektik*, Bertolt Brecht, Hermann Greid, Lidingö 1939, in: *Brecht im Gespräch. Diskussionen, Dialoge, Interviews*, hg. v. Werner Hecht, Frankfurt a.M. 1975, S. 53-56).

337,33 *wohlhabende ... Frau]* Greid ist mit der Schwester des Bankiers Olof Aschberg verheiratet.

338,12f. *Engelsschen Naturphilosophie]* Vgl. Engels, *Dialektik der Natur* (1873-1883), in: Karl Marx / Friedrich Engels, *Werke*, Band 20, Berlin/DDR 1962, S. 307-570.

338,17f. *»Buch der Wendungen«]* Brecht verwendet das hier erwähnte Material in seinem *Buch der Wendungen*, vgl. Band 18.

338,21f. *»Rede an Arbeiterschauspieler über die Kunst der Beobachtung«]* Vermutlich stellt Brecht sein 1935 entstandenes Gedicht *Rede an dänische Arbeiterschauspieler über die Kunst der Beobachtung* (*Gedichte aus dem Messingkauf*; Band 12, vgl. auch *Der Messingkauf*, Band 22) für die Sitzungen zur Verfügung.

338,25 *»Guten Menschen«]* Vgl. Band 6.

338,32 *Taylorismus]* Das nach dem amerikanischen Ingenieur F. W. Taylor benannte System einer »wissenschaftlichen Betriebsführung«, in dem die bestmögliche Ausnutzung der menschlichen Arbeitskraft organisiert ist.

339 *Zur Abbildung:* Die Fotografie zeigt Brecht und Helene Weigel mit ihrer achtjährigen Tochter Barbara (vgl. zu 324), dazu Brechts handschriftliche Notiz: »Lidingö August 39«.

339,23f. *»Guten Menschen« ... Lao Go]* In einer frühen Fassung des Stückes ist Lao Go der Name von Shui Ta, in den sich Shen Te (ursprünglich Li Gung genannt) verwandelt.

339,30 *Das Haus ist ideal.]* Nach einem vorübergehenden Aufenthalt im Stockholmer Hotel Pallas wohnt Brecht mit seiner Familie auf Einladung der Bildhauerin Ninnan Santesson in deren Atelierhaus auf der Insel Lidingö bei Stockholm, Lövstigan 1.

339,34 *Karl Sandburg, Chicagopoems]* Die schwedische Ausgabe der *Chicago Poems* (1916) von dem nordamerikanischen Lyriker schwedischer Abstammung Carl Sandburg, einer Sammlung von meist in freien Rhythmen geschriebenen Gedichten.

339,38 *emigrierte Wissenschaftler]* Brecht unterhält in Schweden Kontakte u.a. mit dem Sprachwissenschaftler Wolfgang Steinitz, dem Literaturwissenschaftler Gerhard Scholz, dem Musikwissenschaftler Ernst Emsheimer.

339,39 *Schlagwörterbuch des Faschismus]* Seit 1934 hat Brecht die Idee, ein Wörterbuch nach dem Vorbild der französischen Enzyklopädisten zu initiieren, das sich besonders mit einer Analyse der faschistischen Ideologie und Terminologie befassen sollte. Vgl. *Was meint der Satz »Das wirtschaftliche Denken ist der Tod jedes völkischen Idealismus«?* (Band 22).

340 *Zu den Abbildungen:* Auf beiden Fotos, sitzend: Brecht, Martin Andersen Nexö, Margarete Steffin und die Frau von Nexö, stehend: vermutlich Hausangestellte. Zur oberen Abbildung Brechts handschriftliche Notiz: »13.8.39 Lidingö« und zur unteren: »Grete, Nexö«.

340,35 *Deutschland warnt alle Neutralen]* Am 1. September 1939 überfällt die deutsche Wehrmacht Polen: Beginn des zweiten Weltkriegs.

340,36 *Hitler an die Wehrmacht.]* In Hitlers Aufruf an die Wehrmacht heißt es u.a.: »Ich erwarte, daß jeder Soldat eingedenk der großen

Tradition des ewigen deutschen Soldatentums seine Pflicht bis zum Letzten erfüllen wird.« (*Schulthess' Europäischer Geschichtskalender. 1939*, hg. v. Ulrich Thürauf, München 1940, S. 163.)

341,6 *Der Neutralitätspakt... ratifiziert.]* Der (auf eine zehnjährige Dauer fixierte) Nichtangriffs- und Konsultationsvertrag zwischen Deutschland und der UdSSR, der nach Verhandlungen im Kreml am 23. August 1939 vom deutschen Außenminister Joachim von Ribbentrop und seinem sowjetischen Kollegen Wjatscheslaw Molotow unterzeichnet wird. Am 31. August 1939 wird der Vertrag im Obersten Sowjet ratifiziert.

341,9 *Preisgabe eines Verbündeten]* Der britische Premierminister Chamberlain gibt vor dem Unterhaus am 31. März 1939 eine Garantie-Erklärung für Polen ab; am 25. August 1939 wird ein militärischer Beistandspakt zwischen England und Polen unterzeichnet, der fünf Jahre gültig sein soll.

341,13 *Dominions]* (Engl.) wörtlich: Herrschaft, Gebiet; hier: die ehemaligen britischen Besitzungen, inzwischen innenpolitisch souverän gewordene Länder. Zur britischen Staatengemeinschaft des Commonwealth gehören zu der Zeit: Kanada, Australien, Neuseeland und die Südafrikanische Union.

341,16 *Hitlers Rede im Radio]* Hitlers Erklärung vor dem Reichstag am 1. September 1939, in der er u.a. verkündet:

> Ich bin entschlossen: Erstens die Frage Danzig, zweitens die Frage des Korridors zu lösen und drittens dafür zu sorgen, daß im Verhältnis Deutschlands zu Polen eine Wendung eintritt, die ein friedliches Zusammenleben sicherstellt! (*Schulthess' Europäischer Geschichtskalender. 1939*, hg. v. Ulrich Thürauf, München 1940, S. 167.)

341,19 *der gang]* Gang: (engl.) hier: (Verbrecher-)Bande.

341,20 *Blanquismus]* Nach dem französischen revolutionären Republikaner Louis-Auguste Blanqui im 19. Jahrhundert benannte politische internationale Strategie der gesellschaftlichen Umwälzung durch konspirative, gewaltsame Machtergreifung und -erweiterung.

341,31f. *Sandsäcke auf den Treppenabsätzen]* Vgl. Abbildung, S. 342.

341,35f. *Lunch ... Thomas Mann ... Matthis]* Die schwedische PEN-Gruppe lädt Thomas Mann nach Stockholm zu einem Vortrag ein, der dann aber wegen der zugespitzten internationalen Lage vom Außenministerium nicht gestattet wird. Daraufhin bittet der Oberbürgermeister von Stockholm, Fredrik Ström (vgl. zu 337,3f.), den Gast zu einem Essen, an dem Mitglieder des schwedischen Schriftstellervereins (wie Arnold Ljungdal, Henry Peter Matthis, Eyvind Johnson, Johannes Edfelt) sowie Brecht und der Verleger von Thomas Mann, Gottfried Bermann-Fischer, teilnehmen.

342 *Zur Abbildung:* Presseausschnitt (schwedisch); Mann mit Gasmaske vor einer Unterkunft, die durch Holzbalken und Sandsäcke, im Fenster, gegen Splitter gesichert ist.

342,23 *»von unbekanntem Plan« Esbjerg]* Gemeint ist das englische Flugzeug (engl.: aeroplane, auch: plane), das am 4. September 1939 Bomben auf die dänische Stadt Esbjerg abwirft.

342,23f. *englischer Passagierdampfer ... torpediert]* Mit der Eröffnung des Unterseebootkrieges gegen Großbritannien am 3. September 1939 versenkt das deutsche U-Boot »U 30« am gleichen Tage den britischen Passagierdampfer »Athenia«.

342,25 *Flugblätter]* In der Nacht vom 3. zum 4. September 1939 werfen britische Flugzeuge über Nord- und Westdeutschland ca. sechs Millionen Flugblätter ab.

342,26 *Neutralitätserklärungen]* Die Neutralität gegenüber den kriegführenden Mächten erklären am 2. September: Portugal, Schweden, Dänemark, Norwegen, Lettland, Estland, Finnland, Litauen; am 4. September: Belgien, Holland; am 5. September: Spanien.

342,27f. *Der andere Gangster ... an der Achse]* Mussolini schließt mit Hitler am 25. Oktober 1936 das deutsch-italienische Abkommen über gemeinsames Vorgehen und Wahrung der Interessen des anderen (»Achse Berlin – Rom«). Italien erklärt sich am 2. September 1939 für nicht-kriegführend.

342,37f. *Churchill ...]* In Großbritannien wird ein Kriegskabinett gebildet, in dem Winston Churchill als Erster Lord der Admiralität (vgl. zu 329,21) wesentlich zu der Kriegserklärung Großbritanniens an Deutschland am 3. September 1939 beiträgt.

343,1 *fait accompli]* (Franz.) vollendete Tatsache.

343,8 *Radioberichte ... Unterhaussitzung]* Großbritannien (auch Frankreich) erklärt Deutschland den Krieg, ohne Kampfhandlungen zur Entlastung Polens einzuleiten.

343,16-22 *Goethes »Pandora« ... Blatt.]* Das Zitat ist aus dem 1. Aufzug des Fragments *Pandora. Ein Festspiel* (1807/08).

343,29 *Die Deutschen haben Warschau besetzt.]* Im Bericht des Oberkommandos der deutschen Wehrmacht wird am 8. September gemeldet, daß deutsche Truppen »in Warschau eingedrungen« seien. Wegen einer starken polnischen Gegenwehr wird die Stadt aber zunächst eingeschlossen; der Kampf um Warschau dauert vom 13. bis zur Kapitulation am 27. September.

343,34 *mit Flugzetteln Chamberlains]* Vgl. zu 342,25.

343,40-344,1 *der deutsch-russische Pakt]* Vgl. zu 341,6.

344,2f. *Beitrag der Union zum Frieden]* Brecht bezieht sich vermutlich auf den ersten Satz einer *Erklärung des ZK der KPD zum deutsch-sowjetischen Nichtangriffspakt vom 25. August 1939*:

> Das deutsche Volk begrüßt den Nichtangriffspakt zwischen der Sowjetunion und Deutschland, weil es den Frieden will und in diesem Pakt eine erfolgreiche Friedenstat von seiten der Sowjetunion sieht. (*Geschichte der deutschen Arbeiterbewegung*, Band 5, Berlin/DDR 1966, Dokument 56, S. 520.)

344,15 *Stigma]* Mal, eingebranntes Kennzeichen.

344,23f. *ein merkwürdiger Krieg]* Übertragung der damals gebräuchlichen französischen Wendung für die Kriegserklärungen ohne Kriegshandlungen; drole de guerre: (franz.) der seltsame, kuriose Krieg.

344,31 *die Russen Militärabmachungen]* Der deutsch-sowjetische Nichtangriffspakt (vgl. zu 341,6) enthält das geheime Zusatzprotokoll zur Aufteilung Polens. Am 17. September marschieren die sowjetischen Truppen in Polen ein bis zur vereinbarten Demarkationslinie.

344,37 *Mittelmächte]* Im ersten Weltkrieg: das Deutsche Reich und Österreich-Ungarn mit ihren Verbündeten, der Türkei und Bulgarien; hier: die Achsenmächte (vgl. zu 342,27f.).

345,2f. *Umfall ... im Weltkrieg]* Nach Abstimmung in der Fraktionssitzung (78 gegen 14 Stimmen) entscheiden sich die Sozialdemokraten am 4. August 1914 im Deutschen Reichstag einstimmig für eine Bewilligung der Kriegskredite.

345,28 *Kominternkonzeption]* Die Strategie der (von Moskau gelenkten) Kommunistischen Internationale.

345,31f. *Antikomintern]* Gegen die Komintern gerichtetes Abkommen, das 1936 von Deutschland und Japan abgeschlossen wird (Antikominternpakt) und dem sich bis 1941 13 Staaten anschließen; 1937-1939 treten dem Pakt Italien, Ungarn, Mandschukuo und Franco-Spanien bei.

346,3-5 *»Prawda«-Artikel ... Minoritäten]* Der Artikel vom 17. September 1939 aus der Moskauer Parteizeitung stützt sich auf eine Radioansprache des sowjetischen Außenministers Molotow vom 17. September, die in deutscher Sprache in der *Internationalen Literatur. Deutsche Blätter*, Moskau 1939, Heft 9/10, S. 163, veröffentlicht wird. Darin heißt es:

> Von der Sowjetregierung kann man auch nicht verlangen, daß sie sich gleichgültig verhält zum Schicksal der blutsverwandten Ukrainer und Belorussen, die in Polen wohnen und die sich früher in der Lage rechtloser Nationen befanden, jetzt aber vollständig der Willkür des Zufalls überlassen sind. Die Sowjetregierung erachtet es als ihre heilige Pflicht, ihren ukrainischen Brüdern, ihren belorussischen Brüdern, die in Polen wohnen, hilfreich die Hand zu bieten.

346,21 *vierte Teilung Polens]* Bezug auf die drei Teilungen Polens zwischen Rußland, Preußen und Österreich (1772, 1793 und 1795).

346,30f. *Herbert George Wells ... Rede ... PEN-Klub-Kongreß]* Wo die Rede veröffentlicht worden ist, konnte nicht ermittelt werden.

346,39 *Parabel]* Bezieht sich auf die Arbeit an *Der gute Mensch von Sezuan* (Band 6).

347,3 *Aufsatz über Fotos]* Vgl. *Betrachtung der Kunst und Kunst der Betrachtung* (Band 22). In einer gestrichenen Passage des Aufsatzes nimmt Brecht Bezug auf die Fotografien, die verschiedene Arbeitsphasen an einer Skulptur des Kopfes von Helene Weigel zeigen, an der Ninnan Santesson arbeitet. (Die Fotoserie hat Brecht auf eine Tafel geklebt und in seiner Wohnung in Berlin aufgehängt.)

347,4 *Kopf Hellis]* Helli: Name Brechts für Helene Weigel. Er lebt seit 1924 mit der Schauspielerin zusammen; nach seiner Scheidung von Marianne Zoff 1928 heiratet er sie am 10. April 1929. Mit ihren Kindern Stefan und Barbara (vgl. auch Abbildung, S. 324, und den zugehörigen Kommentar) gehen Brecht und Helene Weigel 1933 ins Exil. Helene Weigel, die 1922-1933 in verschiedenen Berliner Theatern spielt, hat 1932 mit ihrer Gestaltung der Pelagea Wlassowa großen Erfolg in dem Stück *Die Mutter* (vgl. die Texte im Abschnitt »Zu ›Die Mutter‹«, Band 24, und den Kommentar zum Stück, Abschnitt »Wirkung«, Band 3). Helene Weigel tritt im Exil u.a. als Teresa Carrar 1937 in Paris und 1938 in Kopenhagen auf (*Die Gewehre der Frau Carrar*, Band 4), in verschiedenen Rollen der Szenenfolge *Furcht und Elend des III. Reiches* (Band 4) 1938 in Paris (dort unter dem Titel *99%*, vgl. zu 319,6). In Schweden erteilt sie Schauspielunterricht (vgl. zu 354,23). Vgl. *Die Requisiten der Weigel* in der Sammlung *Gedichte aus dem Messingkauf* (Band 12) sowie *»Der Abstieg der Weigel in den Ruhm« aus der »Dritten Nacht« des »Messingkaufs«* (*Der Messingkauf*, B 130, Band 22).

347,4 *Santesson]* Vgl. zu 339,30.

347,10 *SAP-Mitglieder]* 1931 gründen einige aus der SPD ausgeschlossene oder ausgeschiedene Mitglieder die Sozialistische Arbeiterpartei Deutschlands (SAP); Vorsitzende sind Kurt Rosenfeld und Max Seydewitz, zur Spitze gehören u.a. Brechts Bekannte Fritz Sternberg (vgl. zu 325,28-30) und Jakob Walcher (Gründungsmitglied der KPD; emigriert nach Paris und in die USA; im geschäftsführenden Vorstand der SAP). Die Stockholmer Gruppe leitet August Enderle (vgl. zu 353,26).

347,10 *Syndikalisten]* Die Syndikalisten fordern völlige Autonomie der Arbeitergewerkschaften (Syndikate) gegenüber den politischen Parteien und Entmachtung der Kapitalisten mit Hilfe von Generalstreiks. In Schweden sind die Syndikalisten in der Sveriges Arbetares Centralorganisation (SAC) zusammengefaßt. Vgl. *Warum droht die Abwanderung kleinbürgerlicher und sogar proletarischer Schichten zum Faschismus?* (Band 22).

347,19f. *Blumsozialdemokraten]* Vgl. zu 325,24-27.

347,26 *Otto Strassers]* Strasser, ursprünglich auf dem linken Flügel der NSDAP aktiv, 1930 nach seinem Austritt aus dieser Partei in der nationalrevolutionären Allianz »Schwarze Front«, emigriert nach Österreich. Seit 1938 lebt er in der Schweiz; er äußert sich zu politischen Fragen auf prosowjetischer, antisemitischer und antiwestlicher Basis.

347,37f. *Rosenberg ... »Das Verhör des Lukullus«]* Brecht übergibt

Hilding Rosenberg die bis zu dem Zeitpunkt geschriebenen Texte des Hörspiels *Das Verhör des Lukullus* (Band 6), das der schwedische Rundfunk auf Grund eines (nicht überlieferten) Exposés für eine Uraufführung angenommen hat. Der Sender tritt dann aber von dem Plan, vermutlich aus politischen Rücksichten gegenüber Deutschland, zurück, so daß Rosenberg keinen Anlaß für eine Komposition sieht.

348,1f. *Dr. Goldschmidt]* Die Erzählungen des österreichischen Arztes Waldemar Goldschmidt über seine Erlebnisse im ersten Weltkrieg und als Flüchtling seit 1938 verwendet Brecht in der Geschichte *Ein Fall von Asthma*, die Ziffel in Teil 12 der *Flüchtlingsgespräche* vorliest (vgl. Band 18). Auf Goldschmidt beziehen sich auch die Gedichte *Bericht über einen Gescheiterten* und *Klage des Emigranten* (Band 14). Als Goldschmidt eine Zeitlang selbst an eine Publikation seiner Aufzeichnungen denkt, erwägt er das Pseudonym »Gustav Koch«.

348,21 *»meaningless«]* (Engl.) ohne Sinn, sinnlos.

348,36 *des totalen Krieges]* Erich Ludendorffs Buchtitel *Der totale Krieg* (1935) wird zum Schlagwort, das für die Mobilmachung der »gesamten Kraft eines Volkes zum Kampf« gilt. Es wird von der nationalsozialistischen Propaganda nach der Niederlage von Stalingrad 1943 von Goebbels propagiert und für die Mobilisierung aller noch nicht in den Krieg einbezogenen Reserven verwendet.

349,2f. *Arbeiterspieltruppe ... »Lukullus«]* Hermann Greid (vgl. zu 337,28-31) inszeniert *Das Verhör des Lukullus* mit einer Jugendgruppe, unterstützt durch »Emigranternas Självhjälp« (Emigrantenselbsthilfe), einer Hilfsorganisation jüdischer Einwanderer aus Deutschland, für eine geschlossene Aufführung in der deutschen Gemeinde als Schattenspiel.

349,33f. *Syndikalisten]* Vgl. die zweite Anmerkung zu 347,10.

349,36 *Raruspartien]* Vgl. *Die Geschäfte des Herrn Julius Caesar*, »Aufzeichnungen des Rarus« (Band 17).

350,3f. *Beschreibung ... Pompejus.]* Vgl. Erstes Buch des Romanfragments (Band 17).

350,4 *Spicerpartien]* Die Teile über den Bankier Mummlius Spicer, der als Augenzeuge und Kommentator mündliche Berichte gibt.

350,11 *Ich besitze:]* Die von den Faschisten ausgebürgerten Schriftsteller und Künstler verlieren ihr in Deutschland befindliches Eigentum; auch die Tantiemen für ausländische Aufführungen werden, unter Berufung auf abgeschlossene Verträge, an die deutschen Verlage abgeführt und der Staatskasse zugeleitet.

350,12f. *Rollbild ... 3 japanische Masken]* Von Brecht durch alle Stationen des Exils mitgeführt. Vgl. zum Rollbild das Gedicht *Der Zweifler* (Band 14).

350,20 *Bretter von Neher]* Arbeiten auf Holz. Aus New York schreibt Brecht später:

Erinnerst Du Dich an die großen Bretter, die Du (mit Tusche und Messer) für mich machtest (den »Baal mit den zwei Mänteln« und »Aussätziges Alter, belehrt von der Jugend«)? Sie sind in Schweden. Könntest Du nicht ein neues machen? Und mir zunächst die Fotografie davon schicken. Ich bräuchte so was. (Brief an Caspar Neher, 1. November 1946.)

350,21 *Neher, »Die Maßnahme«]* Die Holztafeln sind nicht überliefert.

350,22 *»Der Herr der Fische«]* Nicht überliefert. Vgl. *Ballade vom Herrn der Fische* (Band 14).

350,25 *Caesar]* Die Ausgabe konnte nicht ermittelt werden.

350,26 *Lukrez]* Titus Lucretius Carus, *Von der Natur der Dinge. Mit dem lateinischen Texte nach Wakefield's Ausgabe*, 2 Bände, Leipzig 1821 (Nachlaßbibliothek). Brecht benutzt die Ausgabe auch für sein *Lehrgedicht* (Band 15).

350,27 *»Neue Zeit«]* Die theoretische Wochenschrift der deutschen Sozialdemokraten *Die Neue Zeit*, gegründet und bis 1917 von Karl Kautsky herausgegeben, erscheint 1883-1923 in Stuttgart (Mitarbeiter u.a. August Bebel, Franz Mehring, Rosa Luxemburg). Im Nachlaß überliefert.

350,28 *»Me-Ti« in Leder] Mê Ti des Sozialethikers und seiner Schüler philosophische Werke. Zum ersten Male vollständig übersetzt, mit ausführlicher Einleitung, erläuternden und textkritischen Erklärungen versehen* von Alfred Forke, Berlin 1922 (Reihe: *Mitteilungen des Seminars für Orientalische Sprachen an der Friedrich-Wilhelms-Universität zu Berlin*, hg. v. Eugen Mittwoch, Beiband zum Jg. 23/25). Im Nachlaß überliefert.

350,32 *2 Bände der »Versuche«]* Die Hefte der im Gustav Kiepenheuer Verlag, Berlin, publizierten Reihe seiner Arbeiten (1930-1933: 7 Hefte), die Brecht mit dem nicht erschienenen Heft 8 in zwei Bänden binden ließ. Vgl. zu 291,4.

350,34 *Gips- und Erzabgüsse]* Brecht läßt sich mehrfach Abdrücke seines Gesichtes herstellen, z. B. 1931 von Paul Hamann einen Gipsabdruck.

350,35 *Büste der Weigel von Santesson]* Die Büste der Weigel (vgl. zu 347,4) wird später von der Bildhauerin und Brechts schwedischen Gastgeberin Ninnan Santesson zerstört, weil sie sie für nicht gelungen hält.

350,39 *2 Bände Breughelbilder]* Die beiden Bände *Bruegels Gemälde*, die Gustav Glück 1932 in Wien herausgebracht hat (vgl. auch die Notierung vom 19. November 1941), befinden sich in Brechts Nachlaßbibliothek. Vgl. dazu die Texte *Verfremdungstechnik in den erzählenden Bildern des älteren Breughel, Über den V-Effekt beim älteren Breughel, V-Effekte in einigen Bildern des älteren Breughel, Eine Verfremdungstechnik in der Malerei des älteren Breughel* (Band 22).

351,24f. *Einfall in Finnland]* Am 30. November 1939 fallen sowjetische Truppen in Finnland ein (Beginn des sowjetisch-finnischen »Winterkrieges«). Großbritannien, Frankreich und Schweden liefern Waffen und Munition an Finnland. Der Krieg endet mit dem Abschluß eines sowjetisch-finnischen Friedensvertrages in Moskau am 12./13. März 1940. Über die schwedischen und amerikanischen Kriegsberichte schreibt Brecht die Satire *Det finska undret* (*Das finnische Wunder*, Band 22).

351,32 *finnischen Volksregierung]* Die kommunistische Gegenregierung mit dem sowjetischen »Vorsitzenden des Präsidiums des Obersten Sowjets der Karelofinnischen SSR« Otto Wilhelm Kuusinen wird am 2. Dezember gebildet; sie gewinnt keinen Einfluß.

352,35 *Russenpakt]* Vgl. zu 341,6.

353,2 *Baltikumpakt]* Im September/Oktober 1939 schließt die Sowjetunion mit den baltischen Staaten Litauen, Lettland und Estland »Beistandspakte« ab, in denen ihr Stützpunkte eingeräumt werden. (Am 21. Juli 1940 proklamieren in den baltischen Ländern die von Moskau eingesetzten »Volkssejms« die Sowjetmacht und wenden sich an den Obersten Sowjet mit der »Bitte um Aufnahme« ihrer Staaten in die Union.)

353,26 *August Enderle]* Der Gewerkschaftler, Politiker und Journalist August Enderle emigriert 1933 nach Schweden und baut dort einen SAP-Stützpunkt auf (vgl. zu 347,10).

354,5f. *Eroberung der Westukraine]* Die Besetzung Ostpolens (vgl. zu 344,31).

354,14 *Stalins Bündnis mit Hitler]* Vgl. zu 341,6.

354,23 *Helli arbeitet mit Naima Wifstrand]* Kontakt zu der schwedischen Schauspielerin Naima Wifstrand finden Brecht und Weigel (vgl. die erste Anmerkung zu 347,4) schon vor ihrer Übersiedlung nach Schweden. Naima Wifstrand übersetzt den Einakter *Die Gewehre der Frau Carrar* und spielt im März 1938 im Stockholmer Odeonteatern die Titelrolle (Regie: Hermann Greid). Sie engagiert Helene Weigel als Dozentin an ihre Anfang 1940 in Stockholm eröffnete private Schauspielschule. Dort unterrichtet Weigel bis zu ihrer Abreise nach Finnland (April 1940).

354,24f. *Shakespearestudien ... »Macbeth« II,2]* Brecht schreibt für Helene Weigels Arbeit die *Übungsstücke für Schauspieler*; hier Bezug auf die Parallelszene *Der Mord im Pförtnerhaus* (vgl. *Übungsstücke für Schauspieler*, in: *Der Messingkauf*, Band 22). Vgl. auch die Texte *Shakespeare auf dem epischen Theater, Epische Züge beim Shakespeare, Übungen für Schauspielschulen* (alle Band 22).

354,31f. *Greid ... Marxistische Ethik]* Vgl. zu 337,28-31. Die hier vorgetragenen Gedanken verwendet Brecht im *Buch der Wendungen* (Band 18) z.B. in dem Abschnitt *Verurteilung der Ethiken* sowie in *Über das Verhalten des einzelnen*.

355,31 *Lagerkvists »Sieg im Dunkeln«]* Das Drama *Seger i mörger* (1939) von Pär Lagerkvist.

356,1 *Enderle]* Vgl. zu 353,26.

356,16 *Scholz]* Vgl. zu 339,38.

356,20-22 *eine kleine Detektivnovelle ... »Kultur«]* Brechts Erzählung *Eßkultur* (Band 19). Vermutlich entsteht in diesem Zusammenhang auch der Aufsatz *Über die Popularität des Kriminalromans* (Band 22).

356,21 *Renoir und Koch]* Der französische Filmregisseur Jean Renoir (den Brecht 1937 für eine Diderot-Gesellschaft vorschlägt, vgl. den Kommentar zu *Die Diderot-Gesellschaft*, Band 22) und sein Bühnenbildner Karl Koch. Vgl. auch die vierte Notierung vom 29. Juni 1942 (Band 27).

356,23 *Tombrock]* Brecht befreundet sich mit dem emigrierten Maler und Grafiker Hans Tombrock, auf den bereits Gregor Gog in seinem Aufsatz *Hans Tombrock, ein deutscher Malervagabund* aufmerksam gemacht hat (*Das Wort*, Moskau, Heft 2, Februar 1938, S. 112-122, Teilabdruck seiner in schwedischer Sprache erschienenen Tombrock-Biographie). Tombrock ist häufig Gast bei Brecht, arbeitet an Zeichnungen zu dessen Werken und wird von Brecht künstlerisch beraten. (Vgl. auch den Brief an Tombrock, August 1939.)

357,23 *die 27 Blätter]* Vermutlich Tombrocks *Galilei*-Zyklus (vgl. zu 418,36).

357,29 *powers that be]* (Engl.) bestehende Mächte.

358 *Zur Abbildung:* Presseausschnitt, auf den Brecht die Bildlegende geklebt hat (schwed.):

> 2) An dem vor kurzem veranstalteten Internationalen Vagabunden-Kongreß in Stuttgart nahm eine ausgewählte Ansammlung von Strolchen beiderlei Geschlechts aus allen Winkeln der Erde teil.

Auf dem unteren Bildrand steht handschriftlich: »1929«. Vermutlich fügt Brecht die Abbildung mit Bezug auf Tombrocks Vergangenheit als »Vagabund« (vgl. zu 356,23) an dieser Stelle ein.

358,20 *Ljungdal ... »Weltbild der Dialektik«]* Der Schriftsteller Arnold Ljungdal ist als Beamter der Stockholmer Stadtbibliothek Brecht bei der Beschaffung von Literatur behilflich. *Weltbild der Dialektik* ist ein Kapitel von Ljungdals Buch *Marximens världsbild* (1947).

358,26 *»Geschichte der Bolschewiki«]* Die vom Zentralkomitee der Partei in Moskau herausgegebene *Geschichte der KPdSU(B)*, eine für Neuauflagen ständig veränderte Darstellung der Parteientwicklung, die ein vom ZK eingesetztes »Verfasserkollektiv« abfaßt.

358,27 *luzides Werkchen]* Luzid: klar, hell, durchsichtig.

358,33f. *Identitätssatz]* Erster Satz der Logik, vgl. Hegels *Wissenschaft der Logik*, 1. Teil, *Die objektive Logik*, in: Georg Friedrich Wilhelm Hegel, *Sämtliche Werke. Jubiläumsausgabe in zwanzig Bänden*, Band 4, Stuttgart 1928, S. 510-515; Nachlaßbibliothek.

359,21f. *keine »eine ... Masse«]* Vgl. Friedrich Engels, *Die Lage Deutschlands*, in: Karl Marx / Friedrich Engels, *Werke*, Band 2, Berlin/DDR 1962, S. 566. (»Eine einzige lebende Masse der Fäulnis und des abstoßenden Verfalls.«).

359,38 *Macaulay ... »Life and Writings of Addison«]* Umfangreicher Aufsatz (1843, dt.: *Addison*, 1850) des Historikers Macaulay, den er aus Anlaß des Buches *The Life of Joseph Addison* (1843) von Lucy Alkin schreibt – ein Buch über den englischen Journalisten und Schriftsteller Addison, Herausgeber und Mitverfasser der Wochenschrift *The Spectator* (1711/12 und 1714). Die Zitatnachweise folgen der englischen Ausgabe: Thomas Babington Macaulay, *The Works*, Band 10, London 1898 (sowie der deutschen Übersetzung in: *Thomas Babington Macaulay's kleine geschichtliche und biographische Schriften*, übersetzt v. Friedrich Bülau, Leipzig 1850).

360,5 *Pope]* Als Meisterwerk gelten die Verse des englischen Dichters und Essayisten Alexander Pope u.a. in seinem satirischen Epos *Der Lockenraub* (1712-1714).

360,5f. *Analyse des Gedichtes »Campaign«]* Vgl. Macaulays ausführliche Analyse des Gedichts in *The Works*, Band 10, S. 104-107, bzw. *Schriften*, S. 313-317.

360,6 *Blenheim]* Blindheim a.d. Donau, wo von den vereinigten kaiserlichen (Prinz Eugen von Savoyen) und den englischen Truppen (Marlborough, vgl. zu 360,11) am 13. August 1704 im Spanischen Erbfolgekrieg die französische Armee geschlagen wird. Dazu entstehen zahlreiche Gedichte.

360,8f. *»the manly ... fiction«]* Bei Macaulay:

> The chief merit of the Campaign, we think, is that which was noticed by Johnson, the manley and rational rejection of fiction. (*The Works*, Band 10, S. 104.) Übersetzung: Das Hauptverdienst des Feldzuges [gemeint: das Gedicht *Campaign*, dt.: *Der Feldzug*] besteht, wie wir meinen, in dem, worauf Johnson aufmerksam gemacht hat, der männlichen und vernunftgemäßen Verwerfung der Fiktion. (*Schriften*, S. 313.)

360,11 *Marlborough]* John Churchill, Duke of Marlborough, Oberbefehlshaber der Armee unter Anna Stuart, im Spanischen Erbfolgekrieg 1704-1709 siegreich, ist der Held des Gedichtes.

360,11f. *»angel ... whirlwind«]* Bei Macaulay:

> Here it was that he introduced the famous comparison of Marlborough to an Angel guiding the whirlwind. (*The Works*, Band 10, S. 106f.) Übersetzung: Hier war es, wo er den berühmten Vergleich Marlboroughs mit einem Engel, der den Wirbelwind leitet, anbrachte. (*Schriften*, S. 316.)

360,13f. *»Such as ... Britannia pass'd«]* Macaulay, *The Works*, Band 10, S. 107; von Bülau übersetzt: »Wie jüngst er durch das blasse England fuhr« (*Schriften*, S. 316).

360,15f. *»the advantage ... the general«.]* Bei Macaulay:

The popularity which the simile of the Angel enjoyed among Addison's contemporaries, has always seemed to us to be a remarkable instance of the advantage which, in rhetoric and poetry, the particular has over the general. (*The Works*, Band 10, S. 107.) Übersetzung: Die Popularität, deren sich das Gleichnis des Engels bei den Zeitgenossen Addisons erfreute, ist uns immer als ein merkwürdiger Beweis des Vorteils erschienen, welchen in Rednerkunst und Poesie das Besondere vor dem Allgemeinen voraushat. (*Schriften*, S. 317.)

360,18 *Champions]* (Engl.) die Verfechter, Vorkämpfer.

360,30f. *»Die Befürchtungen des Herrn Keuner«]* Der Plan einer Weiterführung der *Geschichten vom Herrn Keuner* ist unter diesem Titel nicht realisiert worden; das Projekt geht konzeptionell in die *Flüchtlingsgespräche* ein (Band 18).

360,31f. *»Candide« ... »Gulliver«]* Voltaires Roman *Candide* (1758) und Jonathan Swifts Roman *Gullivers Reisen* (*Travels into Several Remote Nations of the World, in four parts, by Lemuel Gulliver*, 1726).

361-363 *Zu den folgenden Abbildungen:* Presseausschnitte aus einer schwedischen Zeitschrift. Der deutsche Angriff im Westen beginnt am 10. Mai 1940. Nach der Kapitulation des niederländischen Heeres ergeben sich am 28. Mai die belgischen Streitkräfte. Der seit Ende Mai eingeschlossene Hafen Dünkirchen wird am 6. Juni 1940 von der deutschen Wehrmacht eingenommen, wobei die über den Ärmelkanal fliehenden englischen und französischen Truppen ihr gesamtes Kriegsmaterial zurücklassen müssen.

361 *Zur Abbildung:* Bildtext: (schwed.)

Die Deutschen besetzen Dänemark und greifen Norwegen an. (Mit dem Datum »9. April«; von diesem Tage ab wird Dänemark besetzt.)

362 *Zur Abbildung:* Ansicht vom Zentrum Stockholms (mit Datum »11. Mai«).

363 *Zur Abbildung:* (Rückseite der zweiten; mit Datum »27. Mai«). Bildtexte (schwed.):

König Leopolds Kapitulation

Nachdem die Deutschen in Belgien eingefallen waren, bat König Leopold die Franzosen und Briten um Hilfe. Sie sandten auch schnell starke Truppen nach Belgien. Der deutsche Durchbruch an der Maas bedrohte die in Flandern noch kämpfende belgische Armee wie die alliierten Kräfte schwer. In dieser Situation legte König Leopold die Waffen nieder.

Rückzug bei Dünkirchen

Die belgische Kapitulation brachte die französischen und britischen Truppen in Belgien in eine verzweifelte Lage. Ihre einzige Rettung schien im Rückzug über den Kanalhafen Dünkirchen zu liegen. Obwohl die deutsche Luftwaffe und das Heer ständig angriffen, konnten beinahe 400000 britische und französische Soldaten per Schiff nach England gebracht werden. (Diese Legende bezieht sich vermutlich auf ein folgendes Blatt der Zeitschrift.)

AUTOBIOGRAPHISCHE NOTIZEN 1940

367,1-11 *In einer Weise ... dort nicht.]* T: Manuskripte. E: 1940. Die Texte sind einem Notizbuch entnommen, das Brecht 1940/41 in Finnland geführt hat. Sie stehen nicht hintereinander.

367,8 *Bidi]* Brecht hat den Namen Bidi (mitunter auch »Bity« oder »Biddy« geschrieben) schon in jungen Jahren und läßt sich später auch so von seinen Kindern nennen.

367,10 *Steff]* Vgl. zu 331,29.

367,14-368,11 *Brecht ist Arier ... leben kann.]* T: Manuskript. E: 1940.

Vermutlich Text für die amerikanische Botschaft in Stockholm zur Erlangung eines Einreisevisums in die USA.

367,14f. *Bruder ... Universitätsprofessor]* Walter Brecht (vgl. zu 47,38f. und zu 200,39) hat sich nach seinem Studium auf Papierherstellung spezialisiert und lehrt seit 1931 als Professor an der Technischen Hochschule Darmstadt.

367,16 *Helene Weigel]* Vgl. die erste Anmerkung zu 347,4.

367,16 *Staatstheater]* Helene Weigel spielt an verschiedenen Berliner Bühnen, u.a. 1922/23, 1926, 1929 und 1931 am Staatlichen Schauspielhaus Berlin. Sie tritt auch später auf der Bühne mit ihrem Mädchennamen auf.

367,16f. *Max Reinhardt]* Helene Weigel spielt 1925 in zwei Inszenierungen an Max Reinhardts Deutschem Theater Berlin.

367,23f. *»Furcht und Elend des Dritten Reiches«]* Vgl. Band 4 und zu 319,6.

367,30 *»Die Geschäfte des Herrn Julius Caesar«]* Vgl. Band 17 und zu 312,6.

367,30f. *Mitglied des PEN-Clubs]* Am 11. März 1935 teilt Johannes R. Becher Rudolf Olden, dem Sekretär der Sektion des deutschen Exil-PEN, in Paris mit, daß er von Brecht ermächtigt sei, ihn als PEN-Club-Mitglied anzumelden. Als Brecht sich bei ihm nach seiner Mitgliedschaft erkundigt, bestätigt ihm Olden die Aufnahme (Brief Oldens an Brecht, 29. Juli 1939; Nachlaß).

367,31f. *Lion Feuchtwanger]* Vgl. zu 125,23.

367,32 *W.H. Auden und Archibald MacLeish]* Der englische Lyriker Wysten Hugh Auden (vgl. *Poems*, 1930, Gedichte) nimmt 1937 am Spanienkrieg teil (Gedichtband *Spain*, 1937), siedelt 1939 in die USA über und ist als Professor für englische Literatur in Michigan tätig. – Den amerikanischen Schriftsteller Archibald MacLeish, auch Direktor der amerikanischen Nationalbibliothek in Washington, lernt Brecht bei seinem Aufenthalt 1935 in New York kennen. Beide Dichter schlägt Brecht auch für die Diderot-Gesellschaft vor (vgl. *Die Diderot-Gesellschaft*; Band 22).

367,34 *Adler ... Kortner ... Lang]* Brecht gibt prominente Personen als Bürgen an: Die amerikanische Schauspielerin Stella Adler, die mit ihrem Mann Harold Clurman zu den führenden Mitgliedern des New Yorker Group Theatre gehört, lernt Brecht 1935 bei seinen Aufenthalt in New York kennen. – Über den deutschen emigrierten Schauspieler Fritz Kortner vgl. zu 303,8. – Der Österreicher Fritz Lang ist einer der führenden Regisseure des deutschen Films (z.B. *Dr. Mabuse, der Spieler*, 1922; *Metropolis*, 1926; *M*, 1931). Er emigriert 1933 nach Frankreich, später in die USA. In Hollywood entstehen zahlreiche Filme unter seiner Regie, bis 1940 u.a.: *Fury* (1936), *You and Me* (1938), *The Return of Frank James* (1940).

367,35f. *»Furcht und Elend des Dritten Reiches«]* Vgl. Band 4.

367,37 *»Leben des Physikers Galilei«]* Vgl. *Leben des Galilei* (Band 5 und zu 326,23).

367,38 *»Der gute Mensch von Sezuan«]* Vgl. Band 6.

368,1 *kleines satirisches Buch]* Vermutlich meint Brecht das nicht realisierte Projekt *Die Befürchtungen des Herrn Keuner* (vgl. zu 360,30f.).

368,2 *»Candide«]* Vgl. zu 360,31f.

FINNLAND
17. 4. 40. – 13. 5. 41

Textgrundlage

Typoskript, vgl. S. 603f.

Zur Textgestaltung in der vorliegenden Ausgabe:
412,6 *Rußland hat]* In der Textgrundlage: »Rußland«. 413,30f. *Man schläft]* In der Textgrundlage: »Mach schäft«; möglicherweise wörtliches Zitat der Finnin Hella Wuolijoki. 434,33 *bei]* Handschriftlich darüber »mit?«. 451,34 *3. 1. 41]* Diese 1941 geschriebene Notierung ist in der Textgrundlage versehentlich mit »40« datiert; ebenso: 452,18; 455,15,32; 456,26; 457,30; 458,29; 459,1,10; 460,8,21,35; 461,6; 462,1. 460,21 *25. 1. 41]* In der Textgrundlage: »25. 4. 40«.

Übersicht über die Klebestellen (= Virgeln), Seitenumbrüche (= Semikola) und die Anordnung der (eingeklebten) Abbildungen (= A):
1940: 17.4., A; 6.5., A; 3.6., A; 8.6.; A; A; 11.6.; 12.6., A; 14.6.; A; A; A; 20.6.; 24.6., A; 28.6., A; 28.6. / 29.6., A, A; 30.6. / 30.6.; 1.7., A; 2.7., A; 2.7.; 5.7.; 6.7. / 7.7. / 8.7.; 16.7. / 25.7.; 1.7., A / 30.7.; 2.8.; 2.8. / 2.8.; 3.8.; 4.8. / 5.8.; 9.8.; 10.8., A; 18.8. / 16.8. / 19.8.; 19.8.; A; 20.8. / 21.8. / 22.8.; 24.8., A; 27.8.; 28.8., A; 29.8., A; 2.9. / 6.9. / 10.9. / 12.9. / 14.9. / 14.9.; 16.9. / 19.9., A / 20.9. / 7.9.; A; 21.9., A, A; 22.9. / 24.9. / 25.9. / 25.9.; 1.10. / 3.10. / 7.10.; 8.10., A; 10.10., A; 15.10., A; 15.10., A; 16.10.; 17.10.; 17.10. / 17.10. / 28.10. / 1.11. / 5.11. / 10.11.; 11.11., A; 16.11. / 20.11. / 15.11. / 4.12.; 9.12. / 4.12. / 11.12.; 18.11. / 6.12. / 8.12. / 10.12.; 11.12. / 12.12. / 15.12.; 19.12. / 20.12. / 18.12. / 25.12.;
1941: 2.1. / 3.1. / 3.1. / 5.1.; 8.1. / 10.1. / 11.1.; 12.1. / 14.1. / 14.1. / 25.2.; 15.1. / 16.1. / 19.1. / 20.1.; 22.1. / 25.1. / 26.1. / 28.1. / 27.1.; 30.1. / 31.1. / 1.2. / 4.2. / 2.2.; A; A; 18.2. / 4.3. / 7.3. / 8.3. / 10.3.; 28.3. / 3.4. / 1.4. / 2.4. / 7.4.; 7.4., 8.4. / 9.4. / 12.4. / 12.4.; 12.4., 13.4., 14.4. / 14.4., 15.4. / 16.4.; 16.4. / 18.4. / 20.4., 21.4., 21.4.; 22.4., 22.4., 23.4., 24.4., 24.4.; A; A, A, A; A; 25.4. / 9.5.; 29.4.; 12.5.; 13.5., A; 13.7., A.

Zeilenkommentar

369,2 *13. 5. 41]* Die letzte Eintragung datiert vom 13. 7. 41 (vgl. zu 484,22).
371,2f. *nach Finnland mit Schiff]* Die schwedische Regierung

erklärt nach der Besetzung Dänemarks und Norwegens (vgl. zu 361) erneut die Neutralität des Landes, auch hinsichtlich der deutschen Maßnahmen in Skandinavien. Dennoch nimmt der Druck der schwedischen Regierung auf deutsche Emigranten zu. Am 15. April 1940 geht Schweden auf die deutsche Forderung ein, Versorgungstransporte durch das Land für die deutschen Truppen in Norwegen zu gestatten. In der Zeit von Brechts Aufenthalt in Stockholm wird ein deutsches Emigrantenehepaar nach Deutschland ausgeliefert. In der Unterkunft auf Lidingö findet im April eine Haussuchung statt. Nach diesen Ereignissen entschließt sich Brecht zur Flucht nach Finnland.

371,6 *Åbo]* Schwedischer Name der finnischen Hafenstadt Turku.

371,7 *Vierzeiler für Tombrock]* Brecht schickt ihm die drei Vierzeiler *Durch die Ungunst der Zeit*, *Aufblickend vom Studium der Weltgeschichte* und *Tag und Nacht, ohne auszuruhen* (Band 15) mit dem Wunsch:

> Ich dachte mir, Du solltest Blätter machen – oder was sich eben am teuersten verkauft, vielleicht richtige Bilder, für Blätter kriegst Du nichts – und in die Ecke wie auf dem »Don Quichote« einen solchen Vierzeiler schreiben. Das ist die Kriegssteuer, die Du als Maler erhebst. (Brief an Hans Tombrock, Mai 1940.)

Tombrock stellt dazu Radierungen her, die im selben Jahr erstmals öffentlich gezeigt werden, ohne daß Brecht als Verfasser der Texte genannt wird. Abbildung der ersten beiden Graphiken in: Richard Hiepe, *Bilder und Graphiken zu Werken von Bertolt Brecht*, München o.J. (1964), S. 84 (Katalog IV der Neuen Münchner Galerie Maximilianplatz); die dritte Graphik befindet sich im Arbeiterarchiv Dortmund.

371 *Zur Abbildung:* Der Ausschnitt ist einem Bildbericht der schwedischsprachigen Zeitung *Hufvudstadsbladet* vom 21. Mai 1940 über die Gedenkfeier für die Toten des finnischen Winterkrieges (vgl. zu 351,24f.) entnommen. Bildtext: (schwed.)

Villmanstrand: Vater ist auf dem Feld der Ehre gefallen.

371,35 *Kleine leere Wohnung in Töölö]* Brecht wohnt zunächst im Hotel Hospiz, Vuorikatu 17, in unmittelbarer Nähe des Bahnhofs. Nach dem finnischen Winterkrieg herrscht in Helsinki große Wohnungsnot. Durch tatkräftige Vermittlung von Freunden erhält er bald eine Unterkunft in Töölö, einem Stadtteil von Helsinki (als Briefadresse nennt Brecht: Walhallagatan 9A2 und gelegentlich auch 20A; polizeilich gemeldet ist er seit dem 26. April 1940 in der Linnankoskenkatu 20A2; Helene Weigel wohnt nach den Unterlagen des Einwohnermeldeamtes: Köydenpunojankatu 13A5).

371,35 *Helli]* Vgl. die erste Anmerkung zu 347,4.

371,37 *fünf Leute]* Brecht meint Mary Pekkala, Frau eines Juristen, den Komponisten Simon Parmet (Pergament) und Hella Wuolijoki; vermutlich auch Elmer Diktonius, Eric Olsoni oder das Ehepaar Kilpi.

Vgl. das Gedicht *Auf der Flucht vor meinen Landsleuten* (8. Teil des Zyklus *1940*, in der *Steffinschen Sammlung*, Band 12) und *Die finnischen Arbeiter* (Band 15). In seinen Erinnerungen schreibt Simon Parmet:

> Freunde eilten schnell zur Bergung herbei und halfen ihm einige Zeit später, um ihm in Helsinki [...] ein notdürftiges Heim zu sichern. Der eine half mit einem Bett, der andere mit Tisch und Stühlen oder Lampen und Kochtöpfen, der dritte mit Vorhängen und sogar mit irgendeinem Schmuckgegenstand, und es dauerte nicht lange, bis eine gemütliche, wenn auch anspruchslose Wohnstatt eingerichtet war. (Simon Parmet, *Zusammenarbeit mit Brecht*, dt. v. Friedrich Ege, in: *Schweizerische Musikzeitung*, Zürich, 1957, S. 465.)

372,1 *Stück ist in Berlin begonnen]* Vgl. 332,26-28.

372,4 *Greid]* Vgl. zu 337,28-31.

372,5 *Ljungdal]* Vgl. zu 358,20.

372,6f. *Greids marxistische Moral]* Bezug auf das schon in Schweden beurteilte Buch über marxistische Ethik (vgl. zu 337, 28-31).

372,8 *Hella Wuolijoki]* Den Kontakt zu Hella Wuolijoki vermittelt Ruth Berlau, die die finnische Schriftstellerin in Kopenhagen kennengelernt hat, als Berlau in einem ihrer Stücke spielte (*Brechts Lai-tu. Erinnerungen und Notate von Ruth Berlau*, hg. u. mit einem Nachwort versehen von Hans Bunge, Darmstadt 1985, S. 31f. und 125-131). Von Schweden aus bittet Brecht Hella Wuolijoki um eine Einladung, damit er dadurch zu einem finnischen Einreisevisum kommt (vgl. Brief an Hella Wuolijoki, April 1940).

372,8 *Diktonius]* Der finnische Schriftsteller und Übersetzer (ursprünglich Komponist und Musiklehrer) Elmer Diktonius unterstützt Brecht im finnischen Exil. Unmittelbar nach seiner Ankunft in Töölö teilt Brecht Henry Peter Matthis (vgl. zu 341,35f.) mit, daß Diktonius »ganz besonders freundlich« gewesen sei, und kommt zu dem Schluß:

> Alle möglichen Leute haben uns geholfen, eine kleine Wohnung zu möblieren, so daß ich bereits wieder zur Arbeit komme. [...] Es ist eine große Sache, daß auch (und gerade) in den finsteren Zeiten in den verschiedenen Ländern soviel geistige Solidarität herrscht. (Brief an Matthis, Ende April 1940.)

372,8 *im eben vergangenen Krieg]* Der russisch-finnische Winterkrieg (vgl. zu 351,24f.).

372,12f. *vom Import abgeschnitten]* Durch die deutsche Besetzung Dänemarks und Norwegens sind die Transportwege nach Finnland nahezu alle abgeschnitten.

372,13 *karelischen Emigranten]* Im sowjetisch-finnischen Friedensvertrag muß Finnland u.a. die gesamte Karelische Landenge und einige Teile Ostkareliens an die Sowjetunion abtreten. Daraufhin fliehen mehrere Hunderttausende aus den betroffenen Gebieten in die westlichen

Teile Finnlands; ihre Ansiedlung im verbleibenden Staatsgebiet wird im Juni 1940 per Gesetz geregelt.

372,15 *Versagen Englands in Skandinavien]* Während der Landung deutscher Truppen in Norwegen beginnen im April 1940 verschiedene britische Gegenmaßnahmen. Die in Norwegen gelandeten britischen Truppen werden aber von den Deutschen an allen Kampfabschnitten zurückgeschlagen. Bis zum 6. Mai sind zunächst alle Kämpfe abgeschlossen.

372,26f. *motorisierten Truppen ... in Norwegen]* Motorisierte deutsche Spezialeinheiten dringen, den Wehrmachtsberichten zufolge, täglich 100 km oder weiter vor und brechen an nahezu allen Frontabschnitten den anfangs vorhandenen norwegischen Widerstand (Kapitulation am 7. Juni 1940). Vgl. das Gedicht *Gedenktafel für 4000, die im Krieg des Hitler gegen Norwegen versenkt wurden* (*Steffinsche Sammlung*, Band 12).

373 *Zur Abbildung:* Presseausschnitt, vermutlich aus der *Berliner Illustrirten Zeitung*. Die Olympischen Spiele sind 1940 in Helsinki vorgesehen, werden aber wegen des Krieges abgesagt; dafür findet ein internationaler Sportkampf statt.

373,32 *taylorisierten Betrieb]* Vgl. zu 338,32.

374,14 *die Jugend ...]* Vgl. *Der Faschismus und die Jugend* (Band 22) und das Gedicht *Die Jugend und das Dritte Reich* (*Svendborger Gedichte*, Band 12).

374 *Zur Abbildung:* Presseausschnitt, Bildtext: (schwed.)

Schweres deutsches Flugabwehrgeschütz wird an der Kanalküste geladen.

375f. *Zu den Abbildungen:* Vorder- und Rückseite des Blattes aus einer schwedischen Zeitschrift (die gleiche wie Abbildungen, S. 361-363), das in der Textgrundlage zwischen den Notierungen vom 8. und 11. Juni 1940 liegt.

375 *Zur ersten Abbildung:* Mussolini bei seiner Rede am 10. Juni 1940, in der er verkündet, daß Italien Großbritannien und Frankreich den Krieg erklärt. (Mit Datum »10. Juni«.)

376 *Zur zweiten Abbildung:* Am 14. Juni nehmen die Hitlertruppen Paris kampflos ein. (Mit Datum »14. Juni«.)

377,3 *Der deutsche Blitzkrieg]* Die Bezeichnung wird zunächst für den Überfall auf Polen verwendet. Mit der Umgehung der französischen Befestigungen (Maginot-Linie, vgl. zu 393,21) von Norden her wird im Juni ein schneller Vorstoß ins Innere Frankreichs möglich.

377,17 *Marseillaise ... Stukas]* Am 5. Juni 1940 wird die »Schlacht um Frankreich« eingeleitet. Das französische Hinterland ist den Angriffen der Stukas (Abkürzung für die mit Sirenen ausgestatteten deutschen Sturzkampfbomber) ausgesetzt. Die »Marseillaise« (1792) ist seit 1870 französische Nationalhymne.

377,25 *Der kleine Kasten]* Vgl. das Gedicht *Der Lautsprecher* (Band 15).

377,30 *Cocteau behauptet]* Konnte nicht ermittelt werden.

377,30 *Camouflage]* (Franz.) Tarnung.

377,37f. *unerwartete Form ... fremdartig macht]* Umschreibung des Begriffs »Verfremdungseffekt«, den Brecht für sein Theater seit 1936 anwendet (vgl. *Verfremdungseffekte in der chinesischen Schauspielkunst*; Band 22).

377,39 *Die Deutschen marschieren auf Paris.]* Vgl. zu 377,3.

378 *Zur Abbildung:* Ausschnitt aus einem Katalog bzw. einer kleinen Broschüre über Jean Cocteau (Karikatur von dem russisch-französischen Bühnenbildner der Ballets Russe, Léon Bakst, Paris 1912).

380–391 *Zu der Bildserie:* Sie ist der Zeitschrift *Life*, New York, 9, 1940, Nr. 17 (21. Oktober 1940), S. 38f., entnommen. Brecht hat die Serie auf drei Blätter neu aufgeklebt. Bildtext: (engl.)

Hitler tanzt. Der Führer vollführt einen Freudentanz über den Sieg.

Den vielleicht intimsten Blick, den die Welt je auf Adolf Hitler werfen konnte, gewährt die untenstehende Bilderserie, die einer deutschen Wochenschau entnommen ist. Sie zeigt Hitler im allerglücklichsten Augenblick seines Lebens. Er hat gerade die Nachricht bekommen, daß Frankreich bereit zur Kapitulation ist. Das Datum ist der 17. Juni. Der Ort ist der Garten seines Hauptquartiers an der Westfront. Seine deutschen Truppen haben gerade Paris besetzt, Burgund überrannt, die Schweizer Grenze erreicht, die Maginotlinie isoliert und Metz unterworfen.

Unmittelbar bevor diese Bilder aufgenommen wurden, hatte Hitler die Einladung an Mussolini zu einem Treffen in München unterzeichnet, um zu entscheiden, welche Bedingungen dem geschlagenen Frankreich zuzugestehen seien. Er ist in einem Freudentaumel. Die Hacken schneidig zusammengeschlagen, ballt er die Fäuste und bewegt die Arme ruckartig auf und nieder mit einem Grinsen voll verkrampften und gezierten Entzückens. Die Hände vorm Bauch, sagte er: »Es ist vollbracht.« Immer noch grinsend und mit vorgeschobenem Unterkiefer hebt er einen Fuß zu einem kurzen Lindy-Siegeshopser, während sein Stab ihn ebenfalls anstrahlt. Das ist das Gesicht des Triumphs, offen und schamlos. Das ist der Siegestanz, denn Hitlers Lederstiefel hüpfen symbolisch auf dem gebeugten Nacken der Dritten Französischen Republik.

Die Helfershelfer um ihn herum sind sein Stab. Sie tragen die Uniformen der Schutzstaffel, der Nazipartei, des Auswärtigen Amtes. Der dicke kleine Mann unter ihnen, auf dem dritten Bild links, ist Hitlers offizieller Photograph, Heinrich Hoffmann. Der Große in unmittelbarer Nähe Hitlers ist eine Marionette aus dem Auswärtigen Amt. Nachdem die Bilder aufgenommen waren, führte Hitler, fröhlich kichernd, seinen Stab mit übertriebenem Paradeschritt weg. Die Bilder sind von der britischen Zensur zurückgehalten worden.

Hitlers Stimmung an jenem Tag wurde in einer Zeitung zum Ausdruck gebracht, die schrieb: »Neununddreißig Tage ... erschütterten nicht nur die Welt, sondern ließen auch eine Welt schrankenloser Selbstgefälligkeit und Arroganz zusammenbrechen, jedoch auch eine Welt realer Macht ... Wir sind nicht rachsüchtig, aber wir haben endgültig aufgehört, gutmütige Narren zu sein.«

392,6-8 *Li Gung ... Lao Go]* Vgl. zu 339,23f.

392,12f. *»Du sollst zu andern gut sein«]* Anspielung auf das Gebot der Nächstenliebe: »Du sollst deinen Nächsten lieben wie dich selbst.« (3 Mose 19,18.)

392,15 *Prästationen]* Leistungen, Gewährleistungen, auch: Darstellungen.

392,18 *Die französischen Generale beenden den Krieg]* Am 17. Juni 1940 erreichen die deutschen Truppen die Schweizer Grenze, die neugebildete Regierung des Marschalls Henri Philippe Pétain bietet den Waffenstillstand an, der am 22. Juni in Compiègne unterzeichnet wird.

392,20 *Der Judas]* Anspielung auf den Verrat an der Tschechoslowakei (vgl. zu 325,17-19) und an Polen (vgl. zu 341,9), den England (unter Chamberlain) verübt hat.

392 *Zur Abbildung* (in der Textgrundlage unter der Notierung vom 24. Juni 1940): Ausschnitt vermutlich aus dem gleichen Katalog bzw. der gleichen Broschüre über Cocteau wie die Abbildung auf S. 376. Bildtext: (schwed.) Picasso und Strawinsky.

393,2 *Hagar Olsson]* Schwedischsprachige finnische Kritikerin und Schriftstellerin, von der Brecht vermutlich die schwedische Zeitschrift mit dem Foto einer Pferdeplastik erhalten hat (vgl. 402). Hagar Olsson ist bekannt durch die Herausgabe der Zeitschrift *Ultra*, in der sie Arbeiten von schwedisch- und finnischsprachigen Autoren veröffentlicht. Während Brechts Aufenthalt in Finnland kommt ihr Roman *Träsnidaren och döden* (Der Holzschnitzer und der Tod, 1940) heraus; 1941 mit dem Staatspreis ausgezeichnet. Es kommt zu mehreren Begegnungen und zu einem Briefwechsel.

393,3 *Picassos »Guernica«]* Wandbild (1937) von Pablo Picasso (für den spanischen Pavillon der Weltausstellung). Picasso klagt in *Guernica*, das die barbarische Zerstörung der Stadt Guernica y Luno im spanischen Bürgerkrieg bei einem Luftangriff der deutschen »Legion Condor« zum Thema hat, mit aggressiver, z.T. mythologischer Symbolik den Krieg an. Johannes Wüsten stellt das Bild in der Zeitschrift *Das Wort* vor; er sieht in dieser Arbeit eine Fortsetzung des Kreuzigungs-Gemäldes von Grünewald für den Altar von Isenheim mit dem gefolterten Menschen, der vor Verwesung und Eiter stinkt, und der Gemälde mit verwundeten, zerfetzten Soldaten von Otto Dix (*»Guernica« von Pablo Picasso*, in: *Das Wort*, Moskau, Heft 2, Februar 1938, S. 157).

393,21 *Maginotlinie]* Die nach dem französischen Politiker André Maginot benannten Befestigungsanlagen, vor allem im Elsaß und in Lothringen. Vgl. zu 377,3.

393 *Zur Abbildung:* Presseausschnitt; Bildtext: (schwed.)
Französischer Schrott
Französischer Humor blüht selbst in ernster Zeit. Der Sandwichmann agitiert für die Sammlung von Eisen für die Verteidigung, und der Gefangene fragt: Wäre das hier nicht zu gebrauchen? (Le Canard Enchainé.)

394,1 *Blockade]* Großbritannien verhängt im November 1939 die Seeblockade über Deutschland.

394,5 *Brief von Feuchtwangers Sekretärin]* Der 1933 nach Sanary/Var (Südfrankreich) emigrierte Lion Feuchtwanger (vgl. zu 125,23) muß sich auf eine französische Verfügung hin am 21. Mai 1940 erneut (nach einer ersten Verhaftung und Internierung zu Kriegsbeginn im September 1939) im Lager Les Milles zur Internierung einfinden; vgl. dazu Feuchtwangers Erlebnisbericht *Der Teufel in Frankreich* (1940, dt. Erstausgabe: *Unholdes Frankreich*, Mexico 1942). Brecht schreibt im Brief vom 1. August 1940 an die American Guild for German Cultural Freedom, daß er »mit großer Besorgnis auf Nachrichten über das Schicksal« seines Freundes Lion Feuchtwanger warte. Dessen Sekretärin ist zu der Zeit Lola Sernau.

394 *Zu den Abbildungen:* Beide stehen in der Textgrundlage unter der Notierung vom 29. Juni 1940.

394 *Zur linken Abbildung:* Presseausschnitt (englisch). Der englische Diplomat und Journalist Robert Gilbert Vansittart vertritt die These, daß das deutsche Volk Hitlers Krieg duldet und somit als Gesamtheit ihn auch verschuldet hat und deshalb bestraft werden muß. Vgl. die Notierung vom 8. August 1943 und den zugehörigen Kommentar (Band 27).

394 *Zur rechten Abbildung:* Presseausschnitt; Bildtext: (engl.)
Feldwebel Lord Strabolgi: Der ehemals als Korvettenkapitän bekannte Peer diente 18 Jahre in der Marine, wurde ihr Schwergewichtsmeister und dann – paradoxerweise – Pazifist. Heute ist er Unteroffizier in der Bürgerwehr des Parlaments.

395,2 *Ein Weltreich ... ein zweites wankt]* Gemeint sind Frankreich und Großbritannien.

395,10 *wegen der Visen]* Brecht ist schon in Svendborg an einem amerikanischen Einreisevisum interessiert. Im Februar 1939 schreibt er von dort an Karl Korsch:

> Hier wird es sehr ungemütlich. Wenn ich Einwanderungspapiere bekommen könnte, käme ich mit Helli auch in die Staaten. Sie wissen wohl auch nicht, wie ich irgendeine formelle Berufung als Lehrer kriegen könnte? (Nur so kann die Quote vermieden werden, die hoffnungslos ist.)

Die in den USA festgesetzte jährliche Einwanderungsquote für Deutsche wird nach 1933 nicht verändert. Im Frühjahr 1939 werden Wartelisten eingeführt. Einwanderungen werden »gewaltsamen Umstürzlern«

(violent overthrows) verweigert, zu denen ebenso Kommunisten zählen wie Personen, die einmal einer kommunistischen Partei angehört haben. Brecht beantragt im März 1939 das amerikanische Visum und erhält die Auskunft, daß er mit einer Wartezeit von mindestens zwei Jahren rechnen muß. Andererseits fällt Brecht, weil ihm die deutsche Staatsbürgerschaft aberkannt worden ist, nicht mehr unter die Einwanderungsquote der Deutschen und kommt auf die Warteliste der Staatenlosen. Brecht erhält, als er Schweden verläßt, durch die Initiative Piscators vom Präsidenten der New Yorker New School of Social Research, Alvin S. Johnson, eine Berufung als »Lektor für Literatur« an sein Institut. An Piscator schreibt er:

> Ich hoffe, daß ich darauf das Touristenvisum bekomme. [...] Nun ist die Lage noch dadurch erschwert, daß Helli und die Kinder nur dänische Flüchtlingspapiere haben, die im August 1940 ablaufen, ich müßte also die Reise nach dort (ob auf Touristenvisum oder anderswie) sehr beschleunigen, hältst Du es für möglich, daß man da etwas unternehmen kann von New York aus? (Brief vom 17. Mai 1940.)

Auf Grund seiner Berufung bewirbt sich Brecht am gleichen Tage auch bei der amerikanischen Botschaft in Helsinki um das nun mögliche Non-Quota-Visum und trägt sich und seine Familienmitglieder sowie Margarete Steffin erneut in die Warteliste ein. Die amerikanischen Behörden nehmen an den kommunistischen Ideen in Brechts Werken Anstoß. Freunde setzen sich für ihn ein (vgl. zu 371,37), das Verhalten im Konsulat ändert sich (vgl. die *Ode an einen hohen Würdenträger*, Band 15, und die *Flüchtlingsgespräche*: IX, »Die Amerikaner«, Band 18). Nach Beibringen mehrerer Bürgschaftserklärungen von Freunden und Persönlichkeiten in den USA für sich und für (die Dänin) Ruth Berlau und nach der Beschaffung von Kautionen kann die Übersiedlung ernstlich betrieben werden. Am 5. Juni 1940 schreibt Margarete Steffin an Ninnan Santesson aus Helsinki:

> Verschiedene »feine Leute« haben mit dem amerikanischen Konsul geredet (vielleicht nicht allzu freundlich) und haben ihm gesagt, wer Brecht ist. Und als er heute hinging, war der Konsul ganz verändert, und nun sieht es so aus, als sehe man trotz allem einen »Silberstreifen«. Aber vom dänischen Konsul in Stockholm hat Helli bis jetzt keinen Bescheid, sobald etwas kommt, schreibe ich auch hin. Du sollst hören, wie es mit der ganzen Brecht-Familie und mit mir weitergeht. (Kungliga Biblioteket Stockholm.)

Die Schwierigkeit, Visa für die Pässe zu bekommen, und die Bedeutung von Pässen verarbeitet Brecht am Anfang der *Flüchtlingsgespräche* (I, »Über Pässe«; vgl. Band 18). Helene Weigel läßt zunächst für die Überfahrt Schiffskarten ab Petsamo über das Nordmeer für den 5. Mai 1940 reservieren.

395,21 *The proof of the pudding ...]* Englisches Sprichwort: The proof of the pudding is in the eating. (Die Güte des Puddings erweist sich beim Essen.)

395,28 *Diktonius]* Vgl. die zweite Anmerkung zu 372,8. Elmer Diktonius wird für Brecht der Typ einer volkstümlichen Dichtergestalt, vgl. *Journale*, 17. Dezember 1942: »einem dicken Trinker (vom Diktoniustyp)«.

395,31 *kleine Staatspension]* Vgl. *Über staatliche Renten an Dichter*, in: *Buch der Wendungen*, Band 18.

395,33 *Barbara]* Brechts und Helene Weigels Tochter (vgl. zu 324).

395,38f. *Whatever ... not]* (Engl.) Was auch immer geschieht, wir haben das Maximgewehr und sie haben's nicht.

395,39 *maxim gun]* Das nach seinem Erfinder (Hiram Stevans Maxim) benannte, schon im ersten Weltkrieg benutzte Maschinengewehr.

396 *Zur Abbildung:* Presseausschnitt. Vgl. die Bildlegende »Rückzug bei Dünkirchen« unter der Abbildung, S. 363.

397,21 *Helsingfors]* Schwedischer Name für Helsinki.

397,23-398,1 *»Die Witwen von Osseg vor dem Prager Magistrat«.]* Hans Tombrock (vgl. zu 356,23) wird zu dem Gemälde angeregt durch Brechts 1934 entstandenes Gedicht *Ballade von den Osseger Witwen* (in der Sammlung *Svendborger Gedichte*, Band 12) und schickt ihm Fotos davon. Brecht dankt Tombrock dafür und schreibt:

> Ich freue mich sehr über das Bild, es ist ernsthaft und ohne Witze, dem Sujet entsprechend und doch heiter. [...] Die Bittsteller sehen wie (vom Feind) umringt aus, das ist eine große Schönheit der Komposition. (Brief an Tombrock, Ende Juni 1940.)

397 *Zur Abbildung:* Foto von Tombrocks Gemälde. Auf der Rückseite steht handschriftlich von Hans Tombrock:

> Die Osseger Witwen
> Zu dem Gedicht (Ballade) von Brecht
> Ölgemälde 82 mal 93
> 1940

398,7 *Der Buchhändler Olsoni]* Der Buchhändler und schwedischsprachige Kritiker Eric Olsoni ist Inhaber des Nordischen Antiquariats Helsingfors. Er lädt im Frühjahr 1940 als Vorstandsvorsitzender des Studententheaters Brecht ein, einen Vortrag zu halten, beschleunigt dadurch die Erledigung der Einreiseformalitäten für Finnland und ist ihm nach seiner Ankunft behilflich (vgl. zu 371,37).

398,7 *einen Literaturhistoriker]* Konnte nicht ermittelt werden.

398,8 *Mallarmé]* Der französische Lyriker Stéphane Mallarmé strebt (z.B. in *L'après-midi*, 1876, dt.: *Der Nachmittag eines Fauns*, 1920) Lautmusikalität auf Kosten der Gegenständlichkeit an.

398,26 *Mit Hella Wuolijoki nach Gut Marlebäk]* Brecht verbringt mit seiner Familie den Sommer auf dem Gut Hella Wuolijokis (vgl. die erste Anmerkung zu 372,8). Marlebäk liegt etwa 130 km nordöstlich von Helsinki; Hella Wuolijoki hat das Gut 1920 aus Gewinnen im Holzhandel erworben und die zugehörigen Ländereien bis 1940 auf die fünffache Größe von ca. 500 ha erweitert.

398,27 *eine Villa]* Es handelt sich um ein altes einfaches Bauernhaus.

398,31 *Gutshaus]* Das Haus ist später einem Brand zum Opfer gefallen und nicht wieder aufgebaut worden.

399,1f. *Karelier … evakuiert]* Vgl. zu 372,13.

399,12f. *Wuolijoki … unzählige Geschichten]* Einige der von ihr erzählten Geschichten hat Margarete Steffin mitstenografiert (*Hella Wuolijoki erzählt. Wiedererzählt von Margarete Steffin. Mit einer Einführung von Bertolt Brecht*; Nachlaß). Eine Episode aus ihrer Familie wird zur Grundlage für *Herr Puntila und sein Knecht Matti* (Band 6).

399,26f. *Pétain … Gouverneur.]* Vgl. zu 392,18. Pétain bricht am 4. Juli die diplomatischen Beziehungen zu Großbritannien ab und erhält am 9. Juli alle Vollmachten zum Erlaß einer neuen Verfassung (seine Regierung residiert in Vichy).

399,39 *»Die Straße der Ministerien«.]* Das Projekt wird nicht ausgeführt.

400,11f. *junge Französin in Orleans …]* Später im Stück *Die Gesichte der Simone Machard* gestaltet (Band 7).

400,20 *der fünften Kolonne]* Im spanischen Bürgerkrieg 1936-1939 aufgekommener Begriff für Gruppen, die durch subversive Aktivitäten gegen die Republikaner den nach Madrid vorrückenden vier Kolonnen der Faschisten Vorschub leisten; allgemein für: Gruppen, die mit dem Gegner des eigenen Staates zusammenarbeiten.

400,23 *ihre Landschaft]* Vgl. das Sonett *Finnische Landschaft* (aus der *Steffinschen Sammlung*, Band 12).

401,1f. *Österreich (nach Trianon)]* Im Friedensvertrag von Trianon (1920) zwischen den Siegermächten des ersten Weltkrieges und Ungarn wird dieses Land stark verkleinert. Der Vertrag ist der letzte Schritt bei der Zerteilung von Österreich-Ungarn.

401,2 *Laval]* Auf Betreiben von Pierre Laval übertragen Senat und Abgeordnetenkammer Anfang Juli Marschall Pétain die Vollmachten zur Ausarbeitung der neuen Verfassung; am folgenden Tag, dem 17. Juli, wird Pétain »Chef des französischen Staates« mit weitreichenden Vollmachten (ohne parlamentarische Kontrolle), Laval sein Stellvertreter.

401,3 *Voilà.]* (Franz.) hier etwa: da seht ihr's.

401,7 *Gentry]* (Engl.) der englische niedere Adel, auch allgemein: Landbesitzende, die im Gegensatz zur Aristokratie nicht im Oberhaus, sondern nur im Parlament (Unterhaus) vertreten sind.

401,8 *City]* Bezeichnung für das Londoner Banken- und Börsenviertel; hier: Industrie- und Finanzkräfte.

401,11 *Mitropa]* Im ersten Weltkrieg das Europa der »Mittelmächte« (vgl. zu 344,37), dessen Expansion bis zum Bosporus reichen sollte.

401,15 *»Kranz des Meleagros«]* Die altgriechische Epigrammsammlung *Der Kranz des Meleagros von Gadara*. Auswahl und Übertragung v. August Oehler [Pseudonym von August Mayer], mit gegenübergestelltem Urtext, Berlin 1920.

401,17f. *»Rat an die Lyriker ...«]* Gemeint ist das 1935 geschriebene Gedicht *Vorschlag, die Architektur mit der Lyrik zu verbinden* (Band 14).

401,19 *schreibe selber einige neue]* Vgl. z.B. *Du Speer aus Eschenholz* und *Einst war ich das geschwungne Hörnerpaar* (Band 15).

401,30-37 *Es hat ... alten Fleiß.]* Zitat aus *Der Kranz des Meleagros*.

402,2f. *die Ausstellung]* Eine Ausstellung chinesischer Kunst vom 12. Januar bis 2. April 1929 in den Räumen der Preußischen Akademie der Künste am Pariser Platz. Veranstalter sind die Gesellschaft für ostasiatische Kunst und die Preußische Akademie.

402 *Zur Abbildung:* Presseausschnitt; Bildtext: (schwed.)
Dieser Tage wurde in Berlin eine außerordentlich interessante Ausstellung chinesischer Kunst eröffnet. Von der aufsehenerregenden Vernissage bringen wir diese zwei Bilder eines Hengstes aus dem 5. Jahrhundert.

402,32f. *einigen Epigrammen ...]* Als die *Finnischen Epigramme* bezeichnet Brecht: *Auf einen kleinen Radioapparat*, *Die Pfeifen* und *Ich lese von der Panzerschlacht*; *Finnische Gutsspeisekammer 1940* ist der *Steffinschen Sammlung* zugeordnet, *Die Requisiten der Weigel* den *Gedichten aus dem Messingkauf* (alle Band 12).

403,17 *Den »Messingkauf« durchflogen.]* Brecht arbeitet an den Dialogen für den Fragment gebliebenen *Messingkauf* seit 1939 (vgl. zu 327,33f. und Band 22).

403,21 *»Poetik« des Aristoteles]* Auf die Thesen dieses Werkes bezieht sich Brecht in Ausführungen zu seiner »nichtaristotelischen Dramatik« immer wieder (vgl. z.B. *Kritik der »Poetik« des Aristoteles* und *Nichtaristotelische Dramatik und wissenschaftliche Betrachtungsweise*; Band 22).

403,34 *Katharsiswirkungen]* Nach Aristoteles soll die Handlung der Tragödie »durch Mitleid und Furcht eine Katharsis (läuternde Reinigung) von derartigen Gefühlen« bewirken (Aristoteles, *Poetik*, Kapitel 6).

405,3-408,10 *Zweiter Nachtrag ... kultischen Institution.]* Die Notierungen sowie die vom 2. August 1940 dienen Brecht zur Selbstverständigung über die weitere Arbeit am *Messingkauf* (vgl. zu 403,17) und vermitteln eine Vorstellung seiner Konzeption für dieses (Fragment gebliebene) Werk.

405,20 *Nicht fertig.]* Handschriftlich nachträglich von Brecht hinzugefügt; vermutlich sollte dieser Nachtrag erweitert werden.

408,30f. *Lenins Parabel von der Besteigung hoher Berge]* Eine Übersetzung von Lenins Gleichnis *Über das Besteigen hoher Berge* (aus den *Notizen eines Journalisten*, 1922) erscheint in der Zeitschrift *Internationale Literatur*, Moskau, Heft 6, April 1924, S. 234f.; Brecht zitiert daraus in der Geschichte *Mi-en-lehs Gleichnis vom Besteigen hoher Berge* im *Buch der Wendungen* (vgl. Band 18). Vgl. auch die Erwähnung 438,5f.

408,34 *Solche Dichter wie Hašek, Silone]* Jaroslav Hašek beschreibt in seinem *Schwejk*-Roman (vgl. zu 305,21) das Verhalten eines »kleinen Mannes«. Ignazio Silone schildert in seinen Romanen *Fontamara* (dt. 1930) und *Brot und Wein* (dt. 1936) das Los der abruzzischen Landarbeiter unter dem Faschismus.

408,34 *O'Duffy]* Konnte nicht ermittelt werden; möglicherweise gemeint: Sean O'Casey, der in seinen Dramen für die soziale und politische Befreiung der irischen Arbeiter eintritt, z. B. in *The Shadow of a Gunman* (1923, dt.: *Harfe und Gewehr*), *Juno and the Paycock* (1924, dt.: *Juno und der Pfau*) und *The Plough and the Stars* (1926, dt.: *Der Pflug und die Sterne*).

409,9f. *wie es sich gezeigt hat]* Gemeint ist die formalistische Realismusauffassung z. B. von Georg Lukács.

409,29 *Abbreviatur]* Abkürzung, hier: Verknappung (im Sinne einer »Sprachwaschung«, vgl. die erste Anmerkung zu 416,13).

409,35f. *auf ... vergessen]* Mundartlich für: vergessen, nicht berücksichtigen.

409,37 *Rückenmärklern]* Bei Rückenmarkerkrankungen können Gefühlsstörungen sowie Lähmungserscheinungen in den Gliedmaßen auftreten.

409,39-410,1 *Lytton Stracheys kleinen Essay über Racine]* Enthalten in den *Landmarkes in French Literature* (Meilensteine in der französischen Literatur; 1912).

410,10f. *Li Gung – Lao Go]* Vgl. zu 339,23f.

410,14 *zwei »Seelen«]* Anspielung auf Goethes *Faust. Erster Teil*: »Zwei Seelen wohnen, ach! in meiner Brust« (Vers 1112).

410,18 *die Entdeckung der Shin]* Die Witwe Shin spricht beim Wäscheabnehmen den Verdacht aus, daß Shen Te (Li Gung) schwanger sein könnte. (*Der gute Mensch von Sezuan*, 7. Szene, vgl. Band 6.)

410,21-23 *Die Verwandlung ... mit einem Song.]* Das von Brecht später nicht numerierte »Zwischenspiel / Vor dem Vorhang« mit dem *Lied von der Wehrlosigkeit der Götter und Guten* (vgl. Band 6).

411,2f. *wie leicht ... böse zu sein]* Vgl. dazu das im September 1942 entstandene Gedicht *Die Maske des Bösen* (aus der Sammlung *Gedichte im Exil*, Band 12).

411,6 *eiserne Ring schließt sich]* Gemeint sind die Isolierung Großbritanniens durch die deutsche Besetzung Dänemarks und Norwegens im Westen und die Besetzung der Niederlande, Belgiens und Frankreichs im Süden (in der ersten Hälfte 1940) sowie der zunächst erfolgreiche deutsche U-Boot-Einsatz. Vgl. zu 415.

411,8f. *Mensch ... keine Inseln mehr gibt]* In ihrer Ausgabe vom 19. Oktober 1939 (Nr. 42) zitiert die *Berliner Illustrirte Zeitung* auf der Titelseite den Ausspruch Hitlers: »Es gibt keine Inseln mehr!« zu dem Foto einer Flugzeugbesatzung, die von einem England-Einsatz zurückkehrt.

411 *Zur Abbildung:* Presseausschnitt. Mit dem »Marsch auf Rom« am 18. Oktober 1922 reißt Mussolini (und die von ihm begründete faschistische Partei) die Macht in Italien an sich. Bildtext: (schwed.) Mussolini während des Marsches auf Rom.

412,3 *dem schwedischen Journalisten Snellman]* Der finnische Philosoph, Politiker und Publizist Johan Vilhelm Snellman vertritt (wie auch seine Zeitgenossen Runeberg und Topelius) nationale Gedanken, die er, auch nach der Abtrennung Finnlands von Schweden, in schwedischer Sprache niederschreibt. Hella Wuolijoki benutzt die Biographie von Thiodolf Rein, *Johan Vilhelm Snellman*, 2 Bände (1895-1901).

412,6 *Borussia]* Neulateinischer Name für Preußen.

412,9-12 *Die Schwedischfinnen ... Landstadt.]* An der Verschickung Snellmans nach Kuopio ist auch der russische Gouverneur beteiligt. Brechts folgende Auslegung der Snellman-Biographie stimmt nicht immer mit den historischen Fakten überein.

412,39 *das von Hella Wuolijoki geplante Snellman-Stück]* Von dem Projekt, mit dem sie sich auch noch Mitte der vierziger Jahre beschäftigt, sind nur Notizen und ein Bruchstück überliefert.

413,6 *Steff]* Vgl. zu 331,29.

413,36 *Epigramme]* Vgl. zu 402,32f.

414,4f. *Hitlers augenblickliche Siege]* Bezieht sich auf die bisherigen militärischen Erfolge; seit dem 22. Juni besteht Waffenstillstand mit Frankreich, das zum größten Teil (der Norden und die gesamte Atlantikküste) von deutschen Truppen besetzt ist.

414,7 *Boswells »Leben Johnsons«]* Das Standardwerk des schottischen Biographen James Boswell, *The Life of Samuel Johnson* (Das Leben Samuel Johnsons, 1791).

414,11 *Brentano]* Brecht kennt den Schriftsteller Bernard von Brentano aus Berlin, wo dieser als Korrespondent der *Frankfurter Zeitung* tätig ist. Brentano emigriert 1933 in die Schweiz und korrespondiert mit Brecht; der letzte im Nachlaß Brechts überlieferte Brief an Brentano ist im März 1937 geschrieben.

414,12 *über Feuchtwanger etwas zu erfahren]* Vgl. zu 394,5.

414,16 *Dschärdschild]* Phonetische Schreibung von Churchill. Vgl. zu 329,21.

414,17 *Fliegern Auftrag erteilt ... Kulturdenkmäler]* Seit Mai 1940 fliegt die deutsche Luftwaffe zur Vorbereitung der geplanten Invasion (verlustreiche) Bombereinsätze auf englische Städte. Britische Flugzeuge bombardieren zunehmend auch zivile Ziele in deutschen Städten.

414,22 *»Hauspostille«]* Vgl. *Bertolt Brechts Hauspostille* (Band 11).

414,30 *Risus mortis.]* (Lat.) Lachen des Todes.

414,34 *Boswells Buch]* Vgl. zu 414,7.

415 *Zur Abbildung* (in der Textgrundlage zwischen den Notierungen vom 19. und 20. August 1940): Ausschnitt aus der *Berliner Illustrirten Zeitung*, Nr. 34, 22. August 1940, S. 843 (im Rahmen des Bildberichts *An allen Fronten gegen England. Zwei Karten und eine Zeichnung veranschaulichen die Wirkung der verbündeten Waffen Deutschlands und Italiens*); Bildtext:

Kriegsschauplatz: Die Insel. Angriffe zu Wasser und aus der Luft.
Seit den letzten Tagen der Schlacht in Frankreich haben deutsche Flugzeuge in immer größerem Ausmaße an vielen Orten in England militärische Ziele, Flughäfen, Flugzeugfabriken, Munitionswerkstätten, Hafen-, Transport- und Tankanlagen, Flak- und Scheinwerferstellungen mit Erfolg angegriffen. Über die ganze Insel verteilt liegen die Orte, die in diesem Zusammenhang während der letzten Wochen in den Berichten des Oberkommandos der Wehrmacht genannt wurden. Immer heftiger sind seit dem Abschluß des Feldzuges im Westen auch die Schläge gegen die englische Schiffahrt geworden. Vor der Ostküste der britischen Insel ruht sie fast völlig, seitdem die deutsche Wehrmacht dem britischen Zugriff auf Skandinavien zuvorkam. Das Seegebiet vor dem südlichen England jedoch wird seit der Besetzung der Kanal- und der französischen Atlantikküste zu einem wahren Schiffsfriedhof. Auf unserer Karte sind die Schiffe eingezeichnet, die in der Zeit zwischen den letzten Tagen der großen Schlacht in Frankreich und Mitte August vor der englischen Küste sanken. Die beschädigten Schiffe sind auf der Karte noch nicht einmal berücksichtigt! So spürt England die Folgen dieses Krieges, auch wenn der große Angriff erst noch beginnt.

416,6 *Selbst München]* Hitler verleiht München den Namen »Hauptstadt der Bewegung«; er macht einige Bauwerke wie die Feldherrnhalle und das Braune Haus (den Sitz der Reichsleitung der NSDAP) zu Gedenkstätten und läßt weitere Bauten errichten, die »Ausdruck des nationalsozialistischen Macht- und Kulturwillens« sein sollen.

416,7 *Bräuhäuser ... Putsch]* Hitlers frühe politischen Auftritte fanden vor allem in Münchener Bierhallen statt. Am 9. November 1923 versucht er mit dem Marsch auf die Münchener Feldherrnhalle einen Umsturz der bayerischen Regierung, der blutig endet.

416,8f. *Kuhhandel um Böhmen]* Anspielung auf das Münchener Abkommen, vgl. zu 325,17-19.

416,13 *Sprachwaschung]* Vermutlich durch den Begriff »Goldwäscherei« angeregte Wortbildung Brechts: Reinigung von Unrat, bis eine wertvolle Substanz übrigbleibt; vgl. auch zu 409,29.

416,13 *mit den finnischen »Epigrammen«]* Vgl. zu 402,32f.

416,17 *profane ... pontifikale Linie]* Von Pontifex: (lat.) Oberpriester in Rom; pontifikal hier: feierlich (priesterlich), im Gegensatz zu profan (weltlich).

416,28 *George]* Vgl. auch *Über Stefan George* (Band 21).

416,32 *Karl Kraus]* Der 1936 verstorbene Karl Kraus war Herausgeber und Alleinverfasser der Wiener Zeitschrift *Die Fackel*, als Gegner Alfred Kerrs in den zwanziger Jahren entschiedener Parteigänger Brechts. Hier Bezug auf seine Lyrik: *Worte in Versen* (1916-1930, 9 Bände), *Epigramme* (1927), *Zeitstrophen* (1931). Vgl. auch *Überhäuft von Berichten, Über Karl Kraus* (Band 22).

417,14f. *Band von Wordsworths Gedichten]* Die Gedichte von William Wordsworth sind in zahlreichen Ausgaben erschienen. Hier ist vermutlich die Londoner Ausgabe, hg. v. M. Arnold (1927), gemeint.

417,16 *»She was a phantom of delight«]* (Engl.) Sie war ein Traumbild des Entzückens.

417,29f. *»a lovely ... ornament«]* (Engl.) eine liebliche Erscheinung/gesandt als eines Augenblickes Zier.

417,32f. *»to haunt ... waylay«]* (Engl.) zu plagen, zu erschrecken, zu überfallen.

418 *Zur Abbildung:* Ausschnitt aus der *Berliner Illustrirten Zeitung*, Nr. 34, 22. August 1940, S. 842 (im Rahmen des Bildberichts *Lehrgang für Heckenschützen. Der »totale Krieg«, wie ihn die Londoner Zeitung »Picture Post« sieht*).

418,34 *Ankunft Feuchtwangers in Lissabon]* Feuchtwanger gelingt nach seiner Internierung in den Lagern von Les Milles (vgl. zu 394,5) und von Saint Nicolas bei Nîmes die Flucht aus Frankreich über Spanien nach Portugal.

418,36 *Radierungen zum »Leben des Galilei«]* Hans Tombrock erhält durch Vermittlung des mit ihm befreundeten Gregor Gog (vgl. zu 356,23) vom Staatsverlag Kiew den Auftrag, Grafiken zu Brechts *Leben des Galilei* anzufertigen. Brecht gibt ihm dazu Hinweise und Ratschläge. (Vgl. Briefe an Tombrock, Juli und Juli/August 1940.) Nach Erhalt der Radierungen schreibt Brecht:

> Die Blätter zum »Galilei« finde ich großartig. Die Zeichnung ist so präzis, die Komposition so reich und der Geist so heiter. (Ende August 1940.)

Im Nachlaß Brechts sind die *Galilei*-Radierungen Tombrocks überliefert und von fremder Hand Brechts Beurteilungen angemerkt (hier abgekürzt: a = »Von Brecht anerkannt«, b = »Von Brecht bejaht«; in der Reihenfolge der Überlieferung): *Stadtbild von Florenz* (a); *Galilei und Tochter* (a); *Galilei mit Schülern beim Experiment* (a); *Andrea*; *Maria mit Kindergruppe* (a); *Galilei essend* (a); *Papsttiara* (b); *Der Großinquisitor beim Papst Urban VIII.* (»Von Brecht bejaht bis auf die Figur des Großinquisitors«); *Galilei diskutiert das neue Wissen mit Vertretern der Kirche* (a); *Galilei, das Fernrohr übergebend* und *Galilei, I. Fassung* (»Von Brecht nicht anerkannt«); *Diskussion über das neue*

Wissen mit zwei Kardinälen, II. Fassung (b); *Diskussion über das neue Wissen mit zwei Kardinälen, I. Fassung* (a); *Galilei mit drei Schülern experimentierend* (»Von Brecht nicht gern anerkannt«).

418,37f. *den Breughel studiert]* Vgl. zu 350,39.

419,1 *Mit Hella Wuolijoki ein Volksstück]* Brecht überarbeitet mit Hella Wuolijoki das Stück *Iso-Heikkilän isäntä ja hänen renkinsä Kalle* (finn.: Der Gutsherr Iso-Heikkilä und sein Knecht Kalle), eine Vorstufe von *Herr Puntila und sein Knecht Matti* (Band 6). In einem Vortext von Hella Wuolijoki heißt es:

> Die größte Veränderung im Stück betraf also die Struktur. An die Stelle meiner 4 Aufzüge traten 9 Bilder, der Aufbau geht somit ganz und gar auf Brecht zurück, desgleichen die Anordnung der epischen Erzählungen in den Bildern mit den Frauen. Die Erzählungen selber stammen ganz und gar von mir. (Hella Wuolijoki, *Zur Entstehung des Stücks*, in: *Brechts »Herr Puntila und sein Knecht Matti«*, hg. v. Hans Peter Neureuther, Frankfurt a.M. 1989, S. 104f.)

419,1f. *einen finnischen Wettbewerb]* Der finnische Dramatikerverband und das finnische Kultusministerium schreiben einen nationalen Wettbewerb aus (Klasse A für abendfüllende Stücke mit Preisen von 50000, 20000 und 10000 Finnmark). Der Ablieferungstermin wird auf den 31. Oktober 1940 festgelegt. Hella Wuolijoki reicht das Stück unter dem Decknamen »Ursus« ein.

419 *Zur Abbildung:* Der Presseausschnitt (schwedisch) zeigt das Armaturenbrett im Cockpit eines Bombenflugzeugs.

420,6 *einen Film vorschlug]* In Schweden entsteht 1939 das von Brecht zusammen mit Henry Peter Matthis geschriebene Exposé *Vi vill Flyga* (Wir wollen fliegen; nur in schwedischer Sprache überliefert; vgl. Band 19).

420,15f. *Der krumme Bogen ...]* Brechts Bearbeitung eines Epigrammes von Mnasalkas; Vorlage bei Oehler (vgl. zu 401,15), S. 91.

420,16 *Todespfeile]* Die Pfeile des Apollon. Sein ständiges Attribut ist der Bogen; mit seinen Pfeilen sendet er den Menschen Krankheiten und Tod.

420,17 *Phoibos]* Beiname für den griechischen Gott Apollon.

420,18 *Promachos]* (Griech.) Vorkämpferin, Beiname der Göttin Athene; in Brechts Quelle ist das Geschlecht des Namens unbestimmt.

420,25f. *Du Speer aus Eschenholz ...]* Brechts (geringfügige) Bearbeitung eines Epigramms von Anyte; bei Oehler (vgl. zu 401,15), S. 107.

420,29 *Athenens ... Haus]* Der Tempel der Schutzgöttin Athens.

420,32 *Echekratides aus Kreta]* Vermutlich ist Echekradites aus Pharsalos (Thessalien) gemeint; er siegt zu Olympia mit dem Reitpferd.

420,35 *Einst war ich das geschwungne Hörnerpaar]* Brechts (geringfügige) Bearbeitung eines Epigramms von Simias von Rhodos; bei Oehler (vgl. zu 401,15), S. 123.

421,1 *Nikomachos]* Brecht übernimmt den Namen aus der Quelle. Gemeint ist vermutlich der Maler Nikomachos von Theben, dessen Schaffen um 330 v.d.Z. bezeugt ist.

421 *Zur Abbildung:* Presseausschnitt; vgl. zu 418.

421,29 *Arbeit am »Puntila«]* Vgl. zu 419,1.

421,34 *einen Film]* Konnte nicht ermittelt werden.

422,15 *Kalle]* In der ursprünglichen Fassung Name des Schofförs Matti in *Herr Puntila und sein Knecht Matti.*

422,15f. *Kragler, Anna Balicke]* Hauptfiguren in *Trommeln in der Nacht* (Band 1).

422,16 *Gaveston]* Freund Eduards in *Leben Eduards des Zweiten von England* (Band 2).

422,16 *Galy Gay, Witwe Begbick]* Hauptfiguren in *Mann ist Mann* (Band 2).

422,16f. *Johanna Dark, Mauler]* Hauptfiguren in *Die heilige Johanna der Schlachthöfe* (Band 3).

422,17 *Pächter Callas]* Eine der Hauptfiguren in *Die Rundköpfe und die Spitzköpfe* (Band 4).

422,17 *Courage]* Hauptfigur in *Mutter Courage und ihre Kinder* (Band 6).

422,17 *Shen Te]* Hauptfigur in *Der gute Mensch von Sezuan* (Band 6).

422,20f. *in dem bombardierten London]* Durch forcierte Luftangriffe und einen verstärkten U-Boot-Krieg soll eine Landung (Operation »Seelöwe«) auf der britischen Insel vorbereitet werden. In der ersten Phase der »Luftschlacht um England« (Operation »Adlertag«, 13. August bis 6. September 1940) will Göring die Lufthoheit über Südengland erringen. Wegen der zunehmenden Gegenangriffe britischer Flugzeuge auf deutsche Städte werden die verstärkten deutschen Bombardements als »Vergeltungsschläge« bezeichnet.

422,24 *under control]* (Engl.) unter Kontrolle.

423,6 *Dudow ist aus Paris entkommen]* Slatan Dudow (vgl. zu 319,6) wird nach seiner Flucht aus Paris von der Vichy-Regierung verfolgt; er verliert sein Filmarchiv und wird aus Frankreich ausgewiesen. In der Schweiz findet er ein neues Asyl.

423,7 *Pleuritis]* Rippenfellentzündung.

423,11 *Schwejk-Ton]* Brecht bezieht sich auf die Sprechweise Schwejks, wie sie durch die deutsche Übersetzung des Romans (vgl. zu 305,21) von Grete Reiner wirksam geworden ist.

423,13f. *Matthew Arnold und Newman]* Die Auseinandersetzung der beiden englischen Kritiker ist abgedruckt in: *Essays by Matthew Arnold, including essays in criticism, 1865, on translating Homer (with F. W. Newman's reply) and five other essays now for the first time collected*, London 1914, sowie in: Matthew Arnold, *On translating Homer (with F. W. Newman's »Homeric Translation« and Arnold's »Last Words«)*, London 1905.

424,12 *»Puntila« fertiggemacht]* Erste Niederschrift des Stückes unter dem Titel *Puntila oder Der Regen fällt immer nach unten* (vgl. Band 6).

424,23 *Hašeks Ton im Schwejk]* Vgl. zu 423,11.

424 *Zur Abbildung:* Presseausschnitt; Bildtext: (schwed.)
Menschenhai an der schwedischen Westküste
Stockholm, Donnerstag. (FNB) Bei Halmstad wurde ein viereinhalb Meter langer Blauhai, ein sogenannter Menschenhai, an den Strand geworfen. Er wog 450 Kilo.

425,3 *Gesindemarkts]* Vgl. *Herr Puntila und sein Knecht Matti*, Szene 4 (Band 6).

426f. *Zu den Abbildungen:* Montierte Presseausschnitte. Die Überschrift von 426 sowie die Abbildung, S. 427, die nach Brechts Notierung vom 21. September 1940 in Nr. 38 der *Berliner Illustrirten Zeitung* erschienen sein sollen, sind dort nicht veröffentlicht. Er hat sie einer anderen Nummer der Zeitschrift entnommen und das Foto seines Sohnes hinzugesetzt.

426 *Zur ersten Abbildung* (in der Textgrundlage zwischen den Notierungen vom 7. und 21. September 1940): Ausschnitt aus der *Berliner Illustrirten Zeitung*, Nr. 38, 19. September 1940, S. 943 (im Rahmen des Bildberichts *London nach dem Anflug der ersten Staffel*); Bildtext:

Was die zweite Staffel sah und im Bilde festhielt: Aus den Hafen- und Industrieanlagen der Themse wälzen sich dichte Rauchwolken empor.
Fabrikanlagen und Lagerhallen stehen in Flammen. Ein riesiger Brand wütet in den Großmühlen am Victoria-Dock (links unten): die Folgen des Angriffs der ersten Staffel deutscher Kampfflugzeuge am 7. September. An diesem Tage begann die Vergeltung für die britischen Nachtangriffe auf Wohnviertel und andere nichtmilitärische Ziele im Reichsgebiet. Schon am ersten Tag fielen in und um London über eine Million kg Bomben aller Kaliber auf die Kaianlagen, Handelsschiffe, Docks und Speicher, Kraft-, Wasser- und Gaswerke, Arsenale, Fabriken und Verkehrseinrichtungen.

427 *Zur zweiten Abbildung* (in der Textgrundlage unter der Notierung vom 21. September 1940): Bildtext:

Eine Stadt für 120 000 Menschen wird nach einheitlichem Plan gebaut.
Es ist in der Geschichte selten, daß große Städte nach einheitlichem Willen in wenigen Jahren entstehen. Meist wachsen Siedlungen und Städte aus kleinem Kern in Jahrzehnten oder Jahrhunderten. Heute wachsen vor unseren Augen große Wohnviertel und Arbeiterstädte in kurzer Zeit empor. Die größte Neuanlage wird die Stadt der Hermann-Göring-Werke in Mitteldeutschland [Salzgitter] sein, die unter Leitung von Regierungsbaumeister Rimpl gebaut wird.

428,3 *»Faust« (beide Teile)]* Goethes *Faust. Erster Teil* (1808) und *Faust. Der Tragödie zweiter Teil* (1832).

428,5 *Burckhardt]* Vermutlich Bezug auf Jacob Burckhardts Werk *Die Kultur der Renaissance in Italien* (1860).

428,5f. *die Goethesche Cellini-Übersetzung]* Goethe übersetzt erstmals die Lebensbeschreibung des italienischen Bildhauers, Goldschmieds und Schriftstellers Benvenuto Cellini (*La Vita di Benvenuto Cellini*, 1558/66) für Schillers Zeitschrift *Die Horen* (1796/97).

428,6 *Vasari]* Der italienische Maler, Architekt und Schriftsteller Giorgio Vasari schreibt das grundlegende Werk mit Biographien von Künstlern *Le vite de' più eccellenti pittori, scultori e architetti* (Biographien der bedeutendsten Maler, Bildhauer und Architekten; 1550).

428,7 *Kafkas »Prozeß«]* Franz Kafkas 1914/15 geschriebener Roman *Der Prozeß* (Druck 1925).

428,16 *Kalle]* Vgl. zu 422,15.

428,24 *Richterkomitee]* Vgl. zu 419,1f.

429,10 *Radierungen zum »Leben des Galilei«]* Vgl. zu 418,36.

429,17f. *»Chink Okichi« von Yamamoto Yuzo]* Der Japaner Yuzo Yamamoto schreibt Dramen und Romane. Seine Stücke tragen zur Gründung des »Neuen Theaters« (Shingeki) bei. Das erwähnte Stück befindet sich unter dem Titel *Die Geschichte von der Ausländerin Okichi* in fragmentarischer deutscher Übersetzung im Nachlaß Brechts.

429,18f. *entwerfe ... Rahmenhandlung]* Das geplante Stück mit dem Titel *Die Judith von Shimoda* (Band 10) ist nicht ausgeführt worden. In einem der Pläne sieht Brecht den gleichen Stoff auch als Film vor.

429,21 *Judith]* Anspielung auf die Israelitin Judith, die den Feldherrn Holofernes durch eine List tötet und ihr Volk dadurch von der assyrischen Herrschaft befreit (Buch *Judith* aus den apokryphen Büchern zur Bibel).

430,8 *Geßlermord]* Bezug auf die Ermordung des Landvogts Geßler in Friedrich Schillers Drama *Wilhelm Tell* (1804; IV,3).

430,11 *Diderots »Jakob der Fatalist«]* Denis Diderots Roman *Jacques le Fataliste et son Maître* (1796, dt.: *Jakob und sein Herr*, 1792).

430,12-16 *Ziffel-Plan ... »Flüchtlingsgespräche«]* Ursprünglich als *Die Befürchtungen des Herrn Keuner* geplantes Prosaprojekt (vgl. zu 360,30f.), das Brecht nun unter dem Titel *Flüchtlingsgespräche* (vgl. Band 18) als Dialog zweier Emigranten, des Physikers Ziffel und des Arbeiters Kalle, niederschreibt.

430,13 *Kivi]* Aleksis Kivi gilt als Begründer der finnischen Nationalliteratur; vermutlich hat Brecht die Anregung von dessen Roman *Seitsemän veljestä* (1870, dt.: *Die sieben Brüder*, 1921) erhalten.

430,21 *Marlebäk]* Vgl. zu 398,26.

430,29 *Durchfahrtsrecht nach Norge]* Ein Transitabkommen zwischen Deutschland und Finnland vom 23. September 1940 gestattet den Transport zweier deutscher Divisionen durch Finnland nach Nordnorwegen.

430,37 *Zurück in Helsingfors.]* Wegen des Verkaufs von Marlebäk muß Brecht wieder nach Helsinki ziehen; er wohnt dort sehr beengt in der Repslagergatan (Köydenpunojankatu) 13.

431,5 *Mit Parmet]* Brecht ist an einer finnischen Aufführung von *Mutter Courage und ihre Kinder* interessiert und gewinnt den jüdischen Komponisten Simon Parmet (vgl. zu 371,37) für eine Zusammenarbeit. Parmet hat an Theatern in Kiel, Hagen sowie in Helsinki dirigiert, lebt in dieser Zeit in Helsinki und komponiert Bühnen- und Filmmusik. Ehe Brecht Parmet anspricht, hat er die Vertonung sowohl Hanns Eisler als auch Hilding Rosenberg (vgl. zu 347,37f.) angeboten, aber von beiden keine Nachricht bekommen. Daran erinnert sich Simon Parmet:

> Brechts Wünsche in bezug auf die Musik zu »Mutter Courage und ihre Kinder« zielten auf nichts mehr und nichts weniger als darauf, daß ich ein würdiges Gegenstück zur Musik der »Dreigroschenoper« schaffen sollte. Ja, er ging noch weiter. Er drang darauf, daß ich eine bewußte Nachahmung des Stils in der Musik zu diesem großartigen Werk erstreben und daß meine Musik nach Inhalt und Form mit Couplets nach dem Vorbild der »Dreigroschenoper« gestaltet werden sollte. [...] Ich betonte Brecht gegenüber, daß die Möglichkeit von zwei solchen Glückswürfen, die genau von derselben Voraussetzung ausgehen, nicht besonders wahrscheinlich sei und daß, auch wenn die Musik zur »Dreigroschenoper« ein Welterfolg wurde, ein Verfahren, das seiner Idee nach als eine Wiederholung bezeichnet werden mußte, kaum Aussicht auf Gelingen habe. Er war taub gegen diesen Einwand und wies darauf hin, daß die »Dreigroschenoper« als solche, nicht nur die Musik, Welterfolg gehabt habe, und er war fest überzeugt, daß auch »Mutter Courage« den gleichen Erfolg gewinnen werde. (Simon Parmet, *Zusammenarbeit mit Brecht*, dt. v. Friedrich Ege, in: *Schweizerische Musikzeitung*, Zürich, 1957, S. 466.)

432 *Zur Abbildung:* Ausschnitt aus einem Bildbericht über den Freundschaftsbesuch des Reichsaußenministers von Ribbentrop in Rom (*Berliner Illustrirte Zeitung*, 3. Oktober 1940, Nr. 40, S. 998). Bildtext:

> *In Rom. Die Achse formt das neue Europa:*
> Im Arbeitszimmer des Duce im Palazzo Venezia: Nach mehrstündigem Gespräch verabschiedet sich Reichsaußenminister von Ribbentrop vom Duce.
> Rechts Außenminister Graf Ciano, hinter dem deutschen Reichsaußenminister der deutsche Botschafter in Rom von Mackensen, links Italiens Botschafter in Berlin Dino Alfieri.

433 *Zur Abbildung:* Ausschnitte aus der Zeitschrift *Signal. Special*

Edition of the »Berliner Illustrirte Zeitung«, Berlin, Nr. 11, September 1940, S. 32. Die Bildfolge erscheint zuerst in der deutschen Ausgabe der *Berliner Illustrirten Zeitung* am 18. April 1940, Nr. 16, S. 379, unter dem Titel *Bakterien werden krank! Auch Bakterien haben Feinde* (mit abweichendem Text). Bildtext:

War among the invisible microbes

A harmless colibacillus brought into contact with its specific enemies, the Coliphagocytes, »devourers of coli«. In a very short time the phagocytes collect and are here seen as tiny round bodies for the first time by human eye, on the surface of the much larger colibacillus. (Illustration above.)

In a short time the bacteria have been damaged at many places by the phagocytes and the plasm exudes from the damaged place. (Illustration below.)

The destruction is now complete. The colibacillus is quite empty and deformed. It collapses; the phagocytes have done their work. This is the first time in the history of medicine that the dramatic process in the »life of the underworld« has been photographically registered.

Übersetzung:

Krieg zwischen den unsichtbaren Mikroben

Ein harmloser Kolibazillus, der in Berührung gebracht wurde mit seinen spezifischen Feinden, den Koliphagozyten, den »Verschlingern der Koli«. Innerhalb kürzester Zeit sammeln sich die Phagozyten und können hier das erste Mal mit menschlichem Auge als winzige runde Körperchen auf der Oberfläche des wesentlich größeren Kolibazillus wahrgenommen werden. (Abbildung oben.)

Innerhalb kurzer Zeit werden die Bakterien von den Phagozyten an vielen Stellen beschädigt, und das Plasma tritt an den beschädigten Stellen heraus. (Abbildung darunter.)

Die Zerstörung ist jetzt vollkommen. Der Kolibazillus ist völlig leer und deformiert. Er fällt in sich zusammen; die Phagozyten haben ihre Arbeit getan. Das ist das erste Mal in der Geschichte der Medizin, daß dieser dramatische Vorgang im »Leben der Mikrowelt« photographisch aufgezeichnet wurde.

434f. *Zu den Abbildungen:* Die beiden Presseausschnitte mit den von Brecht hinzugesetzten maschinenschriftlichen Vierzeilern sind vermutlich Brechts erste »Fotoepigramme«, die er später in der *Kriegsfibel* zu einer Sammlung zusammengestellt hat (vgl. Band 12).

436,2 *Ein Buchhändler]* Eric Olsoni; vgl. die erste Anmerkung zu 398,7.

436,3-5 *»Über experimentelles Theater« ... in Stockholm]* Eine erste Fassung entsteht vor Brechts Abreise aus Dänemark (vgl. zu 337,2f.). Sie wird später – auch für die Reprise in Helsinki – überarbeitet. Vgl. *Über experimentelles Theater* (Band 22).

436,8 *der vorbaconischen Ära]* Gemeint: vor der Zeit der naturwissenschaftlichen Beobachtungen und Experimente, wie sie Francis Bacon in seinem *Novum organum scientiarum* 1620 gefordert hat.

436,15 *Ein Musiker]* Simon Parmet (vgl. zu 431,5).

436,20f. *Weill ... als Busoni- und Schrekerschüler]* Kurt Weill studiert 1921-1923 an der Berliner Musikhochschule bei Feruccio Busoni Kompositionslehre. – Der österreichische Komponist Franz Schreker leitet 1920 bis 1933 die Berliner Musikhochschule, ist aber nicht Weills Lehrer.

436,35 *Inhalt der Ersten Nacht des »Messingkaufs«]* Vgl. zu 403,17 und zu 405,3-408,10 sowie Band 22.

437,4 *point of view]* (Engl.) der Standpunkt (von dem aus das Geschehen gesehen und dargestellt wird).

437,8f. *»furcht- und mitleiderregende Vorgänge«]* Bei Aristoteles heißt es:

> Nun ist ja aber die Tragödie die nachahmende Darstellung nicht bloß einer vollständig in sich abgeschlossenen Handlung, sondern auch von Furcht und Mitleid erregenden Begebnissen. (Aristoteles, *Poetik*, Kapitel 9,11.)

438,5f. *»Vom Besteigen hoher Berge«]* Vgl. zu 408,30f.

438,23 *Greid]* Vgl. zu 337,28-31.

438,28f. *Stanislawski benutzt für die Einfühlung]* Vgl. dazu *Das verräterische Vokabular* und den zugehörigen Kommentar (Band 22).

438,29f. *Panoramagemälden der Jahrmärkte]* Vgl. die Beschreibung solcher Gemälde auf dem Augsburger Plärrer in *Bei Durchsicht meiner ersten Stücke* (Band 23).

439,1 *Paavolainen]* Olavi Paavolainen ist ein finnischer Kunst- und Literaturkritiker.

439,4 *die »Edda«]* Gemeint ist die isländische Sammlung (stabreimender) Lieder der nordischen Mythologie, teilweise auch der germanischen Heldensage (vor 1000), der die Nationalsozialisten als einer Quelle für die propagierte Erneuerung des deutschen Volkstums große Bedeutung zumessen.

439,5f. *der »Jesaias« von einem Babylonier]* Der altisraelische Prophet Jesajas (auch Jesaja) verfaßt in der 2. Hälfte des 8. Jahrhunderts v.d.Z. Sprüche, Lieder und Weissagungen, die in dem nach ihm benannten Buch *Der Prophet Jesaja* Bestandteil des Alten Testaments sind. Die Kapitel 40-55 des Buches entstanden im babylonischen Exil der Juden.

439,25 *Heute wählt Amerika.]* Bei den Präsidentschaftswahlen in den USA wird Roosevelt zum drittenmal gewählt.

439,26 *Pakt]* Vgl. zu 341,6.

439,28f. *Dunkerque die Marne von 1940]* Mit der Einnahme der französischen Hafenstadt Dunkerque (Dünkirchen, vgl. zu 363) endet die erste Phase des deutschen Feldzugs gegen Frankreich. (England konnte nicht geschwächt werden.) In der Schlacht an der Marne (vom 6.

bis 9. September 1914) scheitert im ersten Weltkrieg der deutsche Vormarsch und damit der Angriffsplan gegen Frankreich; der Bewegungskrieg geht in den Stellungskrieg über.

439,29 *ausgebliebene Invasion]* Wegen des geplanten Angriffs auf die Sowjetunion verschiebt Hitler die Landung deutscher Truppen in Großbritannien (vgl. zu 422,20f.) mehrfach (Weisung Nr. 16 des Oberkommandos der Wehrmacht vom 16. Juli 1940, Verschiebung des Unternehmens am 17. September 1940 »bis auf weiteres«, am 12. Oktober 1940 endgültig).

439,35 *Hagar Olsson]* Vgl. zu 393,2.

440,2 *das Leben des Kungfutse]* Brecht liest u.a. *The Analects of Confucius*, translated and annotated by Arthur Waley (Sammlung einzelner Texte von Konfutius, übersetzt und kommentiert von Arthur Waley), London 1938 (in Brechts Nachlaßbibliothek, mit Notizen und Anstreichungen von Brecht). Kungfutse (oder K'ung-dsi, auch »Meister K'ung«, lat.: Confutius) nimmt mit seiner Lehre starken Einfluß auf die feudalistische Ordnung Chinas. Das von Brecht geplante Stück für Kinder, *Leben des Konfutse*, wird nicht vollendet; überliefert ist u.a. die ausgearbeitete Szene »Der Ingwertopf« (vgl. Band 10).

440,6f. *den Weimarer Hund]* Der Auftritt eines Hundes auf der Bühne des Weimarer Hoftheaters, den die Mätresse des Herzogs durchsetzt, führt 1817 zum Rücktritt Goethes als Theaterintendant.

440,13 *Geschichte Lus]* Die Geschichte des Geburtsorts und letzten Wirkungsraums von Konfutius, des Stadtstaats Lu (es ist kein Text Brechts überliefert).

440 *Zur Abbildung:* Presseausschnitt. Das Foto zeigt die Begegnung des deutschen und des sowjetischen Außenministers in Berlin. Bildtext: (engl.)

Molotow und Ribbentrop (November 1940).

440,34f. *»Die junge Wirtin von Niskavuori«]* Brecht sieht das Stück *Niskavuoren nouri emäntä* (Die junge Herrin von Niskavuori, 1940) vermutlich bei der Premiere am 13. November 1940 im Nationaltheater Helsinki (Regie: Eino Kalima, mit Kaisu Leppänen in der Hauptrolle) und beglückwünscht Hella Wuolijoki (Briefnotiz, November 1941). Margarete Steffin überträgt das Drama (zusammen mit der Autorin) ins Deutsche (Typoskript im Nachlaß).

440,39 *Die Zeitungen]* Vermutlich bezieht sich Brecht auf eine Rezension von Hjalmar Lenning (»H.L.«) im *Hufvudstadsbladet,* Helsingfors, 14. November 1941.

442,7 *Steff]* Vgl. zu 331,29.

443,2f. *Hielt den Vortrag ...]* Vgl. zu 337,2f. und zu 436,3-5.

443,13 *Maxwell Anderson]* Der nordamerikanische Dramatiker knüpft an die Tradition der großen englischen Tragödie an und ist an einer psychologischen Interpretation der Vorgänge interessiert.

443,16-22 *»Straßenszene« ... Theatralisierung der Politik]* Den

Essay *Die Straßenszene* (Band 22) schreibt Brecht 1938 in Dänemark. Im Sinne seiner Forderung, andere Arten alltäglichen Theaters zu beschreiben, verfaßt er in Zusammenhang mit dem *Messingkauf* 1939 den Dialog *Über die Theatralik des Faschismus* (Band 22).

444,26 *Diktonius]* Elmer Diktonius (vgl. die zweite Anmerkung zu 372,8) hat seine staatliche Pension verloren.

444,28f. *von staatlichen Aufträgen]* Vgl. *Über staatliche Renten an Dichter* aus *Buch der Wendungen* (Band 18).

444,29f. *Übersetzungen klassischer Werke]* Diktonius hat in staatlichem Auftrag u.a. Kivis Roman *Die sieben Brüder* ins Schwedische übersetzt.

445,2f. *Das Schwedische Theater ...]* Die Aufführung von *Mutter Courage und ihre Kinder* in Finnland kommt nicht zustande.

445,4 *Greid]* Vgl. zu 337,28-31.

445,6 *Titel]* Vgl. »Titel und Tafeln« in *Anmerkungen zur »Dreigroschenoper«* (Band 24). Vgl. auch die später von Brecht festgelegten *Courage*-Titel in *Couragemodell 1949* (Band 25).

445,34 *Wirkungsquanten]* Für die Arbeit des Bühnenbildners hat Brecht ein *Schema der Wirkungsquanten* (Band 22) aufgelistet.

446,17 *Visa von Mexiko]* Parallel zu den Anträgen für amerikanische Visen (vgl. zu 395,10) stellt Helene Weigel in Stockholm Anträge im mexikanischen Konsulat, da für deutsche Kommunisten die Einwanderungsbedingungen nach Mexiko günstiger sind. Der Weg über Mexiko soll nur für den Fall eingeschlagen werden, daß sich für Margarete Steffin keine andere Möglichkeit bietet.

446,21 *Johanson zeigt große Zuversicht]* Der Bezug konnte nicht ermittelt werden; möglicherweise Parabelname für Hitler (Johanson ist in Schweden ein häufiger Nachname).

446,22f. *Römer ... Germanen]* Ironisch für: Italiener, Deutsche.

446,25-27 *»Berliner Illustrirten« ... »Stürmer«-Nummer ... Lublin]* Die Zeitung veröffentlicht in Nr. 49, 5. Dezember 1940, die Titelgeschichte *Im Ghetto von Ljublin und ... 25 m unter dem Ghetto* (S. 1289-1291). Darin wird (in ähnlich herabwürdigender Weise wie in der antisemitischen Hetzzeitung *Der Stürmer*) von einem deutschen Sonderkommando der Polizei berichtet, das in mehreren Stockwerken unter dem Ghetto der von den Deutschen okkupierten polnischen Stadt Ljublin geheime Warenlager mit Lederwaren, Stoffen, Schuhen und Lebensmitteln jüdischer Händler aufgespürt hat, während im Ghetto Not herrscht und um jedes Stück gefeilscht wird. Die Juden sind als Untermenschen charakterisiert.

447,1-4 *Rumänische Ölquellen ... Frieden ab.]* Konnte nicht ermittelt werden. (Balkan: vgl. zu 460,1.)

447,7 *Den »Hamlet« des Schwedischen Theaters]* Die Aufführung von Shakespeares *Hamlet* (Regie: Gerda Wrede, Bühnenbild: Stefan Welcke, mit Erik Lindström als Hamlet) findet im Schwedischen Theater in Helsinki statt, das Nicken Rönngren seit 1919 leitet. Im Herbst 1929 hat er Brechts *Dreigroschenoper* herausgebracht; nach Brechts Ankunft in Finnland trifft er mehrfach mit ihm zusammen. Rönngren interessiert sich für eine Aufführung von *Mutter Courage und ihre Kinder*, die aber dann nicht zustande kommt.

447,8f. *Das ältere Stück]* Als Quelle für das Stück benutzt Shakespeare die *Hamlet*-Tragödie von Thomas Kyd (sogenannter »Ur-Hamlet«, vermutlich 1589).

447,13 *»Titus Andronicus«]* William Shakespeares Stück *The Most Lamentable Tragedy of Titus Andronicus* (um 1591; dt.: *Titus Andronicus*).

447,21 *handeln oder nicht handeln ist die Frage]* Anspielung auf das Zitat: »To be or not to be: that is the question« (engl.: Sein oder Nichtsein, das ist hier die Frage), *Hamlet*, III,1.

447,36 *dem Kydschen Hamletdrama]* Vgl. zu 447,8f.

448,17 *der alte neue Adam]* Bezug auf die Briefe des Paulus, wonach der »alte Mensch« (hebr.: Adam), Urheber von Sünde und Tod, abgelöst werden soll durch den »neuen Menschen« (Römer 5,14 und 6,6; Epheser 4,22; Kolosser 3,9f.).

448,28 *Die goldene Zeit der Tuis]* Vgl. zu 324,30. Nach einem Plan des fragmentarisch überlieferten *Tuiromans* sollten im ersten Band (»Das goldene Zeitalter der Tuis«) die Tuigeschichten stehen. In dem konzeptionellen Text *Große Linie* heißt es u.a.:

> Das »völlig Neue« der Faschisierung sind die nun stark und nackt hervortretenden Grundlinien der kapitalistischen Herrschaft, die immer vorhanden waren und von den Tuis des »großen« goldenen Zeitalters ja respektiert worden waren.

Vgl. dazu auch die beiden Texte mit dem Titel *Das goldene Zeitalter der Tuis* sowie die Tuigeschichte *Das goldene Zeitalter der Tuis. Die Strickdreher* (alle Texte in Band 17, A 79, A 4, B 43).

449,19 *Verismus]* Von vero: (ital.) wahr; Verismus: Ende des 19. Jahrhunderts in Italien stark vom französischen Naturalismus geprägte Kunstrichtung; hier allgemein für eine kraß wirklichkeitsgetreue künstlerische Darstellung.

449,25 *Agitproptheater]* Agitprop: Kurzwort für: Agitation und Propaganda. Die Agitproptheater bieten kabarettistische revueartige Programme mit wenig Aufwand an technischen Mitteln und beabsichtigter großer politischer Wirkung.

449,29f. *Theater der Dialektik]* Brecht beschäftigt sich 1954/55 mit ähnlichen Überlegungen, vgl. die drei gleich betitelten *Notizen über die Dialektik auf dem Theater*, die beiden gleich betitelten Texte *Vom epischen zum dialektischen Theater* sowie *Dialektisches Theater* (alle in Band 23).

450,18 *des Titulariums zur »Courage«]* Vgl. zu 445,6.

450,19 *Plot]* (Engl.) Fabel, Handlung.

450,20 *die Niobehandlung]* Nach der griechischen Sage verhöhnt Niobe, Mutter von 14 Kindern, Leto, weil sie nur zwei Kinder hat. Dafür töten diese alle Kinder der Niobe. Brecht wehrt sich nach der Uraufführung von *Mutter Courage und ihre Kinder* in Zürich (19. April 1941; vgl. zu 476,27-30) gegen die Interpretation des Stückes als »einer Niobetragödie« und der Courage als »Muttertier«; er nimmt für die Berliner Aufführung Änderungen im Text vor (vgl. *Anmerkung* zu *»Mutter Courage und ihre Kinder«*, Band 24).

450,24f. *für Kinder ... das Leben des Konfutse]* Vgl. zu 440,2.

450,31f. *»Mann ist Mann«-Aufführung]* Brecht verweist auch in einem (gleichzeitig geschriebenen) Dialogstück des *Messingkaufs* auf die Wirkung der Schüleraufführung des Stückes (1930 im Aufbau-Gymnasium Berlin-Neukölln):

> In einer Schule sah ich, wie Kinder das Stück »Mann ist Mann« spielten. Da wird ein Elefant verkauft. Dieser Vorgang, unmöglich unter Kindern, bekam plötzlich auch im Stück etwas von diesem »Unmöglichen«, zumindest erschien er nur noch »möglich«, eben noch denkbar, unter gewissen, vergänglichen Bedingungen vielleicht vorstellbar. (Vgl. *Der Messingkauf*, B 66; Band 22).

451,14f. *Werken über das Weltbild der neuen Physik]* Vgl. zu 453,12, 453,21, 453,22, 453,23.

451,23f. *equilibriert ... weg]* Äquilibristik: Gleichgewichts-, Balancekunst (z.B. der Seilkünstler); hier im Sinne von: wegbalancieren.

451,26f. *Korpuskel und Welle zugleich]* Seit 1927 hat sich der Begriff vom Welle-Teilchen-Dualismus des Lichts durch die Arbeiten von Werner Heisenberg und Niels Bohr durchgesetzt.

451,31f. *Beobachtung ... Unschärfebegriff]* Die 1927 von dem deutschen Physiker Werner Heisenberg festgestellte Unschärfe- oder Unbestimmbarkeitsrelation geht u.a. davon aus, daß in der Mikrophysik die Teilchenbewegung (wegen der Störung des Objekts durch die Beobachtung) nicht genau vorhersagbar ist. Damit treten an die Stelle der Determiniertheit von Teilchenbahnen deren Wahrscheinlichkeit.

451,35f. *von estnischen Kriegsliedern]* Hella Wuolijoki benutzt Teile eines Poems (vgl. *Söja lau. Das Estnische Kriegslied*, zusammengestellt und mit Hilfe von Bertolt Brecht und Margarete Steffin ins Deutsche übertragen von Hella Wuolijoki, estnisch und deutsch hg. u. kommentiert v. Hans Peter Neureuter, Ruth Mirov und Ülo Tedre, Helsinki/Stuttgart 1984). Brecht verwendet sowohl Strukturelemente als auch Verse aus dem *Estnischen Kriegslied* für sein Stück *Der kaukasische Kreidekreis* (Band 8).

452,4 *die widerspruchsvollen Doppelverse]* Vgl. auch im *Kaukasischen Kreidekreis* (Band 8, Szene 2, »Das hohe Kind«) Verse wie »In alter Zeit, in blutiger Zeit« oder »Die blutige Schlacht, die bittere Schlacht«.

452,19 *Ruth führt ... Sketch auf.]* Konnte nicht ermittelt werden.

452,32 *»Konfutse«]* Vgl. zu 440,2.

453,9 *»Den stora engelska revolutionen«]* Der schwedische Historiker Ludvig Stavenow veröffentlicht 1895 *Den stora engelska revolutionen i det sjuttonde arhundradets midt* (Die große englische Revolution in der Mitte des 17. Jahrhunderts).

453,10 *»Changing Governments and Changing Cultures«]* (Engl.) Regierungen und Kulturen im Wandel. Von Harold Ordway Rugg (und Louise Krueger) kommen 1929-1936 neun Bände *Man and his Changing Society* im Rahmen der *The Rugg social science series* heraus, aus denen das erwähnte Buch vermutlich ein Auszug ist. (Nach einer Randnotiz Elisabeth Hauptmanns in einer Fotokopie des *Journals* hat Brecht das Buch von ihr bekommen. – Elisabeth-Hauptmann-Archiv, Akademie der Künste, Berlin.)

453,11 *»Von New York bis Schanghai«]* Agitpropstück von Friedrich Wolf (1932).

453,12 *»Atomer og andre Smaating«]* Chr. Møller und Ebbe Rasmussen, *Atomer og andre smaating* (Atome und andere Teilchen), Vorwort von Nils Bohr, 1939.

453,13 *»Der Ursprung der Familie«]* Friedrich Engels, *Der Ursprung der Familie, des Privateigentums und des Staates* (1884), in zahlreichen Einzelausgaben. Vgl. Karl Marx / Friedrich Engels, *Werke*, Band 21, Berlin/DDR 1962, S. 25-173.

453,14 *»New York is not America«]* (Engl.) New York ist nicht Amerika; vermutlich Auszug aus einem Buch von Ford Madox Ford.

453,15 *»Again the Three«]* Edgar Wallace, *Again the Three Just Men* (1929, dt.: *Das silberne Dreieck*, 1933, auch: *Neues von den drei Gerechten*).

453,16 *»Nachbarsleute«]* Ludwig Thomas Roman (1913).

453,17 *»Tampico«]* Joseph Hergesheimers Roman *Tampico* (1926, dt. 1927).

453,18 *Zeitschrift »NU«]* Möglicherweise die Reihe *Nu. Världshändelserna inför världs opinionen* (Die Weltgeschehnisse in der Sicht der Weltmeinung), Stockholm 1936-1940; es könnte sich auch um *Das Neue Universum* (vgl. zu 22,2f.) handeln.

453,19 *»The Great Tradition«]* Granville Hicks, *The Great Tradition. An interpretation of American literature since civil war* (Die große Tradition. Eine Interpretation der amerikanischen Literatur seit dem Bürgerkrieg; 1933).

453,20 *»Das Leben der galanten Damen«]* Pierre de Bourdeille Brantôme, *Vies des dames galantes* (1665, dt. 1929).

453,21 *»Den moderna physiken«]* Brenner, Die moderne Physik. Bibliographische Angaben konnten nicht ermittelt werden.

453,22 *»Från atom till universum«]* (Schwed.) Vom Atom zum Universum. Paul Karlsons Buch erscheint 1936 in Stockholm in deutscher Sprache unter dem Titel *Du und die Natur*, übersetzt v. Ole Eklund.

453,23 *»Om kärnphysiken och dess utveckling«]* (Schwed.) Über die Kernphysik und ihre Entwicklung. Bibliographische Angaben konnten nicht ermittelt werden.

453,24 *»San Luis bro«]* Thornton Wilder, *The Bridge of San Luis Rey* (1927, dt.: *Die Brücke von San Luis Rey*, 1929); hier in der schwedischen Übersetzung.

453,25 *»Morkt skratt«]* Schwedische Ausgabe von Sherwood Andersons Roman *Dark Laughter* (1925, dt.: *Dunkles Lachen*, 1963).

453,26 *»Elva årtionden ur finlands historia«]* (Schwed.) Elf Jahrhunderte aus der Geschichte Finnlands. Vermutlich ein Auszug aus dem Schulbuch von B. Estlander, *Allmänna historien i berättelser för skolans lägre klassar* (Allgemeine Geschichte in Erzählungen für die unteren Schulklassen), Stockholm.

453,27 *»Discography 1938«]* Bibliographische Angaben konnten nicht ermittelt werden.

453,28 *»Poems«]* Jonathan Swifts *Poems* (Gedichte), 1709-1739; eine Ausgabe in 3 Bänden, hg. v. Harold Williams, ist 1937 erschienen.

453,29 *»Book of Snobs«]* William Makepeace Thackeray, *Book of Snobs* (1846/47, dt.: *Snobsbuch*, 1851).

453,30 *»Candide«]* Vgl. zu 360,31f.

453,31 *»Hauspostille«]* Vgl. Band 11.

453,32 *»Miscellaneous Contributions to Punch«]* (Engl.) Vermischte Beiträge für (die Zeitschrift) »Punch«, von William Makepeace Thakkeray.

453,34 *Grünewald]* Möglicherweise ist nicht der deutsche Maler Matthias Grünewald gemeint, sondern der Schwede Isaac Hirsche Grünewald, unter dem Einfluß Matisses Mitbegründer der avantgardistischen Gruppe »1909 ars män«, später auch Bühnenbildner. Während des Aufenthalts der Familie Brecht in Schweden unterrichtet Grünewald an der Kunsthochschule Stockholm.

453,36 *»Circle« (International Survey of Constructive Art)]* (Engl.) Der Kreis (Internationale Rundschau der Bildenden Kunst). Bibliographische Angaben konnten nicht ermittelt werden.

453,37 *»Othello«, »Macbeth«, »King Henry VIII.«]* Stücke William Shakespeares.

453,38 *»Lady Chatterley's Lover«]* David Herbert Lawrence, *Lady Chatterley's Lover* (1928, dt.: *Lady Chatterley und ihr Liebhaber*, 1930).

453,39 *»An Introduction to Problems of American Culture«]* (Engl.) Eine Einführung in die Probleme der amerikanischen Kultur. Bibliographische Angaben konnten nicht ermittelt werden.

453,40 *»Communism, a New Civilization?«]* (Engl.) Der Kommunismus, eine neue Zivilisation? Bibliographische Angaben konnten nicht ermittelt werden.

454,1f. *Zeichnungen von van Gogh … Renoir … Manet]* Die

Zeichnungen des holländischen Malers Vincent van Gogh sowie der französischen Maler Auguste Renoir und Édouard Manet konnten nicht ermittelt werden.

454,2 *chinesisches Schauspielerporträt]* Konnte nicht ermittelt werden. 1934 schickt Brecht seinem Sohn aus London eine Postkarte mit der Abbildung eines Gemäldes aus der Ming-Dynastie (*The Hundred Children*), das eine Puppentheaterszene zeigt, und fordert ihn auf, es an die Wand zu hängen. Das Bild ausdeutend, schreibt er das Gedicht *Wehe!* (Band 14) und klebt es an die Postkarte.

454,2f. *Altarbilder Freiburger Meister um 1500]* Konnten nicht ermittelt werden. (Hans Baldung, genannt Grien, ein Schüler Albrecht Dürers, schuf u.a. 1512-1516 den Hochaltar des Freiburger Münsters.)

454,6f. *Dichter wie Gelsted ... versagen]* Der dänische Schriftsteller Einar Otto Gelsted wird vor allem als Lyriker bekannt, außerdem schreibt er Literaturkritiken und macht Übersetzungen. Neben Nexö gilt er in den dreißiger Jahren als populärer kommunistischer Dichter. Gelsted hält engen Kontakt mit Brecht; zusammen mit Ruth Berlau übersetzt er *Die Mutter* und *Die Gewehre der Frau Carrar*. Für die Aufführungen am Königlichen Theater in Kopenhagen überträgt er *Die heilige Johanna der Schlachthöfe* und *Die sieben Todsünden der Kleinbürger* ins Dänische.

454,23f. *Einfühlung auf dem nichtaristotelischen Theater]* Nach dem 1940 geschriebenen Aufsatz *Kurze Beschreibung einer neuen Technik der Schauspielkunst, die einen Verfremdungseffekt hervorbringt* beschäftigt sich Brecht während der Arbeit am *Messingkauf* Anfang 1941 (und auch in den folgenden Notierungen des finnischen Journals) mehrfach mit theatertheoretischen Fragen, vor allem mit der Einfühlung. Vgl. auch *Einige Andeutungen über eine nichtaristotelische Dramatik*, *Wirkung epischer Schauspielkunst*, *Keine Erregung von Emotionen*, *Über das Merkwürdige und Sehenswerte (2)*, *Über das schrittweise Vorgehen beim Studium und Aufbau der Figur*, *Kann der Schauspieler, schrittweise vorgehend, mitreißen?*, *Über die Auswahl der Züge*, *Die Verschiedenheit um der Verschiedenheit willen dargestellt* (alle Texte: Band 22).

455,16f. *nichtaristotelisches Theater]* Vgl. zu 454,23f.

455,39 *Greid]* Hermann Greid (vgl. zu 337,28-31) fährt auf dem gleichen Schiff (vgl. Eintragung am 6. Mai 1940) mit Brecht nach Finnland und bleibt dort bis zu Brechts Abreise.

456,27 *Zum »Konfutse«:]* Vgl. zu 440,2.

457,9 *»Analects«]* Vgl. zu 440,2.

457,25 *des »Messingkaufs«]* Vgl. zu 403,17 und zu 405,3-408,10 sowie Band 22.

457,31 *Zu nichtaristotelischem Theater]* Vgl. zu 454,23f.

458,6 *asiatische Schauspielkunst]* Vgl. den 1936 geschriebenen Aufsatz *Verfremdungseffekte in der chinesischen Schauspielkunst* (Band 22).

458,30 *Musiker Pergament]* Anlaß für das Gespräch mit Simon Parmet (vgl. zu 431,5) über eine Vertonung des Lehrstücks *Die Horatier und die Kuriatier* (Band 4) ist vermutlich dessen geplante Inszenierung am neuen finnischsprachigen Theater von Eino Salmelainen (dem Regisseur nahezu aller Dramen von Hella Wuolijoki) in Helsinki (Aufführung und Komposition kommen nicht zustande).

459,22f. *sein Empire in den Krieg gebracht]* Großbritannien beteiligt sich mit seinen Kolonialgebieten und den Staaten des Commonwealth (außer Irland) am zweiten Weltkrieg.

459,27 *Invasionsgefahr]* Vgl. zu 439,29.

459,28 *Aufrüstung der USA]* Die USA erklären am 5. September 1939 ihre Neutralität im Kriege und sperren die Ausfuhr von Kriegsmaterial an die kriegführenden Länder. Am 2. September 1940 wird mit Großbritannien ein Vertrag über die Lieferung von 50 amerikanischen Zerstörern im Tausch gegen die Verpachtung von Militärstützpunkten in der Karibik auf 99 Jahre abgeschlossen. Nach der Ausdehnung des Krieges in Europa wird ein Nationaler Verteidigungsrat und eine oberste Behörde für die Leitung der Kriegswirtschaft gebildet. Als Brecht seine Notierung schreibt, finden geheime britisch-amerikanische Generalstabsbesprechungen zur Ausarbeitung eines Kriegsplans gegen Hitler als Hauptgegner (Plan »ABC-1«) statt. Erst nach dem Überfall japanischer Luftstreitkräfte in Pearl Harbor treten die USA am 7. Dezember 1941 in den Krieg ein (vgl. die Notierung vom 8. Dezember 1941 mit den Abbildungen; Band 27).

459,29 *Destruktion der ... Industrie]* Vgl. zu 422,20f.

459,30 *USSR ... Verwicklung in den Weltkrieg]* Vgl. zu 341,6.

460,1 *Balkan ist gesperrt]* Die Balkanstaaten treten fast alle 1940/41 dem deutsch-italienisch-japanischen Dreimächtepakt vom September 1940 bei. Dennoch beginnt Hitler später, ab 6. April 1941, Jugoslawien zu erobern.

460,3 *Türkei]* Seit 1939 existiert zwar ein Bündnisvertrag der Türkei mit Frankreich und Großbritannien, doch bestimmt dieser, daß die Türkei mit Rücksicht auf die Interessen der Sowjetunion neutral bleiben kann. Im Juni 1941 schließt die Türkei einen Freundschaftsvertrag mit dem Deutschen Reich ab.

460,3 *Syrienarmee in Reserve]* Die französische Vichy-Regierung erlaubt den Deutschen, in dem französischen Mandatsgebiet zu operieren. Am 8. Juni 1941 beginnt dort der Einmarsch britischer Truppen.

460,9 *Film nach Steinbecks »Grapes of Wrath«]* Lion Feuchtwanger macht Brecht in seinem Brief vom 18. Januar 1940 auf den Roman von John Ernst Steinbeck, *The Grapes of Wrath* (1939, dt.: *Früchte des Zorns*, 1940), aufmerksam und empfiehlt ihn zur Lektüre. Der danach gedrehte Film der Twentieth Century-Fox entsteht 1940 (Regie: John Ford, Drehbuch: Nunally Johnson, Musik: Alfred Newman, mit Henry Fonda, Jane Darwell, Russell Simpson).

460,21 *25. 1. 41]* In der Textgrundlage versehentlich auf »25. 4. 40« datiert.

460,22 *Gretes Krankheit]* Vgl. die erste Anmerkung zu 315,26.

460,36-38 *»Das Lied vom Rauch« ... »Das Terzett ...«]* Lieder aus dem Stück *Der gute Mensch von Sezuan* (Band 6; das zweite mit dem Titel *Der achte Elefant*); vgl. auch Band 15.

460,39 *Preisausschreiben]* Vgl. zu 419,1f.

461,2f. *Grund ... nicht intrigiert.]* Die Jury wählt aus 132 eingesandten Stücken als bestes Werk eine Tragödie um die legendäre Figur aus dem 15. Jahrhundert *Klaus, Louhikon herra* (Klaus, Herr auf Louhikko) von Maria Jotuni aus.

461,7f. *Die formalistische Kritik ...]* Notiz zur Realismusdiskussion; vgl. zu 312,29 und zu 313,2f.

461,32 *Stratum]* (Lat.) Decke, Lage; hier: Schicht (wie im Englischen gebräuchlich).

462,2 *Invasion in England]* Vgl. zu 439,29.

462,4 *Ein Tank ist kein Pferd]* Vgl. das Gedicht *General, dein Tank ist ein starker Wagen* in der Sammlung *Svendborger Gedichte* (Band 12).

462,5 *second spirit]* Vgl. zu 332,20f.

462,13 *Gamelin]* Die unmittelbare Quelle konnte nicht ermittelt werden. Der französische General Maurice Gustave Gamelin, bis Mai 1940 französischer Oberbefehlshaber, schreibt seine Gedanken zur Vorgeschichte des zweiten Weltkriegs und zum Verlauf des Krieges ausführlich nieder in seinem Werk *Servir* (Dienen), insbesondere in den Bänden 2: *Le Prologue du Drame* (1930 – août 1939) und 3: *La Guerre* (Septembre 1939 – 19 mai 1940), Paris o.J. Er befindet sich ab September 1940 in französischer, später in deutscher Haft.

462,22 *»Der gute Mensch von Sezuan«]* Vgl. Band 6.

462,23f. *»Die heilige Johanna der Schlachthöfe«]* Vgl. Band 3. Am 11. April 1932 werden Ausschnitte aus sieben Szenen in einer Radioinszenierung der Funkstunde Berlin gesendet.

462,24f. *»Furcht und Elend des Dritten Reiches«]* Vgl. zu 319,6 und Band 4.

462,25 *»Leben des Physikers Galilei«]* Die Fassung 1938/39 von *Leben des Galilei*, vgl. Band 5.

462,25f. *»Mutter Courage und ihre Kinder«]* Vgl. Band 6.

462,26 *»Herr Puntila und sein Knecht Matti«]* Vgl. Band 6.

462,26f. *sechs Stücke]* Brecht läßt in seiner Aufstellung die Einakter (einschließlich *Die Gewehre der Frau Carrar*), die Lehrstücke, die Oper *Aufstieg und Fall der Stadt Mahagonny*, das Ballett *Die sieben Todsünden der Kleinbürger* und das Hörspiel *Das Verhör des Lukullus* aus.

462,27f. *»Trommeln in der Nacht«]* Vgl. Band 1. Uraufführung: 29. September 1922 in den Kammerspielen München.

462,28 *»Im Dickicht der Städte«]* Vgl. Band 1. Uraufführung: 9. Mai 1923 im Residenz-Theater, München.

462,29 *»Baal«]* Vgl. Band 1. Uraufführung (der Fassung 1922): 8. Dezember 1923 im Alten Theater Leipzig.

462,29 *»Leben Edwards II. von England«]* Vgl. Band 2. Uraufführung: 18. März 1924 in den Kammerspielen München.

462,30 *»Mann ist Mann«]* Vgl. Band 2. Gleichzeitige Uraufführung: 25. September 1926 am Landestheater Darmstadt und am Düsseldorfer Schauspielhaus.

462,30 *»Dreigroschenoper«]* Vgl. Band 2. Uraufführung: 31. August 1928 im Theater am Schiffbauerdamm, Berlin.

462,30f. *»Rundköpfe und Spitzköpfe«]* Vgl. Band 4. Uraufführung: 4. November 1936 im Riddersalen-Theater, Kopenhagen.

462,31 *»Die Mutter«]* Vgl. Band 3. Uraufführung: 17. Januar 1932 im Komödienhaus am Schiffbauerdamm, Berlin.

463,5 *Zu nichtaristotelischem Theater]* Vgl. zu 454,23f.

463,17 *auf »dämonischer« Basis]* Vgl. 457,31-458,8.

463,20 *Steff ... Aufsatz]* Brechts Sohn Stefan (vgl. zu 331,29) geht in Helsinki in eine schwedische Schule.

463,23f. *von Buckle, die Kulturgeschichte]* Henry Thomas Buckle, *History of Civilisation in England* (1857, 1861).

463,24 *ein bißchen Kautsky]* Was Stefan Brecht vom Werk des sozialdemokratischen Theoretikers und Publizisten Karl Kautsky gelesen hat, konnte nicht ermittelt werden, möglicherweise handelt es sich um Artikel aus *Die Neue Zeit*, die Brecht vollständig besitzt (vgl. zu 350,27).

463,25 *»Caesar«]* Brechts Romanfragment *Die Geschäfte des Herrn Julius Caesar* (Band 17).

463,35 *unscharf]* Vgl. auch zu 451,31f.

464,8f. *Religion ... Opium fürs Volk]* In einem Szenentitel zu dem Stück *Die Mutter* bereits frei zitiert (vgl. Band 24), nach Karl Marx: »Die Religion ist der Seufzer der bedrängten Kreatur, [...] das Opium des Volks.« (Karl Marx, *Zur Kritik der Hegelschen Rechtsphilosophie*, in: Karl Marx / Friedrich Engels, *Werke*, Band 1, Berlin/DDR 1956, S. 378.)

464,19f. *Pergament ... Musik zur »Courage«]* Vgl. zu 431,5.

465f. *Zu den Abbildungen* (in der Textgrundlage zwischen den Notierungen vom 2. und 18. Februar 1941)*:* Brecht hat den Text, den Margarete Steffin (vgl. die erste Anmerkung zu 315,26) ihm zum Geburtstag am 10. Februar geschenkt hat, an dieser Stelle eingeordnet. Kommentar zur Abbildung: *den armen edward, die arme königin anna]* Hauptfiguren in *Leben Eduards des Zweiten von England.* – *garga]* Eine Hauptfigur in *Im Dickicht der Städte.* – *galy gay ... leokadja begbick]* Hauptfiguren in *Mann ist Mann.* – *sodom und gomorrha]* Sodom und Gomorrha gehören zu den fünf Städten im Tale

Siddim (1 Mose 14,2), die wegen der Gottlosigkeit ihrer Einwohner mit Feuer und Schwefel vernichtet werden. Sprichwörtlich für sündig und lasterhaft. – *kragler, anna]* Andreas Kragler und seine Braut Anna Balicke, Hauptfiguren in *Trommeln in der Nacht*. – *paule ackermann ... jenny ... diese begbick]* Paul Ackermann, die Prostituierte Jenny und die Witwe, gleichfalls mit dem Namen Leokadja Begbick, sind Hauptfiguren in *Aufstieg und Fall der Stadt Mahagonny*. – *peachum ... frau peachum! macheath! polly!]* Hauptfiguren in *Die Dreigroschenoper*. – *pelagea wlassowa]* Hauptfigur in *Die Mutter*. – *halbhohen leinenvorhang]* Erstmals von Caspar Neher bei der Uraufführung von *Mann ist Mann* 1926 in Darmstadt verwendet, dann auf Brechts Wunsch in allen von Neher ausgestatteten Brecht-Inszenierungen in Berlin übernommen. – *die johanna]* Das Stück *Die heilige Johanna der Schlachthöfe* (Band 3).

467,10 *Gorelik schickt mir sein Buch]* Das Buch *New Theatres for Old* (Neue Theater für alte), New York 1940, von dem Bühnenbildner Mordecai Gorelik. Vgl. dazu den vermutlich gleichzeitig geschriebenen Text *Einige Andeutungen über eine nichtaristotelische Dramatik* (Band 22). Brecht kennt Gorelik seit seinem Besuch in New York 1935, wo dieser für die Aufführung von *Die Mutter* das Bühnenbild gestaltet hat, und hält seitdem mit ihm ständigen Kontakt. Vgl. auch die Notierung vom 12. Juni 1944 und den Text *Kleines Privatissimum für meinen Freund Max Gorelik* (Band 23).

467,14 *»hie ratio – hie emotio«]* Vgl. Brechts erste Gegenüberstellung in den *Anmerkungen zur Oper »Aufstieg und Fall der Stadt Mahagonny«* (1930): »Gefühl – Ratio« (Band 24); bereits in der 1938 überarbeiteten Fassung sind diese Begriffe weggelassen.

468,5f. *Lehrstückchen vom »Bösen Baal dem asozialen«]* Vgl. zu 319,22f.

468,7f. *Großen Ordnung ... Große Produktion]* Vgl. u.a. im *Buch der Wendungen* (Band 18) die Texte *Die Große Methode* (mehrere Texte unter diesem Titel bzw. mit diesem Textanfang), *Von der Großen Methode*, *Der Ungleichheitssatz in der Großen Methode*, *Die Große Ordnung verwirklichen*, *Die Große Ordnung und die Liebe*.

468,16 *Diderots »Jacques le fataliste«]* Vgl. zu 430,11.

468,17-20 *verfeinerten Sinnlichkeit ... Goethe]* Vgl. z.B. Goethes Liebeslyrik und den Briefroman *Die Leiden des jungen Werthers* (1774).

468,21 *Mozart]* Auf ausländischen Schauplätzen spielen u.a. die Opern *Die Entführung aus dem Serail* (1782), *Figaros Hochzeit* (1786), *Don Giovanni* (1787), *Cosi fan tutte* (1790).

468,24 *Wirtinnenverse]* Im Volksmund entstehende und überlieferte frivole Vierzeiler um eine »Frau Wirtin«.

468,24 *Keller]* Vgl. z.B. Gottfried Kellers Novellenzyklus *Das Sinngedicht* (1882).

468,31 *»Mandragola«]* Gemeint ist Niccolò Machiavellis Komödie *Mandragola* (1524, dt. 1805).

468,32 *Luther-und-Kätter-Drama]* Martin Luther hat das Mönchszölibat durchbrochen, die Nonne Katharina (»Kätter«) von Bora geheiratet und eine vielköpfige Familie gegründet.

468,36f. *New York ... Gangsterstück]* Gemeint ist *Der Aufstieg des Arturo Ui* (Band 7). Als sich Brecht 1935 anläßlich der *Mutter*-Inszenierung in New York aufhält, gilt sein Interesse auch dem organisierten Verbrechen in den USA; er sammelt Zeitungsberichte über Bandenkriege.

468,38 *The gangsterplay we know.]* (Engl.) Das Gangsterstück, das wir kennen.

468,39f. *in großem Stil]* Brecht erläutert diesen Gedanken an anderer Stelle so: »am besten mit deutlichen Reminiszenzen an das elisabethanische Historientheater, also etwa mit Vorhängen und Podesten« (*Hinweis für die Aufführung*; Band 24).

469,2 *des Trubels um die Visas]* Vgl. zu 395,10 und zu 446,17. Brecht muß zur Unterstützung seines Visaantrags eine Reihe von amerikanischen Bürgen in Aktion setzen und betreibt dafür eine aufwendige Korrespondenz (vgl. die Briefe 1940/41 an Alvin S. Johnson, an Erwin Piscator, Lion Feuchtwanger und an die American Guild for German Cultural Freedom). Außerdem bemüht Brecht mehrere Personen in Stockholm, dem amerikanischen Konsul seine Bedeutung für die Literatur zu erklären.

469,4 *die letzte Szene fehlt]* Nach einer Eintragung auf dem ersten Typoskript des Stückes ist die Arbeit am 29. März 1941 beendet.

469,7 *Szene in Martha Schwerdtleins Garten]* Verwendung der Gartenszene aus Goethes *Faust. Erster Teil* für die Szene 12 in *Der Aufstieg des Arturo Ui* (Band 7).

469,7f. *Werbungsszene aus dem Dritten Richard]* Verwendung der Szenen I,2 und IV,4 aus Shakespeares *König Richard III.* für die Szene 13 in *Der Aufstieg des Arturo Ui* (Band 7).

469,13 *der nichtaristotelischen Dramatik]* Vgl. zu 454,23f.

470,7 *Grete]* Brecht nennt Margarete Steffin als einzige Mitarbeiterin an dem Stück.

470,29 *der glatte (!) Jambus]* Vermutlich gleichzeitig schreibt Brecht den Text *Der regelmäßige Jambus im Drama* (Band 22), in dem er an Beispielen aus Goethes *Tasso* darlegt, daß der regelmäßig gebaute Jambus »selbst in Meisterhänden« Sprache und Gestus »vergewaltigt«.

470,32f. *der deutsch-serbische und der deutsch-griechische Krieg]* In den Morgenstunden des 6. April 1941 beginnt der deutsche »Balkanfeldzug« gegen Jugoslawien und Griechenland (Unternehmen »Marita«). Am 17. April 1941 kapituliert die jugoslawische, am 21. April die griechische Armee.

470,38 *Hornberger Schießen]* Die Redensart »es geht aus wie das

Hornberger Schießen« bezeichnet das Mißverhältnis zwischen Aufwand und Ergebnis (nach einer erfundenen Geschichte aus der Kleinstadt Hornberg im Schwarzwald).

471,16 *Invasion Englands]* Vgl. zu 439,29.

471,21 *Italien hat Schiffbruch gelitten]* Die italienische Flotte erleidet im November 1940 und bei der Seeschlacht vor Kap Matapan im März 1941 erhebliche Verluste durch die britischen Mittelmeerstreitkräfte und verliert damit praktisch die Seeherrschaft in diesem Raum.

471,27f. *rollt nach Saloniki]* Am 9. April 1941 besetzen deutsche Panzer Saloniki; die griechische Armee in Ost-Mazedonien kapituliert.

471,30 *Wavellarmee]* Nach dem britischen General Archibald Parcival Wavell benannte Armee, die Ende 1940 in Nordafrika erfolgreich gegen die italienischen Truppen operiert hat.

471,34 *Spinnrocken gegen die Jenny]* Handspinngerät und Spinnmaschine (»Spinning Jenny«, 1767, benannt nach der Tochter des englischen Erfinders James Hargraves).

472,3f. *die Scheußlichkeiten des »Tasso«]* Vgl. zu 470,29.

472,9 *gangsters und Karfiolhändler]* Vgl. *Der Aufstieg des Arturo Ui* (Band 7). Karfiol: (österr.) Blumenkohl.

472,13f. *Vers mit unregelmäßigen Rhythmen]* Vgl. den 1938 geschriebenen Aufsatz *Über reimlose Lyrik mit unregelmäßigen Rhythmen* (Band 22).

472,26f. *die Aufführungsmöglichkeit vor Augen]* Brecht kündigt das Stück seinem Freund Mordecai Gorelik als eines an, das »eigentlich eine Chance drüben haben« müßte (Brief, April/Mai 1941).

472,29f. *»Ui, Zweiter Teil«]* Das Projekt wird nicht ausgeführt.

472,33 *Schutzbündler]* Republikanischer Schutzbund: österreichischer sozialdemokratischer Wehrverband; 1928 zählt er 80 000 Mitglieder, wird 1933 verboten und mit dem Februaraufstand 1934 zerschlagen. Zahlreiche Mitglieder müssen ins Ausland fliehen.

472,34 *Fall von Saloniki]* Vgl. zu 471,27f.

473,5 *fight]* (Engl.) Kampf.

473,6f. *die neue Waffe]* Gemeint ist die Panzerwaffe.

473,12 *inhibiert]* Inhibieren: verhindern, Einhalt gebieten.

473,17f. *Olsson ... Pessimismus]* In dem von Hagar Olsson (vgl. zu 393,2) 1939 geschriebenem Stück *Die Schneeballschlacht* wird der Faschismus nur als eine seelische Seuche und als barbarische Menschenverachtung aufgefaßt. Brecht sieht ihn hingegen als extreme Folge des Kapitalismus an. In einem etwa gleichzeitig geschriebenen Brief an Hagar Olsson geht Brecht auf die Meinungsverschiedenheiten über die Beurteilung des Faschismus nicht ein, sondern entschuldigt sich dafür, daß er sich »so lange nicht sehen ließ«; er begründet es mit seinem Ischias (vgl. 438,37, 439,24) und der »Odyssee mit den Visen« (vgl. zu 395,10 und zu 446,17) und schickt ihr ein Exemplar des *Guten Menschen von Sezuan* (April 1941).

473,31 *eines »soziologischen Experiments«]* Das Projekt wird nicht ausgeführt. Zum Begriff vgl. *Der Dreigroschenprozeß. Ein soziologisches Experiment* (Band 21).

473,37 *Vala]* Der Schriftsteller Erkki Vala, Herausgeber der linken Zeitschrift *Tulenkantajat*, kommt häufig mit Brecht zusammen. Auf der Basis einer Rohübersetzung Valas bearbeitet Brecht das Gedicht *Der Kriegshund* (Sotakoira, 1939) von Arvo Turtiainen. Die zitierten Verse (474,3f.) lauten in der Nachdichtung Brechts:

Doch wir sagten: Fallen darfst du nicht, du Hund
Denn mit dir ginge unsre letzte Hoffnung zu Grund.

Vgl. die am Original orientierte Fassung *He! Lauf du Hund* (im Kommentar zu der Bearbeitung des Gedichts *Der Kriegshund*, Band 15.) Vala gibt Brecht auch die Anregung zum Gedicht *Das Pferd des Ruuskanen* (in der *Steffinschen Sammlung*, vgl. Band 12).

474,9f. *Maurois' »Tragedy in France«]* André Maurois' *Tragédie en France* (1941, dt.: Tragödie in Frankreich, 1941).

474,10f. *»Die Straße der Ministerien ...«]* Vgl. zu 399,39.

474,19f. *»New Masses« ... Kritik des Gorelikschen Theaterbuchs]* Vgl. zu 467,10. *New Masses* ist eine in New York erscheinende, kommunistisch orientierte Zeitschrift. Die Rezension konnte nicht ermittelt werden.

474,34 *wishful thinking]* (Engl.) Wunschdenken.

474,38 *»Kassandra«]* Zum Stückplan *Kassandra* liegen nur Bruchstücke und Notizen vor. In einer vermutlich zur gleichen Zeit geschriebenen Notiz schreibt Brecht: »*Kassandra* / Die Weise, wishful thinking zu vermeiden« (Nachlaß).

475,10 *Defaitistin]* Miesmacherin. In der Sowjetunion ist »Defaitist« die Bezeichnung für Zweifler und Abweichler von der Parteilinie: ein politisches Verbrechen; in diesem Sinne von Julius Hay gegen Brecht gebraucht (vgl. die zweite Anmerkung zu 316,23).

475,19 *Sieger von 1870]* Die Sieger über die Pariser Commune (vgl. zu 315,12).

475,24 *Olsoni]* Auf dem Vervielfältigungsapparat von Eric Olsoni (vgl. die erste Anmerkung zu 398,7) werden die Typoskripte der *Steffinschen Sammlung* und des *Guten Menschen von Sezuan* für den Versand abgezogen.

476,4f. *behavioristischen Bilder]* Vgl. zu 332,9.

476,15f. *Zertrümmerung ... der Einzelpsyche]* Von Brecht schon 1926 festgestellt:

> Auch wenn sich eine meiner Personen in Widersprüchen bewegt, so nur darum, weil der Mensch in zwei ungleichen Augenblicken niemals der gleiche sein kann. Das wechselnde Außen veranlaßt ihn beständig zu einer inneren Umgruppierung. Das kontinuierliche Ich ist eine Mythe. Der Mensch ist ein immerwährend zerfallendes und neu sich bildendes Atom. (*Woran arbeiten Sie?* Interview mit Brecht

von Bernard Guillemin, in: *Die Literarische Welt*, Berlin, 30. Juli 1926.)
Die Zerstörung des Individuums stellt Brecht in seinem Stück *Mann ist Mann* dar (vgl. Band 2).

476,27-30 *»Mutter Courage« ... erfolgreich]* Brecht fügt den Personenzettel vom 25. April 1941 (vgl. die Abbildung, S. 481) in das *Journal* ein.

477,15 *»Das schwache Fleisch«]* Inhaltliche Umkehrung von Matthäus 26,11: »[...] der Geist ist willig, aber das Fleisch ist schwach«. Das Projekt wird nicht realisiert.

477,34 *»Räuber«, »Braut von Messina«, »Tell«]* Die 1781, 1803 und 1804 geschriebenen Stücke Friedrich Schillers.

477,35 *»Iphigenie«, »Faust«, »Clavigo«]* Die 1779 (Prosafassung von *Iphigenie auf Tauris*, Überarbeitung 1787), 1808 (*Faust. Erster Teil*) und 1774 entstandenen Stücke Goethes. Brecht verweist in dem 1956 geschriebenen Text *Bauart der Klassiker* (Band 23) ebenfalls auf die ungleichen dramaturgischen Techniken der klassischen Stücke.

478-481 *Zu den Abbildungen:* Die auf drei Blätter geklebten vier Abbildungen stehen in der Textgrundlage zwischen den Notierungen vom 24. und 25. April 1941.

478 *Zur Abbildung:* Presseausschnitt aus der Wochenschrift *Das Reich*, Nr. 16, Berlin 1941 (mit montierter Überschrift). Zum Gedicht: Fritz Diettrich schreibt Gedichte mit stark religiöser Grundhaltung unter Verwendung altgriechischer Stoffe.

479f. *Zu den Abbildungen:* Die Premiere der schweizerischen Aufführung der *Mutter* mit Volksschauspielern findet am 1. Mai 1941 im Theatersaal des Züricher Volkshauses statt (Regie: Sigfrit Steiner, der zugleich Iwan Wessowtschikow spielt, mit Maria Ostfelden als Pelagea Wlassowa). Die montierten Ausschnitte (zu denen die Daten nicht exakt ermittelt werden konnten) stammen möglicherweise aus einer schweizerischen Pressepublikation *Volksrecht*; der Ausschnitt *Heute abend Wiederholung des Schauspiels »Die Mutter«* ist vermutlich am 3. Mai, der Ausschnitt *»Die Mutter«* am 2. Mai erschienen.

480,34-39 *29. 4. 41 ... Personen.]* Tagebuchnotierung auf einem Einzelblatt (Typoskript), das Brecht nicht in die *Journale* eingeordnet hat; es ist für die vorliegende Ausgabe chronologisch eingefügt worden.

480,35f. *Präsentennacht]* Vermutlich Umfunktionierung der Christnacht.

480,36 *Weltkampftag]* Der 1. Mai.

481 *Zur Abbildung:* Personenverzeichnis des Züricher Schauspielhauses (vgl. zu 450,20).

482,2 *»Schillers Flucht aus Stuttgart«]* Der Klavierbauer Andreas Streicher flieht 1782 mit Schiller von der Karlsschule und beschreibt die Reise in seinem Bericht *Schillers Flucht von Stuttgart und Aufenthalt in Mannheim 1782-1785* (1836).

482,35 *grand scène]* (Franz.) große Szene.

483,11 *Turmrestaurant]* Das vornehme Restaurant »Torni«.

483,11 *Hella, Diktonius, Vala]* Wuolijoki, Diktonius: vgl. die erste und zweite Anmerkung zu 372,8; Vala: vgl. zu 473,37.

483,12f. *Grete ... Touristvisum zugesagt]* Vgl. zu 484,29.

483,14f. *Heß sei in Schottland]* Rudolf Heß, 1933 Stellvertreter des Führers und Reichsminister, fliegt am Abend des 10. Mai 1941 von Augsburg nach dem schottischen Dungaval, dem Landsitz des Herzogs von Hamilton, und bietet der britischen Regierung einen Kompromißfrieden an, um dadurch eine Unterstützung für den beabsichtigten Überfall auf die Sowjetunion zu sichern. Am 12. Mai 1941 wird in Deutschland parteiamtlich bekanntgegeben, daß Heß zu einem Flug gestartet sei, von dem er nicht zurückgekehrt ist; er habe Spuren einer geistigen Zerrüttung gezeigt und sei Opfer von Wahnvorstellungen geworden. Der Verhandlungsversuch scheitert, Heß wird in Großbritannien festgenommen und nach dem Kriege im Nürnberger Prozeß verurteilt.

483,23 *deutschen Fliegerfilm]* Brecht sieht mit Erkki Vala (vgl. zu 473,37) den Film *D III 88* (1939, Regie: Herbert Maisch, Kamera: Georg Krause, mit Eduard von Winterstein, Christian Kayssler, Otto Wernicke, Hermann Braun).

484 *Zur Abbildung:* Der Presseausschnitt (englisch) zeigt den finnischen Staatspräsidenten Risto Ryti mit einem Stabsoffizier.

484,22 *13. 7. 41]* Brecht schreibt die Eintragung erst in den USA. (Das Datum ist handschriftlich korrigiert aus: »13. 8. 42«.) Wahrscheinlich ist aus diesem Grunde die Datierung der Abreise ungenau: er verläßt Finnland am 15. Mai 1941. In Moskau wohnt er im Hotel »Metropol«.

484,24f. *mexikanische Einwanderungsvisen]* Vgl. zu 446,17.

484,25 *Kabels]* Eindeutschung von cables: (engl.) Telegramme (per Kabel).

484,28f. *amerikanischen Visen]* Vgl. zu 395,10.

484,29 *für Grete ein Besuchsvisum]* Für Margarete Steffin Papiere zu erhalten, bereitet große Schwierigkeiten. Helene Weigel bittet Ninnan Santesson Ende November 1940, den Versuch zu unterstützen, für Steffin ein haitisches Visum zu bekommen (Kungliga Biblioteket Stockholm), später gibt sie sie als »Nichte M.S.« aus (Weigel an Santesson, 1. Februar 1941). Nach vielfältigen weiteren Bemühungen, insbesondere durch persönliche telegrafische Einladungen von William Dieterle und Luise Rainer (vgl. Brief an Lion Feuchtwanger, 8. April 1941), erhält sie schließlich am 12. Mai 1941 als »Sekretärin« Hella Wuolijokis ein amerikanisches Besuchsvisum.

484,31 *Lage in Finnland ... bedrohlich]* Brecht schreibt in seinen Briefen häufig darüber, daß sein Aufenthalt immer gefährlicher wird. Vermutlich werden er, seine Familie und seine Freunde von vornherein überwacht. Die finnische Politik orientiert auf ein gemeinsames Vorgehen mit den Deutschen gegen die Sowjetunion. Im März 1941 finden in Finnland bereits unverkennbare Kriegsvorbereitungen deutscher Truppen gegen die Sowjetunion statt. In öffentlichen Lokalen sind Hakenkreuzfahnen aufgestellt. Ruth Berlau meint, das Leben zu dieser Zeit sei in Finnland nicht weniger gefährlich gewesen als in der Zeit des Schriftstellerkongresses in Madrid 1937, wo Bomben fielen (*Brechts Lai-tu. Erinnerungen und Notate von Ruth Berlau*, hg. u. mit einem Nachwort v. Hans Bunge, Darmstadt 1985, S. 132).

484,34 *Die deutschen motorisierten Divisionen]* Vgl. zu 430,29.

484,36 *Spannung zwischen Deutschland und der USSR]* Im Dezember 1940 hat das Oberkommando der faschistischen Wehrmacht den Feldzugsplan gegen die Sowjetunion abgeschlossen (Unternehmen »Barbarossa«). Darin ist vorgesehen, daß alle Vorbereitungen für einen Überfall bis zum 15. Mai 1941 beendet sein sollten. Während der Überfahrt nach den USA erfährt Brecht vom Angriff Hitlerdeutschlands und seiner Satelliten Finnland und Rumänien am 21. Juni auf die UdSSR.

484,37 *Hellas Sekretärin]* Hella Wuolijokis Sekretärin.

485,11 *wurde mir versprochen]* Brecht erhält das Versprechen von Michail J. Apletin, dem Stellvertretenden Vorsitzenden der Auslandskommission des Unionsverbandes der Sowjetschriftsteller, und schreibt ihm:

> Ich muß meine vieljährige Mitarbeiterin und Freundin Margarete Steffin schwer erkrankt hier zurücklassen. Nur Ihr warmherziges Versprechen, für sie zu sorgen und, falls sie gesund wird, ihre Weiterreise zu organisieren, gibt mir den Mut, selbst weiterzufahren. Die Genossin Steffin ist mir bei meiner Arbeit unentbehrlich. (Erster Brief an Apletin, 30. Mai 1941.)

Mit einem weiteren Brief, vom gleichen Tag, übergibt er Apletin Steffins Reisedokumente, Geld und das Gepäck.

485,15 *ließ ihr Manuskripte ... zurück]* Für den Fall ihres Todes bittet Brecht Apletin »die Manuskripte (versiegelte und unversiegelte) und Fotografien« für ihn zu verwahren, ebenso »die kleinen Figuren und Elefanten sowie das Reiseschach« (zweiter Brief an Apletin, 30. Mai 1941; vgl. auch Brief an Apletin, 11. Juni 1941.)

485,22-24 *»Am 31. Mai ... und Maria.«]* Die deutsche Übersetzung des Telegramms ist von Brecht handschriftlich überliefert mit der Zeitangabe: »Moskau 12^{30} 1. 6. 41«.

485,24 *Maria Greßhöner]* Pseudonym: Maria Osten; als Angestellte des Malik-Verlags lernt sie 1932 Michail Kolzow (vgl. zu 326,33) kennen, folgt ihm 1932 nach Moskau und wird seine Lebensgefährtin, arbeitet in der Redaktion der Zeitschrift *Das Wort*, ist befreundet mit Margarete Steffin, um die sie sich bei deren Aufenthalten in der Sowjetunion kümmert. Nach der Verhaftung Kolzows wird gegen sie (unter

Beteiligung von Walter Ulbricht und Herbert Wehner) eine Parteiuntersuchung durchgeführt. Ihr wird u.a. der Verkehr »in dem Kreis der Mitarbeiter des Malik-Verlags« vorgeworfen, außerdem sei sie in der Prager Wohnung Heartfields mit anderen »Versöhnlern« zusammengetroffen. Im Protokoll wird festgehalten, sie gebe ihre Beziehungen zu (der verhafteten) Carola Neher (vgl. zu 326,35f.) zu, »sucht sie aber als persönliche unpolitische Beziehung darzustellen«. (Vertrauliches Protokoll vom 3. Juli 1939, in: Georg Lukács, Johannes R. Becher, Friedrich Wolf u.a., *Die Säuberung*, hg. v. Reinhard Müller, Reinbek bei Hamburg 1991, S. 571.) Im Juni 1941 wird Maria Greßhöner verhaftet und am 8. August 1942 erschossen.

485,29 *»Annie Johnson«]* Als die ursprünglich vorgesehene kürzere Reiseroute von Petsamo (russ. Petschenga, im Norden der Halbinsel Kola) aus über das Nordmeer nicht mehr möglich ist, weil deutsche Truppen das Gebiet kontrollieren, läßt Brecht mit Hilfe von Hella Wuolijoki über Tombrock in Stockholm bei der Johnson-Linie sechs Plätze auf dem schwedischen Frachter »S. S. Annie Johnson« (mit 51 Passagierplätzen) buchen. Ruth Berlau erinnert sich an das Schiff:

> Leider wurde die »Annie Johnson« später torpediert und ging mit der ganzen Besatzung unter, mit dem Kapitän und all den lustigen Leuten. Es war ein schönes Schiff mit angenehmen Salons und einem Swimmingpool. Die Verpflegung war überreichlich. Wir fühlten uns sehr geborgen. (*Brechts Lai-tu. Erinnerungen und Notate von Ruth Berlau*, hg. u. mit einem Nachwort v. Hans Bunge, Darmstadt 1985, S. 136.)

485,30 *Manila]* Hauptstadt der Philippinen, mit wichtigem Hafen.

485,31 *San Pedro]* Hafen von Los Angeles, Kalifornien.

485,34 *Ulan-Ude]* Hauptstadt der Burjatischen ASSR (eine Station an der Transsibirischen Eisenbahnlinie).

486,11 *Abguß des Gesichts]* In dem zweiten Brief an Apletin (vgl. zu 485,15) äußert Brecht, durch die Befürchtungen der Ärzte auf den Tod seiner Mitarbeiterin vorbereitet, einige Wünsche, die deren Nachlaß regeln. U.a. schreibt er:

> 6) Maria Osten hat versprochen, einen einfachen Gipsabdruck von Steffins Gesicht anfertigen zu lassen, falls sie stirbt. Bitte, ihn zu verwahren. (Zweiter Brief an Apletin, 30. Mai 1941.)

486 *Zur Abbildung:* Presseausschnitt; Bildtext: (engl.) Hafen von Wladiwostok.

AUTOBIOGRAPHISCHE NOTIZEN 1941

489,1-35 *29. 5. 41 ... Moskauer Zeit).]* T: Manuskript.
Die mit Bleistift geschriebenen Notizen sind vermutlich auf der Reise von Moskau nach Wladiwostok entstanden.
Vgl. 484,22-486,11.
489,26f. *Eintritt Amerikas in den Krieg]* Vgl. zu 459,28.

Zu diesem Band

Band 26 der vorliegenden Ausgabe enthält alle überlieferten Tagebuchaufzeichnungen und *Journale* bis zu Brechts Flucht in die USA (Juli 1941).

Autobiographische Notizen, die sich vereinzelt im Nachlaß finden, sind chronologisch als eigene Abschnitte zwischen den Tagebuchaufzeichnungen und *Journalen* eingeordnet. Im Gegensatz zu den *Journalen*, die auch Notierungen zu literarischen und theoretischen Arbeiten enthalten, sind für diese Rubrik nur eindeutige Selbstaussagen mit biographischem Hintergrund ausgewählt worden.

In den Kommentaren zu den Notizen werden jeweils am Anfang die für diese Edition verwendete Textgrundlage (T), die Entstehungszeit (E) und – falls es eine Publikation zu Brechts Lebzeiten gegeben hat – der Erstdruck (ED) genannt. Danach folgen Angaben zur Entstehung und zur Textgestaltung, zuletzt der Zeilenkommentar.

Von den Bearbeitern eingefügte Überschriften (bzw. Textergänzungen) stehen in eckigen Klammern. Alle eindeutig auflösbaren Abkürzungen sind (soweit nicht allgemein gebräuchlich) stillschweigend ausgeschrieben. Die Schreibung von eindeutig identifizierbaren Personennamen und Ortsangaben ist korrigiert.

Ein Personen- und Werkregister sowie ein Brecht-Titelregister zur Abteilung *Journale* erscheinen in Band 27.

Inhalt

Kommentar

Zu dieser Ausgabe

Die Große kommentierte Berliner und Frankfurter Ausgabe der Werke Bertolt Brechts ist eine Gemeinschaftsausgabe des Aufbau-Verlags Berlin und Weimar und des Suhrkamp Verlags Frankfurt am Main; sie erscheint gleichzeitig in beiden Verlagen. Die Edition basiert auf den zu Lebzeiten Brechts publizierten Texten und auf dem Nachlaß im Bertolt-Brecht-Archiv der Akademie der Künste zu Berlin.

Innerhalb der Gruppierungen nach Gattungen sind die Werke in der Chronologie ihrer Entstehung angeordnet. Bei Stücken und Romanen werden die Fragmente gesondert behandelt; innerhalb der Gedichte und der Prosa wird zwischen Sammlungen und Einzeltexten unterschieden; bei den Schriften sind die Texte zu Stücken und die Theatermodelle jeweils in einem gesonderten Band versammelt.

Die Ausgabe enthält grundsätzlich die autorisierten und wirksam gewordenen Erstdrucke oder geht bei postum erschienenen Werken auf die Texte aus dem Nachlaß zurück. Ohne die Normen einer historisch-kritischen Ausgabe anzustreben, dokumentiert sie gegebenenfalls durch Varianten und Druck mehrerer Fassungen Hauptstufen der weiteren Umformung eines Werkes. Diese erscheinen jeweils im Anschluß an die frühe Fassung.

Sämtliche Texte sind anhand der Drucke und des Materials im Nachlaß überprüft worden. Die Orthographie ist unter Erhaltung des Lautstandes modernisiert. Auch die Interpunktion ist, bei Bewahrung einiger charakteristischer Eigentümlichkeiten Brechts, den heute gültigen Regeln angeglichen. Alle Zusätze der Herausgeber, z. B. bei Titeln, stehen in eckigen Klammern.

Der Kommentar beschreibt jeweils knapp Quellen, Entstehungs- und Textgeschichte sowie die Wirkung bis zu Brechts Tod. Der Zeilenkommentar beschränkt sich auf Sacherläuterungen. Allgemeine Angaben zu den erwähnten Personen bietet das kommentierte Gesamtregister.

Ein ausführlicher Editionsbericht erscheint in Band 30.

Der vorliegende Band wurde von Marianne Conrad und Werner Hecht (Berlin) unter Mitarbeit von Herta Ramthun (Berlin) bearbeitet.

Bertolt Brecht Werke

Band 1
Stücke 1: Die Bibel · Baal (1919) · Baal (1922) · Lebenslauf des Mannes Baal · Trommeln in der Nacht · Die Hochzeit · Der Bettler oder Der tote Hund · Er treibt einen Teufel aus · Lux in tenebris · Der Fischzug · Prärie · Im Dickicht · Im Dickicht der Städte

Band 2
Stücke 2: Leben Eduards des Zweiten von England · Mann ist Mann (1926) · Mann ist Mann (1938) · Die Dreigroschenoper · Mahagonny · Aufstieg und Fall der Stadt Mahagonny

Band 3
Stücke 3: Der Flug der Lindberghs · Das Badener Lehrstück vom Einverständnis · Der Jasager · Der Jasager. Der Neinsager · Die Maßnahme (1930) · Die Maßnahme (1931) · Die heilige Johanna der Schlachthöfe · Die Ausnahme und die Regel · Die Mutter (1933) · Die Mutter (1938)

Band 4
Stücke 4: Die Spitzköpfe und die Rundköpfe · Die Rundköpfe und die Spitzköpfe · Die sieben Todsünden der Kleinbürger · Die Horatier und die Kuriatier · Die Gewehre der Frau Carrar · Furcht und Elend des III. Reiches

Band 5
Stücke 5: Leben des Galilei (1938/39) · Galileo · Leben des Galilei (1955/56) · Dansen · Was kostet das Eisen?

Band 6
Stücke 6: Mutter Courage und ihre Kinder · Das Verhör des Lukullus (1940) · Das Verhör des Lukullus (1951) · Die Verurteilung des Lukullus · Der gute Mensch von Sezuan · Herr Puntila und sein Knecht Matti

Band 7
Stücke 7: Der Aufstieg des Arturo Ui · Die Gesichte der Simone Machard · Schweyk · The Duchess of Malfi

Band 8
Stücke 8: Der kaukasische Kreidekreis (1949) · Der kaukasische Kreidekreis (1954) · Die Antigone des Sophokles · Die Tage der Kommune · Der Hofmeister des J. M. R. Lenz · Biberpelz und roter Hahn von Gerhart Hauptmann

Band 9
Stücke 9: Coriolanus · Anna Seghers. Der Prozeß der Jeanne d'Arc zu Rouen 1431 · Turandot oder Der Kongreß der Weißwäscher · Don Juan von Molière · Pauken und Trompeten

Band 10
Stücke 10: Stückfragmente und Stückprojekte. Darunter: Galgei · Hans im Glück · Hannibal · Jae Fleischhacker · Dan Drew · Untergang des Egoisten Johann Fatzer · Der Brotladen · Der böse Baal der asoziale · Das wirkliche Leben des Jakob Gehherda · Leben des Konfutse · Der Wagen des Ares · Büsching

Band 11
Gedichte 1: Sammlungen 1918-1938: Lieder zur Klampfe von Bert Brecht und seinen Freunden. 1918 · Psalmen · Bertolt Brechts Hauspostille · Die Augsburger Sonette · Die Songs der Dreigroschenoper · Aus dem Lesebuch für Städtebewohner · Geschichten aus der Revolution · Sonette (1933/34) · Englische Sonette · Lieder Gedichte Chöre · Chinesische Gedichte · Studien

Band 12
Gedichte 2: Sammlungen 1938-1956: Svendborger Gedichte · Steffinsche Sammlung · Hollywoodelegien · Gedichte im Exil · Kriegsfibel · Deutsche Satiren (Zweiter Teil) · Kinderlieder. Neue Kinderlieder · Buckower Elegien · Gedichte aus dem Messingkauf. – Gedichtverzeichnis zu den Sammlungen (Band 11-12)

Band 13
Gedichte 3: Gedichte und Gedichtfragmente, Gedichte und Lieder aus Stücken. 1913-1927

Band 14
Gedichte 4: Gedichte und Gedichtfragmente, Gedichte und Lieder aus Stücken. 1928-1939

Band 15
Gedichte 5: Gedichte und Gedichtfragmente, Gedichte und Lieder aus Stücken. 1940-1956. – Gesamtverzeichnis zu den Gedichten (Band 11-15)

Band 16
Prosa 1: Dreigroschenroman

Band 17
Prosa 2: Romanfragmente und Romanentwürfe: Der Tuiroman · Die Geschäfte des Herrn Julius Caesar · Das Buch Gasgarott · Die Rothaut · Flucht Karls des Kühnen nach der Schlacht bei Murten · Das Renommee · Tatsachenreihe

Band 18
Prosa 3: Sammlungen und Dialoge: Proletarische Anekdoten aus dem Lesebuch für Städtebewohner · Geschichten vom Herrn Keuner · Buch der Wendungen · Flüchtlingsgespräche · Mies und Meck · Kalendergeschichten

Band 19
Prosa 4: Geschichten, Filmgeschichten. 1913-1941

Band 20
Prosa 5: Geschichten, Filmgeschichten. 1941-1956

Band 21
Schriften 1: 1914-1933

Band 22
Schriften 2: 1933-1942 · Der Messingkauf

Band 23
Schriften 3: 1942-1956

Band 24
Schriften 4: Texte zu Stücken

Band 25
Schriften 5: Theatermodelle (Aufbau einer Rolle. Laughtons Galilei · Antigonemodell 1948 · Couragemodell 1949) · »Katzgraben«-Notate. – Register zu den Schriften (Band 21-25)

Band 26
Journale 1: 1913-1941: Tagebuch 1913 · Tagebuch 1916 · Tagebücher 1920-1922 · Autobiographische Schriften 1920-1941 · Journale 1938-1941

Band 27
Journale 2: 1941-1955: Journale 1941-1956 · Autobiographische Schriften 1941-1955. – Register zu den Journalen (Band 26-27)

Band 28
Briefe 1: 1919-1941

Band 29
Briefe 2: 1941-1956. – Register zu den Briefen (Band 28-29)

Band 30
Registerband: Editionsbericht · Gesamtinhalt der Bände 1-29 · Brecht-Titelregister · Personenregister (kommentiert)

Bertolt Brecht, Werke, Band 26
Suhrkamp Verlag Frankfurt am Main
Satz: In Garamond von MZ Verlagsdruckerei GmbH, Memmingen
Druck: Wagner GmbH, Nördlingen
Bindung: Buchbinderei Lachenmaier, Reutlingen
Säurefreies Werkdruckpapier der Papierfabrik Niefern
Feincanvas-Gewebe der Vereinigten Kaliko, Bamberg
Naturnarbiges Lammleder der Kripper Lederfabrik, Remagen
ISBN 3-518-40026-6 (Leinen)
ISBN 3-518-40086-X (Leder)